BASTEI
LÜBBE

Carla Norton
Unbarmherzige Samariterin

Ins Deutsche übertragen
von Bettina Albrod

TRUE CRIME
Der wahre Kriminalfall

BASTEI LÜBBE

BASTEI-LÜBBE-TASCHENBUCH
Band 13 778

Erste Auflage
Juli 1996

Deutsche Lizenzausgabe 1996
Bastei-Verlag Gustav H. Lübbe
GmbH & Co., Bergisch Gladbach
Originaltitel: Disturbed Ground
Lektorat: Iris Schmidt
Titelbild: Bavaria Bildagentur
Umschlaggestaltung:
Quadro Grafik Bensberg
Satz: KCS GmbH,
Buchholz/Hamburg
Druck und Verarbeitung:
Brodard & Taupin,
La Flèche, Frankreich
Printed in France

ISBN 3-404-13778-7

Gewidmet dem Andenken von
›Bert‹
Alvaro Rafael Jose Gonzales Montoya,
der unbeabsichtigt alles Folgende
in Gang gebracht hat.

Vorbemerkung

Wenn man einen Kriminalroman schreibt, der nicht erfunden ist, ist man immer wieder betroffen, wie subjektiv ›Wahrheit‹ sein kann. Wie in der Geschichte von den drei Blinden, die einen Elefanten beschreiben, hat jede Person eine andere Auffassung von Wirklichkeit. Die Aufgabe des Autors ist es in meinem Fall, die Fakten herauszufiltern, um zu einigen Grundwahrheiten zu kommen und dem Leser eine Erzählung anzubieten, die auf den Wogen der Authentizität entlanggleitet und dabei Treibgut und Überbordendes zurückläßt.

In den Jahren der Recherche und Arbeit an diesem Buch haben zahllose Leute Informationen geliefert, und allen schulde ich Dank. Mögliche Irrtümer in diesem Text gehen zweifellos auf mein Mißverständnis der elefantinen ›Wahrheit‹ zurück, denn wie auch mein letztes Buch unterliegt die Erzählung dem fehlbaren Urteil des Autors.

Danksagungen

Zuerst und an erster Stelle gilt mein tiefer Dank Judy Moise, deren persönliche Gedanken und Gefühle über diesen Fall und im speziellen über Bert Montoya mir nicht nur geholfen haben, das Manuskript zu entwerfen, sondern mich dazu gebracht haben, diese Geschichte überhaupt zu schreiben.

Warmen Dank an Reba Nicklous, William Clausen und die ganze Clausen-Familie sowie an Jerry Hobbs dafür, daß er ihre Ansichten und Gefühle und auch einige schmerzhafte Erinnerungen geteilt hat.

Besonderen Dank schulde ich den Rechtsanwälten, die so nett waren, ihre Zeit und ihre Ansichten mit mir zu teilen: die immer erhellenden Staatsanwälte George Williamson und Assistant Chief Deputy District Anwalt John O'Mara; und die allezeit netten Verteidiger Kevin Clymo und Chef-Assistent Öffentlicher Verteidiger Peter Vlautin.

Besonderen Dank auch dem Ehrenwerten Michael J. Virga und seiner fähigen Gerichtsdienerin Barbara Baddow für ihre gleichbleibende Freundlichkeit und ihren starken Kaffee.

Anerkennung gebührt auch den vielen Heiligen im Sozialen Dienst, dabei im besonderen: Bill Johnson und J. D. Ridgley bei den Volunteers of America, Mary Ellen Howard vom Department of Welfare, Lucy Yokota von der Chest Klinik und Michael Coonan, dessen umfassender Bericht ›Unterlassungssünden‹ ein früher Wegweiser für dieses Projekt wurde.

Beim Sutter County Sheriff's Department danke ich sehr Lieutenant Wilbur Terry, Lieutenant Steve Sizelove und Sergeant Loren Felts für ihre Zeit, ihre Aufrichtigkeit und erfrischende Offenheit.

Vom Sacramento County Coroner's Office gilt mein Dank Leichenbeschauer James A. Moore, Deputy-Beschauer Edward Smith und Laura Synhorst, dem Gerichtstoxikologen James Beede und ganz besonders den Gerichtsapathologen Dr. Robert Anthony und Dr. Gary Stuart.

Beim California Department of Justice ein Nicken des Dankes an den Leitenden Toxikologen William Phillips und den Senior Handschriftenexperten David Moore.

Langstrecken-Dank an Dr. Janet Warren vom Institute of Law, Psychiatry & Public Policy an der Universität Virginia und an Roy Hazelwood vom FBI's Behavioral Sciences Unit in Quantico.

Dank auch an Deputy District Attorney Janice Hayes, an den vorherigen Deputy District Attorney Bill Wood, an Bewährungshelfer Jim Wilson, an Deputy Pete James am Sacramento County Hauptgefängnis, an Gerichtsreporterin Mary Corbitt und an die Kellnerin Marjorie Harper. Besondere Danksagung an den Wohlgesonnenen Mr. John Sharp.

Eine Verbeugung vor meinen vielen Kollegen in den Nachrichtenredaktionen, die immer ein Quell der Inspiration waren, einschließlich Mike Boyd, Sharon Chin, Mark Schumacher, Gene Silver, Dana Spurrier und Jim Wieder sowie den Fotografen Glen Korengold, David Morris und Paul Sakuda. Meinen größten Respekt vor den Print-Journalisten Tracie Cone vom *San Jose Mercury News*, John Enders von Associated Press, Richard Paddock von der *Los Angeles Times* und besonders Starreporter Wayne Wilson von *The Sacramento Bee*.

Dank auch den lange leidenden, hart arbeitenden Geschworenen für ihr Verständnis, daß dieses Buch von den Fakten, wie sie im Prozeß vorgelegt wurden, abweicht, weil einige Dinge einfach nicht durch den rechtlichen Filter im Gerichtssaal gerutscht sind.

Tiefempfundenen Dank an meine Familie und meine Freunde, die mir während mehr als fünf Jahren Arbeit und persönlichen Herausforderungen zur Seite gestanden haben, ohne auch nur einmal zu meinen, ich würde die Karriere ankurbeln, und besonderen Dank meiner Schwester Dianne Jurgensen und *tomodachi* Lisa Ellenberg für ihre unschätzbare Hilfe bei dem Manuskript.

Tausend Dank meinem hervorragenden Agenten Richard Pine dafür, daß er mich lange vor jedem Geflüster schon auf der Bestsellerliste sah. Und tiefste Wertschätzung von Liza Dawson, meiner scharfsinnigen Lektorin, die von Anfang an an mich geglaubt hat und mich bestens beim Schreiben dieses Buches begleitet hat, wie schon bei ›Die Leibeigene‹.

Meine am tiefsten empfundene Dankbarkeit gilt meinem hervorragenden Fotografen und lieben Ehemann George Fardell für seine Geduld, Hilfe und sein Verständnis und dafür, mein Leben mit Verwicklungen zu würzen.

Prolog

Der Morgen des 1. Januar 1986 dämmerte mit der üblichen Verheißung von Verkatertsein, Paraden und Fußballspielen. In Sutter County aber, einem ländlichen Flecken in Nordkalifornien, war dieser spezielle Neujahrsmorgen weniger wegen irgendwelcher Ferienträumereien denkwürdig als vielmehr wegen der Aufregung, die eine Entdeckung unten auf den Sandbänken des Sacramento hervorrief.

Am frühen Morgen war die Luft feuchtkalt, trotzdem war das Gesicht des einheimischen Fischers Roy Beals hochrot, als er in das Verona-Lebensmittelgeschäft-und-Restaurant stürmte. »He! He! Ihr müßt rauskommen und euch das ansehen«, stieß er keuchend hervor. »Ich habe eine Leiche gefunden! Im Ernst! Wenigstens glaube ich's. Sie ist in einem Kasten, unten am Fluß, etwa ein bis zwei Meilen von hier.«

Aufgeschreckt starrten Marge und Marvin Horstman, die Eigentümer des Geschäfts, ihren stämmigen Freund an. Noch ehe sie antworten konnten, zerrte er Marvin am Ärmel: »Du mußt mitkommen«, flehte Beals. »Ich bin nicht ganz sicher. Es ist in Plastik eingewickelt. Du mußt kommen und es dir ansehen. Ich werde es dir zeigen, ich mach' keinen Quatsch.«

Ein paar Minuten später rutschten die beiden die steile Uferböschung hinab und kamen kurz vor einer großen, rechteckigen Holzkiste zum Stehen, die nur wenige Meter vom Wasser entfernt lag.

»Ich bin mir ganz sicher, daß da ein menschlicher Körper drinliegt«, flüsterte Beals, »ich hab' mal reingeguckt.«

Die beiden Männer rückten näher zusammen und blickten hinein, sahen auf etwas verdächtig Großes, das in Plastik gepackt war. »Na gut, laß uns mal nachsehen«, sagte Horstman und kauerte sich vor die Kiste.

Plötzlich richtete Horstman sich auf. »Ich will das nicht anfassen«, sagte er rundheraus. »Hast du irgendwas im Auto, vielleicht eine Zange?«

Beals hastete die Böschung hinauf, um sie zu holen. Dann

zog Horstman, dem das Herz bis zum Hals schlug, genug von der Plastikfolie weg, um zu entdecken, was sie enthielt.

Ihr Anruf im Büro des Sheriffs von Sutter County rüttelte das auf, was eigentlich schläfrige Ferienstimmung hätte sein sollen. Detective Sergeant Wilbur Terry war für alle Totschlagsdelikte zuständig, und so traf ihn die grimmige Pflicht, in das kleine Nest Verona hinauszufahren, um die Meldung zu untersuchen.

Zwei Streifenpolizisten aus der Gegend wurden ebenfalls losgeschickt, um einen Blick auf die Sache zu werfen, und als Detective Sergeant Terry eintraf, hatten die beiden Beals und Horstman schon befragt. Einer der beiden Hilfssheriffs hatte sich pflichtschuldig den Weg hinunter zum Flußufer gemacht, um sich zu vergewissern, daß da in der Tat eine Leiche in der Kiste war. Ein Hilfssheriff: Das bedeutete eine Extraserie von Fußabdrücken. Von nun an, so verlangte Terry, würden sie alle diesen einen Fußpfad nehmen, um so wenig Beweismittel wie möglich zu zertreten.

Bald darauf trafen die Untersuchungsbeamten ein und verwandelten das ruhige Plätzchen zum Fischen in eine geschäftige Szenerie des Verbrechens. Die Beamten näherten sich sorgfältig dem Mittelpunkt des Schauplatzes, sorgsam darauf bedacht, mögliche Beweismittel nicht zu zerstören. Blätter waren in die Kiste gefallen, so daß anzunehmen war, daß sie schon einige Zeit dort gelegen hatte. Fotos wurden gemacht, Reifen- und Fußabdrücke abgenommen. Zigarettenkippen, Flaschenverschlüsse und allerlei Materialschnipsel wurden sorgsam von der Stelle entfernt.

Detective Sergeant Terry hielt es für wichtig, sich genügend Zeit zu nehmen, um jedes Detail genauestens zu prüfen. Man weiß nie, wonach man sucht, dachte er, irgend etwas, das nicht hineinpaßt. Aus dem Morgen war schon später Nachmittag geworden, ehe er alles zusammenräumte.

Ein Leichenwagen wurde gerufen, um den Körper nach Yuba City, der Kreishauptstadt, zu bringen, wo die verweste Leiche geröntgt wurde. Das geschah nicht nur, um den Toten möglicherweise zu identifizieren, sondern auch, um Geschosse, abgebrochene Messerklingen oder andere todbringende Objekte auszumachen. Es gab keine.

Immerhin wurde entdeckt, daß seltsamerweise mehr als ein halbes Dutzend Mottenkugeln und ein Raumspray zu der Leiche in die Kiste gelegt worden waren.

Große Städte verfügen über große Leichenschauhäuser, wo Autopsien vorgenommen werden können. In Sutter County werden alle potentiellen Opfer von Gewaltverbrechen in die Ullrey's-Memorial-Kapelle gebracht. Dort gibt sich Dr. Frederick Hanf die Ehre, die sterblichen Überreste wie ein ominöses Geschenkpaket auszupacken.

Der Körper befand sich in Seitenlage und war in ein Betttuch sowie Schichten von Plastik eingeschlagen, die mit Klebeband gesichert waren. Zusätzlich waren Kopf und Hände in schwarze Plastikmüllsäcke gepackt. Als Dr. Hanf den Körper bloßlegte, fand er einen aufgedunsenen weißen Mann im Zustand der Verwesung, mit weißem Haar und Schnurrbart, der nur ein T-Shirt, Unterhosen und eine Armbanduhr trug.

Den Zeitpunkt seines Todes konnte er nicht genauer schätzen, als daß er wahrscheinlich ein paar Wochen oder Monate zurücklag. Auch die Todesursache konnte er nicht feststellen. Während der Autopsie entnahm Dr. Hanf eine Blutprobe aus dem Herzen des Toten, die zu einer toxikologischen Untersuchung an das Kriminallabor des Department of Justice (DOJ) in Sacramento geschickt wurde. Dort stellte sich heraus, daß die Probe so verwest war, daß sie für eine Reihe von Tests als ›ungeeignet‹ eingestuft wurde.

Die Fingerspitzen des Toten wurden abgeschnitten und ebenfalls an das DOJ in Sacramento gesandt, wo sie präpariert und die Fingerabdrücke genommen wurden. Entsprechende Fingerabdrücke fand man nicht, aber dem Mann mußte die Spitze seines rechten Daumens gefehlt haben.

Mittlerweile fiel Detective Loren Felts die obskure Aufgabe zu, das schmierige Plastik nach Fingerabdrücken abzusuchen. (Der Gestank war so furchtbar, daß sein Kollege ihn schließlich bat, die Arbeit draußen zu verrichten.) Nach vielen Stunden sorgfältiger Untersuchung fand Felts nur wenige enttäuschende Teilabdrücke.

Da man weder Paß noch eine Vermißtenanzeige, noch passende Fingerabdrücke oder irgendeinen anderen Hinweis hatte, wer der Mann sein könnte, ging er unter dem Namen ›John Doe‹ in die Akten des Falls ein. Statt diese Akte wie die übrigen Akten der ungelösten Fälle in einer Schublade aufzubewahren, hielt Detective Sergeant Terry es für besser, diese auf seinem Schreibtisch abzulegen, als ständige Mahnung daran, daß es Antworten gab, die erst noch gefunden werden mußten. Er ließ die schmale ›John Doe‹-Akte auf seinen Schreibtisch plumpsen.

Mittlerweile war der Detective bei einem eigenen Namen für den alten Knaben angekommen. Nachdem er eine Weile über den Fall nachgedacht hatte, hatte er eine Theorie entwickelt. Da die Autopsie keine Todesursache erbracht hatte, schien der alte Mann eines natürlichen Todes gestorben zu sein. Warum war er dann nicht beerdigt worden? Weil, so vermutete Terry, die Familie einfach keinen Totenschein haben wollte. »Das ist jemandes alter Onkel Harry«, schloß der Detective, »und irgend jemand streicht weiterhin Onkel Harrys Sozialhilfe ein.«

Seine Vermutung war besser als die meisten, aber wenn der Fall sensationeller angemutet hätte, wenn die meist nackten Opfer, die unten am Fluß gefunden wurden, jung und weiblich gewesen wären, dann hätte die Gerichtsbarkeit vielleicht etwas vermutet, was der Wahrheit näherkam. Sie hätte schließlich erkannt, daß dies das Werk eines verrückten Liebhabers war, hätte vielleicht überlegt, ob dies der erste grausige Blick auf das Werk eines Serienmörders sein könnte.

Aber nur ein Bruchteil aller Morde – drei oder vier Prozent – wird von Serienmördern verübt, also schien das höchst unwahrscheinlich. Außerdem gab es keine Gesetzmäßigkeit, an der sie sich hätten orientieren können.

Vorerst würden Name und Identität des Mörders genauso geheimnisvoll bleiben wie die des Opfers. Dieser Mörder war so schwer zu fassen, daß nicht mal eine lange kriminelle Geschichte zum Nachforschen einlüde, weil dieses gerissene

Individuum die allergewöhnlichste Verkleidung besaß, die nicht einmal im Gesichtskreis des raffiniertesten FBI-Fahnders lag.

Über Jahre intensiver Gerichtsstudien hatte das FBI die Kunst des ›Täterprofils‹ ausgefeilt: gab in etwa Tatzeit und Alter an, Körperbau, Verhalten, sogar den Wohnort eines Serienmörders, lange bevor es seine Nachforschungen auf einen persönlichen Aspekt verlegte. Das FBI hatte eine Art Grundform herausgearbeitet. Serienmorde, die heimlich und systematisch über einen gewissen Zeitraum ausgeübt werden, sind per Definition zum Großteil sexuell motiviert, die Opfer selten Fremde. Vom Typ her sind Serienmörder weiß, zwischen Ende Zwanzig und Anfang Vierzig und fast ausschließlich männlich.

Fast.

Teil 1

Kanarienvogel

Es gibt keine Einsamkeit auf der Straße – da ist eine Million von uns draußen.

Vietnam-Veteran Mike Bailey
in ›Red Heart‹

Kapitel 1

Auf den ersten Blick war Bert Montoya kein besonders ansprechender Mensch. Seine Erscheinung war ärmlich, ein dicker Bauch hing ihm über den Gürtel, und eine schlimme Form von Schuppenflechte entstellte seine Kopfhaut. Mit seinem dicken weißgrauen Haar, dem struppigen Bart, den vollen Lippen und sanften dunklen Augen machte er einen ungepflegten, aber gutmütigen Eindruck. Er sprach wenig, nicht einmal mit denen, die seine Muttersprache Spanisch beherrschten. Wenn er einmal gesprächig war, nuschelte er so sehr, daß er kaum zu verstehen war, vielleicht weil er nur noch wenige Zähne hatte. Schüchtern und schweigsam wie er war, schien er isoliert, im Abseits ... und doch auch irgendwie unwiderstehlich.

Bert sprach mit Bäumen. Einen dicken Finger in die Luft gestreckt, schlurfte er in schlechtsitzenden Schuhen und schäbiger Kleidung die Straße entlang und unterhielt sich mit Leuten, die nur er hören konnte. Wenn realere Wesen sich einschalteten, verstummte er.

Bert Montoya hatte viele Probleme, aber der Alkohol gehörte nicht dazu. Bis auf ein gelegentliches Bier trank er schlicht gar nichts. Man kann ihn einfältig nennen, geistig zurückgeblieben, mit Wahnvorstellungen behaftet, aber er gehörte nicht wirklich in dieses metallene Warenhaus, wo er jede Nacht auf einer Vinylmatratze auf dem Fußboden schlief, umgeben von 59 Trinkern in verschiedenen Stadien des Alkoholismus. Es war einfach der Zufall, der ihn hierher geführt hatte, und Trägheit, die ihn seit den frühen 80er Jahren im Detox bleiben ließ.

›Detox‹, Kurzform für › Detoxification‹ (Entgiftung), ist der Spitzname für das ›Volunteers of America‹ (VOA) Hauptgebäude an der Front Street. Dieses lange Metallteil, unauffällig in eine Ecke Sacramentos gesetzt, ist in Wahrheit ein wenig beachtetes Sammelbecken für Trinker, eine billige Alternative, diejenigen festzusetzen, die sich der öffentlichen Trunkenheit schuldig gemacht haben. Im Unterschied zu den kaputten Trinkern, die in der ›Grünen Minna‹ zum Detox gebracht wurden, nur ein paar Tage blieben und dann wieder gingen, war Bert eine Ausnahme: Er war Stammgast dort.

Obwohl Bert zurückhaltend war und seine Konversation sich aufs Grunzen beschränkte, hatte er eine so freundliche, bescheidene Art, daß die Mannschaft des Detox ihn ins Herz schloß. Sie trafen besondere Vorkehrungen, daß Bert auf seiner gewohnten Matratze, B-11, schlafen konnte. (Charakteristischerweise schlief er so, daß Kopf und Füße denen der anderen entgegengesetzt lagen.)

Obwohl er von ruhiger Freundlichkeit war, blieb er ein Rätsel. Niemand hielt ihn für einen schwachsinnigen Gelehrten, aber er verstand möglicherweise mehr, als er zeigte. Einer der Betreuer erinnert sich: »Er sprach drei Jahre lang Spanisch mit uns. Dann kam er eines Tages ins Büro und sprach Englisch. Niemand wußte, daß er das konnte.«

Außer daß sie ein wachsames Auge auf Bert hatte, versorgte die VOA-Mannschaft ihn auch mit Essen, Zigaretten, Kleidung und sogar gelegentlich mit ein paar Dollar. Als sie Berts Vorliebe für Zigarren entdeckten, machten es sich einige Beschäftigte (darunter sogar der seltsame Polizist) zum Anliegen, ihm von Zeit zu Zeit eine billige Zigarre mitzubringen. Einer der Betreuer beobachtete: »Er lehnte sich zurück, als ob er ein Millionär wäre, und rauchte sie.«

Bill Johnson, der mit dreißig schon fünf Jahre lang Veteran bei Detox war, hatte ein spezielles Interesse an den Einzelgängern, die Kaffee und Tabak gegenüber Wein und Whisky den Vorzug gaben. Johnson, ein Mann mit blauen Augen und einem mitleidigen Lächeln, das in einem dicken Bart versteckt war, hatte schon allen Schmerz der Welt gesehen, aber auch das Aufblitzen von Wundern. Er versah seine Arbeit voller Hoffnung, in einer ruhigen, unaufdringlichen Art. Mit Bedacht mischte er sich unter die einsamsten und größten Außenseiter bei Detox – insbesondere unter die Zurückhaltenden, die Selbstgespräche führten.

Johnson konnte nur ein paar Brocken Spanisch, also blieb er bei Englisch. Als er den Mann das erstemal nach seinem Namen gefragt hatte, verstand er Alberto, daher der Spitzname Bert.

Nach und nach verbrachte Bert einen Großteil der Zeit in Johnsons Gesellschaft, und zwischen den beiden entwickelte sich eine besondere Beziehung. Obwohl Bert nie wirklich gesprächig wurde, erzählte er Johnson, daß er aus Costa Rica stamme und als Mechaniker gearbeitet habe. Gelegentlich paßte Bert seinen Fahrplan dem Johnsons an, so daß er ihn morgens, wenn Johnson um 7 Uhr 30 zur Arbeit kam, mit einem Lächeln empfing. Johnson stellte sicher, daß Bert immer eine Tasse Kaffee und etwas zu essen bekam. Er erinnerte ihn, wenn es Zeit für eine Dusche war, und Bert ließ sich von ihm sogar die Haare schneiden. »Bert war etwas Besonderes«, sann Johnson, »und wir haben ihn auch besonders behandelt.«

Mehr noch als besonders war Bert ehrenhaft. Einmal fand er über zweihundert Dollar auf dem Parkplatz. Steckte er sie ein? Mitnichten, er brachte sie ins Büro. Als niemand das Geld zurückhaben wollte, gaben die Betreuer ihm täglich ein paar Dollar, bis das Geld aufgebraucht war. Es gefiel Bert auch, bei der Hausarbeit zu helfen. Er arbeitete meist gegen Zigaretten und half dem 74jährigen Hausmeister dabei, Picknick-Tische anzustreichen, Autos zu waschen, den Müll rauszubringen und die Böden zu wischen. Er wurde ein so regelmäßiger Gast dort, daß jemand Bert das Detox- Maskottchen taufte.

Vielleicht war es auch auf Johnsons unaufdringlichen religiösen Einfluß zurückzuführen, daß Bert regelmäßig zur Kirche ging. Jeden Sonntag stieg er in den Glory Bound Ministries Bus, fuhr zur Kirche, setzte sich hin und verfolgte den Gottesdienst. Hier war einer der wenigen Plätze, wo Bert und einige andere von Detox Trost fanden und als Arme wirklich willkommen waren.

Aber so häufig Bert auch die Kirche besuchte, der Glaube vermochte nicht, seine schlimmste Pein zu heilen. Bert hörte Stimmen.

Psychologen würden sagen, daß er an ›akustischen Halluzinationen‹ litt, aber Bert bestand darauf, daß er mit ›Geistern‹ sprach. Sie waren immer bei ihm – innerhalb von Detox, und besonders nahe dem Friedhof unten an der Straße – und führten eine ununterbrochene Unterhaltung, an der Bert mit Gestikulieren in der Luft, Zustimmung und Protest, ja mit Lächeln und Lachen teilnahm.

Als Judy Moise den großen, schwerfälligen Mann, der ihr zur Besessenheit werden sollte, das erstemal bemerkte, stand er murmelnd vor dem Friedhof.

Moise hatte als ›Straßen-Berater‹ für das Volunteers of America Courtsey Outreach Programm zu arbeiten begonnen, und Detox war ihre Basis, sozusagen ihr ›Büro‹. Jeden Tag fuhr sie vor der gewellten Metallfassade an der Front Street vor, und nachdem sie die Mannschaft begrüßt hatte, ließ sie ihr Auto auf dem staubigen Parkplatz stehen und brach im VOA Wagen auf.

An einem Tag im Frühjahr 1986, kurz nachdem sie ihre Arbeit begonnen hatte, entdeckte Judy Bert auf dem Fußweg. Er war schwer zu verstehen, aber er schien mit sich selbst zu streiten, denn er sagte: »Geh hier weg! Laß mich allein!«

Sie hielt an und fragte: »Mit wem sprechen Sie?«

Er wandte den Blick seiner tiefbraunen Augen zu ihr: »Mit diesen Leuten«, erklärte er ihr und wedelte mit dem Arm durch die Luft, »Geister vom Friedhof.«

»Ach so.« Akustische Halluzinationen waren nichts Neues für Judy Moise. Sie verstand, daß Bert die Stimmen wirklich hörte, also fragte sie einfach, was das für Geister wären. Mit Mühe erfuhr sie, daß ein ›böser Geist‹ das erstemal zu Bert gekommen war, als er neunzehn war.

»Sind die Stimmen jemals verstummt?« fragte sie.

Er schüttelte den Kopf.

»Was ist mit Medikamenten? Vielleicht gehen sie mit Medikamenten weg.«

»Nein«, seufzte er, »das würde nicht klappen.«

Anscheinend waren Berts Dämonen ständige Erscheinungen. Jedenfalls, so Judys Beobachtung, sprach er mit diesen Luftgestalten mehr als mit allen anderen.

Es störte Judy Moise, Bert hier vorzufinden, wo er von allen Verrückten der traurigste zu sein schien. Obwohl er kein Alkoholiker war, verbrachte er die Nächte in einem langen, engen, verschlossenen Raum, umgeben von Betrunkenen, die auf ihren Vinylmatratzen schnarchten. Dazu das ständige Blitzen von Neonlampen. Wohlgemeinte, aber ständige Aufsicht – nicht gerade die beste Umgebung für jemanden, der geistig verwirrt ist.

Andere ambulante Zufluchtsstätten konnten bequemere Bedingungen bieten, beispielsweise Klappbetten, aber alle außer Detox verlangten dafür zumindest einen Identitätsnachweis und Nüchternheit.

Bei Detox erhielten sogar die Penner Hilfe. Schon auf die kleinste Bereitschaft, nüchtern zu werden, wurde bereitwillig eingegangen. Patienten konnten in eine richtige Entziehungsklinik gebracht werden, und die Mannschaft von Detox stand in enger Verbindung zu den Anonymen Alkoholikern. (Bill Johnson erklärte mit vollem Ernst, daß er ›zu viele Wunder erlebt habe‹, um zu glauben, daß selbst der größte Säufer verloren wäre.)

Aber was war mit Bert? Er war kein Alkoholiker. Er war nur deshalb bei Detox, weil er nicht wußte, wohin er sonst gehen sollte.Was konnten sie jemandem anbieten, der geistig krank war?

Es war unmöglich, Bert woanders hinzubringen, das sah Judy ein, denn er hatte kein Geld. Und daß er kein Geld hatte, lag daran, daß er keine Sozialversicherungsnummer hatte. Wie Judy es ausdrückte, »er hatte ein Identitätsproblem.«

Schlimmer noch, es kursierten Gerüchte von einer Schließung. Detox, das weder hübsch war, noch Gewinn abwarf, war nicht sehr bekannt. Sogar bei vielen Pennern galt es als unbequem und drittklassig.

Man konnte sich kaum vorstellen, daß er auf der Straße überleben konnte. Während Berts Verletzlichkeit bei einigen die besten Instinkte weckte, wurde er anderen zur Zielscheibe. Es war leicht, ihn auszunutzen. Bert lief oft ohne Hemd herum; zum Teil deshalb, weil ihm jederzeit jemand ein neues aus der Wohlfahrtssammlung brachte, gab er seins weg an den ersten, der es haben wollte. Er war zu gutmütig, um selbst seine eigenen Interessen zu wahren.

Bald beschloß Judy Moise, Bert eine Vorzugsbehandlung

angedeihen zu lassen. Sie entschloß sich, Berts Identität und Sozialversicherungsnummer herauszubekommen, so daß er die Wohlfahrtsschecks erhalten konnte, für die er berechtigt war, und dann galt es, ein richtiges Zuhause für ihn zu finden, mit einem richtigen Bett, in dem er schlafen konnte, und mit einer Lampe, die er nachts ausschalten konnte.

Es war ein Wunsch, einfach genug, geboren aus einer wohlwollenden Eingebung heraus. Jahre später sollte es sich als ein Akt des Stolzes herausstellen, nicht des Gewissens.

Kapitel 2

So eigentümlich Bert auch war, Judy fand seine Exzentrik liebenswert und seine Verletzlichkeit entwaffnend. Während des Sommers vertiefte sich ihre Bekanntschaft mit ihm. Als sie sich entschloß, ein Video-Projekt über Nicht-Seßhafte zu machen, fragte sie Bert, ob er dazu bereit wäre, ihr ein Interview zu geben.

Zerzaust, schmutzig und mit seinem enormen Bauch, der unter einem karierten Hemd hervorlugte, war Bert nicht gerade das attraktivste Fotoobjekt, aber er stimmte zu. Judy schulterte ihre Videokamera, und Bert folgte ihr an die Seite des Hauses, wo sie zu drehen begannen. Aber es war ein schlechter Anfang: Es war schon spät, und nach ein paar Fragen einigten sie sich darauf, am nächsten Tag weiterzumachen.

Als Judy am nächsten Morgen zu Detox kam, war sie verblüfft über Berts Verwandlung: Er war sauber, sein Haar war ordentlich gekämmt, und er trug ein sauberes Khakihemd. Judy erkannte, daß es leicht möglich war, jemanden wie Bert zu unterschätzen.

Während des Interviews lernte sie ihren verwirrenden Freund ein bißchen besser kennen. Als sie ihn fragte, ob er lieber auf dem Land oder in der Stadt wohnen wolle, antwortete er, er ziehe die Stadt vor – ein banaler Austausch, der aber später von Bedeutung sein sollte.

Als Bert murmelte, er habe »keinen Platz zum Leben«, fragte Judy: »Was ist besser, Detox oder ein Wohnheim?«

»Ein Wohnheim«, antwortete er.

»Wenn wir eines für dich fänden, würdest du dann lieber in einem Wohnheim wohnen?«

»Ja.«

Das Interview wurde durch Berts unverständliches Genuschel beeinträchtigt*, aber es verstärkte Judys Pflichtgefühl, ihm zu helfen. Judy machte sich in gewisser Weise zu einem persönlichen Aufpasser für Bert. Wie ein Beobachter es ausdrückte: Judy freundete sich nicht nur mit Bert an, ›sie adoptierte ihn förmlich‹.

Mit ihrem offenen Lächeln und dem ergrauenden blonden Haar hatte Judy Moise das sonnige gute Aussehen einer plumpen, in die Jahre gekommenen Doris Day; sie sah so aus, als wäre sie eher auf einer Schulkonferenz zu Hause als an der Front im vergeblichen Kampf gegen Obdachlosigkeit.

Auch war sie weder durch sorgfältige Karriereplanung noch durch eine innere Berufung zu diesem Beruf gekommen. Er war für sie vielmehr eine Art, persönliche Dämonen im Zaum zu halten, denn hinter ihren lebendigen Augen lauerte ein geheimer See voller Schmerz.

1978 war sie geschieden worden, und nachdem sie sich selbst als ›privilegiert‹ und ›etwas unrealistisch‹ eingeschätzt hatte, fühlte sie sich zunächst befreit durch die neuen Möglichkeiten, die sich ihr jetzt nach achtzehn Jahren des Hausfrauendaseins boten. Ihre Kinder waren fast erwachsen, so daß sie das Gefühl hatte, ihr Leben steuere auf neue Horizonte zu. Statt dessen lief es völlig aus dem Ruder, als nur sechs Monate später ihre Familie gleich doppelt mit Schizophrenie geschlagen wurde. Erst beging ihr 27jähriger Stiefsohn, der schon seit Collegezeiten depressiv gewesen war und sich darüber beklagte, daß er Stimmen höre, Selbstmord. Zwei Wochen spä-

* Bert Montoyas Video stellte sich als unbrauchbar heraus. Später vervollständigte Judy Moise mit einem Kollegen, Russ Parker, die Video-Dokumentation, die unter dem Titel ›Rotes Herz‹ mit einem nicht seßhaften Vietnam-Veteranen als Hauptfigur einen Preis gewann.

ter hatte ihr eigener Sohn, der siebzehnjährige Todd, einen Nervenzusammenbruch und erlag Wahnvorstellungen, die Judy weder verstehen noch durchbrechen konnte.

Als sie wieder klar denken konnte, war ihr erster Impuls, Todd in die beste Privatklinik zu bringen, die sie finden konnte. Aber selbst mit der Unterstützung ihres Ex-Mannes konnte sie ihr Einkommen kaum so weit strecken, daß es die Kosten deckte. Indem sie erst in einem Sandwich-Laden arbeitete und dann Hörgeräte verkaufte, kämpfte sie darum, sich selbst und ihrer vierzehnjährigen Tochter Britt ein bescheidenes Heim zu bieten. Während der ganzen Zeit machte sie sich Sorgen, ihre Tochter, deren normale emotionale Ansprüche von den riesigen des Bruders verschluckt wurden, könnte zu kurz kommen.

In der Zwischenzeit führten Judys Besuche bei Todd in der Klinik dazu, daß sie sich mehr und mehr Sorgen wegen seiner Behandlung dort machte. Nach einem Jahr schien es ihm schlechter statt besser zu gehen. Sie holte ihn aus der Klinik, weil sie davon überzeugt war, beim Geistigen Gesundheitsdienst, der in Sacramento angeboten wurde, bessere Hilfe zu finden, aber wieder war die Realität ein Schlag ins Gesicht. Ihr Sohn beendete die Reihe der Häuser in ›heruntergekommenen Hotels‹ – ein großer sozialer Abstieg aus seiner gehobenen Mittelklasse-Jugend. Als Judy sich beklagte, wurde ihr gesagt, daß dies leider der einzige freie Platz sei, der zur Zeit verfügbar war.

Damit unzufrieden, klammerte Judy sich an die Überzeugung, daß es nur darauf ankam, den richtigen Vermittler, den richtigen Arzt, die richtigen Medikamente zu finden, um den Dingen eine andere Wendung zu geben und Todd zu helfen, gesund zu werden. »Es *muß* irgend etwas da draußen geben, das meinem Sohn helfen kann«, beharrte sie.

Sie verbrachte Stunden in der Bibliothek damit, alles zu lesen, was mit Schizophrenie und ihrer Behandlung zu tun hatte. Sie verschickte Briefe, tätigte Anrufe, bedrängte jeden, von dem sie meinte, er könnte helfen. Aber sie stieß größtenteils auf Gleichgültigkeit, wenn nicht gar auf Ablehnung. Der Versuch, die Behandlung ihres Sohnes zu ändern, war schwieriger, als eine Kreditkartengesellschaft dazu zu bringen, einen Buchungsirrtum zuzugeben. Offensichtlich wurde von Müttern nicht erwartet, so ein reges Interesse an der Behandlung ihrer Kinder zu zeigen.

Schließlich erkannte Judy, daß ihr nichts anderes übrigblieb, als nachzugeben, den Kampf abzubrechen und sich zwischen die Zähne des Ungeheuers zu begeben. Sie wurde Mitglied freiwilliger Gruppen wie der California Alliance of Metal Illness (CAMI), eine Gruppe, die die Familien geistig Kranker unterstützte, und der California Planning Council of Mental Health. Da erst erkannte sie, daß sie nicht gegen ein unvernünftiges, böswilliges System ankämpfte, sondern gegen eins, das durch unzureichende Fonds und widersprüchliche Politik verkrüppelt war.

Zur gleichen Zeit wurde Judy in die Probleme hineingezogen, die die Freunde ihres Sohnes hatten. Der eine mochte sie bitten, ihm zu helfen, einen besseren Arzt zu finden, der andere, eine Beschwerde über einen Sachbearbeiter einzureichen. Indem sie sich mit der für sie charakteristischen Energie wappnete, wurde sie zum Anwalt, ohne es zu wollen. Sie schlüpfte einfach in die Rolle. Sie paßte zu ihr.

Jetzt, wo Judy für die Probleme der geistig Kranken sensibilisiert war, beunruhigte es sie, so viele schäbige Leute in den Straßen zu sehen, die mit sich selber sprachen. »Diese Leute kommen offensichtlich nicht zu Rande«, überlegte sie, »aber sie finden keinerlei Hilfe.«

Für Judy war ganz klar, daß die Mitarbeiter der Hilfsorganisationen, statt darauf zu warten, daß solche verwirrten Seelen den Weg zu ihrem Büro fänden, selbst auf die Straße gehen mußten. Als sie daher hörte, daß die Volunteers of America zwei Stellen mit ›Straßen-Beratern‹ zu besetzen hatten, die genau das tun sollten, schrieb sie schnell eine Bewerbung. Es war ihr egal, daß sie nur ein halbprofessioneller Sozialarbeiter war und kein diplomierter, den sie eigentlich suchten.

Im Mai 1986 arbeitete Judy Moise mit einem Kollegen, mit dem sie in einem VOA-Wagen herumfuhr und, wie sie es nannte, Leute ›rettete‹. Wenn sie eine zerzauste Frau auf einer Parkbank entdeckte, die von Tüten mit ihren Habseligkeiten umgeben war, konnte Judy sich neben sie setzen und ihr Unterstützung anbieten. Oder der Leiter schickte das VOA-Team los, um einen Mann abzufangen, der an einer Ecke Phrasen drosch, und sie würden ihn dazu zu überreden versuchen, für Hilfe und Unterstützung mitzukommen.

Wenn sie solche Leute in Kliniken, Zufluchtsstätten oder zu Sozialdienststellen fuhren, mußten Judy und ihr Kollege oft genug das Fenster herunterkurbeln, selbst an kalten Tagen, um den Gestank nach uringetränkter Kleidung und ungewaschenen Menschen loszuwerden.

Die Arbeit war schlecht bezahlt und eine emotionale Belastung, aber Judy beklagte sich nicht darüber, wie hart es war. Statt dessen orientierte sie sich an den Erfolgserlebnissen bei dieser Arbeit. »Ich habe jede Woche eine Erfolgsmeldung«, erklärte sie. »Gestern habe ich zwei vermißte Personen entdeckt.«

Es gab nur wenig, was ihr mehr Freude machte, als Menschen zu sehen, die sie einst von der Straße geholt hatte und die jetzt ein besseres Leben führten: in Wohnungen, die ordentlich waren und in besserer Verfassung. Oft erlangten sie mit Hilfe der richtigen Medikamente wieder geistige Klarheit, Urteilsvermögen und Selbstwertgefühl zurück.

Nun fühlte sie sich berufen, Bert Montoya zu helfen.

Normalerweise brachte Judy keine Personen unter – sie fungierte vielmehr als Mittler, um Menschen, die aus dem Gleichgewicht waren, erst einmal von der Straße zu holen und sie der Obhut anderer Sozialarbeiter zu übergeben, die dann ein Heim für sie suchten – doch kürzlich hatte ihr Chef ihr die Erlaubnis erteilt, ›gelegentliche Unterbringungen‹ gerade in solchen Fällen vorzunehmen.

Eines Tages erfuhr Judy von einem Detox-Mitarbeiter, daß Bert für kurze Zeit in einer Pension namens Altos Haus gelebt hatte. Das stimmte sie freudig erregt: Hieß es doch, daß Berts Sozialversicherungsnummer zugänglich sein mußte! Sie raste zu der Pension, und natürlich enthielt die Buchführung des Besitzers eine Nummer. Aber als er sich damit an die Sozialversicherung wandte, stellte sich heraus, daß es nicht funktionierte. Es war nicht Berts.

Hilfe kam im Frühjahr 1986, als Beth Valentine zu den Volunteers of America und zu Judy stieß. Judy kannte Beth schon jahrelang: Sie war die Tochter ihrer besten Freundin, und Judy hatte Beth von einem vielversprechenden Kind zu einer Frau mit Charakter heranwachsen sehen. Beth' größere Ausgeglichenheit und die vernünftige Art der jetzt fast dreißigjährigen waren eine gute Ergänzung zu Judys aufbrausendem Temperament. Schon bald arbeiteten Judy und Beth den ganzen Tag zusammen und halfen rund zweihundert Menschen pro Monat.

Das Beste dabei war, daß Beth auch Judys Begeisterung für Bert teilte.

Aber jeder Versuch, einem seiner Berichte auf die Spur zu kommen, war so, als knackte man Nüsse, die nichts enthielten. Judy und Beth nahmen Kontakt zu einer Reihe von Leuten auf, deren Zahl stetig wuchs; sie befragten rund dreißig Behörden und Einzelpersonen. Schließlich wurden sie nicht mit einer, sondern gleich *zwei* Sozialversicherungsnummern belohnt, die Bert zugeteilt waren. Keine stellte sich als die richtige heraus.

Nachdem sie alle anderen Möglichkeiten ausgeschöpft hatten, brachten die VOA-Mitarbeiter Bert widerstrebend zur Einwanderungsbehörde. Das war ein kalkuliertes Risiko. Bert, der eigentlich aus Costa Rica stammte, beharrte darauf, US-Bürger zu sein. Noch hatte er dafür aber keinen Beweis, und der Kontakt mit der Einwanderungsbehörde konnte leicht ein Schuß nach hinten werden: Wenn sich herausstellte, daß Bert sich illegal hier aufhielt, konnte er ausgewiesen werden. Aber es schien ihre einzige Möglichkeit zu sein.

Bei der Einwanderungsbehörde erfuhren Judy und Beth, daß Bert ohne Fingerabdrücke kein Paß ausgehändigt werden könne, sie sollten ihn zum Department für Motorfahrzeuge bringen, wo seine Fingerabdrücke genommen werden könnten. Aber als sie den Abstecher dorthin machten, weigerte sich die Behörde, Berts Fingerabdrücke ohne offiziellen Paß zu nehmen.

Trick 17.

Statt mit den Zähnen zu knirschen und Türen zu schmeißen, als sie auf dieses Hindernis trafen, nahmen Judy und Beth einen neuen Anlauf. Sie beteten. Sie hielten an der katholischen Kirche des Heiligen Franziskus von Assisi an, einem schönen alten Bau, der den idealen Platz zum Niederknien und Beten bot. Im Mittelgang trennten sie sich und gingen jede ihrer eigenen Wege – sie zündeten eine Kerze an, sahen zu den großen, durchscheinenden Glasfenstern auf – und fanden sich schließlich zu Füßen einer schönen, vergoldeten Wiedergabe der Heiligen Jungfrau aus Guadalupe wieder. Die dunkelhäutige Madonna. Die Schutzpatronin der Unterdrückten.

Sie hatten schon lange das Gefühl gehabt, daß ihre Gebete für Bert am besten bei der Heiligen Jungfrau aufgehoben waren, sie führten ihr Bild überall bei sich, sogar im Auto. Wenn sie unter Zeitdruck standen, beteten sie manchmal im Gehen, sandten ihre Gebete von der Straße hinauf. Nach so vielen Monaten voller frustrierender Sackgassen konnte jeder Zipfel göttlicher Gunst von Nutzen sein. »Beth und ich haben dauernd gebetet«, erinnert sich Judy, »und irgendeine Tür hat sich immer aufgetan.«

Der Wendepunkt kam im Mai 1987. Judy hatte ohne Erfolg versucht, eine verständliche Geschichte aus Bert herauszuholen. Jetzt aber, bei einer Behörde, die auf Rechtsdienste für Spanier spezialisiert war (sie nannte sich central Guadalupe) befragte eine Frau Bert auf spanisch. Hier erfuhren sie zum erstenmal, daß Bert nicht Alberto, sondern Alvaro Jose Rafael Gonzales Montoya hieß. Nachdem er am 8. September 1936 in Costa Rica geboren worden war, kam er mit seiner Mutter, Schwester, Nichte und seinem Neffen 1962 nach New Orleans.

Mit dieser neuen Information im Hintergrund schrieb Judy Moise einen Brief an die US-Botschaft in San José, Costa Rica, und bat um die Bestätigung von Berts Identität. Als sie das Schreiben in den Briefkasten warf, drehte sie sich zu Beth um und meinte: »Alles, was wir tun können, ist hoffen und beten, daß er legal eingereist ist.«

Monate später traf ein Brief vom Generalkonsulat ein, der die Original-Geburtsurkunde von Alvaro Jose Rafael Gonzales Montoya enthielt!

Nach etwas mehr Papierkram und einigen Dollar, die Freunde beigesteuert hatten, fielen die Zahlen von Berts Sozialversicherungsnummer schließlich wie Kirschen in einem Spielautomaten auf ihren Platz. Nach mehr als einem Jahr bürokratischen Glücksspiels hatten sie endlich ein Lächeln der Glücksfee gewonnen: Bert war legaler Bürger mit legalem Paß und deshalb auch berechtigt, die Wohlfahrtsleistungen der Regierung in Anspruch zu nehmen. Endlich konnte er seine Rumpelkammer bei Detox verlassen.

Doch wo konnte er hingehen?

Bert weigerte sich, Neuroleptica* einzunehmen, aber die meisten Heimleiter weigerten sich, Mieter aufzunehmen, die Stimmen hörten, *es sei denn*, sie nahmen Medikamente. Es würde also doppelt schwierig werden, ein Heim für ihn zu finden.

Nach einem weiteren schnellen Appell an die Jungfrau von Guadalupe suchten Judy und ihre Kollegen Auswege. Peggy Nickerson, eine hart arbeitende, barmherzige Frau, schien der logische Ausweg. Nickersons Arbeit, die als ›Straßen-Berater‹ von St. Pauls Senior Center die älteren Obdachlosen betreute, überschnitt sich oft mit ihrer eigenen. Nickerson regte an, daß Bert in einer Pension glücklich sein könnte, die eine Frau namens Dorothea Puente führte.

Sie sagte, Puente sei ein seltener Glücksfall: eine Witwe, die eine gute und saubere Pension führte und doch nicht davor zurückschreckte, die unterschiedlichsten Mieter aufzunehmen wie beispielsweise Alkoholiker. »Puente hat Schneid«, erzählte Nickerson ihnen, »sie kann mit Leuten von der Straße umgehen. Sie hat keine Launen.«

Judy und Beth beschlossen, es mit Dorothea Puente zu versuchen, und notierten sich ihre Adresse: 1426 F Street.

* Beruhigungsmittel, die bei der Behandlung von Geisteskrankheiten, besonders Psychosen, verwendet werden.

Kapitel 3

An einem klaren, frischen Wintermorgen am 1. Februar 1988 fuhr der VOA-Wagen vor einem zweistöckigen, blauweißen Haus aus der Viktorianischen Ära in der F Street vor. Von außen sah es vielversprechend aus: sauber und gut gepflegt, ohne steif zu wirken.

Judy und Beth stiegen aus dem Wagen und erklommen die Stufen zu dem überdachten Hauseingang im zweiten Stock, wo eine alte Dame in einem bedruckten Kleid sie an der Tür begrüßte. Ihr weißes Haar war mit Lockenwicklern auf ihrem Kopf aufgesteckt. Ihre zarte, blasse Haut, vor Alter fast durchscheinend, spannte sich über hohen Wangenknochen und fiel dann rund um den Mund herum ein: Sie hatte keine Zähne im Mund.

Nach den üblichen einleitenden Höflichkeitsfloskeln bat Dorothea Puente sie herein. Als Judy und Beth der großmütterlichen Frau in die Eingangshalle folgten, fiel ihnen der aromatische Duft aus der Küche auf. Während Judy sich umsah, stellte sie eine Vorliebe der Hausherrin für altmodische Keramikfiguren, Tellerdeckchen und billige Heiligenbildchen fest – kitschig, aber unaufdringlich. Eine große Auswahl von Taschenbuch-Romanen drängte sich in einem überfüllten Regal. Ein paar Zeitschriften waren über die seidene Tischdecke verteilt, auf der ein kleines Kaffeetablett stand, während die Morgensonne durch die seidenen Vorhänge schien und dem sauberen, aber vollgestopften Zimmer Wärme verlieh. Pensionen waren nie besonders reizvoll, aber diese hier besaß eine anheimelnde Atmosphäre.

»Kann ich Ihnen einen Kaffee anbieten?« fragte die Dame des Hauses.

Ihre beiden Besucher lehnten ab: »Nein, vielen Dank, Mrs. Puente.«

»Bitte sagen Sie doch Dorothea zu mir«, korrigierte sie die Frau.

Damit war das Gespräch eröffnet, und sie entschuldigte sich zunächst für ihren Aufzug. Ihr neues Gebiß sei noch nicht fertig, wie sie, offensichtlich verstimmt, erklärte. Durch ihre Zahnlosigkeit sah sie genauso alt aus, wie sie auch war – »Sie müssen wissen, ich bin siebzig« – aber es schien sie nicht beim Sprechen zu stören.

Wie sie sehen könnten, sei ihr Haus nicht besonders groß. Die Gäste würden großteils unten wohnen, während sie die obere Etage für sich habe. Oben kochte sie auch, und ihre Pensionsgäste kamen zum Essen nach oben. Mit diesem Arrangement hatte sie gute Erfahrungen gemacht. »Ich bin schon lange im Pensionsgeschäft«, erklärte sie ihnen. »Vor einigen Jahren habe ich noch eine viel größere Pension in 2100 F Street geführt. Aber ich mache das nicht wegen des Geldes, wissen Sie. Ich brauche das Geld nicht. Es ist nur so, daß das Leben es immer gut mit mir gemeint hat, und das ist meine Art, etwas zurückzuzahlen.«

Judy nahm ihr das nicht so recht ab – Menschen übten diese Art von Geschäft nicht aus reiner Barmherzigkeit aus – aber sie nahm an, daß die Dame zu stolz war zuzugeben, daß sie ein zusätzliches Einkommen brauchte.

»Ich habe keine Familie in der Nähe«, fuhr Mrs. Puente fort, »deswegen brauche ich meine Mieter um mich. Sie sind eine Art Ersatzfamilie für mich – ohne sie wäre ich einsam.« Sie saß aufrecht da, die Hände im Schoß gefaltet, und lächelte sie mit geschlossenen Lippen an wie eine zahnlose Cheshire-Katze.

Judy und Beth begannen, ihr Berts Geschichte zu erzählen. Als sie erwähnten, daß er aus Costa Rica stamme und Spanisch seine Muttersprache sei, unterbrach Mrs. Puente: »Schön, dann werden wir gut miteinander zurechtkommen, denn ich bin auch Spanierin.«

Sie erklärte, daß ihre große Familie, die sich aus zahlreichen Geschwistern zusammensetzte, noch in Mexiko lebe. »Ich bin die Blonde, das Nesthäkchen. Sie pflegten mich *Gringa* zu nennen.« Sie kicherte, offensichtlich amüsiert von den alten Erinnerungen.

Niemand wäre bei ihrem Anblick auf die Idee gekommen, Dorothea Puente sei eine mexikanische Amerikanerin, aber an den Wänden hingen gerahmte Preisurkunden, die ihr dafür verliehen worden waren, daß sie bei Spanischen Prozessen mitgewirkt hatte. Ungeachtet ihrer hellen Hautfarbe spiegelte die Einrichtung durchaus mexikanischen Geschmack wieder, befand Judy.

Judy brachte das Thema wieder auf Bert und sagte, sie wolle sichergehen, daß Dorothea verstünde, daß Bert Montoya, obwohl er jahrelang bei Detox gelebt habe, kein Alkoholiker war. »Er hört Stimmen – er sagt, daß das Geister seien, die zu ihm sprächen – und er antwortet ihnen mit Worten und Gesten. Aber gewöhnlich ist er sehr ruhig und nett. Körperlich ist, mit Ausnahme einer Schuppenflechte auf der Kopfhaut, an der er seit Jahren leidet, alles in Ordnung.«

»Nun, darum kann ich mich kümmern«, verkündete Dorothea, »ich war im 2. Weltkrieg Lazarettschwester, wissen Sie. Einige Leute aus der spanischen Gemeinschaft hier nennen mich sogar ›die Ärztin‹«, fügte sie mit deutlichem Stolz hinzu.

Während Mrs. Puente fortfuhr und ein paar der Hausregeln erläuterte, schätzte Judy sie ab. Sie besaß einen Hang zur Menschenfreundlichkeit, aber sie hatte die Weisheit der Straße, nichts Süßliches.

Normalerweise hätte Judy sich Sorgen gemacht, wenn eine Frau in Mrs. Puentes Alter eine Pension wie diese geführt hätte, aber diese kleine alte Dame hatte Grips und ließ die Art von Zähigkeit erkennen, die man im Umgang mit nicht ganz gewöhnlichen Hausgästen brauchte. Sie sah einem in die Augen, was dazu einlud, ihr zu vertrauen. Selbst mit einem bunten Halstuch über den Lockenwicklern und ohne ihre Zähne strahlte sie Würde aus. Ganz sicher war sie nicht darauf aus, Eindruck auf sie beide zu machen – vielleicht war es das, was Judy am meisten beeindruckte.

»Gut, wollen Sie sich ein bißchen umsehen?« bot Mrs. Puente an und stand auf.

Zuerst folgten sie ihr in die Küche, wo Judy und Beth die Quelle des Wohlgeruchs entdeckten, der das ganze Haus durchzog. Sie standen daneben und beobachteten, wie die Frau eine Schürze umband und mit einem Bratenwender einige dicke Hamburger umdrehte, die auf dem Ofen bruzzelten. Keine mageren Hamburger. Nicht Maccaroni mit

Käse, sondern große, herzhafte Halbpfund-Burger. Das war jedenfalls besser als die typische Zimmer-mit-Verpflegung-Kost; allzu oft bereiteten die Vermieter nur dürftige Mahlzeiten zu und steckten den Profit in die eigene Tasche.

Bert aß gerne.

»Ich koche morgens«, erklärte Dorothea. »Wir frühstücken früh und essen früh zu abend. Um das Mittagessen kümmern die Mieter sich selbst. Ich stehe immer um fünf Uhr auf, und ich fange dann gern gleich mit der Arbeit an. Sehr oft kümmere ich mich frühmorgens um meinen Garten.«

Dorothea trat von der Küche aus auf den Absatz der Hintertreppe und holte aus einem Regal etwas Katzenfutter. »Ich weiß, daß es Leute gibt, die Katzen hassen«, sagte sie, während sie eine kleine Schale füllte, »aber ich habe eine Schwäche für Stromer. Meine Katze hat gerade Junge bekommen.«

Dorothea stellte das Schälchen in eine Ecke, und Judy beobachtete die mauzenden kleinen Pelzbälle in einem Pappkarton. Wie gutherzig diese Frau ist, daß sie sich um Streuner kümmert, dachte sie.

Die Besichtigungstour ging weiter. Außer Flur und Küche gab es oben noch ein Eßzimmer, Mrs. Puentes Schlafzimmer, ein Gäste- und ein Badezimmer. Unten, wo hauptsächlich die Mieter untergebracht waren, waren die Wände mit billigem Holz getäfelt, aber die Möbel waren solide und sauber. Es war sicherlich kein Luxus, aber es gab jede Menge Fernsehgeräte und sogar einen eigenen Kühlschrank für die Mieter.

Draußen sahen sie, daß der Hof auffallend gepflegt war. Es gab blühende Blumen und Sträucher und sogar einen kleinen Gemüsegarten. Da stand ein schmückender Engel, dort eine kleine Windmühle und vorne eine religiöse Darstellung – fast ein Schrein.

Bald standen die drei wieder im Flur, und als die Unterhaltung in Geplauder überging, fragte Judy, ob sie mal telefonieren dürfe. Nachdem sie Beth und Dorothea verlassen hatte, nutzte sie die Gelegenheit, sich noch einmal umzusehen. Neben dem Telefon lagen Zeitschriften und ein großer Stapel Post, das meiste davon Rechnungen. Ganz normal. Ihr fiel auf, daß die Getränkebar besser als üblich bestückt war …

aber irgendwie ließ das den Platz gemütlicher erscheinen. Alles in allem war das Haus bemerkenswert sauber und gepflegt, mehr als erforderlich.

Bald verabschiedeten sich die beiden VOA-Kollegen. Judy wartete, bis sie wieder im Auto saßen, ehe sie fragte: »Na, Beth, was hältst du davon?«

Beth antwortete ohne zu zögern: »Ich glaube, Bert würde sich hier wohl fühlen.«

»Ein Glück«, rief Judy und lächelte strahlend, »ich bin froh, daß nicht nur ich so denke.«

Judy und Beth merkten, daß das System nach allen Verzögerungen nun für Bert arbeitete. Es gab keinen Grund, die Sache hinauszuschieben, also brachten sie ihn schon am selben Nachmittag dorthin.

Falls Bert Montoya irgendwelche Vorbehalte gehabt hätte, eine Fremde zu treffen, schmolzen sie innerhalb von Minuten nach seiner Ankunft. Er sprach nur wenig, und seine Reaktionen unterlagen seiner natürlichen Schüchternheit, aber Mrs. Puente war absolut entwaffnend: Sie sprach spanisch mit ihm, führte ihn herum und tätschelte ihn, als wäre er ihr Sohn.

»Du mußt wissen, ehe du hier einziehst, daß ich gerne mexikanisch koche«, teilte Dorothea ihm mit. »Im Moment wohnt hier kein Mexikaner, aber ich liebe mexikanisches Essen, und es würde mich sehr freuen, wenn ich welches für dich kochen könnte. Würde dir das gefallen?«

Natürlich konnte Bert sich nicht daran erinnern, wann ihm jemand zuletzt angeboten hätte, ein Essen nur für ihn zu kochen. Er errötete vor Freude.

Dorothea zeigte ihm das Zimmer, das er haben konnte, falls er sich entschloß, dort einzuziehen. Es war klein und sauber und nur mit dem Nötigsten ausgestattet, aber es bot Privatsphäre und hatte ein eigenes Fernsehgerät. Jemand, der erstklassige Atmosphäre gewöhnt war, würde es als Höhle empfinden, aber für jemanden, der es gewohnt war, auf einer Vinylmatratze auf dem Fußboden zu schlafen, war es ein Palast.

Als sie wieder gingen, wirkte Bert sichtlich angetan von der spanischen Hausherrin mit dem großen Haus. Er war bereit, noch am selben Tag einzuziehen.

Judy und Beth, die ihn kannten und wußten, wie leicht er zu beeinflussen war, rieten ihm jedoch, die Entscheidung noch ein paar Tage zu überdenken. Immerhin war dies erst die erste Pension, die er besichtigt hatte, und möglicherweise würde ihm eine andere sogar noch besser gefallen.

Das war am Montag. Am Mittwoch, dem 3. Februar, zog Bert in die 1426 F Street. Er ließ das gewellte, metallene Warenhaus in der Front Street hinter sich, verabschiedete sich von seinen Freunden bei Detox und zog in ein gemütliches, blauweißes Märchenhaus in der Nähe der Innenstadt. Nach Jahren der Unterkunft dort, wo die jammervollen Außenseiter ihre letzte Zuflucht fanden, hatte Bert ein Zuhause. Das erstemal seit Jahren würde er in dieser Nacht sein Haupt auf ein richtiges Kissen legen und in einem richtigen Bett schlafen.

Kapitel 4

Von dem Moment an, als Bert bei Dorothea Puente einzog, veränderte sich sein Leben völlig. Er wurde nicht mehr ignoriert, isoliert, war nicht mehr ein Außenseiter unter den Ausgestoßenen. Statt dessen wurde er ein wichtiger Bestandteil von Dorotheas geschäftiger Wirkstätte. Was er anhatte, mit wem er sprach und wie er seine Zeit verbrachte, waren von nun an Themen, die von Interesse waren und nach denen sogar gefragt wurde.

Dauernd strich Dorothea ihm die widerspenstigen Haare glatt, brachte seine Kleidung in Ordnung und steckte ihm die T-Shirts in den Hosenbund. Ständig ermahnte sie ihn auf spanisch: »Vergiß nicht, dich zu rasieren, Bert« oder »Geh und wasch dir die Hände« oder »Gib mir deine Wäsche, dann sorge ich schon dafür, daß du saubere Hemden hast.«

Innerhalb von zwei Wochen hatte Dorothea es geschafft,

Berts chronische Schuppenflechte einzudämmen – eine so große Leistung, daß Judy und Beth wegen der plötzlichen Verbesserung seines Aussehens kaum ihren Augen trauten. Er hatte saubere Haare, und der Schleier von Schuppen war von seinen Schultern verschwunden. Und das sollte erst der Anfang sein. Während ihrer Besuche in den folgenden Wochen waren Judy und Beth entzückt zu sehen, wie Bert in Mrs. Puentes Obhut gedieh. Sie hatten den Eindruck, daß jedesmal, wenn sie kamen, Bert sich wieder ein bißchen gewandelt hatte. Der Mann, der im Sommer barfuß herumgelaufen war und im Winter in schlecht sitzenden Stiefeln herumschlurfte, trug jetzt flotte neue Schuhe – Dorothea hatte ihm zwei Paar geschenkt. Seine Haare waren gekämmt, seine Nägel sauber. Außerdem sorgte Dorothea dafür, daß er immer frische Kleidung trug, indem sie ihm sechs neue Hemden, zwei Paar Hosen und ein Jackett schenkte.

Aber Dorothea verbesserte nicht nur sein Aussehen, sondern sie schien ihm auch psychisch zu helfen. Sie schränkte seine Gespräche mit den Geistern ein, indem sie ihn offen dafür auszankte, daß er ›mit dem Teufel spräche‹. Sie brachte ihn sogar so weit, wieder sein Medikament, Mellaril, einzunehmen (obwohl er weiter dagegen protestierte; er hatte die Tabletten nie gemocht).

Im Laufe der Wochen wurde Bert klarer, stand fester auf dem Boden der Tatsachen und traute sich mehr zu. Er fing sogar an, deutlicher zu sprechen. Als Judy eines Nachmittags zu der Pension in der F Street kam, war sie völlig perplex, als Bert herauskam, sie begrüßte und fragte: »Wie geht's?«

»Danke, gut«, antwortete sie, noch immer erstaunt, daß Bert das erstemal in seinem Leben selber ein Gespräch angefangen hatte.

»Beth hat erzählt, du seist krank«, murmelte er, und Judy staunte über die Verbesserung seiner Aussprache.

»Heute morgen war ich krank, aber jetzt geht es mir wieder besser«, antwortete sie mit einer Lässigkeit, die ihre Überraschung überspielen sollte. An die Stelle seiner früheren Grunzlaute und einsilbigen ›Ja's‹ und ›Nein's‹ waren vollständige Sätze getreten!

Judy und Beth, die sich für Bert besonders verantwortlich fühlten, waren selig. Nach dem frustrierenden Kampf um Berts ›Identitäts-Problem‹ waren sie doppelt dankbar dafür, daß Bert jetzt ein eigenes Zimmer und einen eigenen Kleiderschrank hatte. Sie sahen, daß mehr noch als ordentliche Mahlzeiten, mehr noch als die leiblichen Genüsse Dorothea Puente diejenige war, die ihm Würde verlieh, indem sie ihn wieder in Kontakt mit seinen lange vernachlässigten spanischen Wurzeln brachte. Unter ihrer Betreuung wuchs sein Selbstwertgefühl in einem Maße, wie sie es nie zu hoffen gewagt hätten.

Was immer Dorothea auch tat, jedermann fiel die an ein Wunder grenzende Verbesserung von Berts Aussehen und Verhalten auf. Dorothea ihrerseits sonnte sich in der Anerkennung, sie schien persönliche Befriedigung aus Berts Fortschritten zu ziehen.

Bill Johnson dagegen, Berts bärtiger Freund von Detox, betrachtete Berts Umzug in die Pension von Mrs. Puente mit Skepsis. Zu oft hatte er erlebt, daß Menschen die bescheidene Heimstatt des Detox gegen bessere Bedingungen eingetauscht hatten, nur um zu erleben, daß ihre Sozialhilfe von gierigen Vermietern an sich gerissen wurde. Als er Bert eines Tages besuchte, sagte er sogar etwas in der Art zu Mrs. Puente: »Alle Zimmer-mit-Verpflegung-Vermieter wollen nur das Geld«, murmelte er.

Die Dame des Hauses, die nicht zu denen gehörte, die sich zurücklehnen und Beleidigungen einstecken, schoß zurück: »Wenn das so wäre, hätte ich das andere Haus behalten«, womit sie sich auf das große Haus in 2100 F Street bezog, das sie vor Jahren geführt hatte.

Johnson wußte wenig und kümmerte sich noch weniger um Orte, an denen sie früher gewirkt hatte. Er machte sich Sorgen um Bert, dem, wie er glaubte, eine große Rückzahlung vom SSI* zustand, und er nährte die immer stärker werdende

* Supplemental Security Income, früher Aid to the Totally Disabled (Versehrtenhilfe), ist ein Hilfsprogramm, das diejenigen, denen es zusteht, beispielsweise blinde oder alte Menschen mit extrem niedrigen Einkommen, durch Zahlungen unterstützt.

Überzeugung, daß diese schlaue alte Katze »sie sich unter den Nagel reißen würde«.

Es paßte Dorothea Puente nicht, daß der Freund ihres Lieblingsmieters ihr nicht traute.

Als Bill Johnson das nächstemal zu Besuch kam, war Bert nicht da, und Mrs. Puente ergriff sogleich die Gelegenheit, ihn über das Anwesen zu führen. Sie geleitete ihn langsam durchs Haus, zeigte ihm Zimmer für Zimmer, wobei sie vor Zuneigung zu Bert überströmte. Sie zeigte ihm ihren gedeihenden Gemüsegarten und ließ sich darüber aus, wie sehr Bert es genoß, ihr im Garten zu helfen, und er sei ihr *so* eine Hilfe beim Jäten und Pflanzen.

Sie lotste Johnson nach unten, wo sie ihm erklärte, daß der Kühlschrank immer voller Sprudel war, so daß die Mieter sich bedienen konnten (das war unüblich in solchen Pensionen), und sie zeigte ihm auch, daß die meisten der sauberen Zimmer ein Fernsehgerät hatten. Johnson fiel auf, daß Berts Zimmer fleckenlos sauber war. Was sich aber vor allem bei Johnson festsetzte, als sie hoch und runter gingen, waren nicht der Anflug von Gemütlichkeit, die Steppdecken oder die Taschenbücher, nicht die Sauberkeit und Bequemlichkeit des Hauses, sondern der köstliche Duft, der dem Ofen entströmte. Geröstete Kartoffeln: Sie dufteten so, daß ihm das Wasser im Mund zusammenlief.

Später, den verlockenden Duft noch in der Nase, mußte Johnson sich widerstrebend eingestehen, daß eine so herzhafte Kost Mrs. Puentes Pension über alle vergleichbaren hinaushob. Bert konnte froh sein, hier zu wohnen. Wenige der früheren Detox-Klienten hatten es so gut getroffen.

Mit der Zeit stellte Johnson fest, daß Dorothea Puente viel mehr bot als die normalen Pensionswirt, und daß sie sich besonders um Bert kümmerte. Sie kochte ihm mexikanisches Essen, und Johnson wußte, wie sehr Bert das mochte. Auch sorgte sie dafür, daß Bert jeden Sonntag zur Kirche ging, ein Umstand, den der gläubige Mr. Johnson herzerwärmend fand, denn er hatte damals bei Detox eine ähnliche Rolle für Bert gespielt.

Dennoch war Johnson nach wie vor nicht so begeistert über

die Veränderungen in Berts Leben wie die anderen. Es kam ihm so vor, als ob die Vermieterin »über ihn wachte, zu viel Wert auf seine Erscheinung« legte. »Sie rückte ständig seinen Kragen zurecht oder schnippte Fusseln von seinen Schultern, und selbst bei Hitze ließ sie ihn im Sportsakko herumlaufen.« Im Rückblick erkannte Johnson, daß Mrs. Puente beträchtliche Kontrolle über seinen fügsamen Freund hatte. »Sie manipulierte ihn«, erklärte er.

Aber das sollte sich erst im nachhinein herausstellen.

Dorothea Puente kümmerte sich so sehr um Bert, daß die anderen Mieter eifersüchtig wurden. Sie beklagten sich, daß sie ihn verwöhne und ihm eine Sonderbehandlung zukommen lasse. Das stimmte. Für Bert machte sie Mittagessen, während alle anderen nur Frühstück und Abendbrot bekamen. Sie gab ihm Taschengeld und richtete ihm sogar ein Konto bei Joes Eckbar auf der anderen Straßenseite ein, womit sie Berts täglichen Gang auf ein Bier und Burritos in die schummrige Taverne unterstützte.

Hauptsächlich aber war es ungewöhnlich großzügig von Dorothea, daß sie zustimmte, Bert als Mieter aufzunehmen, noch ehe seine Berechtigungs-Schecks eintrafen. Er würde die ersten Lebensmittelmarken nicht vor dem frühen März erhalten, und sein erster SSI-Scheck würde nicht vor Juni eintreffen. In der Zwischenzeit wohnte er mehr oder weniger auf Kredit in der 1426 F Street. Dorothea hatte gesagt, wenn Berts Wohlfahrts-Schecks erst mal langsam eingingen, wäre das nicht schlimm. Das war typisch für die außerordentlich nette Dorothea Puente.

Zahllose wohltätige Einrichtungen – von der Gesellschaft der Polizisten bis zur Amerikanisch-Mexikanischen Gemeinschaft – kamen in den Nutzen ihres Scheckheftes. Bei Gelegenheit brachte sie sogar Geld für die politischen Fondgründungen auf, wo ein Teller hundert Dollar kostete. Manchmal kam sie ins Camellia-Altersheim und spendete zwei Kisten voller Kleidung – mal von Männern, mal von Frauen. Sie sorgte dafür, daß Arbeiter jeden Freitag alles Wiederverwertbare sammelten, denn das steuerte etwas Extrageld für das Arbeits-Urlaub-Center bei. Zu jedem Erntedankfest spendete sie für gemeinnützige Zwecke einen Truthahn.

John Sharp, ein großer, dünner Mann mit scharfen blauen Augen und einer Glatze, die von einem Kranz weißer Haare eingerahmt war, hatte nichts als Lob übrig für seine neue Wirtin. Sharp war etwa eine Woche vor Bert eingezogen. Nach einer Rückenoperation gerade aus der Klinik entlassen, hatte der 64jährige ehemalige Koch keinen Platz zum Schlafen. Aber Mrs. Puente hatte einen unter der Hintertreppe für ihn, für hundertsechzig Dollar im Monat plus weiteren 87 Dollar in Lebensmittelmarken.

Sie war für ihn ein Wirbelwind an Energie, weil sie immerzu kochte und putzte. Eine Superwirtin. Sharp lobte Mrs. Puentes aufmerksame Art: »Sie hat ohne Kosten für mich Kabelfernsehen in mein Zimmer legen lassen und mir wegen meines schlimmen Rückens einen Lehnstuhl gekauft.« Sharp setzte triumphierend hinzu: »Sie hat auch ein dreirädriges Fahrrad für einen gekauft, der verkrüppelt war.«

Einige andere Mieter waren weniger verständlich oder weniger ehrbar als der nüchterne Mr. Sharp. John McCauley, ein bärtiger, grober Mann, der oben sein Zimmer hatte, war ein so bösartiger Trinker, daß man ihm lieber aus dem Wege ging, aber Dorothea schien ihn zu mögen. Homer Myers, ein schwerfälliger, weißhaariger alter Knabe, der schlecht hörte, hatte den Hang, vor Fremden zurückzuscheuen, und lächelte vage zu Bemerkungen, die er wahrscheinlich nicht verstand. Ben Fink, ein drahtiger Mann Ende Fünfzig, der am Stock ging, versoff jeden Monat seinen Wohlfahrtsscheck, sobald er eintraf, schwamm die ersten Tage obenauf und wurde dann immer nüchterner, bis der nächste Scheck eintraf.

Außer diesen Männern – mit Bert waren es fünf – wohnten gelegentlich noch andere Frauen und Männer bei Dorothea. Mal eine Woche, mal für einen Monat – es war eine flüchtige Gemeinschaft. Nur Dorothea ragte aus der Mitte des Gästestroms heraus, sorgte für Routine und hielt daran fest.

Sie stand frühmorgens auf, und beim ersten Tageslicht hielt sie sich gewöhnlich im Garten auf, wo sie grub, goß, fegte und harkte. Um halb sechs stand das Frühstück auf dem Tisch. Obwohl nicht jeder von der Idee eines so frühen Mahls erbaut war, deckte Dorothea den Frühaufstehern einen herzhaften Tisch mit Eiern, Schinken und Pfannkuchen – wie ein Federwerk.

Es gehörte zu Dorotheas täglichen Gewohnheiten, ihre Mieter daran zu erinnern, ihre Medikamente einzunehmen. Jeder hatte andere Gesundheitsprobleme, und es wirkte nicht befremdlich, daß Pillendosen zusammen mit Salz- und Pfefferstreuern auf dem Tisch standen. In einem Küchenkalender notierte Dorothea Arzt- und Zahnarzttermine sowie Verabredungen mit Sozialarbeitern und erinnerte ihre Mieter daran. Sie kümmerte sich sogar darum, wie sie hinkamen. Die Frau hielt Ordnung.

Sie war auch fleißig. Sie erledigte die Hausarbeit, die Wäsche und kaufte selber ein. Am frühen Nachmittag war sie dann angezogen, um auszugehen.

Zu Hause war sie nur eine ältere Hausfrau in einer Schürze, aber wenn sie ausging, war sie ganz Dame. Sie zog gerne helle Kleider an und legte, bevor sie ging – denn sie achtete auf ihr Äußeres – Make-up und einen Hauch ihres Lieblingsparfums auf.

Dorothea Puente machte es nichts aus, zu Fuß zu nähergelegenen Läden wie McAnaw's Apotheke zu gehen, wo sie gewöhnlich verschiedene Zigarettenmarken, Kosmetikartikel, nicht verschreibungspflichtige Arzneimittel, Skandalblättchen, Grußkarten und ihre monatlichen Rezepturen holte. Oder aber sie schaute unten an der Straße bei einer mexikanischen Freundin rein, die ein Händchen für die Zubereitung von Tamales hatte, manchmal kaufte Dorothea dann gleich ein oder zwei Dutzend und trug sie in schweren Taschen die Straße hinauf und hoch in die Küche, wo sie zum Abendbrot serviert wurden.

Ein anderer Punkt, wo sie gerne haltmachte, war das Clarion Hotel, das nur einen kurzen Fußweg entfernt lag. Plüsch und Eleganz des Clarion boten eine willkommene Zuflucht vor den rauhen Sitten ihrer Mieter, und so konnte man Dorotheas blasses, hübsches Gesicht oft dort an der Bar sehen.

Besonders einer Kellnerin nahm sie sich an, die sie an ihrem Geburtstag mit einem Dutzend Rosen und einem großen Luftballonstrauß überraschte.

Das war typisch Dorothea: der große Auftritt, die verschwenderische Geste. Schließlich war sie Ärztin im Ruhestand, sie hatte doch das Geld, oder nicht? War sie nicht eines Morgens hundemüde dort aufgetaucht und hatte sich darüber beklagt, daß das Krankenhaus sie zu einem Notfall gerufen hatte und sie die ganze Nacht zur Krankenpflege aufgeblieben war?

Dorothea hatte noch einen anderen Grund, das Clarion Hotel zu besuchen, denn ihr ›Neffe‹, Ricardo Ordorica, arbeitete dort. Ordorica, ein zwergenhafter Mann von der Größe eines Kindes, war seit vielen, vielen Jahren dort als Gärtner beschäftigt. Wenn er sie hereinkommen sah, breitete sich auf seinem traurigen, verwelkten Gesicht ein strahlendes Lächeln aus. Dorothea war mehr als eine gute Freundin, sie war seine *tía* (Tante). Solange sie im Gefängnis gesessen hatte, hatten er und seine Frau ihr beigestanden, und nun, wo sie zurück war, war alles wieder gut.

Dorothea hatte eine besondere Zuneigung zu diesem kleinen Mann gefaßt. Sie begrüßte ihn herzlich auf spanisch, klopfte ihm auf die Schulter und fragte nach seiner Familie. Bei ihr blühte er auf.

Nur wenige Leute wußten, daß Ordorica gar nicht ihr Neffe war, sondern ihr Vermieter. Eine Zeitlang hatte Dorothea nur die obere Etage von 1426 F Street gemietet, und die Ordoricas hatten unten gewohnt, und sie lebten dort fast wie Verwandte. Die Kinder liebten sie wie ›die Großmutter, die sie nie hatten‹, denn Dorothea buk Kekse für sie, nahm sie auf Ausflüge mit und überraschte sie mit Geschenken.

Jetzt, wo die Ordoricas ihr neues Haus bezogen hatten, mietete Dorothea das ganze Haus in der F Street, und die Kinder sahen sie nicht mehr so oft. Aber sie kam häufig, um ihren ›Neffen‹ im Clarion Hotel zu besuchen, und er kam oft im Haus vorbei, um seine *tía* zu sehen.

Aber mehr als Freunde und mehr noch als ›Familie‹ waren sie Geschäftspartner.

Wenn sie sich trafen, geschah es häufig, daß sie ihr Portemonnaie öffnete und ihm mit ein paar gemurmelten Worten einige Schecks in die Hand drückte. Ordorica nickte dann mit seinem schwarzhaarigen Kopf, faltete die Schecks in seinen kleinen Händen und steckte sie in die Tasche.

Dorothea besaß keinen Führerschein, deswegen rief sie sich immer ein Taxi, wenn sie weiter weg wollte. Zur Zeit war Patty Casey ihre Lieblingstaxifahrerin, eine vertrauensvolle Frau, die Dorotheas Gesellschaft genoß und froh war, zu Diensten sein zu können, wenn Dorothea anrief. Außerdem gab Dorothea immer ein üppiges Trinkgeld.

Wenn Casey vorne vorfuhr, wartete Dorothea meist schon. Während sie durch das Tor eilte, bemerkte Casey, daß sie immer makellos gekleidet war, mit passender Handtasche und Schuhen.

Unter der Woche rief die Vermieterin Casey oft an, um sich zu Besorgungen, Verabredungen, zur Bank oder zum Einkaufen in Baumschulen fahren zu lassen, wo sie dem frönte, was Casey als ›fanatische‹ Liebe zur Gärtnerei bezeichnete.

Das Taxi setzte sie bei Lumberjack, einem großen Einkaufscenter, ab und nahm sie, wenn sie ein paar Stunden später anrief, beladen mit Gartensachen wieder auf. Wenn sie zu Hause ankamen, bestand Dorothea darauf: »Ich will nicht, daß Sie etwas tragen, Patty, bei Ihrem schlimmen Rücken. Versprechen Sie mir, daß Sie da sitzen bleiben. Ich hole Bert, damit er mir hilft.« Sofort war Bert zur Stelle und half die schweren Dinge ins Haus oder unter die Treppe zu tragen, wohin auch immer Dorothea ihn dirigierte.

(Casey hielt Bert für einen so süßen, liebenswerten Menschen, daß sie ihn, wenn sie ihn in der Nachbarschaft sah, manchmal aufsammelte und ihn ein bißchen herumfuhr. Ihr fiel auf, daß er es liebte, die ›kleinen Zahlen zu beobachten, die sich drehten‹ – auf ihrem Taxameter.)

Casey fand es rührend, daß Bert Dorothea ›Mama‹ nannte, und sie fand es großherzig von Dorothea, daß sie Bert aufgenommen hatte und so für ihn sorgte, wie sie es tat. Tatsächlich war Dorothea einer der freundlichsten und rücksichtsvollsten Menschen, die Patty Casey je getroffen hatte.

Dorothea besaß auch eine Spur von Eitelkeit, wie Casey bemerkte, aber was ihre Fehler auch sein mochten, sie war der Anker von 1426 F Street. Ein Haus voller Leute vertraute ihr, und Woche für Woche war Casey Zeuge, wie hart Dorothea arbeitete, um den Haushalt zu führen und daneben für ihre Mieter zu sorgen.

Das alles tat Dorothea trotz eigener gesundheitlicher Probleme.

Als sie eines Tages zu einem Arzttermin fuhren, gestand Dorothea traurig, daß sie gegen Krebs ankämpfte. »Stellen Sie sich das vor«, seufzte sie, »ich rauche nicht einmal und werde wahrscheinlich an Lungenkrebs sterben.«

Casey stieß einen Laut echten Bedauerns aus. Sie, deren Charakter genauso offen und stark war wie ihre Figur, wurde Dorotheas treue Anhängerin.

An einem Märzmorgen bat die Wirtin sie ins Haus, damit sie sich ein Kätzchen aussuchen konnte. Sie trug das mauzende kleine Ding nach Hause, wo sie es wie ein warmes, flaumiges Pfand ihrer Freundschaft versorgte.

An einem Sonntag, Dorothea Puente trug ihren besten Schmuck, brach sie zu der bezaubernden katholischen Kirche an der 11. und K Street, der Kathedrale vom Heiligen Sakrament auf. Viel öfter aber, ob sie es Casey gegenüber zugab oder nicht, war ihr Ziel eine Bar.

Henry's Lounge, Joe's, 501, Round Corner – sie war nur zu alt, um eine Barfliege genannt zu werden, obwohl sie in einigen Bars der Stadt Kundin war. Sie gehörten einfach zu ihrer Routine: Im Morgengrauen aufstehen, Frühstück um halb sechs, Haushalt, Besorgungen und dann eine Lieblingsbar, bevor sie wieder nach Hause fuhr, um das Abendbrot auf den Tisch zu bringen. Es war ein Muster, das sich Tag für Tag wiederholte, fast so regelmäßig wie ein Beruf. Henry's Lounge war ein schummrig erleuchteter, verrauchter Ort in der Neunten Straße, den Dorothea häufig besuchte. Marjorie Harper, eine untersetzte, vernünftige Kellnerin, die mit allen Wassern gewaschen war, sagte, daß es schwer war, Dorothea zu übersehen: Sie war immer ›bereit zum Töten‹ angezogen. Sie setzte sich an der Bar immer auf denselben Platz – auf den vorletzten, von wo aus sie jeden beobachten konnte – und bestellte einen Wodka mit Grapefruitsaft. Innerhalb kürzester Zeit fand sie Zuhörer und verlor sich in einer ›phantastischen Geschichte‹ wie, der Überlebende der Bataan Death March zu sein oder daß sie in Filmen mit Rita Hayworth mitgewirkt habe.

Eines Tages setzte sich ein Arzneimittelvertreter neben sie. »Sie haben über eine Stunde über Tabletten diskutiert«, erinnerte sich Harper. »Sie hatte ihn glauben gemacht, sie wäre Ärztin im Ruhestand.«

Dorothea Puente war beredt, eine gute Geschichtenerzählerin und eine schillernde Figur. Wenn sie dazu neigte, ihre Geschichten zu übertreiben, nun, wer wollte der alten Dame ihre Phantasien mißgönnen? Ihre Exzentrik war Teil ihres Charmes. Schließlich war sie unterhaltend, mochte sie ruhig ihre kleinen Notlügen behalten.

Immer bedacht auf Aufmerksamkeit, festigte sie ihren Ruf der Großzügigkeit. Dorothea war mit Geschenken schnell bei der Hand, gab oft fünf Dollar Trinkgeld und gab an guten Tagen dem Haus eine Runde aus oder bestellte sogar Pizza. »Sie wollte jedermann Gutes tun«, so Harper. »Sie sagte sogar, sie wolle mir eine eigene Bar kaufen.«

Weil das Camellia-Altersheim gleich nebenan lag, kamen jeden Tag viele ältere Gäste zu Henry's. Das waren Leute, die nicht viel Schlaf brauchten, die draußen auf dem Bürgersteig standen und darauf warteten, daß die Bar um sechs Uhr öffnete. Es gab nicht viel, wo sie sonst hingehen konnten. Getreu ihrem Charakter lud Dorothea ein paar von ihnen ein, am Erntedankfest zu ihr zum Abendessen zu kommen oder sogar bei ihr einzuziehen. Den älteren Herren, die sie in der Bar traf, erschien sie wie ein in die Jahre gekommener Engel, eine faltige Kokette. Aber, wie Harper es ausdrückte: »Sie stand auf ältere Herren mit Geld.«

Es sah ganz so aus, als hätte Bert Montoya eine mütterliche Saite in Dorothea zum Klingen gebracht. Sie schwänzelte um ihn herum und behütete ihn so sehr, daß man nicht daran denken konnte, sie etwas Ernsterem als Überbesorgtheit zu bezichtigen. Als sie sich deswegen am Donnerstag, dem 31. März 1988, wie immer gut anzog und Bert mitnahm, dachte sich niemand etwas dabei.

Sie brachte ihn zu einem roten Ziegelbau der Regierung an der Ecke 15. Straße und L Street, wo sie eine Nummer zog und wartete. Als ihre Nummer endlich aufgerufen wurde, erklärte sie dem Sozialversicherungsbeamten höflich: »Ich bin mit Mr. Montoya hier. Wie Sie sehen, ist er geistig zurückgeblieben und kann sein Geld nicht selber verwalten, deswegen will er mich als Bevollmächtigte für seine SSI-Schecks einsetzen.«

Kein unübliches Anliegen. Menschen mit geistigen oder körperlichen Gebrechen, die ›finanzielle Unzurechnungsfähigkeit‹ hervorrufen, werden oft dazu ermutigt, ihre Wohlfahrts-Schecks von kompetenteren Leuten verwalten zu lassen, meist von einem Verwandten. (Diese Person fungiert dann als ›stellvertretender Empfänger‹ in der Sozialversicherungssprache.)

Der ältlichen Dame wurde ein Formular zum Ausfüllen gegeben. In die Spalte, wo nach ihrer Beziehung zu dem Betreffenden gefragt wurde, schrieb sie: ›Ich bin seine Kusine.‹ Als sie fertig war, gab sie das Formular zurück, und die Dinge nahmen ihren Lauf.

Später würde die Sozialversicherungsbehörde Kontakt zu Berts Psychiater aufnehmen, der bestätigte, daß Bert an einer ›Psychose, zu gewissem Grad an geistiger Zurückgebliebenheit und an abnormem Verhalten‹ litt. Weiter berichtete der Arzt, daß Bert ›in Gesellschaft teilnahmslos ... zurückgezogen‹ sei und ›allgemein jemanden brauche, der sich um ihn kümmere‹. Ja, der Sozialversicherung lag es am Herzen, den medizinischen Beweis für Berts geistige Schwäche zu erbringen. In dem Umfeld war das einleuchtend. Aber niemand machte sich die Mühe, auch nur die einfachsten Fakten von Dorothea Puentes Hintergrund zu überprüfen. Das verbot der Federal Privacy Act.

Dem Gesuch wurde bald stattgegeben, und Schecks über 637 Dollar im Monat – gedacht für Bert Montoya, aber zahlbar an Dorothea Puente – gingen in der 1426 F Street ein.

Bei dieser Adresse gab es eine unumstößliche Regel: Nur Dorothea sah die Post ein.

Kapitel 5

Dorothea, die die privaten Einzelheiten ihres Lebens ebenso sorgfältig hütete wie ihren Garten, genoß es, Geheimnisse zu haben. Sie stellte Kontakte her und erweckte Vertrauen. Sie offenbarte von sich nur das, was sie wollte, einige Teile ihres Lebens hielt sie wachsam unter Verschluß; eine Vorgehensweise, die ihr in langen Jahren zur zweiten Natur geworden war.

Einige kannten sie als Ärztin im Ruhestand, andere als ehemalige Krankenschwester, obwohl sie nie eine offizielle medizinische Ausbildung gehabt hatte. Praktisch jeder hielt sie für eine Witwe, obwohl alle vier Ex-Männer noch am Leben waren. Fast hätte sie ein fünftes Mal geheiratet, aber diese Dinge gingen niemanden etwas an.

Die meisten, die Dorothea Puente kennenlernten, sahen in ihr eine verwitwete Vermieterin mit dem Hang zur Großzügigkeit. Sie kannten sie als knallharte Geschäftsfrau mit weichem Herzen, als biedere Matrone, die Geld und Kleidung für wohltätige Zwecke stiftete. Sie befolgte bestimmte Regeln, hatte bestimmte Prinzipien, war aber bereit, ihren Freunden jeden Gefallen zu tun, war sogar bereit, ihnen in der Not mit Geld auszuhelfen. Außerdem konnte man immer auf sie zählen, wenn man Lust auf einen frischen Kaffee und einen Schwatz zwischendurch hatte.

Mrs. Puente hatte auch ihre Schwächen. Zum einen hatte sie etwas Mühe mit der Festigkeit ihrer Überzeugungen. Sie gehörte zu denen, die an einem Tag vom Alkoholkonsum abraten und am anderen anbieten, der ganzen Bar einige Runden auszugeben. Dann war da auch noch ihr Temperament: Wenn es um Dinge ging, die für sie von Bedeutung waren, konnte sie regelrecht heftig werden. Bert war von Bedeutung für sie.

Anders als die meisten von Dorothea Puentes Mietern hatte Bert Montoya eine Handvoll regelmäßiger Besucher, zu denen auch ein paar Krankenschwestern gehörten. Bekannt als ›die zwei Lucys‹, hatten Lucy Yokota und Lucy Aquitania Bert gemeinsam mit anderen Tuberkulose-Patienten bei Detox gepflegt.* Jetzt kam die eine oder andere, oder auch beide, zweimal die Woche vorbei, um Berts geschlossene Tuberkulose zu überprüfen.

Natürlich konnte es Lucy Yokota nicht entgehen, wie umfassend sich Berts Erscheinung nach seinem Umzug in die 1426 F Street gewandelt hatte. Es war klar ersichtlich, daß er in der neuen Umgebung aufblühte, dank der freundlichen Zuwendung von Dorothea Puente, die sagte, daß sie immer Kekse für Bert vorrätig habe und ihm jeden Tag ein Steak zubereite.

Deswegen war Lucy Yokota unangenehm überrascht, als sie eines Tages die ärgerliche Stimme der Vermieterin am Telefon hörte.

»Halten Sie sich fern von Bert«, zischte sie. »Hören Sie auf, ihn zu besuchen. Sie machen ihn nervös. Er will nicht, daß Sie dauernd kommen.« Lucy Yokota wollte protestieren, aber Mrs. Puente schnitt ihr das Wort ab und sagte, sie wünsche nicht mehr, daß die Schwestern vorbeikämen, um nach Bert zu sehen, anderenfalls »muß er zu Detox zurückgeschickt werden«. Mit diesen Worten legte sie auf.

Verstört setzte Lucy Yokota sich hin, starrte auf das Telefon und überlegte, was sie jetzt machen sollte. Schließlich hob sie den Hörer ab und wählte Mrs. Puentes Nummer. Als Dorothea sich meldete, meinte die diplomatische Schwester mit sanfter Stimme: »Ich glaube, wir sind unterbrochen worden.«

* TB-Patienten enden oft auf der Straße, weil der Krankenhausaufenthalt zu teuer ist und Kost-und-Logis-Vermieter sie aus Angst vor Ansteckung nicht aufnehmen.

»Wir sind nicht unterbrochen worden!« erklärte Mrs. Puente, »ich habe den Hörer aufgelegt!« Dann lachte sie plötzlich und ging zu einem völlig anderen Tonfall über.

Lucy Yokota dachte, daß das »ein sehr seltsamer Stimmungsumschwung war, von höchster Verärgerung zu vollkommener Liebenswürdigkeit«.

Als sie Bert das nächstemal sah, ging sie zu ihm und fragte ihn: »Machen wir dich nervös? Sollen wir wegbleiben?«

In aller Unschuld antwortete er mit Nein.

Mrs. Yokota wußte nicht genau, was sie von der launischen Mrs. Puente halten sollte. Sie war ganz sicher nicht dazu bereit, ihretwegen Berts Behandlung zu ändern. Nach diesem Intermezzo traute sie ihr nicht mehr.

Als Judy Moise und Beth Valentine vorbeikamen, freute Mrs. Puente sich gerade über Berts jüngsten Einfall. Sie sagte: »Hört euch an, was er getan hat!« Mit einem stolzen Kichern erzählte sie, daß Bert seinen Familiennamen in Puente umändern wollte.

Eines Tages saßen die beiden Kolleginnen in der Küche und sahen ihr zu, wie sie während des Gesprächs herumwirtschaftete. Sie drängte sie, etwas Essen mit nach Hause zu nehmen. »Ich habe heute morgen alle diese Tamales gemacht«, sagte Dorothea, während sie sich die Hände an ihrer Schürze abwischte und sich nach etwas umsah, worin sie das Essen einpacken konnte. »Ich habe mehr, als wir essen können. Bitte, wollen Sie nicht welche mit nach Hause nehmen? Sie mögen doch Tamales, oder?«

Judy, die eine Schwäche für alles Mexikanische hatte – das reichte von den Ziergegenständen bei ihr zu Hause bis zu den Ferien, die immer gerade außerhalb ihrer Möglichkeiten blieben –, nahm dankend an.

»Wissen Sie was?« sagte Dorothea, »wenn ich nächstesmal zu Besuch nach Mexiko fahre, nehme ich alle mit.«

Das war eine Überraschung. »Jeden? Sie meinen jeden aus der Pension? Alle Bewohner?«

»Hm, ja, jeden. Bert und alle anderen. Wir werden zusammen runterfahren und meine Familie besuchen. Sie lebt kurz vor Guadalajara, wissen Sie, und ich denke, wir werden viel Spaß haben.«

»Ich verstehe«, sagte Judy und versuchte, das alles zu verdauen. »Aber wie wollen Sie dorthin kommen?«

»Oh, John Sharp wird uns fahren«, gab Dorothea leichthin zurück.

Beth hielt das für eine wundervolle Idee. Aber Judy warf der Vermieterin einen spöttischen Blick zu. Sie konnte sich Bert kaum als Tourist vorstellen. Es war völlig unrealistisch, von ihm zu erwarten, er würde sich in einer fremden Stadt zurechtfinden. Er könnte sich verirren.

Es war ein kurzes Gespräch – ein bißchen eigen, sogar exzentrisch –, aber nicht weiter beunruhigend. Judy nahm es gar nicht richtig ernst und ließ das Thema fallen.

Judy dachte, daß jetzt, wo Bert sich so gut entwickelte, sie und Beth sich ein wenig zurückziehen konnten. Seine körperliche Verfassung hatte sich wie durch ein Wunder verbessert, und sie hatten noch andere, drängendere Probleme.

Die hatte auch Dorothea Puente. So undurchschaubar wie sie war, so klug war sie auch. Während sie abwartete und beobachtete, wob sie mechanisch die Elemente eines Plans zusammen, der sich auf die kommenden Monate erstreckte. Es war ein kompliziertes Netz von Verwicklungen.

In diesem Frühjahr hatte die weißhaarige Pensionswirtin große Pläne für ihren Hof. Bei verschiedenen Gelegenheiten rief sie ihre Lieblingstaxifahrerin Patty Casey an, damit sie sie zu Gärtnereibetrieben fuhr, wo sie Baumaterialien, Pflanzen, Samen und Dünger kaufte.

Natürlich hatte die kleine alte Dame, obwohl zäh genug, nicht vor, die ganze Gartenarbeit alleine zu machen. Sosehr sie die Gartenarbeit in den frühen Morgenstunden genoß, für alle schweren Arbeiten wandte sie sich an das Sacramento Valley Correctional Center (SVCC). Das war eine Zwischenstation für Häftlinge, die nur noch ein paar Monate auf Bewährung abzubüßen hatten, das SVCC schickte dann Arbeitskolonnen von nicht gewalttätigen Straffälligen, und

Dorothea zahlte jedem zwanzig Dollar pro Tag dafür, daß sie Gelegenheitsarbeiten rund ums Haus erledigten.

Nur wenige Privatpersonen wußten, daß eine solche Zwischenstation Arbeiter beschäftigte. Aber Dorothea Puente kannte sich mit ehemaligen Häftlingen aus, sie wußte Bescheid über Bewährung und Hafturlaub. Sie kannte in der Tat viele Dinge, die andere nicht kannten.

Auf Bewährung entlassene Häftlinge arbeiteten ununterbrochen von April bis Juni im Haus in der 1426 F Street. Als die Hitze begann und die Jahreszeit sich der warmen Hälfte im Sommer zuneigte, war das Grundstück verändert. Starke Arbeiter, die über ihrer Arbeit ins Schwitzen kamen, trafen früh ein und gingen spät. Mrs. Puente gab die Anweisungen, und John McCauley überwachte, wie sie anmalten, säuberten, umgruben, Zement mischten und gossen, sogar einen Schuppen im Hof errichteten.

Mittags lud die Pensionswirtin die Männer immer zu einer Mahlzeit nach oben ein – eine nicht unbedingt notwendige, aber hochwillkommene Geste. Beim Essen verriet sie eine geheime Seite von sich. »Ich weiß, was es heißt, ein ehemaliger Häftling zu sein«, vertraute sie ihnen an, »denn ich habe selber im Gefängnis gesessen.«

Diesen Männern, die harte Zeiten hinter sich hatten und auf bessere hofften, schien Mrs. Puente eine nette Dame zu sein, die sie nicht für Missetaten in der Vergangenheit verurteilte. Sie gab ihnen eine Chance. Anthony sagte sogar, sie sei ›wie eine Mutter‹ gewesen.

Einige mochten es erfrischend finden, daß die alte Dame soviel Energie in ihren Garten steckte (das war hier nicht die beste Nachbarschaft, und nur wenige in dem Viertel schienen viel Schweiß über ihrem Eigentum zu vergießen), aber der Eigentümer nebenan, der 48jährige Will McIntyre, war nicht begeistert über das laute Projekt in der Nachbarschaft. Ihm kam es endlos vor. Fast zwei Jahre lang hatten er und seine Mieter sich jetzt schon mit Mrs. Puentes Lärm abgefunden. Es kam ihm so vor, als würde sie ständig hämmern, immerzu reparieren. In Wahrheit war McIntyre nicht gerade angetan von der kleinen alten Mrs. Puente. »Sie konnte sehr nett sein«, gab er zu, aber er hatte gesehen, wie sich das »innerhalb einer Minute umkehren konnte«, wobei sie das Ziel ihres Ärgers »mit Ausdrücken bedachte, die einen Seemann hätten erröten lassen.«

Einige Nachbarn fanden sie außerordentlich freundlich, aber andere nannten sie ›unheimlich‹ oder ›in Schwierigkeiten‹, wenn sie bemerkten, daß sie ›jeden anschrie, der einen Fuß auf ihren Rasen setzte‹.

Dieses Temperament.

Bei Gelegenheit schnitt Dorothea John Sharp gegenüber, dem Mieter, der ein Auto besaß, wieder das Thema Mexiko an. Sie regte an, daß sie doch alle nach Guadalajara reisen könnten, sobald er sein Geld von der SSI habe, und fragte, ob er fahren würde.

Die Aussicht darauf, den ganzen Weg von Nord-Kalifornien nach Mexiko fahren zu müssen, eingesperrt im Auto mit seinen dubiosen Hausgenossen, war so ansprechend wie eine Selbstgeißelung. John Sharp hatte nicht das Zeug zum Märtyrer: Er sagte nein.

Sharp verbrachte nicht viel Zeit mit den anderen Mietern. Er fand Bert, der im Wohnzimmer saß und Zeichentrickfilme ansah, langweilig und kindisch. Manchmal, wenn die Stimmen ihn quälten, stampfte Bert vor Ärger auf den Fußboden, ›hatte einen Rappel‹, wie Sharp es ausdrückte, bis Dorothea kam und ihn beruhigte, indem sie mütterliche Beruhigungsworte auf spanisch murmelte.

Das Laster, dem John Sharp verfallen war, hieß Poker, nicht Likör, und so hatte der nüchterne alte Herr wenig gemeinsam mit den Trinkern im Haus. Aber bei wenigen Gelegenheiten hatte er es genossen, sich mit Ben Fink und dessen jüngerem Bruder Robert, der ihn besuchte, draußen zu unterhalten. Ben, der im März bei Dorothea eingezogen war, war kein schlechter Kerl. Aber hauptsächlich war es Robert, der aussah wie ein zerfurchter Statist aus einem Clint-Eastwood-Film, der nüchtern und klar genug war, um für Sharp interessant zu sein.

Ben Fink belästigte niemanden, und obwohl sein Zimmer nur durch eine dünne Wand von dem Sharps getrennt war, verbrachte der nicht viel Zeit mit ihm. Er wußte, daß Fink ein ziemlicher Trinker war, und er hörte jede Bewegung, wie er kam und wie er ging. Jeden Monat zog er, sobald er seinen Scheck erhalten hatte, auf eine Sauftour, die bis in die frühen Morgenstunden dauerte.

Im Frühjahr 1988 aber änderten sich die Dinge.

Sharp hörte, wie Fink zur Haustür kam und mit seinem Schlüssel herumfummelte. Sharps Zimmertür war wie üblich geöffnet! Ben schwankte mit glasigen Augen herein, die Hand um eine Flasche gekrallt, die in Papier eingeschlagen war. Eine Minute später schloß sich die Tür hinter seinem Nachbarn, und dann hörte Sharp auf der anderen Seite der Wand das vertraute Quietschen von Finks Matratze, als sie sein Gewicht aufnahm.

John Sharp vergaß Ben mehr oder weniger, bis er spätabends die Vermieterin unten im Flur traf. Dorothea erzählte ihm sofort, daß Ben nüchtern werden müsse. »Ich nehme ihn mit hoch«, kündigte sie an, »und muntere ihn auf.«

Möglich, daß Dorothea dachte, daß diesmal der Bogen überspannt sei. Vielleicht dachte sie, daß Ben nach drei oder vier Tagen Volltrunkenheit außer Kontrolle geriet. Aber John fiel auf, daß er ihn hinterher nie wieder gesehen hatte. Der Raum nebenan war totenstill.

Etwa vier Tage später stieg John Sharp die Hintertreppe hoch, um zu telefonieren, und als er an dem kargen Schlafzimmer an der Küche vorbeiging, stach ihm ein scharfer, unangenehmer Geruch in die Nase. Er prallte zurück, die Nase in Erinnerung gerümpft. Vor Jahren hatte er in einem Leichenschauhaus gearbeitet, er kannte den schrecklichen Geruch des Todes.

Jetzt traf ihn Ben Finks Verschwinden mit ganzer Klarheit.

Sharp dachte noch stundenlang darüber nach, was er tun sollte. Sollte er Dorothea zur Rede stellen? Sollte er die Behörden informieren? Ach was, wenn er sich irrte? Er konnte sich vorstellen, wie wütend Dorothea sein würde, und er wollte nicht wieder auf der Straße sitzen …

Bald schon regte Dorothea sich selbst über den Geruch auf und erzählte John Sharp, daß der Abfluß verstopft wäre, und sie beklagte sich, daß sie nicht wüßte, wie sie den Geruch aus dem Haus bekommen solle. »Der Teppich ist ruiniert«, klagte sie, »ich weiß einfach nicht, was ich tun soll.«

Bald rumpelte ein lautes Gerät über den Köpfen der Mieter hin und her. Die Wirtin hatte Zuflucht zu der Lösung genommen, die auf der Hand lag, und sich ein Teppich-Shampooniergerät geliehen. Offensichtlich erwies sich aber selbst wiederholtes Shampoonieren als vergeblich, denn es kam John Sharp so vor, als hätte sie den Teppich annähernd ein dutzendmal eingeschäumt. Schließlich ließ sie den Teppich von Handwerkern rausreißen.

Dann rief sie Patty Casey, die Taxifahrerin, an und fuhr einkaufen. Auf der Fahrt erzählte sie, daß sie neuen Teppich für ein Zimmer im Haus kaufen müsse, das ›verflucht sei‹.

Ende Mai beschwerte sich auch Will McIntyre, der nebenan wohnte, über den Gestank, der die Nachbarschaft verpestete. Er sagte, daß die Mieter seiner drei Wohnungen sich beklagten. Es wurde so schlimm, daß er nicht einmal seine Klimaanlage benutzen konnte, »weil sie den Geruch einsaugt und man rausgehen muß, um ihm zu entgehen«.

Als McIntyre Mrs. Puente wegen des Gestanks zur Rede stellte, gluckste sie nur zustimmend. »Es ist ganz schlimm. Ich glaube, das kommt aus dem Doppelhaus hinter meinem Haus.« Sieht so aus, als wäre es der Abfluß, meinte sie.

Da hatte McIntyre die öffentliche Gesundheitsbehörde angerufen, um sich über den faulen Geruch zu beklagen, und die schickte am 1. Juni einen Inspektor, der keinen Grund für den gräßlichen Gestank finden konnte.

Wochen gingen ins Land, der Gestank wurde schwächer, und Dorothea Puente fuhr fort, früh an jedem Morgen in ihrem Garten zu arbeiten. Pflanzen und Blumen blühten auf unter der Pflege durch ihren grünen Daumen, und sie war zu Recht stolz auf das Ergebnis. Sie führte sogar Ricardo Ordorica herum, als wäre sie die Besitzerin und er der Gast, wobei sie ihm die eine oder andere Verbesserung erläuterte – die Laube, das neue Blumenbeet, die Rosensträucher, den neuen

Fußweg – und dabei erzählte sie ihm, wie sehr sie den Wert seines Eigentums erhöht habe.

Ben Fink war nicht der Mann, den viele vermißten oder der gesucht wurde, aber Peggy Nickerson, die Straßen-Beraterin, die ihn bei Mrs. Puente untergebracht hatte, kam doch vorbei und fragte nach ihm. Dorothea erzählte ihr, daß er gegangen sei. Nickerson, die daran gewöhnt war, daß ihre Leute ohne Nachricht kommen und gehen, fand das nicht weiter ungewöhnlich.

Irgendwann später glaubte John Sharp, einen Mann auf der Straße zu sehen, der wie Ben aussah, und erzählte es Dorothea.

»Nein, das kann nicht sein«, sagte sie ihm, »Ben ist hoch in den Norden gegangen.«

Kapitel 6

Beim ersten Blick auf Mary Ellen Howard konnte Judy die Spannung förmlich riechen. Normalerweise begrüßte ihre Freundin jeden mit erfrischender Offenheit, aber diesmal trug sie den Stempel des Ernstes im Gesicht. Auch Polly Spring, die Judy weniger kannte, wirkte düster.

Judy und Beth hatten am Rande mit den altgedienten Sozialhelfern, Polly Spring von Adult Protective Services* und Mary Ellen von der Wohlfahrt, zusammengearbeitet, und sie hatten sie mit ihrer Mischung aus Kompetenz und Mitgefühl beeindruckt. Normalerweise kamen sie über gemeinsame Klienten zusammen, diese Bitte um ein Treffen war ungewöhnlich. Judys Kolleginnen hatten beunruhigt

* Adult Protective Services ist eine Landesbehörde, die dafür zuständig ist, den Mißbrauch älterer und abhängiger Erwachsener (z. B. geistig Kranker) zu untersuchen.

angerufen, kurz nachdem Will McIntyre sich über den Gestank bei seinem Haus beschwert hatte. Sie sagten, sie wollten sich mit den beiden VOA-Kolleginnen treffen, um etwas zu besprechen, was man nicht am Telefon sagen könne.

Ohne große Einleitung stürzte Mary Ellen sich in eine Erklärung dafür, was sie hergeführt hatte, und Judy und Beth hörten sich sprachlos ihre konfuse Geschichte an. Ein Klient, den sie nur vorübergehend betreuten, hatte zeitweise in Dorothea Puentes Pension gewohnt. Dorothea hatte ihn hinausgesetzt – ohne Grund, wie er sagte, aus gutem Grund, wie sie sagte – und nun wohnte er woanders. Trotzdem (denn es war technisch nicht ihr Zuständigkeitsbereich) hatte Mary Ellen Howard die Vermieterin angerufen – sie sagte, ihr Name sei Dorothea – um der Sache auf den Grund zu gehen. Aber als sie anrief, hatte Dorothea eine Schimpftirade vom Stapel gelassen und dann aufgelegt.

Mary Ellen sagte, daß der Vorfall sie an eine andere Vermieterin namens Dorothea erinnert habe, die sie Jahre zuvor kannte. Sie wußte es nicht mehr genau, aber die Idee, daß es sich um dieselbe Person handeln könnte, hatte sie so beunruhigt, daß sie ein paar Erkundigungen einzog. Sie hatte Polly Spring und dann Mildred Ballenger, eine frühere Kollegin, angerufen. Mrs. Ballenger lebte jetzt im Ruhestand, sagte Mary Ellen, aber sie war es, die die Behörden auf Dorothea Johansson aufmerksam gemacht hatte und sie in den frühen 80er Jahren wegen Betrugs an älteren Mietern ins Gefängnis gebracht hatte.

Oh, oh, oh! Judy und Beth starrten Mary Ellen verblüfft an. Wovon sprach sie? Nahm sie etwa an, daß die warmherzige Dorothea Puente – Zuflucht für streunende Katzen und unerwünschte Menschen – dieselbe sein konnte wie diese furchtbare Dorothea Johansson? Es schien lächerlich!

Sosehr Judy Mary Ellen mochte und respektierte, sie konnte sich nicht vorstellen, worauf sie hinauswollte. Sie räusperte sich und warf diplomatisch ein: »Nun, weißt du, das klingt alles überhaupt nicht nach Dorothea Puente. Mh, wie sieht die Johansson denn aus?«

Mary Ellen Howard und Polly Spring sahen einander an und bemühten sich nach Kräften. Als sie fertig waren, konnte man sich kaum jemanden vorstellen, der weniger nach Dorothea Puente ausgesehen hätte als die Frau, die sie beschrieben: mehr als hundert Kilo, in Mumus gekleidet, das dunkle Haar hochgesteckt. Diese Frau entsprach wohl kaum der kleinen, weißhaarigen Dorothea Puente.

»Wie alt wäre sie jetzt?« fragte Judy.

Mrs. Howard und Mrs. Spring nahmen an, daß sie jetzt Ende Fünfzig sein müßte.

»Dann kann es nicht Dorothea Puente sein«, sagte Judy kopfschüttelnd. »Sie ist schließlich siebzig!«

Die beiden Veteran-Arbeiterinnen blieben dabei. Sie glaubten immer noch, daß Mrs. Puente Dorothea Johansson *sein könnte*. Und die Frau war *gefährlich*. Sie war eines Verbrechens angeklagt worden und im Gefängnis. Mary Ellen führte aus, daß das *Sacramento* Magazine sogar einen Artikel darüber gebracht hatte, wie Mildred Ballenger der Johannson das teuflische Handwerk gelegt hatte.*

»Den möchte ich lesen«, sagte Judy, und Mary Ellen versprach zu versuchen, ihnen eine Kopie zu besorgen. Judy und Beth blieben skeptisch. Wie konnten Mrs. Puente und Mrs. Johansson ein und dieselbe Person sein? Dorothea Puentes Mieter hielten viel von ihr. Einige sagten sogar, ihre Pension sei die beste, in der sie je gewohnt hätten. Dorotheas Erfolg bei Bert war erstaunlich, es war eine solche Wende zum Besseren eingetreten, daß Judy und Beth sich nur vorstellen konnten, daß Mary Ellen Howard auf betrübliche Weise verwirrt war.

Judy zuckte die Achseln: »Das paßt einfach nicht zu unseren eigenen Beobachtungen.«

»Das stimmt«, sprang Beth ihr bei, »es ist wunderbar, wie gut Bert Montoya sich entwickelt hat, seit er dort eingezogen ist. Er hat sich in jeder Hinsicht verbessert, weil Dorothea ihn so gut versorgt.«

* Unter dem Titel ›Unsung Heroes‹ (Heimliche Helden) berichtete das ›Sacramento Magazine‹ im Februar 1983 über die Rolle, die Mildred Ballenger bei Dorothea Johanssons Verhaftung gespielt hatte.

»Nun, wenn ich an eurer Stelle wäre«, sagte Mrs. Spring mit ihrer tiefen Stimme, »dann würde ich nicht wollen, daß mein Klient im Haus dieser Frau wohnt.«

»Wo denkst du denn, daß er statt dessen wohnen sollte?« wollte Judy wissen.

»Im Gate-Haus*«, antwortete Spring, womit sie eine örtliche Unterkunft mit Kost und Logis meinte.

Das traf einen neuralgischen Punkt, denn dieses Haus hatte gerade in den letzten Tagen Grund zum Ärger gegeben. Der Vermieter hatte einen seiner Mieter bis hin zum Mißbrauch vernachlässigt, so daß sie gezwungen gewesen waren, einen Bericht an den Ombudsmann für die Senioren-Betreuung in Sacramento zu schicken. Sie konnten sich kaum einen unpassenderen Ort für Bert vorstellen. Mrs. Puentes Pension war klar überlegen, und daß Mrs. Spring überhaupt daran dachte, Bert in das hassenswerte Gate-Haus zu nötigen, ließ an ihrem Urteilsvermögen zweifeln.

Sie waren höflich genug, ihren Spott zu unterdrücken, aber nach dem, was sie selber gesehen hatten, konnten die VOA-Kolleginnen Mrs. Springs und Mrs. Howards Verdacht nicht ernst nehmen. Weil aber ihre Kolleginnen so offensichtlich beunruhigt waren, versprachen sie, keine weiteren Klienten mehr bei Dorothea Puente unterzubringen und ihr ein paar Fragen zu stellen.

Aber Mrs. Spring und Mrs. Howard waren nicht bereit, es bei einem Gespräch mit ein paar VOA-Mitarbeitern bewenden zu lassen. Sie waren so tief beunruhigt durch den Gedanken, daß Dorothea Johansson wieder ihr Unwesen treiben könnte, daß sie beschlossen, die Grenzen ihrer bürokratischen Zuständigkeit zu überschreiten. Für einige Leute entwickelte sich das nun beginnende Hin und Her von Beschuldigung und Beschwichtigung zu einem wahr gewordenen Alptraum von Kafka.

* Das ist ein fiktiver Name.

Polly Spring hatte kürzlich durch Zufall erfahren, daß Peggy Nickerson auch Plätze bei Dorothea Puente belegte. »Die ist völlig verrückt!« schrie sie Mrs. Nickerson an. »Ich erinnere mich, daß sie mit dem Gesetz in Konflikt gekommen ist. An deiner Stelle würde ich Mrs. Puente in Zukunft meiden.«

Mrs. Nickerson, die anfangs keine hohe Meinung von Polly Spring hatte, reagierte mit Unglauben. Sie hatte nie auch nur ein einziges Wort der Beschwerde über Dorothea Puente gehört. War Dorothea nicht um alle ihre Mieter so besorgt? Nach Mrs. Nickersons Einschätzung war sie ›die Beste, die das System anzubieten hatte‹.

Aber Mrs. Spring war beharrlich; sie rief sich einiges von dem ins Gedächtnis, was sie von Mrs. Puentes Geschichte wußte, weil sie glaubte, Peggy Nickerson eine ›Warnung‹ zukommen lassen zu müssen.

Wieder war es so, daß ihre Behauptungen so sehr im Widerspruch zu Mrs. Nickersons persönlichen Erfahrungen standen, daß sie sie, wie Judy Moise und Beth Valentine, einfach nicht glauben konnte.

Als Polly Spring sah, daß ihr Verdacht überall nur auf Skepsis stieß, bekam sie eine Mordsangst. Schließlich sah sie sich gezwungen, eine Notiz an ihren Vorgesetzten Phil Goldvarg zu schicken.

Re: Dorothea Johansson (sic) alias Dorothea Puente
Datum: 9. Juni 1988
Mrs. Puente ist wieder in der Gesellschaft aufgetaucht, vermietet möblierte Zimmer und kümmert sich rührend, aber nicht aufdringlich um verletzliche Klienten. Sie ist Anlaufstelle des Case Management Service und von Peggy Nickerson vom Programm der obdachlosen Senioren.

Da keine der auskunftgebenden Stellen etwas über Mrs. Puentes Werdegang weiß, ist jeder von ihr begeistert, weil sie nicht ständig Geld verlangt und eine offene, freundliche Art hat. Diese Abteilung weiß aber, daß Mrs. Puente für hilflose Klienten eine Gefahr bedeutet, und ich frage mich, wie weit unsere Verantwortung reicht.

In den 60er und 70er Jahren habe ich Dorothea als Ms. Johansson (sic) aus der 21 F St. gekannt. Ihr Haus wurde endgültig geschlossen, und sie kam wegen Mißbrauchs von Klientengeldern ins Gefängnis.

In der Folge gab es eine Beschuldigung wegen Totschlags gegen die Dame (die sich später als wahr herausstellte, glaube ich), in die ein älterer Klient verwickelt war. Ich weiß nicht, wie ich an einen Nachweis über diesen Teil von Ms. Johanssons (sic) Vergangenheit kommen kann, außer daß ich Blanche Blizzard und Mildred Ballenger frage, die zu dem Fall beigetragen haben.

Ich habe Judy Moise (sic) vom Case Management Service und Peggy Nickerson formlos soweit über Ms. Johanssons Geschichte informiert, wie ich sie in Erinnerung habe.

Muß noch mehr getan werden?

Als Goldvarg versuchte, auf diese Notiz hin etwas zu unternehmen, wurde er durch ganz simple Irrtümer behindert, aber er sprach kurz mit seiner Chefin Fran Alberghini, die daraufhin das Ganze an ihre Chefin Charlene Silva weitergab. Der Ausgang ihrer Diskussion war der, daß sie zwei Dinge tun wollten: Erstens wollten sie Mrs. Puente der Community Care Licensing-Stelle melden, und zweitens das County Counsel fragen, ob sie gesetzlich den Verdacht gegen Mrs. Puente mit anderen Behörden teilten.

Gute Absichten, schlechtes Nachspiel.

Das Community Care Licensing schickte eine Vertreterin, um Mrs. Puentes Pension zu überprüfen. Eine halbe Stunde lang ›machten sie die Runde‹ durch die oberen Zimmer, während Dorothea ihren altmodischen Charme versprühte. Dorothea blieb dabei, daß sie kein Kost-und-Logis-Haus führe, daß sie nicht einmal Mieter habe. Die unteren Zimmer seien ›extra und gehörten nicht zu ihr‹.

Ehe sie ging, bat die leichtgläubige Abgesandte Mrs. Puente noch, einen Bericht für die Lizenzstelle zu unterschreiben, der angab, daß Beschwerden über das Etablissement grundlos waren und daß keine Mängel festzustellen seien. Damit gab sie Mrs. Puente eine Kopie des Berichts und verabschiedete sich.

Um ihre Nachforschungen abzuschließen, rief die Vertreterin Peggy Nickerson wegen der Unterbringung bei Mrs. Puente an. Danach füllte sie ein Formblatt aus, in dem es an einer Stelle hieß:

Knickerson (sic) sagte aus, daß der erste Kontakt vor zwei Jahren zustande kam, als Dorothea sie anrief und ihr Haus zeitweise als Unterkunft anbot. Etwas weniger als einmal im Monat nimmt Dorothea Leute auf, die kein Geld mehr haben. Sie bleiben zwischen ein und vier Tagen. Unterkunft und Verpflegung sind frei. Die Leute, die sie aufnimmt, sind unabhängig und haben nur gerade kein Geld.

Später am Tag rief die Repräsentantin Goldvarg an, um ihm zu berichten, daß Mrs. Puente nicht die Art Pension führe, die eine Lizenz benötige, und daß alles ›okay‹ sei.

(Das ganze Unterfangen war von Anfang an zweifelhaft. Selbst wenn das Community Care Licensing zu dem Ergebnis gekommen wäre, daß Mrs. Puente Aufsicht und Überwachung nötig hätte, wäre ihr nur gesagt worden, sie solle eine Lizenz beantragen. Eher noch, als sich diesem Prozess zu unterziehen – für den die Abnahme der Fingerabdrücke erforderlich war sowie eine Überprüfung ihres kriminellen Hintergrundes –, hätte Mrs. Puente diejenigen rausgeworfen, die Unterstützung und Beobachtung brauchten.)

Wie auch immer, der erste Schritt war abgeschlossen. In einem zweiten Schritt sprach Mrs. Alberghini mit der Abgeordneten von der Landesanwaltschaft, Michelle Bach.

Eine der Aufgaben der Anwaltschaft besteht darin, Landesbehörden vor Prozessen zu schützen. Weniger höflich ausgedrückt, könnte man die Funktion dieser Stelle mit den unrühmlichen drei Worten: *Bedecke deinen Arsch* beschreiben.

Mrs. Bach fragte: »Haben Sie irgendwelche Beweise? Irgendwelche Hinweise darauf, daß Dorothea Puente etwas tut, das sie nicht tun sollte?«

Nein, die hatten sie nicht.

»Haben Sie einen Klienten, der bei Mrs. Puente wohnt?«

Das hatten sie nicht.

Keine Beweise, keine Hinweise auf Mißbrauch und keine Klienten: Mrs. Bachs Rat war, alles zu vermeiden, was den Eindruck von Beunruhigung wecken könne. Ehe sie das Risiko eingingen, Mrs. Puentes Rechte zu verletzen, sei es besser, stillzuhalten.*

Alles in allem hatte Polly Springs Notiz eine Kettenreaktion wie bei einer Reihe von Pfennigschwärmern ausgelöst: viel Lärm, aber wenig Ergebnis.

Mary Ellen Howard erhielt einen ähnlich vorsichtigen Rat, als sie die Abgeordnete Sharon Cadigan von der Abteilung für Sozialwesen wegen Dorothea Puente ansprach. Mrs. Howard stand daneben und beobachtete, wie Mrs. Cadigan die Informationen auf dem Computer aufrief. Aber Deputy Cadigan sagte Mrs. Howard nicht, was sie hören wollte: Im wesentlichen sagte sie, daß Mrs. Puente wegen Scheckbetrugs und Eigentumsdelikten auf Bewährung frei sei, daß sie keine Verbrechen an Personen begangen habe und daß sie das Recht auf eine Geschäftslizenz habe.**

Weil Mary Ellen Howard wußte, daß sie keinen offiziellen Grund für ihr Interesse an Mrs. Puentes Pension hatte (weil keiner ihrer Klienten dort wohnte), machte sie ihre Vorgesetzten nicht darauf aufmerksam. Selbst wenn sie es getan hätte, hätten sie ihr, wie sie später zugaben, gesagt, daß sie »über ihren Zuständigkeitsbereich hinaus« gehe.

Bis hierhin hatte niemand irgendwelche Gesetzesverletzungen festgestellt. Niemand hatte Dorothea Puente dabei aufgehalten, ordentlich weiterzumachen, wie sie es getan hatte.

* Ironischerweise hatte die Landesanwaltschaft Jahre vorher eine ähnliche Anweisung erteilt. Laut *Sacramento* Magazine erreichte Mildred Ballenger, als sie das erstemal das DA-Büro wegen Ms. Johanssons auffälligem Verhalten befragte, gar nichts, weil ›die Landesanwaltschaft sagte, daß das Wohlfahrtsamt sich nicht in ihr Geschäft einmischen solle‹.

** Mrs. Cadigan konnte sich an diese Unterhaltung nicht erinnern.

Offensichtlich hatte auch niemand in Betracht gezogen, Kontakt mit der Bewährungsbehörde aufzunehmen. Jeder schien dem klügsten Handlungsgrundsatz anzuhängen: Tue gar nichts.

Inzwischen stand Judy Moise wegen unerwarteter Notfälle das Wasser bis zum Hals: geprügelte Frauen mit gebrochenen Beinen, Betrunkene, die mit Waffen herumfuchtelten, verfeindete Straßenbanden, die enttäuschende Ereignisse ausgerechnet vor Woolworth stattfinden ließen. Wenn Dorothea Puente Teile ihres Lebens geheimhalten wollte, blieb Judy nicht viel Zeit, um ihre Nase da hineinzustecken.

Die Unterhaltung mit Mary Ellen Howard und Polly Spring hatte sie aber beunruhigt. Mrs. Howard hatte erwähnt, daß Dorothea sie voller Spott beschimpft habe, aber Judy hatte Dorothea noch nie fluchen hören.

Die ganze Geschichte kam ihr seltsam vor, aber Judy hatte versprochen, zu versuchen festzustellen, ob die Pensionswirtin, die Beth und sie so brennend verteidigten, möglicherweise die üble Person sein könnte, die Mrs. Howard und Mrs. Spring im Verdacht hatten. Deswegen gingen Judy und Beth recht nachdenklich zu Mrs. Puente, um ihr ein paar Fragen zu stellen.

Anscheinend kamen sie, um Bert zu sehen. Bald genug gelang es ihnen aber, Dorothea zu einem Schwatz im Flur zu bringen. Judy bemerkte ganz nebenbei: »Dorothea, Sie haben so helle Haut, daß Sie gar nicht wie eine Mexikanerin aussehen. Wie war Ihr Name, ehe Sie Puente hießen?«

»Montalvo«, antwortete sie.

»Aber das war der Name Ihres vorherigen Mannes«, fragte Judy hartnäckig nach, »ich meine, wie war Ihr Name, ehe Sie geheiratet haben?«

Dorothea antwortete nicht sogleich und warf ihr einen Blick zu, als wäge sie die Frage genau ab, ehe sie antwortete. Endlich sprach sie: »Er war Johansson«, und die Worte knisterten in der Luft wie Funken.

Kapitel 7

In der Luft hing ein Flüstern des ersten Verdachts. Notizzettel waren von Büro zu Büro gereicht worden, aber bislang hatte Dorothea Puente keinen Grund zur Beunruhigung. Das Feuer, das Mary Ellen Howard und Polly Spring gelegt hatten, hatte nur zu einer Menge Rauch geführt. Die Wirtin mußte weder Herausforderungen noch Drohungen oder Anklagen fürchten. Ihre tägliche Routine in 1426 F Street ging so ungestört weiter wie das Nickerchen einer Katze auf einem warmen Fensterbrett.

Aber die Erkenntnis, daß Dorothea Puente wirklich Dorothea Johansson war, hatte Judy Moise aus der Bahn geworfen. Da sie von Natur aus wißbegierig war – man konnte es auch neugierig nennen – dachte Judy darüber nach, welche Skelette bei Dorothea Puente wohl im Schrank klapperten. Jetzt nagte der Zeitschriftenartikel an ihr, den Mary Ellen Howard erwähnt hatte. Sie und Beth stimmten überein, daß sie den wahrscheinlich reißerischen Artikel lesen sollten, aber Mary Ellen zog gerade um, so daß sie einige Mühe hatten, an sie heranzukommen.

Schließlich wurde eine Übereinkunft erzielt. Mary Ellen würde den Artikel fotokopieren und an ihrer Arbeitsstelle in den Ausgangskorb legen. Sie konnte vorbeikommen und ihn sich holen. Fein.

An dem Tag waren die VOA-Arbeiter wie üblich in Eile, weil sie auf dem Weg zu dem einen oder anderen Notfall waren. Judy fuhr, also sprang Beth aus dem Wagen, holte den Artikel und kam wieder rein. Judy legte den Gang ein und bat Beth, den Artikel laut vorzulesen. Während Judy durch den Verkehr lenkte, überflog Beth die beiden fotokopierten Seiten.

Es war verwirrend. Anscheinend fehlte die erste Seite, und der erste Absatz begann mitten im Satz: › …son, (nicht ihr wirklicher Name), wurde wegen Fälschung, schweren Diebstahls und Drogenhandels zur Höchststrafe von fünf Jahren Gefängnis verurteilt. Aber sie sah ihre schwersten Verbrechen nie ein, wie einige meinten.‹

Beth ging zur zweiten Seite über. Es gab keine Fotos von Mildred Ballenger, Dorothea Johansson oder sonst jemandem, den sie wiedererkannt hätte. Statt dessen war ein US-Indianer abgebildet und zitiert, ebenso ein dicker Junge, der in einer Küche arbeitete, beide ohne ersichtlichen Zusammenhang zu dem Artikel. Seltsam.

Beth las schnell weiter, bis sie zu den Stellen kam, die interessant schienen.

Jeder hatte Vertrauen zu Eleanora Anderson, sogar Mildred Ballenger. Eleanora, die schon lange Zeit für Sacramentos Gesundheitsfürsorge tätig war, hatte Referenzen von einigen der bekanntesten Persönlichkeiten der Stadt sowie von bekannten Politikern … Etwa vor vier Jahren erkrankte eine Klientin von Mildred, eine Frau in den 80ern, an einer mysteriösen Krankheit und pendelte zwischen Klinik und Zuhause hin und her wie ein Tischtennisball. Ihr Arzt war vollkommen verwirrt. Mildred war besorgt. Nur die Vermieterin der Frau nahm die Situation leicht. Sie hieß Eleanora Anderson, und immer, wenn sie ihre kranke Mieterin im Hospital besuchte, brachte sie ihr ein belegtes Brot mit. »Hier, essen Sie das«, sagte sie, »ich weiß, daß Sie die Krankenhauskost nicht mögen.«

Der Artikel führte aus, daß Eleanora Anderson, die Schurkin der Geschichte, die alte Dame offensichtlich vergiftete und dann bestahl. Beth las weiter:

Noch andere von Eleanoras Opfern kamen zu Mildred ins Büro und erzählten von Sachen, die sie vermißten … vier weitere Klienten berichteten von Gesundheitsproblemen, während sie bei ihr wohnten …

Die Geschichte schien so unglaublich, daß Judy und Beth nicht anders konnten, als das Lesen durch Ausrufe zu unterbrechen: »Oh, ist das nicht lächerlich?« »Das ist einfach absurd!« »Das kann unmöglich Dorothea sein!«

Andererseits hatte Mrs. Puente schon zugegeben, daß sie mal Johansson hieß …

Judy überlegte: »Wenn ›Eleanora Anderson‹ wirklich dieselbe Johansson ist, derentwegen Mary Ellen so beunruhigt ist …«

»Kaum zu glauben«, warf Beth ein.

»Genau. Dorothea ist so gar nicht wie die … vielleicht hat sie sich verändert.«

»Nun gut. Selbst wenn sie einmal einen Fehler gemacht hat, schulden wir ihr nicht noch eine Chance? Weil sie jetzt doch ihre Schuld an die Gesellschaft abbezahlt.«

»Das stimmt. Außerdem kennen wir die genauen Umstände nicht.«

»Richtig. Sie könnte beispielsweise damals verzweifelt gewesen sein. Oder sie wurde fälschlich beschuldigt.«

Judy seufzte. »Es ist unmöglich, herauszufinden, was damals wirklich passiert ist.«

»Ja. Und du weißt auch, wie die Presse immer alles hochspielt, was mit dem Sozialdienst zu tun hat.«

Judy dachte einen Moment nach und rief sich alles ins Gedächtnis, was sie über Dorothea Puente wußte. Außer in dem einen Gespräch mit Mary Ellen Howard und Polly Springs hatte sie nie etwas Schlechtes über Dorothea gehört oder gesehen. Überhaupt nichts. Im Gegenteil, Dorotheas Pension zählte zu den besten der Stadt, die Mieter waren vollkommen zufrieden, und Bert hatte in seiner Entwicklung alle Erwartungen übertroffen, seit er im Februar dort eingezogen war.

»Was sollen wir tun?« fragte Judy laut. »Selbst wenn Dorothea vor Jahren gegen das Gesetz verstoßen hat, jetzt hat sie nichts Unrechtes getan. Bert ist der einzige, den wir in ihrer Pension untergebracht haben. Was wäre, wenn wir ihn woandershin brächten?«

»Richtig, Dorothea ist absolut in Bert vernarrt«, ergänzte Beth.

»Ich glaube nicht, daß er woanders das gleiche Maß an Zuwendung bekäme.«

Beth stimmte zu, und die VOA-Kolleginnen, die so hart daran gearbeitet hatten, vor allem ein gutes Zuhause für Bert zu finden, entschieden, daß, selbst wenn Dorothea Puente und Dorothea Johansson ein und dieselbe Person wären, das kein ausreichender Grund sei, Bert aus seinen neuen Wurzeln zu lösen und in einer weniger guten Pension unterzubringen.

Ehe sie den Artikel zu Ende lesen konnte, waren sie am Ziel. Judy sagte zu Beth, daß sie den Artikel später selber lesen wolle, und nach Feierabend nahm sie ihn mit nach Hause, wo sie ihn mit anderen Papieren zusammen aufstapelte, die sie auch einmal lesen wollte, sobald sie die Zeit dazu hatte.

Obwohl die Gerüchte über Dorothea Puentes Vergangenheit aufgeflammt und in bestimmten kleinen Kreisen ihre Funken versprüht hatten, kam Bill Johnson bei Detox nichts davon zu Ohren. Er hörte nichts von den Verdächtigungen, die Mary Ellen Howard aufgebracht hatte, und so hatte er keinen Grund, Dorothea Puente zu mißtrauen. Sein eigenes Mißtrauen war zum größten Teil von Mrs. Puentes sprühendem Charme zerstreut worden. Deswegen dachte er nicht viel darüber nach, als sie sich bei ihm über Berts nicht abreißenden Strom von Besuchern beschwerte.

Dorothea hatte es satt, daß ›diese Mädchen‹ dauernd kamen, wie sie ihm erzählte, und sie meinte damit ›die beiden Lucys‹ von der Chest-Klinik und die beiden VOA-Arbeiterinnen, Judy Moise und Beth Valentine. Verdrießlich meinte sie, daß »alle diese Einmischungen ein Ende haben müßten«.

Bill Johnson hörte unverbindlich zu, war aber offensichtlich zu höflich, die Ermahnung an die ›Mädchen‹ weiterzugeben, für die sie gedacht war.

Mrs. Puente hatte dennoch Grund zu der Annahme, daß ihre Worte weitergegeben worden waren und beachtet wurden. Denn Mitte Juni hörten die unwillkommenen Besuche wegen verschiedener Umstände auf.

Berts TB-Untersuchungen, die jeden Dienstag und Donnerstag stattfanden, hörten plötzlich auf, denn, wie Lucy Yokota sich erinnert, »wir betrachteten ihn als geheilt.« Bei ihrer Abschlußuntersuchung sagte Mrs. Yokota zu Bert, wenn irgendwelche Probleme auftauchten, solle er sie anrufen.

Ansonsten würden sie ihn in einem Jahr wieder untersuchen. Zufällig kam es auch bei Judy und Beth Mitte Juni zu einer Besuchspause. Es war nicht geplant, sondern ergab sich ein-[illegible] vielleicht Schicksal.

[illegible] Sommer sich aufheizte, tat es auch [illegible]quartier. Jeder Mitarbeiter, jedes Vor-[illegible]en nachgeprüft werden. Es ging das [illegible]üssige abgebaut würde. So kam es, [illegible]r einige Wochen lang neben ihrer [illegible] Notfälle bearbeiten, Gespräche füh-[illegible] teilnehmen – einen guten Teil ihrer [illegible]onferenzen durchzustehen, Papiere [illegible]tationen vorzubereiten. Außerdem [illegible]bdachlosen in den Straßen, deren [illegible] erforderlich machte, einfach keine [illegible]nruf bei Bert, der sich ja doch, alles [illegible]

[illegible] irgendeinen Grund, sich um Bert [illegible]er nicht sogar ein leuchtendes Bei-[illegible] hoffnungslos scheinender Fall sich [illegible]e, wenn er genügend Zuwendung [illegible]ng erhielt?

[illegible]en‹ von der Bildfläche verschwun-[illegible]nftmütige Bert den schwindenden [illegible] bei Detox und dem beherrschenden [illegible]uente überlassen. Niemand ahnte, [illegible] entzückenden, blau-weißen, vikto-[illegible]bracht war, so gefährdet wie ein [illegible]inenschacht.

An einem brühheißen Samstag, dem 30. Juni, ging Bert Montoya durch die Stadt zu dem gewellten Warenhaus in der Front Street, wo er einst zu Hause gewesen war, um seinen Freund Bill Johnson aufzusuchen. Bert war von Natur aus liebenswert und klaglos, aber Johnson sah, daß ihn etwas beunruhigte. Nach ein bißchen freundlichem Nachfragen erfuhr er, was es war. Bert erzählte Johnson, daß er nicht länger bei

Dorothea bleiben wollte. Er wolle keine ›Medikamente einnehmen‹.

Das schien nicht besonders alarmierend. Johnson wußte, daß Bert, obwohl die Medikamente seine akustischen Halluzinationen stoppten, die Nebenwirkungen nicht mochte. Vor ein paar Wochen erst hatte er gesagt, daß er, sobald seine SSI-Schecks einträfen, Dorothea Puente verlassen und eine eigene Wohnung nehmen wollte.

Wenn Bert also zurück zu Detox kommen und aufhören wollte, Medikamente zu nehmen, sollte es Johnson recht sein. Er wollte ihn zurück zu Dorothea fahren, um seine Sachen zu holen.

Aber sobald sie einmal da waren, kamen die Dinge durcheinander.

Zuerst antwortete Dorothea, als Johnson ihr erzählte, daß Bert ausziehen wollte, lässig: »Er kann gehen, wann immer er will.«

Aber dann wollte sie wissen, warum er gehen wolle.

Als Ben ihr erklärte, daß Bert unglücklich sei, weil er keine Medikamente nehmen wolle, wandte sie sich an Bert und verlangte zu wissen: »Warum hast du mich dann neulich um vier Uhr morgens geweckt?«

Bert guckte wie ein Schaf. Er hatte sie wohl einmal morgens geweckt und nach seinen Medikamenten gefragt, weil er nicht hatte schlafen können. Berts Erinnerung war nicht klar. Stimmt, die Medikamente waren nicht schlecht. Er würde sie nehmen. Eigentlich wollte er doch nicht weg. Er würde bleiben.

»Ich wollte ihn eigentlich zu Detox zurückholen«, erinnerte sich Ben Johnson später. »Sie hat seine Meinung geändert ... ich hätte ihm sagen sollen, er solle ins Auto einsteigen – ich war sein Freund, er hätte getan, was ich sage –, aber alles, woran ich denken konnte, war, daß er an die Tür (von Detox) klopft und da wäre keine Matratze für ihn frei.«

Johnson wußte, daß das Detox bei Wetterwechsel voll besetzt sein würde, bei Dorothea hatte Bert mit Sicherheit einen Platz zum Schlafen.

Weniger als zwei Wochen später, am Mittwoch,

10. August, kam Bert erneut unerklärlicherweise zu Detox zurück. Er verbrachte diese Nacht auf einer Vinylmatratze auf dem Fußboden. Ohne Zweifel unbequem, aber vertraut. Sicher.

Am nächsten Morgen bot Bill Johnson Bert wieder an, ihn in die 1426 F Street zurückzubringen. Das war natürlich ein besserer Platz für ihn. Das Essen war besser, er hatte ein eigenes Zimmer, ein eigenes Fernsehgerät. Es hatte für ihn keinen Sinn, bei Detox zu bleiben. Er würde bei Dorothea glücklicher sein. Wirklich. Er sollte zurückgehen.

Bert ließ sich umstimmen.

Als sie nur noch drei Blöcke vom Haus entfernt waren, bat Bert seinen Freund, ihn an der Ecke aussteigen zu lassen. Er wollte nicht, daß Dorothea erfuhr, daß Bill ihn zurückgebracht hatte. Er würde den Rest zu Fuß gehen, so daß sie nicht böse werden würde.

Kapitel 8

Anfang Oktober, als die sengende Hitze des Sommers nachgelassen hatte und die Bewohner Sacramentos wieder ohne Hut in die Sonne gehen konnten, kehrte Judy Moise aus dem Urlaub zurück und stürzte sich wieder in die Arbeit. Sie war erholt und voll guten Mutes, nicht zuletzt deswegen, weil die VOA-Prüfung, vor der sie solche Angst gehabt hatte, erstaunlich gut über die Bühne gegangen war. Als Krönung des Ganzen hatte die Gesellschaft für geistige Gesundheit sie zur ›Geistigen Gesundheits-Arbeiterin des Jahres‹ erklärt. Obwohl sie mehr Anerkennung als Geld verdiente, war das nicht schlecht für eine Frau, die erst mit zweiundvierzig Jahren wieder angefangen hatte zu arbeiten, und das ohne den Vorteil eines akademischen Grades, besonderer Ausbildung oder wenigstens klar umrissener Aufstiegschancen.

Als Judy Mitte der Woche bei Detox vorbeischaute und Bill Johnson mit Fragen bombardierte – denn sie brannte darauf, alles Neue zu erfahren –, trafen die seltsamen Neuigkeiten, die er zu berichten hatte, sie völlig unvermutet.

Johnson erzählte in seiner bedächtigen Art von Bert ... von seinem unerwarteten Auftauchen bei Detox und wie er zu Dorothea zurückgekehrt war ... wie ungewöhnlich nett Mrs. Puente war ... sie kochte so gut und sorgte dafür, daß Bert in die Kirche ging ... sie nahm ihre Mieter sogar zu einer Kurzreise nach Mexiko mit – »Mexiko?« Einen Moment lang geriet der Raum ins Schwanken, und Judy sank das Herz. Dann erinnerte sie sich daran, daß Dorothea eine Reise nach Mexiko erwähnt hatte, und sie hatte eine Idee. »Warum rufen Sie Dorothea nicht an und erkundigen sich, wie es Bert geht?« schlug sie vor.

Johnson rief an, während Judy dabeistand und wartete. Als er aufgelegt hatte, wandte er sich zu ihr um und sagte: »Bert ist in Mexiko.«

Judy seufzte, als eine vage Vermutung in ihrem Kopf Gestalt annahm. »Warum ist Dorothea nicht mit ihm in Mexiko?« fragte sie.

»Sie *war*«, erklärte er. »Sie hat ihn mitgenommen, als sie ihre Familie in Guadalajara besucht hat, und sie haben bei ihrem Schwager gewohnt, der dort als Arzt arbeitet. Und wissen Sie was? Jeder hatte Bert so gerne, daß sie wollten, daß er länger bleibt. Sie sagt, ihr Schwager habe ein hübsches Haus auf dem Land, und Bert würde das Landleben richtig genießen – er hat sogar aufgehört zu rauchen –, deswegen hat sie ihn noch eine Weile dagelassen.«

Landleben? Hatte Judy nicht in Erinnerung, daß Bert die Stadt bevorzugte? Sie wollte nichts sagen, um Bill nicht zu beunruhigen, aber irgend etwas war da faul.

Ein entferntes Grummeln begann in ihrem Unterbewußtsein, dumpfes Rumpeln wie eine Kolik ihres Denktraktes. Sie verabschiedete sich von Bill Johnson und ging, aber das Grummeln folgte ihr durch die Tür und begleitete sie für den Rest des Tages. Es hielt die Woche über an, begrüßte sie im Spiegel, ging während der Arbeit mit ihr, nagte während des Abendessens an ihr. Endlich weckte es sie am frühen Samstagmorgen.

Sie starrte in die Dunkelheit, grübelte und fragte sich, warum diese Geschichte mit Mexiko sie so sehr beunruhigte – war sie vielleicht unvernünftig? Sie sah auf die Uhr: 5 Uhr früh. Dorothea hatte gesagt, daß sie immer schon vor fünf aufstand und dann im Garten arbeitete. Also müßte sie schon auf sein. Sehr gut. Judy würde sie anrufen.

Sie wählte die Nummer, und Dorothea meldete sich mit einem klaren, fröhlichen Hallo.

»Guten Morgen, Dorothea, hier ist Judy Moise«, sagte sie möglichst lässig. Ohne sich für den frühen Anruf zu entschuldigen, fragte sie: »Ich möchte wissen, wie es Bert geht?«

Wenn Dorothea erschrak, so zeigte sie es nicht. »Oh, Bert ist in Mexiko«, sagte sie fröhlich. Im großen und ganzen erzählte sie Judy dieselbe Geschichte wie Bill Johnson: Ihr Schwager, der Arzt, der das nette Haus auf dem Land hatte. Die Verwandten, die Bert so sehr mochten, daß sie ihn drängten, noch zu bleiben. »Sie lieben Bert geradezu«, gurrte sie.

Judy äußerte ihre Zweifel nicht, aber sie hatte große Mühe zu glauben, daß Dorotheas Familie so sehr von Bert eingenommen war, daß sie ihn in ihrem Haus aufnahm. Er war sanft und ausgeglichen, das schon, aber er war auch geistig krank, und solche Leute waren selbst dann schwer unterzubringen, wenn der Gastgeber dafür *bezahlt* wurde, sie aufzunehmen.

Dorothea fügte hinzu, daß es ihm wundervoll bekäme. »Es gefällt ihm dort so gut, er ruft mich dreimal die Woche an, nur um mir zu erzählen, was sie gemacht haben.«

Er rief an? Bert und Ferngespräche führen? Judy versuchte, sich das vorzustellen, aber ohne Erfolg. Vielleicht wählten Dorotheas Verwandte für ihn.

Dorothea erzählte noch mehr Einzelheiten von ihrer Familie in Guadalajara, aber Judy unterbrach sie mit den Worten: »Wissen Sie, Dorothea, ich bin ein bißchen beunruhigt, weil Bert ohne Sie dort unten ist. Was ist, wenn er sich verirrt? Wenn er vom Haus Ihrer Schwester weggeht und nicht zurückfindet? Er würde nie gefunden werden. Weil er jetzt Spanisch spricht, würde keiner ihn für einen Amerikaner halten. Er käme niemals mehr zurück über die Grenze.«

Das war in der Tat das, was Judy befürchtete: Dorothea hatte Bert mit dorthin genommen, er war verschwunden, und nun wollte sie nicht zugeben, daß sie ihn verloren hatte.

Aber Dorothea lachte über ihre Bedenken. »Das würde dort nie passieren, es ist plattes Land. Außerdem kennt ihn jetzt jeder dort, und sie haben ein Auge auf ihn. Machen Sie sich bitte keine Sorgen, Judy. Er kommt ohnehin nächste Woche zurück.«

»Nächste Woche?« Ein Hoffnungsschimmer.

»Ja«, sagte Dorothea, »Sie wissen doch, daß er, wenn er länger als zwei Wochen das Land verläßt, seine Sozialhilfe verliert. Also wird er bis dahin zurück sein.«

Dorothea wußte also, daß es gegen das Gesetz verstieß, wenn Bert länger als zwei Wochen abwesend war! Judy hielt das für ein gutes Zeichen. Sie legte auf, und ihre Stimmung stieg wie ein losgelassener Ballon. In einer Woche würde Bert zurück sein. Alles war in Ordnung.

Aber als Judy eine Woche später wieder anrief, war Bert noch nicht da. »Es gab ein Fest, an dem Bert gerne teilnehmen wollte«, sagte Mrs. Puente leichthin. Sie entschuldigte sich und versprach noch einmal, daß Bert innerhalb einer Woche zurück käme.

Judy blieb nichts anderes übrig, als Mrs. Puente zu sagen, Bert solle gleich nach seiner Rückkehr anrufen. Die Wirtin versprach es, und Judy blieb nichts anderes übrig, als zu warten.

Aber es kam kein Anruf.

Mittlerweile war das leise Grummeln in Judys Kopf zu einem lauten Summen geworden.

Wenn man den häßlichen Gerüchten über die Vergangenheit der alten Dame Glauben schenkte, mußte sie annehmen, daß Dorothea Bert mit Absicht hatte ›verlorengehen‹ lassen, so daß sie jetzt seine Schecks einstreichen konnte.

Noch einmal rief Judy Dorothea an. Wieder vertröstete Dorothea sie mit Ausreden.

Mittlerweile war fast Ende Oktober und Judy fast am Ende

ihrer Geduld. »Schauen Sie«, sagte sie. »Sie bringen mich wirklich in Gefahr damit, daß Sie ihn so lange außer Landes lassen.« (Das stimmte nicht ganz, aber Judy hoffte, daß ihre Worte dadurch mehr Gewicht bekamen.)

Mrs. Puente zeigte sich von Reue erfüllt und weniger hochmütig. »Ich bedaure wirklich, daß er nicht hier ist, aber er wird nächste Woche zurück sein. Wirklich. Ich weiß ja auch, daß ich Ärger bekomme, wenn er nicht zurückkommt.«

Aber das hatte Judy früher schon gehört. Sie kamen nicht weiter, und sie konnte die Angst nicht abschütteln, daß Dorothea Bert irgendwie verloren hatte. Sie fragte unvermittelt: »Dorothea, haben Sie mir nicht etwas zu sagen?«

»Was meinen Sie?«

»Ich habe das Gefühl, da ist etwas, was Sie mir sagen sollten. Das wäre jetzt eine gute Gelegenheit, wissen Sie, falls Sie mir etwas erzählen wollen.«

Dorothea schwieg kurz, sagte dann aber: »Nein, nein, es gibt nichts.«

Judy, wieder bei Schritt eins angelangt, seufzte und versuchte, streng zu klingen. »Okay, Sie haben Bert besser zum ersten November wieder hier.«

Dorothea bejahte ernst. Bis dahin würde Bert wieder zu Hause sein. Sie versprach es.

Unangekündigt und leicht zitternd stiegen die VOA-Kolleginnen aus dem Wagen und erklommen die sonnenbesprenkelten Stufen von 1426 F Street. Es war Dienstag, der 1. November, und Dorothea Puentes Haus war noch mit Halloween-Dekoration geschmückt.

Mrs. Puente öffnete ihnen die Tür, allein, ernst und blaß. Bert war noch in Mexiko, gab sie händeringend zu. Sie lud sie ein, sich mit ihr draußen auf die Terrasse zu setzen, und so setzten sie sich alle drei ohne ein Lächeln hin.

»Sie sagten, er würde heute hier sein, Dorothea. Was ist passiert?« fragte Judy.

»Ich weiß es nicht. Er sagte, er würde hier sein. Es tut mir so leid, aber ich habe wirklich geglaubt, er würde bis heute zurück sein.« Sie klang betrübt, fast beschämt.

Judy wußte nicht, was sie sagen sollte. Dorothea war ihr einziges Verbindungsglied zu Bert, und sie wollte sie nicht vor den Kopf stoßen, aber bislang waren sie auf die sanfte, verständnisvolle Tour nicht weitergekommen. »Hören Sie«, sagte sie in bestimmtem Ton, »das ist das dritte Mal, daß Sie behaupten, Sie würden ihn hierhaben, und jedesmal lassen Sie uns auflaufen. Wir haben jetzt keine andere Wahl mehr als die, die Behörden zu informieren.«

»Aber Bert wird zurückkommen«, beharrte Mrs. Puente. »Er wird ganz sicher zurückkommen, da gibt es gar keinen Zweifel. Ich brauche nur noch etwas mehr Zeit.«

»Dorothea, Sie wissen, daß ich für ihn verantwortlich bin. (Judy bluffte, sie hatte keine Fälle zu bearbeiten und hatte keine offizielle Verantwortung für Bert, aber jetzt griff sie nach jedem Plus an Autorität.) Sie haben die Zwei-Wochen-Grenze für seine Sozialhilfe überschritten, und das müssen wir melden. Außerdem werden wir ihn nach seiner Rückkehr woanders unterbringen.«

In Dorotheas wasserblauen Augen glitzerten Tränen. »O nein, ich hasse es, ihn zu verlieren. Ich werde es so vermissen, Bert hier zu haben«, sagte sie mit einem Zittern in der Stimme. »Ach, ich habe doch schon Weihnachtsgeschenke für ihn besorgt. Ja, ich habe mich schon darauf gefreut, mit ihm zusammen Ferien zu machen.«

Gerührt von diesem plötzlichen Gefühlsausbruch fragte Judy sich, wie sie diese Frau nur hatte verdächtigen können, wo sie Bert so sehr mochte. Wie konnte sie an jemandem zweifeln, der so viel für ihn getan hatte? Versöhnlicher sagte sie: »Wenn Bert zurückkommt, kann er vielleicht doch über Weihnachten hierbleiben. Wir wollen sehen, was wir tun können.«

Dorothea stieß einen tiefen Seufzer aus, wischte sich die Tränen von den Wangen, dann straffte sie sich plötzlich und begann, auf und ab zu gehen. »Das geht jetzt schon so lange«, sagte sie, »ich werde selber wieder nach Mexiko fahren und ihn holen müssen.«

Beth und Judy tauschten einen hoffnungsvollen Blick. »Wie wollen Sie das machen?« fragte Beth.

»Ich werde fliegen.«

»Wann?«

»Mittwoch. Ich fliege am Mittwoch und bringe ihn zurück.« Dorotheas ganze Haltung hatte sich geändert. Sie stand hochaufgerichtet da, ihre Stimme klang entschieden.

In gewisser Weise war ihr Vorhaben sinnvoll. Es war, als wäre ein Licht angezündet worden. Natürlich! Bert hatte Mühe zurückzukommen, weil er es nicht schaffte, die notwendigen Vorkehrungen zu treffen. Er brauchte Dorothea, die ihn selbst nach Sacramento zurückbringen mußte.

»Wann werden Sie ihn also hierhaben?«

»Oh, er wird am Samstag zurück sein. Sie können dann vorbeikommen und ihn sehen.«

»Samstag ist unser freier Tag«, sagte Judy, »aber wir können nächsten Montag kommen, das ist dann der siebente.«

»Er wird hier sein«, versprach Dorothea.

Seltsamerweise begaben Judy Moise und Beth Valentine, nachdem sie 1426 F Street verlassen hatte, sich wieder an die Arbeit, ohne sich über das Gespräch mit der Vermieterin zu unterhalten. Vielleicht hatten sie sich dazu entschlossen, optimistisch zu sein, und wollten das Klima nicht durch negative Gedanken vergiften. Vielleicht war ihre Überzeugung auch zu zerbrechlich, um nüchternen Überlegungen standzuhalten. Sie *wollten* glauben, daß Dorothea Bert zu ihnen zurückbrachte und dann alles wieder gut wäre.

Aber die Nacht ist nicht die Zeit, in der Hoffnung gut gedeiht, und in diesen stillen Stunden wuchs Judys Sorge. Das vierte Mal hatte die Dame sie mit Versprechungen vertröstet. Ein Monat voller Versprechungen, und immer noch kein Bert.

Sie versuchte, sich an das letzte Mal zu erinnern, daß sie ihn gesehen hatte. Im Sommer, ja. Vielleicht im Juni. Es schien jetzt schrecklich lange her.

Sie zermarterte sich das Hirn. Was *war* es, was Mary Ellen Howard und Polly Spring letzten Sommer über Dorothea gesagt hatten? Es war ihr damals so lächerlich vorgekommen, aber was hatten sie gesagt? Irgend etwas darüber, daß Dorothea einen alten Mann beraubt habe, oder so?

Sie suchte im ganzen Haus nach der Kopie des Zeitungsartikels, die Mary Ellen ihr gegeben hatte und die sie verlegt hatte. Sie stapelte Bücherberge um, ging Papiere durch, überflog Akten und durchwühlte ihre Eingangs- und Ausgangskörbe. Umsonst.

Am nächsten Tag stellte sie buchstäblich ihren Schreibtisch im Büro auf den Kopf, aber der Artikel tauchte nicht auf. Er schien verschwunden zu sein.

Jeden Tag in dieser Woche lag Judy bis tief in die Nacht wach und grübelte.

Wenn Dorothea sich in Wirklichkeit gar nichts aus Bert machte, warum hätte sie dann Weihnachtsgeschenke für ihn kaufen sollen? Warum sollten sich ihre Augen mit Tränen füllen, wenn sie über ihn sprach? Sie war ganz sicher vertrauenswürdig. Sie würde ganz bestimmt, wie versprochen, Bert am Montag bei sich haben.

Aber Sonntag nacht konnte Judy wieder nicht schlafen. Sie fuhr damit fort, sich einzureden, Bert gehe es gut, er würde morgen da sein. Aber immer noch dachte sie über die nagende Frage nach: »Was, wenn er nicht da ist?«

Kapitel 9

Man könnte annehmen, daß der siebente Tag des elften Monats unter glücklichen Vorzeichen dämmerte, aber dem war nicht so. Als Judy Moise an diesem Morgen in ihr Büro kam, nahmen die Ereignisse einen ungewöhnlichen Lauf.

Als sie zur Tür hereinkam, klingelte das Telefon. Sie beeilte sich abzunehmen und hörte eine Männerstimme: »Hallo, hier spricht Michel Obregon.«

»Michel?« Ein sonderbarer Name für einen Mann, dachte Judy. Ein französischer Vorname mit spanischem Nachnamen?

»Ich meine Miguel«, korrigierte er sich. »Ich bin Bert Montoyas Schwager. Ich rufe aus Shreveport, Utah, an und habe Bert bei mir.«

Judy runzelte die Stirn. »Bert hat keinen Schwager.«

»Doch, er hat. Wir haben uns jahrelang sehr nahegestanden.«

Du klingst viel zu jung dafür, um mit irgendeiner Schwester von Bert verheiratet zu sein, dachte Judy. Ungläubig fragte sie nach: »Ich weiß über Berts Familie Bescheid, und ich weiß nichts von einem Schwager.«

»Sie wissen eben nicht alles«, schnappte er. »Ich bin nach Kalifornien gekommen und habe Bert am Samstag mitgenommen, um ihn mit zu mir zu nehmen. Er ist jetzt hier bei mir und meiner Frau. Er wird bei uns in Utah leben. Ich rufe an, damit Sie Berts Sozialhilfe stoppen. Wir sind eine sehr stolze Familie und nehmen keine Wohlfahrt in Anspruch. Also stoppen Sie bitte die Schecks.«

»Wenn Bert bei Ihnen ist, lassen Sie mich bitte mit ihm sprechen.«

»Er kann nicht ans Telefon kommen«, sagte der Mann, »er ist gerade dem Wetter ausgesetzt.«

»Was meinen Sie damit, ›er ist dem Wetter ausgesetzt‹?«

»*Er ist dem Wetter ausgesetzt*«, wiederholte der Mann laut.

»Ich will mit ihm sprechen«, beharrte Judy. »Geben Sie mir Ihre Nummer, damit ich zurückrufen kann.«

»Nein, das können Sie nicht«, gab er zurück, »ich rufe aus einer Telefonzelle am Straßenrand an.«

»Dann geben Sie mir Telefonnummer und Adresse von sich zu Hause, ich rufe Sie dann später an.«

»Nein, äh, wir ziehen gerade um und haben noch kein Telefon. Außerdem ist meine Frau krank. Ich muß jetzt gehen. Auf Wiedersehen«, und er legte auf.

Während Judy telefonierte, hatte Beth die Nachrichten auf ihrem Anrufbeantworter abgehört. Jetzt brachte sie, noch ehe Judy die seltsame Unterhaltung verdaut hatte, etwas genau so Seltsames an: eine Nachricht, die Mr. Obregon früher am Morgen hinterlassen hatte. Sie spielten das Band ab, und wieder hörte Judy, wie der Mann über seinen angeblichen Namen stolperte. Er sagte: »Hier spricht Don Anthony – ich meine Michel Obregon.«

Was sollte das für ein lächerliches Versteckspiel sein? Dorothea Puente mußte dahinterstecken, entschied Judy, sie würde sie sofort anrufen.

Als Dorothea sich meldete, hatte Judy nur eine Frage: »Wer ist Don Anthony?«

Mrs. Puente sagte nichts. Das Schweigen dehnte sich aus, wurde lang, ehe sie antwortete: »Ich weiß nicht, wovon Sie sprechen.«

Judy erklärte schnell den Anruf von ›Michel‹ oder ›Miguel‹ Obregon, der behauptete, Bert mit nach Utah genommen zu haben.

Jetzt hatte Dorothea wieder Oberwasser: »Ja, genau das ist passiert«, sagte sie.

»Das kann ich kaum glauben.«

»Doch, doch, er hat recht. Genau das ist passiert. Ich war in Mexiko und habe Bert am Samstag zurückgebracht, wie ich es gesagt habe. Dann kam am Sonntag sein Schwager, während ich in der Kirche war. Er kam unerwartet, aber er hat nur Berts Sachen auf seinen Lastwagen geladen und hat ihn nach Utah mitgenommen.«

»Dorothea, das ist sehr weit hergeholt«, rief Judy. »Bert hat nie von einem Schwager gesprochen.«

»Zu mir auch nicht, aber Bert hat sich gefreut, ihn zu sehen und schien sehr erfreut, daß er ihn eingeladen hat, bei ihnen zu leben.«

»Hören Sie zu, das klingt erfunden. Irgend etwas stimmt hier nicht. Ich werde die Polizei anrufen und Bert als vermißt melden.«

Hastig sagte Mrs. Puente: »Wissen Sie was? Ich kann ein paar Anrufe machen, und wenn Sie mich, sagen wir mal gegen drei, noch einmal anrufen, habe ich vielleicht ein paar neue Informationen für Sie.«

»Was für welche?« Völlig durcheinander legte Judy auf und sagte: »Egal, ich rufe jetzt die Polizei.«

Und genau das tat sie. Judy wußte die Nummer für Vermißtenanzeigen auswendig, denn sie hatte sie schon oft wegen so vieler Leute von der Straße gewählt. Der Polizist am anderen Ende der Leitung nahm Berts Personalien und noch ein paar Informationen auf und versprach, später am Vormittag jemanden für ein Gespräch vorbeizuschicken.

Damit hatte sich nun der private Verdacht gegen Dorothea Puente in eine offizielle Untersuchung gewandelt.

Aber der Tag fing erst an, und die Befürchtungen, die Judy die ganze Zeit schon unterdrückt hatte, ergriffen jetzt mit Macht von ihr Besitz. *Wo ist Bert?* Welchen Verbrechens war Dorothea Puente in der Vergangenheit beschuldigt worden?

Judy führte noch ein paar Telefongespräche. Zuerst rief sie Peggy Nickerson an, um sich nach dem Familiennamen von John zu erkundigen, dem dünnen, weißhaarigen, adleräugigen alten Mann, den Mrs. Nickerson letzten Januar in Dorotheas Haus untergebracht hatte. Sharp, gab Mrs. Nickerson ihr Auskunft, John Sharp.

Als nächstes rief Judy Polly Spring an, während sie sich Vorwürfe machte, die Warnungen nicht schon vor Monaten beachtet zu haben, um sie nach Mildred Ballengers Telefonnummer zu fragen und danach, was in der Akte über Dorothea Puente stand.

Mrs. Spring erinnerte sich nicht mehr an die genauen Einzelheiten, aber sie meinte, Mrs. Ballenger würde sich daran erinnern. Dann erkundigte sie sich: »Warum fragen Sie danach?«

Judy faßte sich kurz, um die Fassung nicht zu verlieren. »Ein Mann wird vermißt«, antwortete sie nur.

Während Judy Moise mit ihren Telefonaten beschäftigt war, hatte Dorothea Puente ihrerseits viel zu tun. Sie lief die Treppe hinunter und stieß auf John Sharp, den treuen Mieter, für den sie einen Extra-Stuhl gekauft hatte, als er nach einer Rückenoperation in ihre Pension gezogen war. Sie erzählte ihm, daß die Polizei kommen und sich nach Bert erkundigen würde, und sie drängte ihn, eine spezielle Geschichte zu erzählen. »Es wird sich für Sie lohnen«, versprach sie.

Als Offizier Richard Ewing um 10 Uhr 30 im Büro der Volunteers of America eintraf, erzählten ihm Judy und Beth alles, was sie über Bert Montoyas Verschwinden wußten, Dorothea Puentes Reihe gebrochener Versprechen, hastiger Ausreden und über die sonderbaren Telefonate an diesem Morgen. Der ernste, gutaussehende Offizier schrieb einen Bericht und versprach, dem Haus in der 1426 F Street einen Besuch abzustatten und Erkundigungen einzuholen. Ehe er ging, drängte Judy ihn, auf jeden Fall mit John Sharp zu sprechen. »Er ist Mieter dort, und man kann ihm vertrauen«, sagte sie. »Er ist eine gute Informationsquelle für Sie.«

Mrs. Puente war gelassen und vorbereitet, als Offizier Ewing vor ihrer Tür stand. Sie bat den Polizisten höflich herein, bot ihm an, ihn herumzuführen und blieb bei ihrer Geschichte. Diese Sozialarbeiter hätten überreagiert, nur weil Bert Montoya nach Utah gefahren sei.

Offizier Ewing fand bei seiner Besichtigungstour durch Mrs. Puentes Haus nichts Auffälliges. Das obere Stockwerk war ruhig, ebenso wie das Erdgeschoß – das, wie Mrs. Puente eilig betonte – vom oberen Geschoß unabhängig sei.

Als sie auf den großen, sehnigen Mr. Sharp trafen, stellte der Offizier ihm jede Menge Fragen, die Sharp in seiner schwerfälligen, bedächtigen Art beantwortete. In jeder Einzelheit untermauerte er Mrs. Puentes Geschichte, daß sie für ein paar Tage nach Mexiko gefahren sei und dann am Samstag mit Bert zurückgekommen wäre. Sonntag, so Sharp, sei Bert wieder weggegangen. »Ja«, erzählte John Sharp Ewing, »ich habe gesehen, wie Bert ausgezogen ist. Er und der andere haben seine Sachen in einen roten Pritschenwagen geladen.«

Befriedigt gingen der Offizier und die Vermieterin wieder nach oben.

Aber nachdem sie weg waren, kritzelte John Sharp eine Notiz auf die Rückseite eines Briefumschlags: »Sie wollte, daß ich Sie anlüge.«

Als Ewing die Treppe herunterkam, steckte Sharp ihm die Notiz in die Hand. Geistesgegenwärtig trat Ewing in Sharps Zimmer und stellte den Fernseher so laut, daß sie nicht gehört werden konnten. Sharp erklärte ihm, daß sie sich heimlich treffen müßten, so daß er reden könne, und sie verabredeten, sich an der Ecke 16. Straße und E Street zu treffen.

Als Judy und Beth am Nachmittag von der Sozialversicherungsagentur zurückkamen, wo sie über Dorothea Puente Bericht erstattet und Bert Montoyas Zuwendung gestoppt hatten, erhielt Judy eine Nachricht vom VOA-Büro in der Bannon Street: »John Sharp ist hier und möchte Sie sprechen.«

In der Bannon Street wartete John Sharp aufgeregt auf sie. Er wußte, daß Judy der Polizei empfohlen hatte, sich bei Nachforschungen an ihn zu wenden, deswegen war er gekommen, um mit ihr zu sprechen. Sie verband jetzt das gemeinsame Mißtrauen gegen Dorothea Puente.

Mit ernstem Gesicht berichtete er das, was er Ewing erzählt hatte, nachdem er ihm die Nachricht zugesteckt hatte. Irgend etwas ging da vor, was nicht in Ordnung war, sagte er, und er spreche nicht nur von Bert. Er sprach von einem anderen Mann, Ben Fink, der letztes Frühjahr plötzlich verschwunden war. Er erzählte von Löchern im Hof, die Dorothea von Ex-Häftlingen hatte graben lassen – einige – Löcher, die am einen Tag noch leer waren und am nächsten geheimnisvollerweise gefüllt und abgedeckt. Er erzählte weiter von einem üblen Geruch, der aus einem der oberen Zimmer gekommen war und sich wie Pesthauch im Haus festgesetzt hatte. Er erzählte, daß er damals in Kansas City in einem Leichenschauhaus gearbeitet hatte und daß er den üblen Geruch als Leichengeruch wiedererkannt habe.

Während Sharps Geschichte hervorsprudelte, erschien der schlimme Gedanke an Totschlag wie Wetterleuchten am Horizont. Judy erbebte. Es schien so unwirklich. Wie konnte John Sharp annehmen, daß die kleine alte Frau, die sich wie eine Mutter um Bert gekümmert hatte, des Mordes fähig sein sollte?

Sharp fuhr fort, und die tiefen Falten in seinem Gesicht arbeiteten, um eine Lawine an Gefühlen zurückzuhalten. Er sagte, seines Wissens kämen zehn bis zwölf Sozial-Schecks pro Monat ins Haus – für Leute, die nicht einmal dort wohnten.

Wenn John Sharp ein Alkoholiker oder ein geistig Kranker

gewesen wäre, hätte Judy seiner Erzählung vielleicht keinerlei Gewicht beigemessen, aber die Betroffenheit, die in seiner Stimme mitklang, barg keinerlei falschen Ton. Eiseskälte erfüllte sie, als sie das erstemal begriff, daß Bert möglicherweise tot war.

Aufgewühlt durch John Sharps Verdacht meldeten Judy und Beth das, was sie neu erfahren hatten, sofort ihrem Chef, Leo MacFarland. Sie spürten, daß sie in Anbetracht der ernstzunehmenden Beobachtungen John Sharps der Polizei die Dringlichkeit des Falls klarmachen mußten.

MacFarland hörte zu, war aber in puncto Eingreifen zurückhaltend. »Ich denke, wir sollten die Polizei einfach ihren Job tun lassen«, sagte er. Abschließend meinte er noch: »Ich denke, das war ein interessanter Tag, und das kommt auf den Einbruch noch drauf.«

»Was für ein Einbruch?« fragte Judy.

»Hat Ihnen das niemand erzählt? Letzte Nacht ist jemand ins Büro eingebrochen.«

»O nein. Fehlt etwas?«

»Nein, komischerweise scheint nichts zu fehlen. Aber wer immer es war, er hat etwas aus dem Kühlschrank gegessen, die Telefone benutzt und überall Morddrohungen hinterlassen.«

»Morddrohungen?« Das war zuviel. Der Raum begann, sich um Judy zu drehen.

Judy wollte mehr wissen, aber MacFarland bestand darauf, daß es mehr nicht zu erzählen gäbe. Er entließ Judy und Beth mit den Worten: »Es gibt keinen Grund zur Beunruhigung, die Polizei hat sich schon alles angesehen.«

Auf der Heimfahrt, als sie die Achterbahn-Ereignisse des Tages überdachte, überlegte Judy, ob es nicht einen Zusammenhang zwischen dem Einbruch, Dorothea Puente und ›Miguel Obregon‹ geben könnte. Nichts fehlte. ... könnten Mrs. Puente und ihr Freund nach etwas gesucht haben? Galten die Morddrohungen Judy? Hatte Dorothea Angst, sie wüßte zuviel? Die Vermieterin wirkte nicht gefährlich, aber was, wenn sie irgendwie Judys Adresse herausbekäme?

Voller Sorge eilte Judy nach Hause und rief ihre Tochter an, die vor kurzem eine eigene Wohnung bezogen hatte. Als Britt endlich dranging, erzählte sie ihr von den sich überschlagenden Ereignissen des Tages und sagte, daß sie sich zu Hause nicht mehr sicher fühle. Britt sagte ihr, sie solle ihre Sachen zusammenpacken, und Judy zog zu ihrer Tochter.

In dieser Nacht wurde auch John Sharp von der Furcht gequält, was Dorothea Puente tun würde, wenn sie dahinterkäme, daß er mit der Polizei zusammenarbeitete. Er lauschte auf jedes Knarren im Haus und erwog seine Chancen. Ehe er zu Bett ging, ergriff er eine besondere Vorsichtsmaßnahme, indem er einen Stuhl dicht vor seine Tür stellte.

Kapitel 10

Die Enthüllungen vom 7. November verstörten Judy Moise zutiefst. Sie wurde nach eigener Aussage von einer ›Art Besessenheit‹ von den wechselnden Persönlichkeiten der Vermieterin in der F Street ergriffen. »Wer ist diese Dorothea Puente?« fragte sie sich laut. »Jetzt, wo ich weiß, wer sie *nicht* ist, muß ich herausfinden, wer sie *ist*.«

Aber Dorothea Montalvo Puente hatte früher schon bei weitem perfektere Bluthunde abgeschüttelt und hatte nicht vor, damit aufzuhören.

In der Zwischenzeit war Judys Ziel, die Wahrheit über Mrs. Puente herauszufinden und warum Bert verschwunden war, nicht dazu angetan, sie bei ihren Kollegen beliebter zu machen.

Als sie ihre wachsende Furcht mit ihrer Kollegin teilen wollte, blaffte Beth sie an: »Was willst du denn? Du leidest langsam an Verfolgungswahn.«

»Ich will die Polizei anrufen, um herauszufinden, was da vorgeht«, erklärte Judy.

Beth bestand ruhig darauf, daß sie den Anweisungen ihres Chefs, ›die Polizei ihren Job tun zu lassen‹, folgen sollten.

»Du erkennst nicht, wie wichtig das ist«, protestierte Judy, »ich halte das für eine ganz große Sache! Ich denke, es ist eine sehr gefährliche Situation.«

Aber Beth war nicht überzeugt: »Ich kann nicht glauben, daß du so denkst.«

»Und ich nicht, daß du so denkst.«

Ganz klar, von ihrer Kollegin hatte Judy nicht viel Unterstützung zu erwarten, aber sie konnte es verstehen: Sie fühlte sich in einer Weise persönlich gefährdet, die Beth nicht teilte. Während Beth also davon überzeugt war, sie sollten der Anweisung ihres Chefs Folge leisten, hatte Judy das Gefühl, daß etwas ernsthaft nicht stimmte und sie das nicht auf sich beruhen lassen konnte. Sie mußte etwas tun.

Die Spannung zwischen ihnen nahm zu, und so machten sich die Kolleginnen, die lange zusammengearbeitet hatten, in verschiedene Richtungen auf und arbeiteten jede für sich.

Judy ging zur Sozialversicherungsstelle, weil sie hoffte, die zahlreichen Schecks stoppen zu können, die, wie John Sharp erzählt hatte, bei Dorothea eintrafen. Statt dessen hörte sie das traurige alte Lied von einer riesigen Bürokratie, die mit Fällen überladen ist und die so viele Scheckvorgänge zu bearbeiten hat, daß es unmöglich sei nachzuprüfen, welche Schecks wen genau erreichten. Judy Moise sollte eine ähnliche Leier bei der Polizei hören.

Sobald sie wieder im Büro war, rief sie Offizier Ewing an, von dem sie erfuhr, daß der Fall an Detective John Cabrera abgegeben worden war, zuständig für Vermißtenanzeigen und Totschlagsdelikte. Ehe Offizier Ewing auflegte, meinte er noch geheimnisvoll: »Es ist womöglich noch schlimmer, als Sie annehmen.«

Von quälender Dringlichkeit getrieben, rief Judy Detective Cabrera an. Er machte einen gut informierten Eindruck und erklärte, daß »die Polizei das (Puente)-Haus schon ein Jahr lang beobachtet habe.« Er deutete an, daß Judys Befürchtungen nichts Neues für sie waren und daß sie die Dinge unter Kontrolle hätten. Aber als sie nach der Nummer des Falls fragte, mußte Cabrera zugeben, daß sie »noch keine hätten«, und als sie fragte, ob er bei dem Haus gewesen sei, sagte er, das sei er noch nicht.

Wenig Ermittlung, dachte sie.

Am Ende versuchte Cabrera sie davon zu überzeugen, daß sie alles täten, was sie könnten, aber sie müßte verstehen, daß sie einige tausend Fälle zu bearbeiten hätten …

Am Donnerstag, 8. November, wurde George Bush zum Präsidenten der Vereinigten Staaten gewählt. In der Zwischenzeit unternahm die Polizei, soweit Judy das beurteilen konnte, nichts, um Bert Montoya zu finden oder über Dorothea Puente zu ermitteln.

Am Mittwoch machte es die Runde, daß Judy aus ihrem Tief und dem Verlust eines Klienten heraus sei. Ihr Chef lachte sie aus und erklärte, ihr Mordverdacht sei ›absurd‹.

Aber sie konnte nicht aufhören, sich Sorgen zu machen. Wiederholt rief sie Detective Cabrera an, um herauszufinden, wie und ob die Untersuchung vorankam. Als er nicht zurückrief, rief sie seinen Vorgesetzten Sergeant Jim Jorgensen an und drohte damit, sich an den Abgeordneten Matsui zu wenden, wenn nicht etwas unternommen würde. Ob als Ergebnis ihrer Drohung oder nicht, Detective Cabrera rief am Donnerstag zurück und bat sie für den nächsten Morgen zum Polizeihauptquartier.

Judy brannte darauf, dorthin zu kommen, weil sie einen beunruhigenden Brief aus Reno, Nevada bekommen hatte. Er lautete:

Mrs. Moise,

wie ich Ihnen schon am Telefon gesagt habe, Alvaro, ›Bert‹ wie Sie ihn nennen, Jose für die Familie. Bis wir ihm gesagt haben, daß wir umziehen, und er wollte nicht. Er mochte Dorothea, und sie hat sich um ihn gekümmert wie eine ›Mom‹. Wie Sie wissen und sie uns erzählt hat, hatte sie schon einmal Probleme mit dem Gesetz. Was

Jose Ihnen nicht erzählt hat, ist, daß er die letzten 3 1/2 Jahre hier bei uns angerufen hat. Sobald wir eingezogen sind, schicken wir Ihnen Fotos und lassen ihn zum Erntedankfest, wenn er will, anrufen.

Ihr ergebener
Michel Miguel Obregon

P.S. Wie Sie wissen, kann Jose nicht englisch schreiben. Ich schreibe auch an Mrs. Puente. Er wollte auch für die Weihnachtszeit nach Costa Rica.

Judy war davon überzeugt, daß der mysteriöse Don Anthony diesen unbeholfenen Brief geschrieben hatte, und zynisch dachte sie, wie er versucht hatte, seine Schnitzer am Telefon wettzumachen, indem er mit beiden Namen, Michel und Miguel, unterschrieb. Es war schon fast lächerlich. Aber die Folgerung aus der letzten Zeile ließ sie aufstöhnen: Bert würde über Weihnachten weg sein, sie würde ihn nie wiedersehen.

Als ihre Verabredung mit Detective Cabrera am Freitag, 11. November, näher rückte, schrillte Alarm wie zu viel Kaffee in ihrem Blut. Sie und Beth hatten Streit, als Judy Beth im Auto dazu überreden wollte, mit hineinzugehen und ihr emotionale Unterstützung zu geben. Widerstrebend stimmte Beth zu, und die beiden betraten schweigend das Polizeihauptquartier. Dort begrüßte sie Detective John Cabrera, ein untersetzter Mann mit einem frischen, jungenhaften Gesicht, der sie in einen kleinen Raum führte und zu warten bat. Sie saßen auf ihren Stühlen und diskutierten sorgenvoll Berts Verschwinden, spekulierten, was Dorothea ihm angetan haben könnte und erklärten, die Polizei sollte besser *etwas tun*, denn wenn nicht, werde Judy den Kongreßabgeordneten Matsui und den Reporter Peter Dexter anrufen.

Cabrera nahm ihr Gespräch auf Band auf, hörte ihr angelegentliches Flüstern und schätzte ihre Ernsthaftigkeit ein. Über eine halbe Stunde des Lauschens beruhigte anscheinend seine

Skepsis, denn der Detective bat sie schließlich in sein Büro, und sie begannen mit der Arbeit.

Cabrera las Judys Brief von ›Miguel‹ und hörte sich ihren Ärger mit Don Anthony an, von dem sie fürchtete, daß er ein Komplize von Dorothea sei. Aber Cabrera glaubte nicht, daß man sich um Anthony viel Sorgen machen müßte, ihn interessierte viel mehr Dorothea Puente. Er eröffnete ihnen, daß Dorothea eine erhebliche kriminelle Vergangenheit hatte. Betrug. Diebstahl. Verstoß gegen das Betäubungsgesetz und Raub an älteren Opfern (er erwähnte nicht, daß die Polizei von Sacramento schon vor ein paar Monaten Klagen über Dorothea Puente bekommen hatte – Diebstahl von Sozialhilfeschecks, sogar Mordverdächtigungen – aber weil der Kläger ein Ex-Häftling war, hatten sie dem nicht viel Glauben geschenkt.)

»Am meisten Sorgen mache ich mir wegen Alberto«, sagte Judy. »Er könnte immer noch in Mexiko sein, einfach verirrt, so daß Sie ihn aufspüren könnten. Hier habe ich eine Beschreibung von ihm«, sagte sie und reichte ihm ein Blatt Papier mit einer Beschreibung, die sie und andere von Detox ausgearbeitet hatten. Dann gab sie ihm noch ein Videoband und fügte hinzu: »Das könnte auch helfen. Das ist ein Video, das ich von Bert und anderen Obdachlosen gemacht habe. Es ist nicht das beste, aber ich habe gedacht, vielleicht können Sie ein Bild daraus für Poster verwenden.« Ihre Stimme war hoffnungsvoll. »Sie kennen die Poster Vermißter? Sie könnten Sie doch verteilen?«

Detective Cabrera nahm die Dinge entgegen, ohne seiner Skepsis Ausdruck zu verleihen. Er hatte seit 1982 mit Vermißten und Totschlagsdelikten zu tun und wußte, daß Nicht-Seßhafte manchmal einfach weggingen, normalerweise hätte er sich um jemanden wie Bert Montoya nicht weiter gekümmert ... aber diesmal hatten die Dinge ein anderes Gesicht. Jetzt gab es nicht nur einen Vermißten, sondern auch die ›Löcher‹ im Hof, die John Sharp beschrieben hatte.

Ein großer Mann mit Brille erschien im Türrahmen. Bezirks-Bewährungshelfer James Wilson stellte sich vor, setzte sich und erklärte, daß er sich erst vor ein paar Wochen mit dem Puente-Fall befaßt hatte. Wilson brachte Mrs. Puentes Akte mit, die Berichte, Zeitungsartikel und verschiedene Notizen enthielt. Als er die Papiere hervorholte, konnte Judy den Anfang eines handgeschriebenen Blattes entziffern: »ich ging hinüber, um Dorothea zu besuchen, und traf sie an, wie sie etwa zwanzig Tomatenpflanzen setzte.« Ein Schauer lief ihr über den Rücken.

Wilson gab mit sichtlichem Ärger zu, daß Dorothea Puente – oder Montalvo, wie sie sich auch nannte – die Auflagen ihrer Bewährungszeit verletzte, indem sie eine Pension führte.

(Offensichtlich hatte Mrs. Puente sich betont darum bemüht, einen gesetzestreuen Eindruck zu machen – sie hatte ihre Bewährungshelfer häufig angerufen, selbst für die kleinsten Ausflüge aus der Stadt die Erlaubnis eingeholt – und sie hatten geglaubt, daß sie ihre Missetaten wirklich bereute. Ihre reizende Alte-Dame-Tour hatte ihre Wachsamkeit eingelullt. Obwohl Bewährungshelfer ihr Haus mehr als ein dutzendmal nach ihrer Entlassung aus der Haft im Frühjahr 1985 besucht hatten, hatte keiner den Verdacht gehabt, daß sie etwas anderes sei als ein Mieter in der 1426 F Street.)

Cabrera erklärte, daß Jim Wilson ihn und seinen Kollegen, Detective Terry Brown, zu einer Untersuchung von Mrs. Puentes Haus begleiten würde. Die Männer waren zum Aufbruch bereit, und Cabrera wandte sich an die Kolleginnen vom VOA: »Würden Sie gerne mitkommen?«

Erschreckt lehnten sie ab.

Draußen in der Halle herrschte eine heitere Atmosphäre. Im Gegensatz zu ihrer eigenen Stimmung schienen die beiden Detectives guter Laune, als sie sich darauf vorbereiteten, Schaufeln entgegenzunehmen. Ihr Chef, Lieutenant Joe Enloe, trug sogar einen Scherz-Anstecker, etwas in der Art von ›Ich unter*grabe* Sacramento‹ (eine Anspielung auf Sacramentos größten Massenmord, den Solomon-Fall, bei dem vergangenes Jahr mehrere Frauen rund um Sacramento herum vergraben gefunden worden waren.*) Anscheinend hielten

* Morris Solomon wurde 1991 in sechs Fällen des Mordes und weiterer Verbrechen für schuldig befunden.

sie die Vorstellung, daß jemand dachte, in Mrs. Puentes Garten wären Leichen vergraben, für komisch.

Es war etwa elf Uhr morgens, als die Polizei an dem netten blauweißen Haus in 1426 F Street vorfuhr. Die großmütterliche Dorothea Montalvo Puente begrüßte die beiden Detectives Cabrera und Brown sowie Bezirks-Bewährungshelfer Jim Wilson höflich an der Tür.

»Es tut uns leid, Sie zu stören, Mrs. Puente. Wir würden gerne mit Ihnen über Bert Montoya sprechen«, sagte Cabrera.

Die Polizisten hatten keine Berechtigung, aber Mrs. Puente fragte auch nicht danach. Statt dessen bat sie sie herein und bot ihnen Bonbons an, die sie höflich ablehnten.

Cabrera unterhielt sich in seiner verbindlichsten Art mit Mrs. Puente über Bert. Die blasse alte Frau schien durch den ganzen Wirbel etwas angegriffen, aber sie blieb beharrlich dabei, daß Bert mit seinem Schwager nach Utah gegangen sei, das könnten ihre Mieter bezeugen. Bert habe sie sogar erst kürzlich angerufen, erzählte sie ihnen.

Seltsamerweise schnitt Mrs. Puente auch das Thema eines anderen früheren Mieters an, Benjamin Fink. Sie gab an, daß er sie im Sommer verlassen habe und nach Marysville gegangen sei. Cabrera nahm es zur Kenntnis, sah aber wenig Zusammenhang zu dem Mann, den er suchte.

Als einen Punkt ließ Jim Wilson Mrs. Puente wissen, daß sie ihre Bewährung verletzte, weil sie eine Pension führe und es versäumt habe, dieses Einkommen anzugeben. Sie anerkannte den Vorwurf ernst, und als er ihr sagte, daß er ihre Bewährung erneuern müsse, nickte sie nur ohne ein Wort des Protestes.

Im Rahmen ihrer Rechte hätte Mrs. Puente sie jederzeit hindern und ihre ›Gäste‹ hinausbitten können, aber sie behielt eine ruhige, kooperative Art bei. Als die Beamten sagten, sie würden gerne einige ihrer Mieter sprechen, sagte sie: »Ja, natürlich, unbedingt«, und die Beamten gingen los, um die zu befragen, die sie finden konnten.

Cabrera, der später zugab, ›keine Ahnung gehabt zu haben, wonach wir suchten‹, bat auch um die Erlaubnis, ihre Wohnung oben durchsuchen zu dürfen. Wieder stimmte Mrs. Puente zu.

In einem Schlafzimmer entdeckte er ein leeres Medizinfläschchen, hob es auf und las den Namen auf dem Etikett. »Wer ist Dorothy Miller?« fragte er.

»Eine Verwandte«, antwortete Mrs. Puente, »sie hat vor nicht allzu langer Zeit bei mir gewohnt.«

Cabrera akzeptierte das, steckte das Fläschchen ein und suchte weiter.

Als sie mit dem Haus fertig waren, blieb noch ein großer, nicht untersuchter Bereich: der Garten. Die Gruppe sammelte sich schweigend im Hinterhof, wie magnetisch nach draußen gezogen. So taktvoll wie möglich sprach Cabrera das heikle Thema möglicher Gräber an und bat um die Erlaubnis, ein wenig graben zu dürfen.

Sie hatten keinen Berechtigungsausweis – Mrs. Puente hätte ablehnen können – aber sie gab die Erlaubnis. Mit einer Handbewegung bot die Frau, die so viel Zeit und Mühe in ihren Garten gesteckt hatte, leichthin an: »Ich weiß nicht, was darunter ist.«

Damit liefen die beiden Polizisten zu ihrem Wagen und kehrten in Schürzen und mit zwei kleinen Schaufeln zurück. Mrs. Puente stand dabei und beobachtete, wie sie einen möglichen Grabungsort aussuchten und begannen. Es blies ein kalter Wind, der Regen verhieß, aber die Männer schwitzten bald vor Anstrengung. Sie wechselten die Stelle, ein Loch, dann ein weiteres.

Bald hatten sie drei Forschungslöcher im Hinterhof gegraben, aber außer dunkler Erde nichts gefunden. Es begann ein bißchen lächerlich auszusehen, fast schon unhöflich, wie sie diesen wohlgestalteten Garten einer alten Dame auf der Basis schwacher Verdächtigungen wegen ›Löcher‹ in ihrem Hof umgruben.

Jim Wilson hatte solche Gedanken, als er, kurz nachdem er ein viertes Loch zu graben begonnen hatte, mit der Schaufel auf etwas stieß. In etwa einem halben Meter Tiefe gab der

Schmutz einen weißen Puder frei. Er faßte hinein, berührte ihn, roch dann an seinen weißen Fingerspitzen. Kalk.

Das Graben, das schon Routine werden wollte, wurde jetzt ernst. Wilson begann mit neuer Kraft zu graben. Dann traf er auf etwas. Er rief Brown und Cabrera und hob das Ding mit seiner Schaufel heraus, schob Erde von einem schmutzigen Stoff- Objekt zurück, weiter Schmutz herausholend, bis sie erkennen konnten … was wie Stoff aussah, der um eine Wurzel gewickelt war.

Sie tauschten Blicke. Wilson kratzte noch mehr Erde ab und versuchte, es zu bewegen, aber es gab nicht nach.

Schließlich kletterte Cabrera in das Loch hinunter, packte die Wurzel, spreizte die Beine und zog. Plötzlich löste es sich, und er zog heraus, was sie alle als einen Beinknochen erkannten.

Kapitel 11

Mit der Entdeckung menschlicher Überreste in ihrem Garten wandelte sich Dorothea Puentes Haltung von Unbeteiligtsein in massiven Schrecken. »Mein Gott!« rief sie aus, löste die verschränkten Arme und preßte die Handflächen an ihre bleichen Wangen.

Derweil stand der Offizier mit ernstem Gesicht vor dem klaffenden Loch und versuchte, sich ein Bild zu machen. Außer dem Knochen hatten sie noch einen schmalen weißen Tennisschuh mit den Resten eines Fußes darin gefunden. Da sie hier eine ganz große Sache entdeckt hatten, beschlossen sie, mit Graben aufzuhören und erst einmal ihre Vorgesetzten zu informieren, ehe sie mögliche Beweisstücke zerstörten.

Detective Brown eilte zum Wagen und funkte das Hauptquartier an. Er berichtete, was sie ausgegraben hatten, und forderte Verstärkung an. Arbeiter der Stadt und schweres Grabungsgerät würden zum Haus gebracht werden. Es war klar, daß sie mehr brauchten als bloße Muskelkraft und zwei

Schaufeln, um Mrs. Puentes gutgepflegten Grund und Boden aufzugraben.

Sie brauchten auch mehr als ein Paar Gummistiefel und einen Bewährungshelfer – auch hatte keiner von ihnen einen Berechtigungsnachweis – um Technik, Mechanik und die Feinheiten des Falls zu bearbeiten. Das Büro des Leichenbeschauers wurde benachrichtigt, und schon bald erschienen ein Beamter und ein Gerichtspathologe vor Ort. Kriminalbeamte waren auf dem Weg. Das Büro des Bezirksstaatsanwalts war informiert, und erst einer, dann zwei Gerichtsanthropologen wurden nach Sacramento bestellt, um die Exhumierung zu überwachen und zu helfen, die einzelnen Teile des Skeletts zu identifizieren.

In ein paar Minuten würden jede Menge Polizeiautos vorfahren, und die Novemberstille würde wie Mrs. Puentes Blumenbeete unter Fußtritten zerstört werden. Während der kurzen Pause trat Detective John Cabrera unruhig von einem Fuß auf den anderen. Sie hatten menschliche Knochen gefunden ... aber sie suchten Bert Montoya, und dieser Tennisschuh schien viel zu klein für einen Mann. Auch wurde Montoya erst seit August vermißt – sicher nicht genug Zeit für so eine fortgeschrittene Verwesung, ob Kalk oder nicht. Wessen Skeletteile hatten sie gefunden?

Cabrera musterte die adrette Vermieterin, die mit Trauermiene in der Nähe stand. Trotz ihrer kriminellen Vorgeschichte fiel es schwer, sich diese alte Dame im Zusammenhang mit brutalem Mord vorzustellen.

Nichtsdestotrotz entschied er, sie zum Verhör mit ins Hauptquartier zu nehmen.

Bewährungshelfer Jim Wilson beobachtete schweigend, wie Detective Cabrera Mrs. Puente zum nicht gekennzeichneten Wagen führte, sie in den Sitz setzte und Richtung Justizgebäude davonfuhr. Wilson wußte genug über diese zähe, alte Strafgefangene, um zu erkennen, daß sie nicht war, was sie zu sein schien, und nach der grauenhaften Entdeckung am Morgen war er erleichtert, daß die Polizei die Sache jetzt in die Hand nahm, daß sie unter Aufsicht kam. Er würde als allererstes am Montag morgen seinen Bericht schreiben, und dann wäre die Maschinerie schon in Gang gesetzt und am Summen.

Während Dorothea Puente allein im Befragungsraum Nr. 5 saß, wirkte sie klein, alt und verletzlich. Sie hatte ihr schneeweißes Haar hastig gekämmt und sich, ehe sie das Haus verließ, schnell noch ein kleinbedrucktes Kleid mit Seidenputz an den Ärmeln angezogen – nicht der derbe Typ, der normalerweise an diesem Tisch vor der versteckten Videokamera saß, die sich hinter dem Ventilator verbarg.

Jetzt betrat Detective Cabrera den Raum und machte sich geschäftig zu schaffen, stellte sicher, daß sie ein Glas Wasser hatte, fragte, ob sie sich wohl fühle, und er sprach klar, so daß seine Stimme gut von dem versteckten Mikrofon aufgenommen werden konnte. Nach ein paar einleitenden Worten für den Bericht brachte er das Thema sachte auf den vermißten Mr. Montoya. »Ich muß die Wahrheit von Ihnen wissen«, verlangte er. »Jetzt ist sein Verschwinden im höchsten Grade verdächtig, das kann ich Ihnen sagen.« Sanft begann er: »Da sind eine Menge Ungereimtheiten in Ihrer Aussage.«

Mrs. Puente beantwortete jede Frage, wich nie aus oder schreckte zurück, aber sie wich nicht von ihrer Geschichte ab. Die Ellbogen auf den Tisch gestützt sah sie Detective Cabrera direkt an und blieb dabei, daß Berts Schwager ihn mit nach Utah genommen habe.

Cabrera fragte aggressiver: »Mr. Sharp sagte, er habe ihn seit drei Monaten nicht gesehen. Und die Sozialarbeiter auch nicht. Wer lügt hier also? Wer lügt, Dorothea?«

»Nun, ich nicht«, behauptete sie. »Er (Bert) war Samstag und Sonntag hier.«

Cabrera ließ sich nicht abschrecken. Er blieb am Ball, fragte auf die eine oder die andere Weise und versuchte, sie in Widersprüche zu verwickeln, bis er schließlich feststellte: »Mr. Montoya ist tot.«

Mrs. Puente höhnte: »Nein, ist er nicht«, als wäre das eine lächerliche Annahme.

Cabrera fragte immer heftiger nach, aber Mrs. Puente

behielt ihre sanfte Ruhe bei. Sie blieb auch während einer Bombardierung mit Fragen bei ihrer Geschichte und wirkte zwar etwas verwirrt, aber bereit zu helfen. Sie wüßte nicht, warum John Sharp diese Geschichte, sie würde lügen, zusammengebraut hätte, aber vielleicht war er wütend auf sie, weil sie ihn gebeten hatte auszuziehen. Natürlich wußte sie nichts über die Knochen, die sie ausgegraben hatten. Sie sagte, wenn sie erst wüßten, wie alt die Knochen seien, wüßten sie auch, daß sie nichts damit zu tun habe.

Frustriert sagte ihr Detective Cabrera, daß er sie für verantwortlich für die Knochen halte. Er versuchte zu bluffen. »Dorothea, ich weiß, daß wir, wenn wir weitergraben, noch mehr finden«, sagte er geheimnisvoll. »Ich weiß es, ich weiß es.«

»Ich habe ihn nicht dorthin gelegt«, antwortete sie, »ich könnte einen Körper nirgendwohin schleifen.«

Niemand hatte davon gesprochen, einen Körper irgendwohin zu ›schleifen‹.

»Das glaube ich«, gestand er ihr zu, »aber ich glaube, daß noch jemand hierin verwickelt ist. Irgend jemand. Denn es gibt Leute, die noch immer Schecks erhalten, obwohl nie jemand etwas von ihnen gesehen hat, weder Haut noch Haar, Dorothea. Sie müssen es mal aus meiner Sicht sehen, meine Liebe. Ich sehe mir die Sache an und denke, *daß nichts davon Sinn macht.*«

»Sir«, unterbrach sie ihn würdevoll, »ich habe niemanden umgebracht.«

Auf diese Weise kamen sie nicht weiter, aber Cabrera fuhr fort und stellte Fragen über Fragen über den Aufenthalt von Ben Fink.

Dorothea blieb dabei, daß sie ihn aus dem Haus geworfen habe und er nach Marysville gegangen sei. »Ich habe ihm gesagt, er soll es nicht wagen, wegen seines Besitzes zurückzukommen«, erklärte sie.

Für eine Mörderin sah sie viel zu alt und zart aus. Bei jeder neuen Frage, die Cabrera stellte, zwinkerte sie erstaunt, unschuldig wie eine Hauskatze, und bot dann eine halbplausible Erklärung an. Als sie gefragt wurde, warum in ihrem Garten eine große Menge zersetzenden Kalks gefunden worden sei (ein Stoff, der bei der Abwasserbehandlung eingesetzt wird und auch dazu dient, menschliche Substanz aufzulösen), erklärte Mrs. Puente, sie benutze den Kalk, »um den Schmutz weicher zu machen«.

Sie machte auch ausgefallene Angebote. Sie könnten ihr Telefon anzapfen, bot sie an, damit sie Anrufe von Bert aufzeichnen könnten. Oder, bot sie an, sie könnten einen Unternehmer anheuern, um den Garten umzugraben, so daß sie sehen konnten, daß sie nichts zu verbergen habe. Sie habe natürlich auch keine Probleme damit, an einen Lügendetektor angeschlossen zu werden, obwohl sie damit lieber bis Montag warten würde, um ihre Nerven zu beruhigen.

Dann befragte Cabrera sie zu ihrer kriminellen Vorgeschichte. Er behauptete sogar, sie wüßten seit über einem Jahr über die Leichen in ihrem Garten Bescheid, was Mrs. Puente einen Schreck einzujagen schien.

Schließlich kamen sie zum Ende, und Dorothea wirkte erschöpft. »Ich wünschte«, sagte sie sehnsüchtig, »Mr. Montoya würde genau jetzt zum Vorschein kommen.«

»Ich denke nicht, daß er das tut«, antwortete Cabrera.

»Er wird, er wird«, beharrte sie, »ich glaube an Gott, und ich weiß, daß er auftauchen wird.«

Da fiel Cabrera noch etwas ein. »Okay, eines noch, wir würden gerne weiter graben. Ist das in Ordnung?«

Sie nickte.

»Das würde bedeuten, auch das Beet aufzugraben, wo die Blumen sind.«

»Geht in Ordnung.«

»Gut, haben Sie Probleme damit, daß wir graben, oder ...«

»Nein.«

»Überhaupt keine?«

»Nein.«

»Sie können es uns verweigern.«

»Ich will das hinter mir haben.«

Inzwischen war aus der Untersuchung in 1426 F Street eine Art Schau geworden. Breites, gelbes Band von der Polizei sperrte den Ort ab und signalisierte jedem, der hier langfuhr, daß etwas geschehen war. Kriminalbeamte waren eingetroffen, und andere Beamte gingen zur Seite, als sie methodisch den Platz abzusuchen begannen, Lageskizzen zeichneten, Fotos machten, maßen und markierten. Stadtarbeiter waren angekommen, und weil es Regen geben sollte, war der Garten vorsorglich mit einer Plane überdacht worden.

Natürlich kann nicht eine Meile von der Stadtverwaltung entfernt eine Leiche entdeckt werden, ohne daß die Presse es mitbekommt. Schwerfällige Reporter drückten gegen die Polizeiabsperrung und riefen verschiedenen Leuten auf dem Platz, die so aussahen, als wüßten sie etwas, Fragen zu. Sie fragten und schrieben, trugen die Fakten zusammen und hofften auf eine Exklusivmeldung, während beladene Kameraleute umherstapften und den besten Aufnahmewinkel suchten.

Der nächste Nachbar, Will McIntyre, fütterte die Medien derweil mit dem Informationshäppchen, daß er mal die Gesundheitsbehörde angerufen und sich über einen fauligen Geruch beklagt habe, der im Mai und September aus Mrs. Puentes Garten aufgestiegen sei. »Es war ein ranziger, süßer, ekelhafter Geruch – fast wie von einer Leiche«, erzählte er ihnen und fügte hinzu: »Ich habe sie leider in Vietnam gerochen, deswegen weiß ich, wie eine Leiche riecht.«

Die Polizei war weniger entgegenkommend, aber Lieutenant Joe Enloe, Chef der Mordabteilung, gab schließlich nach und teilte den Reportern mit, was vor sich ging. Unter anderem erzählte er ihnen: »Wir glauben nicht, daß die Leiche, die wir gefunden haben, von dem Mann ist, den wir suchen«, und gab damit ein Zitat für die ersten kurzen Berichte heraus.

Alle stimmten darin überein, daß Mrs. Puente die Hauptverdächtige war. Mittlerweile wußten auch alle, daß die Polizei die alte Dame zum Hauptquartier mitgenommen hatte, um sie zu verhören, was den Verdächtigungen gegen sie noch weitere Nahrung gab. Aber alle Spekulation fand ein plötzliches Ende, als ein Auto vorfuhr, die Tür sich öffnete und Dorothea Puente daraus entstieg und auf den Bürgersteig trat.

Nachdem die Vermieterin nach zwei Stunden Verhör entlassen worden war, sah sie trübe, aber nicht erschüttert aus. Ohne Kommentar für die hungrige Presse drängte sie sich durch die Menge, ging in ihr Haus und schloß die Tür hinter sich.

Was für eine Überraschung.

Obwohl man Flutlicht aufgestellt hatte, ließ die Arbeit draußen mit der frühen Novemberdämmerung nach. Noch war etwas Polizeiarbeit in Gang. Man hatte eine Bewachung für die Nacht bestellt, und die Polizei fuhr damit fort, die Mieter zu befragen.

John Sharp, der für eine Befragung etwa eine Stunde lang im Hauptquartier gewesen war, war wieder zurück. Ein einzelner Beamter stand dabei und beobachtete, wie er seine Besitztümer zusammensuchte. Als er das Haus verließ, rief ein Reporter ihm zu: »Ziehen Sie aus?«

Die Antwort kam sofort: »Darauf können Sie wetten.«

Keiner vermag zu sagen, was Dorothea Puente in den langen, ruhigen Nachtstunden, während derer sie allein in ihrem Haus in der F Street war, gemacht hat. Vielleicht war sie durch den Flur gegangen, hatte im Vorbeigehen angehalten und den seidenen Vorhang beiseite geschoben, um den Polizisten unter ihrem Fenster zu sehen. Vielleicht war sie Papiere durchgegangen, hatte einen ordentlichen Stapel in den Küchenausguß getragen und ihn dort verbrannt und die Asche den Abfluß hinuntergespült. Vielleicht hatte sie den Inhalt von Phiolen, Fläschchen und Schachteln ins Klo geleert und runtergespült. Vielleicht hatte sie sich selbst mehrere große Drinks genehmigt. Vielleicht hatte sie geraucht und Pläne gemacht. Oder, erschöpft nach dem anstrengenden Tag, sie hatte sich vielleicht einfach im Bett zusammengerollt und geschlafen.

Der nächste Tag dämmerte grau und regnerisch, aber jede Hoffnung der Nachbarn, vielleicht an diesem Samstag auszuschlafen, fand ein Ende mit dem dröhnenden Lärm von Baumaschinen, der die Morgenstille erschütterte. Die Mordkommission war zurück in der 1426 F Street, begleitet von einer kleinen Schar Beamter des Leichenbeschauers, Kriminalbeamter und anderer.

Der Gerichtsanthropologe Dr. Rodger Heglar beaufsichtigte die Ausgrabung der Skeletteile, die langsam zum Vorschein kamen, als das Loch um sie herum sich vergrößerte. Die Ausgräber, die erst Schaufeln und dann Maurerkellen benutzten, zogen einen Kreis von 1 1/2 Metern Tiefe um die Leiche und durchsuchten die Erde nach Beweismaterial. Letzte Staubschichten wurden abgebürstet und die Leiche in jedem Stadium der Exhumierung fotografiert.

Jetzt ruhten die Reste, in irgend etwas eingeschlagen, auf einem Podest aus Erde. Später würde ein Stück Sperrholz durch das befremdliche Paket gesteckt und die Leiche, die nur wenig Gewicht hatte, würde dann in einen Kunststoff-Leichensack mit Reißverschluß gesteckt werden. Ein unauffälliger Wagen wartete darauf, die sterblichen Überreste zum Leichenbeschauer zu bringen, wo sie untersucht werden würden.

Bis jetzt wußte Dr. Heglar zu sagen, daß sie »das komplette Skelett einer grauhaarigen, ziemlich kleinen, älteren Frau« ausgegraben hatten.

Jetzt rüstete die Polizei sich für größere Ausgrabungen: Wenn dort noch mehr Leichen zu finden waren, dann würden sie sie finden. Sie wählten einen Platz an der Seite des Hauses – eine Terrasse von etwa sechs mal acht Fuß – und brachten den Preßluftbohrer an die richtige Stelle. Die wuchtige Hacke durchbrach mit Leichtigkeit die rechteckige Fläche und sprengte sie beiseite, so daß sie den Boden darunter aufgraben konnten.

Es war jetzt kurz nach 8 Uhr 30 morgens, und Dorothea Puente bereitete ihren Auszug vor.

Der grauhaarige alte John McCauley, Mrs. Puentes Mieter und Vertrauter, trat in den Hof hinaus und winkte Detective

Cabrera zu. Durch einen Bart grauer Borsten rief er, daß Dorothea ihn sprechen wolle.

Cabrera stieg die Treppe hoch und traf Dorothea in einem hübschen rosa Kleid und mit roten Pumps – das genaue Gegenteil von Untertreibung.

»Mr. Cabrera, stehe ich unter Arrest?« fragte sie ihn.

Nein, sagte er, und die kleine Dame fragte, ob sie und ihr Freund McCauley in das nahe Clarion Hotel gehen dürften, um mit ihrem Neffen eine Tasse Kaffee zu trinken. Sie versprach, bald zurück zu sein.

Dorothea Puente hatte sich bisher so kooperativ gezeigt, daß kein Grund bestand, sie jetzt zurückzuhalten, oder? Cabrera besprach sich schnell mit seinen Vorgesetzten, die sagten, sie hätten nicht genug in der Hand, um Dorothea festzuhalten, sie konnte gehen. Cabrera kehrte mit diesem Bescheid zurück, und Mrs. Puente ging ihren Mantel holen.

Als sie in einem roten Wollmantel, der zu ihren Pumps und ihrer Handtasche paßte, in den Raum zurückkam, erinnerte sie sich plötzlich: »Oh, meine Suppe!« und lief in die Küche, Cabrera hinter sich. Ein großer Topf kochte auf dem Herd, und sie nahm einen Löffel, um die blubbernde Flüssigkeit umzurühren. Mit einem scheuen Blick auf Cabrera fragte sie: »Macht es Ihnen etwas aus, während meiner Abwesenheit auf die Suppe zu achten?«

Freundlich wie er war, erklärte der Detective sich dazu bereit. Als er einen Blick aus dem Fenster auf die immer größer werdende Menge geworfen hatte, bekam er Angst, die Presse könnte sie belästigen und bot an, sie hinauszubegleiten.

Mrs. Puente nahm schnell ihren Regenschirm, und dann gingen die drei hinaus und die Treppe hinunter in die kühle Morgenluft. Cabrera hob das gelbe Polizeiband und geleitete seine Schützlinge hinter die Menge und die Reporter. Nach ein paar Häusern beobachtete er, wie Dorothea Puente und John McCauley weitergingen.

Niemand folgte ihnen.

Als er Minuten später wieder im Haus war, wurde der Justizirrtum klar. Nur knapp fünf Meter unter dem Boden legte Cabreras Schaufel eine zweite Leiche bloß. Der Himmel, der schon den ganzen Morgen lang mit Regen gedroht hatte, weinte jetzt auf Dorothea Puentes aufgewühlten Boden.

Kapitel 12

Samstag, der 12. November 1988 erwies sich als kein glücklicher Tag für die Polizei von Sacramento. Sie hatten im Garten eines Innenstadt-Wohnhauses Gräber entdeckt – zahlreiche –, sie hatten gerade die Hauptverdächtige weggehen lassen, und Fernseh-Übertragungswagen mit Satellitenschüsseln auf dem Dach sprossen rund um das Haus wie Pilze aus dem Boden. Mikrofone hungerten nach Äußerungen, aber der Hauptansprechpartner in so einer ernsten Situation, Polizeichef John Kearns, war auf einer Konferenz in Südkalifornien – ›zum Golfspielen‹, wie jemand es ironisch nannte.

Bei mittlerweile zwei Leichen und Dorothea Puentes Verschwinden traf der undankbare Job, einer verärgerten Presse Rede und Antwort zu stehen, Lieutenant Joe Enloe. Er sprach sich Mut zu, holte tief Luft und gab die offizielle Erklärung ab. Er erklärte, daß sie nicht genug gegen Dorothea Puente in der Hand gehabt hätten, um sie diesen Morgen festzuhalten, und daß eine Verfolgung die Verletzung ihrer Rechte bedeutet hätte.

Als aber die Reporter ihn wegen Einzelheiten angingen, zerstoben Enloes Entschuldigungen wie Asche im Wind. Es hätte kaum schlimmer kommen können: Ihre Hauptverdächtige war am hellen Tag mit Geleitschutz hinter die Polizeiabsperrung gebracht worden, und das *trotz* des wachsenden Verdachts, daß ihr wohlgepflegter Garten sich als gut angelegter Friedhof erweisen könnte, *trotz* ihrer kriminellen Vorgeschichte und *trotz* der offenkundigen Tatsache, daß sie ihre Bewährungsauflagen verletzt hatte. Es war sicher das beste, diese Punkte vor den Medien nur kurz abzuhandeln.

Mittlerweile suchten Beamte auf dem Flughafen von Sacramento, an Bus- und Bahnstationen, wo sie zwar viele kleine alte Damen fanden ... aber nicht ein einziges schneeweißes Haar von Dorothea Puente.

Sie war irgendwo.

An diesem Morgen rief sich Dorothea Puente um 9 Uhr 45 ein Taxi, das sie und John McCauley zu Tiny's brachte, einer Bar in Westsacramento. Während McCauley ein simples Bier trank, dürstete es Dorothea nach einem stärkeren Bollwerk: Sie leerte drei Wolkenkratzer (ein starker Cocktail) hintereinander.

Nachdem sie sich Mut angetrunken hatte, war sie um 11 Uhr bereit. Sie nahm völlig richtig an, daß man sie mittlerweile an Sacramentos Verkehrszentren suchen würde, also rief sie sich ein Taxi und ließ sich in die nahe Stadt Stockton fahren. 50 Meilen Weg, 60 Dollar Kosten plus ein großzügiges Trinkgeld von zehn Dollar, und sie war sicher vor dem immer engmaschiger werdenden Netz von Sacramentos Gerichtsbarkeit.

Der Taxifahrer brachte sie zu Stocktons Greyhound-Busbahnhof, wo sie eine Fahrkarte kaufte und einen Bus bestieg. Sie lehnte sich zurück und machte es sich bequem für die lange, ungewohnte Fahrt nach Los Angeles. Jetzt konnte sie wieder etwas freier atmen. Sie war genauso leicht entkommen wie damals im Alter von 19 ...

Dorothea sah aus dem Fenster auf die vertrauten Straßen von Stockton, während der Bus auf die Autobahnauffahrt fuhr, Geschwindigkeit gewann und einen Schwanz von Erschöpfung und eine Wolke von Verwirrung hinter sich ließ.

Nur wenige Menschen überhaupt, aus Sacramento, Stockton oder aus ihrer Vergangenheit, hätten behaupten können, daß sie den weißhaarigen Passagier wirklich kannten, der da angetrunken aus dem Fenster auf die vorbeirasende Landschaft starrte. Johansson, Montalvo, Puente – sie waren alle nur vorübergehende Etiketten einer gestaltlosen Persönlichkeit. Eingebunden in so viele Täuschungen hatte Dorothea sich irgendwann auf dem Weg verloren. Schon lange hatte der Schrecken der Wahrheit sich mit Lügen von früher vermischt, ehe sie die Vermieterin von F Street wurde, ja schon vor den vier fehlgeschlagenen Ehen ... aber das war jetzt nicht die Zeit, das alles zu sortieren.

Weil sie wußte, wo Cabrera jetzt grub, wußte sie auch, daß mittlerweile mindestens zwei der Leichen gefunden worden waren, und sie fragte sich, ob sie sie alle finden würden. Selbst wenn sie eine oder zwei nicht fanden, machte das keinen Unterschied. Niemand würde es verstehen. Egal, wie groß die Zahl war, es lief alles auf das Gleiche hinaus: Sie rannte um ihr Leben.

Dorothea muß sich heimlich dafür gescholten haben, daß sie nicht klüger gewesen war. Die Dinge waren so schön ihren Gang gegangen, aber dann hatte sie ein paar Fehlentscheidungen getroffen, ein paar böse Schnitzer gemacht.

Daraufhin war diese Frau Judy Moise hingegangen und hatte die Polizei gerufen. Sie hätte wissen müssen, was dabei rauskommen würde. Sie hatte so ein Gefühl gehabt, daß Judy Ärger bedeuten könnte, so, wie sie dauernd herumschnüffelte. Genau wie Mildred Ballenger damals, 1982. Neugierige Sozialarbeiter, die nur Ärger machten, alle beide! Beim Gedanken an sie machte Dorothea sicher ein finsteres Gesicht.

1982 hatte sie nicht schnell genug reagiert. Wenn sie nur schneller gewesen wäre, hätte sie die Fahrkarte nach Mexiko benutzt. Damals hatte sie gebummelt, und die Polizei hatte sie erwischt.

Aber dieses Mal nicht.

Während die Polizei mit ihren Untersuchungen zu tun hatte, war die Presse ihrerseits geschäftig. Am nächsten Morgen wurden diejenigen, die gerne die Sonntagszeitung lesen, mit großen Dosen dieses sensationellen Falls bedacht. Großformatige, farbige Fotos vom Ort des Geschehens schrien auf den Titelseiten nach Aufmerksamkeit, und Dorothea Montalvo Puente, die Hauptverdächtige, füllte ein angemessenes Maß an Zeitungspapier.

In der Amerikanisch-Mexikanischen Gemeinschaft spuckten viele fast ihren Kaffee aus, als sie lasen, daß *la doctora* des Mordes verdächtigt wurde! Diejenigen, die Dorothea Puente als freundliche, siebzig Jahre alte Großmutter gekannt hatten, waren schockiert, daß sie in Wirklichkeit eine 59jährige ehemalige Strafgefangene war, eine Frau mit schändlicher Vergangenheit und wechselnder Identität. Sie war durch falsche Namen geglitten wie ein Vergnügungssüchtiger durch Mardi Gras, hatte ihre Vergangenheit jeder Nuance ihrer Identität angepaßt, Einzelheiten verwischt oder sich widersprochen.

Die harten Fakten über Dorotheas Vergangenheit waren hauptsächlich in Gerichtsdokumenten zu finden. Kriminalfälle, Haftzeit, Bewährungszeit – diese Dinge prägten das lose Geflecht ihrer Vergangenheit. Da standen schwarz auf weiß als Höhepunkte ihres Kriminalberichts: Ende 1978 war sie überführt und verurteilt worden, weil sie unberechtigt 34 Staatsschecks eingelöst und Wohlfahrts- Schecks, die für ihre Mieter gedacht waren, gestohlen hatte. Aber offensichtlich hatte der Richter diese Dinge nicht als besonders schwerwiegend eingeschätzt – das Urteil war milde ausgefallen: fünf Jahre auf Bewährung.

Sie tauchte wieder auf als eine Frau, die zu Decknamen neigte und eine Schwäche für Lügen hatte. Sie hatte die Lüge erzählt, sie sei eine Überlebende der Bataan Death March von 1942, sie hätte Krebs, sie hätte Filme mit Rita Hayworth zusammen gedreht, sie wäre die Geliebte des einen oder anderen Filmstars gewesen. Sie hatte die Lüge erzählt, sie wäre Ärztin oder Krankenschwester oder in der Gesundheitspflege tätig – womit auch immer sie durchkam.

Eines ihrer früheren Opfer, Malcolm McKenzie, beschrieb Dorothea Puente als raffinierte Künstlerin, wenn es darum ging, Vertrauen zu erwecken. »Sie kleidete sich flott und hatte ein flottes Auftreten«, erinnerte er sich. »Sie wußte immer, was sie tat. Sie konnte Sie und jeden an der Nase herumführen.«

Eines Nachmittags war sie im Januar 1982 in eine Bar namens Zebra Club gegangen, hatte den Mantel ausgezogen und sich in eine Unterhaltung mit einer Gruppe älterer Leute gestürzt, die bei einem Drink zusammensaßen. Besonders der vierundsiebzig Jahre alte McKenzie hatte es ihr angetan, ein Rentner, der Stammgast der Bar war.

Vor der Presse erzählte McKenzie, wie ihm nach wenigen Drinks schlecht geworden sei. Dorothea hatte angeboten, den alten Herrn nach Hause zu begleiten und hatte dort seine Sachen durchwühlt. Von einer vorübergehenden Lähmung befallen, hatte er hilflos mit ansehen müssen, wie sie Schecks, Bargeld und sogar einen Ring, den sie ihm vom Finger streifte, stahl. »Sie hätte mich töten können«, gab er zu bedenken.

Als er sich erholt hatte, war ihm klar, daß Dorothea ihm eine Droge in den Drink getan hatte, und das erzählte er später auch der Polizei. Ein Detective untersuchte den Fall und befragte sogar ›Miss Montalvo‹, aber sie hatte ihren Kleine-alte-Dame-Charme spielen lassen, alles abgestritten und erklärt, McKenzie sei ein betrunkener alter Narr.

Selbst damals, 1982, hatte die Polizei einige Zeit gebraucht, um zwei und zwei zusammenzuzählen. Erst im April, als Dorothea Montalvo zu einer Anhörung vor Gericht stand, weil sie Malcolm McKenzie im Januar unter Drogen gesetzt und ausgeraubt hatte, wurde sie wegen Betrugs und Raubes 1981 unter Arrest gestellt.

Die zerbrechliche und kränkliche neunundsiebzig Jahre alte Esther Busby hatte eine Krankenpflegerin gesucht. Eine energische, zupackende Frau namens Dorothea Montalvo schien genau richtig für den Job zu sein. Aber kurz nachdem sie sie angestellt hatte, erkrankte Mrs. Busby wiederholt und unter mysteriösen Umständen.

Im Krankenhaus hatte Dorothea alle Besucher mit ihrer tüchtigen Art eingelullt. Sie war so zuvorkommend und aufmerksam, daß sogar die Schwestern beeindruckt waren. Aber zufällig wurde Mrs. Busbys Arzt mißtrauisch. Er hatte den Verdacht, daß Dorothea Montalvo zuviel Medikamente gab, vielleicht die alte Patientin sogar vergiftete. Er sprach ihre Sozialarbeiterin Mildred Ballenger an, daß er den Verdacht habe, Miss Montalvo ›mißbrauche das Vertrauen von Mrs. Busby‹.

Alarmiert hatte Mrs. Ballenger die Lage überprüft und entdeckt, daß Mrs. Busbys letzter Sozialhilfe-Scheck in der Tat mit gefälschter Unterschrift eingelöst worden war.

Mrs. Ballenger hatte darauf gebrannt, Dorothea Montalvo der Polizei auszuliefern. Aber zu Dorotheas Glück war Mrs. Busby nicht in der Verfassung, sie vor Gericht zu bringen, statt dessen schmiß sie sie nur raus.

Wie schon Mrs. Busby war auch die dreiundachtzig Jahre alte Dorothy Gosling alt und krank. Wie Mrs. Busby stellte Mrs. Gosling Dorothea Montalvo als Nachtschwester an und endete dann im Sutter General Hospital, wo sie wegen wiederholter unerklärlicher Krankheitsfälle eingeliefert wurde. Aber Mrs. Gosling war mit einem gesunden Mißtrauen und sehr viel Kampfgeist ausgestattet. Als ihr Fall die Aufmerksamkeit von Mildred Ballenger erregte, handelte sie so, wie die Sozialarbeiterin es ihr vorschlug. Sie prüfte ihren Besitz und meldete dann der Polizei, daß Dorothea Montalvo ihren Schmuck gestohlen hatte, eine seltene goldene Münze und einige Blanco-Schecks (später gefälscht, zahlbar an – keine Überraschung – Dorothea Montalvo).

Am 18. November 1981 meldete die Polizei von Sacramento pflichtschuldig die Klage von Mrs. Gosling. Aber es war erst 1982 soweit, daß Dorotheas ungesetzliche Machenschaften nach dem Fall von Malcolm McKenzie etwas Aufmerksamkeiten weckten.

Noch immer kam sie nicht ins Gefängnis. Dorothea verfiel als unbekehrbare Kriminelle, die sie war, sofort wieder in Aktivität. In schneller Folge beging sie zwei Raubzüge nacheinander.

Gerade mal einen Monat nach der ersten Anhörung im Fall McKenzie verschaffte sich Dorothea Zugang in einen gesicherten Wohnblock und klopfte an die Tür der zweiundachtzig Jahre alten Irene Gregory. Sie stellte sich als Betty Peterson von der Sacramento-Medizin-Gesellschaft vor und gelangte in Mrs. Gregorys Wohnung, indem sie erzählte, sie habe den Auftrag, Mrs. Gregorys Medikamente zu überprüfen. Gehorsam zeigte Mrs. Gregory der ›Schwester‹ ihren Medizinschrank, erhielt zwei Tabletten und sollte sich mit geschlossenen Augen hinlegen.

Die ›Schwester‹ gab vor, sie wolle Mrs. Gregorys Blutdruck messen, aber als Mrs. Gregory erwachte, stellte sie fest, daß die ›Schwester‹ statt dessen zwei wertvolle Ringe und eine Flasche mit Schlaftabletten entwendet hatte. Erst als eine Rechnung über 730 Dollar eintraf, entdeckte sie, daß auch eine Kreditkarte fehlte.

Selbst da hatte Dorothea noch Zeit zu fliehen. Aber anscheinend brauchte sie noch etwas mehr Geld.

Deshalb schneite Dorothea am späten Morgen unerwartet bei einer Nachbarin herein, der dreiundachtzig Jahre alten Dorothy Osborne. Sie brachte Geschenke – eine Flasche Cognac und eine Flasche Wodka – und einen Trunk für ihre Freundin. Mrs. Osborne trank kaum von dem faul riechenden Getränk, aber trotzdem erwachte sie erst wieder um zwanzig Uhr. Erst später merkte sie, daß ein paar Schlüssel, ihre Visa Card, ein Scheckbuch, ein Arbeitslosen-Scheck, ihr Paß und ein paar Münzen gestohlen worden waren.

Zwei Tage später wurde Dorothea Montalvo Puente gefangen genommen, verschiedener Verbrechen angeklagt und ohne Bürgschaft festgesetzt. Die Polizei beschlagnahmte das Flugticket nach Mexiko, das man in ihrer Tasche fand.

Wenn die Leser die Rückseite der Sonntagszeitungen zu Ende gelesen hatten, fragten sie sich, wie die Polizei sich diese schlecht beleumundete Frau nur hatte durch die Finger schlüpfen lassen können.

Teil 2

Das Schauspiel

Du fragst dich immer, ob eine Einquartierung die beste ist … Aber irgendwo müssen wir sie doch unterbringen. Wir müssen nehmen, was die Gesellschaft uns bietet, und das ist nicht immer das beste.

Peggy Nickerson

Der Brennpunkt des Interesses lag bei dieser Tragödie in dem Schauspiel des Massenmordes. Aber ich arbeite immer mit Leuten, die in der ständigen Gefahr von Obdachlosigkeit, Armut und geistiger Krankheit leben. Ich denke, wir sollten alle eher diese Leute im Brennpunkt des Interesses sehen, deren Alltag eine tragische Übung in Nutzlosigkeit und Abhängigkeit ist. Da geht eine nationale Tragödie immer weiter, mit der wir uns beschäftigen müssen.

Judy Moise

Kapitel 13

Etwa zu der Zeit, als Dorothea Puente das Taxi nach Stockton bestieg, wurde in der hintersten Ecke ihres Gartens das dritte Grab entdeckt, nahe am Zaun und zu Füßen eines erst kürzlich gepflanzten Baumes. Ruhig und abseits der täglichen Fußgängerhorden war diese Ecke des Besitzes voller Frieden.

Mit geschultem Blick hatte Dr. Heglar diejenigen Stellen entdeckt, wo leichte Farbabweichungen und die Struktur der Erde kürzliches Graben verrieten. Pflanzen waren versetzt worden, und hier und da war die obere Erdschicht entfernt worden. Es hatte eine kurze Aufregung über die verdächtige Entdeckung gegeben, aber sie stellte sich bloß als Abfall heraus. Jetzt aber entfernte der Gerichtsanthropologe gerade vorsichtig Erdreste von einem zweifelhaften Stück Stoff. Er ging in die Hocke und probierte mit einem Metallstab aus, ob er irgendwo auf Widerstand stieß. Dann begann der Anthropologe, mit äußerster Vorsicht mittels seiner Bürste die Erde abzufegen.

Heglar forderte einen Beamten des Leichenbeschauers und andere zur Unterstützung an, und nun wurde diese Stelle zum Mittelpunkt einer gründlichen Untersuchung. Mit Schaufeln legten sie einen großen Kreis rund um das Bündel frei, dann ging die Arbeit mit kleinen Handschaufeln weiter. Bald war allen klar, daß hier eine weitere Leiche lag. Dr. Heglar und der Beamte vom Leichenbeschauer standen knietief in dem Loch, wischten alle Erde von dem eingekreisten Objekt ab und beobachteten, wie es immer mehr menschliche Formen annahm. Wie auch schon die anderen Leichen war auch diese in irgend etwas eingewickelt worden, ehe sie vergraben wurde.

An dieser Stelle konnte man die Leiche nicht näher untersuchen. Wie das Protokoll es vorschrieb, wurde sie etikettiert, fotografiert, in einen weißen Plastiksack gepackt und zum Leichenschauhaus gebracht, wo sie auf die notwendige, aber unwürdige Autopsie wartete. Von jetzt an war sie nur noch unter der unpersönlichen Fallnummer # 88-3381 bekannt.

Die Polizei konnte sich kaum vorstellen, daß die kleine, alte Dorothea Puente die Leichen aus eigener Kraft in das Loch gelegt hatte. »Es muß ein hartes Stück Arbeit für eine Frau ihrer kleinen Statur gewesen sein, die Leichen zu tragen«, enthüllte Lieutenant Enloe vor der Presse. Da Mrs. Puente in unbekannte Fernen aufgebrochen war, galt es nun an erster Stelle, ihren Komplizen zu finden.

Als John McCauley, Mieter und morgendlicher Begleiter von Mrs. Puente, zurückkam, wurde er als erstes von wißbegierigen Reportern belagert. Loyal verteidigte er seine Vermieterin und sagte: »Sie hat den Leuten aus der Patsche geholfen. Sie hat sie aufgenommen. Sie hat sie ohne Bezahlung für ein paar Tage hier wohnen lassen.«

Sobald die Polizei erfuhr, daß McCauley zurück war, lud sie ihn vor und befragte ihn nach Mrs. Puentes Verbleib. McCauley behauptete, sie sei noch im Hotel Clarion, und die Polizei fuhr sofort los, um sie dort zu suchen, fand sie aber natürlich nicht. (In der Zwischenzeit rief Mrs. Puente angeblich McCauley an und gab ihm den Rat zu fliehen.) Dann verhaftete die Polizei den mürrischen neunundfünfzig Jahre alten McCauley wegen Beihilfe zum Mord. Mrs. Puente war ihnen entwischt, aber so hatten sie wenigstens *einen* verhaftet.

Während McCauley im Gefängnis saß und seine Verhaftung eine willkommene Nachricht an die Presse war, wurde die Grabung in der F Street fortgesetzt. Neuigkeiten von der Exhumierung verbreiteten sich wie ein Lauffeuer in der Gemeinde, und die Menge der Schaulustigen, die gafften und die dumpfe Luft ertrugen, wuchs auf über hundert an. Sie kamen zu Fuß und mit dem Fahrrad. Sie kletterten auf Bäume und auf Autodächer.

Am Anfang hatten sie noch darüber gewitzelt, wie viele Leichen man wohl im Garten der alten Dame finden würde, aber wenn dann wirklich ein Leichensack in den Leichenwagen geladen wurde, ernüchterte sie die Realität, und das Kichern wurde zu geflüsterten Ausrufen, der Ausdruck neugierigen Wissensdurstes zu Schreck und Betroffenheit.

Die anfängliche Reaktion auf das Schauspiel in der F Street wandelte sich schnell in eine Phase des Unglaubens. Sicherlich konnte doch nicht die kleine, alte Dame für solche Greueltaten verantwortlich sein. Niemand, der noch alle Sinne beisammen hatte, konnte glauben, daß eine zerbrechliche alte Großmutter diese Menschen ermordet haben und dann in ihrem eigenen Garten vergraben haben könnte. Mitten in Sacramento! Es mußte ein Irrtum sein.

Als die Fernsehaufnahmen aus der F Street zu häßlich wurden, flüchteten sich viele in Gleichgültigkeit – in diese uranfängliche Erstarrung, die unsere Nerven ergreift, um sie vor echtem Schrecken zu schützen.

Zugleich begann eine andere Art von Schrecken. Gedanken und Zungen begannen sich zu regen, und dann würden die Mutmaßungen einsetzen, die Spekulationen und die Ich-hab-es-ja-gleich-gesagt-Sprüche, die sich in Anschuldigungen und Gerüchte verdichten.

Mittlerweile suchte die Polizei fieberhaft nach Leuten, die in irgendeiner Weise Licht in den Fall bringen könnten. Einige, die etwas wußten, suchten ihrerseits den Kontakt zur Polizei.

Eine, die an den Ort des Verbrechens kam und einen Beamten zu sprechen wünschte, war Patty Casey, die Taxifahrerin, die Dorothea Puente am liebsten bestellt hatte. Casey war entsetzt über die Leichenfunde in der F Street und stand mit Detective Terry Brown an der Ecke, um ihm von ihrer vierzehn Monate dauernden Freundschaft mit Dorothea zu berichten. Sie war erschüttert von der Entwicklung der Ereignisse, die zuvor so unschuldig geschienen hatten, und sie berichtete dem Offizier, daß sie Dorothea gefahren hatte, als sie Pflanzen, Blumen und Zement gekauft hatte.

Sie erinnerte sich auch daran, daß Dorothea ihren Teppich ausgetauscht hatte – zweimal –, wobei sie gesagt hatte, daß die Räume ›verflucht seien‹ und daß ›dauernd Leute darin stürben‹. Sie wußte noch, daß die großmütterliche Passagierin geklagt hatte: »Jedem, der da gewohnt hat, ist etwas passiert … immerzu ist Blut darin.« In Tränen aufgelöst flüsterte Casey: »Es tut mir leid, daß meine Freundin so etwas Entsetzliches getan hat.«

Patty Casey war nicht die einzige, die die Geschehnisse

jetzt in einem ernsteren Licht sah und nicht mehr als bloßen Zufall. Will McIntyre, Mrs. Puentes direkter Nachbar, erzählte der Polizei an diesem Samstag ebenfalls etwas. Auch er erinnerte sich an die Probleme, die Mrs. Puente mit den Teppichen gehabt hatte: Sie hatte angeboten, ihm einen zu überlassen, aber er hatte abgelehnt – er hatte Flecken.

Außerdem hatte er ein paar Dinge in seinem Garten gefunden, von denen er annahm, daß sie vergangene Nacht über den Zaun geworfen worden waren: eine Handvoll Goldzähne, eine Pistole und Goldschmuck. Gestern konnten sie noch nicht da gewesen sein, dann hätte er sie bei seinem täglichen Saubermachen wegen des Hundes bemerken müssen. McIntyre nahm an, daß Mrs. Puente sie dorthin geworfen hatte, um belastendes Material loszuwerden. Er war verdrossen, als die Polizei bei seiner Aussage gleichgültig blieb.

Auch Peggy Nickersen kam vorbei, ohne zu wissen, in was für eine Aufregung sie da geriet. Sie stellte sich Detective Cabrera als die Straßen-Beraterin vor, die schon mal mit Sergeant Jorgensen wegen ihrer Klienten gesprochen hatte, die bei Dorothea Puente gewohnt hatten. Sie übergab Cabrera eine Liste mit den Namen der Leute, die während der letzten achtzehn Monate bei Mrs. Puente gewohnt hatten. Als er sie durchging, ließ ihn ein Name innehalten. »Ist Dorothy Miller irgendwie mit Mrs. Puente verwandt?« fragte er.

»Nein, sie wohnte nur bei ihr«, antwortete sie. »Dorothea hatte die Vollmacht für ihre Wohlfahrts-Schecks«, und Mrs. Nickerson setzte noch hinzu, daß Mrs. Miller ›irgendwie um den Januar herum verschwunden‹ sei.

Cabreras Gedanken wanderten zu dem Fläschchen mit Tabletten, das er aus Mrs. Puentes Schlafzimmer mitgenommen hatte. Der Name auf dem Etikett: Dorothy Miller.

Am nächsten Tag wurde die Fahndung nach Mrs. Puente ausgedehnt, und tonnenschweres Gerät wurde eingesetzt, um ihren Garten umzugraben, und es hob den Beton an, entwurzelte Büsche und fällte kleine Bäume. Erde wurde weggetragen, und sobald ein seltsam aussehender Gegenstand unter der Erde Verdacht erregte, kamen die Gerichtsanthropologen, die Polizei und die Beamten des Leichenbeschauers herbei, um bei der vorsichtigen Entfernung der Erdschichten zusammenzuarbeiten.

Nachbarn waren hinzugekommen, die sich über den Lärm, das Durcheinander, die Fernseh-Teams, die Polizisten und besonders über die Schaulustigen ärgerten. Das Viertel war für den Verkehr gesperrt worden, und von Bordstein zu Bordstein kamen Schaulustige vor der Polizeiabsperrung zusammen, die den Hals reckten, um einen Blick auf die befremdliche Ausgrabung werfen zu können. Sie versammelten sich schon früh und vermehrten sich im Laufe des Tages, von der Tragödie, die sich in Mrs. Puentes Pension abgespielt hatte, wie magnetisch angezogen, als wäre es eine Gala-Aufführung. Einige hatten Kameras dabei. Andere brachten ihre Kinder mit und trugen sie auf den Schultern, damit sie besser sehen konnten. Touristen und Einheimische standen Seite an Seite festgewurzelt und betrachteten mit dem Interesse von Theaterbesuchern, wie die Grabungen weitergingen.

Ihre Wachsamkeit blieb nicht unbelohnt: Am Sonntag wurden zwei weitere Leichen freigelegt.

Die Beamten entdeckten die vierte Leiche am Morgen, sie war genau vor einem Metallgitter vergraben, das im Garten an der Seite stand. Mittlerweile überwachte noch ein zweiter Gerichtsanthropologe, Dr. Chuck Cecil, die Exhumierung. Er benutzte eine Technik, die mittlerweile üblich war, die Arbeiter ›legten‹ die Leiche ›auf ein Podest‹, in dem sie rundherum die Erde abtrugen und nur ein Sockel als Podest übrigblieb. Alle Beweisstücke wurden sorgfältig beschriftet und fotografiert. Die letzte Erdschicht wurde dann mit Handschaufeln und Besen entfernt.

Dieses Individuum war nicht in Stoff, sondern in Plastik eingewickelt und sorgfältig mit Klebeband verschlossen worden. Obwohl es die Form der Leiche verbarg, verminderte das kaum den Geruch. Selbst nachdem die Leiche in einen Plastiksack gepackt worden war, hing der Geruch nach Tod noch in der Luft.

Die gerichtlichen Untersuchungsbeamten trugen mit finsterem Gesicht die Leiche mit dem Bestimmungsort Leichenhalle aus dem Garten der Vermieterin. Aufregung ergriff die Menge, und die Fernsehkameras erwachten zum Leben, als der Körper in einen bereitstehenden Wagen geladen wurde.

Die Arbeit wurde fortgesetzt – und forderte ihren Tribut von denen, die zu dieser furchtbaren Arbeit herangezogen worden waren. Die Muskeln schmerzten, und die Mägen kämpften mit drohender Übelkeit. (Eine Polizei-Assistentin, Joy Underwood, wurde so krank, daß sie später Arbeitsunfähigkeit anmeldete. Der ständige Umgang mit Beweismaterial, was die Säcke für die Leichen und die Kleidung der Opfer mit einschloß, verursachte ihr heftige Alpträume und Erbrechen. »Ich habe immer noch den Geschmack des Todes im Mund«, sagte die Polizei-Assistentin. »Ich kann kein Gemüse mehr essen, das auf dem Boden wächst, weil es außen voller Erde ist, wie die Leute, die wir in Mrs. Puentes Garten ausgegraben haben.«)

Gegen Mittag stellte sich heraus, daß eine dekorative Laube, die niedergerissen und entfernt wurde, anscheinend ein Versuch war, ein weiteres verstecktes Grab zu tarnen. Der Beton unter der Konstruktion wurde zerschmettert, Schaufeln bissen sich in den Boden darunter, und bald war ein fünfter Körper das Resultat der Suche. Leichenbeschauer-Fall #88-3384 wurde etikettiert und fotografiert. Auch dieser Körper war vor dem Vergraben eingepackt worden, diesmal in Bettücher.

»Wir graben weiter«, versicherte Polizei-Sergeant Bob Burns den versammelten Medien. »Wir graben weiter, und wir hören nicht eher auf, als bis wir jeden Quadratmeter Boden in diesem Garten umgestülpt haben.«

Der seitliche Garten, schmal und eng, war jetzt von frisch umgegrabener Erde übersät. Es sah so aus, als wären die Körper in einer nicht ganz geraden Reihe vergraben worden, die vom Ende der Einfahrt bis hinten an den Zaun reichte.

Das systematische Graben dauerte bis in den späten Nachmittag, aber die klaffenden Wunden in Mrs. Puentes einst so reizendem Garten gaben nichts weiter preis. Das Tagewerk kam zum Ende, ein Traktor schob Erde und zerbrochene Zweige zu Schutthaufen zusammen, und die Menge zerstreute sich in der kühlen Luft, ehe die Dämmerung einsetzte.

Kapitel 14

Fünf Körper warteten im Leichenschauhaus darauf, identifiziert zu werden, und der Leichenbeschauer verriet wenig bis auf die Tatsache, daß es bei der Art und Weise, wie die Körper verpackt und vergraben worden waren, schwierig werden würde, den Grad der Verwesung zu bestimmen.

Da die Körper bisher nicht identifiziert worden waren, konnte niemand sagen, ob auch Bert Montoyas Leiche aus Mrs. Puentes Garten ausgegraben worden war. Aber es war unwahrscheinlich, daß jemand, der erst zwei Monate tot war, unter den stark verwesten sterblichen Überresten sein könnte. Die Leute begannen sich zu fragen, wie viele Leichen möglicherweise in dem unschuldig wirkenden Garten des Pfefferkuchenhauses vergraben sein mochten. Das lange Schweigen umherziehender Verwandter, trinkender Onkel und verwirrter Tanten war plötzlich nicht mehr Grund zur Erleichterung, sondern zur Sorge und spornte so manchen dazu an, schnell mal das Wohlbefinden von unsteten Freunden und Familienmitgliedern zu überprüfen. Einige stellten den Kontakt her und waren erleichtert. Andere zogen eine Niete, schluckten und betrachteten die Zeitungsberichte über die ausgegrabenen Überreste unter der Fragestellung, was sie jetzt tun sollten.

Eine Frau aus Sweet Home in Oregon entschloß sich zum Handeln. Zum zweitenmal innerhalb von drei Jahren wandte Reba Nicklous sich am Montag, dem 14. November, an die Polizei in Sacramento. Am Samstag hatte ihre Tochter aus Kalifornien angerufen und sie gefragt: »Wie hieß die Frau in Sacramento, mit der Everson zusammenleben wollte?« Als sie geantwortet hatte »Puente«, hatte ihre Tochter nach Luft geschnappt und sie mit ihren Befürchtungen wegen der unglaublichen Berichte aus Sacramento überschüttet.

Jetzt wartete Reba Nicklous ›in der Leitung‹, während kaltes Grauen durch ihre Adern rieselte. Als ein Offizier sich meldete, brachte sie ihre Fakten in die richtige Reihenfolge: »Mein Bruder Everson hat uns im September 1985 verlassen, um mit Dorothea Puente zusammenzuleben. Ich habe seit drei Jahren nichts mehr von ihm gehört.« Sie erklärte, daß sie das Gefühl habe, es könnte ›einen Zusammenhang‹ zwischen seinem Verschwinden und den Gräbern geben, die um Mrs. Puentes Haus herum gefunden worden waren. Das letzte, was sie sicher wußte, war, daß Everson Dorothea Puente hatte heiraten wollen.

Er hatte angefangen, Dorothea zu schreiben, als sie im Gefängnis saß. Die Familie mißbilligte den Briefwechsel, aber der einsame, vertrauensselige Witwer fand Trost in vor allem zwei Zeitvertreiben: kunstvolle Holzschnitzereien anzufertigen und verschiedenen Frauen zu schreiben.

Mrs. Puente war der einzige Häftling, dem er schrieb, aber nur sie hatte sein Herz erobert und den 70jährigen Gillmouth so verhext, daß er taub gegenüber jeder Kritik war. Er bestand darauf, ›eine gute Frau‹ gefunden zu haben, wobei er die Einwände eines Familienmitgliedes überging, das gesagt hatte: »Everson, die stecken gute Frauen nicht ins Gefängnis.«

Im August 1985 hatte Everson Gillmouth seinen roten Pritschenwagen und den neuen Anhänger beladen und hatte sich von seiner Familie in Oregon verabschiedet. Er hatte Reba erzählt, daß er nach Kalifornien führe, um Dorothea zu treffen, »und wenn die Dinge sich gut entwickelten, planten sie zu heiraten«.

Weil Everson zwei Jahre lang bei Reba und ihrem Mann gelebt hatte, nachdem seine Frau gestorben war, hatte sie angenommen, er würde sich melden, sobald er sich niedergelassen hatte. Als nach ein paar Wochen noch keine Nachricht von ihm gekommen war, schrieb sie an die Polizei von Sacramento und bat sie, wegen ihres älteren Bruders nachzuforschen.

Das hatte in 1426 F Street gewirkt, denn Everson hatte sofort seine Schwester angerufen.

»War die Polizei bei euch?« fragte Reba ihn.

»Sie sind gerade gegangen«, hatte er geantwortet, und er schien verärgert. Aber schon bald stahl sich Zerknirschung in seine Stimme, und er entschuldigte sich für sein Schweigen. »Ich hätte schreiben sollen«, sagte er wieder und wieder.

Das war das letzte Mal, daß Reba Nicklous von ihrem Bruder gehört hatte.

Danach hatte Dorothea Puente in Eversons Auftrag geschrieben, aber Reba hielt die Briefe – wo waren sie bloß hingekommen? – für einen Packen Lügen.

Jetzt gab Reba der Polizei alle sachdienlichen Hinweise, die sie zusammenbrachte. Als sie in dem sicheren Bewußtsein auflegte, daß sie bald zurückgerufen würde, hoffte sie, daß sie bald ein paar Antworten bekommen würde, zum Schluß etwas Sinn darin sehen könnte, sie vielleicht sogar erleben würde, wie Gerechtigkeit ausgeübt wurde.

Reba Nicklous war nicht die einzige, die sich um einen verschollenen Bruder Sorgen machte.

Robert Fink, der nach Kalifornien zurückgegangen war, hatte die Nachrichten aus der F Street mit den schlimmsten Erwartungen verfolgt. Er hatte schon mit der Polizei gesprochen. Fragen waren gestellt und beantwortet worden. Berichte waren geschrieben worden. Es blieb nicht viel mehr zu tun, als zu warten, sich aufzureiben und sich zu erinnern.

Benjamin Fink war das schwarze Schaf der Familie – derjenige, der sein Leben nicht ganz in den Griff bekam, der Versprechungen machte, die er nicht einhalten konnte, und Geld lieh, ohne es zurückzahlen zu können. Seit er ein Teenager war, hatte er Durst auf Alkohol, den er nie ganz stillen konnte. Als er sechsundfünfzig Jahre alt war, hatte er einen Großteil seiner Zeit auf der Straße verbracht. Die harten Zeiten hatten ihre Spuren auf seinem Gesicht hinterlassen und ihren Tribut von seinem Körper gefordert. Einen Teil seines linken Fußes hatte er durch Frostbeulen verloren, und einmal hatte er sich beide Beine gebrochen, als er zwischen zwei Mülltonnen hindurchgetaumelt und vor ein Auto gelaufen war. Seitdem ging er am Stock, betrank sich bis zur Besinnungslosigkeit, rauchte zwei Päckchen Zigaretten am Tag und gab alle Hoffnung auf, sich jemals zu ändern.

Nicht, daß er es nicht versucht hätte. »Er ist zu jeder Therapie gegangen, die man sich vorstellen kann«, sagte Robert, »aber sobald er da raus kam und an einer Bar vorbeikam, dann roch er den Alkohol, und alles war aus. Er drehte um und ging rein.«

Im März 1988, als Peggy Nickerson Ben Dorothea Puentes Pension in der F Street gezeigt hatte, hatte Robert gehofft, daß sein instabiler Bruder jetzt vielleicht ein sicheres Heim gefunden hatte. Als Robert ihn besuchte, sah er, daß Tomaten, Gurken und Kohl im Garten wuchsen, und die gemütliche Atmosphäre in dem blauweißen viktorianischen Häuschen machte Eindruck auf ihn. Mit der Vermieterin, die oben wohnte, hatte er nie gesprochen, aber er war davon überzeugt, daß ihre Pension ein netter Ort war, so daß er es mit Erleichterung sah, als sein Bruder dort einzog.

Als Erntedank herankam, erwarteten die Finks, daß Ben mit ihnen gemeinsam das traditionelle Familienessen einnehmen würde. Erst kurz zuvor hatte Roberts Frau gesagt: »Wir müßten jetzt eigentlich jeden Tag von Ben hören.«

Jetzt warteten sie auf eine Nachricht von der Polizei und merkten, daß es schon sehr lange her war, daß sie zuletzt von Ben gehört hatten.

Zurück zur F Street: Das Wetter hatte aufgeklart, Hunderte von Schaulustigen hatten sich versammelt, und es herrschte Volksfeststimmung, einige Sensationsgierige waren sogar nicht zur Arbeit gegangen, um statt dessen das grauenhafte Schauspiel zu verfolgen.

Die Polizei, die jeden Meter Boden auf Mrs. Puentes Grundstück untersuchen wollte, hatte einen Schuppen in der Mitte des Gartens an der Hausseite abgerissen und grub jetzt in der feuchten Erde, die sich darunter befand. Es war fast schon Routine, als sie nur wenige Zentimeter unter der Oberfläche ein sechstes Grab entdeckten.

Ein Muster wurde erkennbar. Wie auch die anderen Toten, war auch dieser ›wie eine Mumie‹ verpackt worden und in fötaler Lage vergraben worden. Sie sahen aus wie große Larven – zusammengekringelt und in Plastik-Kokons und Tücher eingesponnen und dann in die dunkle Erde gelegt. Jetzt wurden sie herausgehoben, in Plastiksäcke mit Reißverschluß verpackt, in einen Leichenwagen gelegt und in Labors gebracht, wo sie aufgeschnitten und untersucht werden würden.

Eine grauhaarige Frau unter den Zuschauern hatte mehr als ein vorübergehendes Interesse an diesen Entdeckungen. Es drängte sie, eine Unterhaltung mit der Nebenstehenden anzufangen: »Ich hatte eine Freundin, die 1982 bei Dorothea Puente gewohnt hat«, vertraute die Frau ihr an, »und sie ist ganz plötzlich gestorben.«

Sandy Lang, die durch die Unruhe rundherum abgelenkt war, schenkte der Frau neben ihr nur die halbe Aufmerksamkeit. »Ihre Freundin ist gestorben?«

»Ja. Im Frühjahr 1982. Es soll Selbstmord gewesen sein, aber das habe ich nie geglaubt. Sie soll an einer allergischen Reaktion auf Kodein gestorben sein, aber Ruth – sie hieß Ruth Munroe – hat früher in einer Apotheke gearbeitet, so daß sie das sicherlich nicht wissentlich eingenommen hätte.«

»Sind Sie zur Polizei gegangen?«

»Ja, natürlich. Ich habe auch ihren Angehörigen gesagt, daß sie zur Polizei gehen sollen. Aber soweit ich weiß, ist nie etwas in dieser Sache unternommen worden.«

Sandy Lang wünschte später, sie hätte der Frau noch mehr Fragen gestellt. Sie erzählte ihrem Chef Michael Coonan so viel von der Unterhaltung, wie sie behalten hatte, und er bereitete sich darauf vor, das zu tun, was er am besten beherrschte: Streit anfangen. (Coonan war Sacramentos zuständiger Mann für die Altenversorgung, deshalb hatte er ein verständliches Interesse an den Entdeckungen in Mrs. Puentes Pension, und er bereitete sich darauf vor, einen langen, provozierenden Bericht zu dem Thema zu schreiben.) Jetzt rief er die Polizei an und berichtete von dem möglichen Zusammenhang zwischen Dorothea Puente und dem Tod von Ruth Munroe.

Aber Ruth Munroes Familie war ihm schon Meilen voraus.

William Clausen, ein vernünftiger Familienvater in Cowboystiefeln, hatte wegen seiner Verwandten schon telefoniert, auf die bizarren Umstände beim Tod seiner Mutter hingewiesen und von neuem Verdacht geäußert. Die Polizei wußte schon davon. Sie würden die Sache prüfen, sagten sie ... genauso, wie sie es schon 1982 gesagt hatten.

Später am Montag trug die Polizei ein Blumenbeet und einen religiösen Schrein in dem kleinen Vordergarten ab, genau rechts neben der Treppe, die zu Dorothea Puentes Eingang hochführte. Fünfeinhalb Meter unter der Erde und nur ein paar Schritte vom Fußweg entfernt, entdeckten sie ein weiteres zusammengekrümmtes, eingepacktes Bündel.

Selbst wenn man in Betracht zog, daß Dorothea Puentes Leidenschaft für die Gärtnerei bekannt war, war es schwer vorstellbar, daß sie sieben Leichen in ihrem Garten hatte vergraben können, ohne daß das einem Nachbarn aufgefallen war. Die Nachbarn sprachen auch untereinander darüber, und wenn sie an der Reihe waren, versicherte jeder von ihnen der Polizei, daß, so seltsam das sei, keiner von ihnen Zeuge eines Begräbnisses geworden sei. Wie einer, der schon lange dort wohnte, es ausdrückte: »Ich weiß nicht, wie das passieren konnte.«

Kapitel 15

In der Gegend von Sacramento kursierte ein Spruch: Wenn man ermordet werden sollte, war es besser, das außerhalb der Stadtgrenze zu erledigen, weil die Leute vom Bezirks-Sheriff den Mörder sicherlich eher finden würden als die Stadt-Polizei. So, wie die Stadt-Polizei den Puente-Fall handhabte, tat sie wenig, um diesen Ruf zu verbessern.

Zwischen Freitag morgen, 11. November, und Montagnachmittag, 14. November, war Dorothea Puente verschwunden, während man in ihrem Garten sieben Leichen ausgrub.

Obwohl der ›Bereitschaftsrichter‹ auch am Wochenende Durchsuchungsbefehle ausstellen kann – selbst an so langen wie diesem, das den Veteranen-Tag einschloß – schaffte es die Polizei von Sacramento nicht vor Montag nachmittag, einen Durchsuchungsbefehl zu erhalten. Zugegeben, das Bemühen um den Durchsuchungsbefehl ist zeitraubend. Aber diese Verzögerung trug zu dem Eindruck bei, daß die Polizei sich weniger Sorgen darum machte, Beweisstücke könnten entfernt oder zerstört werden, als darum, daß ein oder zwei Leichen verschwinden könnten.

Deshalb kamen die Polizisten erst am Dienstag, 15. November, zu einer gründlichen Durchsuchung des Hauses in der 1426 F Street. Das Gerücht ging um, daß zuvor schon verschiedene Leute mit ›legitimen‹ Gründen, dort zu sein, durch das Haus gestreift waren. Einige behaupteten sogar, daß Mrs. Puentes Freund und Vermieter Ricardo Ordorica über das Wochenende Schachteln voller Material (Mordrätsel und dämonische Texte eingeschlossen) mitgenommen habe.

Andere hielten das angesichts der Überwachung des Hauses rund um die Uhr für unwahrscheinlich.

Wenn Beweismaterial beiseite geschafft worden war, waren einige höchst interessante Dinge übersehen worden. Die Polizei fand mehrere Papiertüten, die unter anderem eine Folgers-Kaffeedose enthielt, auf die das Wort ›Kalk‹ geschrieben worden war, ferner ein paar Pillenfläschchen, fleckige Leinentücher und zwei Bücher mit den verfänglichen Titeln: *Der Geruch des Bösen* und *150 verständlich beschriebene Drogen*.

Im Eßzimmer fanden die Beamten Weihnachtsgrußkarten der Dame, die schon bedruckt waren mit ›Dr. Dorothea Puente‹ und fertig waren für die Post. Außerdem fanden sie einen Kunststoffläufer mit zwei Griffen an den Enden, der die Spekulation aufbrachte, er ›könnte dazu benutzt worden sein, schwere Lasten die Treppe hinunterzuschleifen‹.

Alle Beweisstücke kamen kanalisiert in die ›Kette-der-Haft‹-Pipeline – archiviert, eingetütet, markiert oder etikettiert –, so daß die Polizisten sie im Zeugenstand noch nach Jahren korrekt identifizieren konnten. Einiges wurde an das

Kriminallabor im Leichenbeschauer-Büro geschickt, wo bestimmte Substanzen untersucht werden sollten. Verderbliches wurde tiefgefroren. Das alles ging dann an die große, unter Verschluß stehende Asservatenkammer der Polizei, wo die meisten Beweisstücke auf den Prozeß warteten.

Es war auch am Freitag, als das FBI endlich Dorothea Puentes schon ziemlich abgekühlte Spur aufnahm. Das FBI war nicht früher in die Fahndung eingeschaltet worden. Wenn Mrs. Puente an einem Werktag verschwunden wäre, hätte man schon früher eine Fahndung ausrufen können, aber da das eine Anhörung vor Gericht bei einem Friedensrichter voraussetzte, konnte am Wochenende nicht viel gemacht werden. Sie hatte die Zeit auf ihrer Seite, und das all-points bulletin (APB, Beschreibung aller Merkmale) kam nicht vor dem späten Dienstag aus den FBI-Faxgeräten.

Nach allgemeiner Meinung war Mrs. Puente nach Mexiko geflohen. Sie sprach nicht nur fließend Spanisch, sondern die Gerichtsberichte gaben auch an, daß sie vierzehn Verwandte in Mexiko hatte. 1986 hatte sie ihren Bewährungshelfer um die Erlaubnis gebeten, nach Mexiko reisen zu dürfen. Auch hatte sie, als sie 1982 gefaßt wurde, ein Flugticket nach Mexiko in der Tasche gehabt.

Inzwischen hatte die Polizei einen Flugpassagier aufgespürt, der Puente hieß und nach Las Vegas wollte. Während die Polizei von Las Vegas ein eigenes APB herausgab, beschwerte sich ein Beamter grob darüber, daß aus Sacramento widersprüchliche Berichte eintrafen. »Wir haben ein Telegramm von dort bekommen, daß sie sich auf der Reise nach Mexiko befände, ein anderes, sie wäre auf dem Weg hierher, und noch eins, das behauptet, sie wäre in Reno ausfindig gemacht worden. Ich habe gar nicht erst geguckt, wer sie unterschrieben hat, weil ich gedacht habe, daß das sowieso alles Scheiße ist.«

Er lag nicht ganz falsch. Die Suche nach Mrs. Puente kam in Las Vegas bald zum Stillstand. Mrs. Puente hatte, vollendete Strafgefangene, die sie war, offensichtlich einen Platz in einer USA-Maschine nach Vegas gebucht, aber dann hatte ein ›naher Verwandter‹ der Polizei einen Tip gegeben. Aber Mrs.

Puente war nicht an Bord der Maschine gegangen, und der ›Verwandte‹ – vielleicht die Flüchtige selbst – trat nie in Erscheinung.

Die Polizei behauptete, daß Fotos von Mrs. Puente auf dem Flughafen gezeigt wurden, aber ein Reporter, der die Sache untersuchte und mit zwei Sicherheitsleuten, einem US-Flugbegleiter und sogar mit zwei Bezirksbeamten von Sacramento sprach, erfuhr, daß es diese Fotos nicht gegeben hatte. Das häufte noch mehr Schmähungen auf die Köpfe der Polizei von Sacramento, verstärkte den Eindruck, sie würden den Fall verpfuschen, und entfachte das Kreuzfeuer der Kritik von Seiten der Medien.*

In der Zwischenzeit sollte die einzige Person, die man im Zusammenhang mit dem Puente-Fall verhaftet hatte, entlassen werden. Man hatte John McCauley voller Hoffnungen zum Polizeihauptquartier geschleppt, aber sein Verhör hatte nicht die fetten Fakten zum Ergebnis gehabt, auf die sie gehofft hatten. Sie hatten eine lahme Anklage gegen ihn vorgebracht, weil er in der Sache gelogen hätte, wann der Beton gegossen worden war, und weil er abstritt, daß Mrs. Puente ihn nach ihrer Flucht angerufen hatte. McCauleys Hauptenthüllung war, daß Dorothea sich entschieden hatte, ›die Fliege zu machen‹, weil sie glaubte, die Polizei sei ›ohne Grund‹ hinter ihr her.

Schließlich entschieden die Untersuchungsbeamten, daß sie nicht genügend Beweismaterial in der Hand hatten, um McCauley festzuhalten, der so sturzbetrunken aufgekreuzt war, daß man kaum glauben mochte, daß er zu etwas Teuflischerem als zu rüdem Benehmen und Fluchen fähig war. Polizei-Lieutenant Joe Enloe erklärte vor den Medien entschlos-

* Mrs. Puentes Flucht war an sich schon ein Unding, aber im Kontext war es noch schlimmer. Wie die *Sacramento Bee* sich auszuführen beeilte, war dieser Fall ähnlich gelagert wie einer aus dem Vorjahr, als die Polizei von Sacramento, nachdem sie Leichen bei Häusern gefunden hatte, die Morris Solomon renoviert hatte, dabei blieb, sie hätte nicht genügend Beweise, um den wegen Gewaltverbrechen angeklagten Ex-Sträfling zu verhaften. Solomon wurde des sechsfachen Mordes angeklagt.

sen: »Er war einer ihrer Vertrauten, aber wir glauben nicht, daß er Handlangerdienste bei den Leichen geleistet hat.«

Nachdem McCauley am Samstag wegen Beihilfe zum Mord verhaftet worden war, wurde er am Dienstag abend wieder auf freien Fuß gesetzt.

Jetzt hatten sie niemanden.

Sie hatten McCauley im Verdacht gehabt, Mrs. Puente beim Vergraben der Leichen geholfen zu haben, aber Sergeant Burns vertrat nun eine neue Theorie: »Wir haben Bilder, die beweisen, daß sie mal eine sehr starke Frau war.« Deshalb zogen sie die Möglichkeit in Betracht, daß Mrs. Puente die Leichen selber vergraben hatte.

Es gab keine Entschuldigung dafür, daß sie ihre Hauptverdächtige selbst durch die Polizeiabsperrungen gebracht hatten, durch das Gedränge der Reporter und Schaulustigen, und ihr die Flucht ermöglicht hatten. Detective John Cabrera half der Sache nicht, als er ärgerlich erklärte: »Ich habe gedacht, sie wäre eine nette, warmherzige, freundliche Person. Sie hat mich auch an der Nase herumgeführt.«

Sergeant Bob Burns, der als Ansprechpartner bestimmt worden war, fand sich bei einer Pressekonferenz am Dienstag auf dem heißen Stuhl. »Als wir die erste Leiche gefunden haben, war die Dame zur Zusammenarbeit bereit. Sie stand am Grab, als wir gegraben haben. Zu dem Zeitpunkt bestand keine Notwendigkeit, ihr zu folgen. Sie können die Leute nicht dauernd belästigen. Wir hatten damals nicht genug Informationen, um sie zu verhaften.«

Rechtsexperten waren öffentlich anderer Meinung, und das Zeigen mit den Fingern hielt an.

Zu ihrer Verteidigung kann man sagen, daß die Polizei nur versucht hatte, sich an das Protokoll zu halten, auch hatte sie eng mit dem Büro des Bezirks-Staatsanwalts zusammengearbeitet. Solange Mrs. Puente auf der Polizeiwache war, hatten sie Deputy DA Tim Frawley angerufen und ihn gefragt, ob sie für weitere Grabungen einen Durchsuchungsbefehl brauchten. Er hatte ihnen gesagt, daß das nicht nötig sei, solange sie die Erlaubnis dazu bekämen. Laut Frawley ›bestand zu dieser Zeit Übereinstimmung darüber, daß sie keinen Grund hatten, sie zu verhaften … Wir haben gemäß ihrer Erlaubnis auf ihrem Besitz gegraben, und wenn sie in Haft gewesen wäre, hätte als Argument später vorgebracht werden können, daß ihre Einwilligung erzwungen war.‹

Deputy DA Frawley gab an, daß die Polizei sich nur bemüht habe, die Gesetzmäßigkeit ihrer Suche sicherzustellen. Er führte aus, daß die zweite Leiche weniger als eine Stunde nach Mrs. Puentes Weggang entdeckt worden war. »Das war ihr Schlupfloch, und sie ist entwischt … es herrschte ein großes Durcheinander, und ich kann verstehen, wie das passieren konnte.«

Er fuhr fort, daß Mrs. Puente auch »sie (die Polizei) reingelegt habe, so daß sie dachten, sie würde nicht fliehen. Der Detective vor Ort meinte, er käme gut mit ihr zurecht und wollte dabei bleiben. Er wollte sie nicht in eine Ecke drängen, wo sie sich vielleicht auf ihre Miranda-Rechte berufen würde.«

Trotz Frawleys rechtlicher Argumente klang es so, als hätte die Polizei Mrs. Puente nicht verhaftet, weil sie so nett war. Sie hatten ihre Gefühle nicht verletzen wollen.

Während der ganzen Feuerprobe entwickelte sich die Beziehung zwischen Medien und Polizeiwache zu einer Abwärtsspirale von Beschuldigungen und Feindseligkeiten. Wie sehr sich die Polizei auch abmühte, sie konnte die Kritik, die daher rührte, daß sie die Dummheit besessen hatte, Mrs. Puente gehen zu lassen, nicht zum Schweigen bringen.

Eine zugespitzte Situation ergab sich, als Sergeant Burns sich in der Mitte der F Street plötzlich von Reportern umzingelt sah, die wissen wollten, warum die Polizei Mrs. Puente hatte gehen lassen. Schließlich sagte Burns mit schmalen Lippen: »Ich habe das schon beantwortet«, und sah zu Boden.

Ein Reporter fragte bissig: »Hat die Polizei überhaupt *irgendeinen* Fehler gemacht?« und Burns wandte sich ab und fragte: »Noch weitere Fragen?«

Ehe es Dienstagabend dunkel wurde, stoppte die Polizei die Grabungen in der F Street. »An diesem Platz sind keine Leichen mehr«, gab Polizeisergeant Jim Jorgensen bekannt.

Vorerst endete das Leichenzählen bei sieben.

Kapitel 16

Weil das Interesse sich ganz auf die Suche nach Mrs. Puente verlagert hatte, rutschten die Leichen, die man in ihrem Garten gefunden hatte, aus dem Flutlicht der Medien unter eine andere Art von prüfendem Blick. Eine nach der anderen wurde den neugierigen Blicken der Zuschauer entzogen, in einen wartenden Wagen geladen und durch Sacramentos schattige Straßen in das Büro von Sacramentos Leichenbeschauer transportiert, wo sie unter Verschluß in den ›Kälteraum‹ kam. Anders als die Fernsehbilder, die man von einem Leichenschauhaus kennt – eine Wand mit sterilen, fleckenlosen Metallschubladen – war diese hier eher wie ein ruhiges, kühles Zimmer im Krankenhaus: Leute, die mit Tüchern bedeckt waren, lagen auf Rollwagen. Nur daß sie hier nicht mit Infusionen auf medizinische Versorgung warteten, sondern mit Anhängern am Zeh auf die Untersuchung auf dem Seziertisch.

Nach einem besonders verhängnisvollen Wochenende können dort manchmal über zwei Dutzend Leichen oder noch mehr liegen. Diesmal beherrschten die Sieben aus Mrs. Puentes Garten den Raum, so wie ihr schrecklicher Geruch nach Verwesung tagelang jeden anderen Geruch in dem Gebäude überlagern würde. (Frischer Tod hat einen leichteren Geruch, verbranntes Fleisch riecht deutlich süßlich, aber verweste Körper riechen so intensiv, daß die Geruchsnerven förmlich schmerzen.)

Die trockenen Leichen wogen wenig, was ein Zeichen dafür war, daß jeder von ihnen wohl schon lange tot war. Es kann Monate dauern, Leichen in diesem Grad der Verwesung zu identifizieren, kann sogar unmöglich sein, wenn die Gerichtstruppe keinerlei Anhaltspunkte hat. Aber Sozialarbeiter hatten eine Liste von rund fünfundzwanzig Individuen angefertigt, die bei Dorothea Puente gewohnt hatten und später vermißt wurden. Wenn einer von ihnen unter den unglücklichen Individuen war, die man in Dorotheas Garten gefunden hatte, hatte er oder sie eine gute Chance, identifiziert zu werden. Die Polizei mühte sich ab, wichtige Informationen zu sammeln, so daß, wenn die Autopsien abgeschlossen sein würden und grobe Merkmale wie Geschlecht, Alter, Rasse und Größe bestimmt worden wären, der Identifikationsprozeß erleichtert würde, indem man die Zähne dem passenden Zahnarztprotokoll, die Knochen den Röntgenbildern, verbliebene Materie bekannten körperlichen Merkmalen zuordnen könnte.

Einer von zwei Gerichtspathologen, die für den Leichenbeschauer arbeiteten, Dr. Robert Anthony und Dr. Gary Stuart, würde die Autopsie an den sieben Leichen vornehmen. Die Männer, die von dem grauenvollen Geruch des Raumes unberührt blieben, hatten den Auftrag, nicht nur herauszufinden, *wer* es sein könnte, sondern auch, *wie* sie zu Tode gekommen waren. *Wann* war eine weitere Frage. »Es ist sehr schwierig, die Todeszeit anzugeben, trotz allgemein anderer Meinung«, so der große, schlanke Dr. Stuart.

Der erste Körper, der untersucht wurde, war der dritte, den man ausgegraben hatte, # 88-3381, der, den man an einer ruhigen Stelle zu Füßen eines neu gepflanzten Baumes gefunden hatte. Er war ausgesucht worden, weil seine Größe am ehesten der Beschreibung von Bert Montoya gleichkam.

Die Liege wurde in einen nahen Raum gerollt, wo die Überreste Dr. Russell A. McFall anvertraut wurden, der lange Erfahrung als forensischer Radiologe hatte. McFall brachte die verpackte Leiche in die richtige Position und röntgte sie mehrmals. Sobald der Film entwickelt war, würde er Vergleiche mit den Röntgenaufnahmen früherer Mieter bei Dorothea Puente vornehmen, zuerst grob die Statur vergleichen, dann mehr in die Feinheiten gehen wie Gelenke und Verkalkung.

Falls es Übereinstimmungen gäbe, war er zuversichtlich, eine Identifikation vornehmen zu können – wenn nötig, hätte er das anhand eines einzigen Knochens tun können. »Kein Knochen ist genau wie der andere«, sagte er, ihre Muster seien »so unterschiedlich wie Fingerabdrücke.«

Als die erste Reihe von Röntgenaufnahmen fertig war, wurden die gebündelten Überreste in den Autopsie-Raum gebracht. Dr. Stuart setzte seine Schutzbrille auf und begann am Mittwoch, 16. November, um 13 Uhr mit der ersten Autopsie. Von Anfang bis Ende würde sie acht Stunden in Anspruch nehmen. Zu dem ausgesuchten Untersuchungsteam gehörte der Gerichtsanthropologe Dr. phil. Rodger Heglar, für den das leblose Bündel nichts Neues war, denn er hatte seine Ausgrabung in dem Besitz an der F Street überwacht. Dr. Stuart war ebenfalls vor Ort gewesen, als das Bündel entdeckt wurde, und nun begannen sie beide mit der Untersuchung der sterblichen Überreste.

Es bestand kein Grund zur Eile. Kein Blut kam zum Vorschein, als die Umhüllung langsam und vorsichtig aufgeschnitten und mit einer Nummer versehen wurde: ein grünes Bettuch, mehrere Lagen durchsichtiger Plastikfolie, die mit Klebeband befestigt war, eine blaue, teppichähnliche Faser, die mit noch mehr Klebeband befestigt war, noch mehr Plastik und ein Tuch. Darunter fand Dr. Stuart ›ein weißes Pulver, Kalk oder Lauge‹. Der Schluß daraus: Der Körper war mit dem zersetzenden Stoff bestäubt worden, ehe er eingepackt wurde.

Der Kalk hatte ganze Arbeit geleistet. Ein erwachsener Mann starrte sie an, furchtbar anzuschauen in seiner Verwesung.

Als nächstes wurden die verrotteten Kleidungsstücke weggeschnitten. Ein helles T-Shirt mit dem orangefarbenen Aufdruck ›CANON‹, dunkle Hosen, weiße Socken. Kein Paß, Schlüssel oder Kleingeld in den Taschen.

Die Leiche wurde in jedem Stadium von einem anwesenden Polizeifotografen fotografiert, der besondere Sorgfalt bei den Knoten in den Verpackungsmaterialien walten ließ. Die Beobachtungen wurden protokolliert, Kleidung und Verpackung etikettiert und zur näheren Untersuchung im Labor eingepackt. Soweit die scheußlichen Einzelheiten, die von Bedeutung sein können.

Die nackten Reste wurden kurz zurückgebracht, um noch einmal geröntgt zu werden, und kehrten dann in den Autopsieraum zurück. Dr. Stuart konnte die Todeszeit nur schätzen, sie lag ein paar Wochen oder vielleicht Monate zurück. (Es gibt keine Untersuchungen darüber, wie schnell sich Kalk durch eine in Tuch und Plastik eingepackte Leiche frißt, die begraben war.) Er fand keine Zeichen äußerlicher Gewaltanwendung, keine Messer- oder Stichwunden.

Einer ersten Einschätzung nach handelte es sich ›um einen kaukasischen Mann, zwischen fünfzig und sechzig Jahre alt, etwa ein Meter achtzig groß. Die Haarfarbe war hellbraun oder dunkelblond.‹ Die Reste wogen vierundsechzig Kilo.

Jetzt öffnete Dr. Stuart den Körper mit einem Y-förmigen Schnitt, wobei er von jeder Schulter hinunter zum Brustbein schnitt und dann hinunter zum Nabel. Der Brustkorb wurde untersucht, und dann nahm Dr. Stuart eine normale Zange und durchschnitt und entfernte einige Rippen, die Dr. Heglar interessiert untersuchte.

Dr. Stuart fand die Eingeweide und den Magen, die zwar stark verwest, aber dennoch erkennbar waren. Er konzentrierte sich auf die Hauptorgane, die oft die Schmerzen des Todeskampfes anzeigten. Herz, Lunge, Magen, Leber, Milz, Nieren – alle wurden herausgenommen, sorgfältig untersucht, genau gewogen und herumgedreht. Es lagen eine leichte Arterienverhärtung und eine vergrößerte Leber vor, aber beides war nicht die Todesursache.

Als nächstes untersuchte der Arzt die Außenseite des Schädels, wobei ihm die Unebenheit des Nasenknochens auffiel, was nahelegte, daß er mal gebrochen war. Das Gehirn war interessanter. Mit einer Stryker-Säge – dieselbe feinzinkige Säge, mit der Gußformen entfernt werden – öffnete Dr. Stuart kreisförmig den Schädel. Er entfernte den schützenden Knochen und die Haut wie eine Kappe und legte das verweste Gehirn frei. Es wurde sorgfältig herausgelöst, gewogen und untersucht, und der Arzt bemerkte, daß es ›klein, weich und farblos‹ war.

Dann wurde ein Teil des Gehirns mit einem Seziermesser abgeschnitten und in eine bereitgestellte Schale mit Formaldehyd gelegt. Zusammen mit anderen Gewebeproben, die man von der Leiche genommen hatte, kam es in eine Kühlbox, um mikroskopisch untersucht zu werden. (James Beede, ein

Toxikologe, würde die Proben später ins Labor mitnehmen, um die stummen Zeugen dort zu untersuchen.)

Schließlich waren Stuart und Hegler fertig. Die Organe wurden zurück in den Körper gelegt, das Gehirn wieder in den Schädel.

Nach der Untersuchung zog Dr. Stuart die Handschuhe aus und schrubbte sich den schweißigen Talkumpuder von den Händen, der die Handschuhe am Kleben gehindert hatte.

Es war schon spät. Der namenlose Tote wurde wieder mit einem Tuch bedeckt und im Kälteraum abgestellt, wo er auf den nächsten Schritt zur Identifizierung wartete.

Die Todesursache von Fall # 88-3381 blieb ungeklärt.

Am nächsten Tag ging Robert W. Wood, examinierter Krankenpfleger und respektiertes Mitglied der gerichtlichen Arbeitsgruppe, auf den zugedeckten Körper zu. Er untersuchte die Hände und sah, daß die äußeren Schichten der Fingerspitzen in solch einem Grad zerstört waren, daß das Labor des Leichenbeschauers nicht mehr in der Lage war, die Fingerabdrücke zu identifizieren.

Er suchte die am wenigsten zersetzten Fingerspitzen aus und schnitt die Finger bis zum ersten Gelenk ab. Sie wurden in kleine, getrennte Kästchen gelegt, die mit Formaldehyd gefüllt waren, und zum Gerichtsgebäude geschickt, wo Experten die tieferen Schichten der Fingerspitzen untersuchen konnten.*

Joe Sydnicki, angestellter Abdruckexperte des DOJ, nahm die Schachteln kurz in seine Obhut. Er öffnete das Siegel, entnahm die Fingerglieder und reinigte und trocknete sie sorgfältig. Dann injizierte er eine Flüssigkeit, damit das Gewebe wieder straff wurde, staubte sie mit einem dunklen Puder ein und nahm die Fingerabdrücke, indem er sie über eine Pappe rollte.

Mit einem Vergrößerungsglas verglich er dann die charakteristisch geschwungenen Linien und Schnörkel mit denen,

* Von drei der sieben Leichen wurden Fingerspitzen abgetrennt und zur Identifikation an das Justizgebäude geschickt.

die er von als vermißt gemeldeten Personen hatte, die einmal bei Dorothea Puente gewohnt hatten ... diejenigen eingeschlossen, die vor über einem Jahr von Bert Montoya in der Zulassungsstelle gemacht worden waren.

Kapitel 17

Blitzlichter erhellten die metallgerahmte Brille und das stahlgraue Haar von Polizeichef John P. Kearns, als er sich am Mittwoch, 16. November, auf einer Pressekonferenz den Fragen stellte. Er sah trotz seines Geschäftsanzugs genauso aus wie ein harter, alter Polizist und gab erstmalig öffentlich zu, daß ihnen bei der Handhabung des Puente-Falls ein Irrtum unterlaufen war. Für diejenigen, die den Fall verfolgt hatten, ein erfreuliches – wenn auch verzögertes – Eingeständnis.

Der Polizeichef erklärte erst, daß er am Samstag – dem Tag, an dem Mrs. Puente entkommen war – auf einer Konferenz der Gesellschaft der Polizeipräsidenten von Kalifornien in Los Angeles war, ehe er endlich bestätigte, was die meisten in der Stadt ohnehin schon gewußt hatten: »Die Polizei von Sacramento hat einen Fehler gemacht, und das Ergebnis ist, daß uns die Verdächtige fehlt.«

Kearns sperrte sich noch gegen eine öffentliche Kritik an seiner Truppe. Er blieb dabei, daß an dem Morgen, als Mrs. Puente sich auf ihren roten Pumps davongemacht hatte, ›nicht der geringste Grund für eine Verhaftung vorgelegen habe‹. »Mit einer Kristallkugel als wichtigstem Instrument am Montag hätten wir den möglichen Grund wahrscheinlich gesehen und sie verhaften können«, sagte er.

Immerhin sei Mrs. Puente auch durchaus zur Zusammenarbeit bereit gewesen. »Sie war von Detectives befragt worden, und es hatte ein Gespräch stattgefunden, und ich denke, was geschah, war, daß wir vielleicht zu vertraut mit der Verdächtigen wurden und ihr getraut haben«, sagte Kearns. »Bei der Verbrechensbekämpfung lehnen wir uns manchmal etwas zu weit aus dem Fenster, um die Rechte derer zu schützen, die in einen Kriminalfall verwickelt sind, oder der Verdächtigen, und ich glaube, das ist auch hier geschehen.« Er ging sogar so weit, zu behaupten, daß »sie die Hauptverdächtige in einem Mordfall war und es keine Entschuldigung dafür gibt, so meine ich, sie nicht in Untersuchungshaft zu nehmen.« (Diejenigen, die zwischen den Zeilen zu lesen verstanden, wußten, daß es ein paar unerwartete Verschiebungen in der Polizeihierarchie geben würde.)

Die Reporter erhoben eine schwere Beschuldigung, als sie fragten, warum die Polizei nicht schon *letzten Januar* gehandelt habe, als, wie sie wüßten, ein Hinweis eingegangen war, daß Mrs. Puente in ihrem Garten Leichen vergrübe. Kearns wandte sich an Sergeant Bob Burns und wischte, nachdem er sich flüsternd mit Burns unterhalten hatte, diesen Vorwurf mit der Antwort vom Tisch, daß damals kein echter Beweis vorgelegen habe. Außerdem, so sagte er lahm, war der Fall »völlig ohne Anhaltspunkte«.

Welche Insider-Informationen Kearns über die Handhabung des Puente-Falls und die Verfehlungen seiner Leute auch hatte, er hätte kaum vorhersagen können, daß seine Leute schon innerhalb der nächsten vierundzwanzig Stunden eine weitere beschämende Dummheit begehen würden.

Während in Sacramento das Mit-den-Fingern-zeigen und Händeringen anhielt, machte Dorothea Puente sich etwa siebenhundert Meilen weiter südlich bereit, ihr Motel-Zimmer in Los Angeles zu verlassen.

Nach ihrem problemlosen Entkommen am Samstag hatte sie sich im Royal Viking Motel eingemietet, einem billigen, unauffälligen Ort, wo sie sich unter dem Namen Dorothea Johanson angemeldet hatte (eine Abwandlung des Nachnamens eines früheren Ehemannes) und vierundsiebzig Dollar bar als Vorauszahlung geleistet hatte.

Die nächsten drei Tage blieb Dorothea auf ihrem Zimmer Nr. 31. Sie war ein Ausbund an Passivität, erstarrt zu langsamem Schritt, mit dem sie ihr dumpfes, enges Motelzimmer durchmaß. Sie ließ das Zimmermädchen nicht herein, sondern steckte nur den Kopf heraus, um nach Handtüchern zu fragen.

Vielleicht dachte sie, der Sturm in den Medien würde schon vorübergehen, wenn sie nur den Kopf gesenkt hielt, und dann könnte sie eine neue Identität annehmen und in dieser riesigen Stadt verschwinden. Sie ging nur zum Essen in einem nahen Restaurant aus, das T&G-Express, wo sie von Pfannkuchen bis Chop Suey alles bestellte, dazu ein Bier, und großzügig Trinkgeld gab.

Aber am Mittwoch wurde Mrs. Puente rastlos. An diesem Nachmittag legte sie Make-up auf, betupfte sich mit Parfüm und zog sich zum Ausgehen an.

Einmal draußen winkte sie sich ein Taxi und erzählte dem Fahrer rundheraus, daß sie einen Drink brauche. Als er sich in Richtung einer Bierkneipe auf den Weg machte, wandte sie ein: »Nein, ich brauche etwas Hartes, kein Bier, weil ich nicht schlafen kann.«

Kein Problem. Das Taxi fuhr vor dem Monte Carlo I vor, einer dämmrigen Kneipe in der Third Street, nur zwei Meilen von dem Motel entfernt.

Sie setzte sich direkt in die Mitte an den Tresen neben einen Stammgast, Charles Willgues. Der dünne, kahle Mann konnte nicht umhin, die elegant gekleidete Frau ohne Begleitung zur Kenntnis zu nehmen.

Mit der blonden Spülung im Haar und der guten Kleidung wirkte sie ›würdig, wie eine echte Dame‹ und hier völlig fehl am Platz.

Die Dame bestellte einen Himmelsfahrer, dann seufzte sie und betrachtete niedergeschlagen die roten Pumps, die sie seit ihrer Flucht aus Sacramento trug. Die Absätze waren abgelaufen, bedauerte sie. Mit einem Blick zu ihm zuckte sie die Schultern und sagte: »Ich bin viel herumgelaufen, weil ich nach einer Wohnung suche.«

Chuck Willgues, der Retter. Er kannte einen Ort gleich gegenüber. »Wenn Sie Ihre Schuhe ausziehen, lasse ich Sie drüben reparieren.«

Es war ein zu nettes Angebot, um abzulehnen. Sie zog ihre Pumps aus und gab sie ihm.

»Genießen Sie Ihren Drink«, sagte er beim Aufstehen, »ich bin gleich zurück.«

Sie saß mit baumelnden Füßen in Strümpfen auf dem Barhocker, während er ihre Schuhe zu einem nahen Schuster brachte. Als er mit Schuhen zurückkam, die so gut wie neu aussahen, stellte Mrs. Puente sich als Donna Johanson vor, lud ihn zu einem Bier ein und spann sich in Lügen ein. Sie wäre kürzlich Witwe geworden, sagte sie mit einem Seufzer, und sie wäre erst vor zwei Tagen aus San Francisco gekommen.

Chuck Willgues, selber verwitwet, erwärmte sich für die gutaussehende, jüngere Frau (sie behauptete, sie sei fünfundfünfzig). Sie hatte Stil. Sie war eine Fremde, allein in einer Stadt, die er gut kannte. ›Donna‹ zog ihn ins Vertrauen. Sie versuchte, über den Tod ihres Mannes hinwegzukommen, deswegen hatte sie sich entschieden, ihr Glück in L. A. zu versuchen. Jetzt hatte ein skrupelloser Taxifahrer ihr das Gepäck gestohlen, und sie wußte nicht, was sie tun sollte. Sie hatte keine andere Wahl, als in einem billigen Motel zu wohnen, und das Bargeld ging ihr aus.

Willgues überlegte, ob er etwas für sie tun könnte. »Warum gehen wir nicht ans Ende des Tresens, wo wir uns ungestört unterhalten können?« schlug sie vor. Die charmante Witwe trank noch einen Orangensaft mit Wodka und bestellte Chuck noch ein Bier. Sie schien neugierig wegen der Gäste, und Chuck kannte sie alle.

Dann brachte ›Donna‹ das Gespräch auf ihren neuen Bekannten. Geschmeichelt erzählte der ehemalige Handwerker ein paar Einzelheiten von sich: keine Familie in der Nähe, ein paar Gesundheitsprobleme, ein ruhiger Lebensstil mit festem Einkommen. ›Donna‹ schien sich wirklich für sein Pensionärsproblem zu interessieren. Sie deutete sogar an, sie könnte ihm helfen, mehr Sozialbezüge zu erhalten, schien genau zu wissen, wieviel Unfähigkeitsrente ihm wegen seiner Rückenprobleme zustünde, Tuberkulose, Magengeschwür und wegen des Bruchs. Einen Moment fühlte er sich unwohl.

Aber dann wechselte sie das Thema. »Ich bin auch ganz allein«, sagte sie.

Keine Familie, keine Freunde. Sie hoffte auf einen Neuanfang an einem neuen Ort und suchte Arbeit. Wenn sie genug sparen könnte, würde sie vielleicht eine Pension eröffnen.

Willgues erzählte, daß er von einem Job in einem nahen Sandwich-Laden wüßte.

Nach ihrem dritten Drink lächelte ›Donna‹ ihn an und bot an: »Weil Sie allein sind und ich allein bin, lassen Sie uns doch zusammengehen, und ich koche ein Erntedankmahl.«

Das ging Chuck alles ein bißchen zu schnell. Noch erstaunter war er, als sie sagte, sie könnte sich vorstellen, sogar mit ihm eine Wohnung zu teilen. »Moment«, sagte er, »darüber reden wir später.« Aber er war in die Falle gegangen.

Irgend etwas war mit ihr, er wußte es nicht genau, irgend etwas an ihr kam ihm bekannt vor …

Sie redeten lange, und als sie aufhörten, war Chuck Willgues geschlagen. Ehe er sie in ein Taxi zum Motel setzte, verabredete er sich für den nächsten Morgen mit ihr zum Einkaufen.

Aber auf dem Heimweg verblaßte der Glanz ihrer Unterhaltung und wurde durch ›ein ungutes Gefühl‹ ersetzt. Irgend etwas stimmte nicht.

Zu Hause machte er sich Abendbrot, hatte aber keinen Appetit. Er ging ihre Unterhaltung noch einmal durch und versuchte, den Finger auf das Ärgernis zu legen, und er bemerkte plötzlich, daß er auf und ab lief. Er schimpfte mit sich selbst: »Chuck, was zum Teufel ist mit dir los?«

Er entschloß sich, fernzusehen, aber als er das Gerät einschaltete, traf ihn die Erkenntnis: »Verdammt! Das ist die Frau, die ich heute morgen im Fernsehen gesehen habe!«

Oder … doch nicht?

Wieder lief Willgues in seiner kleinen Wohnung hin und her. Er könnte die Polizei rufen, aber was, wenn er sich irrte? ›Donna‹ wollte sicher nichts mehr mit ihm zu tun haben, wenn er sie durch den Besuch der Burschen in Blau beschämt hätte. Aber was, wenn sie doch Dorothea Puente war? Er könnte sie einfach fragen … Aber wenn er einen Fehler machte, wäre sie verletzt. Und wenn er recht hätte, war er verdammt sicher, daß sie es ihm nicht sagen würde. Gab es nicht einen anderen Weg, das herauszufinden?

Schließlich entschloß er sich, nicht die Polizei zu rufen, sondern die L. A. Niederlassung der CBS Nachrichten. Er rief an und wurde zum diensthabenden Redakteur Gene Silver durchgestellt.

Erst dachte Silver, das wäre ein typischer Zuschaueranruf, als Willgues ein paar Fragen zum Puente-Fall stellte. Dann fragte er, ob der Fernsehsender ein Bild der Frau habe. Silver fand eines aus der *Los Angeles Times*, kam zurück ans Telefon und beschrieb Willgues das Bild.

Willgues war nicht sicher. Er dachte, er habe Mrs. Puente getroffen, aber er sagte, er müsse ein Bild sehen, um sicher zu sein.

Silver, der schon zwanzig Minuten für den Anruf aufgewendet hatte, dachte, wenn er ein Spinner ist, wird er verschwinden, wenn nicht, kann das eine ganz große Sache werden. Es war fast 20 Uhr, und er sagte, Willgues solle die nächsten Nachrichten sehen und fügte hinzu:

»Macht es Ihnen etwas aus, am Telefon zu bleiben?«

Willgues blieb gern, und die zwei Männer verfolgten – Meilen voneinander entfernt – die Nachrichten. Da war in der Tat ein langer Bericht über Dorothea Puente mit ein paar Video-Aufnahmen von Sacramento, aber Willgues nichts von Mrs. Puente selber.

Inzwischen dachte Silver, das könnte der größte Wurf seiner Karriere werden. »Ich sage Ihnen was«, sagte er Willgues, »ich bringe das Bild vorbei, und dann können Sie selber entscheiden, ob das wirklich die Frau ist, die Sie meinen.« Silver notierte sich die Adresse und legte auf.

Als Silver vor Willgues verfallener Wohnung vorfuhr, nahmen gerade ein paar Jugendliche in einem Hauseingang Crack. Der alte Chuck wohnt in einer ziemlich rauhen Gegend, dachte er.

Willgues legte gerade auf, als Silver erschien. Er und ›Donna‹ hatten sich gerade für den nächsten Tag verabredet, sagte er.

Als Silver ihm das Zeitungsfoto zeigte, starrte Willgues gebannt auf Mrs. Puentes Bild, aber Willgues sagte nichts. Der Redakteur stellte ihm Fragen, drängte ihn, aber sagte nicht, ob das die Frau war, die er in der Bar getroffen hatte, oder nicht.

Natürlich wollte Chuck Willgues, ein einsamer Mann, der bessere Tage gesehen hatte, nicht glauben, daß die entzückende Frau, die er am Nachmittag getroffen hatte, Dorothea Puente war. Endlich sagte er: »Nun, es sieht ihr sehr ähnlich, aber es ist ein anderes Kleid … ich muß ein Farbbild sehen.«

Gut, schlug Silver vor, er könnte doch die Einundzwanzig-Uhr-Nachrichten sehen. Also stellten die beiden Männer den Fernseher an und setzten sich, um zuzusehen und um festzustellen, daß die Glücksfee ihnen gewogen war: Die Einundzwanzig-Uhr-Nachrichten zeigten dasselbe Bild – aber in Farbe.

Willgues beugte sich vor und studierte das Foto, ›als wäre es ein Fest‹. Als der Bildschirm sich mit anderen Nachrichten füllte, seufzte er und sagte: »Ich kann es einfach nicht sagen, weil ich den Rest des Kleides nicht sehe.«

Gene Silver hätte ihn erwürgen können. Der Kerl hatte den Zwilling dieser Frau in einer Bar getroffen, sie hatte ihm eine Geschichte aufgetischt, ein Taxifahrer hätte ihr Gepäck gestohlen, und dann hatte sie nach seinen Arbeitsunfähigkeits-Schecks gefragt! Was machte es da, welches Kleid sie getragen hatte?

Aber Chuck Willgues sperrte sich gegen die Vorstellung, daß er den Nachmittag mit einer Frau unter Mordverdacht verbracht hatte. Hingerissen von der Frau ›mit den feurigen Augen‹ wollte er diese neue Bekanntschaft nicht gefährden. Er versuchte zu erklären: »Es ist sehr wichtig, daß Sie wissen, daß ich sie morgen früh treffe …«

Inzwischen war Silver davon überzeugt, daß ›Donna‹ Dorothea war. Er fuhr fort, Willgues zu befragen und versicherte ihm, daß die Polizei sehr vorsichtig mit dem Fall umgehen würde. Wenn Chuck ihm sagte, wo sie sich treffen wollten, würde die Polizei einfach ins Motel gehen und nach ihrem Paß fragen. Es war ganz schmerzlos. Schließlich verfielen beide in ein langes Schweigen, Willgues dachte nach, Silver hoffte.

»Na gut«, stimmte Willgues schließlich zu, »aber bitte erzählen Sie ihr nicht, daß ich Sie auf sie angesetzt habe.«

Als ein Mann, der Prioritäten setzte, ging Gene Silver zuerst ins Funkhaus, um ein Kamerateam anzufordern, ehe er die Polizei informierte.

Detectives kamen zu Willgues Wohnung. Er erzählte ihnen, was er wußte, konnte aber immer noch kaum glauben, daß diese ›sehr damenhafte‹ Freundin so schlecht sein konnte, wie sie erzählten. Er bat sie sogar, die Verhaftung von Dorothea Puente einen Tag aufzuschieben. Er habe schließlich eine Verabredung mit ihr und wolle sie einhalten.

Aber die Polizei kam um 22 Uhr 20 zum Royal Viking Motel, klopfte an die Tür von Nr. 31 und wartete. Als sie die Beamten und das Kamerateam sah, erschrak Mrs. Puente und gab an, sie heiße Donna Johanson. Aber als die Polizei fragte, ob sie sich ausweisen könne, zeigte ihr Führerschein den Namen Dorothea Montalvo und als Adresse 1426 F Street.

Bingo!

In Handschellen und demselben rosa Kleid und rotem Wollmantel, die sie bei ihrer Flucht aus Sacramento getragen hatte, wurde Mrs. Puente zum Polizeiauto gebracht.

Das wartende Kamera-Team nahm alles auf.

Kapitel 18

Donnerstag früh gegen halb vier, kurz bevor eine müde und zerbrechlich aussehende Dorothea Montalvo Puente auf dem Hollywood-Burbank-Flugplatz in eine bereitstehende Maschine gebracht wurde, wandte sich der Polizeisergeant Jim Jorgensen aus Sacramento an die Presse und sagte: »In dreiundzwanzig Jahren der Verbrechensbekämpfung habe ich gelernt, daß es nichts gibt, was es nicht gibt, wenn man mit Menschen zu tun hat.«

Nachdem Jorgensen Mrs. Puente ihre Miranda-Rechte vorgelesen hatte, gingen sie weder an Bord eines Polizeiflugzeuges noch eines Verkehrsflugzeuges, sondern an Bord eines Lear Jets. Mrs. Puente, die in Handschellen neben Detective Cabrera saß, die Arme an ihre Taille gefesselt, stand nicht nur unter Polizeibewachung, sondern war auch in der Gesellschaft eines Channel 3-Reporters, eines Kameramannes und eines Zeitungsfotografen.

Dorothea Puente war mehr als eine Strafgefangene, sie war ein Medienereignis.

Als die Nachricht Sacramento erreicht hatte, daß man Mrs. Puente in Los Angeles festgenommen hatte, hatten die örtlichen Medien sich überschlagen, die Geschichte zu behandeln, aber welch ein Ärger, als sie entdeckten, daß das nächste Flugzeug von dem kleinen Flugplatz erst Stunden später Richtung Süden ging. KCRA-TV, die Filiale von NBC in Sacramento, und *The Sacramento Bee*, die größte Zeitung der Stadt, hatten die Konkurrenz ausgeschaltet, indem sie gemeinsam einen Jet charterten und dann die Polizei einluden, mit ihnen zu fliegen.

Während des Fluges nippte Mrs. Puente Kaffee aus einer Styropor-Tasse und erklärte sich zu einem kurzen Interview bereit. Als Antwort auf die Frage des Channel-3-Reporters Mike Boyd gab Mrs. Puente einmal sanft zu: »Ja, ich habe Schecks gefälscht«, aber sie blieb dabei, »ich habe niemanden getötet.« Sie gab auch die rätselhafte Behauptung ab: »Ich war einmal ein sehr guter Mensch.« Dann brach sie ab.

Ein paar Stunden später wurde Mrs. Puente in das Bezirksgefängnis von Sacramento aufgenommen. Die Polizei beschlagnahmte ihre rote Ledertasche, die eine Brieftasche, einen Führerschein für Kalifornien, eine Seiko-Uhr, einen Notizblock, Briefmarken, Tiffany Cologne, verschiedene Kosmetika, zwei Paar Ohrringe, drei Ringe mit klaren Steinen, ein Päckchen Sweet'n Low und einen versiegelten Plastikumschlag mit dreitausendzweiundvierzig Dollar und fünfundfünfzig Cent enthielt.

Sie tauschte ihren hübschen roten Mantel, das rosa Kleid und die roten Pumps gegen die Anstaltskleidung, einen orangefarbenen Overall mit der Aufschrift ›Bezirksgefängnis Sacramento‹ auf dem Rücken.

Später am selben Morgen wurde Dorothea, die blaß, müde und verstört aussah, in das geschlossene Büro von Richter John V. Stroud gebracht. Zwischen den öffentlichen Pflichtverteidigern Peter Vlautin und Kevin Clymo wirkte sie besonders klein, mehr ein Opfer als eine Schuldige.

Sie sprach während der siebenminütigen Anhörung nur einmal. Als der Richter sie als ›Dorothea Puente Montalvo‹ ansprach, korrigierte sie ihn höflich: »Es heißt Dorothea Montalvo Puente«, und alle Reporter schrieben eifrig mit, als hätte das irgend jemandem gesagt, wer sie wirklich war.*

Als der Richter sie fragte, ob sie einen Pflichtverteidiger wünsche, nickte sie, und sie äußerte nichts, was das Rätsel hätte lösen können, wie so viele Leichen in den Garten einer so nett aussehenden alten Dame kamen. Sie hörte ernst zu, als sie des Mordes – an Bert Montoya – angeklagt wurde – und zu Untersuchungshaft ohne Kaution verurteilt wurde.

Sobald diese nüchternen Vorgänge abgeschlossen waren, kämpfte sich eine internationale Meute von Reportern zu Mrs. Puentes Anwälten durch und hoffte auf Zitate, die die Pflichtverteidiger gerne abgaben. Es war im höchsten Maße unsauber, einen Verdächtigen einzusperren, während die Presse schon lange Zeit dabei sei, erklärten sie. Mrs. Puentes Recht zu schweigen war gefährdet gewesen. »Es ist noch nie dagewesen, daß ein Verdächtiger zusammen mit einem Reporter und Kameras transportiert wird, ehe er überhaupt die Chance hatte, mit einem Anwalt zu sprechen«, erklärte Peter Vlautin. Er warf der Polizei vor, »die Hilfe der Medien zu benutzen, um eine Zirkusatmosphäre bei diesem Prozeß zu schaffen«, und er fügte hinzu: »Ich bin überrascht, daß man ihr an diesem Morgen nicht *Geraldol* gegeben hat.« (Geraldol sollte seine Chance später bekommen.)

Ein zutiefst verstimmter Polizeichef Kearns erklärte derweil, daß er gerade erst von der unüblichen Reise erfahren

* Bislang hatten die meisten Berichte von ihr als Dorothea Montalvo gesprochen.

habe und einen Kommentar ablehne, ehe er nicht weitere Informationen habe.

Während die Polizei sich wand, weil sie einen weiteren beschämenden Fehler gemacht hatte, waren die Medien nicht wenig stolz auf ihren neuesten Coup. »Es ist unser Job, auf jede Weise an Neuigkeiten zu kommen und hinter Dingen her zu sein, wenn sie passieren. Offen gesagt bin ich recht stolz auf das, was wir getan haben«, krähte Bob Jordan, Direktor der KCRA. »Wir haben der Polizei buchstäblich eine Fahrt angeboten, und sie hat angenommen.«

In gewisser Weise war Dorothea Puente von den Medien festgenommen worden.

Sie war ein *cause célèbre* geworden. Die Film-Mogule schmiedeten schon Pläne. Fernsehen oder Kino? Miniserien oder Film der Woche? Was immer sie schließlich entscheiden würden, das öffentliche Stimmungsbarometer zeigte deutlich, daß es an der Zeit war, ein paar Verträge vorzubereiten.*

Natürlich zierte ein Foto von Chuck Willgues von Küste zu Küste die Titelseiten. In der Schlagzeile auf der ersten Seite taufte ihn die *Los Angeles Times* den ›Tipgeber‹, der ›die Polizei zur Verdächtigen im Todeshaus-Fall geführt‹ hatte. Willgues faßte es in einem Interview so zusammen: »Alles ging so schnell. Das nächste, was mir einfiel, war, daß ich sie im Fernsehen gesehen hatte.«**

Unter den forschenden Blicken der Beobachter füllten sich Patty Caseys Augen mit Tränen, als sie in den Nachmittagsnachrichten hörte, wie ihre ehemalige Freundin versucht hatte, Chuck Willgues einzuwickeln. Die Taxifahrerin, die von Mrs. Puentes Maske so angetan gewesen war, sagte:

* Einige Leute, auch Judy Moise, Peggy Nickerson, Patty Casey und andere unterschrieben Verträge bei Robert Greenwald Productions.

** Willgues plötzlicher Aufstieg aus der Anonymität hatte ein glückliches Ende: Er wurde mit seinen drei Kindern zusammengeführt, die er dreißig Jahre lang nicht gesehen hatte, als ein Reporter einen Brief von einer seiner Töchter erhielt. Nachdem Willgues sich telefonisch mit ihr in Verbindung gesetzt hatte, zog er zurück nach Michigan, um nahe bei seiner Familie zu sein.

»Gott bewahre ... es ist schon fast ironisch, daß sie mit derselben Masche in dieselbe Umgebung zurückgekehrt ist.«

Casey war nicht die einzige, die um Dorothea Puente weinte.

»Mal hatte sie ein Herz aus Gold, mal war sie eine Teufelin. Sie hatte viele Gesichter«, sagte einer, der es wissen mußte, Dorotheas vierter Ehemann Pedro Montalvo, der noch in Stockton wohnte. Die Augen des alten Mannes füllten sich mit Tränen, als er an die kurze, aber leidenschaftliche Ehe mit Dorothea dachte. »Die arme Frau. Die arme Frau nahm es von den Unschuldigen und gab es anderen.«

Montalvo saß still da, vom Schicksal der Frau, die er einmal geliebt hatte, tief berührt. »In der einen Minute lebt sie in dieser Welt, in der nächsten in einer anderen. Es ist wie ein Alptraum«, sagte er.

Montalvo glaubte nicht, daß die Polizei den Fall schon gelöst hatte. »Ich bezweifle nicht, daß sie die Verbrechen begangen hat ... Woran ich Zweifel habe, ist die Art, wie sie sie rausgebracht und begraben haben soll. Daran habe ich Zweifel. Ein *bandido* muß ihr geholfen haben, oder auch zwei und mehr.«

Jetzt, wo Dorothea Puente verhaftet worden war, blieb es bei der Polizei seltsam still um die Frage nach möglichen Komplizen. War es richtig zu glauben, daß sie die alleinige Täterin war? Oder war es trotz der verdächtigen Umstände möglich, daß sie doch unschuldig war?

Jetzt, wo Dorothea Puente sicher hinter Schloß und Riegel saß, fühlte Judy Moise sich auch sicher genug, um wieder nach Hause zu ziehen, aber sie hatte immer noch Angst, daß Dorotheas Komplizen frei in der Stadt herumliefen. Es sah ihr verdammt unähnlich, daß sie das alleine getan hatte.

Sie hatte der Polizei den albernen Brief von ›Michel Miguel Obregon‹ überlassen, oder auch von Don Anthony, aber sie hatten noch niemanden weiter verhaftet.

Judy klammerte sich weiter an die Hoffnung, daß Bert noch irgendwo am Leben sein könnte. Ob sie wachte oder schlief, sie sah Berts lächelndes Gesicht vor sich, sein Lachen, wie er auf sie zukam. Immer darum bemüht, eine Bedeutung aus ihren Träumen abzuleiten, untersuchte sie diese Träume auf irgendwelche Hinweise … aber die Schlußfolgerungen entzogen sich ihr.

Sie litt mit Bill Johnson um das Verschwinden seines Freundes. Behutsam erwogen sie die ›hätten sollen‹ und ›wenn doch nur‹ der Geschichte, um dann leidenschaftlich darüber zu diskutieren, wie die öffentlichen Ereignisse ihr Privatleben beeinflußten. »Ich habe meiner fünfjährigen Tochter erzählt, daß Bert vielleicht tot ist«, sagte Johnson traurig, »und sie hat geweint.«

Judys Alltag nahm einen surrealistischen Charakter an. Immer wenn sie zufällig an der 1426 F Street vorbeikam, schien das Haus in ein Leichentuch von düsterer Dunkelheit gehüllt, als wenn seine einst fröhliche blaue Farbe durch die schwarzen Ereignisse in der Vergangenheit übermalt worden wäre. Ihr Beruf, der lange Grund zum Stolz und zur Inspiration für sie war, hatte jetzt jede Bedeutung für sie verloren. Sie blieb unberührt, schlafwandelte durch den Arbeitstag und warf sich nachts aufgewühlt im Bett herum.

Wieder rief die Polizei an und bat um eine Personenbeschreibung von Bert, wollte seine genaue Größe und sein Gewicht wissen, seine Haarfarbe, und sie war erstaunt über das chaotische Gespräch. Was lief schief? Hatten sie ihn identifiziert oder nicht? Wenn nicht, wo konnte er sein? Wieder sah sie Bert vor sich – seine zerzausten grauweißen Haare, sein fast zahnloses Grinsen – und das brachte wieder die Bilder von Berts Lächeln, Lachen, wie er auf sie zukam …

Kapitel 19

Ein Chor von Stimmen verlangte zu wissen, ob Bert Montoya zu denen gehörte, die man in Mrs. Puentes Garten ausgegraben hatte. Aber auf die Mitteilung des Leichenbeschauers, man versuche, die Überreste der sieben Leichen fünfundzwanzig ehemaligen Mietern zuzuordnen, gab es nur wenig

Echo. Bis auf ein paar gemurmelte Beileidsbezeugungen gab es beklemmend wenig Anteilnahme, was die Identität der anderen anging, als wenn keine Familien zurückblieben, die sie vermißten, betrauerten und Antworten verlangten. Sie schienen in einem leeren Raum gestorben zu sein.

Wer waren die Sieben? Warum waren sie gestorben?

Das Büro des Leichenbeschauers fuhr mit der grausigen Nachforschung fort, und Autopsie auf Autopsie erfüllte die Luft mit Verwesungsgeruch, als sie sich näher an eine Identifizierung der Opfer heranarbeiteten. Sie hofften, den Mörder festnageln zu können. Die beiden Gerichtspathologen schnitten, wogen, untersuchten im Schichtdienst und durchsetzten ihr Protokoll mit einer Art morbider Poesie.

Reste eines Reißverschlusses einer Jacke erschien als »Material, das sich so verwirrt hatte, daß es wie ein Halsband aussah«, so Dr. Robert Anthony, der die Autopsie an der ersten ausgegrabenen Leiche vorgenommen hatte. Der zerfallenen Kleidung nach handelte es sich um eine Frau, denn das zerfetzte Hemd wurde rechts über links zugeknöpft. Die Knochen des Fußes teilten sich das Innere ihrer College-Schuhe mit Insektenlarven, aber die Schnürsenkel waren noch immer bogenförmig zugebunden.

Dr. Anthony stellte fest, daß die Leiche so verschnürt war, daß »sie an eine große pergamentähnliche Masse von Rinderhack denken ließ«. Bei einer so weit fortgeschrittenen Verwesung konnte er kaum noch Gewebe ausmachen. Die inneren Organe, die nicht mehr einzeln feststellbar waren, wurden als Ganzes entfernt. Das geschrumpfte Gehirn war »recht trocken und von gipsähnlicher Konsistenz«, trotzdem gelang es ihm noch, einige Gewebeproben des Gehirns für die toxikologische Untersuchung zu entnehmen.

Die Autopsien folgten schnell aufeinander. Während Dorothea Puente am 17. November angeklagt wurde, nahm Dr. Gary Stuart die Autopsie an der Leiche vor, die als zweite in ihrem Garten ausgegraben worden war, # 88-3374. Der Körper war in mehrere Lagen Stoff gepackt und dann in Plastik. Seltsamerweise war links um die Taille Klebeband gewickelt, mit dem der Arm an den Körper gebunden war, um die Beine war Bindfaden gewickelt. Die Frau, die stark verwest war, trug eine langärmelige Bluse, beigefarbene Schuhe, BH, Strümpfe und Slip, aber es gab weder Handtasche noch Brieftasche noch andere Identifizierungsmerkmale. Der zahnlose Mund der Leiche verriet nicht, wer diese Frau war, aber die Leberzirrhose war ein Zeichen dafür, daß sie Alkoholikerin war.

An diesem Nachmittag sezierte Dr. Anthony # 88-3382: ein erwachsener weißer Mann in Plastikfolie, ebenfalls mit Klebeband zusammengehalten. Er trug kurze dunkle Hosen, Boxer-Shorts und dunkle Socken, war etwas über fünf Fuß groß, zwischen vierzig und sechzig, mit braunen Haaren, braunen Augen, Schnurrbart und ohne Zähne. Am aussagekräftigsten waren seine vier Tätowierungen: ein Hakenkreuz auf der linken Schulter, ›PSI‹ auf dem rechten Knie, ein Herz, das von einem Dolch durchbohrt wurde, auf dem linken Ellbogen und ein kleines Kreuz auf dem rechten Oberarm.

Kriminalbeamte gehen von einer Grundregel aus: Ein Verbrecher läßt immer etwas am Tatort zurück – ein ausgerissenes Schamhaar, eine Pistolenkugel, einen Fingerabdruck beim Einbruch. Während der langsamen, peinlich genauen Untersuchung auf dem Autopsietisch ließ sich eine Handschrift erkennen. Jeder der Körper war verpackt worden und in genau derselben Art vergraben worden. Die Materialien waren ein wenig unterschiedlich, aber die Art der Beerdigung – die Knoten, das Klebeband, der Bindfaden – ließ wenig Raum zu der Annahme, daß das nicht die Arbeit ein und derselben Person war.

Beispielsweise war die fünfte Leiche in Stoffbahnen verpackt, die mit roter Schnur umschnürt waren, die sechste, die in Stoff und Papier gepackt war, war mit Bindfaden zusammengeschnürt worden. Das eine war ein Mann, das andere eine Frau, und im Leben hatten sie einander wohl nicht einmal gekannt, aber im Tod einte sie dasselbe Schicksal. Beide fingen schon an zu skelettieren, als sie unter das Messer des Pathologen kamen. Dr. Stuart schaffte es, größere Organe noch zu identifizieren, obwohl sie schon stark verwest waren, und er schickte Gewebeproben ins Labor hoch. Die Kleider, in denen sie vergraben worden waren – inklusive einer Damenarmbanduhr, die noch ging – wurden extra beschriftet und zu der wachsenden Zahl eingepackter Beweisstücke gestellt.

Die siebente Leiche, die letzte, die man in Mrs. Puentes Garten ausgegraben hatte, # 88-3395, wurde am 22. November von Dr. Anthony autopsiert. Sie trug ein ärmelloses Blumennachthemd, war weiblich, stark verwest und wies eine scheußliche Besonderheit auf: Kopf, Hände und Füße fehlten. (Als dieser besondere Leckerbissen in den Zeitungen erschien, schauderten diejenigen, die an einen Satanskult glaubten, in angenehmer Furcht.)

Die drei Männer und vier Frauen, die man aus Mrs. Puentes Garten geholt hatte, hatten eine makabre Verwandtschaft in der Art ihrer Anordnung. Eingeschlagen in behelfsmäßige Beerdigungstücher aus Plastik und Tuch, war jede in trauriger Anonymität lange vor sich hin verrottet – geschätzt Wochen bis Monate, vielleicht sogar Jahre.

Aber es gab keine Anhaltspunkte dafür, was diesen schon lange gestorbenen Individuen den Tod gebracht hatte. Keiner hatte irgendwelche Anzeichen von Blut, Wunden oder Gewaltanwendung. Keine Zeichen von Gewalt. In jedem der Fälle blieb die Todesursache ›unbestimmt‹.

Das waren schlechte Nachrichten für die Gerichtsbarkeit. Es ist schwer zu beweisen, daß jemand ermordet wurde, wenn es keinen Beweis dafür gibt, woran die Person gestorben ist. Ohne Mordbeweis, konnte die Vermieterin da als Mörderin gelten?

Die Autopsie ließ in dieser Hinsicht viele quälende Fragen offen, aber Leichenbeschauer Charles Simmons war optimistisch, daß die toxikologischen Untersuchungen bald die genaue Todesursache dieser Todesfälle zeigen würden. In einer Woche oder zehn Tagen, so kündigte er an, »können wir einige durchaus beweiskräftige Ideen haben, was diese Menschen getötet hat.«

Forensische Wissenschaft kann heutzutage Wunder vollbringen, das hat man schon lange kommen sehen. Sie haben sogar nach über hundertfünfzig Jahren anhand einiger Haarsträhnen Napoleons festgestellt, daß er langsam mit Arsen vergiftet wurde. Aus einem namenlosen Schädel kann man sogar ein menschliches Gesicht rekonstruieren.

Aber Toxikologe James Beede, der die Proben aus Gehirn und Leber, die man den Leichen entnommen hatte, untersuchte, wußte es besser, als vollmundige Voraussagen zu machen, er kannte die Grenzen seiner Zunft. Ob man Giftspuren finden würde, kam auf den Typ Gift an, einige Gifte bleiben, andere verschwinden. Die starke Verwesung der Leichen kam erschwerend hinzu. Die Magie der Wissenschaft konnte durch die Verwicklungen der Natur gehemmt werden, und diese Körper waren eingepackt und unter der Erde gewesen, wo Flüssigkeit, Bakterien und Insekten lange ihr unsichtbares Zerstörungswerk geleistet hatten.

»Wenn sie eine tödliche Dosis Gift bekommen haben, stehen unsere Chancen, es zu entdecken, recht gut. Aber wenn nur eine kleine Dosis zur Ruhigstellung verabreicht wurde«, räumte der Toxikologe ein, »entdecken wir es womöglich nie.«

Natürlich gab es auch immer noch die Möglichkeit, daß ein Mensch sich einfach irrte.

Die Identifizierung der Leichen stellte sich als einfacher heraus als die Angabe der Todesursache: Einige noch vorhandene Fingerspitzen der Toten fanden schließlich ihr Gegenstück. Der vierte sezierte Körper wurde als erster identifiziert, als am 21. November das Leichenbeschauerbüro die Identifizierung bekanntgab: Benjamin Fink.

Die schlechten Nachrichten waren für Bens Bruder keine Überraschung. Sobald er von den Tätowierungen gehört hatte, war ihm klar, daß sein älterer Bruder einer von den Toten war. Das ›PSI‹ auf seinem rechten Knie stand für Preston School of Industry, wo Ben 1947 gearbeitet hatte. Das Hakenkreuz auf seiner Schulter war nicht ernstzunehmen. »Ist eine Art Witz«, erklärte Robert Fink der Presse, »wir sind Juden, und er trug das Hakenkreuz wie eine Warnung: *Leg dich nicht mit mir an.* Das war seine Art zu sagen, wer er ist.«

Nach dem langen Warten und den Sorgen reagierte Robert

Fink auf die Nachricht, sein Bruder sei identifiziert, eher mit Ärger als mit Erleichterung. »Als die Polizei auftauchte, um es mir zu sagen, wollte ich sie nur fragen: Was wollt ihr mit ihr machen? Wessen wollen sie die Frau anklagen, jetzt, wo sie es wissen?«

Die Gerichtsbarkeit hatte noch keine Antwort für Mr. Fink.

Dorothea wurde ohne die Möglichkeit auf Kaution festgehalten. Sie konnte nirgends hin, also konnten die Anklagevertreter ruhig warten, ehe sie zusätzliche Anklagepunkte einreichten. Das Büro des DA wollte Fakten, nicht noch mehr von den Spekulationen, die wie Herbstlaub herumschwirrten. Aber die Detectives hatten es schwer in diesem Fall. Morduntersuchungen können labyrinthisch sein, mit Karten, die zugleich offensichtlich und verrätselt sind, müssen sie in jede Richtung vorgehen. Dieser Fall war schlimmer als die meisten, kompliziert sowohl durch die Zeit als auch durch die Zahlen: Rund zwei Dutzend Vermißte – Alte, Wanderer und welche mit festem Einkommen – konnten unter denen sein, die bei Dorothea Puente Zimmer gemietet hatten und damit endeten, daß sie mit ihrem Leben bezahlten.

Polizeibeamte trafen sich mit Sozialamtsvertretern, um die Zahlungen zu verfolgen, die an Vermißte gegangen waren, die einst bei Mrs. Puente gewohnt hatten. Sie suchten Mrs. Puentes Bankauszüge und verfolgten den Weg der Gelder.

Inzwischen wurden Videoausrüstungen für eine neuerliche Durchsuchung der Pension herbeigeschafft. Die Polizei fand eine Sammlung von Zeitungen, unter anderem eine, die Informationen zu einem Begräbnis enthielt, Fotografien, Post und Briefe, die, wie sie meinten, »dabei helfen könnten, die Leichen zu identifizieren … und die Motive herauszufinden.«

Sie beschlagnahmten Klebeband und Stücke blutbespritzten Teppichs.

Während Clint Eastwood für die Arbeit an seinem neuesten Film *Pink Cadillac* die J Street hinunterschlenderte, dachte Sacramentos Leichenbeschauer über die Beweise nach, die in der F Street ausgegraben worden waren. Jetzt, wo alle Autopsien abgeschlossen waren, beunruhigte es ihn, daß keiner davon Bert Montoya war, der sehr wahrscheinlich ein Opfer war. Außerdem war Dorothea Puente schon wegen Mordes an ihm angeklagt.

Es war Zeit für eine Neubesinnung. Bert hatte etwa hundert Kilo gewogen, aber alle Leichen, die man aus dem Garten der Pension ausgegraben hatte, waren zu klein, als daß er es hätte sein können. Bei genauerer Betrachtung entschied der Leichenbeschauer, daß der dritte Körper, den man ausgegraben hatte, der erste, der seziert worden war, vielleicht doch zu Berts Beschreibung paßte.

Die Fingerabdrücke bestätigten schließlich die Identifizierung.

Die Nachricht kam am Erntedankfest, von den Zeitungen treffend dargestellt mit der Schlagzeile auf der ersten Seite: SCHLÜSSELFIGUR AUS DER F STREET IDENTIFIZIERT, und dazu ein Foto von Bert.

Fleißige Reporter, die nach Berts trauernden Hinterbliebenen fahndeten, machten seinen Neffen Henry Montoya in New Orleans ausfindig. »Ich habe gehört, daß sie (Mrs. Puente) so nett und gut zu meinem Onkel war. Sie hat soviel für sein Selbstwertgefühl getan. Daß das Blatt sich so plötzlich gewendet hat, macht mich sprachlos«, erzählte Montoya der Presse. Mit Würde setzte er hinzu: »Ich fühle keinen Haß. Ich fühle, daß Gott richten wird.«

Im Volunteers-of-America-Hauptquartier erzählte Judys Chef Leo MacFarland den Reportern, daß es ›ein Schock war, die Nachrichten zu hören‹. Aber Judy teilte seine Gefühle nicht. Es war eher das Gefühl, von einer grauenvollen, unleugbaren Wahrheit überwältigt zu werden. Und ganz unten ein Gefühl von Verrat. Dorothea hatte sie mit einer ausgearbeiteten Scharade eingewickelt. Dieses wortreiche Mitleid. Die Tour mit der kleinen, alten Frau.

Judy war entzückt davon gewesen, daß Dorothea sich mit

Bert so viel Mühe gegeben hatte. War die Nummer mit der Anteilnahme eine Täuschung gewesen? Hatte sie sie alle von Anfang an hintergangen und nur vorgegeben, sich etwas aus Bert zu machen, während sie in Wirklichkeit schon geplant hatte, ihn umzubringen? *Warum?* Es ging das Gerücht, daß sie es wegen des Geldes getan hatte – einfach nur Neid – aber Bert war kein Rockefeller, er war arm wie eine Kirchenmaus. Egal, wie abscheulich Dorothea jetzt auch zu sein schien, Judy konnte den Mord an Bert nicht mit ihrer Annahme in Einklang bringen, daß Dorothea Bert bis zu einem gewissen Grad wirklich gemocht hatte. Daß sie ihn wegen seiner mageren Wohlfahrtsschecks umgebracht hatte, war kaum vorstellbar. Es mußte einen anderen Grund geben, einen, der weniger offensichtlich war. Was konnte er getan haben, was Dorothea möglicherweise dazu brachte, ihn umzubringen? Hatte sie angefangen, in ihm eine Bedrohung zu sehen? Hatte er etwas herausgefunden?

Plötzlich durchzuckte Judy ein häßlicher Gedanke. Seit Tagen schlug sie sich mit dem unpassenden Bild herum, wie die kleine Dorothea Leichen aus ihrem Haus in den Garten zerrte, um sie dort zu vergraben. Jetzt wurde ihr mit Schrecken klar, daß Dorothea Hilfe gehabt hatte.

Bert.

Judy durchdachte das Ganze und suchte nach einem Denkfehler, aber je mehr sie darüber nachdachte, desto wahrscheinlicher schien es ihr. Bert hatte Dorothea angebetet. Er hätte so gut wie alles getan, worum sie ihn bat. Auch war Bert so arglos, er hätte jede Erklärung Dorotheas akzeptiert. Vielleicht hatte sie ihm erzählt, daß sie sich ein anständiges Begräbnis für diese Leute nicht leisten könnte, und ihn dann gebeten, sie im Garten zu begraben. Vielleicht hatte sie ihm auch gar nicht gesagt, was diese stinkenden Bündel wirklich waren, sondern nur, daß es Abfall wäre, der vergraben werden müsse. In jedem Fall wäre Bert so vertrauensvoll und schwerfällig gewesen, daß er das nicht in Frage gestellt hätte.

Aber angenommen, das hätte er doch getan? Angenommen, es hätte ihn beunruhigt. Angenommen, er hätte ein ungutes Gefühl dabei gehabt. Angenommen, er hätte etwas gesehen, das ihn erschreckt hatte …

Sofort war alles klar. Deswegen war er plötzlich wieder bei Detox erschienen und hatte auf seiner alten, vertrauten Matte schlafen wollen. Er hatte ihr entkommen wollen. Er war zu Detox zurückgekommen, um ihr zu entkommen.

Dorothea hatte das erkannt. Sie hatte gemerkt, daß er Angst vor ihr hatte und daß ihr Lieblingsmieter nicht ganz so einfältig war, wie sie gedacht hatte.

Besorgt, daß er das, was er wußte, verraten könnte, hatte sie sich entschlossen, ihn zu töten. Wie auch immer sie das getan hatte, auf welche Weise, sie hatte es genau geplant, Bert in ihre Gewalt gebracht und ihn eiskalt ermordet. Dann hatte sie ihn im Garten vergraben und alle diese Lügen über Mexiko aufgetischt, um ihre Tat zu verwischen.

Es war alles so passend. Judy wollte das nicht glauben, aber jedes gräßliche Detail paßte an seinen Platz. Die ganze Szene war eine so unheimliche runde Sache, daß sie schauderte … und als die Eiseskälte nach ihr griff, erstarrte sie wegen eines weiteren Gedankens: Wenn Bert Dorothea geholfen hatte, die anderen zu begraben, *wer hatte dann Bert begraben*?

Kapitel 20

Seit dem Neujahrstag, als Detective Sergeant Wilbur Terry die Uferböschung hinuntergeklettert war, um einen behelfsmäßigen Sarg zu untersuchen, waren drei Jahre vergangen. Jetzt war er Lieutenant, saß mit anderen Sutter-County-Beamten zusammen und hörte sich die Morgennachrichten an.

In diesen Tagen waren die Detectives neugierig geworden, als sie die Berichte aus der benachbarten Sacramento County über die Leichenfunde in Dorothea Puentes Garten gehört hatten. Heute setzte Lieutenant Terry, der ein paar Tage nicht dagewesen war, sich plötzlich aufrecht hin und hörte den Nachrichten mit Interesse zu.

»Holla! Einen Moment!«, rief er aus, »einige von diesen Einzelheiten kommen mir schrecklich bekannt vor.« Lieutenant Terry stürzte aus dem Raum und holte die alte Akte von seinem Schreibtisch.

»Seht mal. Erinnert ihr euch an Onkel Harry, den alten Mann in der Kiste unten am Fluß?« fragte er, und seine tiefe, rauchige Stimme füllte den Raum. »Seht euch an, wie er eingepackt war: Bettücher und Plastik. Das sieht nach dem Werk ein und derselben Person aus. Ich denke, wir sollten mal in Sacramento anrufen.«

Schon bald verglichen die Polizei von Sacramento und die von Sutter County ihre Aufzeichnungen. »Die Dinge fielen einfach auf ihren Platz«, wie Terrys Kollege Lieutenant Steve Sizelove es ausdrückte. »Die Knoten, das Verpackungsmaterial paßten zu unserem Fall bis aufs I-Tüpfelchen.«

Sacramentos Polizei versorgte sie mit einer Vermißten-Liste, und die Polizei von Sutter County suchte nach Übereinstimmungen. Ein Name weckte ihr Interesse: Everson Gillmouth. Die Zeit seines Verschwindens und die Gesamterscheinung schienen zu passen.

Eine positive Identifizierung würde einige Mühe machen. Der Kontakt zu Familienmitgliedern mußte hergestellt werden, medizinische Berichte eingesehen werden. Eine frustrierende Suche nach noch existierenden Fingerabdrücken blieb ohne Ergebnis: Gillmouth' Militärberichte waren bei einem Feuer zerstört worden, und Oregons Verkehrsamt registrierte im Unterschied zu Kalifornien keine Fingerabdrücke.

Zum Schluß aber hatten sie doch genug für eine sichere Identifikation: Röntgenbilder zeigten, daß, wie bei der Leiche in der Kiste, Everson Gillmouth die Spitze seines rechten Daumens gefehlt hatte.

Reba Nicklous in Sweet Home, Oregon, hatte jetzt die Gewißheit, daß ihr Bruder tot war, auch wenn er nicht aus Dorothea Puentes Garten ausgegraben worden war, wie sie es im November vermutet hatte, als sie die Polizei von Sacramento angerufen hatte. Jetzt war sie mehr denn je davon überzeugt, daß ihr Bruder durch Dorothea Puentes Hand gestorben war. Verbittert sagte sie: »Everson hat gesagt, daß Dorothea sich schon um ihn kümmern würde. Nun, das hat sie getan.«

Die Polizei von Sacramento gab den Namen Everson Gillmouth in ihren Computer ein, und die DMV-Akten riefen eine Datei auf. Obwohl die Leiche Gillmouth' am 1. Januar 1986 gefunden worden war, gab es Berichte, daß sein roter Ford-Lieferwagen im Juli 1987 verkauft worden war. Der Name auf dem Kaufvertrag lautete Ismael Florez.

Am 9. Dezember brachen zwei Detectives zu einer Befragung von Florez auf. Florez fühlte sich sichtlich unwohl, fuhr sich nervös mit der Hand durch sein dickes Haar und glättete seinen schwarzen Schnurrbart. Ja, er kannte Dorothea Puente, er hatte mal ihr Haus innen mit Holz verkleidet. Er gab sogar zu, im Dezember 1985 einen Ford-Lieferwagen von ihr gekauft zu haben, behauptete aber, nichts über Everson Gillmouth zu wissen.

Schließlich kam heraus, daß Mrs. Puente ihm einmal den Auftrag gegeben hatte, eine große Holzkiste zu bauen. Am nächsten Tag verhaftete ihn die Polizei wegen Beihilfe zum Mord.

Es war fast Zufall, daß der vierundsechzig Jahre alte Ismael Florez als Mrs. Puentes Komplize festgenommen wurde, denn die Spur, die ihn mit Mrs. Puente verband, war schon kalt und fast vergessen.

Bisher hatte niemand behauptet, daß Florez Mrs. Puente geholfen hätte, die Leichen zu vergraben. Obwohl seine Verhaftung zeitlich paßte und in genügend kurzer Entfernung vom Tatort stattfand, um ihn mit den sieben Leichen in Zusammenhang zu bringen, trug es zu dem Rätsel noch bei: Die Zahl der Leichen war auf acht gestiegen.

Reporter und Kameraleute umschwärmten das Gericht, als Florez angeklagt wurde, und die Medien posaunten die Neuigkeit heraus, daß ›Mrs. Puentes Komplize‹ verhaftet worden war. »Wir haben Beweise und Zeugen, die beobachtet haben, wie die Kiste aus ihrem Haus in seinen Lieferwagen getragen und weggebracht wurde«, enthüllte Lieutenant Sizelove einem Reporter aus Oregon. »Wir gehen davon aus, daß das wahrscheinlich ihr erster Mord war, danach hat sie die Opfer vergraben.«

Apathisch starrte Dorothea Puente auf den Bildschirm, wo Ismael Florez gerade ins Bild kam. Der Bericht traf sie so, daß sie offensichtlich die Strafgefangene neben sich vergaß, die ein Auge bei ihr und eins bei dem Bericht hatte. Vielleicht war sie in Nachdenken versunken ... die Briefe, die Everson ihr ins Gefängnis geschrieben hatte ... ihre Werbung über weite Entfernung ... das erste Treffen, als er sie aus dem Übergangshaus geholt hatte ... die kurze Zeit ihres Zusammenseins ... dann das lange, ängstliche Abwarten, als er verschwand ... Erfreulicherweise hatte seitdem niemand Fragen gestellt oder einen Verdacht geäußert. Wie war das jetzt, wo die Polizei nach so langer Zeit Eversons Spur zu ihr entdeckt hatte?

Dorothea lehnte sich zu ihrer Mitgefangenen Michelle Crowl und flüsterte: »Ich bin schockiert, daß sie die Verbindung zu den anderen gezogen haben.« Sie schüttelte ihren weißhaarigen Kopf und fügte hinzu: »Er war der erste.«

Dorothea hatte Mühe, dem lebenslangen Drang, im Mittelpunkt zu stehen, zu widerstehen. Hier in der engen, einstöckigen Gefangenen-Besserungsanstalt, (wo sie zeitweise gefangengehalten wurde, bis die neue Anklage komplett war), war sie eine Berühmtheit. Jetzt – nach Jahren des Schweigens – war sie anscheinend bereit zu sprechen. »Wir standen uns sehr nahe«, fuhr sie fort, »er wollte mich heiraten, aber er hatte so einen häßlichen Hang zur Eifersucht.«

Michelle Crowl, eine Jugendliche mit frischem Gesicht, die wegen eines Drogendelikts hier war, war eine Vertrauensperson hier – ein Häftling mit niedrigen Sicherheitsauflagen, die anderen Nahrung und Kaffee brachte – was ihr eine gute Chance verschaffte, mitzumischen. Manchmal sah sie mit anderen Insassen zusammen fern und beobachtete, daß Dorothea oft über die Berichte von ihrem Fall ›verärgert‹ war und offen über den Bericht nörgelte.

Ein paar Tage später sahen die beiden Frauen wieder zusammen fern, als der Nachrichtensprecher bekanntgab, daß Ismael Florez ebenso plötzlich, wie er verhaftet worden war, wieder freigelassen worden war.

»Florez macht einen Handel«, murmelte Dorothea. Das stank, soweit es sie betraf. (Ihre Intuition war richtig: Florez hatte einen Anwalt engagiert, und im Austausch gegen Straffreiheit hatte er sich bereit erklärt, gegen sie auszusagen.)

Michelle Crowl warnte Dorothea wiederholt davor, zuviel zu reden. Da sie nur eine Zelle weiter untergebracht war, hörte sie unvermeidlich Teile von freimütigen Gesprächen zwischen Mrs. Puente und der Gefangenen zwischen ihnen, Paulina Pinson, mit. »Ich habe ihr gesagt, daß man abends hören kann, was sie und Paulina reden«, verteidigte sich Michelle. »Ich war nicht die einzige, die sie hören konnte ...«

Ohne darauf zu achten, verbrachte Dorothea die Nacht damit, Geheimnisse von Zelle zu Zelle zu flüstern, und ungebetene Stimmen zischten in Mrs. Crowls Ohren.

Kapitel 21

Man hatte nie vorhersagen können, was Jerry Hobbs' Mutter mit ihrer Vorliebe für ›Überraschungen‹ als nächstes tun würde, aber im Oktober 1987 verschwand sie spurlos. Als sie das Geburtstagsgeschenk, das er ihr nach Sacramento geschickt hatte, nicht abholte, kam er, um sie zu suchen, aber er fand keine Spur von ihr.

Jetzt rief Jerry Hobbs aus San Diego bei der Polizei in Sacramento an. Alles, was er wußte, war, daß es vielleicht einen Zusammenhang zwischen seiner Mutter und dem Puente-Fall gab. Er gab ihren Namen an, Vera Faye Martin, und wartete besorgt darauf, daß sein Anruf weitergeleitet würde. Als nächstes hörte Hobbs ein Klicken in der Leitung, dann bellte eine Stimme die überraschende Neuigkeit: »Sacramento County Leichenschauhaus«.

Normalerweise werden die Angehörigen von möglichen Mordopfern zartfühlender behandelt. Aber zur Zeit war das System so sehr darauf bedacht, Namen zu der Anzahl von Leichen aus der F Street zu bekommen, daß nur wenige sich klarmachten, daß die Namen und Nummern auch Kinder haben konnten.

Namen kamen als letztes.

Die Überreste von Hobbs' Mutter Vera Faye Martin hatte man mittels Röntgenbildern identifizieren können. Als nächstes hatte eine vierzigstündige Analyse ihrer Fingerabdrücke die positive Identifizierung von Dorothy Miller ergeben, vierundsechzig Jahre alt. (Detective Cabrera erinnerte sich von der Tablettendose, die er in Mrs. Puentes Schlafzimmer beschlagnahmt hatte, an ihren Namen.) Diesen Neuigkeiten folgte die Identifizierung des dreiundsechzig Jahre alten James Gallop mittels Röntgenaufnahmen auf dem Fuße.

Wie lange hatte das gedauert? Wer war noch getötet worden? Und warum?

Erstaunlicherweise war das angebliche Motiv Geld. Wohlfahrts-Hilfe, wie es hieß. Doch Dorothea Puentes Mieter waren hauptsächlich Menschen, die in einer Welt ohne Zukunftsaussichten lebten, immer kurz vor dem Bankrott und mit Erinnerungen als einzigem Luxus. Warum sollte jemand Menschen ermorden sollen, die am Rande der Obdachlosigkeit schwebten?

Es klang lächerlich. Die durchschnittliche Sozialhilfe liegt bei etwa dreihundertfünfzig Dollar im Monat und ist kaum ein Grund, jemanden dafür umzubringen. Wenn Dorothea aber diese Summe für sieben Leute kassiert hatte, waren es schon zweitausendvierhundertfünfzig Dollar im Monat – zwar kein Vermögen, aber ein gesundes Einkommen. Diese zugrundegelegten Zahlen würden sich mit jedem größeren Scheck* auf neunundzwanzigtausendvierhundert Dollar im Jahr erhöhen – natürlich steuerfrei.

Man konnte kaum verstehen, wie Dorothea Puente bei

* Einige Wohlfahrts-Schecks wie die für Arbeitsunfähigkeit oder SSI liegen bei siebenhundert Dollar im Monat.

ihrer kriminellen Vergangenheit damit durchgekommen war. Wenn die Vermutungen richtig waren, war dies der Fall einer dokumentierten Soziopathin, die still und heimlich soziale Außenseiter ermordete und dabei diejenigen ausplünderte, die durch das Netz gefallen waren, denn sie wußte, wie schwer ihre Spur zu verfolgen war ... sie war ja selbst durch das Netz gefallen.

Als sich der Staub von dem Unheil in der F Street gesetzt hatte und den unglücklichen Opfern Namen zugeordnet werden konnten, begann das Zeigen mit den Fingern und Spekulieren erst recht. Anschuldigungen lagen in der Luft. Das war nicht mehr die schläfrige, kleine Gemeinde, es war die Hauptstadt – die Quelle des Staatsrechts –, und wenn es eine Lücke im Gesetz gab, mußte sie gefunden werden.

Praktisch jede Organisation, die mit Mrs. Puente Kontakt gehabt hatte, wurde in Grund und Boden verdammt, was kleine Wellen von Aktivität durch die Seen von weißem Papier in der Verwaltung schickte. Die Büroschreibmaschinen summten vor Erklärungsschreiben und Zurückweisungen, verschiedene Agenturen drohten beleidigt mit Klagen.

Die Dummheit der Polizei machte sie zu einem leichten Ziel*, aber auch andere Einrichtungen, wurden beschuldigt und genauso beschimpft: Die Bewährungshilfe hatte es versäumt, die Ex-Gefangene zu überprüfen! Die Wohlfahrtsverbände hatten es vernachlässigt, ihren Hintergrund zu überprüfen! Die Stadt hatte es nicht geschafft, eine illegal betriebene Pension auszumachen! Das Sozialsystem hatte es ihr ermöglicht, ungesetzlich Schecks einzulösen!

Ein beißender Kommentar in *The Sacramento Bee*** brachte das Erstaunen darüber zum Ausdruck, daß Mrs. Puentes Bewährungshelfer sie fünfzehnmal in ihrer Pension besucht hatten und dennoch nicht entdeckten, daß sie in Verletzung ihrer Bewährungsauflagen eine Pension führte. Die Bewäh-

* Als Ergebnis einer nationalen Untersuchungskommission wurden Lieutenant Joe Enloe und Sergeant Jim Jorgensen Verweise erteilt, und sie wurden zurückgestuft.

** ›Die Fehler in F Street‹, 25. November 1988

rungsbehörde konterte, daß sie verleitet worden waren zu glauben, daß Mrs. Puente in 1426 F Street nur zur Miete wohnte. Sie hatten keine gesetzliche Handhabe, um nachzuforschen, und es war ihnen von staatlichen Privat-Statuten untersagt, nachzuprüfen, ob Mrs. Puente Schecks fälschte. Außerdem »haben wir nie etwas an ihrem Lebensstil bemerkt, das uns Anlaß gegeben hätte zu glauben, daß sie mehr Geld ausgab«, verwahrte sich der staatliche Bewährungs-Beamte Charles Varnon. »Normalerweise ist das der Fehler, den die Leute begehen, aber nicht ihrer. Sie war schlau, sehr schlau.«

Aha. Es war nicht ihr Fehler. Die schlaue alte Dame hatte sie angelogen.

Natürlich war die Sozialhilfebehörde auch nicht die Stelle, der man Vorwürfe machen konnte. Es war normale Routine, daß Vollmachten ausgestellt und Schecks ausgegeben wurden.

Es gab keine Verbindungslinien, um zu überprüfen, wie viele Schecks auf einen einzelnen ausgestellt wurden. Niemand überprüfte den Hintergrund dessen, der die Vollmacht bekam, nicht einmal die Bewährungsbehörde. Das Recht gemäß der Privacy Act (Gesetze zum Schutz des einzelnen) verbot solche ›Gesetzesübertretungen‹.

In den Chor der ›Das-ist-nicht-meine-Aufgabe‹-Sprüche brachte das Gesundheitsamt eine possenhafte Note, als ein Sprecher erklärte, warum die Untersuchung des Geruchs auf Mrs. Puentes Grundstück nichts erbracht hatte. »Da gab es offensichtlich kein Problem. Wenn es eins gegeben hätte, hätten wir ihr schriftlich eine Gesundheitsverletzung bescheinigt.«

Es war so einfach: Nichts bemerkt, also kein Problem.

Allmählich verstummte das bittere Reden bis auf einen Vorwurf: inwieweit Dorothea Puente für ihre Pension eine *Lizenz* hätte haben müssen. Die Argumentation war folgende: Wenn für *Pflege und Aufsicht* gesorgt war, hätte Mrs. Puente eine Lizenz haben müssen, für die sie Fingerabdrücke hätte machen lassen müssen, was seinerseits zu einer Überprüfung ihres kriminellen Hintergrundes geführt hätte. (»Ehe sie das gemacht hätte, hätte Mrs. Puente lieber ein paar von denen, die sie nach unserer Ansicht versorgte, ausgewiesen und dann weitergemacht«, so David Dodds, amtierender Bereichs-Leiter der Community-Care-Lizenzbehörde. Aber dieses Detail fand keine Beachtung.)

Außer daß Mrs. Puente sich um die Finanzen ihrer Mieter gekümmert hatte, hatte sie auch ihre Medikamenteneinnahme überwacht – ganz sicher bei Bert, möglicherweise auch bei anderen – und das fiel unter ›Versorgung und Aufsicht‹. Deswegen war Michael Coonan, Bezirks-Ombudsmann für die Altenpflege, davon überzeugt, daß ihre Pension »eine Lizenz hätte haben müssen. Das ist gar keine Frage. Das war ein Pflegeheim ohne Lizenz, keine Pension, wie sie sie dargestellt hat.« (Coonan spekulierte weiter, daß in Sacramento County wahrscheinlich mehr als tausend ältere und geistesschwache Menschen in ähnlichen Unterkünften, die auch ohne Lizenz arbeiteten, untergebracht waren.)

Damit das nicht als eine Verfehlung von Seiten der Lizenzbehörde (CCL) angesehen wurde, reagierte diese prompt mit Verärgerung. »Ich bin überzeugt davon, daß die Behörde sich hier nichts hat zu Schulden kommen lassen«, protestierte der Bereichsleiter Fred Miller. »Das Haus hat sich als Pension dargestellt«, und die braucht keine Lizenz.

Keine Behörde – weder Polizei noch Bewährungsamt, noch Sozialamt oder CCL – war bereit, die Verantwortung dafür zu übernehmen, daß sie die berüchtigte Vermieterin nicht durchschaut hatten.

Einzelpersonen waren da bessere Zielscheiben.

Der Direktor des Sacramento-Gesundheitszentrums strengte eine Untersuchung an, ob Sozialhelfer und Betreuer geistig schwacher Menschen hätten erkennen müssen, daß Mrs. Puente gefährlich war. (Es war unklar, wie genau die Arbeiter das hätten merken müssen, insbesondere wo die Bewährungshelfer, die Mrs. Puentes kriminelle Vorgeschichte kannten und damit beauftragt waren, ein Auge auf sie zu haben, das nicht geschafft hatten. Aber der Drang, einen Schuldigen zu finden, mußte gestillt werden.)

Jetzt wurde Peggy Nickerson, die Straßenarbeiterin, die

täglich der fast unmöglichen Aufgabe gegenüberstand, Unterbringungsmöglichkeiten für Alkoholiker und Außenseiter zu finden, zum Sündenbock. Da alle so eifrig darauf bedacht waren, einen Schuldigen zu finden, und keiner die Verantwortung dafür, was und warum etwas fehlgeschlagen war, übernehmen wollte, kam es schließlich zu der Feststellung, daß Mrs. Nickerson gelogen habe. Das war dokumentiert: Mrs. Nickerson hatte den CCL-Inspektor, der im Juni Mrs. Puentes Pension inspiziert hatte, getäuscht. Egal, daß sie es aus Unwissenheit und mit guter Absicht getan hatte. Egal auch, daß ihre kleine Notlüge am Ende gar keinen Unterschied machte.

Die Kollegen von Mrs. Nickerson beschrieben sie als hart arbeitend, mitleidsvoll und ›eine der Besten in ihrem Geschäft‹. Besonders lobten sie ihr Engagement für ›den harten Kern von Leuten, die die anderen Sozialarbeiter schon abgeschrieben hatten‹. Aber keiner von denen hatte die Papiere fertiggemacht.

Statt dessen verkündete die Schlagzeile einer Lokalzeitung WARNUNG VOR PUENTE IGNORIERT mit dem scharfen Untertitel ›Sozialarbeiterin fuhr fort, der Frau Klienten zu vermitteln, weil sie sie für *nett* hielt.‹ In dem Artikel heißt es: ›Peggy Nickerson, die seit 1986 neunzehn Menschen bei Mrs. Puente untergebracht hat, gab an, daß offizielle Kreise sie im Juni wegen der kriminellen Vergangenheit der Vermieterin gewarnt hatten. Sie sagte, sie habe die Warnungen ignoriert, weil sie deren Ursprung nicht traute und mit Mrs. Puentes Arbeit zufrieden war.‹

Noch schlimmer, Mrs. Nickerson eröffnete den Reportern sinnreich: ›Ich wollte meine Klienten beschützen‹, erklärte sie eifrig der *Los Angeles Times.* ›Sie hatten dort schließlich einen Ort, wo sie bleiben durften. Mir gefällt die Vorstellung nicht, daß Leute auf die Straße gesetzt werden.‹

Aber die Gesetzeshüter witterten Blut und begannen zu kreisen. Ben Finks Bruder erhob Anklage gegen Mrs. Nickerson, ebenso die Kinder von Vera Faye Martin und Dorothy Miller.

Am Ende verlor Peggy Nickerson ihre Arbeit.

Kapitel 22

Der 11. Januar 1989 zog klar, windig und kalt herauf. Heute sollte Alvaro ›Bert‹ Rafael Jose Gonzales Montoya in einer stillen, unauffälligen Ecke des St. Marienfriedhofs beerdigt werden.

Eine Handvoll Leute hatten sich zu dem Bestattungsgottesdienst versammelt. Berts Neffe Henry Montoya war mit seiner Frau aus New Orleans hergeflogen. Er war als einziger Blutsverwandter zur Stelle, weil Berts Mutter zu alt war, um aus Kalifornien herzukommen. Eine ganze Anzahl von VOA-Mitarbeitern hatte es geschafft zu kommen, unter ihnen Judy Moise, Beth Valentine, Leo MacFarland und Berts langjähriger Freund von Detox, Bill Johnson. Sie alle, die da in der Kälte von einem Fuß auf den anderen traten und die Mäntel enger um sich zogen, wurden von Kameras begleitet, denn die Medien trugen auch einen guten Teil zu der Trauergemeinde bei.

Dann setzten sich die Trauergäste auf metallene Klappstühle und bemühten sich, den Worten des Pfarrers zu lauschen, die vom Wind davongetragen wurden, in denen er Gott anflehte, die Seele Bert Montoyas hochzuführen ›in die Vollkommenheit und Gesellschaft aller Heiligen‹.

Während der Predigt blickte Lucy Yokota, die Krankenschwester, die ihn wegen einer TB kontrolliert hatte, traurig auf seinen uneleganten Sarg. Blaues Styropor – Standard für die Vernachlässigten, die hier beerdigt wurden. Es sieht aus wie ein Kühlelement, wie man sie beim Picknick benutzt, dachte Lucy Yokota. Sie beobachtete, wie der leichte Container sich im Wind bewegte, und machte sich Sorgen, er könnte davongeweht werden.

Judy Moise wurde aufgerufen, ein paar Worte zu sagen, und sie trat vor, wobei sie ihre Notizen fest umklammert hielt und vor Emotionen schluckte, um über den freundlichen, mißverstandenen Mann zu sprechen, wegen dem sie hergekommen waren. »Trotz seiner Leiden war er ein freundlicher und warmherziger Mann. Jeder mochte ihn«, sagte sie.

»Alvaro Gonzales Montoya war kein Mann, den man übersah. Wir werden ihn alle vermissen.«

Zum Abschluß des Gottesdienstes trat Beth vor, holte tief Luft und begann eine bewegende Wiedergabe von ›Amazing Grace‹. Ihre goldenen Töne ohne Musikbegleitung durchzogen die winterliche Luft so schön wie jede Elegie selbst für den reichsten Mann.

Als die letzten Töne verklungen waren, löste sich die Gruppe der Betroffenen auf. Es war zu kühl, um zu verweilen, und nach ein paar Abschiedsworten gingen sie zu ihren Autos.

Unausgesprochen, aber unvergeßlich hatte Bert ihrer aller Leben berührt, und noch lange nach dem Gottesdienst blieben die Erinnerungen an Bert Montoya – ganz besonders für Judy Moise, die das Abendessen mit Henry und Laura Montoya zusammen einnahm und mit ihrem Chef Leo MacFarland. An diesem Nachmittag fand sie das Video von Bert und packte es mit ein paar Papieren zusammen, von denen sie dachte, daß Berts Neffe sie vielleicht gerne sehen würde.

Die Dokumente weckten Erinnerungen daran, wie sehr sie und Beth es sich gewünscht hatten, daß Bert seine Identität nachweisen könnte, wie sie vor der Jungfrau aus Guadalupe gekniet und um Beistand gebetet hatten. Sie erinnerte sich daran, wie sie gejubelt hatten, als Berts Identität endlich nachgewiesen war. Sie hatten wirklich geglaubt, daß sie ihn der Hoffnungslosigkeit entrissen hätten. In Wahrheit, dachte sie trübe, hatten ihre Versuche, ihn zu ›retten‹, nur sein Schicksal besiegelt.

Beim Abendessen an diesem Tag nahm Henry Montoya das Video dankend entgegen und sah interessiert die Papiere seines Onkels durch. Als Judy ihm aber die schön geprägte, mit bunten Marken versehene Geburtsurkunde reichen wollte, unterbrach er sie mit den unerwarteten Worten: »Die stimmt nicht«, und starrte auf das Dokument in seiner Hand, »hier steht, er wurde in San Juan geboren.«

Judy war verwirrt. »War er denn nicht dort geboren?«

»Nein, in Wirklichkeit wurde er in einem Ort etwas außerhalb geboren, eine kleine Stadt namens Guadalupe.«

»Guadalupe?« Der Name weckte bittersüße Gefühle. Ein Bild der Jungfrau von Guadalupe erschien vor ihren Augen, und Judy erlebte ein seltsames Gefühl von Symmetrie. Ironisch lächelnd dachte sie: »Warte, bis ich das Beth erzähle.«

Aber als sie nach dem Abendessen nach Hause kam, war ihr Lächeln verschwunden. Sie trug schwer an ihrer Trauer. Ein Kommentar von Bill Johnson klang in ihr nach: *Bert war wie ein Opferlamm. Sein Tod hat dem Töten ein Ende gemacht.* Er hatte seine Idee als eine Art Trost angeboten.

Vielleicht stimmte es. Wenn Bert nicht getötet worden wäre, wie viele wären dann noch ermordet worden? Wie lange hätte es gedauert, bis man Dorothea Puente gefaßt hätte? Voller Hoffnung griff Judy diese Idee auf. Aber da war noch etwas ... etwas Störendes, das hinter diesem Gedanken lauerte.

Bert hatte eine Vorahnung gehabt, daß eine alte Frau ihn töten würde. Wieder hörte sie Bill Johnsons Stimme und erkannte, daß er auch das gesagt hatte. Er hatte erzählt, daß Bert ihm mal gesagt hätte, er habe geträumt, eine weißhaarige Großmutter würde ihn umbringen.

Sie schluckte die schmerzvolle Erkenntnis, daß sie Bert seinem Schicksal ausgeliefert hatte. Mit schmerzhafter Klarheit erkannte sie, daß sie alle schuldig waren – Bill Johnson, Beth Valentine, sie selbst – jeder, der in den Bannkreis Dorotheas gekommen war, aber Unheil und Gefahr nicht bemerkt hatte. »Es tut mir leid, Bert«, flüsterte sie. »Es tut mir so leid.«

Das war zu viel. Die Aufregungen des Tages summierten sich zu einem emotionalen Cocktail, und Judys Tapferkeit verließ sie. Schluchzer schüttelten sie, und mit jedem rauhen Atemzug kämpfte sie, die Hysterie der Schuld fernzuhalten.

Teil 3

Lügen und Tränke

Lügen sorgen für Verwirrung. Die Bösen sind ›Kinder der Lüge‹, die andere genauso hintergehen, wie sie Schicht um Schicht ihren Selbstbetrug aufbauen.

Dr. med. M. Scott Peck,
People of the Lie

»Gut, Mortimer, auf eine Galeone Holunderwein kommt ein Teelöffel Arsen, man gebe einen halben Teelöffel Strychnin dazu, und dann noch eine Prise Zyankali.«

Martha Brewster in
Arsen und Spitzenhäubchen
von Joseph Kesselring

Kapitel 23

Toxikologe James Beede kämpfte sich mit sorgenvollem Gesicht durch den Verkehr, um seine sorgfältig verpackte Fracht in das Kriminallabor des DOJ zu bringen. Er konnte nur hoffen, daß die Presse nichts von diesem Regelverstoß erfuhr.

Beede, Leiter des toxikologischen Labors des Leichenschauhauses, war davon überzeugt, daß das DOJ den Fehler gemacht hatte und nicht er. Aber er konnte es nicht beweisen. Außer ihm hatten nur wenige Zugang zu den Gewebeproben, die den sieben Leichen entnommen worden waren. Nachdem die Proben bei der Autopsie entnommen worden waren, hatte man sie noch in der Leichenhalle in große Kühlkisten gepackt, damit sie sicher vor Unbefugten waren. Beede selbst hatte die Proben zur Untersuchung mit nach oben genommen.

In Kittel und Latexhandschuhen hatte er von jeder Gewebeart zwanzig Gramm abgewogen, mit einer gewissen Menge reinen destillierten Wassers gemischt und dann in einen sterilen Glasbehälter gegossen. Von jeder Art hatte er sorgfältig zweimal das Gleiche gemischt, einmal von Leber- und einmal von Hirngewebe. (Außer bei Leona Carpenter, deren Leber nicht mehr zu isolieren war, und natürlich Betty Palmer, weil ihr Kopf nicht mehr gefunden wurde.)

Beede mußte einen natürlichen Ekel vor der Hirnsubstanz überwinden, die ihn an ›Pilzcremesuppe‹ erinnerte. Er wurde den grauenhaften Gestank nicht mehr los, er schien sich förmlich an seine Geruchsnerven zu klammern. Er wurde morgens wach und hatte den Geruch in der Nase.

Dieser Fall war alles andere als normal, und der verweste Zustand der Leichen machte alles noch schwieriger. Aber Beede war sicher – das war er doch? – daß alles steril gewesen war, daß die Proben getreu wissenschaftlichen Standards untersucht worden waren. Das einzige, was er genau wußte, war, daß irgend jemand bewußt zwei der Proben verunreinigt hatte. Wie er gehört hatte, war aber dieser verdammte Puente-Prozeß von der Todesursache abhängig. Verdammt!

Jetzt mußten alle Arten der Proben noch einmal einem Test unterzogen werden. Beede fuhr in eine Parklücke und eilte mit einem neuen Satz Gewebeproben in das klobige Justizgebäude. Drinnen übergab er die Proben an das Labor für forensische Untersuchungen, wo William Philips, ein dünner, ergrauender Wissenschaftler, die Probendoppel noch einmal untersuchen würde.

Ein Mordfall dieser Größenordnung verlangte eine präzise Untersuchung dessen, was die sieben Opfer vor ihrem Tod zu sich genommen hatten. Aber es würde höchst schwierig werden, in dermaßen verwesten Körpern irgendein eingegebenes Gift zu identifizieren. Einzig mit der ausgefeiltesten Technik könnte man die Spuren von Chemikalien ausmachen, die das forensische Team zu finden hoffte, und über genau diese Technik verfügte das DOJ: ein Tandem-Massen-Spectrometer für dreihundertfünfundsiebzigtausend Dollar. Dieser große, komplexe Ausrüstungsgegenstand war das einzige seines Typs außerhalb von Quantico in Virginia, wo das FBI zu Hause war.

Für das Problem beim ersten Satz Proben war kein technischer Fehler verantwortlich gewesen. Das Tandem-Massen-Spectrometer war mit erfreulicher Genauigkeit durch den Test gesummt, bei dem Moleküle mittels Elektrodenstrahl zertrümmert wurden und selbst kleinste Mengen chemischer Stoffe aufgrund ihres Molekulargewichts bestimmt werden konnten. Das Problem war eher, daß selbst die beste Technik menschliches Versagen nicht ausgleichen kann – ein kleiner Tropfen, eine unsaubere Flasche, ein schmutziger Finger …

Ein Bericht, der alle Arten von Verunreinigung zeigen sollte, war schon schlimm genug, aber diese spezielle Substanz – die viel zu schnell an Wert verliert, um mit Berechtigung in verwesten Überresten nachgewiesen werden zu können – hatte von allen Orten in einem Labor am wenigsten zu suchen, um die Proben zu verschmutzen. Gerüchte gingen um, und Anschuldigungen gärten vor sich hin, aber noch war niemand vorgetreten, um zuzugeben, wie es hatte geschehen können, daß die Proben mit Kokain verunreinigt waren.

Der Assistenz-Pflichtverteidiger Kevin Clymo konnte kaum seine Freude verbergen, als er von der neuesten Panne in dem Staatsfall gegen seine Klientin hörte. Kokainmißbrauch in einem Kriminallabor! Oh, die Jury würde es lieben, wie die Toxikologen sich winden würden, während sie versuchten, das zu erklären!

Der Fall berechtigte zu Hoffnungen. Die Berichte der Toxikologen waren zweideutig und jetzt in höchstem Maße anfechtbar. Mrs. Puentes Kommentar an Bord des Medien-Jets würde als nicht verwertbar gelten. Und diese Michelle Crowl hatte ihre Aussage zu Mrs. Puentes Ausbrüchen im Gefängnis zurückgezogen. Gut.

Clymo zog einen seiner dicken neuen Aktenordner aus dem Regal und überflog den jüngsten Bericht. Weil seine Untersuchungsleute hart an dem Puente-Fall arbeiteten, wuchsen die Akten um einen Ordner pro Woche. Er hatte herausgefunden, daß Mrs. Puente »für eine Frau ihres Alters ein erstaunlich gutes Gedächtnis hatte«. Jede Begegnung mit den Unterschungsbeamten brachte diese dazu, noch mehr Informationen aufzuspüren, mehr Interviews zu machen, mehr Berichte zu schreiben, um neue Ordner zu füllen.

Seit dem Morgen, als man Dorothea Puente verhaftet hatte, war viel geschehen. Auf dem Weg zur Arbeit war Clymo aufgefallen, daß ›die gesamte Innenstadt mehr verrückt spielte als gewöhnlich‹. Das nächste, was er erfuhr, war, daß sein Chef, der Pflichtverteidiger Ken Wells, ihm nicht nur seine erste Verteidigung in einem Mordprozeß anbot, sondern die des größten Mordprozesses in Sacramentos Geschichte. Bald schon eilte er aus dem Gerichtsgebäude, gejagt von »mehr Reportern, als ich je im Leben gesehen habe« und von dem Bild seines kahlen Schädels, der aus einer Menge von Nachrichtenjägern herausleuchtete und weltweit gesendet wurde.

Ein Fall von solcher Brisanz hätte vielleicht einen erfahreneren Anwalt verlangt, aber Kevin Clymo war für einen größeren Mordfall vorgesehen, weil er schon viele einfachere Mordfälle verhandelt hatte – im Büro scherzhaft ›Übeltäter-Morde‹ genannt. In einem Mordfall mit Todesstrafe zu vertreten, war freiwillig, außerhalb des Rotationsverfahrens für größere Mordfälle, so daß Clymo sein Mandat hätte niederlegen können. Aber er war bereit und begierig, es anzunehmen. Er hatte fast gefühlt, daß dieser Fall kommen würde, eine innere Eingebung, eine Voranzeige in seinen Knochen. Das hier war eine ganz große Sache. Ein Sprung auf der Karriereleiter.

Die Presse hatte Mrs. Puente als kaltblütig, berechnend und unbeugsam dargestellt, aber die Frau, die Clymo das erstemal im Gefängnis getroffen hatte, war »in höchstem Maße aufgeregt, gefühlsbetont, hatte geweint, war durcheinander und hatte Angst.« Er hatte sein Bestes getan, um sie zu beruhigen und zu erklären, was jetzt geschehen würde. Mittlerweile hatten sie ein solches Verhältnis zueinander, daß Clymo lakonisch sagte: »Dorothea ist eine meiner Lieblingsklienten.«

Außer daß Kevin Clymo ein ergebener Vater und ein fähiger Anwalt war, war er auch eine Persönlichkeit. Er hatte eine einfache, ehrliche, grundvernünftige Einstellung und eine lockere Art, sich zu bewegen, die seine Gegner im Amt dazu bewog, ihn boshaft »den Mann, der nur aus losen Körperteilen besteht« zu taufen. Im Gegensatz zu seiner hochgewachsenen Boxerstatur hatte er ein freundliches Naturell, seine Weltsicht war von den vielfältigen Erfahrungen geprägt, die er als junger Mann gesammelt hatte. Er hatte viele Jobs gehabt, aber nachdem es ihn gelangweilt hatte, als Lastwagenfahrer zu arbeiten, hatte er sich für die Juristenlaufbahn entschieden.

Seine Sprache würzte er mit einer seltsamen Mischung aus metaphysischen und militärischen Redewendungen: Den Gang zu einer Gerichtsverhandlung beschrieb er beispielsweise als ›jahrelangen Weg‹, der eine ›Guerilla-Taktik‹ verlangte, die ein ›Verteidigungs-Arsenal‹ im Hintergrund haben müßte, aber er sprach genauso leichthin von Philosophie, Spiritualismus oder Karma. Diese paradoxe Mischung von beidem war offensichtlich das linguistische Ergebnis aus erstens seinem Studium der Philosophie in Stanford und zweitens aus seinen Entbehrungen im Vietnamkrieg.

Seit das kalifornische Gesetz es erlaubte, daß zwei Anwälte bei großen Fällen die Verteidigung als Team übernehmen, hatte sich der große, kräftige Schnurrbartträger Clymo mit Peter Vlautin zusammengetan, seinem kleinen, städtischen Kollegen. Dick und Doof.

Vlautin, der mit Vorliebe Krawatten trug, die zu seiner modischen rotgerahmten Brille paßten, war in Kleidung und Auftreten ein Cosmopolit. Er stammte aus einer Anwaltsfamilie und hatte unentwegt seine Juralaufbahn verfolgt, und heute konnte er zu Recht von sich behaupten, daß er »mehr Todesstrafen-Prozesse geführt habe als jedermann sonst im Büro«. Die Wände seines Büros waren mit gerahmten Zeitungsausschnitten über erfolgreich verteidigte Klienten übersät, denen er praktisch die Schlinge vom Hals genommen hatte. Er erklärte sie gerne mit den Worten: »Das waren ›hoffnungslose‹ Fälle, die mir am Ende am meisten Spaß gemacht haben.«

Clymo und Vlautin betrachteten ihre Arbeit wie viele Pflichtverteidiger als höhere Berufung. Sie waren die Stütze der Armen, die Verteidiger der Schwachen. »Wenn es den Archetyp eines Pflichtverteidigers gibt, dann bin ich das«, erklärte Clymo. »Geld hat nie eine Rolle für mich gespielt.«*

Der etwas jüngere und erheblich kleinere Vlautin arbeitete nun also eng mit dem weniger erfahrenen Clymo zusammen, der grinste und ihm den Spitznamen ›Kutscher‹ verlieh, und es wurde ihr gemeinsames Ziel, Dorothea Montalvo Puentes Unschuld hinsichtlich der Morde zu beweisen.

Dieses Ziel wurde fast nie ausgesprochen. Nur ein paar wenige Assistenten und Privatleute wußten über den Antrieb ihrer Strategie Bescheid. Clymo sagte höchstens mal, daß da »Leute wären, die keinerlei Bewußtsein für das hätten, worauf sie sich jeden Tag verließen. Ein Fall dieser Größenordnung und von solcher Natur ist so komplex, daß er von den Verteidigern viel verlangt.«

* Ironischerweise hatte Kevin Clymo, als Mrs. Puentes Fall zur Verhandlung kam, mittlerweile eine eigene Kanzlei eröffnet, die sich auf erstklassige, goldgerahmte Kreditkarten aufbaute.

Ein Teil ihres Teams klopfte an Türen, führte Befragungen durch und sammelte Ergebnisse. Sie verwendeten beispielsweise nur wenig Zeit darauf, die medizinischen Berichte über die Verwesten durchzugehen. Ohne Todesursache würde das DA es schwer haben, einen Mord nachzuweisen, und Mrs. Puentes Anwälte waren darauf angesetzt, es fast unmöglich zu machen. Obwohl die öffentliche Meinung sie schon vor dem Schuldbeweis schuldig gesprochen hatte, wußte jeder Pflichtverteidiger, daß vor Gericht die Voraussetzung der Unschuld an erster Stelle stand.

Ihr Klient war nicht der illegalen Beerdigung angeklagt.

Vernünftiger Zweifel, vernünftiger Zweifel – das ist ein Mantra in der Religion von Pflichtverteidigern. Egal wie klein oder wie seltsam, jeder Zweifel muß untersucht und ausgebaut werden. Denn wie jeder Pflichtverteidiger weiß, können Zweifel verborgene Kräfte haben. Mit etwas Glück können sie sogar Wunder wirken.

Kapitel 24

»Außer daß man den Fall verteidigt«, sagte Peter Vlautin, »verteidigt man auch die Person.« Seine Versuche-es-und-habe-recht-Strategie war die, ›bei Tag eins anzufangen‹, und das Leben des Klienten chronologisch zu verfolgen, frühere Freunde aufzuspüren, Familienmitglieder und ehemalige Nachbarn, und dabei ein Auge auf das zu haben, was er ›äußerliche Einflüsse‹ nannte.

Getreu dessen setzten Clymo und Vlautin ihre Assistenten auf die Spur von Dorotheas langer und entschieden trauriger Vorgeschichte. Sie engagierten schnell eine Privatdetektivin, die darauf spezialisiert war, den sozialen Hintergrund von Menschen zu erforschen, die in Fälle mit Todesstrafe verwickelt waren. Sie war eine von den wenigen, die die Erlaubnis erhielten, Dorothea Puente im Gefängnis zu treffen, wo sie ihr persönliche Fragen stellte und Hinweise auf entfernte

Familienmitglieder und vergessene Freunde bekam und wo sie tief in Dorotheas Kindheit forschte und die Strömungen zu erkennen versuchte, die dieses Waisenkind in die Erwachsenenwelt getragen hatten, weg vom Pfad des Gesetzes ins Zentrum von Sacramentos größtem Mordprozeß.

Clymo würde nur einige von den tragischen Ereignissen andeuten, die seine Untersuchungsassistenten entdeckt hatten. Die langen Finger aneinandergelegt, würde er nur murmeln: »Ich denke, sie ist sehr interessant. Sie hat ein Leben lang seelische Traumata, Unglück und Aufregung erfahren und ist trotzdem unversehrt daraus hervorgegangen.«

Auch wenn Clymo nur soviel verriet wie ein Pokerspieler, hatte sein Team schon gute Fortschritte bei der Beantwortung der Frage erzielt, die Judy Moise nie ganz ausloten konnte: Wer war Dorothea, diese weißhaarige Frau mit der unnahbaren Persönlichkeit? War sie die freundliche, großzügige, exzentrische alte Vermieterin, die alles tat, um es ihren Mietern gemütlich zu machen, die Bert ›wie einen Sohn‹ behandelte, die ihre Freunde mit Geschenken überschüttete? War sie eine pathetische alte Frau, die das Gefühl für Realität verloren hatte und ihre eigenen weithergeholten Geschichten fast selbst glaubte? War sie eine kaltblütige Mörderin, die den Tod ihrer Mieter so kaltblütig plante wie die Abfuhr von Sperrmüll? Oder war sie jemand ganz anderes?

Sogar in den Dokumenten war sie ein Chamäleon. Ihr Gewicht war unterschiedlich angegeben: Sie wog dreiundneunzig, achtundsechzig, achtzig oder dreiundsechzig Kilo. Ihr Haar war weiß, kastanienbraun, brünett oder blond. Ein Bewährungsbericht gab ihre Größe überraschend mit einem Meter siebzig an, andere wiesen einleuchtendere einen Meter achtundfünfzig aus.

Ihre Augen waren jedenfalls blau. Sie war am 9. Januar 1929 geboren.

Laut Bewährungsberichten war Dorotheas Vater Jesus Sahagun gestorben, als sie vier Jahre alt war, und ihre Mutter, Trudie Gray, als sie fünf war. Dorothea hatte ihrem Bewährungshelfer erzählt, daß sie die jüngste von achtzehn Geschwistern war und die einzige von den vierzehn, die überlebt hatten, und in den Vereinigten Staaten lebte. Sie sei die Hauptversorgerin ihrer Verwandten in Mexiko. Am 8. Juni 1982 hatte sie aus dem Gefängnis, wo sie bis zu einer Anhörung saß, einen flehenden Brief an den ›Ehrenwerten Richter Warren‹ geschrieben, wo sie ihre tragische Geschichte darstellte: ›Als erstes will ich Ihnen erzählen, daß ich mexikanischer Abstammung bin, obwohl ich wie eine Weiße aussehe. Mit drei Jahren mußte ich anfangen, Baumwolle zu pflücken und Kartoffeln, Chili, Gurken und Obst zu ernten …‹

Sie schrieb, daß es ihr ›furchtbar leid tue, wegen der armen Leute, denen ich Unrecht getan habe, meine Brüder und Schwestern sind die, die leiden … Bitte, Euer Ehren, haben Sie Mitleid in Ihrem Herzen.‹

Als Erwachsene hatte Dorothea Eindruck damit gemacht, sowohl Zeit als auch Geld für politische Fonds, Mexikanisch-Amerikanische Schüler und Wohlfahrtseinrichtungen aufzubringen. Sie sprach Spanisch, gab selbstgemachte Tamales aus und sprach voller Liebe von ihrer Familie südlich der Grenze.

Aber trotz ihrer vorgeblich mexikanischen Abstammung bewiesen ihre Staatspapiere, daß Dorothea Montalvo Puente in Wirklichkeit schlicht alter, weißer, amerikanischer Herkunft war, geboren in Redlands, Kalifornien, südlich von Sacramento, aber immer noch Hunderte von Meilen von der vermeintlichen mexikanischen Heimat entfernt. Sie war das sechste von sieben Kindern von Jessie James Gray, einem vierunddreißig Jahre alten Veteranen aus dem 1. Weltkrieg aus Missouri, und Trudie Mae Yates, siebenundzwanzig Jahre alt, Hausfrau aus Oklahoma.

Die Grays waren auf die Tochter, die sich im Januar um 6 Uhr morgens in die Welt kämpfte, offenbar nicht vorbereitet, denn sie schafften es erst nach acht Tagen, der Tochter einen Namen zu geben: Dorothea Helen Gray.* Sie war in einer schwierigen Zeit geboren, denn während ihre Mutter noch mit den Anstrengungen der Geburt zu kämpfen hatte, lag ihr

* Ihre Geburtsurkunde belegt, daß ihr Vorname wirklich Dorothea lautete, aber er wurde später legal in Dorothy geändert

Vater mit einer schweren chronischen Krankheit im Krankenhaus.

Jessie James Gray war ein junger, gesunder Farmer, als er die sechzehnjährige Trudie Yates heiratete. Aber als er im Juli 1919 aus der Armee entlassen wurde, beugte ihn ein seltenes, unentrinnbares Schicksal. Er hatte angeblich eine Senfgas-Vergiftung erlitten. Dünn, zitternd und unfähig, mehr als ein paar Meter zu gehen, fand er sich mit fünfundzwanzig Jahren ans Bett gefesselt.

Nach Monaten der Ruhe und Pflege wurde Jessies Zustand etwas besser. Im folgenden Frühjahr hielt er sich für geheilt. Er stand auf und bestellte für eine Saison seine Farm, dann sammelte der rastlose junge Mann seine Familie um sich und zog zu den goldenen Verheißungen nach Südkalifornien.

Für kurze Perioden fühlte Jessie sich dort stark, nahm einen Job an und arbeitete eine Weile. Aber dann streckte ihn ein neuer Rückfall darnieder, diesmal länger und schlimmer als das Mal davor, und wieder kamen schlechte Zeiten. Auf der Suche nach einem besseren Leben zog die Familie oft um – Texas, Kalifornien, Oklahoma – und Geld war so rar wie Regen in der Wüste. Obwohl Jessie als Farmer tausendfünfhundert Dollar im Jahr verdient hatte, konnte er jetzt kaum fünfzehn Dollar im Monat für seine Familie aufbringen.

Und das, wo Trudie und Jessie ein fruchtbares Paar waren. Egal, wie die Umstände waren, ein Baby war immer unterwegs. James Gloe, der erste Sohn, kam 1918 zur Welt, die erste Tochter Jessie Wilma 1920, die zweite Tochter Sylvia Geraldine 1921.

1922 nahm Jessie Gray ab, bis er nur noch neunundfünfzig Kilo wog, und wurde so schwach, daß er in ein Veteranen-Krankenhaus eingeliefert wurde. Dort erfuhr er, daß er nicht nur an den verzögerten Auswirkungen einer Senfgasvergiftung oder einer verschleppten Grippe litt, sondern daß seine Lungen ihn verraten hatten: Er hatte die gefürchtete Tuberkulose.

Unterstützungszahlungen für Veteranen sorgten für Lebensmittel, aber als Dorothea zur Welt kam, hatten die Grays schon fünf Kinder zu versorgen. Dorothea verbrachte die ersten Jahre in einem Haus voller hungriger Kinder in Redlands, Kalifornien, mit einer Mutter, die unfähig war, die Last eines kranken Ehemannes und eines geräuschvollen Haushalts zu tragen. Die größeren Kinder erhielten oft den Auftrag, sich um die kleine Dorothea zu kümmern, deren Bedürfnisse oft in noch dringenderen untergingen.

Als sie fünf war, zog die Familie in die nahe Stadt Pomona, und ein weiteres Brüderchen, Ray June, kam zur Welt.

Mittlerweile tröstete ihre Mutter sich mit der Flasche. Auch ihr Vater war ein Trinker, aber er blieb wenigstens zu Hause. Dorotheas unstete Mutter war auf dem Absprung. Mehr als einmal wurde sie wegen Trunkenheit und schlechten Verhaltens inhaftiert. Einmal schloß der älteste Sohn Jim seine Mutter in der Küche ein, damit sie nicht herauskonnte.

Wenn Trudie im Gefängnis saß, waren die Kinder bei Jessie, wenn er in der Klinik war, waren sie bei ihr. Manchmal kamen ältere Verwandte zum Aufpassen, manchmal niemand. Die einzigen Regelmäßigkeiten waren die Umzüge: Wenn sie die Miete nicht mehr zahlen konnten, zogen sie um.

Als Dorothea älter war, kümmerte sie sich manchmal um ihren Vater, der nicht mal mehr Kurzarbeiten ausführen konnte. Fortgeschrittene Tuberkulose fraß seine Lungen und die Zeit, die er das Bett verlassen konnte. Andere Familien sandten in dieser Zeit ihre TB-Patienten in schöne Sanatorien, aber das konnten die Grays sich nicht leisten. Wenn Jessies Gesundheitszustand sich rapide verschlechterte, kam er ins Krankenhaus, den Rest verbrachte er deprimiert, wütend und praktisch als Invalide zu Hause.

Niemand kann sich seinen sechzehn Jahre dauernden Verfall vorstellen. Schließlich brachte der schmerzhafte, blutige Husten Jessie Gray zurück ins Hospital. Dort starb er an einer Lungenentzündung. Am 29. März 1937 hörte er mit zweiundvierzig Jahren auf zu atmen.

Dorothea war acht.

Stand sie am Bett ihres Vaters und beobachtete, wie er nach Luft rang? Sah sie die Schwester kommen und gehen, ihm Tabletten geben und Injektionen aufziehen? Hat sie sich gewünscht, irgendwie helfen zu können? Was ging durch ihren kleinen, achtjährigen Kopf?

Was hatte man ihr nach dem Tod ihres Vaters erzählt? Beugte sich ihre Mutter zu ihr und flüsterte, daß das so das Beste sei angesichts der Leiden ihres Vaters?

Wahrscheinlich nicht. Nachdem Dorotheas Mutter jahrelang auf diese Unausweichlichkeit gewartet hatte, war es eine Erleichterung für sie, die sich durch die Witwenschaft von nichts abhalten ließ. Auch nach sieben Kindern verfügte Trudie Yates noch über Anziehungskraft, und nicht viel später zog in Los Angeles ihr Liebhaber ein, George Coyne.

Da waren einige Kinder schon aus dem Haus, um bei Verwandten zu leben, und die drei Jüngsten, die die Aufmerksamkeit des Jugendamtes geweckt hatten, kamen in ein Waisenhaus, das Christuskirchenheim in Ontario in Kalifornien.

Trudie genoß, erlöst von der Last der Kinderpflege und eines kranken Mannes, für kurze Zeit ihre neue Freiheit, aber bald drehte sich ihre Ruhelosigkeit um in Elend. Sie starb am 27. Dezember 1938 bei einem Motorradunfall – zwei Tage nach Weihnachten und zehn Tage vor Dorotheas zehntem Geburtstag. Sechs Tage später wurde sie beerdigt.

Ein Anfang, tragisch genug. Welche Art von Mensch fühlte sich gezwungen, das noch auszuschmücken?

Kapitel 25

Dorothea Montalvo Puente war wie eine russische Babuschka-Puppe: Wenn man sie öffnete, kam darin eine kleinere zum Vorschein, darin steckte wiederum eine kleinere … Dorothea Helen Gray war unter einer langen Reihe verschiedener Persönlichkeiten begraben.

Welche Jugenderlebnisse hatten die Frau geprägt, die als Dorothea Puente bekannt wurde? Das Verteidigungsteam arbeitete unermüdlich, um das Rätsel ihrer Klientin zu lösen, aber deren Version der Wahrheit wechselte genauso häufig wie ihre Haarfarbe.

Ihre Familie hatte schon früh ihre Spur verloren. Die verwaisten Gray-Kinder wurden aufgeteilt, und Dorothea wurde von Haushalt zu Haushalt weitergereicht. Eine Schwester, die jetzt in Südkalifornien lebte, enthüllte: »Die Leute, die mich adoptiert haben, wollten auch sie mitnehmen, aber sie lief davon.«

Mit fünfzehn Jahren zog sie mit ihrem großen Bruder und seiner Frau in ein bescheidenes Häuschen in Napa, einer kleinen, hübschen Stadt in Kaliforniens noch nicht bekannter Weingegend. James und Louise Gray nahmen sie auf, und ihre Zeugnisse zeigen, daß sie am 6. November 1944 in die 9. Klasse der Napa Junior Mittelschule kam.

An ihrer neuen Schule zog sie eine große Show ab und erklärte jedem, sie wäre eine Austauschschülerin aus Portugal (Louise war Portugiesin). Englisch fiele ihr schwer, so Dorothea, deshalb müßte sie ihre Hausaufgaben jede Nacht übersetzt bekommen. Aber sie war kein Dummkopf. Sie gab damit an, ein mathematisches Genie zu sein, das sogar Probleme lösen könnte, die selbst Einstein nicht geschafft hätte.

Diese faszinierende neue Schülerin weckte schnell das Interesse der Schulzeitung.

Die Lehrer lasen beunruhigt den Artikel über ihre neue ›Austauschschülerin‹ und riefen dann Louise an, um ihr zu sagen, daß Dorothea Beratung brauche. Aber der Vorschlag traf auf taube Ohren, und bald war Dorothea weg. Sie ging am 22. Januar 1945 plötzlich von der Schule ab, drei Monate nachdem sie eingetreten war.

In Los Angeles blieb sie kurz bei der Adoptivfamilie einer Schwester und bewarb sich für die Garfield Oberschule, wechselte dann zur Whidney Oberschule, die sie bis zum folgenden Juni besuchte. Aber einen Abschluß machte Dorothea Helen Gray nie, sie vervollständigte ihre Erziehung auf ganz andere Weise.

Mit sechzehn Jahren riß Dorothea aus und fuhr nach Norden nach Olympia in Washington. Teils verkaufte sie Eiscreme unter dem Namen Sherry. Ansonsten teilte sie sich mit ihrer Freundin ein Motelzimmer, wo sie als Prostituierte arbeiteten. (Die Verteidiger nahmen es zur Kenntnis. Psychotherapeuten, die auf Straffällige spezialisiert sind, behaupten, daß Frauen, die als Prostituierte arbeiten, an zu wenig Selbstbewußtsein leiden, gewöhnlich verursacht durch Mißbrauch oder Vergewaltigung in der Kindheit.)

Nicht lange, und der gutaussehende Teenager weckte das Interesse von Fred McFaul, einem zweiundzwanzigjährigen Soldaten, der gerade von den Philippinen zurück war.

Unbeeindruckt von ihrem Beruf nahm er sie mit nach Reno und heiratete sie dort am 18. November 1945. Es war egal, daß sie noch minderjährig war, sie sagte, sie wäre dreißig Jahre alt und verwitwet, und unterschrieb das Heiratsregister mit Sherriale A. Riscile. Sie fing schon früh mit falschen Namen an.

»Sie ging als alles durch, was sie zu sein vorgab, durch die Art, wie sie auftrat«, erinnert sich McFaul. »Riscile? Das war ein Name, den sie sich ausgedacht hatte, glaube ich. Ich weiß nicht, wo sie diesen Scheiß her hatte, sie hat das Blaue vom Himmel heruntergelogen.«

Das Paar bezog ein Haus in Gardnerville in Nevada. McFaul arbeitete als Kellner im Golden Bubble Club. Seine junge Frau ›pflegte jedem zu erzählen, daß sie während des Kriegs auf den Philippinen meine Krankenschwester war‹.

Am 6. September 1946 wurde ihre erste Tochter Dianne Lorraine geboren, kurz vor ihrem ersten Hochzeitstag. Eine zweite Tochter, Melody Jena, kam weniger als ein Jahr später am 4. August 1947 zur Welt. Aber Mutterschaft und Haushalt waren nicht die Dinge, die Freds junge Frau interessierten. Nach der Geburt der zweiten Tochter lief sie nach Los Angeles davon und ließ ihren Ehemann und die beiden Babys zurück.

Als sie Wochen später genauso plötzlich zurückkehrte, wandelte sich das anfängliche Entzücken McFauls rasch in Wut, als er entdeckte, daß seine Frau schwanger war.

Sie erlitt eine Fehlgeburt. Er verließ sie trotzdem.

Da Dorothea selber wenig elterliche Fürsorge kennengelernt hatte, behandelte sie ihre Töchter nicht viel anders, als sie selbst behandelt worden war: Sie wurden voneinander getrennt und zur Pflege weggegeben. Die eine wurde von McFauls Mutter aufgezogen, die andere adoptiert.

Nach der Hitze Nevadas, ihrem unbequemen Ehemann und der Unzufriedenheit nach drei Jahren Ehe kehrte Dorothea in die vertraute Landschaft von Südkalifornien zurück, um ihre Verbrecherlaufbahn zu beginnen.

Im Frühjahr 1948 verdiente sich Dorothea erste Meriten in der Schule der harten Fälle: Es war der Eintritt in die Verbrecherkarriere. Eine Einkaufstour ohne Bezahlung in Südkalifornien brachte ihr einen Hut, Schuhe, eine Handtasche, eine Strumpfhose und eine Haftstrafe ein. Sie gab zwei Fälle von Betrug zu, einmal hatte sie einen Scheck gefälscht, und diente vier Monate Gefängnisstrafe ab.

Der Arzt, der sie damals im Gefängnis untersuchte, nahm an, daß ihre Vergehen von ›dem drängenden Trieb ausgelöst wurde, sich neue Kleidung zuzulegen und ihr Selbstbewußtsein zu stärken‹. Der Arzt gab an, daß sie keine ›echte Kriminelle‹ war, sondern eine ›Gelegenheitsdiebin‹. Weil das ihr erstes Vergehen war, erhielt Dorothea drei Jahre auf Bewährung.

Sechs Monate später verließ sie heimlich Riverside und hinterließ ihrem Bewährungshelfer nur telefonisch eine Nachsendeadresse.

Verteidigung und Anklage knabberten von beiden Seiten an der Zeitschnur. Während die Verteidiger bei Mrs. Puentes Wurzeln begannen und sich von da aus vorwärtsarbeiteten, begann die Anklage bei ihrer Festnahme und arbeitete sich zurück. Der Verteidigung kam die große Anzahl Helfer zugute. Aber die Anklage beruhte auf Berichten, und die logen genauso wie Dorothea. Es war wie ein Hund, der sich in den eigenen Schwanz beißt.

Beispielsweise hatte sie, als sie 1982 auf ihre Verurteilung wartete (Dorothea hatte einen Handel akzeptiert und sich in vier Betrugsfällen schuldig bekannt*) in Schulmädchenmanier einen Brief an den Obersten Richter Roger K. Warren geschrieben und behauptet, ihre Geschwister wären von ihrer Unterstützung abhängig. Sie hatte dem Richter einiges aus ihrer persönlichen Geschichte verraten und geschrieben: ›Ich habe schon mit dreizehn Jahren geheiratet. Er starb nach ein paar Tagen. Nach erneuter Arbeit und Ehe war ich achtzehn Jahre lang verheiratet, konnte aber keine lebenden Kinder bekommen …‹

Dorothea Montalvo erzählte ihrem Bewährungshelfer auch, daß sie, nachdem sie beide Eltern im Alter von fünf Jahren verloren hätte, bei ihrer Großmutter in Fresno gelebt hätte und dann nach Mexiko gegangen sei, um bei ihrem älteren Bruder zu leben. Der Bewährungshelfer schrieb, daß sie ›mit fünfzehneinhalb nach Kalifornien zurückkehrte und bald danach Fred McFall *(sic)* heiratete. Wie berichtet starb ihr Mann zwei Jahre später an einem Herzanfall …‹

(In Dorotheas Überarbeitung ihrer Lebensgeschichte starben unbequeme Leute einfach weg.)

Aber Tony Ruiz, ihr Bewährungshelfer, fiel auf die Mitleidstour nicht rein. Er sah, daß Dorothea, die viel Selbstvertrauen hatte und unverfroren war, nur dann verletzlich und reuevoll schien, wenn man sie erwischt hatte. Er schrieb in seinem Bericht an Richter Warren: ›Meiner Ansicht nach hat sie ihre Reue nur deshalb zum Ausdruck gebracht, damit sie die Untersuchung zu ihren Gunsten beeinflussen kann.‹

Einmal hatte Mrs. Puente ihn unterbrochen, um anzugeben, daß sie auch spanischer Herkunft sei. Obwohl sie ›beschämt und den Tränen nahe‹ auftrat, war Ruiz ganz klar, daß sie über Kopf seine Notizen gelesen hatte.

Sie wurde zu fünf Jahren Gefängnis verurteilt.

In einigen Dingen herrschte Klarheit in den Berichten: Mrs. Puente – oder Montalvo, wie sie damals hieß – wurde in das überfüllte Gefängnis in Frontera, die Besserungsanstalt für Frauen (CIW) in Kalifornien eingewiesen. Dort erwies sie sich

* Ein Betrugsfall, zwei schwere Diebstähle und einmal Verabreichung einer Droge zum Zweck der Bereicherung.

als eine so ruhige, gehorsame Gefangene, daß sie nur drei ihrer fünf Jahre absaß und im Herbst 1985 auf Bewährung freigelassen wurde.

Anläßlich ihrer Entlassung bescheinigte eine psychologische Untersuchung des Amtes für Besserung, daß sie ›gestört‹ und ›gefährlich‹ sei, und empfahl, daß man ihre Umgebung/Arbeitsplatz überwachen müßte.

Sie hatte ein paar Zusammenstöße mit dem Gesetz gehabt – sie war sogar eine ideale Gefangene gewesen –, aber das Amt für Besserung konnte das nicht bessern, was bei Dorothea Puente falsch war.

Kapitel 26

Nachdem Kevin Clymo und Peter Vlautin eine ermüdende Zeit im Verteidiger-Büro gesessen und versucht hatten, Sinn in Dorotheas verblüffende Vergangenheit zu bringen, waren sie der Meinung, endlich eine essentielle Wahrheit entdeckt zu haben. »Das ist der Schlüssel«, sagte Clymo grinsend, »sie ist eine Schizophrene!«

Es leuchtete ein. Alle ihre phantastischen Persönlichkeiten, die sich wie bunte Splitter in einem Kaleidoskop veränderten, waren Teile einer zerstörten Psyche. Sie war mehr als eine gespaltene Persönlichkeit, sie hatte viele Persönlichkeiten.

Für die Verteidigung war das Gold wert. Kompliziert, ja, ... aber das war Dorothea.

Sie riefen bei einem der angesehensten Spezialisten auf diesem kleinen Spezialgebiet an und erklärten ihre Sicht der Dinge. Wenn sie wirklich in viele Persönlichkeiten gespalten war, würde es ihn viel Zeit kosten, ihr Vertrauen zu gewinnen und sie dazu zu bringen, daß sie sich ihm öffnete. Schließlich müßten sie Videobänder von ihr haben, die zeigten, wie sie von einer Persönlichkeit in die nächste glitt, um die Jury zu überzeugen. Alle stimmten überein, daß das eine Theorie war, die den Versuch lohnte. Sie trafen Vorbereitungen, daß der

Psychologe Zugang zum Gefängnis bekam und Dorothea kennenlernen konnte.

Dorothea wanderte von Gruppe zu Gruppe, änderte dabei Namen und Werdegang und schlitterte so unauffällig in ihr Erwachsenenleben. Ein feuriges Temperament, ein Zug von Leidenschaft und ein ungezügeltes Talent für Erfindungen markierten ihren Weg. Eheschließungen, Scheidungen und ein paar Haftstrafen kennzeichneten ihren Fortgang.

1952 tauchte sie mit dreiundzwanzig Jahren in San Francisco auf, wo sie den fünfundzwanzigjährigen Schweden Axel Bert Johansson heiratete. Sie erfand ihre bislang phantasiereichste Identität, nannte sich Teya Singoalla Neyaarda, und gab vor, ihr Vater Anthony Neyaarda wäre Ägypter, ihre Mutter Nazic Friad Israelitin. Sie wäre Moslem. Am Anfang glaubte ihr sogar Johansson.

Johansson war damals ein Seehandlungsreisender, und während seiner langen Abwesenheiten amüsierte Dorothea sich anscheinend prächtig. Manchmal kehrte er nach Monaten auf See zurück und fand einen neuen Mann vor, der mit seiner Frau zusammenlebte. Dann wieder fand er teure Anschaffungen vor, deren Herkunft unklar war und sein Mißtrauen erregte. Manchmal nahm sie sein Geld und verspielte es in Reno.

Auch die Nachbarn waren mit Mrs. Johansson nicht glücklich. Wenn Axel nach Hause kam, beschwerten sie sich bei ihm, daß fast stündlich Taxis vor seinem Haus vorfuhren und einen Mann nach dem anderen absetzten.

Aber bei seinem Arbeitsrhythmus, der manchmal monatelange Abwesenheit verlangte, war es schwer, jemanden so Ungezähmten wie Dorothea in Schach zu halten.

Im April 1960 wurde sie verhaftet, weil sie ›in einem Haus mit schlechtem Ruf verkehre‹. Dorothea protestierte, sie habe nur mit einer Freundin zusammengelebt und nicht gewußt, daß das ein Bordell war, aber sie wurde zu neunzig Tagen Haft verurteilt.

1961 hatte Johansson ihr Herumtreiben, Trinken, Lügen und ihre Selbstmordversuche satt und brachte sie kurzerhand in das DeWitt-Hospital in Stockton. Berichte von dort beschreiben sie als ›sehr fett‹ und ›kindisch‹. Sie erzählte dort, sie könnte Arabisch, Griechisch, Spanisch und Schwedisch, und die Ärzte entschieden, daß sie ›eine krankhafte Lügnerin‹ war, die an einer ›instabilen Persönlichkeit‹ litt. Sie hielten es für nötig, daß sie ›beaufsichtigt‹ würde.

Trotz ihrer häufigen, langen Trennungen – oder vielleicht auch deshalb – waren die Johanssons legal vierzehn Jahre verheiratet.* Später würde Dorothea behaupten, daß sie 1960 geschieden wurden. In Wahrheit war das 1966. Aber noch Jahre nach ihrer Trennung fuhr Dorothea fort, den Namen ihres Mannes zu benutzen.

Einige kannten sie als Sharon Johansson.

Ein neuer Name, eine neue Persönlichkeit. Aber noch gab es nichts wirklich Kriminelles an Sharon Johansson. Im Gegenteil, sie war eine großherzige, dicke Frau mit hochgesteckten Haaren, Telefonhörer am Ohr und guter Verbindung zur Adventistenkirche des siebenten Tages. Sie kannte die bedürftigen Familien in ihrer Nachbarschaft in Broderick, und mittels eines Anrufs leitete sie Freßkörbe und Kleidung aus zweiter Hand vor deren Haustür.

In dieser Zeit erwarb sich Mrs. Johansson den Ruf einer Fürsorgerin. Ihr Haus wurde für einige junge Mädchen eine Zuflucht vor Armut und Mißbrauch. Sie lud hungrige Kinder und ledige Mütter zum Essen ein und tischte ihnen heißes Essen und jede Menge guter Ratschläge auf. Nach und nach eroberte sie sich einen festen Bereich von Sacramento, wo sie bis 1988 ohne Unterbrechung unter wechselnden Adressen und Namen wohnte.

Am 23. Februar 1968 heiratete die stürmische Dorothea mit neununddreißig Jahren einen wesentlich jüngeren Mann, Roberto Jose Puente. Ihre dritte Ehe, die fehlschlug, begann in

* Johansson, der wieder geheiratet hat, lebt außerhalb Sacramentos in einem Haus, das man vor Zypressen von der Straße aus kaum sieht. Er schützt seine Privatsphäre und will über seine Exfrau nicht sprechen.

Reno und war kaum mehr als eine kurze Romanze. Einige behaupteten, Roberto habe die ältere Frau nur wegen des Geldes geheiratet, und um die amerikanische Staatsbürgerschaft zu erhalten. (Die kleinen Mädchen von gegenüber nannten ihn ›Gigolo‹.) Vielleicht schaffte es Dorothea aber auch nur nicht, bei dem jungen Mann ihren Willen durchzusetzen.

Die beiden hatten das Glück, ein attraktives, zweistöckiges Wohnhaus in der 23. Straße in Sacramento zu erwerben, aber kaum waren sie eingezogen, schrien sie sich an und warfen mit Gegenständen. Am 5. Juli 1969 trennten sie sich nach nur sechzehneinhalb Monaten.

Dorothea verlor keine Zeit und reichte die Scheidung ein, wobei sie behauptete, der junge Roberto habe sie ›mit äußerster Grausamkeit‹ behandelt und ›unrechtmäßig ... schwerwiegende geistige und körperliche Leiden‹ bei ihr verursacht. Sie verlangte ihr gemeinsames Eigentum: das Haus in der 23. Straße und einen viertürigen Ford-Galaxy, Baujahr 1967. Aber Roberto verschwand zurück nach Mexiko und vereitelte ihre Versuche, ihm die Scheidungspapiere zukommen zu lassen.

Anscheinend beendete auch die endgültige Scheidung am 28. März 1973 ihre schwindende Romanze nicht. Es sah so aus, als habe Roberto noch nicht genug von seiner Exfrau, denn 1974 kam er zurück und lebte wieder in ihrem Haus. Versuche, die alte Liebe wieder aufleben zu lassen, mißlangen, denn als er sich im Januar 1975 weigerte, Miete zu zahlen, aber auch nicht auszog, verklagte Dorothea ihn.

Das schlecht zusammenpassende Paar blieb für die nächsten zehn Jahre in Kontakt. Im August 1982 schrieb Roberto Puente sogar einen Brief an Richter Warren, um für Dorothea einzutreten, er ›kenne Dorothea Montalvo schon seit vielen Jahren‹, und sie sei immer ›sehr hilfsbereit in der Mexikanisch-Amerikanischen Gemeinschaft gewesen‹, habe ›bedürftigen Familien Essen und Kleidung gegeben und Leuten mit Alkoholproblemen geholfen‹. Er schloß damit: ›Jede Unterstützung ihres Wohlergehens ist in dieser schwierigen Zeit hoch willkommen‹.

Der junge Roberto muß Dorothea in ihrem tiefsten Inneren

berührt haben, denn trotz allem, was war, behielt sie seinen Namen über zwanzig Jahre lang bei.

Eine Zeitlang führte Dorothea ein Übergangsheim für Alkoholiker, aber es ging bald bankrott. Dann ging sie dazu über, eine große, elegante Pension mit drei Stockwerken in der 21. und F Street zu führen, das weiße ›herrschaftliche Wohnhaus‹, mit dem sie sich jahrelang brüstete. Sie richtete das Haus mit Möbeln ein, die ihr die Adventistenkirche geschenkt hatte, hielt es blitzsauber, putzte die Böden und hatte immer einen Tisch gedeckt. Auch ihre Mieter – heruntergekommene Alkoholiker und geistig Kranke ohne Heimat – hielt sie sauber und adrett.

Jeder sah in ihr einen echten Gewinn für die Gesellschaft. Sie arbeitete mit allen Agenturen zusammen. Sie hielt Versammlungen für Anonyme Alkoholiker bei sich ab. Sie leitete die Armen an, wie sie ihre Sozialhilfe-Zahlungen erhielten und sich dem Alkohol enthielten. Wie einer, der sie damals kannte, es ausdrückte: »Sie wußte, wie man etwas erreichte.«

Sie lernte immerzu, besonders von Dr. Carl Drake, der einmal im Monat vorbeikam, um ihre Mieter zu behandeln. Dr. Drake fand es passend, seine Diagnosen in ihrer ordentlichen Küche zu stellen, wo er an ihrem Tisch Rezepte ausstellte. Dorothea saß daneben, sah zu und teilte jeden Tag für ihre Mieter die Dosis ein, die sie in kleinen Plastikbechern auf den blitzsauberen Tisch stellte.

Die Vermieterin war immer sehr herzlich zu Dr. Drake, aber er kam nicht umhin, auch ihre andere Seite kennenzulernen. Jeder Verstoß gegen die Regeln entlud ein Donnerwetter auf das Haupt des Übeltäters. Das passierte selten mehr als zweimal, Dr. Drake bemerkte: »Entweder flog der Betreffende raus, oder er änderte sein Verhalten.«

Ihr neues Unternehmen florierte genauso wie ihr Ruf, der sich durch die Lobeshymnen innerhalb der Spanischen Gemeinschaft weit verbreitete. Als Dorothea Puente schaffte sie es, sich als eine Art sozialer Schmetterling zu erheben. Sie schloß Freundschaft mit einem großen, charismatischen Mann namens Francisco Suarez (Spitzname *Muneco de Oro*) und half ihm dabei, seine schwache spanische Zeitung *La*

Semana News an den Mann zu bringen. Bald fand man sie Seite an Seite mit Mexikanisch-Amerikanischen Fondgründern, um sich für die Zeitung fotografieren zu lassen. Sie schnappte etwas Spanisch auf, gab großzügig Geld aus und wurde als ›la doctora‹ bekannt.

Auf dem Gipfel ihres Ruhmes war Dorothea wie eine Süchtige mit Hang zur Philanthropie. Wohltätigkeitsorganisationen, Schüler, Radiosender und ausgesuchte Einzelpersonen profitierten von ihrer Unterstützung. Wenn deine Tochter einen Hochzeitsempfang braucht, frag Dorothea. Wenn dein Cousin Geld für den Grenzgänger braucht, der ihn über die Grenze bringen soll, frag Dorothea. Jeder griff in ihr Portemonnaie und hatte den Nutzen von ihrer Großzügigkeit. Wenn jemand Dorothea warnte, daß sie ausgenutzt werde, wies sie die Warnung zurück. »Ich bin eine reiche Frau«, sagte sie zu ihnen, »ich besitze dieses Haus, ein Haus in Mexiko und eines in Spanien.«

Sie fand Gefallen an ihrem Ruhm und berauschte sich an ihrer eigenen Phantasie. Einmal erzählte sie ihrem Anwalt Donald Dorfman, daß sie wegen einer Operation ins Krankenhaus ginge – natürlich Krebs – und sie wolle ein Testament machen. Dorfman willigte ein und staunte über all die ›adoptierten‹ Kinder, die nach Dorotheas Willen bedacht werden sollten, fast ein Dutzend, dazu Enkel plus Großenkel (obwohl sie bezeichnenderweise nicht einen besaß). Als Krone ihrer Wohltätigkeit hinterließ sie eine große Summe für eine katholische Schule.

Damals hielt Dorfman Dorothea für ›ein allseits respektiertes und einflußreiches Mitglied der Spanischen Gemeinschaft‹. Erst später erkannte er, daß sie keines der Legate, die sie so großzügig vererbt hatte, besaß.

Mit siebenundvierzig Jahren warf Dorothea ein Auge auf Ehemann Nr. Vier. Nachdem sie jüngerer Männer überdrüssig geworden war, reizte sie einer ihrer Mieter, ein attraktiver, einundfünfzig Jahre alter Arbeiter namens Pedro Angel Montalvo aus Costa Rica. »Sie hat mir erzählt, daß sie sich auf den ersten Blick in mich verliebt habe«, erinnerte Montalvo sich Jahre später. Sie heirateten am 28. August 1976 in ihrem Lieblingsort Reno in Nevada. Jetzt hielt sie sorgfältig an einer mexikanischen Herkunft fest und gab den Namen ihres Vaters mit Jesus Sahagun, den Mädchennamen ihrer Mutter mit Puente an. (Außerdem behauptete sie laut Heiratsurkunde, es wäre ihre zweite Ehe.)

Montalvo fühlte sich an der Seite seiner schönen, eitlen Frau fast sofort unbehaglich. Ihre Art, freigebig auszuteilen und Lügengeschichten zu erzählen, weckte sein Mißtrauen und seine Abneigung. »Sie hat immerzu gelogen. Nie hat sie die Wahrheit gesagt«, sagte er. »Sie hat mir erzählt, sie wäre Ärztin – gelogen. Sie hat mir erzählt, sie hätte ein Haus in Mexiko – gelogen. Sie hat mir erzählt, sie wäre Mexikanerin, aber sie konnte kein Spanisch.«

Nach nur einer Woche Ehe zog er aus. Es dauerte Monate, die Ehe zu annullieren, und auch dann konnten die beiden sie nicht beenden. Sie fuhren fort, miteinander zu brechen und sich dann wieder zu versöhnen.

Montalvo erinnert sich an ein Verhältnis, das von zerstörerischer Leidenschaft geprägt war. »Ich hatte genug. Ich habe mir gesagt, ›das ist das Ende‹. Ich habe es ihr gesagt. ›Du wirst mich zerstören.‹ Ich war ein kranker Mann. Ich wollte, daß sie mich allein ließ, aber das tat sie nie. Wir waren noch lange nach der Scheidung zusammen und wieder auseinander. Wir haben die Ferien gemeinsam verbracht. Sie rief mich an und sagte: ›Liebling, komm rüber‹.«

Schließlich hatte Dorothea genug vom Heiraten. Sie hatte zwar ab und zu Liebhaber, aber Ehemänner würde es nicht mehr geben. Sie war selbständig.

Sie machte weiter mit ihren Geschichten als *la doctora Dorothea Puente,* wobei sie den Namen Dorothea Montalvo benutzte, wenn es ihr praktisch erschien. Sie unterstützte die Mexikanisch-Amerikanische Jugendgesellschaft freigebig mit Geld. Sie tanzte auf Wohltätigkeitsveranstaltungen mit Gouverneur Jerry Brown und wurde mit seinem Assistenten George Deukmejian zusammen fotografiert. Sie unterstützte verschiedene Musikgruppen derart großzügig – auch die bekannten *Los Terricolas* – daß sie sich einen zweiten Spitznamen verdiente: *La Madrina de los Artistas*, die Großmutter der Künstler.

Mittlerweile führte sie eine angesehene und blühende Pension. Das Haus war mit Sicherheit groß genug, ganz legal ein gutes Einkommen zu bringen, denn zeitweise hatte sie bis zu dreißig Mieter. Aber wenn man den Gerüchten glauben darf, war das Haus auch Adresse dunkler Machenschaften. Wahrscheinlich nutzte sie ihren falschen Ruf als Ärztin, um heimlich mit Medikamenten zu praktizieren, und ab und zu verabreichte sie sogar Injektionen. Ein Betroffener behauptete, daß ihr verschlossener Keller ›immer voller illegaler Einwanderer aus Mexiko‹ war, denen sie half, sich vor Beamten der Einwanderungsbehörde zu verstecken.

Egal, was sie sich sonst noch hat zu Schulden kommen lassen, mit Sicherheit hat Dorothea Montalvo Wohlfahrts-Schecks gefälscht, die für ihre Mieter bestimmt waren. Sie fälschte Unterschriften und stellte die Schecks als zahlbar an sie selbst aus, um das Geld dann für ihre Zwecke zu nutzen. Ende 1978 wurde sie erwischt und verurteilt. Anscheinend aber war das Fälschen von vierunddreißig Bundesschecks in der Einschätzung durch den Richter kein allzu schweres Vergehen. Ihr Urteil fiel milde aus: fünf Jahre auf Bewährung und viertausend Dollar Wiedergutmachung.

Als Pedro Montalvo, der noch immer zärtliche Gefühle für seine Exfrau hegte, sie wegen ihres Vergehens fragte, soll sie gesagt haben: »Ich habe es getan, weil ich jemand von Bedeutung sein wollte.«

»In diesem Leben haben wir alle eine Bedeutung«, hatte er geantwortet, »warum mußt du dafür stehlen?«

Sie sah ihn an und antwortete: »In der Art, wie ich stehle, kommt es anderen zugute.«

Kevin Clymo seufzte, als er die enttäuschenden Auskünfte des Psychiaters hörte. Dorothea Montalvo Puente war keine gespaltene Persönlichkeit. Sie paßte in keine der einfachen Kategorien. Unglücklicherweise erfüllte sie auch nicht die strengen Kriterien einer wahrhaft mehrfach gespaltenen Persönlichkeit. Es gab keine Überleitungen wie in Trance von einer zur anderen Identität, keine Blackouts, während derer sie jeden Zeitbegriff verlor.

Trotz all der Leute, die sagten: »Die Dorothea, die ich kenne, hätte das nie getan«, mußte Clymo sich mit dem abfinden, was er in ihrem Bericht las, und mit dem ersten Hinweis darauf, daß Blut an ihren Händen klebte.

Kapitel 27

John O'Mara hatte ungeachtet seines Nadelstreifenhemdes und der paar Pfund Übergewicht mit seiner Größe und den breiten Schultern die Figur eines ehemaligen Boxers. Aber es war Jahre her, daß er bei irgendwelchen Spielen auf einem matschigen Spielfeld mitgebrüllt hatte, jetzt führte er eine Mannschaft bei einer viel schmutzigeren Arbeit an: das DA-Büro, Morddezernat. Jeder Mordfall im Bezirk Sacramento landete auf dem Schreibtisch von Chefassistent-Bereichsbeamten Anwalt John O'Mara, Kopf der größeren Mordkommission, regierender Herrscher des vierten Stocks im DA-Büro. Als Chef der Mordkommission fungierte er nicht nur als Ankläger, sondern übertrug die Prozesse auch; normalerweise bekam jeder Assistent der Reihe nach einen mit Todesstrafe, so daß nie jemand übergangen wurde. O'Mara arbeitete von Anfang an an dem Puente-Fall, wies die Polizei an, einen forensischen Anthropologen zu den Ausgrabungen hinzuzuziehen, und stellte die Durchsuchungsbefehle aus. Nachdem er den Bericht über die erste Mordanklage gegen Mrs. Puente hatte, übergab er den Fall an Assistent DA Tim Frawley, einen großen, schlanken Mann, bei dem jeder sehnige Zentimeter davon zeugte, daß er seine Sache ernst nahm. Privat sprach Frawley mit sanfter Stimme, so daß seine überwältigende Präsenz vor Gericht manchmal die Verteidiger verblüffte.

O'Mara war davon überzeugt, daß Frawley seine Sache ausgezeichnet machen würde, wenn der Fall vor Gericht kam. Von jetzt an, dachte er, mußte er den Puente-Fall nur noch wenig mehr beachten als jeden medienwirksamen Serien-Mörder-Fall.

Er irrte sich. Die gerichtliche Verfolgung von Dorothea Montalvo Puente würde weit mehr in Anspruch nehmen, als jeder annahm, man würde reichlich Zeit und Energie aufbringen müssen, weil der Fall anschwoll und sich wie eine falsch diagnostizierte Krankheit ausbreiten würde.

Trotz einer wachsenden Liste von Zeugen mußten die untersuchenden Beamten immer wieder erleben, daß ihre Ermittlungen in einer Sackgasse endeten. Sie befragten Mieter und Nachbarn: Hatten sie etwas gesehen – Kämpfe, Erstickung, Strangulationen? Hatten sie nachts irgendwelche seltsamen Geräusche gehört? Hilfeschreie? Hatte jemand beobachtet, daß Mrs. Puente Chemikalien oder Drogen in Essen oder Getränke mischte? Oder Spritzen verabreichte? Hatte jemand gesehen, wie sie etwas trug oder zog oder vergrub, was verdächtig war? Sie kehrten mit praktisch leeren Händen zurück.

Ihre Hoffnung schwand, einen Augenzeugen zu finden, und so wandten sie ihre Aufmerksamkeit den papierenen Spuren zu, gingen Finanzbelege durch und sammelten Dutzende von entwerteten Schecks. Sie studierten Tablettenpackungen, lokalisierten Rezepte, riefen in Apotheken an und befragten Ärzte. In der Zwischenzeit fertigten die Kriminalbeamten immer mehr Detailskizzen an, als ob der Grundriß von Haus und Garten die Jury irgendwie davon überzeugen könnte, daß Dorothea Puente des Mordes schuldig war.

Einige befürchteten, daß der Puente-Fall mit nicht allzuviel Nachdruck und Einblick verfolgt wurde. Andere wiederum dachten, zum Teufel, die haben sieben Leichen im Garten dieser Frau gefunden – was brauchen sie denn noch, um sicher zu sein?

Der Fall sorgte weiterhin für Schlagzeilen. Jetzt waren auch die letzten beiden Leichen in der Leichenhalle identifiziert worden: Leona Carpenter und Betty Palmer, beide Ende siebzig. Mrs. Carpenter war die erste Leiche, die man entdeckt hatte (der skelettierte Beinknochen und der schmutzige Turnschuh), und Zeitungsberichte informierten die lesende Öffentlichkeit darüber, daß es schwierig gewesen war, Betty Palmer zu identifizieren, weil ihr Kopf, ihre Hände und ihre Füße fehlten.

Wer waren diese betagten Damen? Warum wurde Mrs. Puente nur in einem Fall des Mordes angeklagt?

Mit der Behauptung im Hinterkopf, es gehe um achtfachen Mord – die sieben Leichen, die man aus ihrem Garten geholt hatte, und die, die man am Flußufer fand – hatten die Untersuchungsbeamten ihre Fühler ausgestreckt. Die einsame Mordanklage fing an, unvollständig auszusehen, aber die Wochen vergingen, ohne daß irgendein Fortschritt erzielt wurde.

Die Bundesbeamten erhitzten sich wegen der Regierungs-Schecks, die Mrs. Puente gefälscht haben sollte, und wollten sie wegen Betrugs und Fälschung anklagen. O'Mara hielt dem aber entgegen, daß der Fall so schon kompliziert genug sei, ohne daß man Hunderte oder sogar Tausende von Nebenklagen miteinbezog. Die Jury wurde mit dem, was vorlag, schon überfordert.

Da es für Bundesklagen keine Zeitbegrenzung gibt, willigten die Bundesbeamten ein, ihre Klage zurückzuziehen. Wenn Mrs. Puente nicht wegen Mordes verurteilt wurde, würden sie sie auch später noch damit rankriegen. Fürs erste wurden die zahllosen Schecks als Beweismittel für ein Motiv betrachtet.

Trotz des wachsenden Drucks wollte das DA-Büro in der Anklage nichts überstürzen. Frawley und O'Mara stimmten darin überein, daß ein solcher Fall mit Vorsicht und Besonnenheit gehandhabt werden mußte – zumal es mittlerweile einen weiteren verdächtigen Todesfall gab, einen ›Selbstmord‹ im Jahre 1982, der verdächtig nach Mord aussah.

Eines Nachmittags Ende 1981 klapperte Dorothea Montalvo Puente auf hohen Absätzen in eine ihrer Lieblingsbars, die außen rund war und ein neonfarbenes Cocktail-Glas über dem Eingang hatte – die Round Corner Taverne. Innen erblickte sie Harold Munroe und seine neue Frau Ruth. Ein hübsches Paar. Sie luden sie ein, sich zu ihnen zu setzen, also zog sie sich einen Stuhl heran und setzte das Rad des Schicksals in Gang.

Ruth Munroe arbeitete nicht mehr, seit sie die Apotheke in Gemco verlassen hatte, und die dickliche, einundsechzig Jahre alte Großmutter war bereit für etwas Neues.

Es ergab sich gerade so, daß der Eigentümer des Round Corner daran interessiert war, das Restaurant aus der Taverne zu verpachten, so erzählte es Dorothea. »Ich habe mir gedacht, so eine Gelegenheit kommt nicht wieder«, sagte sie und sah Ruth an, »aber dann müßte ich sicherlich einen Partner haben.«

Wenn sie das Restaurant pachteten, konnten sie und Ruth ihr eigenes Geschäft mit nur minimalem Startkapital aufziehen. Sie wären ein großartiges Team, sagte Dorothea. Ruth müßte nicht einmal kochen, das würde Dorothea übernehmen. Da Ruth ein Auto habe, könnte sie den Transport und die Lieferungen übernehmen.

Das Gemeinschaftsprojekt war schon fast perfekt, und nach stundenlangen Diskussionen waren sie voller Begeisterung. Ruth Munroe hob ihren Anteil an dem Unternehmen ab und händigte ihn ihrer Partnerin aus. Sie waren im Geschäft.

Schon bald arbeitete Dorothea fast jeden Tag dort in der Küche. Sie kochte schon bald mehr als nur Hamburger. Das Restaurantgeschäft entwickelte sich nicht gut, wie sie Ruth erzählte. Sie brauchten noch mehr Kapital, um das Geschäft am Laufen zu halten, und Dorothea war gezwungen, Ruth wieder und wieder um Geld zu bitten, entweder für das Geschäft oder für die Lohnkosten. Die Rechnungen türmten sich, Dorothea klagte, und Tausende von Munroe-Dollars flossen in das Unternehmen.

In der Zwischenzeit hatte Ruth Munroe andere Probleme. Ihr Ehemann war kein gesunder Mann, und seit der Hochzeit im vorigen Jahr hatte Ruth erkennen müssen, daß sie ihn immer öfter ins Veteranen-Hospital bringen mußte. Anfang 1982 diagnostizierten die Ärzte bei ihm Krebs im Endstadium. Schließlich mußte er im Krankenhaus bleiben, und Ruth kehrte alleine nach Hause zurück.

In der Zeit größter Not machte Ruths neue Freundin ihr ein großzügiges Angebot. Es ergab sich gerade so, daß einer ihrer Mieter auszog, erzählte ihr Dorothea. »Warum ziehst du nicht bei mir ein? Wir kommen so gut miteinander aus. Außerdem wäre es billiger, als wenn du hier bliebest, ganz allein. Ich habe gedacht, jetzt, wo dein Mann im Krankenhaus ist, könnten wir einander helfen ...«

Ruth lebte in ihrem Alter nicht gerne allein, und Dorotheas selbstloses Angebot schien genau das zu sein, was sie wollte. Also zog sie am Ostersonntag, 11. April, in der 1426 F Street ein und teilte sich dort das obere Stockwerk mit Dorothea. Ihre Söhne halfen ihr beim Umzug, wuchteten die Möbel in das Schlafzimmer neben der Küche und halfen ihr beim Einrichten.

Mrs. Munroe hatte keine Ahnung davon, daß Mrs. Puente am nächsten Tag, dem 12. April, zu einer Anhörung vor Gericht erscheinen mußte, weil sie im Januar Malcolm McKenzie unter Drogen gesetzt und ausgeraubt hatte. Als Dorothea den Gerichtssaal verließ, war sie verhaftet und wurde zeitweise wegen eines Betrugsverfahrens festgehalten, weil sie Dorothy Gosling 1981 ausgeraubt hatte.

Das Schlüsselwort hieß *zeitweise*. Während ihre ungesetzlichen Aktivitäten zeitweise für Wirbel sorgten, machte Dorothea, raffiniert wie sie war, sogleich damit weiter. Bis hierher hätte sie einfach ein weiterer kleiner Fisch bleiben können, aber sie schickte sich an, in das große Gaunergeschäft einzutreten.

Die Nummer mit dem schnellen Raub und anschließendem Verschwinden würde bei Ruth Munroe nicht funktionieren. Es hatte sich eine engere Beziehung zwischen ihnen entwickelt, so daß mehr von Nöten war. Das Risiko war es wert, entschied Dorothea, vielleicht, weil bei Mrs. Munroe nicht nur Kleingeld zu holen war, sondern das richtige große Geld.

Nur zwei Wochen nachdem Ruth Munroe in die 1426 F Street eingezogen war, lag sie mit einer rätselhaften Krankheit darnieder.

Als ihre Kinder sie besuchen kamen, waren sie entsetzt, ihre Mutter – die nie trank – leidend zu finden, ein Glas Crème de Menthe in der Hand. »Das hat mir Dorothea gegeben, um meine Nerven zu beruhigen«, erklärte sie.

Sie waren betroffen, daß ihre Mutter so blaß und müde aussah, aber Dorothea scheuchte sie hinaus und versicherte ihnen, daß sie sich um ihre neue Wohngenossin kümmern würde. »Immerhin«, rief sie ihnen ins Gedächtnis, »war ich mal Krankenschwester.«

Ohne eine Vorstellung davon, was ihrer Mutter fehlen könnte, vertrauten sie auf Dorothea und die gute Konstitution ihrer Mutter.

Aber am 28. April klingelte am frühen Morgen das Telefon. Es war Dorothea mit erschreckenden Nachrichten: Ihre Mutter war ganz plötzlich gestorben. Sie eilten zum Haus und fanden das bestätigt.

Gramgebeugt war die Familie zunächst zu bestürzt, um die Umstände rund um Mrs. Munroes Tod genauer zu untersuchen. Aber später, als sie den Bericht des Leichenbeschauers in den Händen hatten, traf es sie wie ein Schock, daß ihre Mutter an einer Überdosis Kodein und Acetaminophen gestorben war und daß ihr Tod als Selbstmord eingestuft wurde!

Erst machte sich Entsetzen breit, dann siegte Wut über die Trauer, und dann begannen sie zu überlegen, wie Dorothea, die ›ehemalige Krankenschwester‹, sich wohl um ihre Mutter gekümmert hatte. Ihr Verdacht erhärtete sich, als sie entdeckten, daß Mrs. Munroes Geld abgehoben worden war und ein Großteil ihres Schmucks fehlte. Dorothea beteuerte ihre Unschuld und behauptete, daß Ruth ihr noch eine Menge Geld schulde.

Genau drei Wochen nach Ruth Munroes Tod wurde Dorothea Montalvo Puente verhaftet. (Die Polizei fand ein Flugticket nach Mexiko in ihrer Tasche.) Sie wurde in sechs Fällen angeklagt, einschließlich Raub, Betrug, schwerer Diebstahl und die Verabreichung von Betäubungsmitteln, und sie wurde zu Haft ohne Bewährung verurteilt.

Mord war nicht unter den Anklagen, und Ruth Munroes Name tauchte nicht auf der Liste der Opfer auf. Die Familie Munroe wußte nicht, daß Dorothea verhaftet worden war. Tatsächlich nahmen ihre Kinder erst Kontakt zur Polizei auf, als sie in der Zeitung lasen, daß Mrs. Puente verurteilt worden war, und verlangten, daß untersucht werde, ob ihre Mutter möglicherweise ermordet wurde. Aber die Untersuchungen verliefen im Sande, niemand rief zurück, und es wurde keine Mordanklage erhoben.

Dieses Mal wollten Mrs. Munroes Kinder aus ihrer ersten Ehe, Clausen mit Namen, nicht mehr den Fehler machen, daß sie zu lange warteten. Sie übergaben dem DA-Büro alles, was sie über den verdächtigen Tod ihrer Mutter 1982 wußten, und das DA rollte einen Fall erneut auf, den es schon lange für abgeschlossen gehalten hatte.

Oberflächlich sah der Mordfall vielversprechend aus. Er hatte alles, was der Fall brauchte: eine solide Autopsie, ein Motiv und trauernde Kinder, alles das, was die Handflächen eines Verteidigers im Prozeß zum Schwitzen bringt.

Aber unter der Oberfläche gab es ein paar legale Probleme, die Clymo zweifellos zu seinem Vorteil benutzen würde. Deputy DA Frawley besprach sich mit John O'Mara, und die beiden stimmten darin überein, daß die Sache nicht gutgehen würde. Sie konnten förmlich hören, wie die Geschworenen sich im Beratungsraum berieten: Wenn der Munroe-Fall 1989 so solide aussieht, warum ist er dann nicht schon 1982 verfolgt worden?

Kapitel 28

Die Bäume, die zur Zeit von Mrs. Puentes Festnahme ihre Blätter abgeworfen hatten, trieben schon wieder frisches Frühlingsgrün, als das DA-Büro endlich zusätzliche Mordanklagen gegen Dorothea Puente erhob. Am 29. März 1989 erfüllte das DA-Büro (oder übertraf sogar) die Erwartungen der Öffentlichkeit, als Staatsanwalt Tim Frawley, der für die Anklagen in diesem Fall vorgesehen war, die Zahl der Mordanklagen von eins auf neun erhöhte.

Die Klagen, die gegen sie vorgebracht wurden, schlossen die sieben Personen mit ein, die man in ihrem Garten gefunden hatte: Bert Montoya, Leona Carpenter, Betty Palmer, Dorothy Miller, Vera Faye Martin, James Gallop und Benjamin Fink. Außerdem legte man Mrs. Puente zwei weitere Morde zur Last, die schon weiter zurücklagen: den an Everson Gillmouth, dessen Leiche man am Neujahrstag 1986 in einer Holzkiste am Flußufer gefunden hatte, und Ruth Munroe, die im April 1982 in Mrs. Puentes Haus einer Überdosis erlegen war.

Neun Mordanklagen. Jetzt war Dorothea Puente offiziell in die unerfreuliche Riege derer aufgenommen, die als Serienmörder galten – seltene Gesellschaft für jemanden ihres Alters, noch seltener für ihr Geschlecht. Es gab praktisch keinen anderen in ihrer Kategorie. FBI-Leute, die sich mit Täterprofilen beschäftigten, und Kriminalpsychologen im ganzen Land hoben die Brauen und kritzelten dann den Namen der kleinen alten Frau auf eine sehr kurze Liste.

Diejenigen, die meinten, sie hätten einen Verwandten oder Freund durch den Mord verloren, mußten jetzt die schwere Prüfung des Abwartens erleiden, die absolute Vergeblichkeit aller Versuche, den Gesetzesapparat ins Rollen zu bringen, mußten machtlos am Telefon warten, um zuerst auf ein paar Neuigkeiten aus der Justiz, dann mit sinkenden Erwartungen auf Nachrichten, irgendwelche Nachrichten zu warten, darauf, daß sich etwas bewegte. Aber das DA-Büro unternahm nichts im Puente-Fall, und Neues kam nur spärlich ans Licht.

Da das DA-Büro gerade in den Geburtswehen einer Umorganisation lag, wurde fürs erste die Verfolgung der Gerechtigkeit wegen Büropolitik und Karrierestreben hintangestellt. Als Bezirksanwalt John Dougherty überraschend den Dienst quittierte, um eine Privatkanzlei zu eröffnen, stürzte er das Büro in Aufruhr. Die Chefriege unternahm Anstrengungen, um einen Nachfolger zu finden, und Spekulationen über Doughertys Nachfolger summten durch die Korridore. Viele waren enttäuscht, als die Führungsspitze, statt sich für einen der über hundert Anwälte zu entscheiden, die im DA-Büro arbeiteten, auf einen Außenseiter setzte, Steve White, erster Assistent beim Rechtsanwaltsbüro.

Wie jeder weiß, der je in einem Büro gearbeitet hat, sind Neuverteilungen der Macht immer störend. Auch sind neue Chefs, besonders wenn sie von außerhalb kommen, immer erst einmal umstritten, wenn nicht unbeliebt.

Der neuernannte DA, ein Neuling auf seiner Stelle, brauchte jemanden, der sich auskannte und ihm half, die Anklagen zu handhaben, und kurzentschlossen wurde Timothy Frawley als Chefberater und sein Vertreter ausgewählt. Frawley war ein diszipliniert arbeitender Anwalt mit einem soliden Paket von Erfahrungen, aber bei dem Versuch, mit seinen neuen Verantwortungen zu jonglieren, erkannte er, daß er seinerseits jemanden finden mußte, der ihm einen Teil der Last abnahm, besonders bei dem arbeitsreichen Puente-Fall.

Die Staatliche Untersuchungsbehörde, die noch Schritte unternehmen mußte, um sich mit der Verteidigung zu treffen, wurde weiterhin vom Pech verfolgt.

Senior Dokumente-Untersucher David Moore beugte sich über seinen Handvergrößerungsapparat und studierte die Handschriftenbeispiele, die ihm zugegangen waren. Das war sein Job beim DOJ-Büro für Rechtsfälle in Kalifornien, er sollte die Wahrheit in Schnörkeln und Schlaufen finden, Linien aus Bleistift und Tinte studieren, I-Punkte und T-Striche analysieren, ausgeübten Druck beim Schreiben, Proportionen und ›Grundgewohnheiten‹ vergleichen. Er seufzte und wünschte, die Fotokopien, die ihm vorlagen, wären die Originale. Diese maschinell angefertigten Bilder von Schriften blieben zweidimensional, Druckspuren wurden ausgemerzt, so daß sie schwerer mit den Handschriftenmustern zu vergleichen waren, die Dorothea Puente im letzten Dezember aufgeschrieben hatte.

Es war Dienstag, 11. April, und Moore hatte gerade erst angefangen, für den Puente-Fall zu arbeiten. Mit einem binokularen, stereoskopen Mikroskop untersuchte er noch einmal die ›fraglichen Dokumente‹, meist fotokopierte Unterschriften auf der Rückseite von Schecks. Er mußte Hunderte dieser Unterschriften untersuchen*, aber bisher hatte er nur herausgefunden, daß der Schreiber versucht hatte, seine oder ihre Handschrift beim Unterschreiben der Schecks zu verstellen. Nach seiner Erfahrung waren Handschriften, die ganz senkrecht oder nach links geneigt waren, meist gefälscht.

Moore betrachtete jetzt die Handschriften, die über seinen Schreibtisch verteilt waren, mit Verachtung. Ihm war mittlerweile klar, daß sie hoffnungslos unzureichend waren. Erst mal reichten die Proben nicht aus, und dann gab es nicht genügend Schreibvarianten, was Moore zeigte, daß alle Proben bei einer einzigen Sitzung von Mrs. Puente geschrieben worden waren, ohne große Vorgaben.

Moore wechselte an den Video-Spectral-Comparator (VSC-1), der es möglich machte, die Tinten unter verschiedenem Lichteinfall zu studieren. Wieder seufzte Moore über die Unzulänglichkeit der Proben. Was er hier sah, war keine sorgfältige Auswahl von Handschriftenproben, hier hatte eine Kriminelle ihre Hand irgendwie um den Füller geschlossen und verschiedene Unterschriften immer auf die gleiche Weise hingesetzt.

Erbittert schob er die Handschriftenmuster zur Seite. Man hatte Mrs. Puente nicht angewiesen, senkrecht oder nach

* David Moore verwandte über hundertfünfundzwanzig Arbeitsstunden auf den Fall.

links geneigt zu schreiben, so daß die Proben zu gleichförmig waren, als daß er sie mit den Signaturen auf den Rückseiten der Schecks hätte vergleichen können. Die Handschriftenproben mußten, wie schon die toxikologischen Tests, wiederholt werden.

Ein heißer Juli neigte sich dem Ende zu, als George Williamson aus Fresno zurückkehrte, wo er einen Fall von organisiertem Verbrechen verfolgt hatte, und in den Lärm des Bezirksanwaltsbüros in Sacramento kam. Innerhalb des Büros galt DA Williamson als einer der führenden Leute, sogar als einer, der die Herausforderung suchte. Wie ein Anwalt es ausdrückte: »Wenn man Williamsons Namen auf einer Akte sieht, weiß man, daß das ein problematischer Fall ist.«

Die *Leute von Dorothea Puente* fielen unter diese Kategorie. So war es keine Überraschung, als der neue Chefassistent Tim Frawley in Williamsons Büro kam und ihn bat, den Berg seiner Fälle zu übernehmen. Williamson sagte sofort zu, aber als die Papierberge erst einmal in sein Zimmer geschafft worden waren, fand er die Papiere in Unordnung vor, aufs Geratewohl in irgendwelche Kisten gestopft. Ganz offensichtlich hatte der Puente-Fall ein Stiefdasein geführt.

Es würde einige Zeit dauern, diesen umfassenden Fall wieder aufzuarbeiten, zumal Williamson noch andere Fälle hatte, die vorher behandelt werden mußten. Also wurde routinemäßig eine erste Anhörung von Dorothea Puente für den 20. Februar 1990 anberaumt. Neun Monate nach Mrs. Puentes Verhaftung sah es jetzt endlich so aus, als hätte das DA-Büro schließlich einen Staatsanwalt für den Fall gefunden.

George Williamson war ein Mann in den besten Jahren. Trotz seiner Vorliebe für Zigaretten war er fit, stark und hatte einen festen Schritt. Er stillte seinen Hunger nach Frischluft mit einer Ski-Hütte in Tahoe und der Ausrüstung, die man für ausgedehnten Sport braucht, einschließlich Handball, Tennis, Golf und Wasserski. Selbst seine Worte waren Schnellschüsse, und sein Wortschatz zeugte von Bildung und Intellekt. Wenn Williamson wollte, spielte er seine Bildung herunter und machte sich die langsame Sprechweise und einfache Art weniger gebildeter Leute zu eigen. Vor Gericht war er rasiermesserscharf, bedächtig und kämpferisch. Seine Zähigkeit als Strafverfolger hatte ihm auch schon einen Spitznamen bei der Polizei eingebracht: die Bulldogge.

Bei seinem Hintergrund wäre es für Williamson ein leichtes gewesen, auf der anderen Seite des Gesetzes zu enden. Seine Mutter starb, als er vierzehn war, mit seinem Vater vertrug er sich nicht, und mit sechzehn stand er alleine da. Aber statt niederen Instinkten nachzugeben, brachte Williamson sich durch das Studium, dann durch die Juristenschule, bis er im DA-Büro von Sacramento landete.

Die meisten Anwälte hatten Monate und Jahre vor sich, in denen sie sich mit weniger bedeutenden Fällen beschäftigen mußten, ehe sie sich für einfache Straftaten und schließlich für Strafprozesse qualifiziert hatten, aber Williamson bearbeitete seinen ersten Mordfall nach acht Monaten. Zufällig war er der jüngste Strafverfolger in jeder Arbeitsgruppe des Büros und war führend bei dem, was er beiläufig als ›größere Droge‹ bezeichnete. Einige nannten ihn einen Senkrechtstarter, aber Williamson würde das zimperlich zurückweisen und nur gelten lassen, daß er ›Glück beim Vorankommen im Büro‹ gehabt habe.

Flink darin, Lob auszuweichen, brachte Williamson das Thema in fast jeder Unterhaltung glücklich auf die Erfolge seines siebzehnjährigen Sohnes Tyler. Der Junge brillierte im Sport, und nach der Arbeit wurde der sanfte Anwalt Williamson genauso ein stolzer Vater auf den Zuschauerbänken wie die anderen, der jubelte, wenn sein Sohn einen Treffer erzielte. Jede Spur von Bitterkeit über seine schiefgegangene Teenagerehe wurde vom Stolz auf seinen Sohn aufgesogen. Er brüstete sich damit, daß Tyler, der ein begabter Golfspieler war, ein Handicap von nur drei hatte, und fügte mit einem Kichern hinzu: »Ich war mehr als einmal sein Balljunge.«

Jedermann weiß, daß ein Anwalt mit einer eigenen Kanzlei Lastwagenladungen mehr Geld verdienen kann als als Bezirksanwalt. Schon die Versorgung eines Teenagers kann das Bankkonto schnell leeren, und Williamson hatte auch noch eine Adoptivtochter, Diana, die studierte. Dennoch paßte die Privatarbeit nicht zu seiner Art. Er versuchte es eine Weile mit Zivilprozessen und langweilte sich dabei zu Tode. »Es gab keine Überraschungen, die Juristen waren nur an der Höhe der Arbeitsstunden interessiert, und selbst den Geschworenen war es egal, wer gewann oder verlor«, beklagte er sich. Nach fünf Monaten hatte das Kriminalrecht ihn wieder.

Nicht jeder hatte das Zeug zum Strafverfolger, aber George Williamson blühte dabei auf. Vor Gericht war er schnell und sicher, und er hatte keine Probleme damit, im Morgengrauen aufzustehen, Polizeiberichte zu lesen oder Abschlußberichte zu schreiben. (Zum Glück hatte seine zweite Frau Verständnis dafür, Jean war selbst Assistentin im DA.)

Da saß er also, wühlte sich durch Akten, las sich durch Schriftsätze und versuchte der Flut von Fällen, die Tim Frawley bei ihm abgeladen hatte, Herr zu werden. Während er sich durch Mrs. Puentes Akte las, sah er eine Menge Probleme auf sich zukommen. Anklage wegen neunfachen Mordes, große Probleme!

Der zweite Satz toxikologischer Berichte war jetzt abgeschlossen, und obwohl es ihn erleichterte, daß die Proben diesmal sauber zurückgekommen waren, ließen die Berichte ihn aufstöhnen.

Diese Puente war ein komischer alter Vogel. Aus Versehen oder mit Absicht hatte sie sich ein fast perfektes Gift ausgesucht. Früher hatten schon Reporter den Fall ›Arsen-und-Spitzenhäubchen-Mord‹ getauft. Williamson zuckte die Achseln, damit wäre er glücklich gewesen. Arsen ist ein häßliches Gift, das durch den Darm aufgenommen wird und seine schmerzvollen Spuren in Haaren, Knochen und Fingernägeln hinterläßt. Selbst nach Jahren bleiben die verräterischen Spuren unmißverständlich lesbar für jemanden, der etwas von Schwermetallen versteht. Aber Mrs. Puente hatte kein Arsen oder irgendein anderes, leicht auszumachendes Gift benutzt. Trotz erschöpfender Untersuchungen von allen Leichen, die man in ihrem Garten ausgegraben hatte, konnte der Leichenbeschauer auch nicht bei einer die Todesursache angeben.

Er ließ bei sich Revue passieren, was sie herausgefunden hatten, und die Einzelheiten des Falls begannen in seinem Kopf Gestalt anzunehmen: das Motiv war offensichtlich Geld, das Vorgehen war schon schwerer, da keiner eine sichere Todesursache nennen konnte. Aber während er durch die Autopsieberichte blätterte, sah er das Szenario immer klarer vor sich. Er nahm an, daß sie sie betäubt hatte, indem sie Abendbrot und Getränke mit irgend etwas versetzt hatte. Wahrscheinlich hatte sie dabei gelächelt, ihr Kleine-alte-Dame-Lächeln, das so geheimnisvoll war wie das der Mona Lisa, eine Maske, die ihre Absichten verbarg … Aber es war keiner mehr am Leben, der diese Geschichte erzählen konnte.

Williamson konnte sich die Art von Mrs. Puentes Verteidigung schon vorstellen. Er sprang vom Stuhl auf und umrundete in großen Schritten seinen Schreibtisch. Wenn doch Michelle Crowl ihre Geschichte nicht widerrufen hätte! Er hatte die Berichte gelesen und sah keinen Grund, warum Mrs. Crowl Lügengeschichten über Mrs. Puente hätte erzählen sollen. Sie hatte nur nebenbei Mrs. Puentes Aussagen gegenüber einem Gefängnisaufseher erwähnt, der stillschweigend einen Bericht darüber geschrieben hatte. Aber dann hatten Clymo und Vlautin einen Untersuchungsbeamten geschickt, der Mrs. Crowls Geschichte überprüfen sollte, und er hatte ihren Namen anderen Häftlingen gegenüber erwähnt. Der Untersuchungsbeamte hätte wissen sollen, wohin das führte: Crowl galt sofort als ›Petze‹ und wurde bedroht. Kein Wunder, daß sie widerrufen hatte.

Was hatte er also in der Hand?

Der Fall war entschieden umständlich … nicht unbedingt schlecht, wenn er genügend starke Argumente hatte. Keine Todesursache … keine Zeugen … außer dem Fall 1982. Wie war der Name der Frau noch? Sein Finger fuhr an das Ende der Liste: Munroe. Richtig. Der Problemfall.

Er überblickte seinen Terminkalender und fand, was er sich gedacht hatte, nämlich daß seine Zeit so mit Terminen vollgestopft war wie die Autobahn zur Hauptverkehrszeit, und daß andere Fälle seine Aufmerksamkeit verlangten, ehe er sich auf den Puente-Fall konzentrieren konnte. Er zündete sich eine Zigarette an und überlegte, wie lange es dauern würde, den Yeoman-Prozeß abzuwickeln.*

Das fing an, kompliziert zu werden. Williamson sah schon vor sich, wie die Zahl der Zeugen sich in dreistellige Höhen emporschwang – und das war erst das Vorspiel. Selbst wenn die Dinge schnell vorankamen, konnte er nur einen Monat für die Vorbereitung ansetzen. Er legte seine Zigarette auf den Rand eines überquellenden Aschenbechers und begann, Polizeiberichte und Zeugenlisten durchzusehen, setzte Zeugenaussagen zusammen, damit er seine Version des Falls vor Gericht vertreten konnte ...

Kapitel 29

Das Bezirks-Anwaltsbüro, das Büro des Pflichtverteidigers, das Gerichtsgebäude und das Gefängnis befinden sich alle in einem kleinen Viertel der Innenstadt. Eine Hundehütte für das DA-Büro, ein sechsstöckiges Gebäude für das Landesgericht von Sacramento, ein gewichtiger Zeuge für die ›Zementblock‹-Phase der Architekten-Schule mit seinem uneleganten ›Muster von gestapelten Eisblöcken‹.

Nur eine Ecke vom Gericht entfernt belegte der Hundert-Millionen-Dollar-Bau des Hauptgefängnisses von Sacramento einen ganzen Häuserblock. Seine achtstöckige Fassade hob sich gewichtig von der Stadtsilhouette ab, aber – mit den Bögen seiner gekurvten Linien und der altrosa Farbe – erinnerte es eher an ein modernes Bürohaus als an ein Gefängnis. Innen gab es Marmorschwellen auf den Böden, das Sonnenlicht fiel durch großzügige Fenster, und Töpfe mit Grünpflanzen streckten sich himmelwärts. Ein riesiges Aquarium krönte die Spitze einer Trennmauer, die den öffentlichen Ver-

* Auch in diesem Fall mit Todesstrafe trat Williamson gegen Peter Vlautin an, nur kurz vor der ersten Anhörung von Mrs. Puente.

kehr vom Gefängnisgetriebe abteilte, und in ihm glitten tropische Fische durch eine eindrucksvolle, tausend Dollar im Monat kostende Salzwasserlandschaft. (Das alles in einem Staat, der seinen Beschäftigten kurzerhand Schuldscheine aushändigte.)

Hinter den Wachen, hinter den verriegelten Toren entfiel die luftige Atmosphäre des Eingangsbereichs und wurde ersetzt durch die Effizienz modernen Strafvollzugs. Bewaffnete Beamte gingen ihren Pflichten nach und nahmen Fingerabdrücke oder fotografierten Neuzugänge. Einfache, stabile Zellen beherbergten die Glücklosen, die hier in verschiedenen Stadien der ›Verurteilung‹ waren. Nie ermüdende Video-Monitore überblickten alles.

Der feste Fahrstuhl hatte keinen Bedienungsknopf. Ein unsichtbares Auge beobachtete, eine körperlose Stimme fragte: »Welches Stockwerk?«, und eine entfernte Hand gab die Richtung an. Dann summte der Fahrstuhl hoch in den Westturm im 7. Stock: die Frauenabteilung.

Sobald das neue Gefängnis im April geöffnet hatte, war Dorothea Puente hierher überführt worden, um als erste und einzige Insassin in Zelle 10 von 400 untergebracht zu werden. Davor hatte sie im Rio Consumners Correctional Center gewohnt. Jetzt lebte sie in etwas, das man – mit den durchgestylten Fluren, jeder mit einem geräumigen ›Aufenthaltsraum‹ mit Fernseher plus einem Übungsraum – eine Schaukasten-Einrichtung nennen kann.

Das hier jetzt war Luxus. Gepolsterte Betten, fleckenlose Stahltoiletten und Teppichboden waren Standard. Aber weil sie eine Gefangene mit besonderen Sicherheitsauflagen war, hatte man das obere Bett entfernt: Sie hatte eine Einzelzelle. Ihre Füße waren die einzigen, die über den Boden schritten. Wände und Boden ihrer Zelle waren in gedämpftem Gelb gehalten. Ein kleiner Tisch aus Holz bot Gelegenheit zum Essen und Schreiben. Kleine horizontale Fenster über ihrem Bett gaben den Blick frei auf andere kleine, dunkle Fenster – ein Spiegelbild des Turms auf der anderen Seite des Abgrundes. Eine Sprechanlage ermöglichte es denjenigen, die im Kontrollraum saßen, Gespräche abzuhören.

Daraus ergab sich eine gemäßigte Kontrolle fast aller Lebensbereiche – Essen, Sprechen, herumgehen. Ihre Bewegungen wurden überwacht, ihre Kontakte beschränkt. Die Post wurde gelesen, Schmuggelware beschlagnahmt. Es gab strenge Anweisungen für diejenigen, die den Kontrolldienst hatten.

Dorothea Puente, die es gewohnt war, früh aufzustehen, hatte wenig Ärger mit dem Ruf zum Frühstück um 5 Uhr. Aber sie war nicht mehr die erste, die aufstand, um sich die dämmrigen Morgenstunden für ihr heimliches Tun zu sichern. Sie war nicht mehr diejenige, die die Mahlzeiten zubereitete und das Essen auswählte. Sie war nicht mehr diejenige, die Verabredungen traf, die Post entgegennahm und die Regeln bestimmte.

Statt dessen verließ sie dreimal am Tag auf ein elektronisches Klicken hin, das die Tür öffnete, ihre Zelle, holte ein Tablett aus dem Tagesraum und kehrte zu einem einsamen Mahl in ihre Zelle zurück (Plastik-Löffel, keine Messer oder Gabeln). Dorothea Puente – früher die, die die Medikamente verabreicht hatte – bekam nun ihrerseits täglich Tabletten in kleinen Papierbechern serviert.

Tagein, tagaus dieselbe Routine. Warmes Frühstück um 5 Uhr, belegte Brote um 11 Uhr, warmes Abendbrot um 17 Uhr, 23 Uhr Licht löschen. Es war eine Monotonie, die jede Unterbrechung willkommen sein ließ. Der einzige Weg, jeder Art von Kontrolle zu entkommen, war die Nahrungsverweigerung, die Weigerung, Medikamente zu nehmen, die Weigerung, die Zelle zu verlassen. Gelegentlich tat Dorothea genau das.

»Sie ist launisch«, so drückte es eine blonde Beamtin aus, »sie durchlebt Phasen.«

Insgesamt war Mrs. Puente eine kooperative Gefangene. Nicht sehr gesprächig, aber sie machte auch keinen Ärger. Einige ihrer Mitgefangenen fanden sie regelrecht charmant – »eine wundervolle Person«, wie jemand sagte – und konnten sich kaum vorstellen, daß sie eine Mörderin sein sollte. Immer hilfsbereit trat Mrs. Puente wie eine Gefangenenmutter auf, tröstete die Verzweifelten, erklärte Neuankömmlingen die Regeln, teilte ihre Süßigkeiten und Unterstützung.

Innerhalb des Gefängnisses gab es nur wenig Abwechslung während dieses zermürbenden Abschnitts in Mrs. Puentes Leben.

Bei einer Gelegenheit hatte der Staatsanwalt, Mrs. Puentes Nemesis, einen Abgesandten vorbeigeschickt, der sich mit ihr treffen sollte um die Anklage zu besprechen. Diese ›Betrugsermittler‹ waren gekommen, um noch einmal Handschriftenproben zu nehmen.

Es war nicht so leicht gewesen wie beim ersten Mal, diesmal bestimmten sie, wie sie schreiben sollte. Sie machte eine Mittagspause, aber drei Stunden vormittags und noch einmal drei am Nachmittag mußte sie an die fünfhundert Unterschriften schreiben, bis sie am Rande eines Schreibkrampfes war.

Im Gegensatz zu den Verteidigern durften privat nur sehr wenige Personen Dorothea besuchen oder ihr schreiben. Clymo und Vlautin paßten gut auf ihre berühmte Klientin auf, die ihnen manchmal im Besuchsraum des Sicherheitstrakts gegenübersaß, mit ihnen die Aspekte ihres Falls diskutierte und ihnen manchmal vertrauliche Papiere durch den Schlitz im Glas zusteckte. Draußen wandten andere erhebliche Energie darauf auf, herauszufinden, auf welchen Wegen sie hierhergekommen war. Aber Dorothea, eingeschlossen in ihre Zelle, blieb ihnen ein Rätsel. Kein Wort kam aus ihrem festen Kokon im siebenten Stock.

Vielleicht hätten ihre Anwälte das Unerwartete erwarten sollen. Dorothea hatte einen Hang zur Auflehnung. Sie mochte es nicht, wenn man ihr vorschrieb, was sie tun sollte, wenn man ihre Briefe las. Sie fing an, sich darüber zu beschweren, daß sie ›zu isoliert‹ sei.

Keiner – nicht einmal ihre eigenen Anwälte – konnten ihr sagen, was da zu tun war.

Es war ganz einfach für sie, aus dem Gefängnis heraus anzurufen. Ein Telefon stand im Aufenthaltsraum. Die Beamten im Kontrollraum konnten mithören, es gab also keine Privatsphäre, aber es war für jeden Insassen eine einfache Sache zu warten, bis sie durch andere Pflichten abgelenkt waren, und dann einen ausgesuchten Anruf zu tätigen.

Rief sie einen alten Freund an, damit er sie tröstete? Einen Ex-Ehemann? Einen Minister? Einen Kellner?

Nein, sie entschied sich impulsiv für eine Bekanntschaft, die ein Buch über sie schrieb, Daniel Blackburn.* Er schrieb ein Manuskript herunter und beeilte sich damit, es in den Druck zu bekommen. Egal, daß Mrs. Puente der Prozeß noch nicht gemacht worden war, daß es noch nicht einmal zu einer ersten Anhörung gekommen war, um zu entschieden, ob es überhaupt einen Prozeß geben würde. Ein zustimmendes Nicken von Kevin Clymo, der ihm einige Auflagen gemacht hatte, erlaubte Blackburn, Dorothea ins Gefängnis zu schreiben. Blackburn war kein Dummkopf, er legte seine Telefonnummer dazu.

Jetzt suchte Dorothea, den Brief in der Hand, ein mitleidiges Ohr. Als er sich meldete, legte sie schnell ihre Grundregeln fest: »Versprechen Sie mir, daß Sie Kevin nichts von meinem Anruf erzählen.«

Die halsstarrige Dorothea wischte die Ermahnungen ihres Anwalts beiseite und führte innerhalb eines Monats drei Telefonate mit Blackburn. Größtenteils enthielten die Telefonate keine Überraschungen, sagten nicht viel mehr aus, als daß sie Peter Vlautins zögernde Art zu sprechen nicht besonders mochte und daß sie Shampoo brauchte. Aber schon bald zeigte sich, daß Dorothea weiterreichende Interessen mit ihren Anrufen bei Blackburn verband.

Es störte sie, daß andere mit *ihrer* Geschichte Geld verdienen wollten. Sie fühlte sich dazu berechtigt, für ihre Berühmtheit Geld zu bekommen, und sie wollte, daß Blackburn ihr half, einen Anwalt zu engagieren, der ihr die Vermarktungsmöglichkeiten erklärte. Sie hatte sich sogar schon Gedanken über genaue Zahlen gemacht. Einmal sagte sie, sie wolle siebzig oder fünfundsiebzig Prozent der Einkünfte, ein anderes Mal erklärte sie, sie wolle erst einmal sechzigtausend Dollar,

* Dieser Daniel Blackburn ist nicht zu verwechseln mit Dan Blackburn, einem CNN-Reporter, oder mit anderen desselben Namens.

ehe sie zum Prozeß käme, und behauptete, daß sie das Geld für Rückzahlungen brauchte. »Das ist das, was ich brauche, um Schulden zu bezahlen. Es ist das, was ich mit den Schecks gestohlen habe, verstehen Sie?«

Natürlich brachte Mrs. Puente sich nicht in Gefahr, indem sie die Morde gestand. Sie war willig, aber keine Närrin. Tatsächlich blieb sie dabei, daß sie unschuldig sei, und erklärte: »Ich habe niemals jemanden getötet. Diese Leute waren alle meine Freunde. Wie kann nur einer glauben, ich hätte ihnen Böses gewollt? Ich könnte niemanden töten.«

Später enthüllte Dorothea: »Wissen Sie, alle diese Leute waren schon tot, bevor, bevor sie, na, Sie wissen doch, begraben wurden. Ich würde nie jemanden töten.«

Was sagte sie da? Daß sie illegale Beerdigungen zugeben würde, auch Diebstahl, aber daß alle diese Leute, die in ihrem Garten begraben waren, plötzlich tot umgefallen waren?

Blackburn schrieb eifrig mit, berichtete aber auch heimlich über zwei ihrer drei Gespräche, was in Kalifornien illegal ist.

Mehr als ein Jahr war seit ihrer Verhaftung vergangen, aber diejenigen, die wegen ihrer ersten Anhörung schon unruhig wurden, wurden enttäuscht, als der Termin am 20. Februar ausfiel und auf den 25. April 1990 verschoben wurde.

Inzwischen schien ihr das Anstaltsessen zu schmecken. Sie nahm so sehr zu, daß der Pflichtverteidigungs-Assistent Peter Vlautin sich gegenüber Reportern darüber beklagte, daß sie nicht die angemessene Dosis von Schilddrüsenmedikamenten bekam. (Er erwähnte allerdings nicht, daß sie die verfügbaren Fitneßgeräte nicht benutzte.)

Um dem ermüdenden Einerlei des Gefängnislebens zu entkommen, saß Dorothea regelmäßig mit einem Bleistiftstummel auf ihrem Bett und richtete ihre flinke Vorstellungskraft darauf, ein Manuskript zu schreiben – ein Western, wie Gerüchte behaupteten, war ihre literarische Wahl. Sie schrieb vier Stunden lang und ging nur so lange in den Aufenthaltsraum, wie sie brauchte, um ihren Bleistift anzuspitzen (Füller waren nicht erlaubt). Das fertige Manuskript war aufgrund ihrer schwachen Rechtschreibung und Grammatik ein unfertiger amateurhafter Versuch, der Larry McMurtry keinen

Grund zur Sorge gab. Mrs. Puentes literarisches Talent würde ihr weder Ruhm noch Ehre einbringen, aber ihr Name stimulierte die kreativen Talente anderer.

Sacramento hatte seinen Anteil an cleveren Possenreißern: Lustige ›Telefonkarten‹, T-Shirts, ›Geschenkgutscheine‹ und Aufkleber zirkulierten in der Stadt. Die meisten gingen als Witz von Hand zu Hand und trugen zu Mrs. Puentes Allbekanntheit bei. Ein Aufkleber beispielsweise pries ›Dorotheas Dinner‹ an und unterstellte, daß der, der es einnahm, ›tief in die Spezialitäten des Hauses eintauchen würde‹, inklusive ein Menü Kopf-Käse, Ellbogen-Makkaroni, Leber und Zwiebeln, Nierenpudding sowie ›Speiseröhren-Creme-Suppe‹.

Man hätte annehmen können, daß mit fortschreitender Zeit der Name Puente in Vergessenheit geraten würde, aber dem war nicht so.

Halloween regte zu einer neuen Runde von Parodien an. Ein Geschäft verschickte orangerote Aufkleber, die ›Schrecken in der F Street‹ in ›Dorothea-Kostümen‹ verkündeten.

Ein paar Schaufenster stellten sogar so ein Kostüm aus: roter Mantel, weiße Perücke, Pillen und eine Schaufel.

All das erfreute mit Sicherheit einen großen Teil von Sacramentos Bevölkerung. Aber unter dem Gekicher gab es auch solche, die unglücklich über all diesen ›abstoßenden, morbiden Humor‹ grollten.

Puentes Verteidiger waren nicht amüsiert. Es war nicht leicht, eine Klientin zu haben, die als Witzfigur diente, insbesondere wenn man gelobt hatte, immer nur von der Unschuld des Angeklagten auszugehen. Ganz oben stand – der Termin der ersten Anhörung nahte mit Riesenschritten – daß Kevin Clymo jetzt erfuhr, daß Blackburn Telefongespräche mit seiner Klientin mitgeschnitten hatte! Vor den Kopf geschlagen, verstört und mit dem Gefühl von Verrat drohte er, daß das eine Gesetzesverletzung sei.

Clymo entschied sich für eine Klage, aber sie schien aussichtslos. Das war nur ein kleines Vergehen, außerdem war es zu spät, eine Veröffentlichung zu stoppen. Mit schrecklich perfektem Timing wurde Blackburns Buch in Sacramento ausgeliefert, als Mrs. Puentes erste Anhörung bevorstand. Schlimmer noch: Das Buch mit dem Titel ›Menschenernte‹ trug den reißerischen Untertitel *›Die Mordgeschichte von Sacramento‹*. Mrs. Puente war noch nicht einmal vor Gericht erschienen, geschweige denn verurteilt, und da wurde ihr Name wieder öffentlich mit Mord in Zusammenhang gebracht!

Aber die Verteidiger saßen nicht nur auf ihren Händen. Sie gebrauchten sie. Schon früh hatten Clymo und Vlautin damit begonnen, alle öffentlichen Erwähnungen ihrer Klientin zu sammeln, sei es gedruckt oder gesprochen, so daß sie einen Entwurf aufbauen konnten. Jetzt untersuchten Experten alle Medienauftritte von Mrs. Puente, um einen Überraschungsangriff für die erste Anhörung vorzubereiten und das zu vervollständigen, was Clymo ihr ›Verteidigungsarsenal‹ nannte.

Teil 4

Schwerwiegende Beschuldigungen

Es gibt so viele Arten zu sterben. Viele von uns tun das unter verdächtigen Umständen … Und obwohl der Tod so sicher dem Leben folgt wie Asche dem Feuer, fordern wir doch eine Erklärung, sobald es einen Zweifel am Grund und der Art seines Auftretens gibt.

Christopher Joyce und Eric Stover
Zeugen vom Grab

Kapitel 30

George Williamson kämpfte in dem Wirbelsturm der Vorbereitungen darum, Zeugen zusammenzuholen, die über das ganze Land verstreut waren: frühere Mieter, Verwandte, Krankenschwestern, Ärzte, Leute aus allen Lebensbereichen. Da der Fall so wichtig war, konnte er für keinen von ihnen allzuviel Zeit vergeuden. Eines Nachmittags bestellte er Judy Moise zu einer Routinebesprechung zu sich, um ihr einen kurzen Überblick über den Ablauf im Gerichtssaal zu geben.

»Ich bin richtig nervös«, erzählte Judy ihm. »Ich habe noch nie im Zeugenstand gestanden.«

Er lehnte sich zurück und wischte ihre Sorgen beiseite. »Sie brauchen nicht nervös zu sein«, sagte er, »Sie sind die Heldin. Ohne Sie würde es gar keine Verhandlung geben.«

Judy fühlte sich ganz sicher nicht wie eine Heldin. Sie umklammerte wie ein Schulmädchen die Notizen in ihrem Schoß und machte sich Sorgen, sie könnte Daten durcheinanderbringen oder etwas Wichtiges vergessen. Sie war voller Eifer zu helfen, aber sie hatte das Gefühl, daß dieses Treffen mit Williamson übereilt war.

Das war es auch. Williamson wünschte, er hätte mehr Zeit, aber der Yeoman-Prozeß hatte seine Vorbereitungszeit auf weniger als drei Wochen beschränkt. Weniger als drei Wochen, um einen Fall zu verhandeln, der sich auf einen Zeitraum von mehr als sechs Jahren erstreckte, eine Zeugenliste von rund hundertzwanzig Leuten aufwies und neun Mordfälle zum Gegenstand hatte.

Für die erste Anhörung (in Kalifornien gleichbedeutend mit der großen Jury) hatte er nur zu beweisen, daß es genügend Beweismaterial gab, um Dorothea Puente vor Gericht zu stellen. Aber er wußte, daß das seine einzige Chance war, ein paar Leute zum Reden zu bringen. Einer der Zeugen, John Sharp, stand kurz vor einer Herzoperation. Andere waren hochbetagt oder gebrechlich. Ein früherer Mieter, Julius ›Pat‹ Kelley, war kürzlich gestorben – allerdings nicht bevor nicht beide Seiten für die Zeugenaussage mit Videobändern an sein Sterbebett geeilt waren.

Die Zeit lief.

Nachdem Williamson kurz mit Judy ihre Zeugenaussage durchgegangen war, begleitete er sie hinaus zum Fahrstuhl. Plötzlich wurde ihr klar, daß die Anhörung schon in ein paar Tagen stattfand und daß das hier wohl die einzige Art Vorbereitung war, die sie bekommen würde.

An dem klaren, kühlen Morgen des 25. April 1990 versammelten sich die Medien mit großen Erwartungen in Sacramentos Gerichtsgebäude. Starke Männer trugen Tonanlagen und Videokameras, Zeitungsreporter schritten durch die Halle, Radioreporter überprüften ihre Tonbandgeräte, Moderatoren mit gutsitzenden Frisuren gingen ihre Notizen durch und neckten sich mit den Kameramännern, Zeichenkünstler verglichen ihre teuren Bleistift-Ausrüstungen. Endlich, nach fast eineinhalb Jahren Haft und drei Verschiebungen, stand Dorothea Puentes erste Anhörung an. Jetzt würde das Gericht entscheiden, ob sie des Mordes angeklagt wurde. In neun Fällen. Ein Prozeß um die Todesstrafe.

Carol Ivy, ein Reporter aus San Francisco, der schon im Morgengrauen aufgebrochen war, um nach Sacramento zu fahren, überblickte die Szene und erklärte: »Diese Geschichte interessiert jeden.«

Wenn es nach Mrs. Puentes Anwälten ginge, wäre diese ganze erste Anhörung kein Ereignis. Kurz bevor die Gerichtstüren sich öffneten, machte die erschreckende Nachricht die Runde, daß die Verteidigung im letzten Moment den Antrag gestellt habe, unter Ausschluß der Öffentlichkeit zu tagen. *Welche Heuchelei*, schnaubten die Reporter mit verschiedenen Graden der Überzeugung.

Als der Gerichtssaal schließlich geöffnet wurde, wurde ein Teil der Medienvertreter in die leere Abteilung der Jury gelenkt, aber trotzdem mußte der Gerichtsdiener noch enttäuschte Zuschauer abweisen. Der Geräuschpegel schwoll an und fiel in Wellen der Erwartung.

Endlich wurde Mrs. Puente hereingebracht, flankiert von ihren Anwälten. Sie umklammerte Kevin Clymos Arm, was ihr den Anschein von Gebrechlichkeit verlieh. Als sie saß, goß Peter Vlautin ihr auf die Art ein Glas Wasser ein, wie man seine alte Tante versorgt. Trotz eines leichten Make-ups sah sie außerordentlich blaß aus. Ihre Haut war milchig und weich, ihre Gesichtszüge fein und ebenmäßig, und ein weißer Rock und Pullover ließen ihr Haar noch weißer aussehen.

Bezirksstaatsanwalt George Williamson betrachtete die Szene kühl von der anderen Seite aus. Sogar körperlich waren er und Kevin Clymo würdige Gegner. Williamson war glattrasiert, und seine vollen braunen Haare zeigten, daß er in letzter Zeit nicht dazu gekommen war, sie schneiden zu lassen. Clymos Kahlkopf leuchtete aus einem hellbraunen Haarkranz hervor, und er schmückte sich mit einem großen, welken Schnurrbart, der ihm den Vergleich mit dem Ringer Hulk Hogan einbrachte. Vom Körperbau her war George ›Bulldogge‹ Williamson klein und kräftig, während Clymos Turmhöhe schon fast furchteinflößend war.

Der Gerichtsdiener verkündete: »Alle erheben«, und Richterin Gail D. Ohanesian, eine kleine Frau mit kurzgeschnittenen dunklen Haaren und dunklen Augen, betrat den Gerichtssaal. Jetzt waren alle Mitspieler versammelt.

Der Antrag auf Ausschluß der Öffentlichkeit war der erste Verhandlungspunkt. Er war erst am Vortag gestellt worden, als dürftiger Versuch, der Masse von Medienvertretern Herr zu werden. Zwei Anwälte als Vertreter der Medien hatten sich beeilt zu erscheinen, und schon bald stritten sie sich mit der Verteidigung.

Der Strafverfolger, dessen Zeugen draußen warteten, hörte teilnahmslos zu und ließ seine Ungeduld kaum erkennen. Die Richterin bemühte sich inzwischen, den unerwarteten Gang der Ereignisse in den Griff zu bekommen. Sie befragte beide Seiten, zögerte aber noch mit ihrer Entscheidung. Die Medien begannen verärgert zu tuscheln. War das nicht seltsam? Sie hatten erwartet, daß die Richterin den Antrag sofort abweisen und weitermachen würde. Vielleicht war sie nicht ganz da, flüsterten sie.

Endlich war Richterin Ohanesian davon überzeugt, daß einige Argumente für diesen Antrag im geheimen gehört werden sollten. Der Gerichtssaal wurde geräumt und die Türen geschlossen.

Selbst Williamson wurde ausgeschlossen. Er kam heraus auf den Flur und sagte seinen Zeugen – darunter die aufgeregte Judy Moise – daß sie nach Hause gehen sollten.

Den ganzen nächsten Tag argumentierten die Anwälte hinter verschlossenen Türen. Die Verteidigung rief zwei Experten als Zeugen auf, die mittels detaillierter Zeichnungen und Grafiken belegten, daß die Jury bereits durch vorgezogene Berichterstattung beeinflußt sei, und sie sagten schreckliche Folgen für die Auswahl der Jury voraus, wenn die Berichterstattung anhielte. (Ironischerweise befanden sich diese Experten, die so sehr vor der Berichterstattung der Medien warnten, sofort im Auge der Kameras, sobald sie den geheiligten Gerichtssaal verließen. Selbst auf dem Weg durch den Flur zum Pausenraum folgten ihnen Licht und Kameras.)

Während der Debatte darüber, ob die Vorgänge unter Ausschluß der Öffentlichkeit stattfinden sollten, gab die Verteidigung ein gewichtiges Argument für eine Verlegung des Prozesses zu bedenken. Sie konnten die Vorverurteilung mit Datum in ihren Akten belegen, sie hatten Artikel der *Newsweek, U. S. News World Report* und des *A. A. R. P. Journals* sowie zweihundertzweiundfünfzig Zeitungsartikel, siebenhundertelf Radiomeldungen, Blackburns vorzeitiges Buch zu dem Fall und sogar eine Geraldo Rivera Show mit dem Titel ›Der Mörder nebenan‹* vorzuweisen.

Die Presse lungerte derweil in der Halle herum und diskutierte, ob die unberechenbare Richterin nach alledem die Öffentlichkeit ausschließen würde. Da sie keine anderen

* Die Nachbarn von Mördern, die *schon verurteilt* waren, wurden in einer Sendung mit Mrs. Puentes Nachbarn interviewt, sie war die einzige *Mörderin*, die *nicht* schon verurteilt war. Ein Beispiel für minderwertigen Journalismus.

Möglichkeiten hatten, machten findige Künstler die Runde, um durch den engen Spalt zwischen den geschlossenen Türen hindurchzuspähen, fertigten dann erstaunlich treffende Skizzen an, die dann rechtzeitig für die 17-Uhr-Nachrichten farbig ausgemalt wurden.

Am Freitag um 13 Uhr 30 hatte Richterin Ohanesian alle Argumente der Verteidigung gehört. Sie gestand zu, daß »die Natur und das Ausmaß der Berichterstattung in diesem Fall einzigartig gewesen seien« und daß es »der Gesprächsstoff im ganzen Land gewesen sei«. Aber sie schloß daraus, daß eine öffentliche Anhörung das Recht der Angeklagten auf einen fairen Prozeß nicht schmälern würde. Die Anhörung würde öffentlich sein.

Die Flagge war gehißt, und die Strafverfolger machten den Anfang.Als ersten Zeugen rief Deputy DA George Williamson Judy Moise in den Zeugenstand.

Sie sah gelassen aus, aber in Wirklichkeit hatte sie diesem Moment seit Wochen entgegengefiebert, immer wieder ihr Berichtsheft durchgesehen und sich das Gehirn zermartert, um auch ja die richtigen Daten, Zeiten und die richtige Reihenfolge zu nennen. Ihre Nervosität zeigte sich in ihrem Hang, die Fragen zu ausführlich zu beantworten und zu viel zu erklären. Von Williamsons Fragen geführt, berichtete sie von ihrer Arbeit, von Bert, von ihren Treffen mit Dorothea Puente, wie Bert aufgeblüht war, als er in ihrer Pension wohnte. Sie erzählte von Berts Verschwinden und daß Dorothea ihr wiederholt versichert habe, daß Bert in Mexiko sei, ihr versprochen habe, daß er bald zurückkäme.

Sie berichtete von den befremdlichen Telefonaten mit dem Mann, der behauptete, er wäre Miguel Obregon, der sich versprochen und als Don Anthony vorgestellt hatte, und von dem Brief mit Poststempel Reno in Nevada.

Wenn Judy abschweifte, griff Williamson ein und brachte sie zurück auf seine Linie. Er wußte genau, wo er hinwollte, und es war sein Stil, daß er sich darauf konzentrierte und ohne große Umschweife darauf zusteuerte: kurz gesagt, die ›direkte Befragung‹.

Das Kreuzverhör verlief nicht so sanft. Clymo wollte die

Zeugin eindeutig unglaubhaft machen. Er griff ihre schriftlichen Unterlagen an und äußerte sich geringschätzig über ihren Beruf, weil sie eine Sozialarbeiterin ohne Diplom war. Er stichelte wegen ihres Vertrags mit der Motion-Filmgesellschaft und unterstellte, daß sie einen Nutzen davon haben würde zu lügen.

Das hatte Judy nicht erwartet. Sie merkte, daß sie abwechselnd in die Irre geführt und dann abgeschmettert wurde. Ihre Aussage wurde erschüttert.

Einmal stand Clymo genau hinter Mrs. Puente und legte seine großen Hände auf ihre Schultern. Judy konnte einen Augenkontakt mit der Frau nicht verhindern. Mrs. Puentes Blick war so enervierend, daß Judy schauderte und woanders hinsah, wobei sie sich schwor, sie nie wieder anzusehen.

Als Clymo begann, ihr einige provozierende Fragen zu Bert Montoya zu stellen, fühlte sie sich bereits unruhig und benommen.

»Wußten Sie, daß er Diabetiker war?«

Judy sah erstaunt aus. »Nein.«

»Wußten Sie, daß er Micronase einnahm?«

»Nein.«

Clymo erreichte, daß sie unwissend wirkte. »Sie wußten, daß er schizophren war?«

»Ja.«

»Haben Sie Bert jemals mit den Geistern sprechen hören?«

»Ja«, antwortete sie, »es war, als würde er sie ermahnen. Er zeigte zum Himmel.«

»Hat er Ihnen nicht erzählt, daß die Geister ihm sagten, er solle sich umbringen?«

»Nein«, sagte Judy seufzend. Ihr und jedermann sonst im Gerichtssaal dämmerte jetzt, welche Richtung die Verteidigung einschlagen würde.

Es war nicht überraschend, daß Clymo damit argumentieren würde, einige der Opfer, die in 1426 F Street ausgegraben wurden – besonders ältere wie Palmer und Carpenter – seien eines natürlichen Todes gestorben. Aber jetzt sah es so aus, als hätten Mrs. Puentes Verteidiger es darauf angelegt, daß selbst

Bert Montoya, der jüngste und sicher der gesündeste von denen, die man in Mrs. Puentes Garten entdeckt hatte, das Opfer einer tödlichen Krankheit, wenn nicht gar eines Selbstmordes, geworden war.

Ein Argument begann sich abzuzeichnen: Wenn Williamson die Todesursache der Fälle nicht klarstellen konnte, wie konnte er dann einen Mord beweisen?

Als Judy am Dienstag, 1. Mai, den Zeugenstand wieder verließ, fühlte sie sich verletzt. (Clymo hatte sie so in die Enge getrieben, daß er sich getrieben fühlte, eine Entschuldigung zu flüstern, als sie den Stand verließ. »Ich habe wirklich nichts gegen Sie. Aber so macht man das eben.«)

Als nächsten rief Williamson Donald Anthony in den Zeugenstand.

Ein kleiner Mann in Jeans und Turnschuhen trat ein, und es war kaum vorstellbar, daß er Judy Moise ein paar angstvolle, schlaflose Nächte bereitet haben sollte oder daß seine Stimme sie voller Angst aus dem Haus getrieben hatte. Er war schmal und drahtig. Langes braunes Haar ringelte sich um eine hohe Stirn – was, wie die Zeugenaussage bald zeigen sollte – kein Zeichen für ausgeprägte Intelligenz war.

Anthony wirkte harmlos, aber er war kein unbeschriebenes Blatt. Williamson machte schnell klar, daß er siebenmal in Haft gewesen war: Drogenkriminalität. Auch gab Anthony zu, der eine tiefe Freundschaft zu Dorothea eingestand, daß er nur als Zeuge auftrete, weil er in der Bewährungszeit sei.

In kurzen, langsamen Sätzen beschrieb er unwillig, wie er Dorothea Puente kennengelernt hatte. In der Übergangszeit zwischen Gefängnis und Freiheit hatte er im Übergangshaus gearbeitet. »Sie forderte Aushilfskräfte an, die wenig kosteten, und sie haben mich gerufen, weil ich Arbeit brauchte.« Als ein Mitglied einer Arbeitsgruppe hatte er in Viererreihen Gräben um ihren Garten gezogen und dabei geholfen, den Zement zu gießen. Die Vermieterin hatte ihm erzählt, daß die Gräben ›Für Rohrleitungen‹ seien, aber in der Befragung gab er zu, daß er nie irgendwelche Rohre gesehen hatte.

Nachdem Anthony das Übergangshaus verlassen konnte, hatte er kurz bei Dorothea gewohnt. Dort erledigte er seltsame Arbeiten und Gefallen für sie, unter anderem den Anruf bei Judy Moise unter dem Namen Miguel Obregon.

»Ich habe gedacht, ich täte es für einen guten Zweck«, sagte er, »damit Bert in Mexiko bleiben konnte.«

Zu Clymos Ärger tat Anthonys Aussage mehr, als Judys nur zu stützen. Er enthüllte, daß Dorothea ihn mit nach Reno genommen hatte »zum Spielen und um einen Brief aufzugeben«. Mehr noch, sie hatte ihn angewiesen, ihn »in ein Papiertaschentuch zu wickeln, damit keine Fingerabdrücke daraufkommen«.

Mit nur zwei Zeugen hatte Williamson nachgewiesen, daß Mrs. Puente genau ausgearbeitet hatte, wie sie Judy Moise über Berts Aufenthaltsort täuschen könnte, und sie hatte sogar ihre eigene Verwicklung in die Sache getarnt. Vom Gesetzesstandpunkt aus ist das Auslegen von vorgefertigten Beweisen ein Zeichen für Schuld.

Williamsons nächster Zeuge war einer von Mrs. Puentes früheren Mietern, John Sharp. Der scharfäugige, knochige ehemalige Koch sah so aus, als ob seine fünfundsechzig Jahre nicht gerade leicht gewesen waren, aber seine Zeugenaussage war klar, knapp und deutlich. (Da Sharp am nächsten Tag eine Bypass-Operation vor sich hatte, machte ihm die Aussage überhaupt nichts aus. »Ich kann in ein paar Wochen tot sein«, erzählte er Williamson. »Das hier scheint nicht so eine große Sache zu sein.«)

Sharp erzählte seine unheimliche Geschichte von den Löchern, die im Garten ausgehoben wurden, von plötzlichem Verschwinden und von fauligem Geruch. Er brachte Licht in Dorotheas Machenschaften, indem er auch erzählte, daß Dorothea ihn gebeten hatte, die Polizei zu belügen, als sie kamen und nach Bert Montoyas Verbleib fragten.

Williamson nahm an, daß die Verteidigung eine große Show aus der Tatsache machen würde, wie freundlich und großzügig Mrs. Puente immer gewesen war, und so brachte er selbst das Gespräch darauf, um das Argument zu entkräften. Bei der Befragung versicherte Sharp, daß Mrs. Puente eine sehr aufmerksame Hausmutter gewesen sei, insbesondere was Bert Montoya anging, dessen Zustand, wie Sharp sagte, sich ›tausendprozentig‹ gebessert hatte, seit sie ihn versorgte.

Aber als Williamson ihn fragte: »Hatten Sie Angst vor ihr?«, gab Sharp zu: »Vor ihrem Argwohn, ja.«

Clymo gelang es während des Kreuzverhörs, Sharp die Aussage zu entlocken, Bert sei »im Grunde ein Wrack« gewesen. Obwohl er dabei blieb, daß er Bert niemals hatte trinken sehen, brachte Clymo ihn dazu, zuzugeben, daß er »(Alkohol) an ihm riechen konnte«.

Wenn man in dem Luxus lebte, eine Fülle von Beweismitteln zur Verfügung zu haben, kann die Zeugenaussage sowohl kunstvoll als auch logisch präsentiert werden – die Samen des Motivs, die Steigung der Gelegenheit, das kleine Gebirge von harten Fakten – ehe die alles beherrschende Landschaft des Verbrechens hervortritt. Aber Williamson konnte über diesen Luxus nicht verfügen, und privat gab er zu, daß die Präsentation dieses Falls so war, »als stieße man einen kleinen Kiesel einen großen Berg hinauf.«

Seine Beweise hingen von den Umständen ab. Niemand hatte gesehen, wie Mrs. Puente Mieter erwürgte oder vergiftete. Niemand hatte gesehen, wie sie Leichen in den Garten zerrte oder sie mit Erde bedeckte. Es gab auch nicht die Spur eines deutlichen Hinweises – nicht einen Fingerabdruck, nicht ein einzelnes Haar – der sie mit den Leichen, die man in ihrem Garten ausgegraben hatte, in Verbindung brachte.

Also würde Williamsons Vorgehen ›steigernd‹ sein. Wenn es nötig werden sollte, würde er hundert Zeugen aufrufen – von Polizisten bis Ex-Sträflingen, von Bürokraten bis Kellnern –, um seine Anklage gegen Dorothea Montalvo Puente durchzubringen.

Kapitel 31

Williamson machte kaum eine Atempause, feuerte seine Fragen wie Gewehrsalven ab und sprach so schnell, daß die Richterin ihn bitten mußte, Extrapausen einzulegen, damit der Protokollant sich ausruhen konnte, während er eine lange Reihe von Experten aufrief, unter ihnen auch David Moore, Senior Handschriftenexperte bei der Rechtsabteilung.

Moore hatte mit der Emsigkeit eines Ameisenheeres Hunderte von Unterschriften untersucht (auf Rentenbescheiden, SSI, Steuererklärungen und Sozialhilfeschecks). Wie der Experte erklärte, stammten sie seiner Meinung nach alle von Dorothea Puente.

Wie die Verteidigung aber sehr wohl wußte, war Diebstahl die eine Sache, Mord aber eine ganz andere.

Williamson rief Leichenbeschauer-Assistenten auf, Detectives, praktisch jeden, der mit der Entdeckung und Exhumierung der Leichen zu tun gehabt hatte. Zu ihnen gehörte auch Detective John Cabrera, der über seine Rolle bei Mrs. Puentes Verschwinden Auskunft gab. (Hinterher sprach er in der Halle noch mit Reportern, wo er zugab, daß komplizierte Verbrechen wie dieses »viel Kraft aus einem saugen«. Derselbe Mann, der sich bereit erklärt hatte, Mrs. Puente durch die Polizeiabsperrung zu eskortieren, der sogar zugestimmt hatte, auf ihre Suppe zu achten, gab jetzt – ohne eine Spur von Ironie – mit seiner guten Spürnase an. »Ich hatte ein gutes Gespür für diesen Fall«, erklärte er.)

Als nächstes kam Williamson auf den Kern des Falls zu sprechen: die Todesursache.

Die Zeugenaussage der beiden großen, blassen Gerichtspathologen, die die Autopsien durchgeführt hatten, brachte grausige Einzelheiten ans Licht. Während Williamson schreckliche Bilder von den Leichen herumzeigte, rezitierten Dr. Gary Stuart und Dr. Robert Anthony eine makabre Litanei von Verwesung und Skelettierung. Die Ärzte legten mit der größten Genauigkeit jeden einzelnen Knochen und jedes

Organ bloß, zitierten Medizinberichte und verfolgten die Landkarten innerer Narben.

Licht kam in dieses dunkle Thema, als Williamson sich auf die winzigen Spuren von Drogen konzentrierte, die in den Leichen gefunden worden waren. Das Gericht erhielt am Beispiel der ersten Leiche, die gefunden worden war, der von Leona Carpenter, einen Grundkurs in Pharmazie.

Dr. Anthony erklärte, daß man in Mrs. Carpenters Hirngewebe die Spuren dreier Drogen gefunden habe: Dalmane, Valium und Kodein. Bei der Gruppe von Benzodiazepinen sind Valium (oder Diazepam) und Dalmane (oder Flurazepam) beides ›sedierende Drogen‹ oder auch Schlafmittel, sagte er. Kodein ist ein Rauschmittel, ein betäubendes Schmerzmittel.

Offensichtlich eine machtvolle Kombination. Auch waren diese Drogen, so der Arzt, »gut in Flüssigkeit löslich«.

»Also können sie sehr leicht mit Flüssigkeit verabreicht werden – in Wasser oder Alkohol?« fragte Williamson.

»Ja, Sir.«

Die Vorstellung von giftigen Cocktails breitete sich im Gerichtssaal aus.

In der Befragung erläuterte der Arzt die allgemeine Wirkung der Drogen: »Beruhigende, muskelentspannende, einschläfernde Wirkung. Bei großen Dosen geistige Erstarrung, Koma, mangelnde Körperbeherrschung.«

»Kann eine große Menge davon tödlich sein?«

»Ja.« Außerdem hätten diese Drogen eine »ergänzende Wirkung«, wie er erklärte, womit gemeint war, daß die Wirkung bei der Kombination aller drei Drogen, speziell bei älteren Leuten, verstärkt wurde. Wenn sie mit Alkohol zusammen verabreicht würden, so seine Ergänzung, seien sie »hochgiftig«.

Dr. Anthony erklärte auf einer höheren Ebene der Zusammenhänge, daß die Sedativa, die als Dalmane bekannt seien, oder auch die übergeordnete Droge Flurazepam, vom Körper schnell zu Metaboliten abgebaut würden, von denen man nach zwei und mehr Wochen noch Spuren im Körper finden würde. Da man Metabolite zusammen mit Flurazepam in den

Gewebeproben gefunden habe, hatte der Körper keine Zeit mehr gehabt – möglicherweise weniger als vierundzwanzig Stunden – die Droge, die für den Tod primär verantwortlich war, in Metabolite abzubauen. (Leona Carpenters Gewebe enthielt beispielsweise .04 Milligramm der übergeordneten Droge Flurazepam auf ein Kilo Körpergewicht, und auch .84 und .13 Milligramm zweier Metabolite.)*

Mit fortschreitender Zeugenaussage wurde deutlich, daß alle sieben Leichen, die man in dem Garten ausgegraben hatte, sowohl die übergeordnete Droge als auch deren Metabolite enthielten. Das klang vernichtend, aber Williamson wußte, daß dieses Argument brüchig war. Er konnte nicht beweisen, daß auch nur eines der Opfer mit einem Cocktail umgebracht worden war, der diese Drogen enthielt. Normalerweise wird die Autopsie sofort vorgenommen, wenn jemand an einer Überdosis stirbt, so daß die Todesursache durch eine Blut- oder Urinuntersuchung festgestellt wird. Manchmal kann man auch andere Körperflüssigkeiten wie Gallenflüssigkeit oder Augenflüssigkeit untersuchen. Unglücklicherweise waren die Leichen in diesem Prozeß schon so verwest, daß keine Körperflüssigkeiten mehr übrig waren und man statt dessen die Gewebeproben untersucht hatte.

»Genaue Zahlen haben wir nicht«, sagte Dr. Anthony, denn niemand wisse, »ob der Drogenspiegel steigt oder sinkt, wenn die Körperflüssigkeit fehlt.«

Waren die Drogen im Gewebe *zurückgeblieben* und hatten so die Konzentration *erhöht*? Oder waren die Drogen größtenteils vom Körper *ausgeschieden* worden, so daß die Konzentration *niedriger* war? Wie viele Milligramm Flurazepam in stark verwesten Körpern erlaubten den Rückschluß auf eine tödliche Dosis?

Niemand konnte das sagen. Obwohl man die Drogen erkennen und messen konnte, vermochte niemand definitiv auszusagen, ob sie in tödlicher Dosis verabreicht worden waren. Kein wissenschaftlicher Test konnte hier für Klarheit sorgen.

* Siehe Anhang I, Seite 437

Clymo war dafür bereit. Im Kreuzverhör brachte er Dr. Anthony dazu, zuzugeben, daß, da sie es »mit einem ausgetrockneten Hirn zu tun gehabt« hätten, »die Zahlen großteils bedeutungslos« seien.

Was konnte die Verteidigung sich Besseres wünschen?

Dr. Anthony sagte weiter: »Es gibt keine Untersuchungen darüber, wohin die Drogen gehen, wenn der Körper verwest.« (In einer trockenen Randbemerkung zum Entzücken der Zuschauer ergänzte er: »Es ist sehr schwierig, einen lebenden Patienten dazu zu bewegen, einen Teil seines Gehirns zur Verfügung zu stellen.«)

Clymo fragte: »Wenn ich innerhalb von zwei Stunden fünfhundert Tabletten nähme, würde mein System das verkraften?«

»Wahrscheinlich würden Sie einen Atemstillstand erleiden, einen Herzstillstand, und dann sterben«, antwortete der Arzt.

»Der Abbau in Metabolite kommt zum Stillstand?«

»Ja, Sir.«

»Es wird also nichts mehr von den Drogen zu Metaboliten abgebaut?«

»Ja, Sir.«

»Wenn das passiert, lägen also eine große Menge der übergeordneten Droge und nur wenige Metabolite vor?«

»Ja«, antwortete der Arzt. »Das können Sie bei einer akuten Überdosis sehen, da gibt es gewöhnlich eine große Konzentration der eingenommenen Droge und nur wenig Metabolite.«

Noch mehr Punkte für die Verteidigung. Clymo hatte, seit er die toxikologischen Berichte gesehen hatte, Zweifel an der Theorie gehabt, daß Mrs. Puentes Mieter an einer Tablettenüberdosis gestorben waren. Er untermauerte die Ungereimtheiten, indem er des weiteren feststellte, daß jemand, dessen Leber erkrankt war (wie bei vielen der Opfer), die Droge sogar noch langsamer zu Metaboliten abbauen würde.

Clymo blieb beharrlich bei dem Thema und fragte, wie viele Dalmane-Tabletten man nehmen müsse, bis es tödlich sei.

Eine Polizeibeamtin steht Wache vor Puentes Pension, nachdem der erste Leichman entdeckt wurde.
EVIDENCE REPRODUCTION BY GEORGE FARDELL

Hinter Dorothea Puentes Haus wird mit Schaufeln ein Leichnam ausgegraben.
DAVID PAUL MORRIS

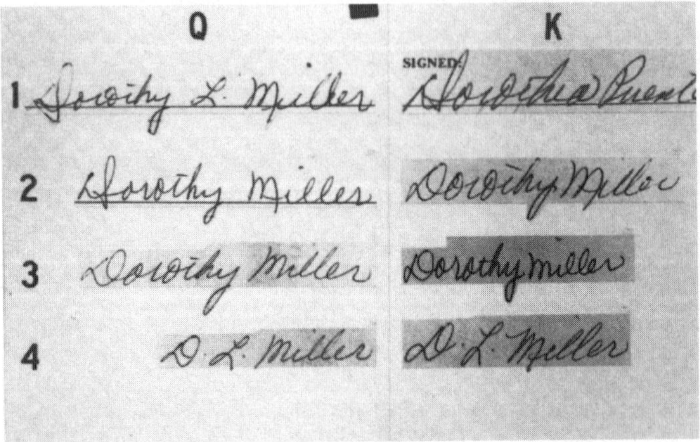

Proben von Handschriften, die bei der Gerichtsverhandlung vorgelegt wurden. ›Q‹ steht für fragliche Unterschriften Dorothea Puentes auf Schecks, ›K‹ für sicher von Dorothea Puente vorgenommene Unterschriften.

EVIDENCE REPRODUCTION BY GEORGE FARDELL

Bert Montoya in einer Videoaufnahme, die Judy Moise von ihm machte.

EVIDENCE REPRODUCTION BY GEORGE FARDELL

Benjamin Fink
an Weihnachten,
kurz vor seinem Tod.
EVIDENCE REPRODUCTION
BY GEORGE FARDELL

Dorothy Miller
in besseren Tagen.
EVIDENCE REPRODUCTION
BY GEORGE FARDELL

James Gallop
nach seiner Gehirnoperation.
EVIDENCE REPRODUCTION
BY GEORGE FARDELL

Vera Faye Martin,
die diesem Foto sehr ähnelte,
wurde von keinem einzigen
Zeugen identifiziert.
EVIDENCE REPRODUCTION
BY GEORGE FARDELL

Betty Palmer
lächelt in die Kamera
EVIDENCE REPRODUCTION
BY GEORGE FARDELL

Everson Gillmouth,
der Dorothea Puente gern
geheiratet hätte, wurde in
einer Kiste am Ufer des
Sacramento River gefunden.
MIT FREUNDLICHER GENEHMIGUNG
VON REBA NICKOLOUS

Ruth Monroe
mit ihrem Enkel Jason, 1972
MIT FREUNDLICHER GENEHMIGUNG
DER FAMILIE CLAUSEN

Judy Moise,
die Bert vermißte und Kontakt
zur Polizei aufnahm.
GEORGE FARDELL

Staatsanwalt John O´Mara
hört aufmerksam zu.
CARLA NORTON

Sergeant Bob Burns hat Schwierigkeiten zu erklären, weshalb die Polizei DorotheaPuente entkommen ließ.
DAVID PAUL MORRIS

Am 18.November 1988 wird Dorothea Puente unter Mordanklage gestellt.
AP/WIDE WORLD PHOTOS

Ausweise von Betty May Palmer und Dorothea Puente Montalvo, alle mit einer Fotografie der lächelnden Dorothea Puente. Die Fotografie des mittleren Ausweises, ausgestellt am 14.10.1986, wurde eindeutig erst nach Palmers Tod aufgenommen.

EVIDENCE REPRODUCTION BY GEORGE FARDELL

Ein Fläschchen mit dem Beruhigungsmittel Flurazepam oder Dalmane, das in Dorothea Puentes Haus sichergestellt wurde.

EVIDENCE REPRODUCTION BY GEORGE FARDELL

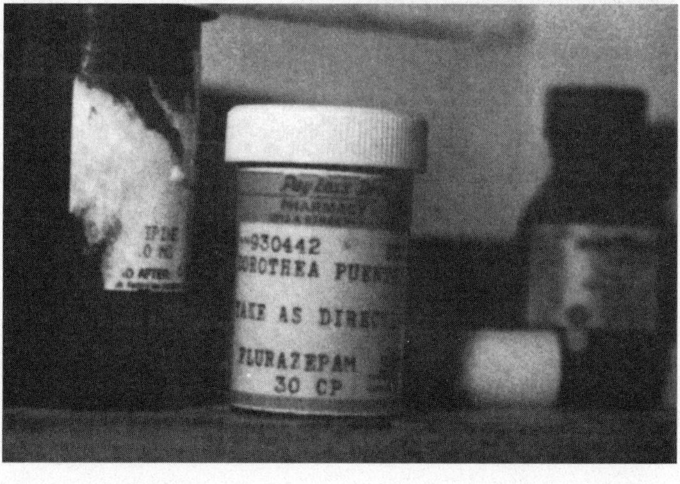

Dorothea Puente, umringt von ihren Anwälten, scherzt mit Kevin Clymo.

CARLA NORTON

»Das steht nicht fest«, gab Dr. Anthony zu.

»Haben Sie eine Vermutung, wie das bei tausend Kapseln aussieht?«

»Ich glaube, man muß eine große Zahl Kapseln einnehmen, um wirklich eine Überdosis zu erreichen.«

»Hunderte?«

»Ja.«

»Möglicherweise sogar Tausende?«

»Möglicherweise.«

Clymo fuhr fort: »Ich glaube, Sie haben ausgesagt, daß Flurazepam sowohl in Wasser als auch in Alkohol löslich ist, ist das richtig?«

»Ja, Sir.«

»Dalmane-Kapseln oder andere Flurazepame enthalten aber noch andere Stoffe als nur die Droge, oder?«

»Das ist richtig.«

»Nun, können sie uns sagen, wieviel Pulver in etwa übrigbleibt, wenn man, sagen wir fünfhundert oder tausend Kapseln auf ein Stück Papier leeren würde?«

»Sie hätten eine recht große Menge Pulver übrig, vielleicht in der Größe eines Tennisballs.«

Die Bilder eines Gift-Cocktails verflüchtigten sich wieder. Wer könnte wirklich eine solche Menge einnehmen? (Clymos Kollegen im Verteidiger-Büro waren so von der Vorstellung beeindruckt, daß sie eine ›Figur‹ in der Größe eines Tennisballs aus Papier anfertigten und sie ihm als Trophäe überreichten.)

Innerlich mochte George Williamson sich bei der Befragung Dr. Anthonys gekrümmt haben, aber äußerlich war ihm nichts anzumerken. Der Strafverfolger, der immer in Bewegung war, stand jetzt an der Seite des Gerichtssaals. Es war typisch für ihn, daß er immer, sogar beim Kreuzverhör, auf und ab ging und immer mit Füllern oder Büroklammern herumspielte.

Ob mit Absicht oder nicht, er lenkte die Aufmerksamkeit von Clymos Kreuzverhör dadurch ab, daß er einen Füller in die Luft warf und wieder auffing.

Clymo nahm das nicht zur Kenntnis. Er brachte es auf den

Punkt, daß eine solche Menge Pulver praktisch nicht mit einem Glas Flüssigkeit eingegeben werden konnte.

Wieder und wieder betonte Clymo, daß die Todesursache für jeden einzelnen Fall ›ungeklärt‹ war. Dann spielte er verschiedene Möglichkeiten der Todesursache für jeden einzelnen durch: Konnte die Person an Herzversagen gestorben sein? Zu hoher Blutdruck? In einem Fall sogar an Syphilis?

Dr. Anthony mußte wiederholt zugestehen, daß es keinen Beweis gab, ob die Person daran gestorben war oder nicht.

Die Zeugenaussage von Dr. Stuart, der über den Rest der Autopsie Auskunft gab und sich eng an die Aussagen seines Kollegen vorher anschloß, verlief genauso.

Den ganzen Mai hindurch ließ Williamson eine Parade von Ärzten in den Zeugenstand treten, die über den Gesundheitszustand der verschiedenen Opfer befragt wurden.

Clymo fragte die Ärzte wieder und wieder, ob es ›ungewöhnlich‹ sei, wenn Leute dieser Verfassung und dieses Alters ›eines plötzlichen, unerwarteten Todes‹ stürben. Die Ärzte mußten alle einräumen, daß das sicherlich ›vorkäme‹. Es gab zum Ärger der Strafverfolger in der Tat keine Möglichkeit, bei acht von neun Fällen die Todesursache zu beweisen.

Dorothea Puente nahm unterdessen schweigend am Prozeß teil, saß ganz still, ähnelte auffallend jedermanns Großmutter und kein bißchen einer Serienmörderin.

Während der Anhörung raste Williamson durch seine Fragen und bombardierte das Kreuzverhör der Verteidiger mit Zwischenfragen. Bald war die Reihe an den forensischen Toxikologen: James Beede vom Leichenbeschauer-Büro und William Phillips von der Justizbehörde. Sie erklärten ihre Arbeit und sagten über den Medikamentenspiegel aus, der in den Leichen gefunden worden war. Aber schließlich mußten sie dem unangenehmen, aber unumgänglichen Thema ins Auge sehen: der Verunreinigung durch Kokain.

Kokain, das flüchtig ist und nur innerhalb weniger Stunden im menschlichen Körper nachgewiesen werden kann, – ganz zu schweigen von mehreren Monaten – war dessen ungeachtet in Ben Finks Gewebe gefunden worden. Ja, es schien unerklärlich. Alle Sorgfalt, die vorsichtige Handhabung waren irgendwie unterlaufen worden, so daß die Gewebeproben alle noch einmal hatten geprüft werden müssen.

Clymo nahm diese beiden Zeugen genußvoll in die Zange, ließ sie beide ausführlichst die arbeitsreiche Analyse des ganzen Vorgangs erläutern, um scheinbar nach der Quelle der Verunreinigung zu suchen, dabei aber mittelbar auf Inkompetenz hinzuweisen. Die sanfte Richterin wies Williamsons hitzigen Einspruch ab, und die Toxikologen bemühten sich, kühl und professionell zu antworten.

Würde sich das als die Achillessehne des Strafverfolgers erweisen? Williamson behauptete bei einer Zigarettenpause, daß ihn das nicht berühre, und nannte die ganze Kokainverunreinigung eine ›aufgebauschte Sache‹.

Am Ende waren die Berichte der Toxikologen zwar interessant, aber sie konnten kaum beweiskräftig genannt werden. Nichts konnte an der Tatsache etwas ändern, daß *alle* Leichen, die man in der 1426 F Street ausgegraben hatte, Spuren von Dalmane enthielten. Dorothea hatte, wie herauskam, eine erstaunliche Menge von Rezepten für gerade dieses Beruhigungsmittel, ausstellen lassen.*

Williamson ließ Apotheker aussagen, daß Dorothea von Ende 1985 bis kurz vor ihrer Verhaftung im November 1988 zahllose Dalmane-Rezepte eingelöst hatte – jedesmal dreißig Tabletten –, so daß mehr als tausend Tabletten durch ihre Hände gegangen waren.

Konnte sie diese Tabletten möglicherweise alle selbst eingenommen haben?

* Siehe Anhang II, Seite 441

Kapitel 32

Clymo und Vlautin hatten zwar einen großen Aufstand um die außerordentliche Berichterstattung in den Medien gemacht, hatten ironischerweise aber nichts dagegen, die Fragen der Reporter zu beantworten, zitiert zu werden und das helle Licht der Kameraleute zu ertragen, während es Williamsons Stil war, aus dem Gerichtssaal zu stürmen, ohne einen Kommentar abzugeben. Clymo nutzte die Gelegenheiten, öffentlich die Tatsache zu betonen, daß ältere Leute länger für den Abbau in Metabolite brauchen und daß einige der Mieter schon seit Jahren ›Schlafmittel‹ eingenommen hatten. Vlautin drückte derweil sein Mißfallen über ›die Qualität des Beweismaterials‹ aus und beeilte sich, klarzustellen: »Wir haben nicht die Beweispflicht.«

Wenn man davon ausging, daß Dorothea eine Mörderin war, dann war es keine große Sache zu glauben, daß alle die Leute durch ihre Hand gestorben waren. Aber wenn man diese erste Annahme nicht teilte, war es ein großer Sprung von Betrug und illegalem Begräbnis zu Mord. Clymo führte zuversichtlich aus, niemand könne unter Eid genau sagen, was die sieben Leute umgebracht habe, die in Mrs. Puentes Garten begraben worden waren. Selbst den besten Wissenschaftlern, die die fortschrittlichsten Techniken der ganzen Nation zur Verfügung gehabt hatten, war es nicht gelungen, auch nur eine einzige unzweifelhafte Verbindung zwischen ihrem Tod und Dorothea Puente herzustellen.

Aber George ›Bulldogge‹ Williamson besaß auf jeden Fall eine Eigenschaft: er war zäh. Er fuhr fort, Zeugen aufzurufen. Er war dabei, Leben in die Sache zu bringen. Eine matronenhafte Frau in blauem Kleid und mit einem humorvollen Glitzern in den Augen trat ein: Dr. Ruth Lawrence. Die Ärztin, die zur Zeit an der U. C. Davis Medizinischen Hochschule praktizierte, hatte 1988 an der VA-Klinik gearbeitet.

Williamson fragte: »Haben Sie am 21. September 1988 eine Patientin namens Dorothy Miller gesehen?«

»Ja«, antwortete sie und fügte hinzu, daß die Frau Thyroid, ein weibliches Hormon, sowie Dalmane verlangt habe.

September 1988. Das war erstaunlich. War das nicht dieselbe Zeit, zu der Bert Montoya verschwunden war? Und war Dorothy Millers Leiche nicht ›stark verwest‹ im November 1988 entdeckt worden? Wie war es möglich, daß sie *nach* Bert vergraben worden war?

Williamson fuhr fort: »Sie erinnern sich gut an die Patientin, oder?«

»Ja, weil es ungewöhnlich ist, daß weibliche Veteranen aus dem 2. Weltkrieg kommen.«

»Ist die Frau, die sie unter dem Namen Dorothy Miller behandelt haben, heute hier in diesem Gerichtssaal?«

Clymo sprang auf, um Einspruch zu erheben, Williamson hielt dagegen, und sie stritten über die Zulässigkeit der Frage. Aber Williamson erhielt die Erlaubnis, noch einmal zu fragen: »Ist die Person, die Dalmane und andere Medikamente verlangte, heute hier bei Gericht?«

»Ja«, antwortete die Ärztin und nickte in Richtung Dorothea Puentes.

Erheiterung machte sich auf den Zuhörerbänken breit, als sie beschrieb, was die Beschuldigte anhatte.

Williamson wollte alles herausholen: »Als diese Frau als Patientin zu Ihnen kam«, fragte er, »haben Sie da irgendwelche Narben an ihrem Hals bemerkt?«

»Ja, als Folge einer Schilddrüsenoperation.«

Williamson forderte Dr. Lawrence auf, sich der Beschuldigten zu nähern, um zu sehen, ob sie solche Narben hätte.

Die Verteidiger waren erschrocken, kamen aber mit ihren Einwänden nicht durch, die Ärztin ging hinüber zu Mrs. Puente, zog sanft ihren Kragen zurück und versicherte: »Da ist eine schmale Narbe, die unten am Hals verläuft.«

Es war ein großer Moment für die Strafverfolgung. Aber falls der Fall zur Verhandlung käme, würde die Verteidigung das nicht noch einmal zulassen.

Williamsons ›sich steigerndes‹ Vorgehen hatte ihm einige Vorteile verschafft, aber die Verteidigung hatte die Aussagen einiger seiner Zeugen durchlöchert. Noch hatte der Strafverfolger Mrs. Puente nicht in direkten Zusammenhang mit Mord gebracht. Er umkreiste sie in immer enger werdenden Kreisen.

Williamson erfuhr mittlerweile mit Erstaunen, daß Michelle Crowl bereit war zu reden. In der Mittagspause eilte Williamson hinüber zum Gefängnis, überrascht, daß er sich selber abstrampelte, um die Aussage einer ›Petze‹ zu bekommen. Informanten sind selten die besten Zeugen: Sie sind ihrerseits Kriminelle und im Kreuzverhör extrem anfechtbar. Aber wenn Williamson die Risiken gegen die möglichen Vorteile abwog, schien dieses eine den Versuch wert.

Michelle Crowl, die gerade erst aus der Haft entlassen worden war, hätte es freigestanden, ihre Geheimnisse für sich zu behalten. Jetzt aber war sie durch einen reinen Glücksfall wieder verhaftet und am Morgen wegen des verbrecherischen Besitzes von Drogen angeklagt worden. Ihr Anwalt hatte eine Mitteilung geschickt, daß sie zu einer Vereinbarung bereit sei: Miss Crowl wollte nicht wieder ins Gefängnis, also würde sie gegen Mrs. Puente aussagen, wenn sie im Gegenzug auf Bewährung freigelassen würde.

Williamson hielt ihre Aussage für wichtig genug, um dem zuzustimmen. Die Papiere wurden unterschrieben, und er eilte zurück ins Gerichtsgebäude.

Immer noch etwas rot im Gesicht rief er Michelle Crowl in den Zeugenstand. Sie kam herein und trug ein Sacramento-Bezirksgefängnis-T-Shirt, schaffte es aber, eher wie eine ehemalige Cheerleaderin auszusehen als wie eine Ex-Gefangene. Mit ihrer Fülle roter Locken wirkte sie naiv und mädchenhaft – weit entfernt von der üblichen Verbrechervisage – und war die jüngste und frischeste Person, die bisher den Zeugenstand betreten hatte.

Williamson erklärte rasch, daß man eine Vereinbarung getroffen habe – seine Art, geradewegs aufs Ziel zuzugehen. Dann brachte er Michelle Crowl dazu, zu erklären, daß sie als Häftling wegen minder schwerer Vergehen die Freiheit gehabt hatte, sich anderen anzuschließen und daß sie gelegentlich mit Dorothea zusammen ferngesehen hatte. Williamson fragte, ob sie und Dorothea eine Nachrichtensendung gesehen hätten, in der über eine Leiche berichtet wurde, die man im Januar 1986 in einer Holzkiste nahe des Sacramento gefunden hatte.

Michelle Crowl bestätigte das. »Sie hat mir erzählt, daß das der erste war, der getötet wurde.«

Erstaunen breitete sich im Gerichtssaal aus.

In der Befragung wurde Michelle Crowl ausführlicher: »Sie hat gesagt, daß sie ihn getötet hat, aber Mr. Florez habe ihr geholfen.« Weiter sagte sie, Dorothea habe sich Sorgen gemacht, daß Florez einen Handel abschließen würde.

Das ließ die Verteidigung wanken. Und das war erst der Anfang. Michelle Crowl sagte weiter aus, sie habe nicht umhin gekonnt, Teile einer Unterhaltung zwischen Mrs. Puente und der Insassin ›mit der lauten Stimme‹ mitzuhören, die zwischen ihnen untergebracht war, Paulina Pinson.

Was hatte sie gehört?«

Daß Dorothea ihren Mietern, die Alkoholiker waren, Medikamente gegeben hatte. Manchmal gab sie ihnen ›ein bißchen extra‹, nicht nur Dalmane, sondern auch Amitriptyline, sagte Miss Crowl.

»Hat sie erklärt, warum?«

»Als sie sie in ihrer Pension aufgenommen hat, waren sie schon gebrechlich. Sie war die Nutznießerin ihrer Sozialhilfe-Schecks. Sie haben ihr vertraut«, erklärte Miss Crowl. »Sie war wie eine Mutter zu ihnen ... sie haben ihr vertraut.«

»Hat sie Ihnen erzählt, wie sie gestorben sind?« fragte Williamson.

»Sie hat gesagt, sie habe ihnen Medikamente plus Alkohol gegeben.«

»Was hat sie über Medikamente und Alkohol gesagt?«

»Sie hat gesagt, es hat ihre Atmung unterdrückt.«

»Wissen Sie, welche Worte sie gebraucht hat?«

»Ja, weil ich es vorher nie gehört habe: unterdrückt.«

Als Williamson sie zu Bert Montoya befragte, sagte Michelle Crowl, sie sei sicher, daß sie gehört habe, wie Dorothea Paulina erzählt habe, daß »Bert ihr geholfen hat, die Leichen zu begraben.«

Die Zuschauer rangen nach Atem.

Da war sie – zu grausam, um eine Täuschung zu sein –, die alarmierende Bekräftigung von Judy Moises schlimmsten Befürchtungen.

»Sie sagte, er sei zurückgeblieben und habe es nicht besser gewußt«, fuhr Michelle Crowl fort und ergänzte, daß Dorothea zugegeben habe, daß sie ›ein bißchen geizig‹ geworden wäre.

Jedes Wort aus ihrem kleinen, cupidogleichen Mund war ein Angriff auf die Verteidigung. Aber Williamson wußte, daß jeder Ex- Sträfling, der seine Geschichte widerrief und dann eine Vereinbarung traf, so leicht zu zerreißen war wie perforiertes Papier.

Während des Kreuzverhörs brachte er eine ganze Latte von Einsprüchen vor. Clymo hob immer wieder auf Michelle Crowls kriminellen Hintergrund ab, schwächte ihre Glaubwürdigkeit und beschuldigte sie, mal die eine Lügengeschichte, mal die andere zu erzählen.

Vlautin machte sich inzwischen Notizen. Diese Zeugin legte ihrer Klientin ein Schuldbekenntnis in den Mund! Gott sei Dank, daß es erste Anhörungen gab. Nach diesem Einblick in den Staatsfall würden sie verdammt hart daran arbeiten, sicherzustellen, daß nichts von dem, was Michelle Crowl sagte, je an die Ohren einer Jury käme.

Ehemalige Häftlinge waren nicht Williamsons erste Wahl für Zeugen, aber er rief noch zwei weitere in den Zeugenstand. Es war eine zweischneidige Sache: Das waren anfechtbare Quellen, aber da Mrs. Puente selber ein Ex-Sträfling war, wem würde sie sonst vertrauen? Wer kannte sie besser als ihre Kriminalkolleginnen?

Joan Miller, eine dünne, ältere Frau mit langen, strähnigen Haaren und sanftem Blick trat in den Zeugenstand, um auszusagen, daß sie Mitte der 80er Jahre gemeinsam mit Mrs. Puente in Frontera inhaftiert gewesen sei. Sie behauptete,

Mrs. Puente habe ihr erzählt, daß sie ›zugängliche Medikamente wie die Augentropfen Visine benutzt und anderen ins Essen gemischt habe … als Mittel, die Leute unter Kontrolle zu halten.‹

Visine? Diese farblose Flüssigkeit, die Hilfe bei ›juckenden, verklebten, tränenden Augen‹«, versprach? Die Zuschauer spotteten. Reporter kicherten. Sogar die Anwälte waren amüsiert. In der nächsten Pause alberte Peter Vlautin mit der Presse herum und machte Witze darüber, wieviel Visine wohl nötig wäre, jemanden zu betäuben. »Drei Tonnen? Eine Badewanne voll?«

In der Zwischenzeit nutzte eine junge Reporterin von AP ihre Zeit sinnvoller. Sie lief hinunter in die Halle und rief bei der Giftkontrollbehörde an …

Ein weiterer Ex-Häftling, eine langsamsprechende, rundliche, ungepflegte Frau namens Brenda Trujillo, trat später in den Zeugenstand.

Trujillo, die zugab, mit Methadon behandelt zu werden, sagte, sie habe Mrs. Puente ›1982 in einem Bewährungsheim in der Innenstadt‹ getroffen. Sie hatte ihre Zeit bis Dezember 1986 abgesessen und war dann auf Bewährung in Mrs. Puentes Pension entlassen worden.

Williamson fragte: »Haben Sie und die Beschuldigte sich je über die Tätowierungen an Ihrer Hand unterhalten?«

Sie nickte. »Sie wollte, daß ich zum Krankenhaus gehe und die Tätowierungen wegmachen lasse, ›weil sie zu leicht zu identifizieren seien‹«, erklärte Mrs. Trujillo.

»Warum?« wollte Williamson wissen.

»Sie wollte, daß ich in erstklassige Restaurants gehe, Leute betäube und sie dann beraube.«

Williamson fragte, an welche Art von Drogen Mrs. Puente dabei gedacht habe.

Dorothea hatte ihr gesagt, sie solle »ein paar Tropfen Visine« in ihre Getränke schütten.

Da war es wieder.

Trujillo sagte auch noch, Dorothea habe damit angegeben, daß sie ›jede Droge haben könnte, die sie wolle‹, und zwar von ihrem Psychiater, Dr. Doody. »Valium, Kodein, Dalmane – alles, was sie dafür tun mußte, war, den Telefonhörer abzunehmen.«

Mrs. Trujillo wirkte langsam und schwer zu beeindrucken, aber es war eine vernichtende Zeugenaussage, und Clymo brannte darauf, sie ins Kreuzverhör zu nehmen. Er sprang von seinem Stuhl auf und beschimpfte sie als Lügnerin und jemanden, der im Mittelpunkt stehen wolle.

Williamson tat sein bestes, diese Zeugin zu schützen, aber sie schien dazu bestimmt, ihre eigene Aussage zu zerstören. Ihr Erinnerungsvermögen war getrübt, ihr Bericht lückenhaft, ihre Antworten verzögert – manchmal hielt sie mitten im Satz inne und gab zu, sie wisse nicht mehr, was sie habe sagen wollen.

Schließlich schlich diese Zeugin aus dem Gerichtssaal.

Während der nächsten Zigarettenpause bewertete Williamson ihre Zeugenaussage so: »Wenigstens ist Trujillo dafür gut, daß sie zu dumm ist, um sich das ausgedacht zu haben. Wie hätte sie wissen sollen, daß Joan auch über die Visine sprechen würde? Wie könnte sie wissen, daß Dalmane wieder und wieder zur Sprache kommen würde?«

Inzwischen war die fleißige AP-Reporterin mit einer Auskunft von der Giftkontrollbehörde zurück, die aufhorchen ließ: Visines Hauptbestandteil, Tetrahydrozolin, kann ein Koma auslösen.

Kapitel 33

Der 15. Mai war draußen ein strahlender Frühlingstag. Drinnen saß Reba Nicklous im Flur und ertrug eine pikante Mischung aus Nervosität und Langeweile, die die Last derer ist, die darauf warten, vor Gericht aufgerufen zu werden. Seit dem Tag, als Everson identifiziert worden war, war sie allmählich zu diesem Punkt gedrängt worden, und jetzt war der Tag gekommen.

Sie war von Oregon heruntergeflogen, um der Frau gegenüberzutreten, die ihrer Überzeugung nach ihren älteren Bruder getötet hatte.

Reba hatte Dorothea Puente nie zuvor getroffen, aber mit der Zeit hatte ihre Überzeugung, daß Mrs. Puente für Eversons Verschwinden verantwortlich war, sich gefestigt und erhärtet. Sie hatte den Gedanken schon jahrelang im Unterbewußtsein gewälzt, gegrübelt und sich damit herumgequält, bis er jetzt zu endgültiger Gewißheit geworden war. Dorothea hatte ihn getötet und in die Kiste gesteckt. Das war die Wahrheit. Sie wußte es.

Reba seufzte, als sie sich an Eversons freundliches, rundes Gesicht erinnerte. Er war zu weichherzig, dachte sie. Er hat der Katastrophe den Hof gemacht, als er Dorothea den Hof machte.

Der Gerichtsdiener kam heraus und rief Reba Nicklous in den Zeugenstand. Sie betrat den Gerichtssaal, und aller Augen folgten ihr, als sie zum Zeugenstand schritt. Trotz ihres silbernen Haars war sie von einer Handfestigkeit, die diejenigen verwirrte, die ihr Alter zu schätzen versuchten.

Ihr langes Gesicht trug einen Ausdruck von Bestimmtheit, während Williamson sie durch die Aussage führte. Mit starker, voller Stimme erzählte sie dem Gericht, wie ihr älterer Bruder Everson Gillmouth Baltimore verlassen hatte, nachdem seine Frau gestorben war, und sich bei ihnen in Oregon niedergelassen hatte. Ein paar Jahre lang hatte er ruhig mit Reba und ihrem Mann zusammengelebt und ausgefeilte Handschnitzarbeiten angefertigt, um seine Zeit zu füllen.

Im Frühjahr 1985 dann war er in seinem roten Ford-Lieferwagen nach Kalifornien gefahren, um Dorothea Puente zu treffen, die er heiraten wollte. Als die Zeit verging und sie nichts mehr von ihrem Bruder hörte, fing Reba an, sich Sorgen zu machen und nahm schließlich Kontakt zur Polizei von Sacramento auf, die zu Dorotheas Haus fuhr, um die Sache zu überprüfen. Bald darauf rief ihr zerknirschter Bruder an und entschuldigte sich dafür, daß er nicht mit ihr in Kontakt geblieben war. »Das war das letzte Mal, daß ich seine Stimme gehört habe«, sagte sie und blickte anklagend auf Dorothea.

Mitte Oktober 1985 erhielt Reba Nicklous einen handgeschriebenen Brief von Dorothea, den Williamson dem Beweismaterial hinzufügte. Es war nur eine kurze, fröhliche Notiz ohne besondere Auffälligkeiten, bis auf den einen kurzen Satz: »Er hat gesagt, er wolle nicht, daß Sie die Polizei wieder herschicken.«

Am Schluß schrieb sie: »Ich will versuchen, Ihnen alle paar Wochen ein paar Zeilen zu schreiben. Möglicherweise heiraten wir im November.«

Wenn das schon eigentümlich wirkt, tat der nächste Brief, der ein paar Wochen später eintraf, das noch mehr. Dieser längere, schwatzhafte Brief enthielt die überraschende Neuigkeit, daß das Paar vorhatte, »nächsten Monat nach Palm Springs zu gehen, damit er den Großteil seiner Schnitzereien verkaufen könnte.«

Kurz darauf hatten Reba und ihr Mann ein seltsames Telegramm erhalten. Reba sagte, darin habe gestanden, »daß er Dorothea Puente verlassen habe und in den Süden gezogen sei. Ich sollte nicht versuchen, ihn aufzuhalten.«

»War das für Ihren Bruder vorhersehbar?«

»Ich glaube nicht, daß es das war«, lautete ihre Antwort.

»Einspruch!« rief Clymo aus, »Spekulation.«

Reba Nicklous sah den Verteidiger an und schoß zurück: »Ich *weiß*, daß er es nicht war.«

Williamsons kurzangebundene Befragung ging weiter, und Reba Nicklous erklärte, daß die Familie kein Wort mehr von ihrem Bruder gehört habe, bis April 1986. Da sei eine verdächtige Karte aus Sacramento gekommen, die eine Frau namens ›Irene‹ ins Spiel gebracht habe. Auf der anderen Seite der Karte stand »Ich denke an Dich«.

Die Zuschauer im Gericht lehnten sich nach vorne, schweigend darum bemüht, keine Einzelheit zu verpassen, als Reba Nicklous die Karte aufklappte und ihren seltsamen Inhalt vorlas. Ganz plötzlich planten Everson und ›Irene‹ aus Tulsa einen Umzug nach Kanada. Everson, der im April 1986 schon mausetot war, »hat über 15 Pfund abgenommen und fühlt sich viel besser.« Der Absender versicherte ihnen auch: »Wir gehen jede Woche in die Kirche.«

Obwohl sie keine Vorstellung davon hatten, was Everson

zugestoßen war, versetzte diese Karte die Familie in helle Aufregung. Sie war von Irene unterschrieben, aber sie hatten den Verdacht, daß auch diese Karte von Dorothea Puente geschrieben worden war. Da sie nicht wußten, was sie sonst tun sollten, hatten sie jeden Puente aus dem Telefonbuch für Sacramento angerufen, aber keiner hatte zugegeben, irgend etwas zu wissen. Daraufhin riefen sie die Polizei. Dem Bericht nach hatte ein Polizist in 1426 F Street vorbeigeschaut und festgestellt, daß Dorothea Puente, die er etwa auf Eversons Alter schätzte, »unschuldig aussah«.

(Reba spottete später: »Wie kann man denn sagen, daß jemand unschuldig *aussieht?«)*

Cyamo eilte durch das Kreuzverhör und entließ Reba schnell aus dem Zeugenstand. Sie war mürrisch, schwer zu beeindrucken, sehr sympathisch und deshalb für seine Klientin sehr gefährlich. Williamson hatte mit ihrer Aussage ein Muster kriminellen Verhaltens deutlich gemacht. Es gab keine Jurymitglieder, die als Hinweis darauf, daß sie etwas wiedererkannten, prüfend das Gesicht verzogen (nur die Richterin, die gar nichts verriet) aber es war klar ersichtlich: Als Everson verschwand und Mrs. Puente seine Spuren verwischen wollte, hatte sie einen Brief geschickt. Als Bert Jahre später verschwunden war, hatte sie dasselbe getan.

Diese fröhlichen, unbeholfenen Briefe. Es sah so aus, als hätte es beim ersten Mal geklappt, also hatte sie einfach dieselbe Masche noch einmal benutzt. Nur daß diesmal ihr Versuch, besonders klug zu sein, nach hinten losgegangen war.

Williamson, der sich jetzt ganz auf die Entdeckung und Identifikation von Everson Gillmouths Leiche konzentrierte, rief noch einige Zeugen mehr auf. Dann, sozusagen als I-Punkt auf ihre Aussagen, rief er Ismael Florez auf.

Mrs. Puente saß ruhig da, aber ihr muß das Herz gesunken sein, als sie sah, daß ihr alter Freund den Gerichtssaal betrat, einen eigenen Anwalt im Schlepp.

Williamson stellte zunächst die unantastbare Tatsache fest, daß Florez einen roten Lieferwagen besessen hatte, der früher dem verblichenen Everson Gillmouth gehört hatte. Wie kam es dazu?

Florez erklärte mit weicher Stimme, daß er Ende 1985 ein paar Arbeiten für Dorothea ausgeführt habe und daß der Wagen mit seiner Bezahlung verrechnet worden sei.

Was für Arbeiten?

Hauptsächlich die Verschalung von Wänden, behauptete er.

»Hat sie Sie zusätzlich zu den Vertäfelungen noch gebeten, etwas anderes zu bauen?«

»Eine Vorratskiste.« Sie hatte etwa die Maße sechs mal drei Fuß«, sagte er. »Sie hat die Maße vorgegeben.«

Florez, der nicht glücklich wirkte, erklärte in seiner einfachen Sprechweise, wie sie zusammen das Bauholz besorgt hatten. Dann hatte er die Kiste in ihrem Wohnzimmer zusammengebaut und nur den Deckel offen gelassen, der auf dem Boden liegengeblieben war, so seine Worte.

»Wann haben Sie die Kiste das nächstemal gesehen?«

»Drei oder vier Tage später. Aber jetzt stand sie in der Küche«, sagte er. »Und der Deckel war zugenagelt.«

Dorothea hatte ihn gebeten, sie zur Aufbewahrung zu bringen, und er und ein zweiter Mann hätten einen Transportwagen gebraucht, um die schwere Kiste in den Lieferwagen zu laden. Dann war Dorothea neben ihm eingestiegen, und er war nach ihren Angaben gefahren. Schließlich waren sie außerhalb der Stadt am Fluß angekommen.

Das reiche, hatte sie gesagt.

Er hatte die Kiste abgeladen und auf dem Karren runter ans Flußufer gerollt. »Wir haben sie nahe am Fluß stehengelassen«, schloß er. »Sie sagte, es wäre nur Plunder drin.«

»Können Sie sich erinnern, wann das war?« fragte Williamson.

»Dezember. Vor Weihnachten.«

»Ist Ihnen ein Geruch aufgefallen?«

»Nein.«

Sobald Williamson sagte: »Keine weiteren Fragen«, war Clymo vom Stuhl und stand vor dem Zeugen, wobei er die Tatsache betonte, daß ihm Straffreiheit zugesagt war, wenn er aussagte, und ihm unterstellte, daß er einen Handel für seine Lügen abgeschlossen hätte.

»War es Ihre Entscheidung, zwei für vier in den Boden zu legen?«

»Ja.«

»Und das zu verstärken?«

»Ja.«

»Mit verstärkten Ecken?«

»Ja.«

»Aber sie wußten nicht, was da reinkam?« fragte Clymo ungläubig.

»Nein.«

»Hat Dorothea Ihnen nicht erzählt, daß ein Mann einen Herzanfall hatte und sie die Kiste stabil brauchte, um ihn da reintun zu können?«

»Daran kann ich mich nicht erinnern.«

Einen *Herzanfall?* Überall im Gerichtssaal gingen Brauen hoch.

Clymo bedrängte den Zeugen weiter: »Sie erinnern sich nicht daran, *was* sie gesagt hat, oder?«

»Ich erinnere mich nicht.«

Clymo übergab Florez eine Mitschrift von seiner Befragung durch einen Detective und forderte ihn auf, sie zu lesen. Langsam, schmerzhaft langsam las Florez sie durch und sah dann auf: »Ja, das habe ich gesagt.«

»War das die Wahrheit?« wollte Clymo wissen.

»Nein.«

»Sie haben ihn angelogen?«

Er nickte und sagte: »Er hat mich auch angelogen.«

»Wie das?«

»Er hat mir erzählt, ich würde nicht eingesperrt.«

Entweder war Ismael Florez leichtgläubig bis zur Dummheit, oder er hatte eine ausgeprägte käufliche Ader. In jedem Fall war dieser kleine, stumpfe Mann kein Unschuldiger. Clymo hatte mehr als nur angedeutet, daß er nicht nur über die Leiche Bescheid gewußt hatte, sondern es auch seine Idee gewesen war, einen besonders stabilen Sarg zu bauen.

Warum wurde er – oder *irgend jemand* – nicht als Komplize angeklagt?

Kapitel 34

Williamson hatte die Grundlagen von acht Morden umrissen. Blieb noch Fall neun. Der Problemfall. Für beide Seiten war dieser Fall der Angelpunkt. Ruth Munroe, die das einzige Opfer war, an dem man sofort nach ihrem Tod eine Autopsie vorgenommen hatte, konnte ein kritisches Licht auf die Art werfen, wie die anderen ums Leben gekommen waren.

Die Gerichtspathologin Gwen Hall, die Ärztin, die am 28. April 1982 die Autopsie durchgeführt hatte, sagte über den tödlichen Kodein- und Acetaminophenspiegel (oder Tylenol) in Mrs. Munroes Körper aus. Anfangs war ihr Tod als Selbstmord eingestuft worden, später als ›unbestimmt‹ revidiert worden.

Dr. Hall fuhr mit der Beschreibung einer seltsamen, ›grünen, pfefferminzähnlichen Substanz‹ fort, die sich in Mrs. Munroes Magen gefunden hatte. Das sah für sich betrachtet harmlos aus, aber es sollte sich dort noch eine geheimnisvolle Verbindung zu Mord finden.

Während im Gerichtssaal die gesetzlichen Dinge ihren Lauf nahmen, warteten zwei Männer und eine hübsche blonde Frau kurzatmig und mit feuchten Handflächen draußen in der Halle. Sie waren die Kinder von Ruth Munroe aus ihrer ersten Ehe und trugen den Namen Clausen. Zehn Jahre waren vergangen, seit ihre Mutter ihren letzten Atemzug getan hatte, aber ihr Aufenthalt hier brachte den Schmerz wieder in Erinnerung. Es war ihnen schmerzhaft bewußt, daß sie heute noch am Leben hätte sein können – und mit ihren Enkeln spielen könnte – wenn es Dorothea Puente nicht gegeben hätte!

Der Gerichtsmediziner rief sie einen nach dem anderen auf. Nach den unbeteiligten Zeugen aus Bürokratie und Wissenschaft sorgten diese Blutsverwandten für neue Spannung im Gerichtssaal.

Allan Clausen, groß, gesund und gutaussehend, trat in den Zeugenstand und erinnerte sich – von Williamson geleitet – an den Einzug seiner Mutter in Dorothea Puentes Haus in der

1426 F Street am Ostersonntag, 11. April 1982. Zu dem Zeitpunkt, sagte er aus, befand sich seine Mutter bei guter Gesundheit und war kräftig.

Sie hatte ein gutes Familienleben, und er sagte, daß seine Mutter »spirituell« und »gottesfürchtig« gewesen sei, so daß er an einen Selbstmord nicht glaube. »Meine Mutter hat immer gesagt, wenn jemand Selbstmord begeht, verletzt das nur die Familie.«

Der Strafverfolger fragte ihn, ob seine Mutter gegen irgendwelche Medikamente allergisch gewesen sei.

»Kodein und Penicillin«, kam die Antwort, deren Echo den Tag über anhielt.

Als Williamson keine weiteren Fragen mehr hatte, kam die Reihe an die Verteidigung. Aber Clymo und Vlautin wußten, daß Mrs. Munroes Kinder nicht diejenigen waren, die sie angreifen mußten. Sie verfolgten eine andere Strategie. Clymo sagte, der Zeuge sei entschuldigt, das Thema werde wiederaufgerufen.

Als nächster war William Clausen an der Reihe, der kleinere, kräftigere ältere Bruder. Er beschrieb Ruth Munroe als liebende Großmutter, die ihre Enkel ins Herz geschlossen hatte. Als sie bei Dorothea einzog, war sie, wie er trocken feststellte, ›gesund wie ein Pferd‹.

Ihre Gesundheit hatte sich dann sehr schnell verschlechtert. Als William etwa vier Tage vor ihrem Tod bei ihr vorbeikam, hatte er festgestellt: »Sie sah nervös aus. Sie hatte einen Drink in der Hand, was überhaupt nicht zu ihr paßte. Sie sagte, Dorothea habe ihr einen Crème de menthe gegeben, um ihre Nerven zu beruhigen. Er schickte einen Blick puren Abscheus zu Dorothea Puente hinüber, und jeder im Saal dachte an die ›grüne, pfefferminzähnliche Substanz‹, die man in Mrs. Munroes Magen gefunden hatte.

Williamson fragte nach dem Abend vor Mrs. Munroes Tod, und William Clausen sprach mit neuer Schärfe im Ton. Als er ankam, lag seine Mutter im Bett, und Dorothea erzählte ihm, daß der Arzt, der gerade gegangen sei, ihr eine Spritze gegeben habe. »Die Tür war geschlossen, und sie wollte nicht, daß ich hineingehe.« (Wieder warf er Dorothea einen Blick zu.)

»Sind Sie in das Zimmer gegangen, um ihre Mutter zu sehen?«

»Ja«, sagte er gedehnt. Er fand seine Mutter bewegungslos und unfähig zu sprechen vor. »Mom lag da auf der Seite, das Gesicht zur Wand gedreht. Ihre Augen standen offen, und ich sah, wie eine Träne herauslief.«

Im Gerichtssaal herrschte erschütterndes Schweigen.

»Ich habe ihr gesagt: ›Es ist in Ordnung, Dorothea wird sich um dich kümmern.‹«

Er schluckte und erklärte dann bitter, daß Dorothea Puente der Familie erzählt habe, sie sei Krankenschwester. Sie hatte Mrs. Munroes Kinder gebeten, ihr zu vertrauen, »sie wie eine Großmutter anzusehen.«

Nachdem Williamson so Mrs. Puentes Doppelzüngigkeit festgestellt hatte, wandte er sich der Frage des Selbstmordes zu.

»Das ist unmöglich!« schnauzte William. »Wenn sie Selbstmord begangen hätte, dann damals, als mein Vater starb. Sie mußte fünf Kinder alleine aufziehen!«

Bei dieser Bemerkung brach Williamson die direkte Befragung ab. Wieder verzichtete die Verteidigung auf ein Kreuzverhör und behielt sich das Recht auf eine Wiederbefragung vor.

Als nächste kam Ruth Munroes Tochter, eine hübsche junge Frau namens Rosemary Gibson, deren Stimme vom ersten Wort an vor Bewegung zitterte.

Williamson fragte sie, ob sie guten Kontakt zu ihrer Mutter gehabt habe.

»Sehr guten«, antwortete sie, »wir haben uns sehr nahegestanden.« Sie beschrieb ihre Mutter als ›übergewichtig, aber gesund.‹

»Haben Sie einen Wechsel in Ihrer Gesundheit bemerkt?«

»Ja.«

»Wann?«

»In der letzten Woche«, sagte sie mit Tränen in den Augen, »in den letzten drei, vier oder fünf Tagen.«

»Haben Sie sie Likör trinken sehen?«

»Nein, das habe ich nicht.«

»War ihre Mutter eine Trinkerin?«

»Nein, sie war keine Trinkerin.«

Mrs. Munroes Tochter sagte, sie habe ihre Mutter an dem Abend vor ihrem Tod gesehen.

»Warum haben Sie keinen Arzt gerufen?« fragte Williamson sanft.

»Dorothea sagte, sie habe sie als Notfall ins UC Davis gebracht. Sie sagte, daß Mom ganz erschöpft gewesen wäre, daß sie ihr eine Spritze gegeben hätten und ich sie alleine lassen sollte.« Mit zitternder Stimme fuhr sie fort: »Dorothea sagte: ›Sie ist in Ordnung, ich kann mich um sie kümmern, machen Sie sich keine Sorgen um sie.‹«

Mit offensichtlichem Kummer beschrieb Rosemary, wie sie in das Zimmer ihrer Mutter gegangen war, um nach ihr zu sehen, und nicht gewußt hatte, daß sie auf dem Totenbett lag. Sie fand ihre Mutter ›wirklich tief schlafend‹ vor, was ungewöhnlich war. Sie war nicht erwacht. Wieder behielt Clymo sich das Recht vor, die Zeugin noch einmal aufzurufen, und Rosemary Gibson verließ den Gerichtssaal.

Ihre Familie wartete in der Halle. Auch die Medien. Mit Tränen in den Augen drängte sie ihre Brüder, all den Fragen zu entkommen, und sie verließen das Gerichtsgebäude.

Das Gericht zog sich sofort zur privaten Beratung zurück, die Richterin ordnete an, daß Presse und Publikum den Saal verlassen mußten, und die Türen wurden geschlossen.

Ruth Munroes Familie hatte die Anhörung zu einem dramatischen Höhepunkt gebracht, und das war für die Verteidigung eine gefährliche Zeugenaussage gewesen, eine von der Art, die die Geschworenen zum Weinen bringt. Wenn die anderen acht Fälle das Seil waren, an dem ihre Klientin aufgehängt werden sollte, war Fall neun die Schlinge.

Getreu der alten Maxime, daß Angriff die beste Verteidigung ist, legten sie los und schlugen vor, daß Anklage neun fallengelassen werden sollte.

Unglücklicherweise ließen die Gerichtsberichte genügend Raum für eine Diskussion.

Dorothea Puente war im Mai 1982, kurz nach Ruth Munroes Tod, verhaftet und im Bezirksgefängnis gefangengehalten worden. Ihr Fall kam aber nie zur Verhandlung, weil der Beamte vom DA, der den Fall bearbeitete, ihr ein Angebot machte: Sie sollte sich in vier Betrugsfällen schuldig erklären, zwei Fälle würden fallengelassen und eine mögliche Mordanklage abgewiesen. Mrs. Puente willigte sofort ein, und so kamen alle Nachforschungen zu dem mysteriösen Todesfall zum Stillstand. Die Berichte sprachen von dem angeblichen Mordopfer nur als Mrs. Puentes ›Freundin und Bekannte‹. Was in den Berichten fehlte, war der *Name.*

Es war zum aus der Haut fahren, aber wahr.

Diese Unterlassung erlaubte nun Clymo und Vlautin zu behaupten, daß die fragliche Person Ruth Munroe war. Ihre Klientin konnte nicht als Mörderin von Ruth Munroe angeklagt werden, so ihr Argument, weil der Fall 1982 entschieden worden war!

Unmöglich, hielt Williamson dagegen. Das fragliche Opfer war eine Frau namens Esther Busby.* Es konnte gar nicht Mrs. Munroe gewesen sein, sagte er, weil das DA-Büro nicht vor August darauf hingewiesen worden war, daß Mrs. Munroe vielleicht ermordet worden war, kurz nach der Verurteilung von Mrs. Puente und *einen Monat nach dem Bekenntniswandel.*

Richterin Ohanesian hörte sich an, was beide Seiten zu sagen hatten, und wog die gesetzlichen Richtlinien ab. Endlich entschloß sie sich zu einer begrenzten Regulierung, und am nächsten Tag wurden die Türen wieder geöffnet.

In bemerkenswerter Kürze entlockte Williamson dem früheren DA-Beamten William Wood, der Mrs. Puente 1982 angeklagt und den umstrittenen Handel durchgeführt hatte, seine Zeugenaussage. Wood reduzierte seine Aussage auf die bloßen Fakten, in der Hauptsache Fallnummern und Daten.

Damit hatte Williamson das Gefühl, daß er sein Bestes

* Esther Busby war von der ›Schwester an ihrer Seite‹, Dorothea Montalvo, 1981 unter Drogen gesetzt und ausgeraubt worden. Es gab wenig Beweismaterial dafür, daß ihr späterer Tod auf Mrs. Puente zurückging.

gegeben hatte. Es gab keine Geschworenen, keinen wirklichen Grund, sich in Positur zu setzen oder etwas besonders auszufeilen, der Richter kannte die Streitfrage. Die Staatsanwaltschaft ruhte sich aus.

Während der Staat aufgerufen war, seine Entscheidung zu treffen, hatte die Verteidigung solche Last nicht zu tragen. Warum sollten sie sich groß bemühen? Die erste Anhörung erlaubte es ihnen, den Fall des Staates zu erklären, die Zeugen anzuhören, deren Schwächen herauszufinden und sich für den bevorstehenden Kampf zu rüsten, auf den es ankam: den Prozeß. Sie brauchten nicht einen einzigen Zeugen aufzurufen, aber die Verteidiger hatten das Gefühl, daß sie einiges zu erreichen und wenig zu verlieren hatten.

Zuerst griffen sie mit einer Handvoll Zeugen Brenda Trujillos Charakter an ... keine besonders schwierige Aufgabe, wenn man ihren Ruf als Lügnerin und Drogenabhängige in Betracht zog.

Um die Aussage von Michelle Crowl zu unterlaufen, riefen sie Paulina Pinson als Zeugin auf, die Haftkameradin, der Dorothea Puente angeblich ihre Verbrechen gestanden hatte. Mrs. Pinson machte ihrer Verachtung für Miss Crowl Luft und erklärte, daß sie nie gehört hätte, daß Mrs. Puente eine einzige der verdammenden Äußerungen getan hätte, die Crowl ihr nachsage.

(Was würde eine Jury denken? ›Meine Ex-Gefangene ist besser als deine Ex-Gefangene?‹)

Das waren noch schwache Geschütze, das harte Gefecht würde es immer noch um den neunten Fall geben, der zu gefährlich war, um ignoriert zu werden. Die Anwälte fürchteten, daß Mrs. Munroes Autopsie, wenn man sie mit den gefühlsbetonten Aussagen ihrer Kinder zusammenbrachte, die anderen acht Fälle wie Dominosteine mitziehen würde.

Sie schickten den früheren DA-Beamten William Wood wieder in den Zeugenstand, und Vlautin nahm ihn wegen des Handels 1982 in die Zange. In der Hauptsache beschuldigte er Wood, bewußt die Identität des angeblichen Mordopfers verwischt zu haben bis hin zur Auslassung des Namens, als der Handel schriftlich festgemacht wurde. Williamson brüllte Einspruch, aber Wood mußte sich den Vorwürfen stellen. Wood, der so aussah, als stützte er sich auf den Zeugenstand, wies vehement zurück, daß Mrs. Munroe als Mordopfer genannt worden sei. Das war einfach unmöglich, erklärte er, weil Mrs. Munroes Kinder erst *nach* dem Handel den Kontakt mit ihm hergestellt hätten, nachdem sie in der Zeitung von Mrs. Puentes Verurteilung gelesen hatten. Wood konnte datierte Aufzeichnungen vorlegen, die seine Aussage unterstützten.

Vlautin deutete an, daß Wood die Aufzeichnungen erst danach angefertigt hätte. Für Wood, der viel Zeit bei Gericht verbrachte, aber nicht gerne als Zeuge auftrat, war das ein Schlag ins Gesicht. Als er den Zeugenstand verließ, war er rot und wütend.

Aber Vlautin war weiterhin ruhig und kontrolliert. Mit seinem nächsten Zeugen, Mrs. Puentes wenig eindrucksvollem Verteidiger von 1982, Dennis Porter, würde er einen weiteren Versuch wagen.

Vlautin schwenkte die Akte von 1982 vor Dorotheas Anwalt von 1982 und fragte ihn, was sie enthielt.

Porter, der wie Wood Schriftführer gewesen war, hatte schon lange den verwirrenden Gesetzesberuf an den Nagel gehängt und sich einer anderen Tätigkeit zugewandt. Jetzt schien Porter von allem überzeugt, was immer es war, dem er 1982 zugestimmt hatte, und bezeugte entschlossen, daß die angeblich Getötete Ruth Munroe war.

Williamson ging in die Luft, riß Vlautin die Akte aus der Hand und ersuchte die Richterin, sie selber zu lesen. Er wußte, daß Mrs. Munroes Name nirgendwo in Porters Akte auftauchte, und er beschuldigte Vlautin, er führe seinen eigenen Zeugen unehrenhaft in die Irre. Die ganze Hitze und der Lärm um Fall neun kühlten sich auf grundsätzlich andere Auffassungen ab. Williamson, der ein Gespür für feinste Töne im Gesetz hatte und sich darin übte, selbst die Andeutung irgendeines unethischen Verhaltens zu vermeiden, war außer sich, daß Vlautin Porter in den Zeugenstand geschickt und ihm nach seiner Meinung willentlich erlaubt hatte, falsch auszusagen. »Sie würden meine Karte (Lizenz) zerreißen, wenn ich das versucht hätte«, murmelte er zornig.

Aber für die Verteidiger sah es so aus, als hätte der Staatsanwalt sich aufs hohe Roß gesetzt, um sich unnötigerweise in Szene zu setzen.

Für ihr Argument war das wichtig: Porter hatte es nicht geschafft, den Handel gegenüber seiner Mandantin kompetent auszuführen. Selbst wenn die angebliche Getötete nicht Mrs. Munroe gewesen war, hatte der andere Name, Esther Busby, sein Hirn nicht berührt, geschweige denn, daß er in seiner Akte aufgetaucht wäre. Deshalb hatte Dorothea Puente es so *verstanden,* daß die dahingegangene, fragliche ›Freundin und Bekannte‹ Ruth Munroe gewesen sei, so daß es eine Verletzung des Abkommens von 1982 darstellen würde, wollte man sie jetzt wegen Mordes an Mrs. Munroe vor Gericht stellen.

(Später gestand Williamson ihnen widerstrebend den Zweifel zu, wobei er grummelte: »Möglich, daß sie es nicht so schwarz-weiß sehen wie ich.«)

Für den Rest der Anhörung hing die Freundschaft zwischen den Anwälten wie giftiger Qualm in der Luft.

In einem letzten Versuch, Fall neun zu unterlaufen, nahmen die Verteidiger Mrs. Munroes Kinder brüsk ins Kreuzverhör, um ihre Geschichte zu erschüttern, wobei sie insbesondere auf die Zeit abzielten. In der Tat hatte jeder von ihnen den Ablauf der Ereignisse etwas anders in Erinnerung. Aber gemeinsames Thema war der Zeitungsartikel: Nachdem sie von Mrs. Puentes Verurteilung gelesen hatten, hatten sie mit Wood gesprochen.

Selbst wenn es kleinere Diskrepanzen in ihrer Geschichte gab, erhöhte das nicht nur ihre Glaubwürdigkeit? Wenn sie instruiert worden wären oder sich eine Geschichte ausgedacht hätten, hätten sie die Unterschiede dann nicht ausgeräumt?

Aber so leicht gab die Verteidigung nicht auf. Ehe sie alles zusammen behandelten, zielten sie noch einmal auf Fall neun und versuchten, daß er gestrichen würde. Vlautin führte den Angriff und zitierte das Fall-Gesetz. Williamson widerlegte ihn Punkt für Punkt, und die Luft im Gerichtssaal knisterte vor Anschuldigungen.

Richterin Ohanesian, die alles so sorgfältig abzuwägen schien wie ein Abnahmewilliger bei einer Weight-Watchers-Diät, entschied schließlich: »Ich bin überzeugt, daß der Tod von Ruth Munroe nicht Teil des Abkommens war.«

Im hinteren Teil des Gerichtssaals flüsterte William Clausen laut: »In Ordnung!«

George Williamson hatte seine Zusammenfassung schriftlich vorgelegt. Er blieb dabei.

Dann stand Peter Vlautin auf und argumentierte, daß es trotz zweimonatiger Zeugenanhörung von rund achtzig Zeugen immer noch keinen Beweis dafür gäbe, daß einer der Leute umgebracht wurde und ›keinen vernünftigen Grund, daß eine Kriminalbehörde eingreifen sollte.« Fall für Fall führte er an, daß jeder einzelne chronisch krank gewesen sei. Er protestierte, die Aussagen verschiedener Leute seien ›unzulässig, unglaubhaft‹ gewesen. Er beschuldigte das DA, Klimmzüge zu unternehmen, um seine Klientin anklagen zu können. Zum Abschluß warf er dem Gericht vor, ungenügendes Beweismaterial zu benutzen, um seiner Klientin den Prozeß zu machen.

Nachdem Richterin Ohanesian, die durch ihr unentschiedenes Gerede in den letzten zwei Monaten jedermann verärgert hatte, sich kurz zurückgezogen hatte, nahm sie ihren Platz wieder ein und verkündete ihre endgültige Entscheidung. Am 19. Juni 1990 sagte sie vor vollem Gerichtssaal: »In diesem Fall, finde ich, liegt genügend Beweismaterial für eine vernünftige Folgerung in allen neun Fällen vor.« Dorothea Montalvo Puente würde wegen neun Mordfällen vor Gericht gestellt werden.

Hinterher war William Clausen voller Erleichterung und in Feierlaune. Als sich die Fernsehkameras ihm zuwandten, stellte er fest, daß er dem DA-Beamten Williamson vertraue und fügte hinzu: »Ich glaube, wir werden sehen, daß die Gerechtigkeit siegt.«

Clausens Frau wandte sich später an Williamson und fragt: »Kann ich zusehen, wie sie gegrillt wird?«

Kapitel 35

Mrs. Puente saß im Gefängnis und wartete auf ihren Prozeß, während die gut geölten Räder der Justizmaschinerie leise hätten laufen sollen. Aber jetzt begannen die Verwicklungen.

Williamson, der gleichermaßen mit Talent wie mit Intellekt gesegnet war, hatte bei der ersten Anhörung im Puente-Fall ganze Arbeit geleistet, trotz der wahrlich knapp bemessenen Zeit für die Vorbereitung. Obwohl er jetzt als Goldjunge im DA-Büro gehandelt werden konnte, sah er dem neuen Bezirksanwalt nicht in die Augen. »Für mich war es ein Vernichtungsschlag, als er die Presse in mein Büro gelassen hat«, murmelte Williamson ärgerlich.

Williamson war ein Staatsanwalt, der nur sehr selten Interviews gab, und er vermied bewußt die ungesunde Praktik, ›einen Fall in den Medien zu verhandeln‹: Bezirksanwalt Steve White hätte das verstehen sollen. Aber eines Tages kam der neue DA mit den Reportern auf den Fersen unerwartet in Williamsons Büro. Die Presse wollte eine Stellungnahme, kündigte White an. Sie wollten die Puente-Akte einsehen.

Williamson blickte erstaunt auf und erhob sich dann von seinem Stuhl. Er zog einen dicken Ordner aus seinem Regal, ließ ihn auf seinen Schreibtisch fallen und schnauzte: »Da ist sie«, lief aus dem Raum und ließ sie mit offenem Mund stehen. Das hätte der Anfang vom Ende sein können.

George Williamson hatte die erste Anhörung zum Puente-Fall trefflich gehandhabt, bei jeder Gelegenheit Einspruch erhoben und in den wichtigen Punkten das Gericht überzeugt, aber dieser außerordentlich fähige Anwalt würde den Puente-Prozeß nicht führen.

Vielleicht bewogen ihn seine ablehnenden Gefühle gegenüber dem neuen Bezirksanwalt, einen Rückzieher zu machen.* Oder vielleicht war Williamson einfach zu gut, um

* Die Unzufriedenheit im DA-Büro erreichte einen solchen Grad, daß das *California Lawyer* Magazin im Februar 1992 einen Artikel mit dem Titel ›Die Prozesse des Steve White‹ brachte.

ohne Aufstiegschancen lange zu bleiben. Wie auch immer, als das Bundesanwaltsbüro George Williamson Anfang 1991 eine Stelle als Chefassistent anbot, griff er zu. (Er war so erpicht darauf anzufangen, daß er seine neue Position nur ein paar Tage nach einem Skiunfall antrat, bei dem er sich vier Rippen gebrochen hatte. Es spielte keine Rolle, daß seine Bewegungsfreiheit so eingeengt war, daß seine Frau ihm die Schuhe zubinden mußte.)

Jetzt, wo Williamson das DA-Büro verlassen hatte, bestand die Gefahr, daß der Puente-Fall wieder im legalen Nirgendwo untergehen würde. Wie lange würde der Fall brauchen, bis es zum Prozeß kam?

Vielleicht dämmerte es John O'Mara da, daß er, nachdem er zwei Staatsanwälte hatte ziehen sehen – erst Tim Frawley und nun George Williamson –, nur noch eine Möglichkeit hatte: nämlich den Fall direkt anzugehen und den verdammten Fall selbst zu übernehmen.

Es war die natürlichste Sache der Welt. O'Mara und Williamson hatten immer die kniffeligsten Fälle übernommen. Als Kopf der Gruppe für Schwerverbrechen hatte Chefassistent Deputy John O'Mara den Fall selbst übernommen, als Mrs. Puente noch auf der Flucht war. Er hatte die Detectives angewiesen, Gerichtsanthropologen zu der Ausgrabung hinzuzuziehen. Er hatte die ersten Durchsuchungsbefehle ausgestellt, sogar den ersten Mordfall angeklagt, ehe er den Fall Frawley übergeben hatte.

Aber obgleich John O'Mara heiter, erfahren und allseits respektiert war, näherte sich seine Arbeitsbelastung der Überlastung.

Seit kurzem sah es so aus, als würde fast jeder schwerwiegende Fall sich in O'Maras Kalender niederschlagen. Vor dem Puente-Fall war der *Leute-v.-Morris-Solomon*-Fall der bekannteste von Sacramento gewesen, und O'Mara führte nicht nur diesen Prozeß mit Todesstrafe in sieben Mordfällen, sondern auch noch eine Menge anderer bedeutender Fälle. Tatsächlich verfolgte er so viele von Sacramentos bedeutenden Fällen, daß die anderen im Büro heimlich zu nörgeln begannen, er werde zum ›Ruhmjäger‹.

John O'Mara war ein schneller Arbeiter, aber am Ende wurde er sehr dünn. »Ich habe viel Sorgen gehabt«, gab er zu, »außer daß George die Vorverhandlung übernommen hat.«

Die Neuigkeit, daß George Williamson im Puente-Fall nicht als Staatsanwalt auftreten würde, versetzte Mrs. Munroes Kinder in Unruhe. Besonders William Clausen fühlte sich dem Fortgang des Prozesses ausgeliefert und von den Anwälten verraten, die erst sein Vertrauen errungen und dann den Fall abgegeben hatten, um ihn dem nächsten zu übergeben.

Auch fühlte er neue Verärgerung über die im Sande verlaufene Untersuchung 1982. Warum war Mrs. Puente nicht schon damals für den Mord an ihrer Mutter vor Gericht gestellt worden? Sie hatten DA-Deputy William Wood vertraut, als sie auf der Suche nach Gerechtigkeit zu ihm gegangen waren. Aber Wood, der gerade seine Strafverfolgung von Mrs. Puente in anderen Fällen beendet hatte, räumte gerade seinen Schreibtisch im Da-Büro, um eine Schriftstellerkarriere zu beginnen, schrieb ein paar Notizen nieder, gab den Fall weiter und verschwand. Die Untersuchung endete im Nichts, und es war klar, daß einer den Ball hatte fallen lassen. Clausen beschwerte sich bitter: »Ich habe das Gefühl, daß das DA-Büro einfach nur nichts unternehmen wollte.«

Die Gesetzesmaschinerie läuft nach ihren eigenen Gesetzen – zeitweise glatt dahingleitend in schrecklicher Schönheit, dann wieder langsam und schwerfällig wie ausgeleierte Bremsen. Der Puente-Fall, der mit Problemen überladen war, war ein Beispiel für allerträgeste Rechtsprechung. Verzögerungen und falscher Auftakt bildeten seine Eckpfeiler.

Der Puente-Prozeß wurde für den 13. März 1991 festgesetzt … dann auf den 15. Juni 1991 verschoben … dann hielt Clymo Oktober oder November für realistischer. Als O'Mara Vlautin gegenüber erwähnte, sie sollten versuchen, die vor dem Prozeß laufenden Anträge bis Weihnachten zu erledigen, blinzelte Vlautin ihm zu und sagte: »Was halten Sie davon, mit allem *nach* Weihnachten anzufangen?« Es sah also so aus, als sollte Mrs. Puentes Prozeß Anfang 1992 stattfinden, über drei Jahre nach ihrer Verhaftung. Tatsächlich wurde der Fall für den 15. Januar 1992 anberaumt. Aber selbst dieses späte Datum bewies noch Optimismus.

Eine Verzögerung war keine Überraschung: ein Wechsel des Schauplatzes.

Am 3. Februar 1992 stellten Clymo und Vlautin sorgfältig vorbereitete Karten und Diagramme vor, die zeigen sollten, daß Dorothea Puentes Name und Gesicht nie ganz aus der Öffentlichkeit verschwunden waren. Die nationale Berichterstattung wäre nach und nach verschwunden, aber das lokale Interesse an Dorothea-Puente- Geschichten war unverändert. Die Verteidigung gab an, daß sie hier niemals einen fairen Prozeß erwarten könnte.

Neben der üblichen Hilfe der Nachrichten war ein guter Teil besonderen Humors durch Sacramento gesickert und hatte danach die Geschworenen erreicht. Um ihrer Behauptung Nachdruck zu verleihen, zeigten sie die humoristischen Anstecker und Flugblätter vor, die sie gesammelt hatten. Verschiedene Vergrößerungen wurden zu den Beweismitteln gegeben, zu denen die große Ankündigung eines weit verbreiteten ›Gift-Zertifikats‹ gehörte, mit dem für ›Dorothea Puentes Übernachtung mit Frühstück‹ geworben wurde.

> Komm, sei unser Gast für unbegrenzten Aufenthalt in einer unserer Luxus-Suiten. (Sozialhilfeempfänger willkommen.) Ewigdauernde Tour durch den schönen Garten auf besondere Veranlassung. (Gute Drinks!)
> Hausschläfer 4, Gartenschläfer 7.

Peter Vlautin legte auch ein populäres T-Shirt vor, das Dorothea Puente mit einer Tasche voller Pillen und einer Schaufel zeigte (eine Nachahmung des berühmten Gemäldes *American Gothic)*, im Hintergrund ragten Körperteile aus dem Boden, und ›Sacramento: Ich grabe es aus‹ stand quer darüber geschrieben. Einen Großteil der wochenlangen Anhörung verwandte das Verteidiger-Team auf die Zeugenaussagen von zwei Experten (Edward Bronson, Professor für Öffentlichkeitsrecht an der California State Universität, und Dr.

Linda Meza, eine Prozeß-Autorität), die überzeugend die Prognose abgaben, daß Dorothea Montalvo Puente im Bereich Sacramento keinen fairen Prozeß erwarten könnte. Nach ihren Erkenntnissen hatten beispielsweise *98 Prozent* der Bevölkerung in Sacramento und Umgebung schon von Dorothea Puente gehört, und von diesen hielten über 75 Prozent sie für schuldig!

In seinem Herzen hatte John O'Mara sich damit abgefunden, daß der Richter dem Wechsel des Prozeßortes stattgeben würde. Er schaffte es, ein paar Breschen in die Vorstellung seines Gegners zu schlagen, aber am Ende war ihre Beweisführung überwältigend. Der Richter entschied, daß Dorothea Puente der Prozeß außerhalb des Landes gemacht werden sollte.

Wieder eine Verzögerung.

Der Prozeß konnte an jeden Ort des Staates verlegt werden, im Norden oder im Süden. Das Problem war, einen Bezirk zu finden, der in der Lage war, sich solch einem Mammut-Prozeß anzupassen. Es würde eine Belastung werden, monatelang einen Gerichtssaal zu errichten und sich Kopfzerbrechen darüber zu machen, wie man den Außerlandesprozeß in den lokalen Gerichtsplan einpassen könnte.

»Keiner will das«, gab O'Mara mit einem Achselzucken zu.

Inzwischen schien die Zeit auf Dorotheas Seite zu stehen. Für die Verteidigung mochte es ein strategisches Vorgehen gewesen sein, Mrs. Puentes Recht auf einen schnellen Prozeß zu verzögern. Aber mit jeder Verzögerung tropfte die Energie tropf, tropf aus dem Fall des Staatsanwaltes wie aus einem alten, lecken Wasserhahn. Mit jedem Jahr, das verging, wurde ihre Klientin sympathischer: älter, blasser, einer Großmutter ähnlicher. Von Serienmördern erwartete man, daß sie tätowiert waren und dicke Bärte trugen. Dorothea Puente sah so bösartig aus wie eine fette, alte, träge Katze.

Kisten voller Akten und Ordner voller Berichte türmten sich auf den Regalen an allen vier Wänden von John O'Maras Büro, das nicht größer war als die anderen DA-Büros im vierten Stock, trotz seines Titels: Assistent Deputy des Chefs der Bereichsanwaltschaft, Chef der Abteilung für Schwerverbrechen. Inmitten davon saß O'Mara und arbeitete sich in Ruhe durch Berge von Dokumenten. Sein Schreibtisch bildete eine Oase der Ruhe, die von Wogen weißen Papiers bedroht wurde, die jeden Moment mit ihren schrecklichen Erzählungen von Mord und schwerer Körperverletzung herabzustürzen drohten.

Er war ein Paradoxon. Wenn O'Mara sich einen Moment lang in seinen Stuhl zurücklehnte, wirkte er entspannt – in einer Momentaufnahme würde er sogar heiter oder glücklich aussehen –, dabei wurde er von nervöser Energie vorwärtsgetrieben, gespeist von dem Kaffee, den er ununterbrochen vom Morgengrauen bis in die Dämmerung trank. Er konnte kurzangebunden und ätzend sein, wie er ohne Pause durch Ideen pflügte, während die Worte aus ihm herausbrachen, als hätte er ein Gerichtssaalpublikum vor sich. Er konnte auch von einem trockenen Humor sein, wenn er sich den entspannenden Mätzchen zuwandte, die oft am Ende eines Arbeitstages auftauchten und ›die Vier-Uhr-Narreteien‹ genannt wurden.

John O'Mara, irischer Katholik und hingebungsvoller Ehemann und Vater, war sehr bedacht auf seine Privatsphäre. Gerahmte Fotos von Familienmitgliedern gab es in seinem Büro nicht: nicht von Pat, mit der er seit zweiundzwanzig Jahren verheiratet war, und nicht von ihren Kindern Molly, sechzehn, und Conner, elf. Er bemühte sich, Geschäfts- und Privatleben voneinander zu trennen, und kam lieber um 5 Uhr morgens ins Büro, als länger zu arbeiten und darüber die häuslichen Alltagsdramen zu verpassen. Selbst während er auf seinem Fünf-Hektar-Besitz war, drang der Beruf ein: »Dann habe ich meine besten Ideen«, sagte er, »mir fallen die Dinge beim Rasieren oder Rasenmähen ein.«

Im Büro, wo er schmucke Hosenträger zu einem konservativen Anzug trug, konnte man sich O'Mara schwer in ländlicher Umgebung vorstellen. Er behauptete, daß er ›nie Staatsanwalt werden wollte, nie Jurist‹, und doch war er 1973 in Sacramentos DA-Büro gelandet, wo er seitdem Mordfälle verfolgte.

Das Geheimnis von O'Maras Erfolg als Strafverfolger war

seine aufrichtige Besessenheit von jedem seiner Fälle. Das Problem war, daß Kevin Clymo und Peter Vlautin den Puente-Fall vom ersten Tag an studiert hatten, während O'Mara jetzt noch vollkommen in einen anderen Mordprozeß eingebunden war, den von Morris Solomon.

Vielleicht war es keine gute Idee von ihm gewesen, beide Fälle, Solomon und Puente, selbst zu übernehmen. Selbst O'Mara gestand zu: »Das Feuer, das einen zu verbrennen droht, ist das, an dem man gerade arbeitet.« Während der Solomon-Prozeß ihm unter den Nägeln brannte, waren die Puente-Akten auf Eis gelegt. Er hätte sich bereits einen gründlichen Überblick über die Berichte verschaffen müssen. Das wurde auch erkennbar, hauptsächlich darin, daß er, wann immer man ihn zu Mrs. Puente befragte, schließlich eine Antwort zu Solomon gab.

Es gab natürlich Übereinstimmungen. Serienmorde. Viele vergrabene Leichen. Ausführliche Gerichtsstudien. Außer, daß Morris Solomon Afroamerikaner war, erfüllte er mit seiner gewaltreichen Vergangenheit, mit den Opfern, die hauptsächlich Prostituierte waren, die ihm zufällig über den Weg gelaufen waren, sowie einfach durch Geschlecht und Alter hervorragend das Profil des Serienmörders.

Dorothea war ein ganz unbekanntes Wesen.

(Aber von den Ereignissen am 21. April 1992 wurden beide Angeklagten gleichermaßen berührt. Das erstemal in fünfundzwanzig Jahren war trotz einer leidenschaftlichen Welle von Begnadigungsersuchen in letzter Minute die Gaskammer von St. Quentin fertiggemacht und eine von Staatswesen angeordnete Exekution ausgeführt worden. Ein Vierteljahrhundert lang hatte es die Todesstrafe in Kalifornien nur dem Namen nach gegeben. Das änderte sich, als tödliche Zyankali-Dämpfe die Nase von Robert Alton Harris erreichten. Jeder Gefangene mit Todesurteil fühlte die seismische Erschütterung von Kaliforniens Gesetzesapparat. Die Straße nach St. Quentin war gerade kürzer geworden.)

Es war schwierig, Solomons Todesstrafen-Prozeß nicht als Generalprobe für den von Mrs. Puente anzusehen, weil die gegnerischen Positionen im Solomon-Fall ebenfalls von John

O'Mara, Mrs. Puentes Staatsanwalt, und ihrem Verteidiger Peter Vlautin eingenommen wurden.

Ein monatelanger Prozeß erklärte Solomon schließlich in sechs von sieben Fällen des Mordes schuldig, aber dann warf die Jury alle Erwartungen über den Haufen: Sie entschied sich für die zweite Strafphase.* Das konnte eine Verurteilung zu lebenslanger Haft ohne Bewährung bei Nichterscheinen vor Gericht bedeuten, aber das DA-Büro hielt den Fall für zu groß, um ein schwächeres Urteil zuzulassen. Die Strafphase mußte neu aufgerollt werden, was den Gerichtsterminplan gehörig belastete. Mrs. Puentes Prozeß wurde wieder verschoben.

Mittlerweile war John O'Maras amüsante, satirische Seite unter einem Berg von Sorgen verschwunden. Was, wenn auch die zweite Jury so entschied? In dem Maße, wie das Wiederaufnahmeverfahren sich seinem Ende näherte, wurde er mürrischer und kurzangebunden. Ein Kollege beschwerte sich: »Es ist, als wenn er am PMS (Praemenstruelles Syndrom) litte.«

Am 6. Juli 1992 verurteilte die zweite Jury, die über das Schicksal von Morris Solomon zu entscheiden hatte, ihn zum Tode. Obwohl der Prozeß endlich vorbei war, warf er eine störende Frage auf: Konnte am Ende auch Mrs. Puentes Prozeß mit einer neuen Jury enden? Alles in allem war der große, gemeine Morris Solomon ein viel abstoßenderer Angeklagter als die kleine, alte Oma Puente.

Außer daß Clymo und Vlautin versuchten, Mrs. Puentes Unschuld zu beweisen, versuchten sie auch, den Rahmen zu begrenzen, in dem sie für schuldig befunden werden konnte, schliffen hier und da ein bißchen ab. Mit welchen Mitteln? Mit Anträgen vor Prozeßbeginn.

* In Kalifornien können gewichtige Mordfälle zwei Teile haben. Im ersten wird über Schuld oder Unschuld entschieden. Ist der Angeklagte überführt, wird im zweiten Teil entschieden, ob er zu Haft ohne Bewährung (L-WOP in der Justizsprache) oder zum Tode verurteilt wird.

Die Liste war lang, und die Akten waren dick. Zwei Dutzend Anträge wurden erarbeitet, niedergeschrieben, vervielfältigt und dem Rechtsstreit hinzugefügt. In jeder nur vorstellbaren Weise flehten Clymo und Vlautin den Richter an, die Wege zu begrenzen, die zu einem Schuldnachweis Dorothea Puentes führen könnten.

O'Mara suchte jeden Antrag nach Hinweisen ab, die Aufschluß über eine Taktik geben könnten. Er fühlte sich durch seine unausgesprochene Kenntnis des Falls im Nachteil. Sie hatten vier Jahre Zeit gehabt, zu untersuchen und zu feilen, aber O'Mara fing erst an, die Akten nach Goldkörnchen von Einsichten abzusuchen. Sie kannten seinen Fall besser als er selbst.

Mitte September hörte Richter Michael J. Virga Anträge auf Streichung, Anträge auf Auslassung und Anträge auf Ausschluß. Einigen stimmte O'Mara ohne Streit zu, gegen andere erhob er Einspruch. Einigen gab der Richter statt, die meisten lehnte er ab.

Die Verteidigung präsentierte außerdem Material für eine Befragung, die dazu diente, mögliche Geschworene zu bestimmen. Als O'Mara sie durchsah, zog er daraus den Schluß, daß die Verteidigung versuchen würde, Dorothea Puente als Opfer von Kindesmißbrauch darzustellen.

Psychologie war nicht seine starke Seite.

Selbst zu diesem späten Zeitpunkt wußte der Staatsanwalt noch nicht viel über die Angeklagte, für die er die Todesstrafe forderte. Er war immer noch so ein Neuling in dem Fall, daß er die Bewährungsberichte wie ein Evangelium akzeptierte und sogar Mrs. Puentes widersprüchliche Versionen ihrer Lebensgeschichte schluckte (daß sie Mexikanerin wäre, die jüngste von achtzehn Kindern, usw.).

Eines Morgens war O'Mara verwirrt, als er bei der Vorbereitung hörte, wie Clymo und Vlautin sich über ›Dot‹ unterhielten. Er unterbrach sie schließlich. »Wer ist Dot?«

Clymo grinste ihn an: »Dottie, Dorothea.«

Als nur noch wenig mehr als ein Monat Zeit war, ehe die Jury ausgesucht wurde, konzentrierte John O'Mara schließlich seine beträchtlichen intellektuellen Fähigkeiten auf den Prozeß von Dorothea Montalvo Puente. Das erstemal sprach er mit Zeugen, auch mit Judy Moise, die nicht begeistert war, daß sie das abstoßende Geschäft noch einmal im Nacken hatte. Es war soviel Zeit vergangen, daß sie zufrieden damit war, daß ihre Erinnerungen zu verblassen begannen.

Zu O'Maras Überraschung kamen Ruth Munroes Kinder ›mit einer Aufforderung‹ zu ihm. Er sträubte sich dagegen, wie sie ihn zu einer ›Anhörung‹ drängten, ›um zu sehen, ob ich gut genug für den Fall wäre‹. Er konnte nicht verstehen, warum die Familie sich nicht vorher die Mühe gemacht hatte, herzukommen.

Zu seinem Mißvergnügen stieß O'Mara nun auf Dutzende von Winkeln, denen nachgespürt werden mußte, weil die Akten all die Jahre brachgelegen hatten. Keiner im Polizei-Büro war darauf erpicht, jetzt seine Ärmel hochzukrempeln. Also forschte O'Mara auf eigene Faust nach, wobei er die Sohlen von John Dacre und Frank Dale abnutzte, beide Untersuchungsbeamte im DA-Büro.

»Die Verteidigung hat mehr Geld zur Verfügung«, murrte O'Mara.

»Sie geben es auch aus. Großzügig. Wir haben die Mittel nicht.«

Die Jahre hatten wie Batteriesäure an dem Fall genagt. Berichte waren verlorengegangen oder zerstört worden. Zeugen konnten nicht mehr aufgespürt werden, hatten Mühe, sich an Einzelheiten zu erinnern, oder waren gestorben. Von den Fällen von 1982 war praktisch niemand übrig, den O'Mara hätte in den Zeugenstand rufen können – Malcolm McKenzie, Dorothy Gosling, Esther Busgy – alle waren sie gestorben.

Vergraben in diese Fälle befiel O'Mara eine neue Sorge: Vielleicht hatte George Williamson seine Arbeit nicht so umfassend ausgeführt, wie er dachte. Natürlich hatte Williamson sich nicht vorstellen können, daß es so lange dauern würde, diesen Fall vor Gericht zu bringen. *Aber wenn ich die erste Anhörung gemacht hätte,* dachte O'Mara, *hätte ich mehr Zeugen vorgeladen, besonders ältere, damit ihr Bericht schriftlich vorliegt.*

Jetzt kämpfte O'Mara mit den Grundlagen von neun angeblichen Morden – *Nein!* – und fragte sich, wie er alle Teile zusammenkriegen sollte, wobei er sich fühlte, als versuchte er, ein Puzzlespiel im Dunkeln zusammenzusetzen.

Wie konnte sie die sieben Beerdigungen ohne einen einzigen Zeugen oder ohne Komplizen bewerkstelligt haben? Wer log? Was, wenn die Jury die Löcher nicht tolerierte, die Beweise, die nur auf den Umständen beruhten?

Dorothea Montalvo Puente. Sie war verblüffend, so weit ab vom häßlichen Bild des ›üblichen‹ Mörders, so entfernt von der nüchternen Brutalität derer, die er vorher angeklagt hatte. Andere Serienmörder erregen durch Blut und Pistolen Aufmerksamkeit, mit der Gewalt ihrer Morde. Aber sie hatte im geheimen getötet, wie Frauen es oft tun, und niemand hatte es auch nur bemerkt.

Normalerweise waren weibliche Mörder drogensüchtige Freundinnen, betrogene Ehefrauen, durchgedrehte Mütter mit unglücklichen Kindern oder diese seltenen ›schwarzen Witwen‹, die ihre Ehemänner umbringen. Aber Dorothea Puente, die sich voll Heimlichkeit an ihren Mietern vergriffen hatte, schien mehr mit Erfindung als mit Realität zu tun zu haben, wie die beiden Brewster-Schwestern in *Arsen und Spitzenhäubchen* sich als eine erwiesen.

Ein FBI-Sprichwort lautet: »Männer töten im Schlafzimmer, Frauen in der Küche.« Wenigstens erfüllte sie diesen Teil des Täterprofils, sie tötete mit Gift, die Waffe der Wahl von Frauen. Ohne Gegenüberstehen. Ruhig. So leicht mit einer natürlichen Todesursache zu verwechseln.

Und ihre Opfer? O'Mara trank seinen Kaffee und starrte auf die Berichte, fragte sich, was die tintenbedeckten Seiten über ihre letzten Momente aussagen mochten. Hatte sie sich ihnen in lässiger Routine genähert, ihnen einen Cocktail gereicht und mit leiser, beruhigender Stimme gesagt: »Hier Liebe, trink das, du wirst dich danach besser fühlen?« Hatte sie sie genau beobachtet, jedes Zittern der Lider registriert, auf ihr Stichwort gewartet? Hatte sie dann einen Ellbogen ergriffen, sanft gegurrt, als sie ihnen ins Bett half, sie hinlegte und zudeckte – genau wie eine Krankenschwester, wie eine Mutter? Hatte sie sich über sie gebeugt und beobachtet, gelauert?

Hatten sie voll Dankbarkeit zu ihr aufgesehen, in süßen Schlaf gelullt, die warme Umarmung als Trost mißverstanden? Hatte einer von ihnen – auch nur annähernd – erkannt, daß das seine letzte Ruhe sein sollte? Als sie in diese eisblauen Augen sahen, hatten sie da einen Schimmer der Erkenntnis gehabt, daß sie ihre Mörderin war?

O'Mara setzte seine Lesebrille ab und rieb sich die Augen. Da mußte noch etwas sein … etwas nicht zu Fassendes … etwas, das sie alle nicht gemerkt hatten. Es mußte. Es war immer da.

Wieder kämpfte er damit, sich die Szene bildhaft vorzustellen. Er versuchte, die Schritte auszuarbeiten, in ihren Kopf zu sehen. Er blätterte zum xtenmal durch Papiere und Fotos und hoffte, ein neues Muster zu erkennen …

Der Funken einer Idee begann in seinem Kopf zu summen, wie ein Moskito am Rande des Gesichtsfeldes.

Was war es? Es summte hinter ihm. Er sah genauer hin.

Und dann sah er es. So einfach. Wie der Streich eines Kindes, offensichtlich und doch überraschend.

War das zu einfach? Bewies das irgend etwas?

Vielleicht. Vielleicht funktionierte es. Außerdem hatte er keine große Wahl.

Mit wenig sonst, was ihm zur Verfügung stand, stürzte O'Mara sich auf seine Aufgabe, einen überzeugenden Fall aus den groben Umständen zu entwerfen. Einzelheiten, Einzelheiten. Er schwamm mit olympischer Geschwindigkeit durch sie hindurch. Das war seine Stärke, zahllose Stücke gestaltloser Einzelheiten in etwas Starkes, Überzeugendes zu verwandeln, womit er die Waffen der Verteidiger durchbrechen konnte.

Fotos des Verbrechensortes wurden in Ordner getan und vergrößert. Diagramme des Hauses, des Gartens, der Gräber wurden vergrößert und als Dia vorbereitet. Zeugen wurden vorgeladen: Hundertfünfzig, hundertsechzig, hundertsechzig bis zweihundert und mehr. Er würde die Verteidigung mit Masse niederknüppeln, sie mit Fülle verwirren. Er würde sie mit der großen Raffinesse seiner Logik sabotieren.

Teil 5

Wahrheit oder Konsequenzen

Es gibt nichts, was so ist wie die Gerechtigkeit – im oder außerhalb des Gerichts.

Clarence S. Darrow, 1936

Gerechtigkeit ist nicht blind, noch ist sie unparteiisch. Die Schalen sind nicht ausbalanciert und werden es auch nicht. Nicht, ehe wir nicht unsere Menschlichkeit verlieren und zu Halbgöttern werden. Und dann wird Gerechtigkeit nicht mehr gebraucht.

H. L. Mencken, ›Note on Justice‹

Kapitel 36

Monterey County zeichnet sich von den schäumenden blauen Wellen in der Bucht bis zu den smaragdenen Erdbeerpflanzen auf dem reichen Boden des Salina-Tals durch Überfluß aus. Es führt die neblige Küste hinauf bis zu den Wipfeln des Los-Padres Nationals-Waldes, weiter nach Big Sur, enthält das malerische Carmel und den grandiosen Blick vom Siebzehn-Meilen-Weg, sauber gezeichnete Artischockenfelder, reicht hinter Pinien und Eukalyptus in das sonnige Landesinnere bis zu den schroffen, violetten Hügeln rund um Soledad. Die Bevölkerung umfaßte alle von den Reichen mit ihren Besitzungen in Pebble Beach bis zu den überarbeiteten, unterbezahlten und oft illegalen Farmarbeitern.

Das Verteidigerteam von Mrs. Puente bemerkte, daß die Bevölkerung mit einem hohen Anteil Mexikoamerikanern versetzt war. Würde Mrs. Puente von Spaniern mehr Sympathie erwarten können? Vielleicht. Die meisten waren immerhin Katholiken und, wie Clymo bemerkte: »Sie haben den Papst, der schließlich gegen die Todesstrafe ist.«

Monterey County war als Prozeßort für Mrs. Puentes Verhandlung ausgewählt worden, und im Oktober bewegte der Puente-Prozeß sein beträchtliches Gewicht zweihundert Meilen nach Süden. Kevin Clymo, der einen gewaltigen Papierkrieg geführt hatte, zog in ein Mietshaus in Carmel, wo er sich zu Peter Vlautin gesellte, der schon ein Haus am Strand gefunden hatte. Ihr Mitarbeiterstab mietete eine Wohnung, ihre Untersuchungsbeamten würden immer mal in die Stadt kommen und wieder gehen. Der Richter, sein Assistent und ein Gerichtsprotokollant packten ebenfalls ihre Sache und verlegten ihren Arbeitsort. Als letzter mietete John O'Mara, der keine Zeit gehabt hatte, sich selbst eine Wohnung zu suchen, eine über einen Makler. Als er ankam, mußte er erkennen, daß es eine enge Quetsche war, in die er gerade einzog.

Der Preis der Gerechtigkeit kam zum Tragen und lief mit 1600 Dollar Unterkunft für jeden der Anwälte und den Richter plus Tagesspesen. Alle Kosten des Puente-Prozesses trug natürlich das Land, inklusive die Kosten für die Experten, die als Zeugen aussagten, die Berater und den Mitarbeiterstab. Viele Zeugen mußten eingeflogen werden, und praktisch alle übernachteten wenigstens eine Nacht im Hotel. Aber alle Überlegungen, wie man dem Steuerzahler eine Stange Geld einsparen könnte, waren angesichts der Schalen der Justicia nicht erlaubt, vom Schmiergeld ganz zu schweigen.

Dorothea Puente wurde mittlerweile mittels ihrer ersten langen Autofahrt seit Jahren heimlich an ihren neuen Bestimmungsort ins Monterey-County-Gefängnis nach Salina gebracht.

Diejenigen, die möglicherweise die Geschworenen stellen würden, kamen in Wellen zu Hunderten und umklammerten das Papier, das sie ins Gerichtsgebäude geführt hatte, überprüften die Einbestellung zweimal, fragten nach Stockwerken und fanden sich dann in einer Geschworenenmenge, die bis auf tausendzweihundert anstieg, ehe die Anwälte alles bearbeitet hatten. Richter Michael J. Virga* stellte sich, die Anwälte und die Verteidiger freundlich vor und erklärte der unruhigen Menge dann, daß dieser Fall viele Monate in Anspruch nehmen würde. Er fragte, ob das irgendeinen einer unzumutbaren Härte aussetzen würde, und beeilte sich zu erklären, daß ›unpassend‹ und ›unzumutbare Härte‹ nicht dasselbe seien.

Einige konnten wirklich nicht so lange im Beruf fehlen, einige logen, andere waren schwanger, Analphabeten oder bei schlechter Gesundheit. Diejenigen, die übrigblieben, mußten einen dicken Fragebogen ausfüllen und würden später wieder angerufen werden. Ein Mann, der beim Verlassen des Gerichtsraumes den umfangreichen Fragenkatalog in seinen

* Es trug zu dem *Déjà-vue*-Erlebnis bei, daß Richter Virga, der schon dem Solomon-Prozeß vorgesessen hatte, sich bereit erklärte, auch Vorsitzender des Puente-Prozesses zu sein.

widerstrebenden Händen hielt, beschwerte sich: »Das ist ja ein ganzes Buch, das wir ausfüllen müssen!«

Zwei junge Frauen unterhielten sich und flüsterten sich zu, was sie über den Fall gehört hatten: »Sie hat alle diese Leute begraben? Das ist *unglaublich.*«

Die Auswahl einer Jury. Einige Anwälte sehen das als den wichtigsten Teil unseres Justizsystems an und behaupten, daß der Ausgang eines Prozesses von dem Moment abhängt, wo die Jury bestimmt wird. Peter Vlautin hielt die Auswahl der Jury für sehr wichtig. »Ich sage immer, wähl die richtigen Zwölf, und du kannst alles verkaufen.«

Am 2. November 1992 war die Jury ein unbeschriebenes Blatt. Oder genauer gesagt, zwölf leere Stühle. Es würden wochenlange Befragungen nötig sein, ehe Gesichter möglicher Geschworener aus der Menge auftauchen würden, die zwölf Seelen, die Dorothea Puentes Schicksal in ihren Händen halten würden.

Die Medien sprangen massenhaft auf die Geschichte an. Jeder, der einen Fotoapparat hatte, machte so viele Aufnahmen, wie er konnte. O'Mara wich den Kameras aus und sagte: »Kein Kommentar.« Aber die Verteidiger, die sich in Gesellschaft der Presse immer wohl fühlten, willigten ein, vor dem Gericht ein Interview zu geben. Kevin Clymo schränkte ein, daß sie die Beweise nicht diskutieren würden, sagte aber, daß es wundervoll sei, daß die Sache in Gang gekommen sei und daß ihre Klientin zuversichtlich sei.

Vlautin, der die Einschränkung durch seinen Kollegen schon wieder vergessen hatte, erklärte: »Es ist ein Fall, der die Umstände zum Beweis hat, und nach vier Jahren kennt das DA immer noch nicht die Todesursache.« Weiter sagte er: »Die Chancen, daß jemand an Dalmane stirbt, stehen zehn zu null.«

Abseits der Kameras und Journalisten beschwerte O'Mara sich darüber, daß die Auswahl der Geschworenen ›langweilig‹ sei und vor dem Prozeß nichts Spannendes passiere … aber vielleicht protestierte er zu viel. Abseits der neugierigen Medienvertreter war der Staatsanwalt dabei, Taktiken zu überlegen. Vielleicht würde Dorothea Puente alles in allem doch nicht der Prozeß gemacht werden.

Am Montag, 9. November 1992, führte ein anderer Richter den Vorsitz über die Eingabe, ohne Prozeß zu einer Einigung zu gelangen. O'Maras Angebot zielte auf den Punkt: Der Staat würde auf die drohende Todesstrafe verzichten, indem er die ›besonderen Umstände‹ berücksichtigte, wenn Mrs. Puente sich in neun Fällen des Mordes schuldig bekennen würde.

Clymo und Vlautin hörten erschreckt zu. Was war das? War das sein Ernst? Glaubte das DA-Büro wirklich, daß ihr Fall auf so schwachen Füßen stand? Das war der härteste Kurs, den die Staatsanwaltschaft einschlagen konnte, außer auf Tod zu drängen. Die Chancen standen doch gut, selbst bei der schlechtesten Jury weit besser abzuschneiden?

Aber O'Mara hielt an seinem kargen Angebot fest, und nach zwei Stunden Verhandlung wurde die Anhörung ohne Zustimmung vertagt.

Die Verteidigung wollte ihre Chance vor einer Jury haben.

Das Gerichtsgebäude, in dem Dorothea Puentes Prozeß stattfinden würde, lag am Ende einer gewundenen Straße, die durch vereinzelte Pinien führte – sowohl im übertragenen, als auch im wörtlichen Sinne weit von Sacramento entfernt. Ein paar Leute eilten die Treppe in das moderne, dreistöckige Gebäude hinauf, und keine elektronischen Warngeräte summten bei denen, die vergessen hatten, die Autoschlüssel am Eingang abzugeben. Die Flure waren weitgehend ruhig, die Fahrstühle selten überfüllt.

Es war sonderbar, einen so aufsehenerregenden Fall an einem so abgelegenen Ort zu verhandeln, aber dieses verschlafene, abseits liegende Gericht konnte einen freien Gerichtssaal anbieten. Es war der einzige im dritten Stock und Lichtjahre von denen, die man aus Hollywood kennt, entfernt – keine Kerzenleuchter, kein kunstvoll geschnitztes Mahagoni. Bis auf die Stühle auf der Galerie, die an Kirchenstühle erinnerten, (nur die wirklich Frommen hielten es auf ihnen lange aus), gab es nichts Bemerkenswertes.

Nachdem die Anwälte Stapel von Fragebögen der Geschworenen durchgesehen hatten, bereiteten sie die *voir dire,* die Befragung möglicher Geschworener vor. Immer nur ein Geschworener zur Zeit würde befragt werden, damit etwaige spitzfindige Antworten nicht die ganze Palette ›untauglich machen‹ konnten. Natürlich war es das Ziel, eine unparteiische und faire Jury zusammenzustellen. Aber jede Seite verfolgte eine Strategie bei der Jurybesetzung, nach der jeder Geschworene aus ihrer Sicht ein bißchen fairer sein sollte.

Die Verteidigung stellte für das delikate Auswahlverfahren einen Berater an, Dr. Linda Meza, die ihren Wert schon bei der Verhandlung um die Verlegung des Prozeßortes und bei der ersten Anhörung bewiesen hatte. Sie hatte das menschliche Verhalten studiert, kannte die Körpersprache von verschränkten Armen und Stellung, wußte um Stimmlage und Wortwahl und würde Clymo und Vlautin wertvolle Hinweise geben.

Die Verteidiger, ein gutes Quartett (mit Dorothea), saßen breit am einen Ende des langen Verhandlungstisches, John O'Mara saß trotzig allein am anderen.

O'Mara hatte keinen dieser Pseudo-Wissenschaftlicher zur Seite. Er glaubte einfach nicht daran, daß jemand ›mit einem Schwanz von Abschlüssen in Sozialwissenschaft‹ notwendigerweise besser bei der Auswahl der Jurymitglieder fahren würde als er. Er wollte nicht einmal an ›den perfekten Geschworenen‹ denken, sagte er, »weil man sich selber damit einsperrt‹ mit dem Versuch, sich auf ihn einzustellen. Außerdem, so beharrte er, »kann man nie wissen, wie die Leute Informationen verarbeiten.« Also erschien der Staatsanwalt alleine und vertraute auf sein eigenes Gespür.

Einer nach dem anderen trudelten die Bürger ein, um sich über ihr Weltbild, über Tod, Verbrechen, Arbeit, Familie und alles sonst zu unterhalten, wonach sie gefragt würden. Es waren alle Altersstufen, Größen und Figuren vertreten, eine Reihe von Typen aus der Mischung Amerikas.

Die Verteidigung stellte praktisch alle Fragen. Sie hatten sich schon auf Themen geeinigt: Alkoholismus, Kindesmißbrauch und alte Menschen. Sie beobachteten die Gefragten, ob sie in irgendeiner Weise mit Mitleid oder Sympathie reagierten. Sie suchten nach Pflegekräften, solchen, die die Aufgabe kennen, ›bei kranken Leuten sauberzumachen, die Sachen verschütten und in die Hose machen.« Sie wünschten sich Geschworene, die die finanzielle und emotionale Belastung verstanden, die diejenigen auf sich nehmen, die sich um Leute kümmern, die streitsüchtig oder fordernd sind. Am meisten hofften sie auf Geschworene ›mit Herz und Seele‹, so Clymo, Leute, die sich ›mit Dorothea identifizieren können‹.

Während verschiedene der potentiellen Geschworenen sich räusperten und Fragen beantworteten, warfen sie verstohlene Blicke auf die Angeklagte, die nicht gefährlicher aussah als ein kleines altes Bündel von einer Großmutter. Nach mehr als vier Jahren Haft war sie so blaß, daß ihre cremige Haut und die weißen Haare sie fast farblos aussehen ließen. Sie besaß blasse, feine Hände mit gutgepflegten Nägeln und zeigte den klassischen, milden Gesichtsausdruck älterer Leute. Wer konnte glauben, daß sie wegen mehrfachen Mordes angeklagt war?

Selbst die Gesetzeshüter hatten Schwierigkeiten, diese fügsame Dame mit den abscheulichen Verbrechen, die man ihr vorwarf, zu vereinbaren. Vorher schon hatte ein Gerichtsdiener Peter Vlautin angesprochen, um zu fragen, ob bei Mrs. Puente Fluchtgefahr bestehe. Der hatte gegrinst und geantwortet: »Solange Sie sie nicht zum Bus fahren und ihr eine Fahrkarte kaufen.«

Die ältere Frau mit der knitterigen Haut und den weißen Haaren sah in der Tat so mild und harmlos aus, daß sie mehr als einmal vergessen wurde. In den Pausen stand der Richter auf, der Assistent verließ ihren Tisch, die Anwälte vertraten sich die Füße, und der Gerichtsdiener huschte für einen Augenblick hinaus, so daß Dorothea Puente, die angeblich neun Morde begangen hatte, allein und unbewacht blieb. Sie saß ruhig am Verteidigertisch und hatte nichts anderes zu tun, als zu warten.

Ohne Rücksicht darauf, wie Clymo und Vlautin vorbereitet sein würden, der am meisten ernstzunehmende Gegner für O'Mara war Dorothea Puente selbst.

Natürlich hielt sich jede Seite für benachteiligt. Jeder, der extrem für oder gegen die Todesstrafe war, kam nicht in Betracht. Aus der Sicht der Verteidiger waren damit die besten Geschworenen – die, die gegen die Todesstrafe waren – schon ausgeschlossen. Aus Sicht der Staatsanwaltschaft war – nachdem ›alle wirklich Guten‹ aussortiert worden waren, diejenigen, die die Todesstrafe befürworteten, besonders bei neunfachem vorsätzlichen Mord und – nur eine ›schiefe Gruppe‹ übrig.

Nachdem beide Seiten nicht zufrieden waren, war das vielleicht noch am ehesten fair.

Clymo und Vlautin hofften auf Mitarbeiter, auf Leute, ›die nicht nur einen Stuhl besetzten‹‹ sondern auf solche, die für ihre Überzeugung einstanden und andere mitrissen, so wie sie zustimmen. Sie brauchten nur einen, einen starrköpfigen, der durchhielt, und sie hätten eine Jury ohne Beschluß. (Sowohl Vlautin als auch O'Mara hatten die Jury ohne Beschluß vom Solomon-Prozeß, wo ein Vietnam-Veteran den Ausschlag gegeben hatte, noch frisch in Erinnerung.)

Peter Vlautin sah zu einem solide gebauten Armee-Offizier hinüber, an dem ihm die Goldkette auffiel. Für Vlautin war er deshalb ›unkonventionell‹. Er spekulierte darauf, daß dieser Staatsdiener ›der Joker sein könnte, den das DA nicht vorhersagen kann.«

Nach der Befragung verließ der Sergeant das Gericht, stieg in seinen leuchtend roten Lieferwagen und fuhr davon und ließ in seinen Auspuffgasen das verblassende Bild seines persönlichen Nummernschildes zurück: XREMIST.

Kapitel 37

John O'Mara holte seine unhandlichen Unterlagen aus dem Kofferraum seines Autos und eilte durch den Regen in das Gerichtsgebäude. Es war Montag, der 8. Februar 1993, der Tag vor den Eröffnungsstellungnahmen. Die Anwälte trafen sich nur mit Richter Virga, um sich in letzter Minute um Einzelheiten zu kümmern, deswegen hatten sie nicht erwartet, die Presse vorzufinden – sie probierten Kamerastellungen aus und verlegten Kabel – und traten in gänzlich unjuristischer Garderobe aus dem Fahrstuhl: Clymo in Pullover und einem flotten ›Indiana Jones‹-Hut, O'Mara in langen, beutelnden Shorts, T-Shirt und Baseballkappe. Ihr Aussehen provozierte ein paar freundliche Frotzeleien, ein Gegengewicht zu dem Ernst, der vor ihnen lag.

Unter den leichthin gesagten Neckereien beobachteten die Anwälte einander so argwöhnisch wie rivalisierende Freier. Jetzt kam es drauf an. Nach all den Jahren und Stunden der Vorbereitung kam der Prozeß endlich in Gang.

Am nächsten Morgen nahmen sie in schwarzer Robe und Binder, die ihre Arbeitskleidung waren, ihre Plätze ein. Clymo und Vlautin hatten Dorothea zu ihrer Linken, ein Trio verschiedener Farben. Clymo, gelblich, mit Schnurrbart und seiner glänzenden Glatze, Vlautin, rötlich und mit Brille, Dorothea, blasser als Elfenbein, das weiße Haare gut frisiert, einen dunkelblauen Schal um die glatten Schultern drapiert. Die klassische alte Dame. Zur Rechten saß einsam der Staatsanwalt, dessen graue Brauen und Schnurrbart einen scharfen Kontrast zu seinen dunklen Haaren bildeten.

Von hinten wurden aus den Presseplätzen die Kameras eingestellt. Eine Menge von Medienvertretern drängte sich auf die Galerie. Reporter tauschten Informationen, Geschäftskarten und zynische Witze aus. Zwei britische Journalisten witzelten, daß Mrs. Puente genauso aussähe wie die Gutsherrinen zu Hause.

Einer fragte sich laut: »Ob sie es wirklich getan hat?«

Ein anderer fragte: »Ob sie wohl aussagt?«

Dann strömten die Geschworenen auf ihre Plätze, sie sahen blitzsauber und ernst aus, und aller Augen folgten ihnen. Diese Geschworenen, die großteils in den Dreißigern und Vierzigern waren, straften die Behauptungen Lüge, daß nur Rentner die Zeit und die Möglichkeit hätten, monatelang ihrer Geschworenenpflicht nachzukommen. Sie alle arbeiteten und hatten ihre Posten bei Smucker's, Wells Fargo Bank,

Post, Pacific Bell und Gallo ruhen lassen. Zwei arbeiteten bei Schilling, der Gewürzhandelsgesellschaft in Salinas, die zu spät bemerkt hatte, daß sie zwei Beschäftigte für dieselbe Prozeßlänge freigestellt hatte. Marjorie Simpson, die älteste (mit sieben Kindern, von denen keines Bart heißt) hatte den anderen gut zwanzig Jahre voraus, und mit fünfundsechzig war sie ein gutes Jahr älter als Dorothea, sah aber gut und gerne zehn Jahre jünger aus. Zwei waren Staatsdiener bei Ford Ord: der jüngste, der siebenundzwanzig Jahre alte Earl Jimerson, der eine Infanterieeinheit führte, und der zweiundvierzig Jahre alte Gary Frost, Armee-Sergeant und selbst ernannter XREMIST.

»Alle erheben«, ordnete der Gerichtsdiener an, und Richter Michael J. Virga trat mit schwarzer Robe und herzlichem Gesichtsausdruck ein. Als er die Geschworenen in onkelhaftem Ton ansprach, zerfiel sein Gesicht in eine weise, zerfurchte Landkarte all dessen, was er schon gesehen hatte. Dann verlas er eine nach der anderen die neun Mordanklagen gegen die Angeklagte, und sie tönten durch den verstummten Gerichtssaal wie Requiemglocken durch ein Tal.

Es war Zeit für die Eröffnungserklärung der Staatsanwaltschaft, und John O'Mara erhob sich von seinem Stuhl. »Guten Morgen, meine Damen und Herren«, sagte er und begann hin und her zu gehen – das sollten Meilen von Redekunst werden.

»In einem gewöhnlichen Prozeß«, begann er seine Erklärung, »würde die Eröffnungsrede ganz mechanisch ablaufen.« Aber dieser Fall war weit von einem gewöhnlichen entfernt. Dieser Fall lag so, als verhandelte man neun einzelne Mordanklagen, und die Geschworenen mußten für jede eine Entscheidung treffen. Er hatte an die zweihundertdreißig Zeugen vorgeladen, aber er würde versuchen, ihre Zahl einzuschränken – denn ›das Hirn kann nur aufnehmen, was die Sitzfläche aushält‹ – und er wollte den Prozeß bis Ostern zu fünfunfsiebzig Prozent abgeschlossen haben.

Die Geschworenen waren darauf vorbereitet, über Monate nicht ihr normales Leben führen zu können. Falls sie einen Widerwillen gegen diesen Ablauf hatten, war er ihren Gesichtern nicht anzusehen.

O'Mara machte sich weniger Sorgen um den Zeitaufwand, sondern vielmehr darum, ob diese adretten, hart arbeitenden, gesunden Geschworenen sich mit Dorothea Puentes heruntergekommenen Mietern identifizieren konnten. Das war von Anfang an das Problem gewesen. Obdachlose Alkoholiker haben es schwer, Sympathie zu wecken.

»Die meisten von uns leben ein sehr geregeltes Leben«, begann O'Mara. »Wir verlassen das Haus zu einer gewissen Zeit. Wir gehen an einen bestimmten Ort. Vielleicht essen wir auswärts zu Mittag. Am Ende des Tages gehen wir nach Hause. Das Leben, das wir leben, hinterläßt ein Muster, etwas wie ein Fingerabdruck. Man kann rückblickend sehen, wo jemand Tag für Tag, Moment für Moment, Stunde für Stunde gewesen ist.«

O'Mara sah ihnen ins Gesicht. Sie hörten ihm zu. »Wenn man plötzlich aus diesem Muster ausscheren würde, wäre es sehr leicht, es wieder aufzunehmen und den Platz einzunehmen, den man zuletzt hatte oder wo man zuletzt gesehen wurde.«

Nicht die Opfer von Dorothea. »Das waren keine Menschen, die sich das Leben nach einem Muster eingerichtet hatten, die Arbeit hatten oder eine Familie, die sie regelmäßig besucht haben. Größtenteils verlief ihr Leben unbeachtet. Wir können nicht sicher sagen, wann sie verschwanden.« O'Mara machte eine Pause. »Ich nenne diese Menschen *Schattenmenschen.* Sie sind in dem Sinne Schattenmenschen, daß sie immer da sind, wir sie aber nicht sehen.«

Peter Vlautin hätte am liebsten laut gestöhnt. Er hatte denselben Sermon schon im Solomon-Prozeß von O'Mara gehört. Aber er konnte es nicht riskieren, ihn schon zu verstimmen. Er und Clymo hörten genau zu, um jede Nuance ihres Gegners mitzubekommen, und bereiteten im stillen ihren Gegenangriff vor.

Unerklärlicherweise driftete O'Mara von seinem guten Anfang weg und kam zu einer unnötig sorgfältigen Erklärung von Sacramento und Mrs. Puentes rauher ›Alkali-Wohnungs‹-Nachbarschaft. Er führte den Geschworenen zwei amateurhaft aufgenommene Video-Bänder vor (offensichtlich von kreativ schwerbehinderten Polizisten aufgenommen), eines von den Straßen rund um Mrs. Puentes Pension, das andere von den Exhuminierungen. Als nächstes zeigte O'Mara ihnen Dutzende schrecklicher Aufnahmen von den Leichen. Dabei marschierte er vor der Jury-Tribüne auf und ab, und die Augen folgten ihm – hin und zurück, hin und zurück – wie bei einer schrecklichen Hypnose.

Bis zur Mittagspause hatte O'Maras sich dahinschleppender Gang die meisten Medienvertreter soweit, daß sie mit glasigen Augen ihrem Schlußtermin entgegensahen. Keine funkelnden Zitate. Keine aufsehenerregenden Entwürfe. Sogar die britischen Journalisten – die wußten, daß dieser Fall die Vorstellungskraft einer Nation voller Pensionen beleben würde – wanden sich vor Ungeduld. Sie würden mit Bildern von Mrs. Puentes Rosen auskommen müssen, die von verwesenden Leichen gedüngt wurden, denn John O'Mara dachte nicht an saftige Schlagzeilen, Zwei-Minuten-Geschichten oder den kurzen Vorspann für die Medien, der Interesse wecken sollte. Nach dem Essen wanderte er weiter und bemühte sich, die Jury mit den wichtigsten Dingen dieses komplizierten Falles vertraut zu machen. Die Informationen strömten aus ihm heraus. Er erklärte, welche Probleme die forensischen Pathologen mit den verwesten Überresten hatten, strich die Verwicklungen der toxikologischen Untersuchung heraus und erklärte die Metabolite von Dalmane. Wie ein Professor zeigte er mit einem Zeigestab auf seine Diagramme, unterrichtete seine Schüler in Mord 101 und übermittelte ihnen die Handwerkskunst des Studierens.

Einige nickten gedankenvoll, andere schrieben mit.

Bei den meisten von O'Maras Anmerkungen hörte Dorothea Puente unbeteiligt zu. Gelegentlich hob sie eine Hand an eine gepuderte Wange oder schüttelte leicht den Kopf. Oft schrieb sie etwas auf – Seiten über Seiten voller Notizen – und gab es Clymo, der nickte oder eine Antwort schrieb.

O'Mara hatte für jedes der neun Opfer eine Personenbeschreibung vorbereitet, aber am Ende des ersten Tages war er noch bei den Informationen zu erst einem. Am nächsten Tag pflügte er verjüngt durch den Rest. Zum ersten Mal hörten die Geschworenen von den sieben Opfern, die man im Garten begraben gefunden hatte – Leona Carpenter, Dorothy Miller, Bert Montoya, Benjamin Fink, James Gallop, Vera Faye Martin und Betty Palmer – und von Everson Gillmouth, dem Mann, den man in einer Kiste gefunden hatte, sowie von Ruth Munroe, die 1982 in Mrs. Puentes Haus an einer Überdosis gestorben war.

O'Mara erklärte die medizinische Geschichte dieser Neun und betonte dabei subtil, daß das nicht nur Namen, sondern lebende, atmende Menschen gewesen waren.

Geschieden, verwitwet oder verlassen, die meisten waren alleine. Er hatte es geschafft, von allen ein Foto aufzutreiben – ein Familienfoto, eine Arztaufnahme, sogar einen Schnappschuß, wenn nötig – bis auf einen. Leona Carpenters Beschreibung blieb traurig gesichtslos.

O'Mara verschwieg auch ihre Schwächen nicht. Großteils waren sie lebenslang Alkoholiker, einige waren Kettenraucher, einige geistig krank, und die meisten hielten sich nicht an die Anweisungen ihrer Ärzte. O'Mara listete ihre Leiden auf, die von Arterienverkalkung bis zum Magengeschwür reichten, und führte an, daß solche Krankheiten ›Beschwerden machten, die Leute schwächten oder auch tödliche Folgen haben konnten.«

Die Zuschauer tauschten Blicke. Die Reporter seufzten. Warum maß er der bodenlosen medizinischen Geschichte dieser Leute soviel Bedeutung bei? Sicher, die Staatsanwaltschaft nahm der Verteidigung oft dadurch den Wind aus den Segeln, daß sie eigene Schwächen zugab, aber war dies hier nicht Selbstmord? O'Mara nahm Clymo die Arbeit ab: Es handelte sich um kranke, leidende Menschen, die dem Tode nahe waren!

Aber dann fing der Staatsanwalt an, die Saat des Mißtrauens zu säen: Die toxikologischen Berichte zeigten, daß Dalmane in den Körpern der Opfer nachgewiesen worden war, Mrs. Puente hatte zahllose Rezepte für dieses Medikament eingelöst, in ihrer Kommode hatte man leere Kapseln gefunden, deren Hälften noch einen Rest Dalmane enthielten.

Die Verteidiger regten sich kaum. Hiervon erwarteten sie alles. Sie waren bereit für Dalmane.

Aber jetzt brachte O'Mara etwas Neues vor:

»Erstickung«, sagte er und konnte förmlich fühlen, wie die Verteidiger seinen Rücken anstarrten. Es gibt zwei Arten der Erstickung, erklärte er der Jury, die eine durch Erwürgen, die andere durch Ersticken. »Sogar diese verwesten Leichen zeigen möglicherweise nachweisbare Spuren von Strangulation, es wurden aber keine gefunden. Aber was ist mit *Ersticken?«*

Hatte die Verteidigung das erwartet? Sie hätten damit rechnen müssen, dachte O'Mara. Williamson hatte das Thema bei der ersten Anhörung nicht weiterverfolgt, aber die Ahnung hatte ihn förmlich angesprungen, während er diese schrecklichen Fotos betrachtete.

»Ein Kissen auf dem Gesicht«, sagte er, »oder einfach eine Plastiktüte über den Kopf eines betäubten, geschwächten Opfers hätte keine nachweisbaren Spuren hinterlassen. Hat Dorothea sich später hereingeschlichen, nachdem ihre Opfer bewußtlos geworden waren, um ihnen endgültig den Rest zu geben?«

Clymo und Vlautin ließen ihren Schreck nicht erkennen und hörten unbewegt zu. Das kann er nicht beweisen, sagten sie sich. Es war ein Versuch von ihm.

»Wir können ein bestimmtes Verhaltensmuster erkennen«, fuhr O'Mara fort, »das uns zeigt, wie sie versucht hat, ihre Verbrechen zu vertuschen. Wieder und wieder werden Sie hören, daß die Leute nach ihrem Verschwinden in einem geheimnisvollen Irgendwo gelandet sind«, so O'Mara, der in der Luft gestikulierte. O'Mara zählte Mrs. Puentes Lügen auf: Bert war mit seinem Schwager nach Shreveport in Utah gegangen, ›ein Ort, den es nicht gibt‹, Leona Carpenter war ›zum Sterben ins Krankenhaus gegangen‹, Ben Fink ging ›hoch nach Norden nach Marysville‹, James Gallop war ›zurück nach LA‹ gegangen und Everson Gillmouth ›zurück nach Oregon‹.

Das waren ihre Umschreibungen für den Tod.

O'Mara wandte sich dem Thema Geld zu, führte einzeln die Schecks auf, die Dorothea ihren Mietern gestohlen hatte und kam auf eine Summe von achtundfünfzigtausend Dollar. (Insgeheim fragte er sich, wie hoch die Summe noch würde. Die andauernden Untersuchungen förderten immer noch mehr zutage.)

Jeder hatte angenommen – die Schecks, die Lügen, die Fälschungen – daß ihr Motiv reine Habsucht gewesen sei. Aber jetzt landete O'Mara einen zweiten Überraschungstreffer: »Sie sehen, daß sie also schon Zugang zu praktisch ihrem Geld hatte, *bevor* sie tot waren. Das Motiv war nicht, an ihr ganzen Geld ranzukommen«, erklärte er, »es gab eine Menge Fälschungen, als die Betroffenen noch lebten!«

Was? Clymo und Vlautin trauten kaum ihren Ohren.

»Gut, was ist dann aber das Mordmotiv?« fragte O'Mara, und jeder wartete auf seine Erklärung.

»Dorothea Puente führte eine sehr gepflegte Pension. Sie nahm Leute auf, die schwierige Mieter waren. Das waren nicht die Leute, die der durchschnittliche Pensionswirt gerne aufnahm. Zum größten Teil hatten diese Leute Geistes- oder Suchtprobleme. Ihr Verhalten ist unvorhersehbar. Man kann sich nicht auf sie verlassen. Man kann ihnen nicht wirklich vertrauen.«

Das Problem mit diesen Leuten war, so O'Mara, daß ihre Gesundheit soweit angegriffen war, daß sie besonderer Pflege bedurften. Mrs. Puente erkannte, daß sie nicht nur ›einen Wohnort und ein paar Mahlzeiten‹ anbieten mußte, sondern daß sie regelrecht eine Pflegeheimstellung ausüben mußte. »Es gibt viele Leute, die sehr, sehr krank sind und eine Menge Aufmerksamkeit verlangen.«

Was sagte er da? wunderte sich die Verteidigung. Sollte Dorothea sie umgebracht haben, weil sie ihr zuviel Arbeit machten?

In der nächsten Pause rauchte Kevin Clymo eine Zigarette und beschwerte sich: »Vor vier Jahren hat er aller Welt erzählt, daß das Motiv Geld war, und jetzt sagte er, daß sie es getan hat, weil sie schlecht ist! Ich verstehe nicht, warum er das tut.«

Das schlug eine Bresche in ihre Verteidigung. Was O'Mara natürlich auch gehofft hatte.

Aber war das genug? O'Mara mußte sich immer noch der

Angeklagten selber stellen. Er hatte noch nie einen Serienmörder angeklagt, der so ein liebes Altes-Frauchen-Image hatte.

»Wenn Sie sie heute vor Gericht sehen«, sagte er und deutete auf Mrs. Puente, »sieht die Angeklagte etwas zart aus, eine ältere Frau.« Er lächelte. »Was aber ihren Charakter und ihre körperlichen Fähigkeiten angeht, ist sie keine alte Frau. Sie ist nicht Mary See von See's Candies.*

Er belehrte sie: »Sie werden hören, daß die Angeklagte eine sehr mitfühlende Person sein soll, jemand, der den Unglücklichen hilft. Und bis zu einem gewissen Grad« – er zuckte mit den Schultern – »ist das auch wahr. Sie werden aber auch sehen, daß es ein anderes Bild von der Angeklagten gibt, das nicht so schmeichelhaft ist.«

Dann beschrieb er Dorothea Puente als extrem herrschsüchtig und als eine Frau, die schnellen Persönlichkeitsänderungen unterlag und ›an Größenwahn litt‹.

Dorothea Puente hörte teilnahmslos zu, das Gesicht eine Maske aus tausend kleinen Fältchen mit kleinen Kerben in den Wangen (offensichtlich die Folge eines Gesichts-Liftings 1988). Neugierige Geschworene betrachteten das bleiche Rätsel.

O'Mara schritt zu einer Karte des F-Street-Hauses, zeigte auf das obere Stockwerk und sagte ruhig: »Das hat sie als heimgesuchten Raum bezeichnet.«

Aller Augen hingen an dem ›heimgesuchten Schlafzimmer‹ neben der Küche.

Er malte Dorothea Puente in den düstersten Farben und erklärte, daß ›die Leute dort drin an ihr gestorben sind«, daß sie eine todbringende Pflegerin war.

»Ich werde mich um sie kümmern«, pflegte sie zu sagen, während sie eine nichtsahnende Seele in das Zimmer hochführte.

»Kurz danach«, verkündete O'Mara, »verschwanden sie. Keiner bekam sie je wieder zu Gesicht.«

* Eine Süßigkeiten-Werbung in Kalifornien, die eine weißhaarige Großmutter als Markenzeichen hat.

Mit dieser eindrucksvollen Bemerkung kam O'Mara zum Ende. Er hoffte, daß das reichte. Selbst jetzt spielte er noch Fangen. Er sah selbst einige Schwächen bei sich und versuchte, die Gegenargumente der Verteidigung vorwegzunehmen, aber die Verteidiger hatten vier Jahre lang Zeit gehabt, um jeden kleinen Riß in ein riesiges Loch zu verwandeln.

Manchmal hatte es so ausgesehen, als habe O'Mara sich in eine Flut von Einzelheiten, Plänen und Unterlagen verloren. Hatte der nicht endende Strom an Informationen die Geschworenen nicht erreicht? Hatte O'Mara sie so lange bedrängt, daß sie sich deshalb verweigerten? Das war sicherlich die Hoffnung von Mrs. Puentes Verteidigern.

Am nächsten Morgen erhob sich Verteidiger Kevin Clymo aus seinem Stuhl, um die Geschworenen anzusprechen. »Wir sind ein bißchen im Nachteil«, begann er und setzte auf Untertreibung. »Daran gewöhnt man sich, wenn man Verteidiger ist.« Er lächelte sie an. »Bis zum Frühling werden Sie alle unsere Argumente hören.«

Danach hatte die Staatsanwaltschaft zum zweitenmal Gelegenheit, ihre Beweise vorzuführen. »Das ist so«, betonte Clymo, »weil die *Beweispflicht* bei der Staatsanwaltschaft liegt.«

Der große, kahle Anwalt hatte einen völlig anderen Stil als der Staatsanwalt: langsamer, besonnener, mit großen Gesten. Die Geschworenen schalteten um und hörten zu.

»Ich werde Ihnen jetzt ein paar Dinge erzählen, die die Staatsanwaltschaft nicht erwähnt hat. Ich nehme an, es gehört zu unserem Beruf im Widersacher-System, sicherzustellen, daß Sie, die wirklichen Richter dieses Falles, eine ausgewogene Sicht der Dinge bekommen.«

Clymo wußte, daß sie ohne eine scharfe Eröffnung Monate verdammender Beweise riskierten, die gegen ihre Klientin vorgebracht werden würden. Es war sein Anliegen zu zeigen, daß dieser Fall der Interpretation unterlag. Für die Verteidiger ist die Einführungsrede ein Gang auf dem Drahtseil. Bis zu diesem Moment konnten der Staatsanwalt – und das

Publikum – nur ahnen, wie sie ihren Klienten verteidigen wollten. Jetzt gab er dem Staatsanwalt mit jedem Wort an die Jury neue Anhaltspunkte.

Clymo rollte ein detailliertes, dreidimensionales Modell von Mrs. Puentes Haus herein, das wie das ausgearbeitete Puppenhaus eines sehr verwöhnten Kindes aussah. Er hob das Dach ab, und die Geschworenen blickten auf die kleinen Möbel darin. »Wenn es wirklich einen ›heimgesuchten Raum‹ gegeben hat, können Sie selber gucken, welches Zimmer das sein könnte«, sagte er mit einer Stimme, die vor Sarkasmus troff.

»Ich muß Ihnen sagen, daß ich ein bißchen überrascht war – seit vielen Jahren hörte ich, daß Mrs. Puente die Leute wegen des Geldes umgebracht haben soll. Was ich gestern gehört habe, war, daß sie Leute getötet hat, weil sie ein schlechter Mensch ist. Sie ist böse! Es gibt einen heimgesuchten Raum in einem Spukhaus! Ich bin nach Hause gegangen, habe mich am Kopf gekratzt und gedacht: *Mein Gott, haben wir seit den Salemer Hexenprozessen wenig Fortschritte gemacht.*«

Clymo legte sein eigenes amateurhaftes Video ein und führte lässig durch Mrs. Puentes Haus. »Das ist ein normales Haus«, sagte er. »Das ist nicht das Spukhaus einer bösen Hexe!« In der Tat sah es mit den Regalen voller Taschenbücher, der Küche voller Nahrungsmittel, den Seidenvorhängen an den Fenstern und den Kissen und gestrickten Bettdecken ausgesprochen gewöhnlich aus. »Alle Zimmer haben Fernsehen«, bemerkte Clymo, als die Kamera durch den ersten Stock wanderte und dann nach oben schwankte. »Das ist eine von den Sachen, die Dorothea Puente machte. Fernsehen, Betten, Matratzen, Bettwäsche, Essen – reichlich Essen.«

Das war ein Blick auf ihre Gegenargumente. Es war nicht billig, drei Jahre lang ein Haus voller Leute zu bekochen. Waren achtundfünfzigtausend Dollar eine unangemessene Summe? Die Verteidigung sah das nicht so.

Die Rollen waren vertauscht: Während Clymo sprach, saß O'Mara da mit dem Füller in der Hand und schrieb jeden logischen Schritt mit.

»Wir haben gehört, daß die Leute in diesem Haus ›Schattenleute‹ waren. Es waren Leute, die größtenteils gesellschaftliche Außenseiter waren. Sie waren herrenlos. Sie waren unbrauchbar. Sie waren Trinker, sozusagen der Abschaum der Gesellschaft. Sie waren Leute, die nicht dazugehörten.«

Er betonte die Dienste, die Dorothea Puente ihnen geleistet hatte, und die Belastungen, denen sie ausgesetzt war, und fuhr fort: »Trinker sind die aggressivsten. Sie sind die, die sich am meisten vernachlässigen. Sie kümmern sich nicht um Arbeit, und sie sind am schwierigsten unterzubringen.«

Aber Dorothea Puente hatte Leute aufgenommen, sagte Clymo, »die sonst keinen Platz gefunden hätten, weil niemand sonst sie haben wollte.«

Davon kam nichts überraschend für O'Mara. Die Mutter-Teresa-Tour, dachte er.

Clymo wagte sich auf gefährliches Terrain.

»Irgend jemand hat gesagt, daß Dorothea einen Hang zum Diebstahl hatte. Es mag wahr sein. Ich stehe hier nicht und will Ihnen sagen, daß sie eine Diebin ist. Aber ich werde auch nicht auf und ab springen und gegen Beweise protestieren, daß sie einen Hang zu Diebstahl hat. Das macht aus ihr keine Mörderin«, sagte er, hob die Brauen und fügte in neckendem Ton hinzu: »Das macht aus ihr keine *böse* Serienmörderin.«

Clymo sagte jetzt: »Sie war im Gefängnis«, und O'Mara hörte genau zu. Wieviel von Mrs. Puentes kriminellem Hintergrund würde Clymo enthüllen?

»Ich will Ihnen nichts vorenthalten«, fuhr Clymo fort, »ich will Ihnen erzählen, daß sie 1982 ins Gefängnis kam, nachdem sie sich des Diebstahls schuldig gemacht und verurteilt worden war, sie hatte Schecks ausgeschrieben und gefälscht.« Sehr vorsichtig bei seiner Wortwahl fuhr er fort: »Sie war auch angeklagt, jemandem eine betäubende Droge gegeben und ihn dann beraubt zu haben.«

Clymo gestand ihm das zu – und O'Mara würde daran anknüpfen, er würde es einarbeiten, wann immer er konnte – aber das war kein Versehen. Es war ein legales Paradoxon in diesem verwickelten Fall, daß die Staatsanwaltschaft das benutzen würde, um die Schuld festzustellen, während

Clymo den Umstand anführte, um für ihre Unschuld zu kämpfen.

Clymo spottete über die Beweislage durch die Umstände und erklärte: »Bei fast zweihundert Zeugen kann nicht ein einziger bezeugen, daß er gesehen hat, wie Dorothea Puente jemanden getötet hat! Und nicht einer kann bezeugen, daß er gesehen hat, wie sie jemanden vergraben hat!«

O'Mara hatte erwartet, daß die Verteidigung sich auf ›Mangel an Beweisen‹ berufen würde.

Aber jetzt machte Clymo ein überraschendes, wenn auch vages Zugeständnis: »Aus allem, was Sie über den Fall hören, werden Sie folgern, daß Dorothea Montalvo Puente in Beziehung steht, irgendwie assoziiert wird mit, möglicherweise verantwortlich dafür ist, daß Leute in ihrem Garten vergraben wurden. Da waren sieben Leichen in ihrem Garten. Ich bin sicher, daß Sie alle schon so einen Gedanken gehabt haben.«

Die Geschworenen sahen ihn nicht an, als er eine Pause machte und sie erneut daran erinnerte, daß man von der Unschuld des Angeklagten auszugehen habe.

Dann hielt er ein Foto von der Heiligenfigur hoch, die vor dem Haus über Betty Palmers Grab stand. »Dorothea Montalvo Puente war die Person, die sich nicht nur um die Leute kümmerte, sondern sie auch auf ihre Weise im Gedächtnis behielt. Als sie am Leben waren, kümmerte sie sich um sie« – er warf einen Blick auf das Foto – »es sieht so aus, als ob sie sich auch nach ihrem Tod um sie gekümmert hätte.«

Das liebten die Reporter. Das war etwas, was sie gebrauchen konnten! Geisterstoff! Das brachte hohe Auflagen.

Aber was sagte das über Mrs. Puentes Verteidigung aus? Daß sie, obwohl sie die Leichen in ihrem Garten vergraben hatte, ihre Einwilligung für eine Durchsuchung gegeben hatte? Das war eine seltsame Art, um für eine natürliche Todesursache einzutreten.

Clymos Sicht der Ereignisse unterstellte, daß es dem erdrückenden Angriff der Medien, der Menge von Neugierigen und dem ständigen Lärm der Filmwagen zuzuschreiben war, daß Mrs. Puente nach Los Angeles ›getürmt‹ war. Alles in allem hatte sie nicht unter Arrest gestanden, also war sie auch nicht wirklich ›geflohen‹. »Der einzige Weg, von den Medien nicht mehr belästigt zu werden, war der, aus dieser Hölle zu entkommen. Und das hat sie getan«, sagte er einfach, »das hat sie getan.«

Er führte aus, daß sie über dreitausend Dollar bei sich gehabt hatte und Spanisch konnte. »Sie hatte die Möglichkeit, in Mexiko unterzutauchen« – er zeigte seine offenen Hände und zuckte mit den Schultern – »sie hat es nicht getan.«

Genauso, wie der Staatsanwalt die menschliche Seite der Opfer betont hatte, betonte der Verteidiger die menschliche Seite der Angeklagten. Clymo zeigte Fotos von Dorothea Puente, als sie noch jünger war, wie sie ein kleines Kind auf dem Schoß hielt, in ihrem makellos sauberen Haus stand, und wie sie eine Katze in ihren Armen kraulte. Ein Bild der Unschuld.

Als die Geschworenen dieses Image aufgenommen hatten, erinnerte Clymo sie wieder daran, daß es in diesem Fall, in dem keine Todesursache festzustellen war, auch ›keine kriminelle Schaltstelle‹ gäbe. Oder anders gesagt: *»Wenn man nicht sagen kann, woran sie gestorben sind, kann man niemals die Klage des ungesetzlichen Tötens erheben.«*

Die Beweise würden zeigen, so Clymo, daß Gewebeproben von Everson Gillmouths Leiche entnommen und getestet wurden. Aber die toxikologischen Ergebnisse zeigten gar nichts – keine Spur von Dalmane oder irgendeiner anderen Droge. »Der Pathologe konnte keine Todesursache bestimmen, aber mit Sicherheit war es keine Überdosis von Drogen.«

Das war ein Knoten im Muster.

Als nächstes kam Clymo zu dem problematischen Fall von Ruth Munroe. Von den neun Toten war Mrs. Munroe die einzige, bei der man sofort eine Autopsie vorgenommen hatte. Sie war eindeutig an einer Überdosis Kodein und Tylenol gestorben. Ihre Kinder beharrten darauf, daß sie niemals Selbstmord begangen hätte, und sie war allergisch gegen Kodein gewesen. Clymo führte jetzt aus, wobei er eine große Sache aus den Medizinberichten machte, daß Ruth Munroes eigener Arzt ihr, die allergisch gegen Penicillin war, *Kodein* verschrieben hatte!

In mitfühlendem Ton gestand Clymo Mrs. Munroes Kindern zu, daß sie natürlich verwirrt und aufgeregt waren, als ihre Mutter starb. »Sie wollten nicht glauben, daß sie Selbstmord begangen hat.« Er schwieg einen Moment.

»Aber sie wurde nicht ermordet.«

Er sah den Geschworenen ins Gesicht und fragte sanft: »Dieser Fall kam 1982 für eine Anklage nicht in Frage. Warum jetzt?«

Das sollten sie sich jetzt fragen.

Clymo fuhr fort, daß außerdem Dorothea Puente diejenige gewesen sei, die die Polizei gerufen hatte, als Mrs. Munroe starb. Sie hatte allerdings nicht gemeldet, als Everson Gillmouth starb. Warum nicht? Was war der Unterschied?

Einige Geschworene lehnten sich vor.

1982 war Mrs. Puente nicht ohne Bewährung frei, erst von 1985 an. Eine der Bewährungsauflagen lautete, ›daß sie keine Arbeit mit älteren oder geistig behinderten Menschen ausüben‹ oder ›Regierungsschecks umgehen‹ durfte. Wenn sie in diesem Punkt lügen würde, käme sie wieder ins Gefängnis zurück. Also hatte sie, statt die Behörden zu benachrichtigen, als der 77jährige Everson Gillmouth an Altersschwäche starb, heimlich seine Leiche beseitigt, um Fragen und möglicherweise erneuter Haft zu entgehen. So hatte sie es noch mit sieben weiteren Leichen gemacht.

Sehr ordentlich. Aber O'Maras Gedanken nagten an diesem hübschen kleinen logischen Gewebe. Es gab eine offensichtliche Ungereimtheit dabei. Aber war das zulässig?

Die Verteidigung hatte bunte Karten und Grafiken vorbereitet, die eine freundlichere, entschärfte Version des Geldmachens zeigten. Aber wegen O'Maras Präventivangriffs bei diesem Argument faßte Clymo sich kurz. Wenn man von den täglichen Kosten ausging, die eine durchschnittliche Pflegebetreuung verlangte, so konnte man sagen, daß Dorothea Puente bei der Betreuung ihrer bedürftigen Mieter nicht viel Profit gemacht hatte.

Ehe Clymo das Rednerpult für seinen Kompagnon freimachte, legte er die Finger seiner großen Hände aneinander und faßte den Fall zusammen: »Wir erwarten, daß die Beweisführung zeigt, daß acht von neun Fällen eines natürlichen Todes starben und der neunte Selbstmord begangen hat. Dorothea Montalvo Puente ist in allen Fällen nicht schuldig.«

Die Jury begann, nervös zu werden, aber Peter Vlautin machte ein paar witzige Bemerkungen zu Beginn, und sie kicherten. Er hatte sie gepackt, sie hörten ihm zu.

Vlautin eilte durch ein paar wichtige Punkte der Pharmakologie. Er erklärte, daß Dalmane zu der Klasse der Medikamente gehöre, die unter dem Begriff Benzodiazepine bekannt seien, die in den 70er Jahren als sicherere Alternative zu den abhängig machenden Barbituraten wie beispielsweise Valium entwickelt worden seien. »Es ist so gut wie nie vorgekommen, daß jemand eine Überdosis Dalmane genommen hat.«

Mit einem roten Stift strich Vlautin bestimmte Daten auf einer Vergrößerung des Medizinberichts des Opfers an: Rezepte für Dalmane, eine Vergangenheit mit Alkohol- und Drogenmißbrauch, was Dalmane in ihrem Körper erklären könnte. Karte für Karte zeigte er, daß diese Menschen mit einem Bein schon im Grab gestanden hatten.

O'Mara hatte erwartet, daß die Verteidigung ›Gespenster‹ beibringen würde – unbestimmte Leute, die einmal das Leben dieser oder jener Person bedroht hatten – aber er mußte etwas noch Unbestimmteres bekämpfen: die allgemein schlechte Gesundheit dieser Leute.

Vlautin war vorsichtig. Er wollte den Staatsanwalt nicht allzusehr gegen ihre Sicht aufbringen. Aber jetzt erklärte er: »Ich denke, die Beweislage legt nahe, daß Alkohol und Dalmane beim Tod Bert Montoyas eine Rolle gespielt haben.«

War aber bei der ersten Anhörung nicht festgestellt worden, daß Bert, der jüngste und gesündeste der Neun, kein Trinker war? O'Mara machte sich Notizen auf seinem Block.

Vlautin machte ein paar abschließende Bemerkungen zu den Zeugenaussagen einiger Ex-Häftlinge, die aussagen sollten – besonders zu Michelle Crowl und Brenda Trujillo –, und dann war er plötzlich fertig.

Richter Virga entließ die Geschworenen, die schnell an den Reportern vorbei ins Parkhaus verschwanden.

Die Pfade ihres Alltags waren gerade umgeleitet worden. Dieser Prozeß würde sich die nächsten Monate über entwickeln, dann und wann ins Schwanken geraten und sie mit sich tragen in einem Ritt auf Leben und Tod. Sie würden Zeugnis ablegen über das Dahingehen von neun Fremden, die gestorben waren, ohne daß jemand das bemerkt hätte.

Aber war es wirklich möglich, 1993 in einem Gerichtssaal zu sitzen und zu entscheiden, was vor so langer Zeit neun Menschen zugestoßen war? War es nicht nur der abwegige Hochmut unseres Justizsystems? Wie nahe konnte selbst der scharfsinnigste Geschworene der Wahrheit kommen? Wie weit konnten sie sich tief innerlich von diesem saugenden schwarzen Loch des ›begründeten Zweifels‹ freimachen?

Kapitel 38

Die Zeugenaussagen sollten am Wochenende nach dem Präsidententag beginnen, aber als Peter Vlautin mit Tränen in den Augen hereinkam – nicht weil er traurig war, sondern weil ein Stück Papier ihm die Hornhaut verletzt hatte – ordnete Richter Virga eine Verschiebung an. Für John O'Mara, der ›Zeugen hatte, die sich drängelten wie die Flugzeuge über Chicago‹, begann damit ein Terminplan-Alptraum.

Er hieß eine Buslandung voller Zeugen warten und stürzte sich in den logistischen Kampf mit Personen, Chefs, Transportmitteln und Hotelreservierungen. Er hatte gehofft, stark beginnen zu können, und deshalb Judy Moise früh angesetzt, aber sie mußte zurück an ihre Arbeit nach Sacramento, also packte sie ihre zerknitterten Sachen wieder ein und machte sich auf den Heimweg, während O'Mara zurückblieb und seine Zeugenliste umstellen mußte. Vlautins Augenverletzung bedeutete einen Schlag für die Gegenseite.

Statt dessen begann O'Mara mit fünf ehemaligen Angestellten von Lumberjack, einem Großmarkt, die aussagten, daß sie Gartengeräte und zahllose Tüten mit Fertigbetonmischung in die 1426 F Street geliefert hätten. Kaum der packende Anfang, den der Staatsanwalt sich gedacht hatte.

O'Mara konzentrierte sich schon bald auf Bert Montoya und rief zwei seiner Freunde von Detox in den Zeugenstand. J. D. Ridgley, der immer noch Direktor der Einrichtung war, und den vollbärtigen Bill Johnson, der kürzlich von dort weggegangen war. Beide Männer sprachen mit Sympathie von Bert, und während ihrer Aussagen schien Bert im Gerichtssaal fast wieder zum Leben erweckt: sein Gesicht, seine Gewohnheiten, seine liederliche Kleidung und sein struppiger Bart, seine Vorliebe für Zigarren und seine ununterbrochenen Gespräche mit Privatgeistern.

Obwohl Bert sehr lange bei Detox war, bestanden beide Zeugen darauf, daß er kein Trinker gewesen war. »Seine Wahldroge war Tabak«, gab Johnson an. »Er war kein öffentlicher Trunkenbold. Alberto hat überhaupt noch nie mit Alkohol Probleme gehabt.«

Bei genauen Daten kam Johnson ins Straucheln – es war fast fünf Jahre her, so seine Entschuldigung – aber er erzählte, so gut er konnte, was er über die letzten Zusammentreffen mit Bert noch wußte. Er rief sich den Tag in Erinnerung, als Bert die vier Meilen bis Detox gelaufen war, um zu erklären, daß er bei Dorothea ›sehr unglücklich‹ sei. Sie hatten darüber gesprochen, sagte er, und dann hatte Johnson Bert in die Pension zurückgefahren.

Er hatte Mrs. Puente gefragt, »warum sie Alberto Medikamente gab, die er nicht nehmen wollte. Sie sagte, das sei nicht wahr, er hätte sie um 4 Uhr früh geweckt, damit sie ihm die Medizin gäbe.«

Mit Bedauern erinnerte Johnson sich daran, daß er Bert zum Bleiben überredet hatte. Dann brach es plötzlich aus ihm heraus: »Ich habe mich getäuscht. Ich muß für den Rest meines Lebens damit leben.«

Clymo erhob sofort Einspruch, und Richter Virga ordnete an, daß die letzte Aussage des Zeugen aus dem Protokoll gestrichen würde. Aber es gab keine Möglichkeit, sie aus den Köpfen der Geschworenen zu tilgen.

Judy fuhr am Sonntag, ehe sie aussagen sollte, zurück nach Monterey, wobei schwindelerregende Furcht ihr Beifahrer war. Es verwirrte sie, daß es rund um den Fall gegen Dorothea Puente immer noch soviel Unsicherheiten gab, daß Leute sie immer noch fragten: »Glauben Sie wirklich, daß sie es getan hat?« Sie versuchte, sich auf Fragen einzustellen und sich an Daten zu erinnern und stellte sich vor, wie Kevin Clymo vor ihr lauerte und sie im Kreuzverhör in die Zange nahm. Sie haßte die Vorstellung, diese ganze Prozedur noch einmal mitmachen zu müssen, und bezog mit den schlimmsten Erwartungen ihre Unterkunft.

Aber diesmal hatte der Staatsanwalt es so eingerichtet, daß einer seiner Beamten Judy in sein Büro brachte, und dort widmete er ihr viel Zeit, die wie Balsam wirkte. Er war liebenswürdig, offen und geduldig. Er beschwichtigte ihre Ängste in der Unterhaltung und beeindruckte sie damit, daß er sich über ihre Rolle in dem Fall genauestens im klaren war. Er überraschte sie sogar damit, daß er ihr ein heimlich aufgenommenes Tonband vorspielte, das im November 1988 in Detective Cabreras Büro aufgenommen worden war. Judy saß da und hörte ihrer eigenen furchtsamen Stimme zu, aufgeregt von der Dringlichkeit, in der sie sich flüsternd mit Beth Valentine über Berts mysteriöses Verschwinden unterhalten hatte.

Als Judy O'Maras Büro verließ, kam sie nicht umhin, ihn zu seinem Vorteil mit George Williamson zu vergleichen. Er hatte sich Zeit für sie genommen. Er hatte ihre Kommentare und Einwände ernst genommen. Er hatte sie beruhigt. Auch war er beeindruckend scharfsinnig … versonnen fragte sie sich, ob John O'Mara wohl verheiratet war.

Am Montag, 22. April, versammelten sich die Medienvertreter im Gerichtssaal, wo sie die Zeugenaussage ›der Sozialarbeiterin‹ erwarteten. Zeichner wählten die beste Perspektive aus und spitzten ihre Bleistifte. Reporter machten ihre Kugelschreiber fertig. Dann wurde Judy Moise in den Zeugenstand gerufen.

Als Judy die Stufen zum Zeugenstand hochstieg, schwankte sie zwischen innerlichem Zittern und einem fast tröstlichen Gefühl. Sie hob ihre rechte Hand, schwor, die Wahrheit zu sagen und setzte sich. Dann mußte sie nur noch durchhalten und sich beeilen, O'Maras Fragen zu beantworten.

Er begann bei 1986 und arbeitete sich schnell durch eine Erklärung ihrer Arbeit als Betreuerin geistig Kranker bei den Volunteers of America, durch ihre Beziehung zur Kollegin und weiter zu ihrer Beziehung zu Bert.

Wenn Judy zu nervös wurde, atmete sie tief durch, um sich zu beruhigen, und machte dann weiter. Erst als O'Mara sie fragte, ob sie Bert als ›langsam‹ beschreiben würde, hielt sie inne und runzelte überlegend die Stirn.

»Nein, ich würde ihn nicht als langsam bezeichnen. Ich würde sagen, daß er nur nicht die Vorzüge besaß, die andere Leute haben.«

Der Schatten eines Lächelns huschte über die Lippen einiger Geschworener. Sie erinnerten sich daran, wie O'Mara Bill Johnson dieselbe Frage gestellt und der geantwortet hatte: »Ich mag den Ausdruck *langsam* nicht. Ich bevorzuge den Begriff *unschuldig.*« Es war ganz klar, daß diese beiden Bert beschützen wollten.

Wie Berts beide Freunde bei Detox blieb auch Judy dabei, daß Bert nicht getrunken hatte.

Judy sehnte sich während ihrer Aussage danach, einen Blick auf Dorothea Puente zu werfen. Was für ein Unterschied zu der ersten Anhörung, dachte sie, wo sie gewünscht hatte, das *nicht* zu tun. Jetzt schließlich nahm sie sich zusammen und sah nach links hinüber, hinter Peter Vlautin, auf ihre alte Nemesis. Das pastellfarbene Gesicht dieser blassen Frau mit dem weichen, weißen Haar schockierte sie fast. Judy war natürlich davon ausgegangen, daß sie älter geworden war, aber nicht so … verändert.

Als Judy Dorothea direkt ansah, schloß diese die Augen.

Judy hielt den Atem an. Das war ein Verteidigungsverhalten – dessen war sie ganz sicher! –, ein Eingeständnis von Schuld. Schnell sah sie beiseite und beantwortete O'Maras nächste Frage, dann sah sie wieder hin.

Dorothea senkte den Blick und starrte auf den Tisch.

Da war es wieder!

Judy beantwortete noch eine Frage, und als sie diesmal hinüberblickte, trafen sich ihre und Dorotheas Blicke. Sie sahen einander lange an, ohne eine Spur von Schuld oder Unschuld, ohne Hohn, als wenn sie einander ganz unvoreingenommen das erstemal sehen würden.

Judy kam das vor wie ein Moment der Aufrichtigkeit, der eine neue Klarheit auf die Sache warf. Plötzlich fühlte sie sich mit jedermann im Gerichtssaal in Einklang: mit Clymo, der den Kopf wandte, um Dorothea etwas zu fragen, mit dem Richter, der nur eine Atemlänge über ihr saß, mit der Jury, die mit zwölf Augenpaaren alles beobachtete. Irgendwie sah es so aus, als gehörten sie alle hier zusammen, um für einen gemeinsamen Zweck zu arbeiten.

O'Mara widerlegte den Einspruch der Verteidigung und spielte den Geschworenen eine redigierte Fassung des alten Videobandes vor, das Judy vor Jahren von Bert gemacht hatte, als sie damals das erstemal für die Volunteers of America gearbeitet hatte. Das Band war roh und sprunghaft, ließ aber Berts Charakter erkennen und vermittelte der Jury einen Eindruck von dem einfachen Mann, der der Angeklagten vertraut hatte und am Ende tot war.

Für Judy war es ein kleiner Triumph, einfach Berts Bild im Gerichtssaal zu sehen. Sie wollte, daß die Geschworenen begriffen, was für ein besonderer Mensch er gewesen war, und sie wollte, daß das Band bei ihnen die gleiche Ergriffenheit auslöste wie bei ihr.

Während das Videoband lief, sah Judy wiederholt zu Dorothea Puente hinüber und hoffte auf eine Reaktion. Aber die gab es nicht. Keine Gefühlsäußerung. Gar nichts.

Die Zeugenaussage hatte für Judy Moise eine fast reinigende Wirkung. Selbst das Kreuzverhör, das sie seit Wochen verfolgt hatte, erwies sich als milder, als sie gedacht hatte. Ein- oder zweimal lachten sie und Clymo sogar über einen Witz, und ein humoriger Waffenstillstand entstand zwischen ihnen.

Für andere erwies sich die Aussage als weitaus weniger positives Ereignis.

Peggy Nickerson, die sich sehr genau des schwebenden Verfahrens gegen sie bewußt war, erschien mit einem eigenen Anwalt vor Gericht. Für die ehemalige Sozialarbeiterin war das erste Öffnen von Dorothea Puentes Tür zum Öffnen der Büchse der Pandora geworden. Davon schien sie sich noch nicht erholt zu haben. Sie beantwortete deutlich O'Maras Fragen, aber in einem ernsten und bedrückenden Ton, und nie erschien ein Lächeln auf ihrem sanften Gesicht.

O'Mara ging Punkt für Punkt durch und entlockte ihr geschickt die Informationen, die er brauchte. Hinterher dachte er, daß ihre Aussage sehr gutgegangen war. Aber er konnte nicht verstehen, warum Peggy Nickerson – die Mitarbeiterin der Kirche gewesen war und das Unmögliche möglich gemacht hatte, indem sie Unterkünfte für Bedürftige fand, dieser Sündenbock, der die Schuld trug, die eigentlich Sache der Bewährungsbehörde war, diese Sozialarbeiterin, die ihre Zukunftsaussichten zerstört sah, diese Altruistin, der die Prozeßpapiere zugestellt worden waren, diese Zeugin, die sich so bedroht fühlte, daß sie dafür zahlte, während der Aussage ihren eigenen Anwalt mit im Gericht zu haben – O'Mara konnte einfach nicht verstehen, warum Peggy Nickerson sich nicht entspannen konnte.

Vielleicht lag es, wie bei vielen Staatsanwälten, an der stumpfen Besessenheit von Fakten, die einfühlende Blicke ins menschliche Innere verdeckten.

O'Mara füllte die Tage mit den Zeugenaussagen von Polizisten, Leichenbeschauer-Beamten, Taxifahrern und forensischen Anthropologen, die konzentriert die Entdeckung der Leichen und Mrs. Puentes unauffällige Flucht bewußt machten. Diverse Männer – teils rauh und derb, teils beredt und verschwendete Fähigkeiten erkennen lassend – traten in den Zeugenstand und sagten aus, daß Dorothea Puente sie aus dem Übergangsheim angeheuert hatte. Sie hatten angestrichen, gehämmert, geharkt und gegraben.

Ihnen war gesagt worden, daß die Gräben für Rohre wären – Abwasserrohre –, aber die waren nie sicher festgelegt worden. Mrs. Puente hatte ihnen gesagt, wo sie graben sollten, und John McCauley hatte dabeigestanden, beobachtet und die Aufsicht gehabt. John McCauley. Der Name tauchte immer wieder auf. Fast niemand konnte sich daran erinnern, die Löcher wieder zugeschüttet zu haben, und keiner hatte etwas Verdächtiges vergraben.

Außer einem dunklen, gutaussehenden jungen Mann, einem Kerl namens Bobby Mitchell. Er erinnerte sich daran, daß Mrs. Puente ihn eines Morgens angewiesen hatte, ein Loch zuzuschütten, und sie hatte gesagt, daß der Stoff auf dem Grund des Loches – alter Teppich und so Sachen – ›nur Abfall‹ sei. Mitchell sagte auch aus, daß ihm ein ›seltsamer Geruch‹ in die Nase gestiegen sei, als er den Grund eben gemacht hatte, um ihn für den Zement vorzubereiten. »So etwas habe ich nie zuvor gerochen«, sagte er. »Es war ein regelrecht fauliger Gestank.«

Am 1. März füllte die ausgeschlossene Jury die Flure, während Clymo und Vlautin über die neueste Überraschung des Staatsanwaltes schimpften: eine Befragung auf Videoband, die Detective Cabrera am 11. November 1988 mit Dorothea Puente durchgeführt hatte und die O'Mara im Gericht zeigen wollte. Sie fühlten sich sabotiert.

Unter anderem beklagten sie sich bei Richter Virga darüber, daß sie dieses Band niemals überhaupt *gesehen* hätten, ehe O'Mara es in der vergangenen Woche Vlautin gegenüber erwähnt hatte.

O'Mara konnte sich kaum beherrschen. Er erwürgte seinen Kugelschreiber und sah sie an. Wie könnte das Band nicht in den Tonnen von ›Untersuchungs‹-Material enthalten gewesen sein, das das DA-Büro ihnen übergeben hatte? Sie hatten eine *Mitschrift* der Befragung, und ›Mitschrift eines Videos‹ war auf Seite eins gestempelt! »Ich habe keine Ahnung, was sie nicht haben, Euer Ehren«, fauchte er.

Immer gerecht hörte Richter Virga sich beide Seiten an und entschied dann, daß dies kein Fall von ›bewußter Zurückhaltung‹ von Beweismaterial war.

Die Verteidigung versuchte eine andere Taktik. Sie wußten, wie belastend dieses Band sein würde, sie mußten es aus dem Prozeß heraushalten.

Sie argumentierten, daß Mrs. Puente davon ausgegangen sei, daß sie in Haft war und daß ihr nicht ihre Rechte genannt worden waren – kein Hinweis darauf –, also war das Band nicht zulässig. Dem Gesetz nach konnte die Befragung der Jury nicht gezeigt werden, wenn sie *geglaubt* hatte, sie sei in Haft. Mrs. Puente hatte damals jeden Grund gehabt zu glauben, daß sie gewaltsam festgehalten würde, sagte Clymo. Immerhin seien von früh an Polizisten bei ihr im Haus gewesen, sie sei befragt worden, und dann habe Detective Cabrera sie ins Gerichtsgebäude mitgenommen, um sie zu befragen. »Die Gesamtumstände würden einen vernünftigen Menschen dazu veranlassen, davon auszugehen, daß es keine freiwillige Unterwerfung war«, beharrte Clymo.

An einer Stelle hatte Mrs. Puente sogar gefragt: »Lassen Sie mich wieder gehen oder muß ich hierbleiben, oder was?«

O'Mara wollte das Band genauso gerne zeigen, wie die Verteidiger es ausgeschlossen haben wollten. Es war vielleicht seine größte Chance, den Schein der Freiwilligkeit zu entlarven, den die Verteidiger gerne gewahrt wissen wollten. Weil sie nicht aussagen mußte, würde er vielleicht nie die Gelegenheit haben, sie ins Kreuzverhör zu nehmen. Das hier war so nahe an einer Zeugenvernehmung dran wie nichts sonst, was er kriegen würde.

Der Richter entschied, daß er das Band mit nach Hause nehmen und dort ansehen würde, ehe er eine Entscheidung treffen würde.

Inzwischen hatte John Sharp, ein früherer Mieter von Mrs. Puente, seine Aussage wiederholt verschoben. Er litt an einem Magengeschwür und war gerade erneut operiert worden, so daß ihm die Vergänglichkeit des Lebens sehr bewußt war. Er drängte O'Mara: »Ich lebe von Maalox (Magenmedikament) – Sie beeilen sich besser und holen mich in den Zeugenstand, ehe es zu spät ist!«

John Sharp war der erste Dauermieter, der in den Zeugenstand trat. Älter, kahler und dünner als er bei der ersten Anhörung gewesen war, war jeder Zoll voll Wachsamkeit. Er sagte aus, andere Mieter kommen und gehen gesehen zu haben, sagte über Löcher aus, die gegraben und zugeschüttet wurden, über die Notiz, die er Offizier Ewing zugesteckt hatte, »Sie will, daß ich Sie anlüge.« Seine Glaubwürdigkeit als Zeuge stieg mit jeder scharfen Antwort.

Sharp merkte an, daß er und Dorothea über alles mögliche zu sprechen pflegten. Einmal hatte sie ihn gefragt, ob er Hilfe bei seinen Finanzen brauche. »Ich habe ihr gesagt, daß ich keine Mühe mit dem Geldausgeben habe«, witzelte er, und einige Geschworene grinsten ihn an.

Als er zu John McCauley befragt wurde, antwortete er steif: »Ich mochte ihn nicht.« Natürlich gab es mehr dazu zu sagen als das.

Unter Befragung erinnerte sich John Sharp daran, daß er Bert das letztemal im unteren Wohnzimmer gesehen hatte, wo er auf der Couch gesessen hatte. Später »erzählte Dorothea mir, daß sie ihn in ein Taxi gesetzt habe, damit er den Bus erreichte, um seine Verwandten in Mexiko zu besuchen.«

O'Mara fragte: »Können Sie uns sagen, wieviel Zeit vergangen ist zwischen dem Zeitpunkt, als Sie Bert das letztemal gesehen haben, und dem Gespräch mit Mrs. Puente?«

»Nun, vielleicht zwölf Stunden.«

Sharp erinnerte sich auch daran, daß Mrs. Puente drei oder vier Wochen vorher von ihrer Absicht erzählt hatte, Bert nach Mexiko zu schicken. »Sie hat mir erzählt, sie sei im Begriff, Bert dorthin zu einem ihrer Verwandten zu schicken, wo er mit jedem Spanisch sprechen könnte und wo es ihm viel besser gehen würde.«

Hatten die Geschworenen das verstanden? Sie hatte Berts – schönfärberisch ausgedrückt – ›Kurzreise nach Mexiko‹ schon Wochen vor seinem Verschwinden geplant! Waren sie sich über die Bedeutung dessen im klaren? Man konnte es unmöglich sagen. Unglücklicherweise sagte Sharp auch, daß er Bert betrunken erlebt hätte. Im Kreuzverhör entlockte Vlautin ihm die Vorstellung von einem schwankenden Bert, der die Flasche in der Hand hielt.

Vlautin betonte außerdem, wie sehr Dorothea sich um Bert gekümmert und ihn getröstet hatte. Wenn er wegen der Stimmen, die er hörte, außer sich geriet, ›hat sie ihm erzählt, daß der Teufel nicht da sei und hat ihn beruhigt‹, gab Sharp zu. Sie hatten ein Verhältnis wie ›Mutter und Sohn‹.

Als er Sharp im Zeugenstand hatte, ließ Vlautin alles, was gut in Mrs. Puentes Haus war, Revue passieren: die reichhaltigen Mahlzeiten, die saubere Küche, den Extrastuhl, den sie Sharp wegen seines schlimmen Rückens gekauft hatte. Es lief gut.

Dann machte Vlautin einen falschen Schritt: Er fragte nach nächtlichen Geräuschen im Garten.

Sharp antwortete, daß er *draußen* nichts gehört habe, wobei seine Stimme bedeutungsvoll klang.

Beim neuerlichen Befragen fragte O'Mara rundheraus: »Waren da Störungen am Abend oder am frühen Morgen *innen* im Haus?«

»Einmal in den frühen Morgenstunden.«

»An welche Art der Störung erinnern Sie sich?«

»Gegen 1 Uhr 30 nachts war eine Menge Lärm auf den Stufen über meinem Zimmer. Direkt über meinem Bett. Es war ein dumpfes Geräusch, als wenn jemand die Stufen herabfiele oder so ähnlich.«

Spannung erfüllte den Gerichtssaal.

»Als das geschah, waren Sie da wach, oder haben Sie geschlafen?«

»Es hat mich aufgeweckt.« Aber er war nicht aufgestanden, um nachzusehen, was die Ursache für den Lärm war.

Am nächsten Morgen hatte Dorothea ihn gefragt, ob er gut geschlafen habe. Er hatte gelogen und gesagt: »Sehr gut.«

Kapitel 39

Am Anfang der vierten Woche drehte sich der Prozeß immer noch um Bert Montoyas geistige und körperliche Gesundheit. Da er nur eines von neun Opfern war, begann die Jury sich zu fragen, wie lange das noch dauern würde. Sie hatten Dutzende von Zeugen gesehen, von denen jeder ein kleines Stück zu dem Bild hinzufügte, das sie noch nicht sehen konnten. Es war, als wollte man eine Kathedrale durch ein Schlüsselloch besichtigen. Dorothea Puente saß die ganze Zeit stoisch zwischen ihren beiden Verteidigern, beobachtete schweigend und war so undurchsichtig wie die Sphinx. Wenn die Geschworenen bislang nicht aus ihr schlau wurden, so sollte sich das bald ändern.

Am Morgen des 9. März senkte sich Trübsinn über den Verteidigertisch, als ein Fernseher hereingerollt wurde. Der Richter ermahnte die Geschworenen daran zu denken, daß Fragen keine Beweise waren, aber Clymo und Vlautin wußten, welche Wirkung das Videoband haben würde.

Der Gerichtsdiener bediente das Gerät, und ein körniges Bild erschien auf dem Schirm. Eine jüngere und schlankere Dorothea Puente saß Detective Cabrera am Tisch gegenüber.

Sie hörten, wie der Detective ihr Grundsatzfragen über ihren Wohnort stellte, und jetzt hörten sie zum erstenmal die Stimme der Angeklagten. Sie klang schwach, klagend und wie die zittrige Stimme einer alten Frau, als sie ihren Namen aussprach und erklärte, daß das Haus nicht ihr gehörte.

Dann hörten sie, wie sie log: »Nun, ich meine, ich habe mit dem Untergeschoß nichts zu tun, ich nehme die Miete für meinen Neffen ein …«

Es war die erste Lüge von vielen.

Cabrera drängte Mrs. Puente, über Bert Montoyas Aufenthaltsort Auskunft zu geben, und sie bestand darauf, daß sie ihn am vergangenen Wochenende gesehen hätte, daß er mit seinem Schwager nach Utah gegangen sei.

Aber jeder im Gerichtssaal wußte mittlerweile, daß Bert da schon tot und in ihrem Garten begraben war.

Clymo und Vlautin spürten, wie jede Lüge ihre Verteidigung aufbrach. Was konnten sie dem schlechten Eindruck entgegensetzen, daß ihre Klientin einen Polizeibeamten belog?

Als nächstes sagte Detective Cabrera, John Sharp habe ausgesagt, Ben Fink seit etwa drei Monaten nicht mehr gesehen zu haben. Als die Geschworenen Finks Namen wiedererkannten, hörten sie genau zu.

»Er war bereits unterwegs, weil er immerzu einen trinken ging«, erklärte Mrs. Puente. »Und ja, er hatte ein schlimmes Bein, und er ging jede Woche los, um Blut zu spenden.«

»Unten beim Plasma-Center?«

»Richtig. Er hat gesagt, er wolle zurück nach Marysville gehen.«

»Wann hat er das gesagt?«

»Als ich ihm gesagt habe, daß er ausziehen mußte.« Sie sagte, sie habe ihn rausgeworfen.

Cabrera legte einen Plan des Gartens auf den Tisch zwischen ihnen und befragte sie zu Gräben, die ausgehoben worden waren, Bäumen, die gepflanzt worden waren, Zement, der über Teile des Gartens verteilt worden war.

Der Zement ›sollte das Unkraut eindämmen‹, wie sie erklärte. »Ich mag das Unkrautzupfen einfach nicht. Ich habe nicht viel übrig für Gartenarbeit.«

Cabrera befragte sie weiter, und Mrs. Puente bot spielerisch Antworten zu Saatgut, Landschaft, Kompost und Abfall, wobei sie sich die ganze Zeit über als eine Frau darstellte, die zu nicht viel mehr Energie hatte, als sich um ein paar Rosenbüsche und einen Gemüsegarten zu kümmern. »Ich habe ein schlechtes Herz«, bekannte sie, »ich kann nichts Schweres heben.«

Cabrera erklärte ihr aufgeregt: »Ein Mann wird vermißt. Nichts ist – nichts paßt, Dorothea, das versuche ich zu sagen. Nichts paßt.«

Dann unterstellte Cabrera rundheraus: »Herr Montoya ist tot …«

»Nein, ist er nicht«, erwiderte sie.

»… irgendwo in diesem Garten«, fuhr er fort.

Sie reagierte böse. »Sir, ich habe nie jemanden getötet.«

Cabrera sprach sie auf ihre frühere Haft an und beharrte: »Die Umstände sind die gleichen. Das einzige, was diesmal anders ist, ist, daß Sie nicht etwas genommen haben und gegangen sind, sondern Sie sich der Leute entledigt haben und nie etwas gefunden wurde.«

Das war vernichtend für die Verteidigung.

Cabrera kam auf Bert zurück und vermutete, daß sich niemand um ihn kümmerte.

»Hören Sie, wenn Sie ein Niemand sind, dann sind Sie auch ein Niemand. Niemand interessiert sich für einen, also kannst du verschwinden. Du bist ein Nicht-Seßhafter oder ein Vagabund oder ein Alkoholiker …«

Dorothea fiel ihm ins Wort: »Ich habe mich um ihn gekümmert.«

»Viele Leute denken, daß sich nie jemand um sie kümmert.«

»Ich habe mich um ihn gekümmert«, beharrte sie. »Ich habe ihm Kleidung gekauft. Ich habe ihn sehr sehr gut behandelt.«

Dann hörte die Jury, wie Cabrera die Stimme senkte und flüsternd bluffte: »Dorothea, ich weiß, daß wir, wenn wir weiter graben, noch mehr finden werden. Ich weiß es.«

»Nun, ich habe sie nicht dorthin gelegt«, gab die alte Frau zur Antwort. »Ich könnte keinen Körper irgendwohin ziehen.«

Die Geschworenen hörten zu, ohne eine Reaktion zu zeigen.

Cabreras Fragen schienen sich eine Weile im Kreis zu drehen. Dann fragte er: »Sind da noch andere Leichen …«

»Nein«, unterbrach sie ihn.

»… in Ihrem Garten?«

»Ich wußte nicht einmal, daß eine dort war!« blieb sie dabei.

»Hat Mr. McCauley noch andere Leichen in den Garten gebracht?«

»Das müssen Sie Mr. McCauley fragen.«

»Das habe ich vor«, antwortete der Detektiv ernst und fuhr dann fort: »Gut, ich will, daß Sie aufrichtig sind …«

»Sir, ich wußte nicht einmal, daß dort Leichen liegen«, wiederholte sie und setzte hinzu: »Wenn ich es gewußt hätte, hätte ich was gesagt, etwa ›Nein, durchsuchen Sie nicht den Garten‹, wissen Sie. Ich hatte nichts zu verbergen. Ich will nicht wieder ins Gefängnis.«

Stille herrschte im Gerichtssaal, die Jury war aufmerksam.

»Ich bin eine alte Frau«, fuhr sie fort. »Ich versuche, die Bewährung loszuwerden. Ich versuche, mein Leben wieder in den Griff zu bekommen.«

Es war deutlich, daß Cabrera während der Befragung sehr erregt war, sie in einem Moment einschüchterte und dann wieder sehr freundlich war. Er stachelte sie an, um sie dann zu unterbrechen, er ließ sie kaum einen Satz zu Ende sprechen. Das ist eine Art von Verhalten, die den Puls eines Verteidigers zum Rasen bringt. Sobald Clymo und Vlautin eine Chance zum Kreuzverhör bekämen, würden sie Cabrera in die Zange nehmen. Jetzt warfen sie verstohlene Blicke auf die Jury, um herauszubekommen, wie sie es aufnahm.

Cabrera konzentrierte sich auf den makabren Knochenfund in Dorotheas Garten und wollte wissen: »Wie erklären Sie das? Hat sich jemand mit einer Leiche in Ihren Garten geschlichen und sie dort begraben?«

Ohne mit der Wimper zu zucken sagte Mrs. Puente, daß es jemand anderer gewesen sein mußte. Dann drehte sie den Spieß herum und fragte den Detective: »Glauben Sie im Ernst, daß ich schuldig bin?«

»Ich will Ihnen die Wahrheit sagen, Dorothea«, antwortete Cabrera langsam, »ich glaube, daß Sie irgendwie in diese Sache verwickelt sind. Und ich glaube, daß Sie gerade jetzt sehr, sehr große Angst haben. Ich glaube, Ihnen wird klar, daß, was auch immer da im Gange war, jetzt vorbei ist. Weil wir dabei sind, den Garten abzutragen.«

Mrs. Puente blieb bis zum Ende standhaft. »Ich habe niemanden getötet«, wiederholte sie. »Mein Gewissen quält mich nicht.«

Endlich schloß Cabrera: »Gut«, sagte er, »haben Sie irgendwelche Einwände dagegen, daß wir graben, oder …«

»Nein.«

»Gar keine?«

»Nein.«

»Sie müssen uns die Erlaubnis nicht geben.«

»Sehen Sie, ich will das hinter mich bringen.«

Im November 1988, als Mrs. Puente Cabrera so klar belogen hatte, war sie in die 1426 F Street zurückgekehrt. Am nächsten Morgen hatte sie über dreitausend Dollar in ihre Tasche gesteckt und war geflohen.

Als die Vorführung vorbei war, bekamen die Geschworenen eine kurze Pause, in die sie mit welchen Vorstellungen auch immer entschwanden.

Jeder dramatische Effekt, den das Videoband auf die Jury gehabt haben mochte, wurde bald durch das weitere Ausschlachten von Einzelheiten abgestumpft. O'Maras Devise war es, nichts zurückzuhalten, und so saßen sie und wurden von Detective Cabreras endloser Aufzählung von Beweismitteln, ob wichtig oder nicht, mit Beschlag belegt, seien es leere Kapseln in einer Schublade, Telefonrechnungen oder Medikamente für Dorotheas Katzen. Der sprunghafte Detective schien sich gar nicht darüber im klaren zu sein, daß das meiste seiner Aussage so flach und trocken war wie Texas.

Cabrera führte auch aufs sorgfältigste durch immer wieder neue Modelle des Hauses. Bis jetzt hatte die Jury Gipsmodelle, Fotografien, Karten, Diagramme und Videoaufnahmen des Hauses gesehen. War es wirklich nötig, daß, als die Zahl der Ausstellungsstücke die eintausend überschritt, sie wiederholt die Bilder aus 1426 F Street ansehen mußten? Es war schließlich nicht das Haus, das vor Gericht stand.

O'Mara wußte, daß das nicht gerade aufregend war, aber er hatte Angst, daß die Verteidigung, wenn er irgend etwas auslassen würde, das später zu ihrem Vorteil aufgreifen würde. Er wollte, daß keine Frage unbeantwortet blieb. Er wollte, daß sie wußten, daß er alles gewissenhaft vorgebracht hatte, ohne Ausschmückungen und ohne Tricks.

Wenn die Geschworenen dennoch verwirrt waren, so nicht durch die Flurpläne, sondern durch deren Vermieterin. Sie hörten Zeugenaussagen über ihre Wärme und Großzügigkeit und daß sie beherrschend und kalt war, daß sie einigen Leuten noch eine Chance gab und daß sie anderen die Ohren langzog. Sie war die Königin der Veränderlichkeit: die liebenswürdige Matrone, der intrigante Ex-Sträfling, die großzügige Ärztin im Ruhestand, die verworrene alte Dame, die Vermieterin, die wie eine Heilige um vom rechten Wege abgekommene Mieter kämpfte.

Chuck Williams, der alte Herr, der ›Donna‹ in einer Bar in L.A. kennengelernt und sie dann den Behörden ausgeliefert hatte, erinnerte sich, wie sie ihn als ›würdige ... Dame von Geschmack‹ beeindruckt hatte.

Der öffentliche Notar, der die Vollmacht für Dorothea über Leona Carpenters Fond ausgestellt hatte, sagte, daß ›Leona sehr dankbar war ... Sie sah in Dorothea ihre Retterin.‹

Marshall Losano, ein früherer Freund, erinnerte sich, wie Dorothea ihm einmal die geschwungene Narbe entlang ihres Haaransatzes gezeigt hatte und ihm erzählt hatte, sie habe eine Operation gehabt und eine Chemotherapie wegen Gehirnkrebs durchgemacht.

Mrs. Puente schien überall zugleich gewesen zu sein. Einige sagten, sie sei immer im Haus gewesen, habe auf der Veranda gesessen, den Haushalt gemacht, im Garten gearbeitet. Andere sahen sie hauptsächlich bei Wohltätigkeitsveranstaltungen. Wieder andere fast nur in Bars. Für einige war sie ein zahnloses Weib mit Lockenwicklern, für andere eine modische weißhaarige Dame mit Charme.

Wer war sie?

Ganz klar war die alte Dame eine Lügnerin ... aber versuchte sie, jemanden zu schützen? Und wer war dieser Kerl McCauley, von dem sie dauernd hörten?

Die Angeklagte, die im Gerichtssaal saß, wirkte so schwach und alt, daß man sie sich kaum als Lügnerin vorstellen konnte, geschweige denn als Mörderin.

Aber John O'Mara scherte sich nicht darum, wie alt oder freundlich Dorothea erscheinen könnte, und es war ihm auch egal, daß die Verteidigung jede gute Tat ausgrub und im Gericht vorstellte. Mit ihm lief diese Mutter-Teresa-Tour nicht. Sie war eine Lügnerin, die sich gerne als ›Dr.‹ ausgab, und eine Diebin, die Leute bestahl, die ihr vertrauten. Und er wollte beweisen, daß sie mindestens neunmal eine kaltblütige Mörderin war.

Carol Durning Westbrook, eine frühere Freundin und Mieterin, beschrieb Dorothea als eine Frau, die gerne in Bars herumhing und launisch war, und als eine geschäftige Vermieterin mit einer unpassenden Schwäche für hoffnungslose Fälle. Aber was am wichtigsten war: Sie hatte in dem Haus gewohnt, als Mrs. Puente eine Frau namens ›Betty‹ in ihre Obhut nahm.

Die Frau hatte sehr krank gewirkt. Mrs. Westbrook hatte gedacht, daß sie eigentlich in ein Krankenhaus gehörte. Sie sagte, sie wäre ›abgemagert bis aufs Skelett«, hätte nie die Couch verlassen und ›immerzu gestöhnt und geklagt. Sie rief ständig nach Dorothea, daß sie ihr Tabletten bringen sollte.«

Dann war Betty plötzlich weg. »Mir fiel die Stille auf«, erinnert sich Mrs. Westbrook.

Als sie Dorothea nach Betty fragte, erzählte die Vermieterin ihr, daß Bettys Tochter gekommen sei und sie mitgenommen habe. Aber als später eine Frau kam, die sich als Bettys Tochter vorstellte und nach ihrer Mutter fragte, änderte Mrs. Puente ihre Geschichte und sagte, daß Betty in ein Pflegeheim gegangen sei.

Für O'Mara war das typisch Mrs. Puente: ein plötzliches Verschwinden, eine vage Geschichte, dann diese ungewohnten Widersprüche, gefolgt von einem hastigen Rückzug. Er wollte die Geschworenen fragen: »Erkennen Sie das Verhaltensmuster?« Aber alles, was er tun konnte, war, den nächsten Zeugen aufzurufen.

Robert French war ein drolliger alter Kauz, der Ende 1987 in der Pension gewohnt hatte, und während er aussagte, sah Dorothea ihn an. Er machte sich über Mrs. Puente lustig, amüsierte die Geschworenen gewaltig und teilte ihnen zwei Schlüsselerlebnisse seines Lebens in 1426 F Street mit.

French erinnerte sich an eines der Opfer als ›dünne, kleine Dame namens Dorothy Miller‹, die er als ›eine Art Hyäne‹ beschrieb, ›mit etwa hundert Pfund Wasser vollgesogen.‹ Er erinnerte sich, daß Mrs. Miller verschwunden war, und O'Mara fragte, wie Dorothea Puente das erklärt hatte.

»Sie hat mir erklärt, Dorothy sei in der Stadt wegen Ladendiebstahls verhaftet worden, und daß sie sie rausgeworfen habe.«

French sagte außerdem aus, daß Mrs. Puente weit stärker sei, als sie aussähe. Als sechs vierundneunzig Pfund schwere Säcke mit Fertigbeton geliefert worden waren, wollte sie die unter die Veranda haben, sagte er. Aber French erholte sich von einer Bruchoperation, und ein weiterer Mieter, Homer Myers, »drehte einfach sein Hörgerät aus und gab vor, nichts zu hören.« Da sie keinen anderen hatte, an den sie sich wenden konnte, mußte Mrs. Puente die schweren Säcke selber tragen.

Im Kreuzverhör bat Vlautin Mr. French, das zu zeigen, in der Hoffnung, er würde Flickwerk liefern. Aber French stellte überzeugend dar, wie die Vermieterin jeden Sack an einem Ende hochgehoben hatte, sich dann hinhockte, die Arme darum schlang und dann aufstand und ihn dabei mit den Beinen hochhob.

Das war der zähe, alte Vogel, den O'Mara der Jury zeigen wollte, nicht die taubensanfte Oma auf der Anklagebank.

Ein anderer Zeuge beschuldigte die alte Frau sogar, ihn körperlich verletzt zu haben.

Ein ehemaliger Häftling mit einer Säufernase und der Stimme eines Rauchers, Joyce Peterson, sagte aus, sie habe in dem Monat, den sie in der Pension wohnte, ein gebrochenes Bein gehabt. Nachdem sie kurzerhand vor die Tür gesetzt worden war, sei sie zurückgekommen, um ihre Sachen zu holen und habe sich mit dem Bein in Gips die Treppe hochgekämpft. Dann, erklärte Mrs. Peterson, »stand ich auf der obersten Stufe, und da kam sie einfach auf mich zu – brrkkk! – und stieß mich die Treppe runter! Ich habe gedacht, mein Bein wäre noch mal gebrochen, und sie stand einfach oben auf der Treppe und sah mich an!«

Die arme Joyce Peterson war kaum die glaubwürdigste Zeugin. Die Verteidigung führte aus, daß, als Mrs. Puente an dem Morgen die Polizei gerufen hatte, der Offizier Mrs. Peterson bei Detox eingeliefert hätte. Sie hegte einen Groll gegen Mrs. Puente, so daß ihre Zeugenaussage erfunden sein könnte. Aber ein viel freundlicherer Zeuge befleckte Mrs. Puentes Charakter, ohne es überhaupt zu bemerken.

Patty Casey, eine kräftige, unscheinbare kleine Frau, hatte sich für ihren Auftritt im Zeugenstand hübsch zurecht gemacht, das dunkle Haar zurückgekämmt, Lippenstift und geschmackvolle Kleider angelegt und die Nägel rot lackiert. In der Befragung erinnerte sich Mrs. Casey, daß sie Mrs. Puente 1987 kennengelernt hatte. Mrs. Casey war zufällig Mrs. Puentes Lieblingstaxifahrerin geworden und hatte sie zum Einkaufen zum Fleischer, zum Gartenhandel und sogar zum Teppichgeschäft gefahren. Im März 1988 hatten sie sich angefreundet, als Dorothea sie ins Haus gebeten hatte, um ihr ein Kätzchen zu geben, und später war sie mehrmals dort zu Besuch gewesen. »Ich habe sie als Freundin gesehen, und wir konnten uns gut unterhalten«, sagte sie ernst. »Ich habe sie sehr gerne gehabt, ja, das habe ich.«

Casey lernte auch ein paar von Dorotheas Mietern kennen, auch Bert, den sie als ›sehr netten, liebenswerten Menschen‹ beschrieb, »sehr ruhig, sehr scheu.‹

»Was hat Dorothea Ihnen über Bert erzählt?« fragte O'Mara.

»In der Hauptsache, daß er einen Hirnschaden habe. Er hätte einen traumatischen Unfall gehabt, bei dem er sehr schwer verletzt wurde.« Casey sagte das, als wäre es die Wahrheit. (Selbst einige Reporter nahmen das als wahr hin.)

»Wie benahm er sich in Mrs. Puentes Gegenwart?«

»Er war ihr sehr ergeben. Er sprach sie als Mama an, wie ein Sohn. Er war sehr gehorsam, wenn sie ihm auftrug, etwas zu erledigen. Er paßte gut auf sich auf, weil sie ihm sagte, er solle sein Haar kämmen oder seine Hosen hochziehen oder den Gürtel oder so. Sie sorgte dafür, daß er versorgt war.«

O'Mara fragte, ob sie je gesehen hätte, daß Bert trank.

Sie hatte, sagte sie, aber nur bei zwei Gelegenheiten. Joe's Eckbar war »nahe und sehr sicher«, und so war »mit dem Kellner ausgemacht worden«, daß Bert zwei Bier am Tag haben konnte. »Es war etwas, worauf er sich jeden Tag freute«, erklärte sie. »Dorothea hatte erwähnt, daß das sein Weg war, etwas Unabhängiges zu zeigen.«

Aber leider war Bert verführt worden, wie Dorothea das schon lange befürchtet hatte. Ende Juli erzählte Dorothea ihr, daß Bert »in seiner Naivität« alle Sodavorräte Dorotheas ausgegossen habe, dann »die Krüge nahm und von dem Geld Alkohol gekauft hatte. Er wurde ganz betrunken«, stellte Casey fest.

»Wie hat Mrs. Puente reagiert?«

»Sie war ganz durcheinander. Es war schwierig für sie.«

»War sie ärgerlich?«

»Am Rande des Ärgers. Es enttäuschte sie.«

Es war klar, daß Mrs. Casey diese Geschichte glaubte. Aber es war schwer, das mit dem Bert Montoya in Einklang zu bringen, der so kindlich war, daß man ihm alles sagen mußte, und so ehrlich, daß er eine große Geldsumme abgab, die er bei Detox gefunden hatte. Bert war kaum gewitzt genug gewesen, Sodaflaschen als Eintrittskarte für einen Laden mit alkoholischen Getränken zu benutzen. Warum sollte Dorothea sich solche Geschichten ausdenken?

Während der gesamten Aussage von Mrs. Casey schien Dorothea Puente aufgeregt zu sein, stieß ihre Anwälte heimlich an, schob ihnen Zettel rüber und flüsterte ihnen etwas ins Ohr.

In einer anscheinend abschweifenden Unterhaltung fragte O'Mara Mrs. Casey, ob Mrs. Puente Auto fahren könnte. »Oh, sie *könnte* fahren«, antwortete Mrs. Casey, »aber es machte ihr keinen Spaß.«

Als später die Geschworenen eine Pause hatten und der Gerichtssaal praktisch leer war, brach es aus Dorothea heraus: »Ich weiß nicht, woher diese Leute alle die Sachen haben, die sie über mich verbreiten!« Sie richtete ihre Kommentare an den Gerichtsdiener Bill Jackson und beklagte sich: »Ich kann nicht Auto fahren! Ich habe nie auch nur den Wunsch gehabt, es zu lernen. Ich fürchte mich zu Tode vor dem Fahren.«

Mit leiser und verächtlicher Stimme verwahrte sie sich dagegen, daß Patty Casey je in ihrem Haus gewesen sei, nicht mal dann, als sie ihr das Kätzchen gegeben hatte. Außerdem sei die Taxifahrerin nicht in der Position, über irgend etwas auszusagen, da »ich von Juni bis September aufgehört habe, sie anzufordern.«

Mrs. Puente dachte anscheinend, daß die Frau, die sich selbst als ihre Freundin bezeichnete, sich gegen sie gewandt habe.

Was in Mrs. Puentes Augen noch schlimmer war: Mrs. Casey sonnte sich im Ruhm und in Berühmtheit. »Sie war sogar bei *Geraldo*«, giftete Dorothea. Dann, mit einem überraschenden Sprung, fügte sie laut hinzu: »Und bezahlt wird sie von der Dame dort hinten.«*

Sie fuhr fort, sich zu beschweren: »Woher haben diese Leute all diesen Mist, den sie über mich erzählen? Sie war nie in meinem Haus, *nie* in meinem Haus ...«

Als ihre Anwälte zurückkehrten, behielt sie das Anstoßen und Flüstern so lange bei, wie Patty Caseys Aussage dauerte.

O'Mara durchlief einige Themen und fragte dann: »Gab es eine Zeit, zu der Sie Bert nicht mehr sahen?«

Anfang August, sagte Casey, war es, daß sie »anfing zu vermissen, ihn im Haus zu sehen.«

»Haben Sie mit Dorothea über Berts Abwesenheit gesprochen?«

»Sie sagte, er sei kurzzeitig nach Mexiko gereist«, antwortete Mrs. Casey, die sich an den Tag erinnerte. »Sie stieg ein und sagte, ›Oh, ich habe ihn nach Mexiko geschickt.‹ Wir machten noch Witze darüber, daß er gehen durfte und sie nicht.«

O'Mara fragte, ob Mrs. Casey je erfahren habe, daß Bert von Mexiko zurückgekommen sei.

Sie hatte. Es war ein Samstag Anfang November, dessen war sie sicher, weil Dorothea ihr erzählt hatte, Bert sei nur für kurze Zeit nach Hause zurückgekehrt, und dann habe ihn jemand mitgenommen. »Ich glaube, sie sagte, es sei ein Verwandter.«

* Anmerkung der Autorin: Da ich die einzige Anwesende im Gerichtssaal war, zielte die überraschende Neuigkeit eindeutig auf mich.

»Keine weiteren Fragen, Euer Ehren.«

Die Verteidigung verneinte eine Befragung von Patty Casey an diesem Tag, und sie war entlassen.

Die plumpe Taxifahrerin verließ den Gerichtssaal, wobei offen blieb, ob sie jemals wirklich realisiert hatte, daß nicht nur ein paar Dinge, sondern praktisch alles Lügen gewesen waren, was Dorothea Puente ihr je erzählt hatte.

Aus den Mündern von ehemaligen Freunden, Bekannten und Mietern kamen Worte des Lobes wie des Hohns über Dorothea Puente, aber auch ihre Aussagen verbanden sie geheimnisvollerweise mit einem Mann besonders: *John McCauley.*

Erst hatte McCauley die Hilfsarbeiter überwacht, die hier gruben und dort Beton gossen. Als nächstes war McCauley wohl zwei Dutzend mal mit Patty Caseys Taxi gefahren, um Gebrauchsgüter von Lumberjack heimzufahren. Dann hatte McCauley Dorothea am Tag ihrer Flucht zu Tiny's Bar begleitet.

Robert French nannte ihn Mrs. Puentes ›Majordomus‹.

Während viele Mieter kamen und gingen, war er erstaunlicherweise geblieben. Obwohl die Männer meistens unten gewohnt hatten, hatte er oben gewohnt, in einem Zimmer nahe bei Dorotheas.

Falls sie Liebende waren, war es eine stürmische Affäre. John Sharp erinnerte sich, daß das Paar sich gestritten und beschimpft hatte, einen Staubsauger und sogar einen kleinen Kühlschrank die Treppe hinuntergeworfen hatte. Carol Durning Westbrook hatte gehört, wie die beiden einander anschrieen, und hatte, als sie herbeieilte, gesehen, daß McCauley Dorothea schlug. Sie beschrieb McCauley als einen »Gegner. Er versuchte ständig, mit den Leuten Streit anzufangen und beleidigte die Leute. Ein sehr gemeiner Mensch, habe ich gedacht.«

Andere waren wegen kleinerer Vergehen weggeschickt worden, warum nicht er?

Weil sie Liebende waren? Oder weil sie seine Hilfe

gebraucht hatte? Wenn sie ihn rausgeworfen hätte, hätte er dann der Polizei erzählt, was er wußte?

Oder könnte John McCauley der Mörder sein und sie die Komplizin?

Wenn er kein Komplize war, was war er dann?

Kapitel 40

Niemand kann sich so eine Jury vorstellen. Ein bißchen Freundschaft unter den Geschworenen war nicht unüblich, besonders, wenn sie erst einmal miteinander bekannt geworden waren und sich entspannt hatten und Wege zu einer Kameradschaft fanden. Aber normalerweise kamen sie nicht *so* gut miteinander aus.

Am Anfang war es nur gutmütige Neckerei gewesen, wenn einer zu spät kam oder ein Glas Wasser umstieß. Es spielte keine Rolle, daß sie in den Pausen Witze machten und sich verstanden oder daß diese Jovialität bis in den Gerichtssaal hinein anhielt. Bei so einem ausgedehnten Prozeß mit so vielen Einzelheiten dient der Humor oft zur Erleichterung.

Die Anwälte lachten gemeinsam mit ihnen und tauschten manchmal während der Befragung witzige Randbemerkungen mit ihnen. Selbst der Richter steuerte manchmal einen Witz bei – (Peter Vlautin trug eines Tages eine besonders aufdringliche Krawatte, als der Strom ausfiel. In der Dunkelheit entstand eine lange Pause, dann hörte man Richter Virgas Stimme: »Ich habe Herrn Vlautin gesagt, er soll diese Krawatte nicht tragen.«)

Einige der Zeugen waren wirklich komisch. Als einer der früheren Mieter über Dorotheas Burritos lästerte und sagte: »Laßt uns den Tatsachen ins Auge sehen, Dorothea ist eine lausige Köchin«, da brachen sogar die Anwälte in Lachen aus, Kevin Clymo lachte so sehr, daß er auf den Tisch klopfte.

Was aber als höfliches Kichern angefangen hatte, steigerte sich zu schallendem Gelächter. Die Jury wurde rüde. Einige flüsterten und zogen während der Zeugenaussagen Grimassen, wobei der XREMIST der Gruppenclown war. Er erschien im grellen ›Dschungel-Training‹-oder Harley-Davidson-T-Shirt, er beugte sich häufig vor und lehnte sich über die Brüstung – ein Benehmen, wie O'Mara es noch nie erlebt hatte. Das Befremdlichste aber war, daß einige Geschworene direkte Kommentare an die Anwälte abgaben, und keine Seite wußte, wie sie reagieren sollte. O'Mara, der sich sicher war, daß jede Entgleisung auf ihn zurückfallen würde, versuchte, sie zu ignorieren. Clymo, der gutmütigste von den Anwälten, kicherte oft oder gab eine witzige Antwort. Vlautin hielt figürlich und buchstäblich die Mitte.

Wie auch immer, es war ein Mißton, wenn die Jury inmitten eines Mordprozesses plötzlich in lautes Gelächter ausbrach. Selbst der Gerichtsdiener wünschte, sie würden ›sich zusammenreißen‹. Aber die Frage war: Wer konnte sie zurechtweisen, ohne daß Feindseligkeit entstand? Die Anwälte würden ganz sicher nicht das Risiko eingehen, diejenigen Leute zu vergrätzen, die das Urteil sprachen. Auch dem Richter widerstrebte es, eine Gruppe zu schelten, die ihren bürgerlichen Pflichten nachkam und einige Monate lang Zeugenaussagen anhören mußte.

Was wohl die Angeklagte von der fröhlichen Ecke hielt?

Am Ende eines langen Tages von Zeugenaussagen waren die Anwälte müde. Statt O'Mara einen weiteren Zeugen in den Stand holen zu lassen, der Unterlagen vorführen würde – diesmal eine Karte – schlug die Verteidigung vor, – ja, es war eine korrekte Karte von Sacramento, – daß O'Mara der Jury selbst die Karte vorführen sollte. Er griff nach einem Zeigestock, nahm eine vollkommen professionelle Miene an und zeigte das gelbe Gebiet von 1426 F Street und Detox sowie andere Ortsteile, von denen sie gehört hatten.

O'Mara packte bald zusammen, dann schloß Richter Virga die Verhandlung für diesen Tag und erhob sich von der Richterbank.

Gingen die Geschworenen bescheiden hinter ihm raus? Hoben sie sich ihre Fragen bis zum Ende der Verhandlung auf, wo sie in ihrer Freizeit das Beweismaterial einsehen konnten? Nein. In einem rauhen Ausbruch begannen sie, O'Mara mit Fragen zu bombardieren. »Wo ist Tiny's Bar?« wollte einer wissen. »K Street Mall, K Street Mall«, intonierten andere im Stehen.

War ihnen nicht klar, daß das eine gravierende Verletzung der Etikette war?

Anscheinend nicht. Aus purer Neugier zwangen sie das Gericht wieder zum Bericht. Der Richter drehte um und nahm wieder Platz. Der Staatsanwalt nahm verärgert den Zeigestock wieder zur Hand und folgte ihren Forderungen, zeigte hier Tiny's Bar und – mit wiedergewonnener Fassung – die K Street Mall in diesem Gebiet. Zufrieden war die Jury jetzt bereit, die Machthaber zu entlassen, und die Sitzung wurde wieder geschlossen.

Nichts stellte die Aufmerksamkeit der Geschworenen so sehr auf die Probe (und die Stärke ihres Magens) wie die ›Tox und Docs‹, die toxikologischen und medizinischen Gutachten. Ob sie wollten oder nicht, sie lernten die medizinischen Zustände der neun Opfer besser kennen als ihre eigenen.

Den Anfang machten die Autopsien. Als der große, blonde Dr. Robert Anthony in einem konventionellen Anzug den Zeugenstand betrat, konnte man sich ihn nur schwer im grünen Kittel und mit Schutzhandschuhen vorstellen, wie er die Leiche mit einem *Mach-Dir-Sorgen,-sei-traurig-Sticker* am Aufschlag aufschnitt. Gelegentlich schlich sich etwas schwarzer Humor in seine Aussage, aber er und sein Kollege, der forensische Pathologe Dr. Gary Stuart, hielten sich im großen und ganzen an ihr morbides Protokoll.

Wochenlang wurden die beiden Ärzte immer wieder in den Zeugenstand gerufen, wo sie jedes gräßliche Detail der Autopsie erzählten, jeden Y-Schnitt, jedes breiige Organ, und einige Geschworene konnten nicht verhindern, daß sie erbleichten. Stundenlang hingen die Bilder von verfaulten, verwesten und sogar skelettierten Überresten im Raum.

Die bei weitem schrecklichste Autopsie war die der Dame ohne Kopf, Betty Palmer. Dr. Anthony führte aus, daß Mrs. Palmers Kopf über dem dritten Wirbel abgetrennt worden war, und einige der Geschworenen waren sichtlich abgestoßen. »Beide Hände waren an den Handgelenken abgetrennt«, fuhr er fort, »und beide Beine fehlten unterhalb des Knies.« Auch die Kniescheiben fehlten.

In der Befragung erläuterte Dr. Anthony, daß die Schnitte ungeübt ›an den Verbindungsstellen« ausgeführt worden seien, was ›Werkzeugspuren‹ an den Knochen hinterlassen habe. Nach den scharfen, glatten Schnittstellen und den abgeflachten Knochenenden zu schließen, die sie am Ende der Arme gefunden hatten, handelte es sich bei dem Werkzeug nicht um ein normales Küchenmesser, sondern eher um »eine Säge, Axt, Hackmesser, ein schweres Gerät. Eine Machete. Etwas Großes und Schweres.«

Ein paar der Geschworenen schüttelten den Kopf. Andere murmelten etwas und warfen verstohlene Blicke auf die Angeklagte.

O'Mara fragte den Zeugen, ob er sagen könnte, ob die Schnitte bei lebendigem Leibe oder nach dem Tod beigebracht worden wären. Das konnte er nicht. Aber Dr. Anthony sagte auch aus, daß sie auf Betty Palmers Kleidung und Verpackung *kein Blut* gefunden hätten. Nicht einen Tropfen. Wenn die Schnitte um den Zeitpunkt des Todes herum ausgeführt worden wären, hätte man erwarten können, daß sie voller Blut gewesen wären.

Als der Pathologe nach der Todesursache befragt wurde, gab er zu: »Da wir keinen vollständigen Körper vorliegen haben, kann ich nichts sicher aussagen.«

Falls Mrs. Puente Betty Palmer verstümmelt hatte, um ihre Identität zu verschleiern, war es nicht ohne Ironie, wie sie dann schließlich doch identifiziert worden war. Mrs. Palmer hatte sich 1984 die Hüfte gebrochen, und der Arzt hatte eine Prothese als Flickstück eingesetzt. Eine Aufnahme ihrer Hüftknochen zeigte deutlich die Metallplatte mit der eingravierten Nummer – ein unanfechtbarer Identitätsnachweis.

Allmählich ließen die Einzelheiten ein Muster erkennen. Jede Autopsie brachte die Erkenntnis, wie die Leiche aufs gründlichste verpackt worden war. O'Mara zeigte der Jury schreckliche Fotos von den Leichen, als die Materialien weggeschnitten wurden, und selbst von den Fotos schien noch der Gestank auszugehen. (Beim Mittagessen hatten einige Geschworene Mühe damit, die ›appetitanregenden‹ Bilder aus dem Kopf zu bekommen.)

Typisch war, daß es erst Lagen von Kunststoff gab, dann Bettücher und zum Schluß Decken. Einige waren mit wasserabweisenden, windelähnlichen Packungen umwickelt. Die schrecklichen Bündel zeigten eine unleugbare Ähnlichkeit darin, wie das Plastik mit Klebeband befestigt war, und ganz besonders bei den Knoten. Wieder und wieder sahen die Geschworenen, daß die Tücher in der Nähe von Kopf oder Nacken gründlich verknotet waren. Eine deutliche Handschrift – sie reichte sogar bis 1985 zu der Umhüllung Everson Gillmouth' zurück.

Die meiste Zeit saß Dorothea Puente unbeweglich dabei. Aber während der Aussage von Dr. Stuart litt sie an einer Erkältung. Während sie zuhörte, falteten ihre zierlichen Hände Papiertaschentücher in kleiner und kleiner werdende Quadrate.

Da die Verteidigung darauf aus war, eine natürliche Todesursache nachzuweisen, und die Anklage Mord zu beweisen versuchte, kamen Lebensstil und medizinische Berichte im Prozeß zur Sprache. Arzt auf Arzt trat in den Zeugenstand und sagte über die vielen Gesundheitsstörungen aus, an denen die angeblichen Mordopfer gelitten hatten. Die meisten von ihnen hatten wahllos die Medikamente genommen, die ihnen zufällig in dieser Klinik und jener Notaufnahme gegeben worden waren, und ihre medizinischen Berichte waren nur fragmentarisch. Einzig James Gallop war von jemand so spezialisiertem wie einem Neurologen behandelt worden.

Pompös, verteidigend, freundlich oder sachlich beschrieben die Ärzte Patienten, die zum größten Teil Trinker gewesen waren, die Raubbau am eigenen Körper betrieben und sich vernachlässigten. Dazu kam, daß sie meistens ernstere Krankheiten hatten, die die Debatte über eine medizinische Interpretation neu anheizten.

Bert Montoya hatte Diabetes, und sein Blutzuckergehalt

hatte sich am 20. Juli 1988, kurz vor seinem Tod, im Test als abnorm hoch erwiesen (464).

Die Staatsanwaltschaft wies nach, daß der Wert sich unter Behandlung sofort verringert hatte (er sank auf 50). Aber die Verteidigung lockte eine Aussage hervor, die ein tödliches diabetisches Koma nahelegte.

Es wäre Untertreibung, wenn man behaupten wollte, Ben Finks Alkoholkonsum habe seiner Gesundheit geschadet. Er hatte zwei Jahre gebraucht, um sich von einem mehrfachen Beinbruch zu erholen, den er sich zugezogen hatte, als er vor ein Auto getaumelt war. Trinken und Rauchen machten seine Konstitution auch nicht besser, so daß die Komplikationen bei der Heilung genauso schlimm klangen wie die Verletzungen selbst. Weiter erfuhren die Geschworenen, daß Fink einmal mit einem lebensbedrohlichen Promillegehalt von 0,456 ins Krankenhaus eingeliefert worden war (in Kalifornien ist man legal bei 0,08 betrunken.) Wie Dr. Anthony es ausdrückte: »Fink lebte, um zu trinken.«

Die achtundsiebzig Jahre alte Leona Carpenter, die an einer Reihe chronischer Erkrankungen litt, war so oft im Krankenhaus, daß man nur staunen konnte, daß sie nicht schon vor ihrem Einzug in Mrs. Puentes Pension gestorben war. Am interessantesten war der Umstand, daß sie ein paar Tage nach ihrem Einzug bei Dorothea wegen einer Überdosis von Dalmane behandelt worden war. War sie selbst verabreicht? Oder hatte Dorothea da das erstemal versucht, sie zu töten, und erst später Erfolg gehabt?

Vera Faye Martin, auch Alkoholikerin, hatte die Launen des Straßenlebens durchlitten, war überfallen und ausgeraubt worden und hatte an einem gebrochenen Kiefer und anderen Verletzungen gelitten. Wie Fink war auch die kleine Fünfzig-Kilo-Frau mit gefährlich hohen Alkoholkonzentrationen im Blut (0,34 und 0,42) in die Notaufnahme gekommen. Die Berichte zeigten auch, daß sie Herzprobleme gehabt hatte, eine Arterie war zu fünfundachtzig Prozent verschlossen, was die Verteidigung zum Anlaß nahm, davon auszugehen, daß sie eine tödliche Herzattacke erlitten hatte.

Dorothy Millers Alkoholabhängigkeit hatte zu einer Leberzirrhose geführt, und ihre Rauchgewohnheiten hatten eine Herz-Lungenkrankheit ausgelöst. Außerdem litt sie an Anfällen und schon lange an geistigen Problemen, aber niemand schien viel von ihr zu wissen.

Betty Palmer war sicher etwas Besonderes. Außer, daß sie Herzprobleme hatte, klagte sie über Schmerzen in der Hüfte und im Becken. Anscheinend nahm sie gerne Schmerztabletten und ging gerne zu Ärzten. Sie ließ oft ihr Becken untersuchen und gab mit erfundenen Affären mit verschiedenen Ärzten an. Einer äußerte im Zeugenstand die Vermutung, daß sie an ›Erotomanie‹ gelitten habe.

Aber von der ganzen kranken, leidenden Schar war James Gallop der mit der ernstesten Krankheit gewesen. Er litt an einem Hirntumor, der eine ›Proptosis‹ oder ein Hervortreten des rechten Auges verursachte. Im Januar 1987 unterzog er sich einer Craniotomie. Die gute Nachricht war, daß der Tumor gutartig war, die schlechte, daß er nicht operiert werden konnte. Selbst Bestrahlungen zeigten kein Ergebnis bei dem häßlichen ›Schwannoma‹, das weiterwachsen und gegen Hirnnerven drücken würde, die die Sehkraft seines rechten Auges und das Gefühl in der rechten Gesichtshälfte bestimmten. Aber das war noch nicht alles. Gallop hatte einen Herzanfall gehabt, eine Herz-Lungenkrankheit und sollte noch einmal operiert werden, damit bestimmt werden konnte, ob ein Knoten in seinem Darm Krebs war.

Gallops Krankenhausberichte zeigten ein besonders heikles Problem. Ein Arzt hatte ihm geraten: »Machen Sie sich Ihre letzten Tage so schön wie möglich.« Der Arzt hatte anscheinend gedacht, daß Gallop Hirnkrebs hätte. Er hatte sich geirrt, aber die Verteidigung strich heraus, daß Gallops Zustand so schlecht war, daß sogar ein erfahrener Arzt gemeint hatte, er könnte jederzeit sterben.

So ging es weiter. Eine Parade von Ärzten marschierte in den Gerichtssaal, um die Medizinberichte der Verstorbenen öffentlich zu machen, und fügte Bände von Einzelheiten zu dem verbalen Schlagabtausch der Anwälte hinzu. O'Mara bekam die Aussage, daß diese Leute zwar nicht hundertprozentig gesund gewesen waren, aber auch nicht an der

Schwelle des Todes gestanden hatten. Dann ritten Clymo und Vlautin auf jedem Leiden herum und brachten die Ärzte dazu, zuzugeben, daß einige der Umstände tödlich sein könnten.

Die Jury erfuhr, daß man in jeder der sieben Leichen, die man in Mrs. Puentes Garten gefunden hatte, Dalmane oder Flurazepam hatte nachweisen können. Dennoch gab es mit Ausnahme Ruth Munroes – die eine, die man sofort autopsiert hatte – keine Möglichkeit, die Todesursache auch nur eines der Toten zu ermitteln. Die eine Frage blieb unbeantwortet: Konnte O'Mara ohne Todesursache Mord beweisen?

Wochen vergingen, und die Geschworenen hörten mit wechselnder Aufmerksamkeit Dutzende und noch mal Dutzende von unpersönlichen Spezialisten aussagen, die ihre Mitschriften befragten und über dieses oder jenes Opfer sprachen, an das sie sich nicht genau erinnern konnten.

Bis auf den mageren, ernsten Robert Fink, der, als er am 10. März erschien, wie der Marlborough-Mann aussah und um seinen Bruder Ben trauerte, war der Gerichtssaal seltsam frei von Gefühlsäußerungen.

Das war für O'Mara eines der größten Probleme dieses Falles. Bert Montoya war schließlich vermißt worden. Aber einige dieser ›Schattenmenschen‹ waren alleine und unbemerkt in der Dunkelheit verschwunden. Ohne eine Familie, die sie betrauerte, blieben ihre Persönlichkeiten unbestimmt, fast anonym. Es war schwer zu verstehen. Gut, einige hatten nie geheiratet oder Kinder gehabt. Aber Dorothy Millers Familie, die genug Anteil genommen hatte, um einen Anwalt zu nehmen und gegen Peggy Nickerson und andere vorzugehen, hatte sich nie auch nur die Mühe gemacht, mit O'Mara Kontakt wegen seiner Aussagen aufzunehmen.

Vera Faye Martin hatte sieben Kinder. Wie war die Mutter so vieler Kinder heimatlos geworden? War sie so abgebrüht, daß sie die Angebote von Normalität und Schutz verschmäht hatte? War sie so eine unbelehrbare Trinkerin, daß ihre eigenen Kinder sie auf die Straße gesetzt hatten?

Am 24. März erschien kurz eine große schlanke Frau im Zeugenstand, dann verschwand sie wieder wie eine Erscheinung. Sie heiße Edith Elaine Ehnisz, sagte sie, und Vera Martin war ihre Mutter. Jedes Jahr, so sagte sie aus, hatte ihre Mutter sie an ihrem Geburtstag, am 19. Oktober, angerufen. 1987 tat sie das nicht. Das letztemal, daß sie ihre Mutter gesehen hatte, so sagte sie, war »wahrscheinlich 1982«.

Das war alles. Sie wußte so wenig über die Lebensbedingungen ihrer Mutter in den vergangenen fünf Jahren, daß O'Mara sie nicht weiter befragte.

Welcher Graben sich auch zwischen Mutter und Tochter aufgetan hatte, es ging das Gericht nichts an. Die Verteidigung wollte die womöglich sympathische Zeugin so schnell wie möglich aus dem Zeugenstand haben, sie entließen Mrs. Martins Tochter ohne eine weitere Frage.

Nach sechs Wochen mit Zeugenaussagen und über sechzig Zeugen war Mrs. Ehnisz erst das zweite Familienmitglied, das auftrat. Ein Wimpernschlag, und das lange, dunkle Haar der Frau verschwand durch die Tür nach draußen, wobei sie die Frage zurückließ, wie töchterliche Gefühle so dürftig sein konnten.

Während monatelanger Zeugenaussagen las die rätselhafte Dorothea Puente Dokumente und schob ihren Anwälten Notizzettel zu. Manchmal musterten die Geschworenen sie neugierig, aber sie enthüllte nichts. In einer Pause beschwerte sich ein ärgerlicher Geschworener: »Sie ist nie nervös.«

Das stimmte. Während der Verhandlung verhielt sich die Angeklagte auffallend ruhig. Aber wenn die Verhandlung geschlossen wurde und die Jury wegging, konnte Mrs. Puente ihre Beine ausstrecken und sich entspannen. Sie sprach mit dem Gerichtsdiener über die Gipsmodelle des F-Street-Hauses, erklärte dies oder das, beklagte sich, daß sie nicht zeigten, wie viele Bücher sie wirklich habe, oder sie wollte das Hochzeitskleid haben, das sie in der Haftzeit genäht hatte. Manchmal fragte sie O'Mara sogar nach den laufenden Prozessen verschiedener ›Bekanntschaften‹.

Eines Tages war Mary Corbitt, die Gerichtsreporterin, die aus Sacramento gekommen war, um über den Prozeß zu berichten, sprachlos, als Mrs. Puente sie fragte: »Wie geht es Ihrer Mutter? Ich habe sie immer bei Franks Fleischer getroffen. Ich habe immer dort eingekauft, weil sie das beste Fleisch haben.«

Mary Corbitt lächelte und antwortete irgend etwas Unverfängliches, aber später dachte sie darüber nach. Sie wußte, daß Mrs. Puente ihre Mutter gar nicht kennen konnte. Auch kam es ihr sehr befremdlich vor, daß Mrs. Puente sich so eine Geschichte ausdenken sollte. Dann erinnerte sie sich zufällig, daß sie dem Gerichtsdiener eine solche Geschichte über ihre Mutter und diesen besonderen Fleischer erzählt hatte. Mrs. Puente mußte zugehört haben. Dann konnte sie anscheinend nicht anders. Ihre Realität war fließend und wogte wie die See herein, um jede Lücke auszufüllen.

Kapitel 41

Nach einer langen Osterpause – die drei Wochen dauerte, weil Clymo noch einen anderen Prozeß führen mußte – kamen die Geschworenen am 26. April braungebrannt und lächelnd herein. Peter Vlautin, der Tags zuvor an einem 10-K-Rennen teilgenommen hatte, war voller Schwung.

Aber nicht jeder wurde vom süßen Aufschwung der Wiedervereinigung erfaßt. Dorothea Puente erholte sich noch von einer kleineren Operation, in der ihr ein Abszeß entfernt worden war. Kevin Clymo war verständlicherweise erschöpft, weil er einen Prozeß in den ›Urlaub‹ von einem anderen gequetscht hatte. John O'Mara, der die ganze Zeit damit verbracht hatte, sich über den Schreibtisch zu beugen, bedauerte aufs tiefste, daß er nicht schon vor Monaten einen Assistenten mitgebracht hatte.

Normalerweise kannte O'Mara einen Fall nach der ersten Anhörung vorwärts und rückwärts. Aber diesmal, wo diese

Erfahrung ihm fehlte, fühlte er sich überfahren. Trotz der ergiebigen Hilfe durch seine Beamten und trotz der Wunder, die seine Mitarbeiter ihm aus Sacramento faxten, beklagte er sich, »daß der Tag einfach nicht genug Stunden hat, um alles zu erledigen.« O'Mara verschwand in Listen dessen, was noch zu tun war, und verdrängte die bittere Tatsache, daß er eine Ganztagshilfe brauchte, vorzugsweise einen anderen Anwalt. Aber es gehörte zur Büropolitik, daß man alleine arbeitete. Außerdem war es inzwischen zu spät.

Wie üblich war O'Mara bei seinen Planungen zu optimistisch gewesen. Ein örtliches Hotel platzte vor wartenden Zeugen aus allen Nähten, unter ihnen befand sich auch Dorothea Puentes mysteriöser Freund Mervin John McCauley.

McCauley hatte keine Ahnung, wie sehnlichst er erwartet wurde. Welche Vermutungen sich auch mit seinem Namen verbanden, er hatte drängendere Probleme: Er brauchte einen Drink. Egal, welche Tageszeit war, die Umstände spielten keine Rolle, McCauley war ein Mann, der Prioritäten setzte. Also beabsichtigte McCauley am Morgen des 26. April, an dem O'Mara ihn vor Gericht befragen wollte, sich einen Viertelliter Wodka einzuverleiben.

Am Ende des Tages verspürte McCauley keinerlei Angst vor einer Aussage. Er scherzte locker im Flur: »Das ist das erstemal, daß ich vor Gericht erscheine, ohne der Angeklagte zu sein!«

Voller Reue verschob O'Mara McCauleys Aussage auf den nächsten Tag, an dem ein in letzter Minute organisierter Aufpasser McCauley davon abhalten konnte, mehr als ›ein paar Schuß Wodka‹ zu trinken, ehe er Dienstag morgen in den Zeugenstand gerufen wurde.

Dünn und grau wie ein Nagel erschien er vor Gericht und sah Dorothea Puente das erstemal seit viereinhalb Jahren wieder.

McCauley, der kein schuldbewußter Trinker war, bestimmte den Ton für seine Aussage, als der Gerichtsdiener ihn bat, den rechten Arm zu heben, und er fragte: »Wozu?«

Eine grelle Baseballkappe verblieb für die erste Stunde seiner Aussage auf seinem Kopf und verhüllte noch mehr von seinem Gesicht, als es eine große Brille und ein wirrer, grauer Bart ohnehin schon taten. Wenn O'Mara sprach, wandte er ihm sein gesundes Ohr zu und antwortete dann mürrisch mit tiefer Stimme: »Das kann ich nicht sagen«, oder »Ich weiß nicht.« Als O'Mara ihn aufforderte, die Fotos einiger Leute zu identifizieren, schob er sie beiseite, ohne ihnen einen Blick zu schenken.

Die Geschworenen konnten nicht anders, sie mußten über McCauleys gallige Art kichern, und das schien ihn noch zu bestärken. Allmählich wurde er warm mit seiner Rolle. Er nahm die Kappe ab und enthüllte eine hohe, zerfurchte Stirn mit stahlgrauem Haar, das in einer großen Welle bis zum Kragen nach hinten gekämmt war. Der Gerichtsreporterin fiel auf, daß er nach Alkohol roch.

Er gab zu, daß er einige Gartenarbeiten in 1426 F Street ausgeführt hatte. »Hauptsächlich hatte ich die Aufsicht«, sagte er und bestätigte damit die Aussage verschiedener Ex-Häftlinge, die Mrs. Puente für Niedriglöhne angeheuert hatte. Aber McCauley blieb dabei und unterstützte damit die Vermieterin, daß das Betonieren der Gartenfläche geschehen sei, »um das Unkraut in Schach zu halten.« Er leugnete hartnäckig, von irgendwelchen Grabungen gewußt zu haben, außer »um zu pflanzen, und so Sachen.«

McCauley litt unter Erinnerungslücken, vor allem, wenn er sich an eines der Opfer außer Leona Carpenter und Bert Montoya erinnern sollte. Zu Leonas Verschwinden sagte er. »Es war allgemein bekannt, daß sie in ein Pflegeheim gehen würde.« Er sagte, daß er und Bert in Joe's Eckbar einen zu trinken pflegten: »Er leerte ein Bier mit drei Schlucken.«

Alle anderen schob er mit einem Winken beiseite und sagte: »Leute kamen und gingen.«

Inzwischen fühlte sich McCauley im Zeugenstand recht wohl, so wohl, daß er der Angeklagten in einer Pause zurief: »Dorothea, wie zum Teufel geht es dir?«

Verteidiger Vlautin eilte herbei und flüsterte eine Art von Ermahnung.

»Wie auch immer, ich bin klar«, antwortete McCauley laut, »ich bin ein klarer Trinker.«

Als die Jury wieder saß, machte O'Mara weiter. Ihm lag eine Mitschrift zahlreicher Polizeiverhöre vor, anhand derer es ihm gelang, daß McCauley seine verwerflichste Tat zugab: Er hatte ein Loch vor dem Haus gegraben, in dem Betty Palmers verstümmelter Körper unter einem religiösen Schrein begraben worden war.

»Wie nahe an dem Schrein haben Sie gegraben?«

»Dreißig Zentimeter, vielleicht weniger.«

»Gut. Was für ein Loch haben Sie an der Stelle gegraben?«

»Etwa zwei mal zwei.«

»Wissen Sie noch, wann das war?«

»Kurz nach meinem Einzug.«

»Hat Sie jemand gebeten, zu graben, oder haben Sie das von sich aus getan?«

»Nein, ich habe es nicht von mir aus getan. Man hat mich gebeten. Dorothea hat mich darum gebeten.«

McCauley behauptete, daß das Loch gegraben wurde, um ein paar Kamelienbüsche zu pflanzen, aber Ricardo Ordorica hatte ihn gebeten, das Loch wieder zuzuschütten, weil es für seine kleinen Kinder zu gefährlich war. McCauley blieb dabei, daß er nichts vergraben hatte.

McCauley eröffnete auch die erstaunliche Neuigkeit, daß er derjenige war, der den Schrein gebaut hatte, und sein Grund erschien gar nicht zu seinem Charakter zu passen. »Ich dachte, es wäre eine nette Geste«, sagte der reizbare alte Knabe, »weil ich wußte, daß Dorothea in ihrer Art religiös war ... Viele Leute kamen vorbei und bewunderten den Garten. Es schien mir ein guter Flecken zu sein.«

Als O'Mara ihn drängte, eine Erklärung abzugeben, woher er die Idee gehabt habe, erklärte McCauley nur kurz: »Ich kann Ihnen wirklich nicht sagen, wer die Idee in meinen Kopf gebracht hat. Aber Teufel, ich war froh, es zu machen.«

Der religiöse Schrein war ein Kuriosum. Keines der anderen Gräber war irgendwie gekennzeichnet gewesen. Und keine der Leichen außer der Betty Palmers waren verstümmelt worden. Vorher hatte ein anderer früherer Mieter ausgesagt, daß Dorothea ihn zurechtgewiesen hatte, weil er eines

Nachts aus Versehen das Licht in dem Schrein angeschaltet hatte. Offensichtlich ließ die Vermieterin immer ein einzelnes rotes Weihnachtslicht darin brennen.

Ob McCauley mehr wußte, als er sagte, oder nicht, Dorothea war kaum in einer Position, die ihr erlaubt hätte, ihn anzuklagen oder ihm etwas vorzuwerfen, als er sagte: »Ich wußte nicht, daß dort jemand begraben lag.«

Wenn die Geschworenen sich fragten, ob er und Dorothea Liebende waren, wenn sie hofften, daß McCauley dazu beitragen würde, ihre Neugier zu stillen, so wurden sie enttäuscht. O'Mara würde nicht fragen, und McCauley würde nichts sagen. Als O'Mara ihn zu Mrs. Puente befragte, zuckte er die Schultern: »Wir hatten gute Zeiten, und wir hatten schlechte Zeiten. Sie war sehr temperamentvoll, aber es dauerte nie lange.«

Wieviel wußte McCauley? Er schien der wahrscheinlichste Komplize, und er hatte sicher mehr gesehen, als er erkennen ließ, aber die Polizei hatte ihn tagelang befragt, und der zähe alte Trinker hatte sie nur frustriert. Einige Geschworene hatten darauf gehofft, daß ein Komplize vortreten und Dorothea irgendwie entlasten würde. Aber McCauley würde nichts unternehmen, jetzt, wo er fast soweit war, den Zeugenstand wieder zu verlassen.

»Haben Sie je irgendwelche Leichen geschleppt?« fragte O'Mara.

»Nein, nein.«

Das hatte O'Mara erwartet. Er nahm noch einen Anlauf und fragte: »Warum waren Sie in Haft?«

»Helfershelferschaft laut Fakten.«

»Beim Mord?«

»Es kam als eine teuflische Überraschung für mich!« antwortete er.

Dann rief McCauley: »Ich habe mich auch dem Test mit dem Lügendetektor unterzogen.«

(McCauley hatte bestanden, aber die Ergebnisse eines Lügendetektor-Tests zählen vor Gericht nicht. Einige sagten, daß McCauleys ›eingelegtes Hirn‹ diese Ergebnisse unbedeutend machte.)

McCauley blieb dabei, daß er nichts wüßte, obwohl er Dorothea aus dem Haus begleitet hatte und sie sich ein Taxi zu Tiny's Bar in Westsacramento geteilt hatten, ehe sie nach L.A. geflohen war.

O'Mara fragte sich: »Wußten Sie, daß sie über dreitausend Dollar bei sich hatte?«

»Nein. Ich mische mich nicht in anderer Leute Geldangelegenheiten ein«, antwortete er zimperlich.

Wenn die Polizisten während einer langen Befragung nicht mehr als das aus dem alten Knaben herausbekommen hatten, konnte O'Mara jetzt wohl kaum mehr erreichen. Er gab schließlich auf: »Keine weiteren Fragen, Euer Ehren.«

Clymo war überrascht. Er hatte erwartet, daß O'Mara diesen Zeugen wie ein wütender Wachhund durchschütteln würde. So zufriedengestellt, winkte er ab, als es ums Kreuzverhör ging, und McCauley war entlassen.

Er ging mit einem fast theatralischen Abgang, verbeugte sich und machte große Gesten, als hätte er gerade *David Letterman* ein großartiges Interview gewährt. »Ich danke jedem einzelnen von Ihnen, meine Damen und Herren, Mr. O'Mara und ...« mit einem Blick auf Dorothea – »Ich hoffe, daß alles gut ausgeht.«

Außerhalb des Gerichts gab McCauley einen Kommentar zu seiner alten Gefährtin Dorothea ab und sagte: »Ich habe eine hohe Meinung von ihr.« Er machte eine Pause. »Vielleicht ist es wie bei Dr. Jekyll und Mr. Hyde, aber durch mich können Sie das nicht beweisen«, sagte er und behauptete: »Ich würde nicht lügen, um sie zu retten.«

Als er das Gerichtsgebäude verließ, fand er zweifellos irgendwo etwas zu trinken.

Manchmal, wenn es sich um einen so langen Prozeß handelt wie bei diesem, geschehen seltsame Dinge. An einem Nachmittag, als die anderen Geschworenen entlassen waren, informierte ein alternativer Geschworener das Gericht, daß jemand unten an die Wand neben dem Telefon Mitteilungen gekritzelt habe, vielleicht, um die Jury zu beeinflussen. Die

Nachrichten lauteten: ›Laßt Dorothea Puente frei!‹ und ›Lauf, Dorothea, lauf!‹.

Der Richter dankte dem Ersatzgeschworenen, daß er das Gericht informiert habe, und die Bemerkungen wurden sofort entfernt.

Man kann nur vermuten, wer sie dahin geschrieben hatte.

Falls McCauleys Aussage das Gericht aufgerüttelt hatte, fühlten außen nur wenige die Erschütterung davon. Richter Virga hatte Kameras verboten, so daß – außer *Sacramento-Bee*-Reporter Wayne Wilson, der pünktlich wie ein Uhrwerk erschien – die meisten Medien nur sporadisch Vertreter schickten, und wenn einige Reporter hereinkamen, kämpften sie wie Zuschauer, um die Aussagen in einen Zusammenhang zu bringen.

Ältere Bürger drängten sich in der Zwischenzeit auf der Galerie und tuschelten – neugierig geworden auf die lügnerische Vermieterin –, Verwandte der Geschworenen kamen, um zuzusehen, Studentengrupen saßen auf Anweisung dabei, Gerichtssaal-Fans strömten hinein und wieder raus. Eine Möchtegern-Drehbuchautorin aus Südkalifornien, ein fröhlicher kleiner Fettkloß von Frau, ging Mitschriften durch und notierte: »Sie sieht aus wie *Die Saat des Bösen* als Erwachsene, oder? Haben Sie den Film gesehen?«

Es war zu einem Sport bei den Zuschauern geworden, sich ein Bild von Dorothea Puente zu machen. Jeder fragte sich, ob sie es wirklich getan hatte. Wenn sie es getan hatte, war sie dann *verrückt* oder wirklich *böse?*

Die Waagschalen senkten sich Richtung verrückt, als die Zeugenaussagen klarmachten, daß Mrs. Puente seit 1987 Wohlfahrtsschecks vom SSI erhalten hatte, weil ihr in einer Diagnose Schizophrenie bescheinigt worden war, und einige fragten sich, warum sie nicht wegen Unzurechnungsfähigkeit auf nicht schuldig plädierte.

Warum nicht? Weil ihre Anwälte noch schlauer waren.

Eine Zeitlang war Schizophrenie eine Diagnose gewesen, mit der alle davonkamen, fast schon eine Modeerscheinung. Aber wenn Mrs. Puente auf Unzurechnungsfähigkeit plädieren würde, wäre ihre Psyche ein faires Argument vor Gericht.

Sie würde noch einmal untersucht und ihre Psyche von oben nach unten gekehrt werden. Psychologen von heute würden zu einem ganz anderen Ergebnis kommen.

Außerdem war der Anlaß für die Schizophrenie-Diagnose von Dr. Thomas Doody verdächtig.* Die Geschworenen hatten gehört, wie leicht Mrs. Puente an Rezepte von ihren Lieblingspsychiatern kam – Dalmane, Valium, was immer sie wollte, kostete sie nur einen Anruf.

Die Zeugenaussagen erbrachten auch, daß Dorothea ihren Freunden hilfreich angeboten hatte, daß auch sie an die SSI-Unterstützung herankämen, wenn sie zu Dr. Doody gingen und ›auf verrückt machten‹, so ein Zeuge.

Mrs. Puentes Anwälte wollten nicht, daß ihre angebliche ›Schizophrenie‹ ein Thema wurde. Sie hatten viel Zeit damit verbracht, das Gebiet in Dorotheas Schädel aufzuzeichnen und entschieden, daß es bei weitem besser war zu warten und sich das, was sie über ihre besonderen kognitiven Prozesse erfahren hatten – wenn nötig – bis zu der Phase des Prozesses aufzuheben, wo es um die Todesstrafe ging.

Der neunundneunzigste Zeuge war vielleicht noch widersprüchlicher als John McCauley und vielleicht vernichtender als alle anderen.

Mrs. Puentes Freundin Brenda Trujillo hatte sich seit der ersten Anhörung nicht viel verändert. Vielleicht wies ihr langes, strähniges Haar eine hellere Rotschattierung auf, aber sie war kaum einen Deut heller geworden. O'Mara, der ihre kriminelle Vorgeschichte für die Jury berichtet haben wollte, befragte Mrs. Trujillo nach Haftstrafen, Bewährungsstrafen und Wiederverhaftungen. Obwohl er einen ›Spickzettel‹ mit Fakten für sie vorbereitet hatte, brachte sie die Daten durcheinander, widersprach sich selbst und war genau der Ex-Häftling und frühere Junkie, der auch schon bei der ersten Anhörung ausgesagt hatte.

* Dr. Thomas Doody war zu krank, um in Monterey auszusagen, erfuhr O'Mara.

Trotz ihrer wenig vertrauenswürdigen Vergangenheit und der schwachen Antworten kannte Mrs. Trujillo eine andere Seite von Dorothea. Sie waren befreundet gewesen, so daß Mrs. Trujillo ein neues Licht auf die private Seite der Vermieterin werfen konnte. Tatsächlich sagte sie mit ihrer langsamen, weichen Stimme: »Sie hat den Leuten erzählt, ich wäre ihre Nichte.«

Mrs. Trujillo hatte von September 1984 bis September 1987 in der 1426 F Street gewohnt, immer nur kurz zwischen erneuten Verhaftungen. In der Zeit hatte sie zufällig ein paar der zum Tode bestimmten Mieter kennengelernt. Zum Beispiel James Gallop. Sie erinnerte sich an den dünnen Mann ›mit einer Augenklappe und Verband um den Kopf‹, der gekommen war, um in der Pension zu wohnen. »Er war gerade aus dem Krankenhaus entlassen worden. Ich glaube nicht, daß er gehen konnte, weil er so krank war«, erinnerte sie sich.

Nachdem Mrs. Trujillo wieder verhaftet worden war, war sie mit Dorothea in engem Kontakt geblieben. Sie sagte aus, daß die Vermieterin Gallop in zwei Telefongesprächen ihr gegenüber erwähnt habe. Das erstemal sagte Mrs. Puente, daß Gallop so krank war, »daß er nur auf der Couch liegen und ihre Hand halten wollte.« Er hatte Erbrechen und Durchfall und sah aus, »als wenn er sterben würde.«

In der nächsten Unterhaltung, sagte Mrs. Trujillo mit zitternder Stimme: »Sie sagte, er sei gestorben.«

»Haben Sie irgendwelche Fragen nach seinem Tod gestellt?« fragte O'Mara.

»Ich habe gefragt, ob sie wisse, wo er beerdigt sei, weil ich dorthin gehen wollte.«

»Was hat sie Ihnen erzählt?«

»Sie sagte nein, sie habe seinen Körper einäschern lassen, weil er keine Familie hätte.«

Im Gerichtssaal herrschte Totenstille.

O'Mara bohrte weiter: »Hat Dorothea Ihnen etwas über vergrabene Leichen erzählt?«

»Ja. Als wir tranken, hat sie mir erzählt, daß Leichen in ihrem Garten liegen und daß sie nicht dorthin gehen wolle.«

Das war erst der Anfang. O'Mara hatte noch mehr.

Mrs. Trujillo erinnerte sich an einen Mann, der 1985 mit Dorothea zusammengelebt hatte, und sie erkannte ihn auf einem Foto als Everson Gillmouth. Andere hatten ihn ›Gill‹ genannt, aber in ihrer Erinnerung hieß Dorotheas Freund ›Bill‹.

Als Mrs. Trujillo später wieder einmal im Bezirksgefängnis saß, hatte sie eine seltsame Unterhaltung mit Dorothea geführt.

»Was hat sie Ihnen über Bill oder Gill erzählt?« wollte O'Mara wissen.

»Sie hat mir erzählt, daß er einen Herzanfall hatte. Sie sagte, daß sie den Notarzt nicht rufen konnte, weil er tot war und sie nicht zurück ins Gefängnis wollte.« Flüsternd fügte Mrs. Trujillo hinzu, daß Dorothea gefragt hatte, »ob ich jemanden wüßte, der die Leiche loswerden könnte. Sie würde viertausend Dollar dafür zahlen. Ich sagte ihr, daß ich mich umhören wollte.«

»Hat sie sonst noch was über die Person gesagt?«

»Sie hat mir gesagt, daß er in ihrem Garten vergraben ist.«

Warum hatte Dorothea das zu Mrs. Trujillo gesagt? Gillmouth war in einer Kiste am Flußufer gefunden worden, weit weg von Dorotheas Garten. War das eine Art verdrehter Angeberei? Oder dachte Mrs. Trujillo sich das jetzt aus, weil sie Dorothea für ihre letzte Haft verantwortlich machte?

Jetzt legte O'Mara einen Stapel Schecks als Beweis vor, und Mrs. Trujillo erklärte, wie Dorothea sie ermutigt habe, zu Dr. Doody zu gehen, so daß sie Arbeitsunfähigkeit geltend machen konnte. Während Mrs. Trujillo einige SSI-Schecks durchsah, die Mrs. Puente eingelöst hatte, darunter einen über die stolze Summe von 1810 Dollar, sah sie Dorothea scharf und voller Mißbilligung an.

Als nächstes beschrieb Mrs. Trujillo einen ruhigen Abend bei Mrs. Puente. »Sie und ich saßen im Wohnzimmer und haben getrunken. Sie ging weg, und ich bin gegangen, um zu sehen, wo sie hingelaufen war. Ich kam in die Küche, und sie lehnte sich über den Tisch, ein Glas in etwa der Höhe« – sie zeigte die Höhe mit ihren Händen – »mit Bloody Mary gefüllt.

Auf dem Tisch lag eine Serviette mit ein paar offenen Tabletten. Sie lehnte sich über den Tisch, öffnete die Pillen und leerte sie in den Drink. Ich fragte sie, was sie da machte.«

»Sie sagen, sie öffnete diese Pillen«, unterbrach O'Mara sie. »Wie sahen diese Pillen aus?«

»Es waren rosa Kapseln mit einem weißen Pulver darin.«

»Und wo waren diese Pillen?«

»Sie hatte sie in der Hand, öffnete sie und schüttete sie in das Glas, und ein paar leere lagen auf der Serviette.«

»Sie sagen, Sie hätten sie gefragt, was sie da mache?«

»Ja.«

»Was hat sie gesagt?«

»Ich mische McCauley einen Drink. Sie sagte, um ihn schachmatt zu setzen.«

O'Mara bat sie fortzufahren.

»Ich stand im Flur und beobachtete, wie sie ihn ihm brachte.« Dann gingen sie ins Wohnzimmer zurück, setzten sich hin und unterhielten sich weiter, sagte Mrs. Trujillo. »Etwa eine halbe Stunde später ging sie wieder in die Küche. Ich wollte wissen, was sie tat, deshalb ging ich in die Küche«, sagte sie sanft. »Ich habe gerufen, aber sie war nicht dort. Ich steckte den Kopf um die Ecke, und sie kam mit Johns Mantel aus seinem Zimmer.«

»Was hat sie getan?«

»Sie hat seine Taschen durchsucht.«

»Was haben Sie beobachtet?«

»Sie hat etwas Geld herausgenommen.«

»Was passierte dann?«

»Sie bot mir Geld an, aber ich habe es nicht genommen«, versicherte sie. »Und dann ist sie zurückgegangen, weil sonst nichts in den Taschen war, und begann, seine Hosentaschen zu durchsuchen. Er hatte nichts, also gingen wir raus.«

Mrs. Trujillo mochte eine Lügnerin und ein Junkie sein, aber im Moment war ihre Aussage Gold wert. Nach all dem Gerede über Dalmane-Rezepte hatte diese Zeugin endlich Kapseln in Dorotheas Hände gelegt. Noch besser, sie hatte ein Bild von diesen Händen gemalt, wie sie Kapseln öffneten und in Getränke leerten.

Die Verteidigung hatte beim Kreuzverhör viel zu tun. Mrs. Trujillo wirkte verwirrt und nicht verläßlich. Obwohl sie jetzt mit Methadon behandelt wurde, hatten Jahre des Alkohol- und Drogenmißbrauchs ihre Spuren in ihrem Hirn hinterlassen. Sie redete zweideutig. Sie murmelte. Sie tat sich besonders schwer damit, eine eigene Missetat einzugestehen. Alles, was sie sagte, klang zweifelhaft.

Peter Vlautin spürte, daß er die Jury auf seiner Seite hatte und machte sich über ihre Glaubwürdigkeit lustig, wobei er sie skeptisch betrachtete. Aber jetzt wurde es zuviel. Er stand da und verlangte zu wissen: »Dorothea Puente hat Ihnen nie erzählt, daß sie Leute getötet hat, oder?«

Nach einer gewichtigen Pause murmelte Mrs. Trujillo: »Doch, Sir.«

Vlautin war ungläubig. »Sie hat Ihnen erzählt, daß sie diese Leute getötet hat?« wiederholte er.

»Ja«, beharrte sie ruhig. »Sie hat mir selbst erzählt, daß sie Leute getötet und in ihrem Garten vergraben hat.«

Das war mehr, als alle erwartet hatten. Mrs. Puente sah sie an.

O'Mara war fast so schockiert wie Vlautin.

Vlautin fuhr damit fort, Mrs. Trujillos Glaubwürdigkeit zu schwächen und brachte sie dazu, zuzugeben, daß sie das Wort *töten* nie zuvor gebraucht hatte, trotz zahlloser Verhöre durch die Polizei. Trotzdem konnte er nicht verhindern, daß ihre sanften Worte sich wie Staub im Raum niederließen.

Nach über hundert Zeugen konnte die Jury denken, daß Mrs. Puente einen seltsamen Freundeskreis habe, da sie sich mit Trinkern und sozial Niedrigstehenden wie McCauley und Mrs. Trujillo gemein machte. Einige wunderten sich wahrscheinlich, wie sie so lange mit den angenommenen Verbrechen davonkommen konnte. Sie war immerhin ein Ex-Häftling auf Bewährung. Waren ihre Bewährungshelfer nicht mißtrauisch geworden, als sie gesehen hatten, daß sie sich mit Junkies, Ex-Häftlingen und Alkoholikern zusammentat?

Ah, aber Mrs. Puente war, wie Judy Moise es ausdrückte,

›viele Dinge für viele Leute‹. O'Mara wollte das mit einem Überraschungszeugen beweisen.

Solide, aufrecht und in einen dreiteiligen Anzug gekleidet betrat Gilbert Avila den Zeugenstand. Er beschrieb ausführlich, wie er Dorothea Puente Ende 1979 oder Anfang 1980 vorgestellt worden war, als er als persönlicher Assistent für den Generalanwalt George Deukmejian arbeitete (der später Gouverneur von Kalifornien wurde). Mrs. Puente hatte einen Tisch bei einem Wohltätigkeitsessen ›gekauft‹, und Herr Avila war eingeladen worden, an ihrer Gesellschaft teilzunehmen. Im Laufe des Abends hielt Herr Avila seine charmante Gastgeberin für eine Ärztin, die ›eine Art Rehabilitationseinrichtung oder ein Alkoholikerheim führte‹.

Dorothea war schon immer gut mit Männern zurechtgekommen, und Herr Avila bildete da keine Ausnahme. Der Mexiko-amerikanische Fondgründer begann eine zweijährige ›Freundschaft‹. Avila erklärte, daß ihre Beziehung hauptsächlich aus Einladungen zum Abendessen bestand. Die ganze Zeit über war er überzeugt gewesen, daß seine gutgestellte Begleiterin Ärztin war.

Befremdlicherweise hatte Dorothea Puente Avila beiläufig gefragt, ob er Mitunterzeichner eines ihrer Sparbücher werden wolle, und sie hatte behauptet, »sie habe Krebs und würde niemandem trauen, außer mir«, sagte er.

Viele Dinge für viele Leute, in der Tat.

Kapitel 42

Armer James Beede. Er war nur ein Mann, der seine Arbeit tun wollte. Sicher, er hatte während seiner Laufbahn ein paar Fehler gemacht. Ja, und die Kokainverunreinigung, die bei Ben Finks Gewebeproben zu Tage getreten war, hatte Probleme aufgeworfen. Aber wenn nötig, wäre Beede eine Extrameile für diesen Prozeß gelaufen, er hatte nicht nur die Gewebeproben selber untersucht, sondern sie auch noch zur

Absicherung an zwei weitere Labors geschickt. Er hatte sicher nicht damit gerechnet, für alle seine Bemühungen auch noch in die Schußlinie zu geraten.

Aber da war er. Seit die Toxikologie zur Debatte stand, stand auch James Beede zur Debatte.

Die Verteidigung hatte hinter verschlossenen Türen mit Richter Virga beraten, wie sehr sie diesen Zeugen bedrängen dürfte, und jetzt tat sie genau das. Zuerst nahm Clymo Beede wegen des offensichtlich zu lax geführten Protokolls im Kriminallabor in die Zange. Dann schoß er sich auf das Thema der Verunreinigung ein und stellte fest, daß selbst ein mikroskopisch kleines Drogenteil aus der Luft die gesamte Probe verunreinigen könnte. »Ist es nicht wahr«, fragte er, »daß Sie 1986 einen Verweis erhalten haben, weil Sie ohne Genehmigung Drogen in Ihrem Arbeitsbereich und auf Ihrem Schreibtisch liegen hatten?«

Die Jury horchte auf.

»Ja, das stimmt«, sagte Beede und erklärte, daß er ›private Forschungen im Hinblick auf Kokain‹ betrieben und die Kokain-Überdosis eines örtlichen Fußballstars verfolgt habe.

»Im November 1990 haben Sie wiederum einen ernsten Verweis erhalten?«

»Ja«, mußte Beede zugeben. »Ich habe eine Disziplinarstrafe bekommen, weil ich persönliche Forschungen mit der Komponente Sufentanil (Citrate) durchgeführt habe.«

In der Befragung erklärte Beede, daß Sufentanil, eine narkotisierende Substanz, die bei Operationen eingesetzt wird, eines der stärksten bekannten Schmerzmittel sei, »gut und gerne tausendmal wirksamer und stärker als Morphium.«

»Es ist hochgiftig?«

»Ja.«

»Es könnte Sie töten?«

»Ja, könnte es.«

Beede wurde dazu gebracht zu erklären, daß die Substanz so gefährlich sei, daß man, selbst wenn man einen Schutzanzug getragen hatte, noch zwei Stunden hinterher beobachtet werden mußte. Beede gab zu, daß er keinen Schutzanzug getragen hatte, nicht einmal Handschuhe.

Clymo hatte nicht vor, es ihm leicht zu machen. »Sie haben das eines Nachts heimlich ins Labor gebracht, richtig? Sie hatten es einfach da auf Ihrem Schreibtisch liegen?«

»Ja.«

Richter Virga hörte gut zu, wie weit Clymo gehen würde.

»Sie wurden ohne Bezahlung für zwanzig Tage vom Dienst suspendiert?«

»Ja, wurde ich.«

»Das ganze Labor mußte entgiftet werden?«

Virga griff ein. »Anwalt, ich werde das unterbinden.«

Aber die Jury hatte die Botschaft verstanden.

Kevin Clymo machte gute Punkte mit dem Kreuzverhör dieses Zeugen. Es hatte ganz klar Fehler in Beedes Arbeit gegeben. Da hatte ohne Frage eine Kokainverunreinigung bei den Ben-Fink-Proben vorgelegen.

Aber hier war das Thema Dalmane, und die Dalmane-Debatte war kaum gewonnen. Die Anwälte liefen sich erst noch warm.

O'Mara rief noch einmal Dr. Robert Anthony in den Zeugenstand und machte klar, daß er nicht nur forensischer Pathologe war, sondern auch ein anerkannter Experte auf dem Gebiet der Toxikologie.

O'Mara hoffte, daß die Jury gut aufpaßte, als Dr. Anthony erklärte, daß Dalmane oder Flurazepam eine Halbwertzeit von einer bis drei Stunden hat, so daß nach sechs bis sieben Halbwertszeiten diese ›Eltern-Droge‹ vom Körper aufgezehrt ist. Vollkommen. Es kann nur sechs Stunden dauern oder auch einundzwanzig – um das festzuhalten –, bis die Droge vollkommen zu Metabolite abgebaut ist. Nach Ansicht des Experten bedeutete das, *daß jedes der Opfer, das im Garten begraben lag, weniger als vierundzwanzig Stunden vor seinem Tod Dalmane eingenommen hatte.*

Das war nicht das, was die Jury nach dem Willen der Verteidiger hören sollte.

Kevin Clymo begann das Kreuzverhör in entspanntem, lässigen Ton und fragte nebenbei: »Sind sechzig Tabletten zu dreißig Milligramm Dalmane tödlich?«

»Ich denke, sie würden ein Koma auslösen«, antwortete Dr.

Anthony. »Ich glaube nicht, daß sie notwendigerweise tödlich wären.«

»Dalmane soll eines der sichersten Beruhigungsmittel sein, oder?«

»Diesen Ruf hat es.«

»Ich glaube, bei der Vorverhandlung hatten Sie ausgesagt, daß Hunderte von Kapseln nötig seien, um jemanden zu töten.«

»Es können so viele nötig sein.«

Da war er, der große Treffer für die Jury.

»Ich hatte gefragt, wieviel das wäre, wenn man alles weißes Pulver ausschütten und in der Hand halten würde, und ich glaube, Sie sagten mir, es ergäbe die Größe eines Tennisballs, oder?«

»Ja, die Menge weißen Pulvers, die Sie am Ende übrig hätten, wenn Sie hundert oder zweihundert Kapseln Dalmane öffneten, würde eine tennisballgroße Menge Pulver ergeben.«

Zufrieden mit diesem Sieg entschied Clymo sich, noch weiterzubohren. »Was nun, haben Sie uns nicht erklärt, daß aus praktischen Erwägungen eine massive Überdosis in diesem Fall ausgeschlossen wurde?«

Der Arzt sah seine Chance zu einer Klarstellung gekommen. »Eine massive Überdosis einer *einzelnen* Droge wurde ausgeschlossen.«

Clymo hätte darauf hoffen sollen, daß der Jury diese Unterscheidung entgangen wäre, und weitermachen sollen. Statt dessen fuhr er fort: »Ausgeschlossen, weil es so einer großen Menge bedürfte, um jemanden zu töten?«

»Das ist richtig. Aber noch mal, nur bei einer Substanz. Wir reden nicht über eine Kombination von Mitteln.«

Verspätet wechselte Clymo das Thema.

Die Verteidigung würde später ihren eigenen Experten als Zeugen aussagen lassen, um Dr. Anthonys zerstörerische Meinung zu widerlegen. Aber ehe sie ihn aus dem Zeugenstand entließen, rang Clymo Dr. Anthony noch ein hervorragendes Stück Aussage ab: Alkoholiker greifen, wenn sie keinen Alkohol haben, oft zu Beruhigungsmitteln.

Ohne erkennbare Todesursache war in diesem Fall Dalmane ›die rauchende Waffe‹ und die Toxikologen die Ballistikexperten. Außer James Beede und Dr. Anthony rief die Staatsanwaltschaft zwei weitere Toxikologen auf, William Philips vom Toxikologischen Labor der Justizbehörde und Dr. Michael Peat von Chem West. Wie Beede hatten auch die beiden die Gewebeproben untersucht. Das Problem war, daß die Experten zu unterschiedlichen Ergebnissen gekommen waren.

Wie kam es, daß nur Philips vom DOJ in jedem der sieben ausgegrabenen Körper aus Mrs. Puentes Garten Dalmane gefunden hatte?

Die Antwort war offensichtlich, daß nur das DOJ über das hochsensible Dreihundertfünfundsiebzigtausend-Dollar-Tandem-Massenspektrometer verfügte, das höchst genau jede Art von Droge vor dem ›Hintergrundlärm‹ verwesten Gewebes herausfinden konnte.

Darüber hinaus erwies sich Philips sehr bald als ein unanfechtbarer Wissenschaftler, der sein Labor mit untadeligen Protokollen führte und der Verteidigung keine Gelegenheit gab, ihn so anzugreifen, wie sie das bei Beede getan hatten. Aber als Philips sich über Radioimmunoassey, Ionenkapazität und Gas-Chromotographie ausließ, schienen einige der Geschworenen sich schmerzhaft zu langweilen. War diese wissenschaftliche Kleinarbeit zu befremdlich für normale Bürger?

Als O'Maras Vorlagen auf die zweitausend zumarschierten, nickte der XREMIST ein. Die Zuschauer stießen einander an. Der Gerichtsassistent seufzte. Der Gerichtsdiener sah ihn an.

Schließlich fühlte sich Richter Virga berufen, diesen Geschworenen anzusprechen. Nachdem die anderen entlassen waren, sagte Richter Virga ihm: »Ich mache mir Sorgen über Ihre Fähigkeit, besonders zuzuhören« und machte ihm klar, daß beide Seiten eine kompetente Jury brauchten.

»Ich habe viel, was ich bei mir abwägen muß, Euer Ehren«, entschuldigte sich Gary Frost. »Sie sind sich dessen sicher bewußt.«

Als Ford Ord geschlossen wurde, war Frosts Einheit nach

Fort Lewis in Washington verlegt worden. Sein Kommandant hatte angefragt, ob Frost entschuldigt werden könne, so daß auch er dorthin gehen könnte. Aber Virga fand keinen legalen Grund, das zu tun, außer daß sechs Ersatzgeschworene in den Seitenflügeln warteten.

Wenn Frost jetzt wirklich gehen wollte, brauchte er nur zu sagen, daß er sich nicht konzentrieren könnte, und Virga mußte ihn gehen lassen. (Die Verteidigung haßte den Gedanken, ihren ›Joker‹ zu verlieren. Der Solomon-Fall hatte gezeigt, daß ein Vietnamveteran anderen Geschworenen entgegentreten konnte. Obwohl er so ein Sonderling war, so wenig einzuschätzen, sagte Clymo, daß sie sich den Daumen hielten, daß er bleiben würde.) Frost versicherte dem Richter, daß er sich fähig dazu fühlte zu bleiben, und die Verteidiger seufzten vor Erleichterung.

Inzwischen war es Mai, und nach Monaten von Zeugenaussagen und scheinbar endlosen Materialvorstellungen waren alle erschöpft. Die Jovialität war zurückgegangen, gelegentliche Witze wurden angestrengt. Die Jury war seit Februar hier und arbeitete, um Dialekte zu dechiffrieren, wissenschaftliche Termini zu verstehen, den Worten von Teppichreinigern ebenso die gebührende Aufmerksamkeit zu schenken wie Kardiologen, Bankbeamten und Säufern.

Während dieser Monate hatten die Geschworenen, die Anwälte, sogar der Richter und die Angeklagte an Erkältungen und Grippe gelitten. Geburts- und Jahrestage waren verstrichen. Sogar ein Enkel war geboren worden. Senior-Gerichtsdiener Bill Jackson war gestorben. (Jackson war ein so geschätzter Jazz-Musiker gewesen, daß etwa vierhundert Leute zu seinem Gedenkgottesdienst kamen, inklusive zahlloser Musikerkollegen und ein paar der Geschworenen.)

Jetzt hatten die Geschworenen allen Grund, sich von der Bürde überlastet zu fühlen, die das Justizsystem ihnen auferlegte, und sich darüber zu ärgern, daß ihre Geschworenenpflicht sie schon ein halbes Jahr gekostet hatte. In den Pausen unternahmen sie rituelle Pilgergänge, um an Kaffee zu kommen, und das Murren, daß es sie Mühe koste, wach zu bleiben, nahm zu. Aber bis auf den XREMIST schlief niemand ein.

Trotz monatelanger Zeugenaussagen bekam die Jury nie die ganze Geschichte zu hören, weil Gesetz und Strategie bestimmten, was ihre Ohren erreichte. John O'Mara hatte beispielsweise entschieden, daß Visine keine Rolle spiele und die Sache nur komplizieren würde, also wollte er es nicht erwähnen.

Auch sah er sich in Verlegenheit wegen Michelle Crowl. Er wußte, daß sie log und drogenabhängig war, aber er wollte sie trotzdem aussagen lassen. Sie konnte der Jury eine großartige Geschichte erzählen, etwas, was niemand sonst sagen konnte. Aber inzwischen hatte er Wind bekommen von einer Sache, die faul war: Die Verteidigung war darauf vorbereitet, ihren Vater aussagen zu lassen, daß sie die größte Lügnerin sei, die er je getroffen habe.

Auch Brenda Trujillo war eine Lügnerin und drogenabhängig, aber ein Teil ihrer Geschichte hatte dennoch Hand und Fuß gehabt. Nicht so bei Michelle Crowl. O'Mara erinnerte sich daran, daß sie einmal so voller Drogen in sein Büro gekommen war, daß er fast ihr Gehirn zischen hörte.

Schließlich entschied sich der Staatsanwalt (zur großen Enttäuschung der Verteidigung), daß es wertlos wäre, sie aussagen zu lassen.

Die Jury würde also nie von Mrs. Puentes Gefängnisgesprächen erfahren. Sie würde nie hören, daß Mrs. Puente praktisch gestanden hatte, daß sie gesagt hatte, sie sei überrascht, ›daß sie Everson Gillmouth mit den anderen in Zusammenhang gebracht hätten‹, daß sie ›ihre Atmung unterdrückte‹, indem sie ihnen Drogen in die Drinks mischte und daß Bert Montoya ›es nicht besser gewußte habe‹, als er ihr half, die Leichen zu beerdigen.

Außer durch die knappen Anspielungen auf frühere Berichte über Mrs. Puente, die das Gericht zuließ, gab es für O'Mara keine Möglichkeit, sie zu erwähnen. Die Opfer ihrer Diebstähle zwischen 1981 und 1982 waren alle tot, die Aussagen von anderen ausgeschlossen. Resignierend sagte O'Mara mit einem Schulterzucken: »Es wird beim Plädoyer alles sehr sauber sein.«

Selbst als sich der Fall des Staatsanwaltes von den sieben

Leichen im Garten abwandte und die zwei verbleibenden Fälle zur Sprache kamen – Ruth Munroe und Everson Gillmouth – selbst als O'Mara seine letzten vierundzwanzig Zeugen aufrief, wurden die Aussagen auf ein Minimum zusammengedrängt. *Hörensagen* war die legale Axt, die sie fällte.

Eine frühere Freundin von Mrs. Munroe, Nadine Nash, war zu krank, um vor Gericht zu erscheinen, deswegen stimmten die Anwälte zu, ihre Aussage von der Vorverhandlung zu verlesen – mit bedeutsamen Kürzungen. Die Jury erfuhr, daß Mrs. Nash und Mrs. Munroe seit vierzig Jahren befreundet waren und daß Mrs. Munroe ein paar Wochen vor ihrem Tod bei Mrs. Nash vorbeigekommen war. Sie hörten, daß Mrs. Munroe bei diesem Besuch Mrs. Nash ›eine hübsche Summe‹ in ihrer Tasche gezeigt hatte und gesagt hatte, das seien eintausendeinhundert Dollar für das Restaurantgeschäft, das sie und Dorothea begonnen hatten.

Die Jury würde nicht hören, daß Mrs. Munroe auch gesagt hatte, sie habe sechstausend Dollar im Kofferraum ihres Autos – vielleicht ein stärkeres Motiv für Mord.

Hörensagen hielt auch die Aussage der kleinen Dee Dee McCinnon in Grenzen. Die Geschworenen hörten, wie Dee Dee erklärte, sie sei Mrs. Munroes Friseuse gewesen, und am Sonntag vor ihrem Tod habe sie wie gewöhnlich Ruths Haar frisiert. Sie hörten, daß Mrs. Munroe blaß aussah. »Sie war krank. Sie fühlte sich nicht wohl«, sagte Dee Dee, die aus jedem erlaubten Winkel auf dieses Thema kam. »Sie sagte mir, sie fühle sich schrecklich. Sie wußte nicht, warum sie krank war.«

Das war in etwa alles, was Dee Dee sagen durfte, und es ärgerte sie, daß sie die bedeutende Tatsache nicht mitteilen durfte, daß Mrs. Munroe auch gesagt hatte: ›Dorothea hat mir letzte Nacht etwas zu trinken gegeben, an mehr kann ich mich nicht erinnern. Ich weiß nicht, ob ich zu Abend gegessen habe, ich weiß nicht, wie ich zu Bett gegangen bin.‹

In Dee Dees Augen hatte Ruth besorgt und entsetzt gewirkt. Nach ihrem Termin hatte die Friseuse beobachtet, wie Ruth nach unten gegangen war und in ein Auto stieg, in dem Dorothea Puente wartete.

Um Ruths willen wünschte sie, sie hätte das der Jury erzählen dürfen. Aber wer weiß, ob es der so wichtig vorgekommen wäre wie ihr.

Dieser letzte Sonntag im Kosmetiksalon wurde weiter von Camie Lombardo beschrieben, auch eine frühere Freundin von Mrs. Munroe. Camie hatte den Salon betreten, als Mrs. Munroe gerade bezahlte und gehen wollte, und ihr fiel sofort auf, daß Ruth blaß und mitgenommen aussah. »Sie sah einfach krank aus«, erzählte Camie der Jury. »Sie weinte auch ein bißchen.«

Auf Camies freundlichen Gruß hatte Mrs. Munroe mit den grimmigen, prophetischen Worten geantwortet: »Ich kann jetzt nicht mit dir reden, Camie, ich bin so krank, *ich fühle mich, als müßte ich sterben.«*

Wie Judy Moise waren auch Ruth Munroes Kinder von O'Maras Art gewonnen worden. Die Clausen-Familie hegte bittere Gefühle gegen George Williamson, weil er den Fall nach der Vorverhandlung abgegeben hatte. Aber O'Mara war nicht einfach ein anderer Anwalt bei der Ablösung, so entdeckte sie, er war Williamsons *Chef* gewesen.

Während die Familie Clausen O'Mara zunehmend vertraute, fühlte er sich von ihnen zunehmend gestört. Erst war da die ganze Kodein-Geschichte, bei der sie alle in der Vorverhandlung darauf bestanden hatten, daß sie allergisch dagegen war, dabei war sie in Wirklichkeit gegen Penicillin allergisch. Und sie blieben alle dabei, daß ihre Mutter niemals Selbstmord begangen hätte – aber wenn sie sich dessen so sicher waren, warum hatten sie dann nicht schon 1982 Mord geschrien?

Für O'Mara war der Munroe-Fall – der einzige, bei dem eine sofortige Autopsie stattgefunden hatte – mit der Zeit immer wackeliger geworden. Er war 1982 nicht gründlich genug untersucht worden, und die erneute Aufrollung 1988 und 1989 hatte zu seinem Mißvergnügen das Wasser nur noch trüber gemacht. Die Verteidigung hatte damit viel Arbeit. Als O'Mara die Clausens in den Zeugenstand rief, hielt er darum ihre Aussage kurz und bündig.

William Clausens Haaransatz begann zurückzuweichen, aber er sah immer noch stark und energiegeladen aus. Als er Dorothea Puente identifizieren sollte, warf er ihr einen Blick voll blanken Hasses zu. Dann beschrieb er die Freundschaft seiner Mutter mit Mrs. Puente, ihr gemeinsames Restaurantgeschäft und wie er ihr geholfen hatte, in der 1426 F Street einzuziehen.

Ihr Zimmer? Das Schlafzimmer neben der Küche – das, das mittlerweile jeder als das ›Spukzimmer‹ kannte.

»Wie würden Sie ihre geistige Verfassung beschreiben, als Sie einzog?« fragte O'Mara.

»Sie freute sich auf Gesellschaft. Sie wollte nicht alleine leben, deshalb zog sie auch dorthin.«

Als O'Mara fragte, ob sich Mrs. Munroes Verfassung geändert habe, sagte Clausen, daß er etwa vier Tage vor ihrem Tod bemerkt habe, daß ›sie müde aussah‹. Er fügte hinzu: ›Ich habe jeden Abend nach dem rechten gesehen, wenn ich von der Arbeit kam‹.

Bei der Gelegenheit ›hatte sie einen Drink in der Hand. Und das war seltsam. Mom war immer in Bewegung, und an diesem Tag saß sie einfach mit einem Drink auf der Couch. Nun weiß ich, daß meine Mutter nicht trank, deshalb fragte ich nach. Sie sagte, es sei nur ein Drink, den Dorothea ihr gemixt habe. Crème de menthe. Zu dieser Zeit wußte ich nicht, daß crème de menthe Alkohol ist‹. (Das nahm man ihm ab. Er sprach den Drink ›cream de mint‹ aus.)

Das war das einzige Mal, daß er seine Mutter hatte trinken sehen. Aber er sah, wie ihr Zustand sich verschlechterte.

Clausens Stimme verhärtete sich, als er zum Abend des 27. April kam, ›als ich sie das letztemal gesehen habe‹.

»Wo haben Sie sie da gefunden?« fragte O'Mara zart.

»Im Schlafzimmer.«

»War Dorothea an dem Abend zu Hause?«

»Ja.«

»Was hat sie Ihnen erzählt?«

»Sie sagte, daß Mom krank sei und ich sie nicht stören solle. Und ich sagte: ›Ich will sie sehen.‹ Und sie sagte: ›Der Arzt war gerade da und hat ihr eine Spritze gegeben. Sie schläft. Laß sie schlafen.‹«

»Hat Dorothea Ihnen gesagt, an welcher Krankheit Ihre Mutter litt?«

»Nein.«

»Hat Dorothea Ihnen gegenüber irgendwann einmal von einer medizinischen Ausbildung gesprochen, die sie hatte?«

»Ja. Sie sagte mir, sie habe in einem Pflegeheim für Senioren als Schwesternhelferin gearbeitet.«

Die Jury war aufmerksam. Selbst die Angeklagte, die den Zeugen zunächst ignoriert hatte, legte ihre Papiere hin und hörte zu.

»Hat sie sonst noch was gesagt?«

»Nur daß der Arzt da war, und sie versuchte, mich davon abzuhalten, ins Zimmer zu gehen.«

»Sind Sie schließlich ins Zimmer gegangen?«

»Ja.«

»Was haben Sie gesehen?«

»Meine Mutter lag auf dem Bett, Gesicht zur Wand, auf der Seite, und ich ging hinein und berührte sie, bewegte sie und rollte sie ein bißchen herum und sagte ihr, alles würde gut werden. Dorothea würde sich um sie kümmern und ich würde am nächsten Abend wieder nach ihr sehen.«

»Können Sie sagen, ob sie schlief oder wach war?«

»Erst konnte ich es nicht sagen. Sie sah aus, als ob sie schliefe.« Mit erstickter Stimme fuhr Clausen fort: »Als ich sie herumrollte, waren ihre Augen offen und sahen mich an. Sie konnte nicht sprechen. Sie konnte nichts sagen. Als ich ihr sagte, daß Dorothea sich um sie kümmern würde und ich am nächsten Abend wieder nach ihr sehen würde, rollte eine Träne aus ihrem Auge.«

»Warum haben Sie nicht ärztliche Hilfe für Ihre Mutter geholt?«

»Weil wir Dorothea vertraut haben«, sagte er schroff. »Sie hat uns glauben lassen, sie würde Mom versorgen und ihr nichts geschehen lassen. Und als sie sagte, der Arzt sei dagewesen, wußte ich nichts sonst. Da Ärzte Hausbesuche machen, dachte ich mir nichts dabei. Ich dachte nur, na, Dorothea wird sich um sie kümmern, ich werde nach Hause gehen.«

Es hatte vier Monate und einhundertvierzehn Zeugen gebraucht, aber schließlich ging dieser traurige Reigen den Leuten zu Herzen.

Mit jedem der Kinder von Mrs. Munroe – William und Allan Clausen und Rosemary Gibson – hörte das Gericht die bislang herzbewegendste Aussage. Als O'Mara seine Zeugen dem Kreuzverhör überließ, tat die Verteidigung ihr Bestes, alle Gefühle herauszuhalten und Mrs. Munroes Tod zu einem flachen, banalen Selbstmord plattzuwalzen.

Es stimmte, daß Harold Munroe, Ruths zweiter Mann, Krebs im Endstadium hatte und eine Rechnung von siebentausend Dollar hinterlassen hatte. Ja, sie hatten vor der Scheidung gestanden. Und ja, Ruths und Dorotheas Restaurantgeschäft stand vor dem Bankrott.

Die Verteidigung arbeitete sorgfältig die Widersprüche heraus und malte von Munroe ein düsteres und depressives Bild. Ihre Kinder hatten darauf bestanden, daß ›sie überhaupt nicht trank‹, dennoch hatte sie mit Harold viel Zeit in Bars verbracht, und ihre Autopsie zeigte eine vergrößerte Leber, Zeichen für Trinkprobleme. Die Kinder sagten, daß sie ihrer Mutter sehr nahestanden, aber sie wußten nicht, daß ihr kürzlich Meprobamat verschrieben worden war, ein leichtes Beruhigungsmittel. Sie irrten sich bezüglich ihrer Kodein-Allergie. Die Verteidigung wollte, daß die Jury sich fragte, ob diese Kinder ihre Mutter wirklich so gut kannten, wie sie glaubten, weil sie alle dabei blieben, daß sie niemals Selbstmord begangen hätte.

Kapitel 43

Detective Wilbur Terry starrte an die Decke und versuchte, sich an den Neujahrsmorgen 1986 zu erinnern. Er hatte das markige Gesicht eines Mannes, den man sich auf einem Pferd vorstellt, und trug einen Cowboyhut. Seine Stimme war leise und heiser von jahrelangem Rauchen. »Als ich das erstemal dorthin kam, wurde ich an das Flußufer geführt«, sagte er. »Ich sah eine Holzkiste, bei der der Deckel offen stand, vielleicht einen Meter vom Fluß entfernt. In der Kiste war eine Leiche.«

O'Mara gab ihm einen Stoß Fotos, und Terry strich über seinen buschigen Schnurrbart, während er sie betrachtete.

»War die Kiste gegen einen Baum gelehnt?« fragte O'Mara.

»Es sah so aus, aber wenn ich mich richtig erinnere, war es nicht so«, meinte er. »Die Leiche in der Kiste war in klares Plastik und ein Bettuch gehüllt. Alles, was ich zu diesem Zeitpunkt sehen konnte, war das Plastik.«

O'Mara fragte, ob das Plastik irgendwie befestigt war.

»Schwarzes Isolierband. Und das Tuch war verknotet.«

O'Mara fragte nach der Kiste.

»Sie war aus Sperrholz. Sah noch ziemlich neu aus.«

»Haben Sie den Deckel untersucht?«

»Ja. Der Deckel war rundherum festgenagelt.« Er spekulierte darüber, wie der Deckel geöffnet worden war, und sagte: »Die Nägel auf der Uferseite waren gerade, die zum Wasser hin krumm. Und sie waren rostig. Alle Nägel waren rostig.«

»Wie war die Leiche?«

»Die Leiche war in der Kiste runtergerutscht und lag mehr oder weniger in fötaler Position. Die Kiste stand in so einem Winkel ... man konnte genug sehen, um zu erkennen, daß es sich um eine Leiche handelte.«

»Fiel Ihnen ein Geruch auf?«

»Ja, er war ziemlich schlecht zu der Zeit.«

Falls die Jury Mühe hatte, sich die Szene vorzustellen, hatte John O'Mara mehr als nur Bilder, die ihnen dabei halfen. In der nächsten Pause wuchtete er die Kiste herein. Als die Geschworenen zurückkamen, stand sie hinten vor ihren Sitzen mit dem Etikett ›Mordfall‹ versehen.

Sie nahmen Platz, ohne sie zu sehen, witzelten und waren gut gelaunt wie immer.

Als ihnen der verwitterte und fleckige Sarg auffiel, verhärteten sich ihre Gesichter, und der Ernst kehrte in ihre Augen zurück.

Lieutenant Wilbur Terry trat in den Zeugenstand, und O'Mara ließ ihn die Kiste identifizieren. Während die Geschworenen dieses häßliche Beweisstück genau prüften, stellte er Terry ein paar zusammenfassende Fragen. Schließlich überließ er den Zeugen der Verteidigung.

Clymo sagte, er habe keine Fragen und brachte die Kiste schnell nach hinten. Die Verteidigung verfolgte eine andere Taktik.

Es war klar, daß Everson Gillmouth tot in einer Kiste am Flußufer gefunden worden war, aber das war kein Beweis dafür, daß er ermordet worden war. Der Mann war siebenundsiebzig Jahre alt gewesen, hatte eine Venenentzündung im Bein gehabt und Herzprobleme. Er konnte an einem Schlaganfall gestorben sein, an einem Herzanfall, woran auch immer. Dr. Hanf hatte ausgesagt, daß bei der Autopsie nichts Verdächtiges gefunden worden sei. Selbst bei den toxikologischen Berichten gab es nichts.

Aber Ismael Florez, der Erbauer der Kiste, hatte anscheinend Dreck am Stecken.

O'Mara bekam nicht mehr aus Florez heraus, als der schon in der Vorverhandlung gesagt hatte. Florez hatte Dorothea die Kiste für ›Lagerung‹ gebaut. Er hatte sie ohne Frage abgeladen, weil sie es so wollte. Und er hatte Gillmouth' fast neuen Lieferwagen für achthundert Dollar und ein paar Tage Arbeit gekauft.

Peter Vlautin kaufte ihm nichts davon ab, und er bemühte sich, im Kreuzverhör mehr aus Florez herauszubekommen. Er fragte: »Hat Dorothea Ihnen nicht gesagt, daß Gillmouth einen Herzanfall hatte und sie einen Sarg brauchte?«

Florez stritt das ab. Er hatte nicht gewußt, was in der Kiste war. Er hatte sie nur gebaut und dann dort mit geöffnetem Deckel stehen lassen.

Vlautin führte den Zeugen zu der Kiste hinüber und fragte: »Sie sagten, Dorothea habe Ihnen gesagt, sie würde die Kiste zunageln, ist das richtig?«

»Ja.«

»Die Nägel am Deckel stehen alle in einer geraden Reihe, nicht wahr?«

»Ja.«

Florez gab zu, daß er auch ein guter Teppichleger war, daß er Nägel gerade einschlagen konnte, aber dann verweigerte er sich.

»Jeder wäre dazu in der Lage, alle diese Nägel ohne Hammerabdrücke einzuschlagen, ist es das, was Sie sagen wollen?« fragte Vlautin.

»Ja.«

»Ich glaube Ihnen nicht«, stieß Vlautin voll Abscheu hervor.

»Sie diskutieren mit dem Zeugen«, unterbrach ihn Virga.

Florez wurde entlassen, verließ den Gerichtssaal und nahm alle seine Geheimnisse mit sich.

Reba Nicklous, Everson Gillmouth' Schwester aus Oregon, kam herein, und ihre Haare waren jetzt so weiß wie die von Dorothea. Sie war etwas weniger sicher auf den Beinen, aber noch genauso klar wie bei der ersten Anhörung.

Clymo hatte sie als eine gefährliche Zeugin im Gedächtnis. O'Mara hatte sie gerade erst kennengelernt, aber er wußte, daß sie – und die Briefe – ein Faustpfand waren.

Sie war rot gekleidet und sah so hübsch und zart aus, daß es fast ein Schock war, als sie mit kräftiger, dunkler Stimme zu sprechen begann und erklärte, wie ihr Bruder im August 1985 Oregon verlassen hatte, um Dorothea Puente zu heiraten. Als sie nichts mehr von ihm hörte, machte sie sich Sorgen und bat die Polizei von Sacramento, nach dem rechten zu sehen. Dann hatte ihr älterer Bruder sie zerknirscht angerufen. »Das war das letzte Mal, daß ich je von ihm gehört habe«, sagte sie.

Sie wußte nicht mehr genau, wann, aber später erhielt sie einen Anruf von Dorothea Puente. »Sie sagte, sie planten einen Besuch zum Erntedankfest«, erinnerte sich Reba. Dorothea hatte wissen wollen, »ob sie willkommen sei. Und ich habe gesagt, wenn alles in Ordnung ist, ja.«

Jetzt kam O'Mara auf die Briefe, diese verdammenden, zwiespältigen Briefe, gegen die die Verteidigung nichts machen konnte, über die Mrs. Puente sich sicher ärgerte, und die noch existierten. (Selbst Reba war froh, daß sie sie behalten hatte.)

Mit klarer Stimme las sie den ersten vor, datiert vom 14. Oktober 1985:

Liebe Reba,

Gill wohnt bei mir. Er hat den Lieferwagen erst mal abgestellt. Er bat mich, zu schreiben und zu sagen, daß es ihm gut geht – sagte, du wüßtest, wie ungern er schreibt.

Er kann einige seiner Schnitzereien gut verkaufen. Er sagte, er wolle die Polizei nicht wieder hier haben.

Ich will versuchen, alle paar Wochen ein paar Zeilen zu schicken. Vielleicht heiraten wir im November.

Alles Gute und Gottes Segen
Dorothea Puente

Möglich, daß das für Uneingeweihte unschuldig genug klang, aber in O'Maras Ohren klang es wie eine Todesanzeige. Er mußte warten, bis die Aussage abgeschlossen war, ehe er das erklären konnte, also hoffte er, daß die Geschworenen zuhörten. Er sah hinüber und bemerkte, daß sich einige Notizen machten.

Der zweite Brief, geschrieben auf geblümten Papier und datiert vom 22. Oktober, war schwatzhaft und ausschweifend. Reba Nicklous las auch diesen für den Bericht vor:

Hallo,

Gill arbeitet an seinen Schnitzereien, um sie fertig zu bekommen und nach Palm Springs zu bringen, um sie zu verkaufen.

Er hat fünf zu einem guten Preis verkauft. Er hat sechs Kaffeetischchen aus Kirschbaum gemacht, recht hübsche Stücke, einen für das Wohnzimmer – sieht wirklich hübsch aus und paßt gut zu meinen Möbeln.
Sie haben ihn bei den Vets rausgeworfen.
Aber wenn wir nächsten Monat heiraten, kann er meine VA Versicherung teilen.
Sein Bein macht ihm Mühe, er hat Mühe beim Fahren. Er hat eine neue Brille, um besser sehen zu können.
Wir heiraten am 2. November.
Er läuft durch meine große Wohnung. Er hat vor neun Tagen seinen Lieferwagen verkauft. Er hat einen Raum zum Hinterhof bekommen, um darin zu arbeiten.
Er fertigt viele Möbel für Leute an und verdient damit gut dazu.
Nächsten Monat gehen wir nach Palm Springs, wo er die meisten seiner Schnitzereien verkaufen will.
Ich hoffe, du und die deinen sind gesund.

Schreib bald
Dorothea & Gil *(sic)*

Gillmouth war schon tot, als Dorothea das geschrieben hatte – aber Reba konnte das damals nicht wissen.

Als nächstes übergab O'Mara seiner Zeugin ein kurzes, unpersönliches Telegramm, angeblich von Gillmouth. Er fragte Reba nach dem Datum, dem 2. November, und hoffte, daß die Geschworenen den seltsamen Umstand bemerkten, daß das der Tag war, an dem Everson und Dorothea heiraten sollten.

Reba las der Jury vor:

WIR REISEN HEUTE UM 11.30 UHR NACH PALM SPRINGS. ICH WOLLTE ANRUFEN, ABER ES WAR BESETZT. HABE ENTSCHIEDEN WEITERZUMACHEN. DU KÖNNTEST VERSUCHEN, MICH ABZUHALTEN. GEHE ERNTEDANK ZU DOROTHEA ZURÜCK. MELDE MICH ABER VORHER BEI DIR.
MACH DIR KEINE SORGEN EVERSON

Sobald sie zu Ende gelesen hatte, fragte O'Mara ungläubig: »Haben Sie je in Ihrem Leben versucht, Everson von etwas abzubringen?«

Clymo erhob sofort Einspruch, aber er unterlag. Reba erklärte vor Gericht, daß sie nie versucht habe, ihren Bruder von etwas abzuhalten. Sie hatte natürlich nicht geglaubt, daß dieses Telegramm von Everson kam.

Eine letzte kecke Nachricht hatte die Familie im April 1986 erreicht – vier Monate nachdem man Everson Gillmouth' Leiche am Flußufer gefunden hatte. Außen auf der Karte stand: ›Ich denke an dich‹, und Reba las auch sie für den Bericht vor:

Hallo,
wir sind nach Sacramento gekommen, um Eversons restliche Sachen mitzunehmen. Wir haben gehört, daß du dir Sorgen machst und die Polizei wieder geschickt hast. Wir sind O. K. Er hatte im Januar einen leichten Schlaganfall. Er kann nicht mehr fahren. Er hat Lieferwagen und Anhänger verkauft. – Aber wir haben ein neues Auto – ich habe es im Dezember bekommen.
Wir lieben die Wüste und das warme und trockene Wetter. Im August gehen wir nach Kanada und kommen bei dir vorbei. Everson hat dir im Februar geschrieben. Wenn wir im Juni Telefon kriegen, wird es besser. Er hat über 15 Pfund abgenommen und fühlt sich viel besser.
Wir sind beide robust und fühlen uns gut.
Ich arbeite auch, so daß wir gut verdienen.
Wir gehen jede Woche zur Kirche.
1990 war schlecht. Er mochte Tulsa nicht. – Aber ich glaube, wir kaufen mit dem Geld von meinem Haus ein kleines Häuschen.

Paß auf Dich auf
Irene & Everson

Irene?

Die Handschrift war vertraut, der Poststempel Sacramento, sogar der Stil klang gleich. Von der Wortwahl bis zu den kurzen Absätzen waren diese Briefe offensichtlich – ja eindeutig – von Dorothea Puente geschrieben. Ehe er sich setzte, stellte O'Mara sicher, daß die Jury sich daran erinnerte, daß sie schon einen Handschriftenexperten gehört hatte, der ausgesagt hatte, daß Dorothea und ›Irene‹ ein und dieselbe Person waren.

Nachdem Reba schon in der Vorverhandlung die Klingen mit Clymo gekreuzt hatte, hatte sie sich für das Kreuzverhör gewappnet. Aber zu ihrer Überraschung verzichtete die Verteidigung. »Keine Fragen«, sagte Clymo sanft, und sie war entlassen.

Als O'Mara ein paar Minuten später in den Flur kam, um sich zu verabschieden, fragte ihn Reba, warum sie so leicht davongekommen war.

»Sie wollten Sie aus dem Gerichtssaal haben«, erklärte O'Mara kichernd. »Sie sind wie eine Handgranate: Bei jeder Frage explodieren Sie und verletzen sie.« Reba mußte lächeln.

»Sie sind eine von den wenigen *realen* Leuten, die ich in diesem Prozeß habe«, fuhr er fort. »Es gab Wissenschaftler, Toxikologen, Kriminalisten, aber nicht viele Verwandte aus Fleisch und Blut.«

»Nun, ich hoffe, ich habe Ihnen etwas geholfen.«

»Das haben Sie«, versicherte er ihr und schüttelte ihr die Hand, »Sie haben mir sehr geholfen.«

Er wünschte nur, er hätte mehr Zeugen wie sie.

Die Frage, ob Dorothea Puente aussagen würde oder ob nicht, wurde drängender, als Zeuge auf Zeuge seine Aussage über ihren Charakter machte. Sie war alles andere als dumm. Sie spielte mit dem System wie auf einem Musikinstrument und entlockte ihm die vertraute Melodie von Habsucht. Ihre größte Aufmerksamkeit hatte Sozialversicherungsschecks und SSI-Zahlungen gegolten – die hohen Töne, sozusagen. Es gab auch Pensionsschecks, allgemeine Beihilfen, Steuerrückzahlungen, Rentenunterstützungen und anderes mehr. Bund, Staat und Landesbehörden tanzten nach ihrer Melodie.

Senior-Dokumentenexperte David Moore attestierte, daß Dorothea Puente die Unterschriften auf zahllosen Schecks und Formularen gefälscht hatte. Keine Frage, die Frau hatte Unmengen Energie in dieses Gebiet des cleveren Betrugs gesteckt.

Ihre Geldanlage in das Hitze- und Energie-Programm (HEAP) verriet echten Weitblick. Wie der Name schon sagte, konnten Haushalte mit niedrigen Einkommen bei diesem Programm Beihilfe für die Heizkostenrechnungen beantragen. Ein Haushalt, ein Scheck. Also konnte 1426 F Street legalerweise nur eine einzige Beihilfezahlung bekommen. Statt dessen hatte die Vermieterin Anträge im Namen verschiedener Mieter ausgefüllt und jedem von ihnen eine Apartmentnummer gegeben – Bert in Apt. zwölf, Been Fink in Apt. drei und Brenda Trujillo in Apt. vier, während Dorothea Puente Apartment eins und Dorothea Montalvo Apt. fünfunddreißig bewohnten.

Man mußte sich nicht umbringen, um Fonds auszunehmen. Kurzzeitmieter waren kein Problem, solange die Vermieterin aus ihrem Stockwerk kam und den Scheck aus dem Briefkasten holte. Sogar ihr loyaler Freund John McCauley war bestohlen worden (aber anscheinend war er zu betrunken gewesen, um es zu merken).

Der Briefträger brachte auch Versandhauskataloge, aus denen sie Schuhe, Kleidung, Tischwäsche, sogar Parfüm bestellte. Zur Bezahlung fälschte sie einfach den einen oder anderen Regierungsscheck.

Das war erst ein Teil des Geldes. Mit einer Handvoll gefälschter Schecks pflegte Dorothea zu Joes Eckbar hinüber zu gehen, die sie als Joes Eckbank benutzte. Der Besitzer, Mr. Vogeli, hatte nichtsahnend angeboten, daß er ihre Schecks, wenn sie sie am ersten des Monats brächte, zur Bank bringen und einlösen würde, wobei er mit jeweils drei- oder viertausend Dollar zurückkam.

Anfang Juni rief O'Mara endlich Mrs. Puentes lange erwarteten Vermieter und ›Neffen‹ in den Zeugenstand. Er kam als große Überraschung in kleiner Verpackung. Sicher hatte keiner der Geschworenen erwartet, daß der Besitzer des F Street-Hauses, Ricardo Ordorica, das Gericht so traurigblickend betreten würde, scheu und von kleinem Wuchs.

Der Mann, der der Trichter so vieler Schecks der toten Mieter zu seinen Gunsten gewesen war, kämpfte hart mit seinem schwachen Englisch, wobei er größtenteils auf den Übersetzer verzichtete, der bereitstand, um ihm zu helfen. An zwei aufeinanderfolgenden Tagen arbeitete sich Ordórica durch seine gestammelten Erklärungen, wie seine in höchstem Maße kriminellen Unterschriften auf die Rückseiten so vieler U.-S.-Treasury-Schecks kamen.* »Mrs. Puente hat sie mir als Mietzahlung gegeben«, erklärte er.

»Hat sie Ihnen eine Quittung gegeben?« fragte O'Mara.

»Nein.« Gewöhnlich brachte sie ihm zwei unterschriebene Sozialversicherungsschecks über siebenhundert Dollar Miete. (Ordorica hatte zuvor ausgesagt, daß die Miete sechshundert Dollar betrug, jetzt sagte er, das sei ein Fehler gewesen.) »Sie hat mir zwei Schecks von Dorothy Miller gegeben**, und manchmal einen Scheck mit einem anderen Namen.«

»Treasury Schecks?«

»Diese Art Schecks«, sagte er und zeigte auf den Stoß Treasury Schecks vor ihm.

Er mußte aufpassen, O'Maras schnelle Fragen zu verstehen und erklärte weiter: »Manchmal fragte Mrs. Puente mich, ›Ricardo, kannst du diese Schecks einlösen?‹, und ich sagte ›Okay‹ und ging zur Bank und gab ihr das Geld.«

Es war ein Arrangement, das Ordorica kaum in Frage stellte. Er tat es, um ihr, wie er sagte, ›einen Gefallen zu tun‹.

Einige Mieter hatte er kennengelernt, andere nicht. Er erklärte, daß er kaum mit ihnen sprach, es sei denn, er hätte sie zufällig während eines Besuchs bei Mrs. Puente getroffen. »Ich habe nur ›Hi, hi‹ gesagt«, sagte er und winkte mit seinen kindlichen Händen einen Gruß. Dem mit neuntausendneunhundertachtzig Dollar größten Scheck, einer Steuerrückzahlung, die an Julius Kelley geschickt worden war, einem mittlerweile verstorbenen Mieter, der auf Video erklärt hatte, er

* Ordorica war von der Staatsanwaltschaft, was die gefälschten Schecks anging, Straffreiheit zugesichert worden.

** Auf Drängen Dorotheas war er Dorothy Millers Zahlungsempfänger geworden.

habe davon nie erfahren, widmete O'Mara die größte Aufmerksamkeit. O'Mara fragte Ordorica, ob er je diesen Scheck erhalten habe, und Ordorica sagte ohne Zögern, er habe ihn erhalten. Indem er seine schlechten Sprachkenntnisse durch Körpersprache unterstützte, erklärte er mit abgehackten Sätzen und flatternden Händen: »Okay, sie kam zu meinem Arbeitsplatz und fragte ›Ricardo, kannst du diesen Scheck einlösen?‹, und sie sagte: ›Nimm dir drei Monatsmieten, leg dir was zur Seite und gib mir den Rest des Geldes. Ich habe Angst, daß der Eigentümer des Schecks beraubt wird; er trinkt viel, wenn er zu Joes Eckbar geht!‹«

O'Mara stellte klar: »Ist das das, was Mrs. Puente Ihnen erzählt hat, oder ist das etwas, was Sie über die Person wissen?«

»Mrs. Puente hat mir das erzählt.«

O'Mara bat ihn, fortzufahren.

»Ich sagte ihr: ›Das ist viel Geld, ich weiß nicht, ob die Bank den Scheck einlöst‹, ging zur Bank, und sie kannten mich sehr gut. Als sie den Scheck sah, sagte die Kassiererin: ›Sie sind nicht Julius, Ricardo‹. Dann sagte sie mir, daß dieser Scheck überwiesen werden müßte. Am nächsten Tag gab sie (Mrs. Puente) mir den Scheck wieder, und ich nahm etwas Geld und gab den Rest Mrs. Puente.«

Falls dieses bedingungslose Vertrauen in Dorothea verdächtig wirkte, entschärfte Ordorica jeden Zweifel mit einer spontanen Äußerung zu ihrer Freundlichkeit: »Ich habe ihr immerzu Gefallen erwiesen, weil sie wie ein Familienmitglied für mich war.«

O'Mara fragte: »Sie haben sie manchmal als Ihre Tante beziehungsweise *tía* angesprochen?«

»Ja.«

»War sie wirklich Ihre Tante?«

»Nein.«

»Sie hatten einfach nur ein enges Verhältnis?«

»Ein sehr enges. Deshalb habe ich diesen Scheck für sie eingelöst, wenn der Eigentümer von Joes Eckbar kein Geld hatte oder nicht da war, dann kam sie zu mir, und ich ging zur Bank ... ich habe ihr Gefallen erwiesen, weil sie wie meine

Tante für mich war, wie meine Mutter, wie *tía*, wissen Sie, sehr nahestehend. Wir sind wie eine Familie, weil sie über uns wohnte und wir unten (vor 1987). Wir waren wie eine Familie.«

Als Dorothea von 1982 bis 1985 im Staatsgefängnis saß, hatte Ordorica die Vollmacht, ihre SSI-Schecks für sie anzulegen. Er sprach so arglos davon, daß er offensichtlich keine Ahnung hatte, daß es ungesetzlich von ihr war, diese Schecks während der Haft zu bekommen. Er brannte darauf zu erklären, daß er dieses Geld nicht für sich selbst benutzt hatte. »Ich habe ihre Schecks eingelöst. Ich habe ihr viel geschickt – Lebensmittelpakete, Parfüm, Kölnisch Wasser, viele Dinge – jeden Monat habe ich ihr von ihrem Geld was geschickt.«

Ricardo Ordorico hätte es natürlich vorgezogen, ein Zeuge der Verteidigung zu sein.

Als er den Zeugenstand zur Mittagspause verließ, tat er das Undenkbare: Während die Geschworenen ihre Plätze verließen und der Gerichtsdiener ihm den Rücken wandte, ging er hinüber zu seiner alten Freundin, flüsterte ihr etwas ins Ohr und küßte sie auf die Wange!

Während des Kreuzverhörs durch Peter Vlautin gab Ordorico seine beste Aussage ab. Ordorica hatte ausgesagt, daß das letztemal, als er Everson Gillmouth gesehen hatte, dieser ›ein schmerzvolles Gesicht‹ gemacht habe.

Vlautin bat um eine Erklärung, und mit Hilfe des Übersetzers erklärte Ordorica: »Als ich ihn sah, sein Gesicht, sah er aus, als ob er Schmerzen im Brustkasten hatte. Und er humpelte ein bißchen, wenn er ging. Ich sah, wie er eine Pille aus seiner Tasche nahm und in den Mund steckte.«

»Können Sie uns das vormachen?« drängte Vlautin.

Der kleine Mann stand da, schnitt eine Grimasse, seine kleinen Hände drückten gegen seine Brust.

War der siebenundsiebzig Jahre alte Everson Gillmouth eines natürlichen Todes gestorben? Oder log Mrs. Puentes loyaler kleiner Kumpel für sie?

Vlautin ging die Aussage Ordoricas noch einmal durch, und O'Mara paßte genau auf, einen Kugelschreiber zwischen die Zähne geklemmt.

Dorothea Puente, die sich vorlehnte, war ebenfalls gespannt.

Jetzt gab Vlautin dem Zeugen eine gute Gelegenheit, für seine Freundin einzutreten. »Sie haben heute morgen erwähnt, daß Sie Mrs. Puente als Teil Ihrer Familie ansehen?«

»Das ist richtig«, antwortete Ordorica mit rollendem R.

»Warum haben Sie sie als Familienmitglied angesehen?«

Ordorica schien erleichtert, den Geschworenen etwas Wichtiges mitteilen zu können. »Okay«, sagte er eifrig, »als wir Mrs. Puente kennenlernten, haben wir uns unterhalten, und wir haben Bilder mit bekannten Persönlichkeiten gesehen, beispielsweise mit Bischof Quinn.«

»Der katholische Bischof von Sacramento?«

»Das ist richtig. Und mit Gouverneur Deukmejian. Und wir haben gesehen, daß er ihr Blumen schickte. Und wir sahen Briefe vom Vatikan, vom Sekretär des Vatikans. Und wir sahen auch Briefe vom zweiten Schah von Iran«, sagte er, hielt zwei Finger hoch und drängte wiederholt: »Der zweite Schah von Iran. Und wir haben Bilder von den Kindern von König Jordan gesehen, die der König ihr geschickt hatte. Und, und wir haben sie mit dem Sheriff gesehen, mit dem Polizeichef, und sie hatte Beziehungen zur Politik.«

»Sie war in die Mexikanisch-Amerikanische Gesellschaft eingebunden?«

»Das stimmt, *sí.* Und, äh, hm, meine Kinder haben in ihr die Großmutter gesehen, die sie nie gehabt haben. Wenn sie aus der Schule kamen, rannten sie die Treppe hoch –«

»Sie sagen, sie war wie eine Großmutter?«

»Wie eine Tante, wie eine Großmutter, wie eine Mutter hat sie sich um unsere Kinder gekümmert. Sie hat meine Kinder nach San Francisco mitgenommen, zur Meerwelt, auch deshalb betrachten wir sie als Familienmitglied. Weil sie uns am ersten Tag gesagt hat, daß sie keine Familie hätte außer unserer.«

Ordorica fiel in Rechtfertigung zurück und fügte hinzu: »Deshalb, wenn ich all die Dinge sah, wenn sie mich um den Gefallen bat, Schecks einzulösen, tat ich es. Für einen Teil der Miete.«

Um vom Thema Geld wegzukommen, fragte Vlautin: »Sie sahen in Dorothea Puente die *tía?*«

»Ja. Weil sie vom Gefühl her«, sagte er, die Worte suchend, »in unserem Herzen, gefühlsmäßig, ist sie noch Teil unserer Familie.«

»In Ihrem Herzen?«

»In unserem Herzen, auf unseren Lippen, in unseren Gedanken.« Mit erstickter Stimme fügte Ordorica hinzu: »Meine Töchter träumen von ihr, sie wachen auf und weinen nach ihr.«

Verteidiger Vlautin dankte dem Zeugen und setzte sich. Dorothea Puente putzte sich die Nase, als der kleine Ricardo Ordorica den Gerichtssaal verließ, und wischte sich Tränen aus den Augen.

O'Mara hatte seit Februar praktisch jede wache Stunde diesem Fall gewidmet und versucht, die Beweisstücke so zu bearbeiten, wie sie eintrafen, um der Jury jedes Teil des Puzzles zugänglich zu machen, dessen er habhaft werden konnte. Jetzt, am 7. Juni 1993, nach 136 Zeugen, ruhte die Staatsanwaltschaft sich aus.

Kapitel 44

Am Morgen des 15. Juni sahen Mrs. Puentes Anwälte ausgesprochen telegen aus, und Kevin Clymo wirkte entspannt und gutgestimmt, als er mit seiner Klientin, die in einem blauweißen Druckkleid neben ihm saß, über einen Witz lachte. Ihre Haut sah so milchig und durchscheinend aus, daß ein Beobachter flüsterte: ›Sie sieht aus wie eine Porzellanpuppe‹.

Vermutungen über Mrs. Puentes Verteidigung hingen im Raum. Was hatten sie nach dem Marathonteil der Staatsanwaltschaft außer Rauch und Spiegeln zu bieten?

Übertragungswagen mit Satellitenschüsseln summten draußen auf den Parkplatz, bereit für Berichte über Dorothea Puentes Verteidigung. Eine frische Zuschauermenge sah sich um und murmelte. Reporter machten Platz für die Gerichtszeichner, die ihre Stifte und Blöcke vorbereiteten.

Das Wichtigste war, daß die Geschworenen erholt wirkten. Einige waren gebräunt. Alle wirkten bereit und guter Stimmung.

Die Verteidigung rief ihren ersten Zeugen auf, einen Sozialarbeiter im Ruhestand, der in bürokratischen Begriffen von der sauberen, respektablen und in aller Offenheit unlizensiert geführten Pension berichtete, die Mrs. Puente in den 70er Jahren geführt hatte.

Ein Zeuge für den Charakter, der durch die Hintertür kam. O'Mara sah keine Notwendigkeit, ihn auch nur ins Kreuzverhör zu nehmen.

Aber der nächste Zeuge war anders.

Viele derjenigen, die im Hintergrund blieben, verfolgten die Zeugenaussage des schon seit Jahren straffälligen Raul Hernandez. Die Verteidigung forderte, daß ihr Zeuge, der ein Häftling war, mit genau derselben Höflichkeit behandelt werden sollte wie die anderen. Bestimmte Umstände aber sprachen gegen absolute Gleichheit. Hernandez galt als gewalttätig und bedeutete ein hohes Fluchtrisiko, so daß der Richter verständlicherweise Schwierigkeiten damit hatte, ihm zu erlauben, sich ungesichert zu setzen, nur ein paar Meter weit weg.

Schließlich entschied der Richter, daß der Gefangene eine Fußfessel tragen solle. In einer Pause wurde Hernandez hereingeführt und hingesetzt. Da man die Fessel unter seiner Hose nicht sehen konnte, wurde die Jury auch nicht ungebührlich beeinflußt.

Hernandez, der die anrüchige orangefarbene Kleidung der Strafanstalt trug, schlurfte herein und nahm in der Zeugenkabine Platz. Mit seinem großen, kahlrasierten Kopf, dem hängenden Schnurrbart und den groben Gesichtszügen sah er ausgesprochen gemein aus. Ein wachsamer bewaffneter Polizist stand nahe bei ihm.

Als die Jury wieder saß, machte Peter Vlautin sorgfältig seine Kriminalgeschichte bekannt, seine Heroinabhängigkeit und die Tatsache, daß er zwölf Jahre wegen bewaffneten

Raubüberfalls zu verbüßen hatte. Dann kam er zu der Verwandtschaft des Mannes mit Brenda Trujillo.

Es mußte sein. Obwohl sich Brenda Trujillos Aussage in der Masse des Materials des Staatsanwaltes verloren haben mochte, war ihre Aussage einzigartig gewesen. Nur Trujillo behauptete, daß sie gesehen habe, wie Mrs. Puente Kapseln in einen Drink leerte. Nur sie hatte behauptet, daß Dorothea getötet hatte. Trujillos Glaubwürdigkeit mußte zerstört werden, und Hernandez war Der Terminator.

Hernandez erklärte, daß er und Mrs. Trujillo im selben Ghetto zusammen aufgewachsen waren. Als Kinder hatten sie zusammen gespielt. Als Erwachsene tranken sie zusammen ein Bier und nahmen Heroin. Mit seiner ruhigen, warmen Stimme beschrieb Hernandez, wie sich die Junkies am Ende eines langen Tages mit den Drogen entspannen.

Mrs. Trujillo log zwanghaft, sagte Hernandez der Jury. Insbesondere erinnerte er sich daran, daß Mrs. Trujillo lachte und sich mit einer Geschichte brüstete, daß Dorothea sie unter Drogen gesetzt habe, so daß ihr Urintest ›schmutzig‹ war und sie wieder ins Gefängnis hatte gehen müssen.

»Ich sagte ihr, das stimme nicht«, stellte Hernandez fest. »Sie sagte, sie wolle draußen bleiben, und das wäre die beste Ausrede, die ihr einfalle.«

Er sagte, er sei heute hier, um die Dinge richtig zu stellen. Mrs. Trujillo log so sehr, daß sie sogar drogenabhängige Kumpel verletzte.

Vlautin übergab den Zeugen der Staatsanwaltschaft, und aller Augen richteten sich auf O'Mara. Monatelang hatte die Jury beobachtet, wie er seine eigenen Zeugen befragte. Wie würde er im Kreuzverhör sein?

Zuerst stellte O'Mara ein paar Fragen, legte ein paar Fallen. Beim ersten Widerspruch stürzte er sich auf den Zeugen und stellte ihm zwischen Seitenbemerkungen Fragen.

»Er belästigt den Zeugen, Euer Ehren«, wandte Vlautin ein.

Der Richter gab statt.

Aber O'Maras Sturmangriff ging weiter. »Sie sind nicht gerne hier, Mr. Hernandez, oder?« höhnte O'Mara.

Mehr aggressive Fragen, mehr Einsprüche, und schon bald

mußte der Richter sich bemühen, die Feindseligkeit zwischen den Anwälten zu beschwichtigen wie ein Vater bei streitenden Kindern.

Die Geschworenen kicherten und wechselten Blicke.

Inzwischen mühte sich der Zeuge, eine Erklärung abzugeben. »Was Daten angeht, wie ich schon sagte, Sir, ich kann mich an die Daten nicht erinnern. Ehrlich, ich kann es nicht.«

Schließlich brummte O'Mara, daß er keine Fragen mehr habe.

Sofort war Vlautin auf den Beinen. Er sah seine Eröffnung und fragte Hernandez, warum er gesagt habe, er fühle sich unwohl, und das öffnete die Flutventile. Hernandez' felsenharte Züge verzogen sich. »Meine Frau erwartet ein Baby. Und genau jetzt ist mein Leben in Gefahr.« Die Stimme des Riesen bebte und erstickte in Schluchzen.

Alle waren starr vor Staunen.

»Wenn nur ein bißchen meiner Aussage verdreht wird, ist mein Leben in Gefahr. Ich bin für zwölf Jahre eingesperrt. Und es gibt nichts hier, weswegen ich lügen sollte.«

Plötzlich sah Hernandez verletzlich und klein aus. Natürlich, wenn seine Kumpel im Gefängnis dachten, er wäre eine Petze, stand ihm eine Hölle an Schmerzen bevor.

»Sie sagen, Ihre Situation habe sich verändert«, ging Vlautin freundlich auf ihn ein. »Was meinen Sie damit?«

Der Zeuge gewann seine Fassung wieder und antwortete: »Ich bin ein wiedergeborener Christ. Das ist die andere Sache. Ich kann nicht lügen. Ich gewinne nichts damit. Nichts!«

Jetzt sah es so aus, als wäre der Täter das Opfer und O'Mara der Angreifer. Wenn man sich die Gesichter der Geschworenen ansah, fragte man sich, ob O'Mara nicht einen schweren strategischen Fehler begangen hatte.

Die nächsten paar Tage hielt der Vernichtungsfeldzug gegen Brenda Trujillo an. Sie begnügten sich nicht mit einzelnen Treffern, sondern führten aufgeblähte Charakterstudien an. Sie riefen frühere Freunde auf, Zellengenossen, Junkies, sogar einen Spezialagenten des Departements für Gesundheit und Menschendienste, der unter anderem ausführte, daß Mrs. Trujillo einmal die abwegige Behauptung aufgestellt hatte, daß Mrs. Puente Visine benutzt habe – *von allen Dingen ausgerechnet Visine!* –, um die Leute zu betäuben.

Es gab nur wenig, was O'Mara sagen konnte. Es machte keinen Sinn, sich jetzt über das Thema Visine auszulassen. O'Mara war nun umsichtiger in seinem Kreuzverhör, umging häufiger Fragen ganz und konnte nur hoffen, daß die Jury sich daran erinnerte, daß Mrs. Trujillo Monate vor Mrs. Puentes Verhaftung zur Polizei gegangen war und gesagt hatte, daß sie Leichen in ihrem Garten vergraben hätte. Darüber hatte sie immerhin die Wahrheit gesagt.

Die Verteidigung pflügte voran und benutzte die älteste aller Strategien: Sie beschuldigte die Opfer. Sie versuchten zu beweisen, daß es Krankheit und nicht Dorothea Puente war, die den Tod verursacht hatte. In diesem Fall war es ein Kinderspiel, Lebensweise und Gesundheitszustand der Opfer anzugreifen.

Die nächsten Zeugen zeichneten von Bert Montoya das Bild eines exzentrischen Säufers. Ein früherer Vermieter namens Lloyd Lambert erinnerte sich, daß Bert, als er Anfang der siebziger Jahre bei ihm wohnte, Alkohol trank, ›wann immer er eine Flasche bekommen konnte‹. Mrs. Puentes Nachbarin, Alice Mansuetti, sagte aus, daß sie Bert oft im Schatten sitzen und aus einer Flasche trinken sah, die er in einer Papiertüte dabei hatte. Einer, der in Mrs. Puentes Haus gearbeitet hatte, sagte, an einem Tag sei Bert so ›beduselt‹ gewesen, daß er kaum noch laufen konnte, und er habe ihm nach Hause geholfen.

Einige der Zeugen des Staatsanwaltes hatten sogar beschrieben, daß Bert Bier schneller trinken konnte als jeder andere. Zusammen mit verschiedenen vorangegangenen medizinischen Aussagen paßte das gut in das Bild der Verteidigung, daß Bert ein tödliches diabetisches Koma erlitten hatte.

Um dieses Bild anschaulicher zu machen, luden sie Mark Anthony vor, Don Anthonys Bruder. Gesetzestreuer und von besserem Aussehen als sein wieseleähnlicher Bruder, beschrieb

Mark Anthony einen Tag im Sommer 1988, als er seinen Bruder zur 1426 F Street gebracht hatte. Als er wegfahren wollte, sagte er, sei sein Bruder zurück zum Auto gekommen und habe ihn gefragt, ob er ihm helfen könne, da ›einer der Mieter in der Bar gegenüber ohnmächtig geworden sei‹. Anthony beschrieb, daß er hinübergeeilt sei und Bert gefunden habe, der auf dem Boden lag. ›Wir haben ihn geschüttelt und seinen Namen gerufen und versucht, ihn zu wecken‹.

»Konnten Sie ihn aufrichten?« fragte Vlautin.

»Nein.«

»Atmete er?«

»Nur schwach«, sagte Anthony. »Es kamen Blasen aus seinem Mund.«

Die Männer hatten versucht, Bert vom Boden aufzuheben. Weil er zu schwer war, hatten die Anthony-Brüder und ein anderer Mieter, Pat Kelley, ihn schließlich unter die Arme gefaßt und seine Füße nachschleppen lassen, als sie ihn über die Straße zogen, durch die Tür und in sein Zimmer. Dort hatten sie Bert aufs Bett gelegt und seine Kleidung gelockert.

Mark Anthony mußte dann zur Arbeit, sagte er, und als er ging, ›kam Dorothea. Sie kam aus einer Behörde in der fünfzehnten Straße. Mein Bruder wollte mich ihr vorstellen, aber sie machte sich große Sorgen um Bert. Sie schien schon Bescheid zu wissen. Sie stellte Fragen – wo er war und solche Sachen. Sie ging in die Pension‹.

Das war es, klar und häßlich. Bert Montoya hatte eines morgens in Joes Eckbar einen Kollaps erlitten. War er vergiftet worden? Oder war sein Blutzuckerspiegel außer Kontrolle geraten und hatte seine Metabolite zu einem zeitweisen Zusammenbruch gebracht?

Nach einem kurzen Kreuzverhör rief Richter Virga den Nachmittags- Rückzug aus, der den Geschworenen Zeit gab, über das schreckliche Bild von Bert Montoya nachzudenken, der bewußtlos am Boden lag und Blasen atmete.

Der Juni neigte sich dem Ende, und die Verteidigung fuhr fort, O'Maras Sache langsam zu untergraben. Der Staatsanwalt hatte mehr Zeugen aufgerufen und mehr Zeit aufgewendet, aber sie wollten die Grundfesten seiner Sicht erschüttern.

Korn für Korn trugen sie den Sand unter den Pfeilern seiner Vernunftargumente ab. Mit einem Überraschungszeugen stellte sich Ruth Munroes Tod jetzt in einem ganz anderen Licht dar.

Dean Fesler, der frühere Ehemann von Mrs. Munroes Tochter Rosemary, beschrieb Mrs. Munroe als eine ›sich chronisch Beklagende‹, die Pillen wie Zuckerwerk schluckte. Das Gericht wußte schon, daß Mrs. Munroe früher in einer Apotheke gearbeitet hatte. Mit Fesler im Zeugenstand erfuhren sie auch, daß sie kostenlose Muster sowohl von rezeptpflichtigen als auch von rezeptfreien Medikamenten gehortet hatte, die sie in einer großen Pappschachtel aufhob. »Immer wenn sie Beschwerden oder Schmerzen hatte«, sagte Fesler, »griff sie in ihre Schachtel und nahm etwas ein.«

Fesler beschrieb, daß Mrs. Munroe ›zwischen acht und zwölf Medizinflaschen‹ auf dem Nachttisch neben ihrem Bett stehen hatte. »Sie holte ständig ein Glas Wasser und nahm eine von diesen Pillen«, sagte er.

Als Clymo Fesler fragte, was er über Ruth Munroes Tod wisse, sagte er: »Meines Wissens starb sie an Pillen« und unterstrich den Eindruck, daß – beabsichtigt oder unbeabsichtigt – Mrs. Munroe die tödliche Dosis von Kodein und Thylenol selbst eingenommen habe.

Mit einer weiteren Zeugin, Carol Durning Westbrook, die wieder aufgerufen wurde, machte die Verteidigung gleich mehrere Punkte gut. James Gallop sollte wie ›der aufgewärmte Tod‹ ausgesehen haben. Brenda Trujillo wurde als verlogene undankbare Hexe beschrieben, die auf Dorotheas Hilfe angewiesen war und dafür nur Schmerz und Enttäuschung zurückgab. Wieder wurde Dorothea als Super-Vermieterin porträtiert, die für ihre Mieter wusch und kochte und ihnen sogar Geld lieh.

Viel Zeit wurde Mrs. Puentes Rolle als Führerin einer Pension als letzte Zuflucht für die Ausgestoßenen gewidmet. Mieter wie Ben Fink, Vera Faye Martin, Betty Palmer und Dorothy Miller wurden als so mundfaul, aggressiv, unlenkbar – sogar geistesgestört – beschrieben, daß andere Vermieter sie auf die Straße gesetzt hatten.

Die warmherzige Dorothea Puente hatte zugestimmt, sogar die niedrigste Klientel zu akzeptieren. Wie konnte sie für ihre Alkoholprobleme und ihre Tabletten-Gewohnheiten verantwortlich gemacht werden?

Zusätzlich galt Mrs. Puente als hart arbeitende Frau, die sich, abgesehen von illegalen Fälschungen, nie einen großen Profit verschafft hatte.

Es war ein hartes Geschäft, eine Pension zu führen, wie zwei frühere Wirte bezeugten. Viele Rechnungen waren zu zahlen, wobei die Mietzahlungen so verläßlich waren wie das Wetter. Den meisten bedeutete eine Flasche mehr als ein Bett, egal wieviel Schulden sie hatten. Um sicherzustellen, daß die Mieter auch zahlten, nahmen viele Vermieter die Post an und zogen Bett und Verpflegung von der Sozialhilfe ab, dann übergaben sie den Rest ... genau wie Dorothea Puente.

Ein Wirt sagte, er mußte sogar ein Schloß am Briefkasten anbringen.

Derselbe Mann sagte über einen Jungen, scheinbar gesunden Mieter aus, der plötzlich starb. ›Er war Alkoholiker. Er nahm ein paar Pillen‹ – der Mann wußte nicht, wo – ›und trank zuviel. Er verschluckte seine Zunge und erstickte‹.

Plötzlicher, unerwarteter Tod, nicht Mord.

Zeuge für Zeuge streuten sie die Saat des Zweifels aus und unterstrichen die Möglichkeit, daß die Leute ohne äußeres Zutun gestorben waren.

Die Geschworenen – trotz monatelanger, erschöpfender Zeugenaussagen – schluckten das, schrieben mit und verrieten wenig.

Jetzt hatte die Verteidigung vor, das Thema Geld zu zerstreuen, und rief Carl Curtis auf. Mit seinem fleischigen Gesicht, den dichtgelockten Haaren und dem hübschen Anzug konnte man gut glauben, daß Curtis zwanzig Jahre als Spezialagent für das FBI gearbeitet hatte, um Weiße-Kragen-Verbrechen aufzudecken. Gegenwärtig arbeitete er als Privatermittler.

Clymo hob auf die große Erfahrung des Mannes ab und stellte ihn dann als Betrugsexperten vor.

Curtis sagte aus, daß die Verteidigung ihm alle Informationen übergeben habe, alles, was sie unter ›Entdeckung‹ erhalten hatten, und daß sie ihn gebeten habe, unabhängig zu einem Schluß darüber zu kommen, ›ob Mrs. Puente gemordet habe, um sich zu bereichern‹. Die Nachricht an die Jury: Curtiy konnte als objektiv gelten, seine Entscheidung war unbeeinflußt von Zwang oder Neigung.

Mit Pinnkarten und vergleichenden Studien unternahm Curtis eine ausführliche Erläuterung, warum Mrs. Puentes kriminelle Unternehmungen ihr nie großen Gewinn einbrachten. Der Hauptteil des Geldes wurde für die Pension verbraucht (die in seiner Einschätzung ›eine Langzeit-Pflegeeinrichtung‹ war). Essen, Wäsche, Gebrauchsgüter, Miete – das alles summierte sich. Das Minimum, so Curtis, würde für Mrs. Puente bei dreizehn Dollar zwanzig pro Tag und pro ›Patient‹ liegen. Selbst wenn Mrs. Puente jeden Pfennig von den Schecks über insgesamt siebenundsiebzigtausendsiebenhundertneununddreißig Dollar stibitzt hätte (basierend auf den handgeschriebenen Zahlen des Experten), konnte sie in drei Jahren nicht viel Gewinn gemacht haben. Curtis setzte den Wendepunkt bei fünfundfünfzigtausendfünfhundertsechsunddreißig Dollar an bei angenommenen fünf Patienten.

Da Mrs. Puente weiter Fonds sowohl von Leuten, die lebten, als auch von Verstorbenen entwendet hätte, zog Curtis den Schluß: ›*Es gibt nichts zu der Vermutung Anlaß, daß es einen Grund gab, den Tod von jemandem herbeizuführen*‹.

Die Presse schrieb mit.

Curtis sagte aus, daß tatsächlich mit den Lebenden *mehr* Geld gemacht werden konnte als mit den Toten.

Die Verteidigung hielt sich genau an ihre Vorgabe, daß Mrs. Puente stahl, aber nicht mordete.

Aber John O'Mara war von diesem Experten oder seinen Zahlen nicht sonderlich beeindruckt. Er verspottete den Vergleich zwischen einem Langzeit-Pflegeheim und Mrs. Puentes Pension und donnerte in einem Dreitagemarsch durch die

Zahlen, stellte das ›Universum‹ der Grundlagen des Untersuchers in Frage und zwang Curtis, in einigen Punkten zurückzustecken.

Natürlich hatte sich die Verteidigung das Beste für den Schluß aufgehoben. Sie riefen Dr. Randall Baselt auf, einen Mann mit so vielen Verdiensten, daß es Kevin Clymo fast eine Stunde kostete, sie alle bewundernd aufzulisten, ehe er den Toxikologen als Experten-Zeugen vorstellte. Er war der Autor mehrbändiger Texte, Gründer der Zeitschrift *Journal of Analytical Toxicology,* geschätztes Mitglied zahlreicher Berufsverbände, ein Experte unter den Experten. Genauso sah er auch aus: der eckige Akademiker mit schweren, ernsten Brauen hinter den Brillengläsern.

Clymo war danach so erschöpft wie ein Schiedsrichter beim NBA- Endspiel.

Wieder und wieder spielte er seinem Zeugen die Bälle zu, der sie dann zurückschoß.

»Nachdem Sie alles Material dieses Falles durchgesehen haben, Herr Doktor«, fragte Clymo, »sind Sie da zu einem Ergebnis gekommen?«

»Ich bin zu der Erkenntnis gekommen, daß ich hinsichtlich des Vorkommens von Flurazepam und seinen Metaboliten in dieser Konzentration keine Aussage zur Bedeutung machen kann.«

Clymo ging auf und ab und winkte, bereit zum Kampf. »Können Sie sagen, ob vierundzwanzig Stunden vor dem Tod Dalmane eingenommen wurde?«

»Ich kann diesen Schluß nicht ziehen. Wir wissen nicht, wie Drogen sich im Gewebe oder Plasma verhalten. Ich würde so eine Aussage nicht treffen. Wenn Sie es doch tun«, sagte er geheimnisvoll, »bewegen Sie sich auf sehr unsicherem Terrain.«

Zisch.

Die Geschworenen tauschten Blicke und schrieben mit. O'Mara kritzelte wütend auf seinen Gerichtsblock. Clymo gestikulierte und fragte, wobei er gelegentlich mit der Jury scherzte, während sein Zeuge teilnahmslos alle Erkenntnisse vom Tisch wischte, die vor ihm gemacht worden waren. Dr. Anthony, Mr. Phillips, Mr. Beede, Dr. Peat – sie alle hatten ein respektvolles Nicken bekommen, ehe ihre ›unmaßgebliche‹ Meinung wie ein lästiges Pflaster entfernt wurde.

Als nächstes erklärte Dr. Baselt die Austrocknung menschlichen Gewebes mit der Verdunstung, die bei einem Glas Salzwasser wirksam wurde. Am Ende, so der Arzt, ›waren die Drogen wie Salz. Sie verdunsten nicht‹.

O'Mara hatte diese besondere Finte erwartet. Aber es wurde noch schlimmer.

Der Toxikologe nannte drei Hindernisse, die, wie er sagte, im Wege seien, um überhaupt *irgendein* toxikologisches Ergebnis zu erzielen. Erstens gab es kein Blut, das man testen konnte, und Blut war, wie jeder Geschworene mittlerweile wußte, der ›goldene Boden‹ der Toxikologie. Zweitens basierte der toxikologische Test auf verwestem, zersetztem Gewebe, für das es keine Standard-Meßwerte gab. Drittens waren die Drogenspiegel, die man schließlich entdeckt hatte, sehr niedrig.

Zu ihrer Freude gelang es der Verteidigung, den Stolz des DOJ Kriminallabors – das zuletzt benutzte Wunder, das Dreihundertfünfundsiebzigtausend-Dollar-Tandem-Massenspektrometer – in ein Hindernis zu verwandeln. Wie? Nun, seine Sensibilität lag zu hoch, so hoch, daß es die Wissenschaft in noch unbekannte Gebiete lotste. James Beeds Tests waren weit von den DOJ-Ergebnissen entfernt gewesen, auch Dr. Peats Labor hatte sie nicht messen können. Wenn also die Messungen des DOJ so *infinitesimal* waren, wer konnte da sagen, was sie bedeuteten?

Dr. Baselt meinte, daß diese niedrigen Werte anzeigen könnten, daß es sich um Einlagerungen früherer Kontakte mit dem Medikament im Körper handelte. Alles in allem, faßte er zusammen, ist Dalmane fettlöslich, könnte also in ›recht fetten Geweben‹ wie Hirn und Leber zurückbleiben. »Es könnte sein«, so sein Schluß, »daß, wenn sie irgend jemanden testen, der in der Vorwoche Dalmane genommen hat, sich das mit der hochsensiblen DOJ- Ausrüstung nachweisen ließe.«

Wie konnte O'Mara hoffen, diesen reinrassigen Doktor der Philosophie aus der Hölle zu schlagen? Er lud sich die Arme voll mit wissenschaftlichen Büchern und ging in sein Büro, um sich eine lange Nacht lang vorzubereiten.

Am nächsten Morgen war O'Mara bereit, es mit dem intellektuellen As aufzunehmen. Er fing langsam an, höflich, zitierte zuerst eine wissenschaftliche Studie, dann eine andere, diskutierte Halbwertszeiten, Fettlöslichkeit und Therapievorgaben. Aber bald erhitzten sich die Gemüter. O'Maras Ton wurde schärfer, und sie diskutierten über haarfeine Interpretationsunterschiede.

Es wurde ein Kampf der Meinungen, bei dem Fachbegriffe durch den Gerichtssaal geschmettert wurden.

– ›Pharmazokinetisch‹,

›dynamisches Gleichgewicht‹,

›Rezeptoren-Besetzung‹,

›elektrophylische Anziehung‹ – die Geschworenen paßten auf, wobei ihre Köpfe sich drehten wie die der Zuschauer bei Wimbledon.

O'Mara schaffte es sogar, ein paar Punkte zu widerlegen. Obwohl Dr. Baselt es geschafft hatte, den Eindruck zu erwecken, die sieben Leute, die aus Mrs. Puentes Garten ausgegraben worden waren, hätten in den letzten *drei Tagen* vor ihrem Tod Dalmane eingenommen (was Dorothea Puente von jeder Schuld freisprach), mußte er jetzt zugestehen, daß er die *Möglichkeit* nicht ausschließen könnte, daß die Droge in den letzten vierundzwanzig Stunden verabreicht worden sei.

O'Mara brachte den Arzt auch dazu, zuzugeben, daß, auch wenn er glaubte, daß Dalmane in Gewebe wie Hirn und Leber in höheren Konzentrationen gespeichert werde als in Blut, er nur sporadische Berichte zitieren könne, um das zu stützen: Es gab keine veröffentlichte Studie zu dem Thema.

So geladen, wie die Luft mittlerweile war, wurden die Geschworenen unaufmerksam. Es war ein ungewöhnlich heißer Tag, es war schwer, den Fachjargon zu verstehen, und jetzt belastete diese esoterische Auseinandersetzung die Konzentrationsfähigkeit auch der besten von ihnen. Was hieß es schon, wenn Experten nicht übereinstimmten? Kanzelten sie einander nicht einfach ab? Einige Geschworene begannen zu dösen. Der XREMIST schlief ein.

Am Nachmittag des vierundzwanzigsten Juni packte die Verteidigung endlich zusammen. Ein letzter forensischer Pathologe gab ein paar letzte Schüsse auf die Staatsanwaltschaft ab. Ein paar Klauseln wurden in den Bericht aufgenommen. Dann hatte die Verteidigung Ruhe.

Sich eines einzelnen, beglaubigten Dokuments sicher, bot O'Mara keine Zurückweisung an.

Die Anwälte brauchten Zeit, um sich auf die Endargumente vorzubereiten, deshalb gab Richter Virga den Geschworenen eine Woche frei. Fröhlich verschwanden sie in die Sonne, ohne zu ahnen, daß sie Dorothea Puente wütend im Gerichtssaal zurückließen.

Für sie war dieser Prozeß eine lange, unschöne Angelegenheit, und da die Anwälte gerade nicht im Raum waren, nutzte sie den Moment, um zu handeln. Sie sah sich um und erblickte Wayne Wilson, Reporter von *The Sacramento Bee.* Dann erwähnte jemand Channel-3-Reporter Mike Boyd*, und das gab den Ausschlag. »Die *Bee* und Channel 3, diese Männer! Die *Bee* und Channel drei haben mich nicht gut behandelt«, sagte sie laut. »Diesen beiden gebe ich kein Interview mehr.«

Der Gerichtsdiener lief herbei, zeigte auf Wilson und wollte, daß sie ruhig war.

»Ich weiß, daß er da sitzt«, erklärte Mrs. Puente, »deshalb habe ich es gesagt. All der Mist, den sie über mich geschrieben haben! Ich habe nie jemanden getötet, das habe ich gesagt, seit ich verhaftet wurde. Wenn ich zum Tode verurteilt werde, werde ich sicherstellen, daß sie nicht dabei sind!«

Ein erstaunlicher Ausbruch, und sie gab noch einen Schuß ab: »Es ist verwerflich, wenn man von dem Leid anderer lebt.«

Da das von ihr kam, fand Wilson das höchst ironisch.

* Mike Boyd war mit Mrs. Puente nach Sacramento zurückgeflogen, als sie im November 1988 in Los Angeles verhaftet worden war.

Kapitel 45

Am Dienstag, dem 6. Juli 1993, waren die Geschworenen eifrig und guter Stimmung, als sie ihre Plätze einnahmen. Nur Momente trennten sie von den Schlußreden, Tage von der Beratung, und ihre Hauptaufgabe stand unmittelbar bevor.

Richter Virga nahm ernst auf der Richterbank Platz. Als er jede einzelne Mordanklage gegen Dorothea Montalvo Puente verlas, forschte Kevin Clymo in den Gesichtern der Geschworenen nach ihrer Meinung.

Dann rief Richter Virga O'Mara auf, der seine Gedanken sammelte und aufstand.

Er hatte dreißig Pfund abgenommen, war in guter Kampfverfassung und bereit, den Fall zu Ende zu bringen. Er war groß. Er war umfassend. Dorothea Puente war die am wenigsten wahrscheinliche Mörderin, die er je angeklagt hatte. Sie hatte eine unübliche Spur von Beweisen, die nur auf den Umständen beruhten, hinterlassen, und er mußte die Fäden von tausend Quellen zusammenweben, von denen einige elf Jahre zurückreichten, um sie von der Wahrheit ihrer Verbrechen zu überzeugen.

Wenn er jeden einzelnen überzeugen könnte, so glaubte er, würden sie sie für schuldig erklären. Aber er mußte alle zwölf erreichen, selbst den zurückhaltendsten, selbst den entferntesten.

O'Mara schritt die Länge der Jury-Loge ab und bat die Geschworenen, sich nicht durch die sichtbaren und logischen Widersprüche an der Nase herumführen zu lassen, eine weißhaarige, kleine alte Dame als angeklagte Serienmörderin präsentiert zu bekommen. Obwohl sie aussah wie ›eine großmütterliche Frau‹, sagte er, war sie in Wahrheit eine ›kalte, berechnende Mörderin‹. Er kam schnell zu zwei Punkten, die ihre kriminelle Natur verrieten.

Er erinnerte sie daran, daß die Leiche von Everson Gillmouth, dem Mann aus Oregon, der gehofft hatte, Dorothea Puente zu heiraten, wenn sie im September 1985 aus dem Gefängnis entlassen würde, am 1. Januar 1986 in einem selbstgemachten Sarg neben dem Fluß gefunden wurde. »Das war ein Mann, den sie *heiraten* wollte. Das war ein Mann, für den sie sicher etwas empfunden hat«, sagte er voll Staunen. »Was passierte Mr. Gillmouth? Er wurde ohne Zeremonie am Flußufer des Sacramento abgestellt! Die meisten von Ihnen behandeln sogar ihre Haustiere besser! Sie werden sie nicht einfach hinter der Straße los, Sie fahren nicht einfach weg und lassen sie zurück.«

Die Geschworenen waren wie vor den Kopf geschlagen. Wie viele von ihnen erinnerten sich daran, ein geliebtes Haustier begraben zu haben?

O'Mara lief erst noch warm. Er blieb stehen und verkündete: »Die zwingendste Tatsache, die ihre kalte, berechnende Natur verrät, ist das, was Betty Palmer passiert ist.«

Jeder erinnerte sich an die verstümmelte Leiche von Betty Mae Palmer, die unter einem religiösen Schrein in Mrs. Puentes Garten gefunden worden war.

O'Mara machte einen Unterschied zwischen Mrs. Palmers Verstümmelung und der unerfreulichen Aufgabe eines Jägers. »Wir reden nicht davon, den Kopf einer Ente abzutrennen oder ein Tier auszunehmen. Wir reden davon, einen menschlichen Kopf abzuschneiden! Wir reden davon, jemandem die Arme abzuschneiden! Und wir reden davon, den unteren Teil der Beine abzuschneiden!« Mit unterstreichenden Armbewegungen hatte O'Mara eine Dramatik erzielt, die sie nie zuvor erlebt hatten.

»Es ist mir egal, ob jemand fünf Minuten oder fünf Tage tot ist«, erklärte er, »die Art dieses Tuns ist eine ganz *eiskalte* Tat.«

Er spottete über die Meinung der Verteidigung, daß Mrs. Puente ihre Mieter deshalb in aller Stille vergraben habe, weil sie Angst gehabt hätte, dabei erwischt zu werden, daß sie in Verletzung ihrer Bewährungsauflagen eine Pension führte. »Dieser Kopf, diese Arme, diese Beine sind nie gefunden worden«, rief er. »Sie war besorgt, wegen einer formalen Verletzung der Bewährungsauflagen wieder ins Gefängnis zu müssen? *Was denken Sie wohl, was die Polizei sagen würde, wenn Sie die Straße mit einer Mülltüte entlanggingen, in der ein Menschenkopf, ein Paar Arme und ein Paar Beine wären?«*

Er ließ das Bild einige Momente einwirken.

Dann hielt er einen Paß mit Bild von Betty Palmer hoch – der Name von Betty Palmer, das Bild Dorothea Puentes lächelndes Foto – und führte aus, daß Dorothea diesen Paß benutzt hatte, um Betty Palmers Scheck einzulösen. »Sie hätten keine Chance, so eine Karte mit einem anderen Namen zum Einlösen ihrer Schecks zu benutzen, solange derjenige noch am Leben ist.«

Um einen Widerspruch zu erklären: Die Karte war am 14. Oktober 1986 ausgegeben worden, aber ein Zeuge hatte eine Frau beschrieben, die ›Betty‹ genannt wurde und *vier Monate später,* im Februar 1987, ›klagend und seufzend‹ auf der Couch gelegen und um Pillen gebeten hatte. O'Mara hatte sich nächtelang den Kopf darüber zerbrochen, ehe ihm die einfache Lösung dämmerte. »Meine Damen und Herren«, hub er an, »das war nicht Betty Palmer. Das war Leona Carpenter!«

Die Geschworenen sahen einander an.

In O'Maras verblüffender Darstellung hatte Betty Palmer, die erste Mieterin, die im Garten begraben wurde, Dorothea Puente soviel Sorgen gemacht, daß sie sich die ausgefeilteste Sache ausgedacht hatte, um ihr Verschwinden zu verbergen. Mrs. Palmers Verstümmelung – um ihre Identität unkenntlich zu machen – zeigte, wie verfolgt Mrs. Puente sich gefühlt hatte.

Als Leona Carpenter einzog, hatte Dorothea eine Idee für eine Tarnung, reif für Hollywood, sie erzählte den anderen Mietern, daß Leonas Name ›Betty‹ wäre. Die Frau war so krank, daß sie nie die Couch verließ, nicht widersprechen und die Sache nie klarstellen konnte. Niemand hörte bis zu dem Tag, an dem sie verschwand, je etwas anderes als ›Klagen‹ von ›Betty‹, und dann war plötzlich Ruhe. Dorothea aber wurde weder bei dem Mord an Betty noch an dem an Leona erwischt und entschied, daß ihre unangenehme Vorsichtsmaßnahme unnötig war. Sie schnitt nicht länger den Kopf ab. Sie begrub sie einfach.

Clymo und Vlautin schrieben wie wild Notizen, während O'Mara weitermachte.

O'Mara charakterisierte das als ›die Mutter aller Beweise der Umstände halber‹ und beschwor die Jury, keine Vorbehalte gegen den Begriff *Umstände* zu haben. Obwohl niemand Mrs. Puente dabei beobachtet hatte, wie sie die Leichen begrub, drängte er sie, sich die Tatsachen anzusehen und daraus ihre Schlüsse zu ziehen. »Unser Verstand, unsere Vernunft, unsere Logik sagen uns, daß hier eine Menge vor sich gegangen ist.«

Er hängte ein Plakat auf, das Henry David Thoreau zitierte: ›Einige Beweise der Umstände halber sind sehr stark, so als fänden Sie eine Forelle in der Milch‹.

Fragende Blicke bei den Geschworenen. Es war eine feststehende Redewendung, aber ... offenbarte sie nicht eine offensichtliche Tatsache? Forelle in der Milch, Leichen im Garten, die Umstände zu bizarr, um sie zu übersehen.

Aber hinter O'Maras Rücken lächelte Peter Vlautin in sich hinein und begann zu schreiben.

O'Mara kam auf Gesetzesteile zu sprechen und präsentierte kühn formulierte Definitionen, die er ausführlich erklärte. Aber je mehr er erklärte, desto verwirrender klangen die Punkte. Mit fortschreitendem Nachmittag wand er sich in seinem adretten Anzug. Das Haar am Ansatz seines Nackens wurde feucht.

Er gestand seine Erschöpfung ein, als er entschied, das Videogerät für sich sprechen zu lassen. Er legte den 11. November 1988 ein, das Band, in dem Detective Cabrera Dorothea Puente befragt. Es war lange her, daß die Jury es im März gesehen hatte. Jetzt kannten sie den Fall, jede Lüge sprang sofort ins Auge.

Danach begann O'Mara wieder, auf- und ab zu gehen und zu erklären. Er wies auf grundlegende Widersprüche hin, die ihnen vielleicht entgangen waren, und sagte: »Sie lügt vom ersten Wort an.«

Mrs. Puente habe sogar das Motiv geliefert, warum sie Ben Fink loswerden wollte, sagte er, sie habe Cabrera gesagt, sie habe ihn rausgeschmissen. ›Ich konnte seine Trinkerei nicht mehr aushalten, dauernd kippte er betrunken um‹, zitierte O'Mara. ›Das ist die einzige Wahrheit, die sie in dem ganzen Band gesagt hat!‹

Mrs. Puente wünschte sich Leute, die ein festes Einkommen hatten, aber keine Familie, die ihnen sagte, was sie tun sollten, solche, die in O'Maras Worten ›einfache Mieter‹ waren. Aber Ben Fink war kein ›einfacher Mieter‹.

Er erinnerte die Jury daran, daß Mrs. Puente gesagt hatte, sie würde sich um Ben kümmern, und daß sie ihn mit nach oben genommen hatte, ›damit er sich besser fühle‹. »Die Mutter Teresa dort drüben hat sich um ihn gekümmert, das stimmt«, sagte er höhnisch, »sie hat ihn raus in den Garten gepflanzt.«

Die Verteidiger stießen einen kollektiven Seufzer aus und ergänzten ihre Munition an Notizen.

Am nächsten Morgen sagte O'Mara, daß der ›aufregendste aller Fälle‹ der Tod von Ruth Munroe 1982 gewesen sei. »Das ist der Fehler des Systems«, sagte er und schüttelte den Kopf. »Das System hat vor elf Jahren eine sagenhaft schlechte Untersuchung dieses Falles vorgelegt.«

Mrs. Munroes Tod hatte nicht wie Mord ausgesehen. Damals hatte man angenommen, daß die einundsiebzig Jahre alte und neunzig Kilo schwere Frau an Herzversagen gestorben war, deshalb hatte die Polizei nur die nötigsten Dinge unternommen.

Zwei Wochen später hatten toxikologische Untersuchungen gezeigt, daß Mrs. Munroe an einer Überdosis Kodein und Acetaminophen, vielleicht Tylenol Nr. 3 gestorben war.

Befremdlicherweise hatte sie auch eine kleine, verschriebene Dosis eines milden Beruhigungsmittels eingenommen, Meprobamat. Nur eine einzige rezeptierte Flasche Meprobamat war neben ihrem Bett gefunden worden. In der Rückschau sah das lächerlich aus.

»Wenn Ruth Munroe Selbstmord begangen hätte, würden wir dann nicht Fläschchen mit Tylenol Nr. 3 finden?«

O'Mara forderte die Jury auf sich vorzustellen, wie Mrs. Munroe eine tödliche Dosis Pillen schluckte, die Beweise ihres Tuns sorgfältig vernichtete, und dann eine einzelne Dosis ihres Beruhigungsmittels nahm, ehe sie ins Bett ging. »Hatte sie entschieden«, fragte er beißend, »›Ich nehme ein bißchen Meprobamat, damit ich ruhig bin, ehe ich sterbe?‹«

Er schüttete weiteren Hohn auf die Selbstmordtheorie und strich andere Verdachtsmomente heraus. Mrs. Puente behauptete, sie hätte um 4 Uhr morgens nach Mrs. Munroe gesehen, da wäre sie am Leben gewesen, aber als die Behörden nur zwei Stunden später eintrafen, hatte schon die Totenstarre eingesetzt. Der forensische Pathologe, der die Todeszeit ermittelte, hatte diese für Mitternacht plus minus ein paar Stunden angesetzt. O'Mara erinnerte auch daran, daß Mrs. Puente Mrs. Munroes Kinder am Abend ihres Todes weggescheucht hatte und behauptet hatte, ein fiktiver Arzt wäre gerade dagewesen, und Ruth brauchte Ruhe.

O'Mara ergriff einen Stapel Briefe, die Mrs. Munroe ein paar Wochen vor ihrem Tod an ihren Mann geschrieben hatte. Er las sie durch und erwähnte all die positiven Aspekte. »Das ist eine Frau, die ihr Leben im Griff hat«, schloß er. »Das ist keine Frau, die im Begriff ist, Selbstmord zu begehen.«

Er beugte sich zu ihnen hinüber und senkte geheimnisvoll seine Stimme: »Sie haben zwei Möglichkeiten zur Wahl, meine Damen und Herren, entweder hat sie sich das Leben genommen, oder jemand anderes hat es getan.«

Eine massive Überdosis ließ keinen anderen Schluß zu.

»Wer ist die Person, die vor ihrem Tod die meiste Zeit mit ihr verbracht hat? Die da, meine Damen und Herren.« Er schwang herum und zeigte auf Dorothea Puente. »Sie waren die ganze Zeit zusammen! Sie standen gemeinsam auf! Sie frühstückten zusammen! Sie hatten ein gemeinsames Geschäft! Diese Person war die ganze Zeit mit ihr zusammen!« Die Beweise legten nahe, daß Mrs. Munroe nicht Selbstmord begangen habe, so O'Mara, sondern, erklärte er, *»sie beweisen, daß sie ermordet wurde!«*

Von allen neun Opfern hatte die zerbrechliche Leona Carpenter am ehesten auf der Schwelle zum Tod gestanden. O'Mara legte nahe, daß von allen Fällen dieser in die Kategorie fahrlässige Tötung* passen würde. »Aber«, ermahnte er die Jury, »da ist am Ende ein Haken.«

Er begann ruhig. »Das war eine Person, die *viel* Pflege nötig hatte. Sie war ausgemergelt, und ihre geistigen Fähigkeiten waren reduziert.«

O'Mara erinnerte an alle Versuche, Leona Carpenter in einer professionellen Pflegeanstalt unterzubringen, wogegen Leona sich gewehrt hatte. Entsprechend den Berichten der Krankenhäuser hatte Mrs. Puente es zunächst abgelehnt, Leona Carpenter aufzunehmen und erst später zugestimmt, sie versorgen zu können. Leona wurde kurz vor Weihnachten in Mrs. Puentes Obhut entlassen, aber nur drei Tage später war sie wieder im Krankenhaus, wo sie länger als einen Monat blieb, bis sie im Februar 1987 wieder in Mrs. Puentes Pflege entlassen wurde.

»Was geschah«, erklärte O'Mara, »war folgendes: Dorothea Puente erhielt die Vollmacht über Leonas Vermögen.« Elektronische Buchungen gibt es seit dem 1. Januar 1987. »Sie müssen dafür nicht mal mehr zum Briefkasten gehen. Es ist ein Freibrief! Sie müssen auch nicht zur Bank«, sagte er sarkastisch.

»Wenn sie sie nur einen Tag gehabt hätte, und dann wäre sie gestorben, könnte man von fahrlässiger Tötung ausgehen. Vielleicht war es unterlassene Hilfeleistung, und Leona starb deswegen.

Aber das war nicht der Fall. Statt dessen wohnte Leona Carpenter zwei bis vier Wochen in der 1426 F Street. ›Sie wartete auf ihren Tod.‹ Leona ist nicht in ein anderes Pflegeheim gegangen, wie Dorothea behauptet hat, sie ist in den Garten gewandert. Das ist nicht fahrlässige Tötung, das ist Mord ersten Grades!!«

Jetzt kam der Haken.

* Diese Sicht, die die Verteidigung in letzter Minute angefügt hatte, bot der Jury einen Ausweg an. Wenn sie Probleme dabei hätte, über erstgradigen oder zweitgradigen Mord zu entscheiden, könnten sie in dem weniger starken Fall fahrlässiger Tötung einen Kompromiß sehen oder kriminelle Nachlässigkeit.

»Welche Drogen haben wir in ihrem Körper gefunden? Flurazepam und Kodein.« Seine Brauen hoben sich vor Überraschung. »Diese Dame konnte nicht alleine aufstehen. Carol Durning Westbrook sagte, sie sei in der ganzen Zeit nie von der Couch aufgestanden. Sie mußten sie ins Bad bringen. Wer brachte also die Dame dazu, durchs Haus zu wandern und Dalmane und Kodeine zu finden, die in ihren Körper gelangten? Hatte sie eines Nachmittags eine wundersame Heilung, ging, nahm das ein und starb? Wie kamen die Drogen in ihren Körper? Die einzig vernünftige Erklärung ist, daß jemand sie ihr gegeben hat. Die einzige, die sie versorgte, war *Dorothea Puente«*, sagte er und wirbelte herum, um die Angeklagte zu beschuldigen.

»Wenn also diese Dame Drogen erhalten hat, dann gibt es nur eine Person, die sie ihr gegeben hat. Es war nicht Mr. McCauley. Es war niemand von den anderen, die dort wohnten. Es war die Frau dort drüben!«

Alle Augen waren auf sie gerichtet, die Anklage hing im Gerichtssaal, aber Dorothea Puente sah nicht einmal auf.

Der Tag neigte sich dem Ende zu, die Jury wurde entlassen und ging in grimmigem Schweigen hinaus.

Am nächsten Tag wechselte O'Mara die Gangart und schränkte den Zeitraum ein, wann jeder einzelne verschwunden war. Er legte Karte auf Karte vor, gab Daten an, wann sie zuletzt gesehen worden waren, und merkte an, wann Mrs. Puentes Betrügereien begonnen hatten. »Folgen Sie dem Geld«, sagte O'Mara, »wenn Sie das Geld finden, finden Sie auch Dorothea Puente.«

Er konzentrierte sich auf Fall zwei, den Tod von Everson Gillmouth, und endlich durfte er erklären.

Mit Bezug auf die Karten und Briefe, die an Eversons Schwester Reba Nicklous geschrieben worden waren, fragte O'Mara: »Glaubt jemand nur einen Moment lang, daß Mr. Gillmouth wirklich die Stadt verlassen hat und am 2. November 1985 nach Palm Springs gegangen ist?«

Er sah sie an und verkündete: »Mr. Gillmouth ist schon

lange vor dem 2. November, an dem er heiraten sollte, tot gewesen.«

O'Mara spürte es in seinen Knochen, daß das hervorragend paßte. Er folgte der Papierspur, um zu zeigen, wie die Buchungen bei Gillmouth' Bank sich vom 2. Oktober an plötzlich verändert hatten. Plötzlich zahlte Gillmouth nicht mehr nur Rechnungen, sondern seine Schecks wurden als Bargeld eingelöst, gewöhnlich in Zwanzig-Dollar-Schritten, manchmal mehrmals am Tag. Über die nächsten Wochen hatte sich Everson Gillmouth' Guthaben stetig verringert.

»Folgen Sie dem Geld«, sagte O'Mara wieder, »und Sie finden Dorothea Puente.«

Ein Geschworener warf einen Blick auf Mrs. Puente und hob sein Kinn voller Verachtung.

Wie ein Sturmtief gewann O'Mara an Boden und zeigte, wie Mrs. Puente die Guthaben ihrer Mieter gestohlen hatte, nicht nur die der Opfer, sondern auch die anderer, vorübergehender Mieter. Bundes-, Staats- und Wohlfahrtsschecks des Landes waren alle durch ihre Hände gegangen, von Julius ›Pat‹ Kelleys Steuerrückzahlung von fast zehntausend Dollar bis zu Everson Gillmouths Rente von zweiundvierzig Dollar fünfzig im Monat.

Wie O'Maras Handschriftenexperte erkannt hatte, hatte Mrs. Puente die Unterschrift auf Hunderten von Schecks gefälscht, was eine Summe von fünfundachtzigtausend Dollar erbrachte (der Betrag, der zurückverfolgt werden konnte, es standen immer noch Schecks aus).

Er ging den Stapel Schecks durch und fand einen Dreihundert- Dollar-Scheck für ›Schuhe für Leona‹. Das zeige, wie zynisch Mrs. Puente die Schecks ausgefüllt habe, sagte er. »Dreihundert Dollar für Schuhe für Leona, was? Sie wird hübsche Schuhe tragen können, drüben im Garten.«

Die Spur des Geldes zeigte, daß Vera Faye Martin, die am 2. Oktober 1987 in Mrs. Puentes Pension gekommen war, fast sofort ermordet worden war. Mrs. Puente fälschte ihre Unterschrift schon drei Tage später, am 5. Oktober. Selbst der zuverlässigste Zeuge konnte sich nicht mehr erinnern, Vera Martin gesehen zu haben.

Dorothy Miller verschwand einen Monat später. Sie war als ›die dumme Frau‹ beschrieben worden, die Mrs. Puente gezwungenermaßen in ihrem Stockwerk oben aufgenommen hatte (das verrufene Schlafzimmer neben der Küche). Gelegentlich schlenderte Mrs. Miller nach unten, dann ging sie wieder hoch. Als einem Mieter auffiel, daß sie nicht mehr da war, erzählte ihm Mrs. Puente: »Sie ist wegen Ladendiebstahls verhaftet worden, und ich habe sie an die Luft gesetzt.«

O'Mara legte eine Spur aus Daten und Ereignissen, wobei er sich gelegentlich auf Mrs. Puentes gekritzelte Bemerkungen in ihren Kalendern verließ, die er vor der Jury hin und her schwenkte. Auch führte er aus, daß gewisse Eintragungen, alle in derselben farbigen Tinte geschrieben, entschieden eigennützigen Stils waren. Am Sonntag, dem 7. November 1988, beispielsweise, als der geheimnisvolle Schwager Bert angeblich nach Utah mitgenommen hatte, hatte sie geschrieben: ›Bert hat uns verlassen, während ich in der Kirche war‹.

O'Mara konnte ein Wortspiel nicht lassen: »Wir müssen Gott hierbei irgendwie ins Spiel bringen, weil wir wissen, daß Er nicht beteiligt wäre, wenn das nicht wahr wäre.«

Aber vielleicht stieß O'Mara auch diejenigen vor den Kopf, die er überzeugen wollte. (Die Jury blieb unergründlich. Medienvertreter flüsterten darüber, wie befremdlich fröhlich und lärmend einige seien. Eines Tages kamen der XREMIST und einige seiner Anhänger mit Sonnenbrillen herein, was als Witz gemeint war. Andere blieben völlig passiv.)

Später sprach O'Mara das Thema vom armen Jim Gallop, dem Mann mit dem Hirntumor, an. O'Mara sah Gallops medizinische Berichte durch und bemerkte: »Er war sicher in schlechter Verfassung, aber Meilen entfernt von einem bösartigen Tumor.«

Die Berichte gaben auch an, daß Gallop mit einer Frau zusammenlebte, die er in einer Bar getroffen hatte. »Er dachte, sie wäre Mutter Teresa«, sagte O'Mara schneidend, »aber das war sie nicht!«

Die Verteidiger sahen ihn schief an und machten sich Notizen.

O'Mara sagte, daß Vera Martin beraubt und geschlagen

worden war und daß alle diese Leute immer mal wieder in die Notaufnahme gekommen waren. »Diese Leute hatten ein verkorkstes Leben. Sie haben alles mögliche durchgestanden. Sie haben es überlebt.« Er machte eine Pause. »Dann kamen sie auf diese Insel des Friedens – eine Oase! – zu einer Frau, die Obdachlose aufnahm und ihnen ein Heim gab. Sie gingen dorthin, und die meisten von ihnen haben keinen Monat überlebt! Ist das nicht von gewisser Ironie? Sie gehen an diesen warmen, großmütterlichen Ort, und schon sind sie Geschichte!«

O'Mara beobachtete die Gesichter der Geschworenen und suchte nach einem gelegentlichen Nicken, dem wissenden Lächeln, die ihm sagten, daß auch sie Mrs. Puentes Schuld für offensichtlich hielten. Er war sich sicher, daß er sie erreichte, sicher, daß er Zustimmung gewann. Später würde er sich wundern, wie er sich so geirrt haben konnte.

Am Morgen des Freitags, 9. Juli, brachte die Verteidigung Mißverhalten der Staatsanwaltschaft vor. Sie sagten, O'Mara habe Gott ins Spiel gebracht und Anspielungen auf Mutter Teresa und christliche Überzeugungen gemacht, seine Argumente seien vorurteilsbelastet und aufrührerisch, das sei kein fairer Kommentar der Ereignisse.

Richter Virga entschied rasch, daß O'Mara die Gesetze der erlaubten Argumentation nicht überschritten habe.

Als nächstes brachte die Verteidigung vor, daß der Jury zusätzliche Anweisungen zu Fall sieben gegeben werden sollten, dem angeblichen Mord an Ben Fink. Wie der Staatsanwalt gesagt hatte, sagten auch sie, daß Mrs. Puente so aufgebracht über Finks Trinkgewohnheiten gewesen war, daß sie ›ausrastete‹ und ihn tötete. Diese Art, aus ›hitziger Leidenschaft‹ zu töten, verlangte die Information über ›fahrlässige Tötung‹.

Richter Virga stimmte zu. Und sobald die Jury wieder saß, erhielt sie die Information, daß sie diese zusätzliche Möglichkeit hatte, aber nur für Fall sieben.

Je mehr Möglichkeiten, desto mehr Wahrscheinlichkeit für Reibungspunkte. Das war Clymos Logik.

Sobald O'Mara wieder an der Reihe war, gab er der Verteidigung die Schuld für die Verzögerungen an diesem Morgen. Er habe nicht sagen wollen, daß Ben Fink in einem Wutanfall ermordet wurde, sagte er, und machte ihnen klar, daß die Zusatzanweisung von der Gegenseite gekommen war.

O'Mara hatte viel zu behandeln, deshalb holte er mehrere Karten hervor und warnte: »Wir werden über etwas Langweiliges sprechen müssen – die berühmten Dalmane-Kriege«, und einige Geschworene grinsten.

Er faßte die toxikologischen Ergebnisse zusammen und betonte den seltsamen Umstand, daß alle Leichen Spuren von Dalmane aufwiesen. Er listete Mrs. Puentes zahllose Rezepte für die Droge auf. Die ganze Zeit über griff er die Experten der Verteidigung an und lobte die eigenen.

Die Verteidigung hatte nichts anders erwartet.

Endlich kam er zu den Dingen, die er bis zum Schluß aufgehoben hatte. Einige Beweismittel waren aufgenommen worden. Auf Mrs. Puentes Eßzimmertisch hatte man beispielsweise ein Blatt Papier gefunden, das aus einem Spiralblock gerissen worden war. »Das ist ein sehr interessantes Stück Papier«, sagte O'Mara und zeigte ihnen eine riesige Vergrößerung von einer geschriebenen Rechnung:

Jim	657
V	637
B	637
B	637
L	500
D	600
J	700
	5,058

Ein Blick brachte Klarheit. O'Mara brauchte es kaum zu erklären, aber er tat es. Jim war Jim Gallop, V war Vera Martin, die zwei Bs waren Betty Palmer und Ben Fink, L war Leona Carpenter, D war Dorothy Miller und J, sagte er, war entweder John Sharp oder John McCauley. »Was sie da ausgerechnet hat, ist, wieviel Geld sie jeden Monat erwarten konnte. Sie überschlug ihr Einkommen.«

Was sonst konnte man schließen? Ihre Addition war klar, und sie zeigte genau, was jeder einzelne von SSI, Sozialversicherung und anderen Behörden erhielt.

»Ich nehme an, das stammt aus der Zeit, ehe Bert Montoya getötet wurde«, sagte O'Mara grimmig. »Anderenfalls wären da drei Bs.«

Warum hatte sie diese Menschen umgebracht? Hauptsächlich wegen des Geldes, aber nicht *nur* deswegen, so erklärte er, wegen des Rufs, wegen des Lebensstils, wegen des Respekts, die Geld einem einbringen kann.

O'Mara ergriff eine Schachtel mit Weihnachtskarten, erklärte, daß sie auch im November 1988 auf Mrs. Puentes Eßzimmertisch gefunden worden seien, und gab eine der Jury.

Als sie sie öffneten, sahen sie festlich vorgedruckte Weihnachtsgrüße von ›Dr. Dorothea Puente‹.

Die Frau hatte mehr als einen Lebensstil zu unterhalten. Sie mußte ihr Image wahren.

Er legte die Karten beiseite und überlegte: »Ich bin sicher, daß sie sich sagte: ›Im Tod haben sie es besser. Sie wären sowieso bald gestorben, was ist der Unterschied? Ich tue ihnen wirklich einen Gefallen.‹«

Aber der Staatsanwalt glaubte nicht, daß sie ihnen einen Gefallen getan hatte. Jetzt ergriff er die Fotos, die ihre einfache letzte Lösung zeigten. Eines nach dem anderen ließ er in der Jury herumgehen und kündigte jedes mit Namen an: »Everson Gillmouth, eingepackt in Müllsäcke rund ums Gesicht. Betty Palmer mit Müllsäcken um den Torso. Dorothy Miller mit einer Windelhose auf dem Gesicht und Klebeband, das ihren Arm an Ort und Stelle hält. Ben Fink hat auch eine Windelhose vor dem Gesicht. Und Mr. Montoya – der Mann, den sie wie einen Sohn behandelt hat! – Mr. Montoya hat eine Mülltüte vor dem Gesicht.«

»Fallen Ihnen die Ähnlichkeiten auf?« rief er. »Ersticken kann fünfundzwanzig Minuten nach dem Tod nicht mehr entdeckt werden. *Warum haben sie diese Dinger über ihrem Gesicht?*«

Er legte die schrecklichen Bilder beiseite. »Ob sie glauben, daß sie vergiftet wurden, oder ob sie erstickt wurden, spielt das wirklich eine Rolle?«

Direkt vor der Jury spielte er seinen letzten Trumpf aus: »Kaufen Sie diese Geschichte, daß sie alle eines natürlichen Todes starben, nicht ab. Sie hat jeden einzelnen von ihnen umgebracht. Sie hat es *gewollt*, sie hat es *geplant*, sie hat es mit *Vorbedacht* getan. Wenn Sie irgendeinen Zweifel daran haben, ob sie es in dieser Verfassung getan hat, dann denken Sie an den ersten Mord. Wenn da keine Planung beim ersten Mord war, dann ganz sicher bei Nummer zwei! *Und wenn Sie zu drei, vier, fünf, sechs, sieben, acht und NEUN kommen, was glauben Sie, geht Ihnen dann durch den Kopf?«*

O'Mara setzte sich schweigend, während seine Frage in dem erstarrten Gerichtssaal nachhing.

Die Jury ging nach Hause, um sich über das Wochenende auszuruhen. Kevin Clymo wollte an seinem Plädoyer arbeiten. Peter Vlautin bereitete eine kleine ›Heimzahlung‹ vor.

Während des Solomon-Prozesses hatte Vlautin Robert Louis Stevenson irgendwie falsch zittiert, und O'Mara hatte ihn für den Irrtum während des Schlußplädoyers bezahlen lassen. Deshalb hatte Vlautin jemanden O'Maras Thoreau-Zitat überprüfen lassen, um zu sehen, was dabei herauskäme.

Jetzt hatte er eine Antwort von ihrem Untersuchungsbeamten. Eine Notiz ›11/11/tausendachthundertfünfzig Passage im *Journal* kann ich nicht finden, aber siehe beigefügtes Beweismaterial der Umstände halber‹, und angeheftet ein kurzes Stück aus *Thoreaus Welt.*

Vlautin las es eifrig durch und ging dann zu seinem Kollegen.

Clymo sah die Geschichte durch und protestierte: »Peter, ich habe dir doch gesagt, ich zitiere nicht.«

Aber nachdem er es gelesen hatte, änderte er seine Meinung.

Teil 6

Sympathie für den Teufel

Einige nennen sie den fleischgewordenen Teufel, andere nennen sie einen Engel.

Kevin Clymo, Verteidiger

Sie hatte viele Persönlichkeiten. Im einen Moment Heilige Jungfrau, im anderen Teufel.

Pedro Montalvo, Dorotheas vierter Ehemann

»Ich kann sagen, wann Mama trinkt, weil sie dann so gemein wird, daß man es riechen kann.«

Dorothea Helen Gray, siebeneinhalb Jahre

Kapitel 46

Dorothea Puente sah am Montag morgen mit ihrem Haar, das gegen das Dunkelblau ihres Pullovers besonders weiß abstach, und den kleinen Händen, die sie im Schoß gefaltet hielt, besonders adrett und großmütterlich aus, als sie zusah, wie die Geschworenen ihre Plätze einnahmen. Auf der Galerie spähten zwei alte Damen über die Schultern der Reporter und schätzten ihr Alter auf etwa fünfundsiebzig Jahre. »Sie ist so bleich«, flüsterte die eine, »ihre Haut paßt zu ihrem Haar.«

Richter Virga betrat mit wehender schwarzer Robe den Gerichtssaal, nahm Platz und kündigte an: »Mr. Clymo, Sie dürfen anfangen.«

Der Verteidiger erhob sich zu seiner vollen Größe.

O'Maras Zusammenfassung war zu Herzen gegangen, so daß man von der Verteidigung nicht mehr viel erwartete. Clymo würde wahrscheinlich noch am selben Nachmittag zum Ende kommen. Nach allem fragten sich die Beobachter, was er wohl noch sagen könnte.

Clymo verlor keine Zeit. »Wenn Sie alles glauben, was der Staatsanwalt letzte Woche *bezeugt* hat« – er sprach voller Zynismus – »wenn Sie alles glauben, was er Ihnen erzählt hat, werden Sie Dorothea Puente wahrscheinlich in neun Fällen des Mordes für schuldig erklären«, fing er ohne Umschweife an. »Die Leidenschaft, die Wut, das Vorurteil, die an Sie gerichtet wurden ...«, er spreizte hilflos die Hände, »das Plädoyer war sehr, sehr eindrucksvoll.«

Er lächelte. »An einer Stelle habe ich die Jury angesehen, und ich habe gedacht, o mein Gott, sie werden nicht nur Dorothea schuldig sprechen, sondern auch uns, weil wir neben ihr sitzen!«

Aber dann, sagte er, sei ihm klargeworden, daß die sehr sensiblen Geschworenen sich ihr Urteil ›nicht von ihrer Leidenschaft diktieren‹ lassen würden.

Gut gelaunt und ohne Schnörkel sprach Clymo sie in vertrauensvoller Weise an. »Ich stimme in einem Punkt mit Mr. O'Mara überein«, sagte er, »das ist wirklich die Mutter aller

Fälle mit Beweisen der Umstände halber. Es ist ein schwieriger Fall, schwierig für die Staatsanwaltschaft, schwierig für die Verteidigung.«

Er erinnerte sie daran, daß der Wechsel des Gerichtsortes nötig geworden war, weil die Wellen der Gefühle in Sacramento hoch gingen, so daß Mrs. Puente dort keinen fairen Prozeß erwarten konnte. Sie seien nach monatelangen Gesprächen mit Hunderten möglicher Geschworener ausgewählt worden, weil sie beide Seiten fair abwägen könnten.

Als Randbemerkung grinste Clymo und sagte, sich über seinen Schlips lustig machend: »Fast hätte ich heute meine Fischkrawatte angelegt. Eine Forelle in der Milch ist ein starker Beweis der Umstände halber – *aber wofür?*«

Wieder ernst fuhr er fort: »Es ist ein zäher Fall, und er braucht eine mutige Jury, eine wirklich mutige Jury, die die Leidenschaft ignoriert und wahrhaft objektiv die Gesetzeslage beurteilt.«

Ganz allmählich begann er damit, die Argumente der Staatsanwaltschaft zu entkräften.

»Ihr Verstand, nicht Ihre Leidenschaft sollte Sie leiten«, erklärte Clymo, »O'Maras Version der Wahrheit sei gelegentlich schief, bei anderen Gegebenheiten verzogen, dann wieder zurechtgebogen. Wenn Sie alles glauben, was der Staatsanwalt gesagt hat, werden Sie sie schuldig sprechen. Aber wenn Sie es an der Wahrheit messen«, kündigte er an und legte seine langen Finger wie ein Prediger zusammen, »dann werden Sie erkennen, wo sie schief ist. Wenn Sie diesen Prozeß durchlaufen haben, erwarten wir, daß Sie das ablehnen, was Sie letzte Woche erfahren haben.«

Clymo war zu seiner ersten Taktik übergegangen: Greif die Staatsanwaltschaft an.

»Sie sind mit einem der eindrucksvollsten Plädoyers bombardiert worden, das ich je von einem Staatsanwalt gehört habe. Jedes Nervenende lag bloß! Der Name des Christentums wurde hinzugezogen! Mutter Teresas Name diente dazu, Sie aufzuhetzen! Verlangt so eine Situation nach dieser Art von Sarkasmus?«

Clymo unterstellte als erstes, daß O'Mara blasphemische

Äußerungen gebraucht und ihre Intelligenz beleidigt hätte. Als nächstes fragte Clymo, der wußte, daß einige von ihnen ein militärisches Gegenspionageprogramm absolviert hatten: »Erinnern Sie sich an die Klassifizierung, die Sie bei der Fragetechnik gelernt haben? Erinnern Sie sich an all den Stoff, den wir als Land nach dem Koreakrieg gelernt haben? Wenn Sie jemandes Denkvorgänge kontrollieren wollen, wenn Sie jemanden zu einer bestimmten Ansicht bringen wollen, dann bringen Sie ihn in eine Situation, in der Sie die absolute Kontrolle über ihn haben, in dem Sinne, daß er keine Möglichkeit hat, Ihrer Schmähung zu entkommen.«

Clymo verglich die Marathon-Rede des Staatsanwaltes tatsächlich mit Mechanismen der Gedankenkontrolle.

»Sie hämmern es ihm ununterbrochen ein«, fuhr er fort, »Sie ermüden ihn, Sie erschöpfen ihn, Sie laugen ihn aus und verfälschen die Fakten. Allmählich, ganz langsam verfälschen Sie während des erschöpfenden Vorgangs die Fakten. Aber«, warnte er, »lassen Sie das nicht mit sich selber geschehen. Durchschauen Sie den Vorgang.«

Nachdem Clymo so den Stil des Staatsanwaltes in Mißkredit gebracht hatte, ging es nun zur Sache.

Er hielt es für lächerlich, die Frau, die als ›Betty‹ geführt wurde, in Wirklichkeit für Leona Carpenter zu halten. »Warum in aller Welt sollte Dorothea Puente jedermann erzählen, daß der Name dieser Frau ›Betty‹ wäre? Das macht überhaupt keinen Sinn«, sagte er kopfschüttelnd.

»Carol Durning Westbrook hat Ihnen erzählt, daß Dorothea Montalvo Puente diese Frau gefüttert hat. Daß sie zur Couch ging, sie hochhob, sie mit Suppe fütterte, selbst wenn sie nicht essen wollte und nichts sonst, als ihre Schmerztabletten haben wollte. Sie hat sie gebadet und hinter ihr hergewischt wie hinter einem Baby. Das hat Dorothea Montalvo Puente getan. Das ist nicht irgendeine Geschichte, die sie Detective Cabrera erzählt hat und sie deshalb unglaubwürdig und erfunden ist. Das stammt von einem Zeugen, von dem die Staatsanwaltschaft gesagt hat, sie sei einer von den wenigen, denen Sie glauben können.«

In sanften, vernünftigen Tönen machte er weiter. »Es gab

niemanden, der sich um Betty kümmerte, außer Dorothea Montalvo Puente. Macht das aus ihr eine Mutter Teresa? Nein. Ist Dorothea Montalvo Puente eine verrückte Serienmörderin, die hilflose, ausgestoßene Menschen noch nach dem Grab ausraubt? Auch das ist sie nicht. Sie ist weder Heilige noch Dämon. Sie ist wie wir alle, ein bißchen gut, ein bißchen böse«, sagte er und hob die offenen Handflächen hoch, als wollte er ihre beiden Seiten ausbalancieren. »Die Hälfte des Falls galt dem Beweis, daß sie eine Diebin ist. So sei es. Das macht sie nicht zu einer Mörderin.«

Clymo legte nahe, daß sie mit all den Leuten gut befreundet gewesen war. Leona Carpenter hatte sie beispielsweise 27 Jahre gekannt. Ihre Freundin Betty Palmer wußte, daß es ›mit ihr bergab ging‹, deshalb hatte sie einfach zugestimmt, daß Dorothea, wenn sie sie pflegte, ihr ›Vermögen‹ an Sozialversicherungsschecks erhalten könnte.

Dann hielt Clymo, vielleicht in Weiterführung seiner Psychologiestudien in Stanford, der Jury ein wohlbekanntes Schwarzweißbild vor, einen Wahrnehmungstest. »Einige Leute sehen das und erkennen einen Kelch. Andere erkennen zwei Gesichter, die einander gegenüberliegen«, sagte er und ging mit dem Bild zur Jury hinüber. »Was es graphisch schön beweist, ist, daß es oft zwei Sichtweisen der Dinge gibt. Ich meine, daß Sie, wenn Sie genau wissen, was Sie sehen wollen, Sie auch nur das eine sehen. Eine Sichtweise schließt die andere aus.«

Das war ein Geniestreich, der die Aufgabe anschaulich machte, die vor ihnen lag, und sie subtil überzeugte.

Für den nächsten Punkt legte Clymo ein Videoband mit den Nachrichten vom 11. November 1988 ein, das die Geschworenen Monate vorher gesehen hatten. Es wurde still im Gericht, als Geräusche und Bilder jenes verhängnisvollen Tages den Raum füllten. »Als Krönung unserer Nachrichten heute abend ein grauenhaftes Geheimnis ... entdeckten die Überreste eines toten Körpers ... Das ist das Haus von Dorothea Puente ...«

Clymo machte die Staatsanwaltschaft lächerlich, weil sie wenig mehr angeboten hätte als die Verdächtigungen dieses ersten Tages. »Haben Sie auf dem Video von Tag eins grob das gehört, was Sie in der Schlußrede des Staatsanwaltes gehört haben? Vergrabene Leichen! Vergiftungsverdacht! Dorothea Montalvo Puente hat einen Vorteil! Schecks wurden zu Geld gemacht! Leute vermißt! Das war von Tag eins an die Sicht der Dinge.

Was ist in den sechs, sieben Monaten, oder wie lange es dauert, daß wir diesen Fall behandeln, bewiesen worden?

Nicht viel.

Sie wissen, daß von Tag eins an versucht worden ist zu beweisen, daß Dorothea Montalvo Puente Menschen vergiftet hat. Ist Ihnen der Beweis dafür geliefert worden?« fragte er skeptisch. »Ist Ihnen das über jeden vernünftigen Zweifel erhaben und mit moralischer Gewißheit bewiesen worden?«

Er ließ die Frage einen Moment im Raum stehen.

Als nächstes wandte Clymo sich dem Thema der Flucht zu und behauptete, daß die Verteidigung die Flucht nie in Frage gestellt hätte. »Welche Bedeutung hat sie, das ist doch die Frage für Sie«, sagte er. »Hölle, sie mußte nicht weglaufen. Sie haben sie durch die Menge *geführt!*«

(Das hatte Detective Cabrera ihm in die Hand gegeben.)

»Beweist das, daß sie sich bewußt war, gemordet zu haben? Oder heißt das nur, ja, sie wußte, daß sie die Regierung lange Zeit bestohlen hat, daß sie sich den Nutznieß von Sozialversicherungsschecks sicherte, nachdem die Leute gestorben waren, weil es, wie wir gehört haben, keinen Wissenschaftler braucht, um auszurechnen, wie leicht die Sozialversicherung zu bestehlen ist?«

Clymo gestand zu, daß es auf den ersten Blick starke Umstände seien, sieben Leichen im Garten zu finden.

»Aber *was* für Umstände?« fragte er. »Für einen *Friedhof!* Es sagt gar nichts darüber aus, wie die Leute gestorben sind!«

Damit zeigte er medizinisches Material, das die Frage des Gesundheitszustandes der Leute behandelte, die Mrs. Puente umgebracht haben sollte. Er nannte erneut die schrecklichen Gesundheitsprobleme, denen sie gegenüberstanden. Wieder und wieder und bei jedem der Fälle ermahnte Clymo die

Geschworenen: »Was wissen wir über die Todesursache? Nichts. Nichts! Sie ist *unbestimmt!*«

Clymos Grundtaktik bestand darin, Fragen aufzuwerfen, Zweifel anzumelden. Es war nicht seine Aufgabe, Antworten zu geben, sondern die kleinen Störungen und Ungereimtheiten anzubringen, die sich zu etwas summieren, das weniger ist als vollkommen, etwas, dem etwas zur ›moralischen Gewißheit‹ fehlt.

»Sie haben viel zum Geruch des Todes gehört. Wie kann es einen Todesgeruch geben, wenn neun Leute planvoll getötet werden? Es braucht zwei, drei Tage, ehe eine Leiche anfängt zu riechen. Wenn sie geplant waren, willentliche Morde, warum gab es dann immer den Geruch nach Tod? Warum lagen die Leichen so lange herum, daß sie schon zu verwesen begannen? Wie erklären Sie sich das?«

Warum würde sich jemand die Mühe machen, die Leichen so gründlich zu verpacken, fragte er und erinnerte sie an die Decken und die Tücher, von denen einige wie ein Leichentuch geknüpft waren. »Warum hat man sie nicht so schnell wie möglich nach draußen in ein Loch gebracht und bedeckt? Einmal im Loch, wären sie verschwunden.«

In sanfteren Tönen vermutete er: »So bizarr es auch aussieht, verrät das Einpacken der Leichen nicht eine abwegige Sorge darum, die Würde dieser Leute zu bewahren und eine Schranke zwischen ihnen und dem Schmutz zu errichten?«

An einem Punkt zählte Clymo alle ehemaligen Mieter auf, die in dem Prozeß ausgesagt hatten. Natürlich waren sie nicht tot. Warum hatte Mrs. Puente sie nicht auch getötet, wenn sie doch so eine verrückte Mörderin war?

Subtil, aber unmißverständlich machte Clymo Fortschritte und weckte Zweifel.

Clymo hob sich sein bestes Argument bis zum Abend auf. Er legte das Videoband mit dem Interview mit einem früheren Mieter, Julius ›Pat‹ Kelley, ein, wandte sich an die Geschworenen und fragte: »Wenn Dorothea Puente im November 1988 nicht verhaftet worden wäre, was wäre geschehen, wenn Julius Kelley im Haus geblieben wäre und dort an Lungenkrebs gestorben wäre? Ich bitte Sie, darüber nachzudenken, wenn Sie das Videoband sehen.«

Das Bild eines eingesunkenen, schwachen Mannes füllte den Bildschirm mit der Digitalanzeige vier/zwanzig/neunzig in einer unteren Ecke. Die Geschworenen erinnerten sich daran, das Band vor Monaten gesehen zu haben, aber mittlerweile wirkte Mrs. Puentes früherer Mieter schwächer denn je. Sie hörten, wie George Williamson und Peter Clymo den alten Mann abwechselnd befragten, und sie hörten, wie er in einem kaum verständlichen Flüstern antwortete. Auf dem Band sagte Kelley, er habe Dorothea verschiedentlich um Dalmane gebeten, damit er schlafen könne. Erst hatte sie sich geweigert, dann hatte sie ihm schließlich ein paar Pillen gegeben.

Kelley erzählte von dem Leben in 1426 F Street, aber was er sagte, war weniger wichtig als sein krankes Aussehen. Obwohl er erst dreiundsechzig war, sah er so alt und durchsichtig aus wie altes Pergament.

Nach einer halben Stunde mit dem Bild des kranken Mannes hielt Clymo das Band an und wandte sich an die Jury: »Bedenken Sie«, sagte er gedankenvoll, »wenn der Krebs seinen Verlauf nahm, wie er es, wie wir wissen, getan hat, und Julius Kelley im Garten vergraben gefunden worden wäre, glauben Sie, er wäre dann Fall *zehn* gewesen?«

Die Geschworenen setzten sich aufrechter hin. Clymos Logik klang unleugbar einsehbar.

Ein kranker alter Mann mit einem regelmäßigen Einkommen starb, und Dorothea fand für ihn einen Platz auf ihrem eigenen, privaten Friedhof.

Clymo fuhr in dieser Art fort. »Wenn die toxikologischen Tests abgeschlossen wären, würde man dann auch Dalmane in seinem Körper finden? Er bat darum als Schlafmittel, aber er hatte kein Rezept dafür.«

Wenn Kelley in der Pension gestorben wäre, wenn er wirklich Fall zehn geworden wäre, »stünde Dr. Anthony hier und würde über die Ergebnisse der Autopsie aussagen, über die toxikologischen Ergebnisse, und Sie würden hören, daß Kelley Dalmane in seinem Gewebe hatte, in Leber und Hirn, und daß er kein Rezept dafür hatte!«

»Wie oft«, stellte er die rhetorische Frage, »ist das Bild durchgespielt worden?«

Clymo lud die Jury ein, sich an einige der ersten Aussagen über Bert zu erinnern. »Erinnern Sie sich an Bill Johnson? Den mit dem großen Bart? Erinnern Sie sich daran, wie gefühlsbetont er von Bert sprach? Bert war sein Kumpel, er kümmerte sich um ihn.« Clymo lächelte. »Eine Sache, die Bill Johnson von Bert Montoya wußte, war, daß er seine Eigenheiten hatte, er war ein *Nachtmensch.* Er wanderte nachts herum, und er sprach nachts mit seinen Geistern. Er schlief nicht. Wenn alle anderen schliefen, war er die ganze Nacht wach.«

Das hatte Johnson in der Tat ausgesagt.

»Ist es nicht auch vernünftig, daraus zu schließen, daß Dorothea Puente ihn deshalb mit einem Zettel zu Dr. Doody geschickt hat: *Er schläft nicht, geben Sie ihm etwas Dalmane?«*

Konnte das wahr sein? Hatte Dorothea Puente nur dann und wann ein paar Pillen aus der Hand gegeben, wenn ihre Mieter nicht schlafen konnten?

Am Morgen hatte niemand geglaubt, daß Kevin Clymo eine Chance hätte, seine Klientin zu retten. Aber jetzt, mit dem von schwerer Krankheit gezeichneten Gesicht von Julius ›Pat‹ Kelley hatte er das Unmögliche möglich gemacht: Er hatte die nagende Überlegung angestellt, die Frage aufgeworfen, ob Dorothea Puente vielleicht wirklich unschuldig sein könnte.

Am nächsten Morgen stufte Clymo die Staatsanwaltschaft so ein, als legte sie es auf die Todesstrafe an, und führte eine scharfe Attacke gegen die ›unglaubliche Ausnahme‹, wie die Gewebeproben behandelt worden seien, und gegen James Beede. Er führte die Unterschiede auf, die in den Ergebnissen der drei untersuchenden Labors aufgetreten waren. Er behauptete, daß die Staatsanwaltschaft, da sie keine Todesursache hatte finden können, von Labor zu Labor gezogen sei, bis sie die Ergebnisse gefunden hätte, auf die sie gehofft habe.

Weiter unterstellte er, daß James Beede für die Dalmane verantwortlich sei, die durch die hochtechnische Analyse beim DOJ festgestellt worden waren. »Wir sprechen nicht von einem Lesefehler«, verkündete Clymo gewichtig, »wir sprechen über Verunreinigung. *Bewiesene, wissentliche Verunreinigung.* Irgendwie ist Kokain in Ben Finks Gewebeprobe gelangt. Bill Philips (vom DOJ) hat für mich überprüft, daß die Proben, die bei James Beede vorbereitet wurden, verunreinigt waren.

Was fangen Sie damit an? Ich weiß es nicht. Sie sollten das in Betracht ziehen.

Ich kann Ihnen nicht beweisen, daß alle Proben mit Dalmane verunreinigt wurden, aber ich weiß, daß Ihnen bewiesen worden ist, daß es hätte geschehen können.«

»Bingo«, sagte er sarkastisch, »da haben wir eine Todesursache.«

Er ließ Dr. Baselt gegen Dr. Anthony antreten und stellte fest, daß dieser Experte die größere Erfahrung und die höhere Glaubwürdigkeit habe. Selbst wenn man Dr. Anthony zugestand, daß er ein Experte auf seinem Gebiet war, fragte Clymo: »Wievielmal hat er Ihnen erzählt, daß, wenn man über verwestes Gewebe spricht, alles auf unsicheren Füßen steht?«

Das war der Knackpunkt. Während all der Stunden der toxikologischen Debatte hatte nicht einer eine genaue Aussage darüber machen können, inwieweit der Prozeß der Verwesung sich auf Dalmane auswirkte. Das war die Achillesferse auf Seiten der Staatsanwaltschaft, und damit wollte Clymo O'Mara Einhalt gebieten.

»Bei der Verwesung setzt eine Austrocknung ein. Die Austrocknung funktioniert wie das Glas Wasser mit Salz darin. Wenn das Wasser verdunstet, bleibt das Salz übrig.«

Dann hielt Clymo eine Kopie der Gerichtsberichte hoch und las seinen Austausch mit Dr. Anthony über die Menge Dalmane vor, die es brauchte, um jemanden zu töten. Mit Betonung und Gesten strich er seinen persönlichen Leckerbissen, die Tennisballanalogie, hervor – »Wenn Sie hundert oder zweihundert Dalmane-Kapseln nehmen und sie alle öffnen, behalten Sie eine Pulvermenge von Tennisballgröße zurück« – aber er ließ sorgfältig Dr. Anthonys Klarstellung aus, daß in

Verbindung mit anderen Mitteln schon eine viel kleinere Dosis tödlich wäre.

Fiel das den Geschworenen auf? Clymo hoffte natürlich, daß es das nicht tat.

Wieder und wieder kehrte er zum Thema des begründeten Zweifels zurück. »Es ist nicht meine Aufgabe, Ihnen zu beweisen, daß Dorothea Montalvo Puente nicht schuldig ist«, erklärte er. Vielmehr war es die Aufgabe des Staatsanwalts, über jeden begründeten Zweifel erhaben und mit moralischer Sicherheit zu beweisen, daß sie es war.

Clymo erklärte die Tatsache weg, daß Ben Fink und andere kein Rezept für die Droge gehabt hatten, die man in ihren Körpern fand, und zitierte Aussagen, nach denen Alkoholiker, wenn sie keinen Alkohol finden, zu Pillen greifen.

Clymo erwähnte die vielen Beeinträchtigungen, an denen diese Leute gelitten hatten, und gab an, daß das einzige Muster, um in diesem Fall zu entkommen, das Feld auf dem Autopsiebericht war: »Todesursache? Unbestimmt. Unbestimmt. Unbestimmt. Unbestimmt. Unbestimmt. Unbestimmt. Unbestimmt.«

Clymo zog viele Karten, um für seine Seite zu werben, die Karte der ›moralischen Sicherheit‹, Mord, Anweisungen für die Jury und das Gesetz. »Wenn Sie dem Gesetz folgen«, argumentierte er, »können Sie Dorothea nicht für den Mord an acht Menschen schuldig sprechen, es sei denn, Sie könnten beweisen, daß sie nicht eines natürlichen Todes starben!«

Der neunte, beharrte er, war Selbstmord. Er zitierte all die Sorgen in Ruth Munroes Leben – die Krebsdiagnose bei ihrem Mann, steigende Arztkosten, das Fehlschlagen ihres Restaurantgeschäfts auf dem Höhepunkt ihrer Scheidung – Clymo ließ es wahrscheinlich aussehen, daß Ruth Monroe zeitweise unter Depressionen gelitten hatte.

Clymo rief der Jury ins Gedächtnis, daß O'Mara diesen Fall den arbeitsreichsten genannt hatte, und erklärte: »Man erwartet von mir nicht, daß ich hier aufstehe und Sie davon überzeuge, daß sie nicht schuldig ist. Ist das Amerika? Wenn es einen Zweifel gibt, wenn er beunruhigend ist, wird nicht erwartet, daß es zur Anklage kommt!«

Nach zweieinhalb Tagen schickte Clymo sich endlich an, zum Ende zu kommen. Er nahm ein paar Blätter auf, die sein Kollege Vlautin für ihn vorbereitet hatte, und begann zu lesen.

Es war eine Erzählung darüber, wie man Fuchsspuren im Schnee verfolgt, die zu Kaninchenspuren führen und dorthin, wo ›ein Kaninchen anscheinend getötet und gefressen wurde‹. Der Autor, der den blutigen, zertrampelten Schnee und Felsbrocken gesehen hat, ist davon überzeugt, daß der Fuchs das Kaninchen getötet hat.

Liest man weiter, findet der Autor die Reste des Kaninchens, ›aber hier gibt es keine deutliche Spur eines anderen Tieres, nur ein paar Kratzer und Abdrücke, wo irgendein Raubvogel – ein Habicht oder eine Eule – den Schnee berührt haben …‹

Jeder ahnte den Autor, als Clymo weiterlas: »Die Beweise der Umstände halber gegen den Fuchs waren sehr stark, weil die Tat begangen worden war, seit Schnee lag, und ich zuerst keine anderen Spuren als diese gesehen hatte. Jede Jury hätte ihn schuldig gesprochen, und er wäre gehängt worden, wenn man ihn gefaßt hätte.«

Clymo sah die Jury an. Er konnte förmlich sehen, wie der Zweifel sich über ihren Köpfen zusammenballte.

Diese Geschichte, erzählte er ihnen, trug den Titel ›Geheimnis Mord: Kaninchen, Fuchs, Eule‹ und war von Henry David Thoreau in dem Jahr vor seinem Tod geschrieben worden, ›zehn Jahre nachdem er uns von der Forelle erzählt hat‹.

Sanft beschwor Clymo die Jury: »Beachten Sie, daß die Dinge nicht immer so sind, wie sie scheinen. Ich danke Ihnen.«

Clymo beendete das längste Plädoyer seiner Karriere und setzte sich. Und Peter Vlautin grinste in sich hinein und dachte: *heimgezahlt*.

Wegen der Last der Beweispflicht erhielt die Staatsanwaltschaft eine zweite Chance der Zusammenfassung: die Zurückweisung.

O'Mara hatte das dringende Verlangen zu argumentieren.

Er hatte Seiten über Seiten mit Notizen gefüllt. Clymo hatte die Seite von Dorothea Puente gezeigt, die ganz Süße und Licht war, er war bereit, dem die Seite entgegenzusetzen, die düster und ernst war.

Er erhob sich und begann. Er drängte die Geschworenen, ›zurückzutreten und das ganze Bild zu sehen‹, er entschied, daß Clymos Argument absurd sei. Die Verteidigung ging davon aus, daß Mrs. Puente die Leichen heimlich begrub, weil sie es nicht riskieren konnte, ›den großen Computer im Himmel‹ anzustellen. Aber, verlangte er zu wissen, ›welches Risiko ging sie mit Everson Gillmouth ein? Gar keins!‹

Seinen Tod hätte sie mit Leichtigkeit den Behörden melden können. Alles in allem erhielt ihr ›Bräutigam‹ nur eine kleine Pension von zweiundvierzig Dollar fünfzig Cent pro Monat. Statt dessen hatte sie, als Gill sie am Gefängnis abholte, seine Ersparnisse geraubt und ihn neben dem Fluß abgesetzt. »Sie war weniger als einen Monat aus dem Gefängnis!« rief O'Mara. »Die Tinte auf ihren Entlassungspapieren war noch nicht einmal trocken, und schon wendet sie wieder ihre alten Tricks an!«

Schon Minuten nach Beginn seiner Zurückweisung tilgte O'Mara die Spuren des begründeten Zweifels, die Clymo so sorgfältig in diesem Fall ausgelegt hatte.

Er fuhr fort: »Kevin Clymo sagt, es würde niemanden überraschen, wenn ein siebenundsiebzig Jahre alter Mann eines natürlichen Todes stirbt.« Er schüttelte den Kopf. »Das Überraschende ist, daß ein Mann, wenn er eines natürlichen Todes stirbt, in dieser Weise *entsorgt* wird.«

O'Mara goß Verachtung auf Ricardo Ordoricas Behauptung, daß er Gillmouth Mitte Dezember 1985 gesehen habe und machte sich über seine Pantomime von Everson Gillmouth' Herzanfall lustig. »Es ist nicht so, daß es falsch war, aber er hat Sie belogen!«

Ismael Florez log auch über den Bau der Kiste, die er im Dezember gebaut haben wollte, sagte O'Mara, »aus der gleichen undifferenzierten Loyalität für Dorothea heraus, die Sie bei Ordorica und McCauley sehen konnten.«

O'Mara machte weiter: »Mr. Clymo hat nicht viel über

Betty Palmer sagen können, weil es da nicht viel zu sagen gibt. Was wäre denn eine Erklärung dafür, warum jemand ihren Kopf, ihre Hände und ihre Beine abschneiden würde? Die einzige Erklärung, die Sinn machte, wäre die, über ihre Identität hinwegzutäuschen. Wenn sie eines natürlichen Todes gestorben wäre, warum sollte man dann diese Teile abschneiden? *Warum?* Es gibt keinen Grund!« Clymo hatte auch überlegt, daß jemand anderer Mrs. Palmers Leiche verstümmelt haben könnte, aber O'Mara sagte mit Sarkasmus: »Sollte sie jemand anderen bitten, das zu tun? Es ist hübsch schwer, das bei Joes Eckbar anzubringen.«

Dann wechselte O'Mara schnell zum Munroe-Fall und merkte noch einmal an, daß »das Problem darin liegt, daß der Fall damals nicht richtig untersucht worden ist, das ist das Problem.« Aber er schrieb die schlampige Untersuchung den Manipulationen durch Dorothea Puente zu, die der Polizei gesagt hatte, Ruth Munroe habe über Schmerzen in der Brust geklagt, und sie dadurch zu dem Glauben gebracht hatte, Ruth Munroe hätte einen Herzanfall erlitten. Als Folge davon hatte die Polizei den Vorgang nicht als möglichen Mord erkannt und die Möglichkeit verspielt, die Szene zu untersuchen.

O'Mara erinnerte die Geschworenen an das, was Mrs. Munroe drei Tage vor ihrem Tod zu der Friseuse gesagt hatte. »Sie hat nicht gesagt: *Ich bin so deprimiert.* Sie hat gesagt: *Ich bin so krank, ich fühle mich, als müßte ich sterben!*«

Diese Wahrheit traf wie ein Preßlufthammer.

O'Mara las Clymos Liste von Ex-Mietern vor, die alle noch am Leben waren und denen es gut ging, die vor Gericht ausgesagt hatten, und O'Mara sagte: »Sie hat nicht alle von ihnen getötet, also hat sie keinen getötet? Macht das Sinn?«

Jemanden bewußt sterben zu lassen ist Mord ersten Grades, und jetzt griff er Mrs. Puente an, weil sie nicht für eines der neun Opfer Hilfe geholt hatte. »Warum hat sie für Leona nicht den Rettungswagen gerufen, wo sie doch siebenundzwanzig Jahre lang befreundet waren? Hat sie irgend etwas für Jim Gallop getan, jemanden angerufen, der ihn retten sollte? Nein! Der einzige Anruf war der, daß sie seinen Arzttermin abgesagt hat, weil er nach L. A. gegangen wäre. Das ist dieselbe Person, die gesagt hat, Ben sei nach Marysville gegangen, Dorothy Miller ins VA-Hospital, Bert nach Mexiko. Das ist dieselbe Person, die den Brief an Reba geschickt hat. Es ist zugegebenermaßen simpel, aber das ist ihre Art, die Spuren zu verwischen.«

»Noch wichtiger«, fuhr er fort, »wenn Sie sich überhaupt um diese Leute kümmern, hätten Sie dann nicht einen Arzt gerufen, *ehe* sie den Leichenbeschauer brauchten?«

(Eine Stimme auf der Galerie flüsterte: ›Er ist gut‹.)

O'Mara wußte, daß er gegen den Schaden angehen mußte, den das Bild des schwächlichen, zerbrechlichen und sterbenden Mr. Kelley hinterlassen hatte. Clymo hatte unterstellt, daß Julius ›Pat‹ Kelley leicht auch als Fall zehn gegen Dorothea Puente hätte enden können. Aber, so führte er aus, »Mr. Kelley hat Ihnen selber gesagt, warum er kein Opfer wurde.«

Brauen hoben sich fragend.

»Das Problem bei Mr. Kelley«, rief O'Mara, »ist, daß er *Familie* hatte. Als Peggy Nickerson ihn befragt hat, kam er mit seiner *Nichte* an. Sie konnte Mr. Kelley nicht loswerden, ohne daß jemand Fragen gestellt hätte!«

O'Mara wechselte plötzlich die Gangart und sagte: »Lassen Sie uns über Drogen sprechen. Wir sprechen hier nicht über eine massive Überdosis, wir sprechen von einer tödlichen *Mischung* von Drogen, aber nicht massiven. Wir alle wissen, daß man beim Zusatz von Alkohol eine Zeitbombe hat.«

Als O'Mara auf Clymos Kritik an den unterschiedlichen Ergebnissen der drei toxikologischen Labors einging, troff seine Stimme vor Sarkasmus.

»Sie sagen, das ist *ungewöhnlich* – aber Sie alle wissen, daß es ja auch kein gewöhnlicher Fall ist. Wenn Sie sich der Mühe unterziehen, das genaueste Instrument zu benutzen, handeln Sie dann falsch?«

Ein neues Thema. »Die Salz-Analogie. Es sind nicht die Medikamentenspiegel, die zählen, es ist ihr *Vorhandensein,* worauf es ankommt. Es sollte *überhaupt nichts* da sein.«

O'Mara sprang von Punkt zu Punkt und verlor dabei an Konzentration, brachte Punkte, die die Jury schon gehört hatte. Sein Vortrag kam in Form einer Ansprache daher, und die Geschworenen wurden langsam unruhig.

Am Ende des Tages bemerkte Vlautin, daß die Langatmigkeit des Staatsanwaltes gut für die Verteidigung war. »Laßt ihn reden«, und er zuckte mit den Schultern.

Dorothea Puente wirkte mittlerweile erfreut, lächelte ihre Anwälte an und scherzte mit dem Gerichtsdiener.

Als Wayne Wilson das bemerkte, fragte er Vlautin, ob Mrs. Puente eine Stellungnahme darüber abgeben wolle, wie sie sich im Moment fühle.

Ehe sie mit dem Gerichtsdiener hinausging, lachte sie und sagte dem Anwalt: »Sagen Sie Wayne, er kann mich am Arsch lecken! Ich gebe diesen Geiern von der Presse keine Interviews.«

Am nächsten Tag wußte O'Mara, daß er nicht viel länger reden konnte. Die Jury würde auf die Barrikaden gehen. Er mußte ein paar Anmerkungen zu Bert Montoya machen, und dann mußte er sich am Riemen reißen und sie mit ihren Überlegungen beginnen lassen.

Als er wieder vor ihnen stand, sagte er: »Ich weiß, daß Sie eine unsichtbare Überschrift im Kopf haben: O'MARA FÄHRT DAMIT FORT, DIE JURY ALS GEISEL ZU HALTEN.« Sie lachten, und dann fegte er durch seine Schlußbetrachtungen, sprach sogar noch schneller als sonst und kam dann auf das Thema Bert Montoya.

Dorothea Puentes Pension sollte die ›beste aller möglichen Welten‹ für Bert werden, und Judy Moise und Beth Valentine waren voller Eifer, als sie Bert endlich dort untergebracht hatten. Die Mutter-Sohn-Beziehung zwischen der Vermieterin und Bert ›schien diese perfekte Beziehung zu sein‹, sagte O'Mara. Und doch hatte Bert bei mindestens zwei Gelegenheiten die Flucht zurück zu Detox angetreten. »Da ging etwas vor, was ihn störte«, sagte er bedeutend.

Wieder schwenkte er einen von Dorotheas berühmten Kalendern vor ihnen und führte aus, daß Mrs. Puente am 8. September, dem Tag, an dem Bert zweiundfünfzig Jahre alt wurde, seinen Namen eingetragen hatte. »Aber wir hören nie etwas über seinen Geburtstag, weil Bert nicht da ist, um ihn zu feiern«, erklärte er, »Bert ist gegangen, ehe sein Geburtstag kam.«

Da war es. Bei ihrer Vorliebe für Fanfaren, Ballonsträuße, Karten und Geschenke hätte Mrs. Puente Berts Geburtstag unbemerkt verstreichen lassen sollen?

Nein. Bert starb, ehe er zweiundfünfzig Jahre alt wurde.

Endlich war O'Mara bereit, die äußerste Absurdität von Mrs. Puentes Verteidigung aufzuzeigen. »Lassen Sie uns diese Phantasie bis zum äußersten durchspielen«, sagte er trocken. »Lassen Sie uns davon ausgehen, daß sie alle so starben, wie Mrs. Clymo es nahelegt. Sie alle starben an diesen verschiedenen Krankheiten, an den Bedingungen, denen ihre Körper durch Mißbrauch über Jahre hinweg ausgesetzt waren.«

Er begann langsam und gewann dann an Fahrt. »Ruth Munroe nahm eine Überdosis und beging vor ihren Augen Selbstmord. Everson Gillmouth, der Mann, an den sie als möglichen Heiratskandidaten dachte, er ging hin, erlitt eine Herzattacke und starb. Dann starb Betty Palmer, die auf ihrer Schwelle stand, unerwartet. Dann starb Leona Carpenter, seit siebenundzwanzig Jahren ihre Freundin, unerwartet. Dann starb James Gallop, ein Mann, den sie in einer Bar kennengelernt hatte, unerwartet. Vera Martin kommt an ihrer Tür an, ist nur fünf Minuten da; hat diese Herzsache und stirbt unerwartet. Dann Dorothy Miller, sie ist nur kurze Zeit da, dann stirbt sie unerwartet. Ben Fink – der Trinker –, mit ihm will sie sich abgeben, aber wegen seines Alkoholmißbrauchs über Jahre stirbt er unerwartet. Und nun ihr *Sohn*, der Mann, den sie wie einen Sohn behandelt hat, dem sie eine spanische Bibel gekauft hat, neue Schuhe, dessen Kopf sie mit Medizin eingerieben hat, um seine Schuppenflechte zu heilen, alle diese Dinge hat sie für ihn getan, und *jetzt ist ihr Sohn krank.*

Drei Leute – Mark Anthony, Don Anthony und Pat Kelley – mußten ihn zum Haus zurück tragen. Er ist bewußtlos. Blasen kommen aus seinem Mund. Wir können ihn nicht wecken. Er ist unansprechbar.

Und wer ist die letzte Person, die bei Bert Montoya war? *Dorothea Puente?*«

Er ließ das einen Moment wie eine Alarmglocke im Raum hängen.

»Nun«, fuhr O'Mara mit scharfer Stimme fort, »wenn wir annehmen, daß das alles wahr ist, hat sie irgendeinen Versuch unternommen, für Bert Montoya ärztliche Hilfe zu bekommen? Hat sie hundertzwölf angerufen? Hat sie *irgend etwas* getan? Nein!«

Augen wandten sich zu ihr, aber Mrs. Puente ignorierte resolut jeden.

O'Mara schritt weiter auf und ab, die Jury beobachtete ihn genau. »Als Mr. Clymo gestern schloß – um ein kleines Wortspiel zu benutzen – hat er mich mit seiner Thoreau-Erzählung ausgefuchst – der Fuchs und der Hase, nicht? Der Fuchs ist fälschlich angeklagt. Die Beweise der Umstände halber waren stark. Jede Jury der Welt hätte den Fuchs schuldig gesprochen, wenn sie ihn bekommen hätte.

Nun, meine Damen und Herren, es gibt keinen Fuchs. Die Spuren im Schnee führen Sie nicht in die Irre, tricksen Sie nicht aus. Das tut Kevin Clymo!«

Clymo erhob sofort Einspruch, und der Richter bat die Geschworenen, O'Maras Kommentar zu vergessen.

Aber O'Mara kehrte zu seiner Analogie zurück. »Wir haben neun tote Hasen. Die Spuren im Schnee sind deutlich: eine bescheidene, anscheinend unschuldige alte Dame – ein visueller und logischer Widerspruch – vor dem alten viktorianischen Haus mit der üppigen Landschaft. Es kann sich kaum jemand vorstellen, daß das passiert. Und doch ist es passiert.

Dorothea Puente hat neun Menschen ermordet.«

Kapitel 47

Monatelang hatten die Geschworenen sich über Filme, das Wetter, Politik, Ferien und ihre Familien unterhalten – über alles und jedes außer dieser Verhandlung. Jetzt endlich konnten sie die Flutventile öffnen. Als sie sich am 15. Juli 1993 zur Beratung zurückzogen, gaben sie nicht zu erkennen, welche Bilder den größten Eindruck auf sie gemacht hatten, welche Zeugen sie beeinflußt hatten.

Könnte es John Sharp gewesen sein, der von dem mitternächtlichen Holpern und Poltern die Treppe herunter erzählt hatte? Brenda Trujillos Beschreibung, wie Dorothea ›sich über den Tisch beugte und Kapseln öffnete‹, die sie in einen Drink leerte? Die ärgerlichen, trauernden Kinder von Ruth Munroe? Der kopflose, verstümmelte, blutleere Körper von Betty Palmer?

Oder würden sie sich statt dessen an die Aussage des Arztes erinnern, der wieder und wieder über die Erkrankungen von Leber, Herz und Lunge ausgesagt hatte, die die meisten von ihnen geplagt hatten? Würden sie den Verdacht haben, daß James Beede irgendwie die toxikologischen Tests verfälscht hatte, so daß die Ergebnisse zweifelhaft waren? Würden die toxikologischen Experten einander aufheben? Würden sie sich vor allem anderen daran erinnern, wie Dorothea für die gesellschaftlichen Außenseiter geputzt und gesorgt hatte?

Sie mußten sich durch rund dreitausendfünfhundert Beweisstücke arbeiten, durch die Aussagen von hundertdreiundfünfzig Zeugen, mußten Monate über Monate voller Eindrücke verarbeiten und aus den Fakten schließlich das Destillat der einen Frage filtern: War Dorothea Puente eine freundliche, aber unausgeglichene alte Dame, die sich in einem unglücklichen Netz von Umständen verstrickt hatte? Oder war sie eine schlaue, ränkeschmiedende, todbringende alte Frau?

Selbst wenn sie davon ausgingen, daß sie in irgendeiner Weise für die Toten verantwortlich war, hatten sie das Gefühl, daß sie genügend Beweise in der Hand hatten, um sie zu *verurteilen?* Konnten sie in alternden Unterlagen und schwachen Erinnerungen genügend Beweismaterial *über begründeten Zweifel hinaus* dafür finden, daß diese Leute planvoll ermordet worden waren?

Oder würden sie entscheiden, daß das ein Fall von krimineller Nachlässigkeit war und für die schwächere Anklage der fahrlässigen Tötung stimmen?

Zur selben Zeit führte Dr. Kevorkian die Nachrichten mit der Meldung über mehr ›Selbstmorde mit Beihilfe‹ in Michigan an, und die Niederlande hatten gerade mit der Legalisierung der Sterbehilfe Neuland betreten. Da die Leute so schwach und krank gewesen waren, hatte Dorothea da wirklich etwas so Schlimmes getan? Sie lebten doch schon am Rande des Todes, hatte sie sie nicht nur angestupst?

Am Ende des ersten Nachmittags war klar, daß die Jury schnell arbeitete. Michael Esplin – das einzige Jurymitglied, das jeden Tag mit einer Krawatte vor Gericht erschien und der mit bemerkenswert großer Aufmerksamkeit zugehört hatte – wurde als Vorsitzender der Jury ausgesucht. Ihre erste Forderung war, zu erfahren, was Dorothea Puente der Polizei über Ruth Munroes Tod 1982 erzählt hatte. Mrs. Munroe war Fall eins.

Als nächstes wollten sie die Aussage von John Sharp hören, die eine Reihe von Themen betraf, insbesondere das Verschwinden von Bert Montoya (Fall drei) und Ben Fink (Fall sieben).

Danach bestand die einzige Forderung aus dem Geschworenen-Raum in ein paar Labello-Stiften, was, wie Beobachter übereinstimmend meinten, bewies, daß sie methodisch vorgingen.

Während die Küste von Monterey von Sommernebel eingehüllt wurde, gab es offensichtlich keine Vernebelung im Jury-Raum. In den Pausen wirkten sie genauso fröhlich und gut gelaunt wie immer – ein gutes Zeichen.

Vier Nachrichtenwagen blieben draußen vor dem Gericht

geparkt und warteten auf das Urteil, und Reporter und Kameraleute spekulierten darüber, wie lange die Jury wohl brauchen würde. Eine Woche? Zwei? Mehr? Ein Wettbüro wurde eingerichtet. Aber eine Woche verging, und die Ungeduldigsten wurden schnell enttäuscht.

Als die zweite Woche begann, erwarteten die durchgehend männlichen Leute das Urteil wie werdende Väter, fragten jeden, suchten Bestätigung über den Fortschritt von etwas, über das sie keine Kontrolle hatten.

Eine weitere Woche verging mit kaum neuen Meldungen, also gruben sie auf eigene Faust Nachrichten aus.

»Der Prozeß hat 1,5 Millionen Dollar gekostet?* Woher hast du diese Zahl?« fragte einer.

»Das ist die alte Zahl neudatiert«, kam die Antwort. »Alle Kosten der Verteidigung, geschätzt die des Staatsanwaltes, Zeugen, Jury- Auswahl und Mitarbeiterstab.«

Mittlerweile begannen die herumlungernden Pressevertreter, den Film zu entwerfen, der, wie alle übereinstimmten, bald herauskommen müßte. Als Dorothea, gäbe es da eine bessere Besetzung als Olympia Dukakis? Anthony Quinn als Richter Virga. Terry Bradshaw wäre eine gute Besetzung für Kevin Clymo. Es war zwar nicht perfekt, aber Michael J. Fox könnte Vlautin spielen. O'Mara war schwer, aber Robert Duvall könnte es machen. Und, etwas schrullig, Cindy Crawford in der Rolle der Mary Corbitt, der attraktiven Gerichtsreporterin. Der Juli ging zu Ende, und noch immer war nichts anderes zu tun, als zu warten.

Dann, am Nachmittag des 2. August, kam nach elf Tagen Beratungen das erste Flüstern von Handlung auf. Die Anwälte wurden zusammengerufen, und während sie in Virgas Zimmer kamen, schwärmten die Reporter wie Bienen um ihren gestörten Korb.

Gerüchte und Fragen schwirrten durch die Luft. »Es ist eine Wiederaufnahme-Jury! Ich habe gehört, daß sie an einem toten Punkt angelangt sind!«

* Glaubt man einem FOX-TV-Reporter, der später versiegelte Dokumente erhielt, lag die Zahl eher bei 3 Millionen Dollar.

Reporter kamen auf die Galerie, bereiteten Berichte vor und verglichen ihre Aufzeichnungen. »Für alle neun an einem toten Punkt«, war eine Stimme zu hören. »Was glauben Sie, wie sie gespalten sind?«

»Zehn zu zwei«, vermutete einer.

»Elf zu eins«, witzelte ein anderer, »und Frost ist der Einzelkämpfer.«

Die Wahrheit war, daß es niemand wußte. Es konnte sechs zu sechs stehen, jede Kombination.

Die Anwälte kamen ins Gericht, und die Spekulationen verstummten. Dorothea Puente kam herein, in pastellenes Rosa und Lavendel gekleidet, und sie wirkte dünner und leichtfüßiger, Vlautin war passiv, aber Clymo sah erfreut aus. O'Mara kam grimmig und mit schmalen Lippen herein.

Richter Virga verlas den Bericht, der nur so lang war wie eine Notiz der Jury:

Wir sind in allen neun Fällen an einem toten Punkt. Wir brauchen weitere Anweisungen.

Virga gab ernst bekannt, daß er der Jury am nächsten Morgen Anweisung erteilen würde. Beim Verlassen des Gerichtssaals murrte er: »Das wird eine lange Nacht.«

O'Mara verschwand sofort, aber Mrs. Puente und ihre Anwälte hielten sich noch etwas auf. Clymo zwinkerte ihr zu und umarmte sie kurz, und sie lehnte sich in offener Erleichterung an ihn. Nach diesen langen, anstrengenden Monaten endlich ein paar gute Nachrichten. Etwas Hoffnung.

Die Verteidiger konnten noch nicht einmal den Gerichtssaal verlassen, da waren sie schon von Reportern umlagert. »Wir sind zuversichtlich«, sagte Vlautin. »Soweit wir wissen, geht das in Richtung ›nicht schuldig‹. Wenn die Jury Wiederaufnahme beantragt, ist der Ball im Korb des Staatsanwaltes.«

Als Clymo nach Mrs. Puentes Zustand gefragt wurde, sagte er, sie erlebe zu starke Gefühle, um sie in Worte fassen zu können und reagiere mit Tränen. »Sie ist offensichtlich glücklich«, sagte er. »Die ganze Welt ist fünf Jahre lang davon ausgegangen, daß sie innerhalb von fünf Minuten verurteilt werden würde, und das ist nicht passiert.«

Grinsend gab Peter Vlautin eine zufällige kleine Begebenheit zum besten. Am Freitag abend hatte er in Sacramento in einem chinesischen Restaurant gegessen. »Mein Glückskeks enthielt einen Zettel ›Gute Nachrichten werden Sie von weit weg erreichen‹. Ich denke, das haben sie.« Mit ungewollter Ironie fügte er hinzu: »Wir hoffen nur, daß die Geschworenen dadrin hängen.«

Später, als Clymo und Vlautin wieder im Büro waren, riefen sie ihre Mitarbeiter an, die Sacramento verlassen hatten und nach Monterey geeilt waren.

Momente später hatte die Nachricht sich auf dem Luftweg verbreitet, und die Leute riefen bei Judy Moise in Sacramento an. »Ich kann es nicht glauben«, rief sie. »Oh, mein Gott, ich bin schockiert.« Fast sehnsüchtig fügte sie hinzu: »Die Jury sah so streng aus. Es sah wirklich so aus, als ob sie ein Urteil sprechen würden.«

Sozialarbeiterin Mary Ellen Howard reagierte ähnlich. »Es will mir einfach nicht in den Kopf, daß sie soviel Geld ausgeben und die Dame dann nicht wegschaffen!«

Mildred Ballenger, die sich daran erinnerte, wie schwer faßbar Dorothea Puente 1982 gewesen war, erinnerte ihre Freunde: »Ich habe vorausgesagt, daß das passieren würde.«

Inzwischen waren die Gerüchtemacher schnell mit Beschuldigungen bei der Hand, O'Mara eingebildete Fehler vorzuwerfen, und spannen sogar Intrigentheorien um Mrs. Puentes politische Beziehungen. Aber was hätte er anders machen können? Waren die toxikologischen Berichte zu weitschweifig gewesen? War es ein Fehler gewesen, Michelle Crowl nicht in den Zeugenstand zu rufen? Dachten die Geschworenen, daß John McCauley der wahre Schuldige wäre? Hatte O'Mara sie während des Schlußplädoyers verprellt?

Immer selbstkritisch stellte O'Mara sich selbst genau diese Art von Fragen.

Vielleicht waren es nur ein oder zwei Geschworene, die *einfach kein Urteil sprechen konnten.* Unter Juristen gibt es einen Spruch, wonach ein Fall entschieden ist, sobald die Jury Platz nimmt. Bei der Auswahl der Geschworenen hatte die Verteidigung den Vorteil gehabt, Dr. Linda Meza als Beraterin zur Seite zu haben, die offensichtlich etwas an den Geschworenen bemerkt hatte, was dem Staatsanwalt nicht aufgefallen war.

Am nächsten Morgen kam Richter Virga herein und sah vergrätzt aus. Er wies eine Eingabe der Verteidigung für ein ungültiges Verfahren, eingereicht von einer fast leichtfertigen Verteidigung, schnell und verächtlich zurück.

Die Geschworenen trafen ein und sahen ungewöhnlich niedergeschlagen aus, ihre Gesichter trugen den Stempel der Sorge, der Trauer, des Widerwillens. Eine Geschworene trug ihren Stuhl schroff an die Rückwand des Raumes und wandte den Zuschauern den Rücken zu. In der Galerie flüsterte eine Ehefrau eines Geschworenen, daß ihr Mann so unter Druck stehe, daß er nicht habe schlafen können und Magentabletten schlucken müsse. Elf Tage Uneinigkeit hatten sie verändert. »Meine Damen und Herren der Jury«, klang Richter Virgas Stimme durch den Raum. »Ich habe bei mehr als einer Gelegenheit die Erfahrung gemacht, daß eine Jury, die anfangs berichtet hat, sie sei an einem toten Punkt angelangt, schließlich in einem oder mehreren der ihr vorliegenden Fälle doch zu einem Urteilsspruch gekommen ist ... Sowohl die Beweislage als auch die Themen, die ihr vorliegen, sind umfangreich. Deshalb kommt es nicht unerwartet, daß es eine schwierige und zeitraubende Aufgabe für Sie ist, zu einem Urteilsspruch zu kommen ...« Seine Worte kamen in einem gleichmäßigen Strom von Vernunft, ermutigten sie, stärkten sie und forderten sie auf, es noch einmal zu versuchen.

»Wie ich Sie zuvor instruiert habe, können Sie absolute Diskretion erwarten bei der Entscheidungsfindung in jeder Art, die Ihnen angemessen erscheint. Darf ich dennoch anregen, daß Sie, da Sie mit den Mitteln, die Sie gewählt haben, bislang nicht zu einem Urteil gelangen konnten, vielleicht in Betracht ziehen sollten, die Methode zu ändern, wenigstens zeitweise.«

Richter Virga schlug neue Vorsitzende vor, andere Rollenspiele und die Lektüre gewisser Instruktionen, dann ordnete er an, daß die Beratung fortgesetzt würde. »Wenn Sie bis morgen nachmittag, sechzehn Uhr, für einen oder alle neun Fälle zu keinem Urteil gelangt sind, werde ich das Gericht für diese Zeit wieder zusammenkommen lassen und fragen, ob Sie einen Fortschritt erzielt haben oder ob nicht. Ihre Antwort wird für weitere Handlungen meinerseits bestimmend sein, wenn es sie denn gibt.«

Die Geschworenen standen auf und gingen hinaus, wobei sie kurz Höflichkeiten austauschten, und die Menge in der Galerie verfolgte jede Bewegung.

Dorothea Puente, früher ›die Königin der Nachtlokale‹ wurde nun zur Königin des Gerichts, strahlte ihre Anwälte an und nahm die Gratulationen der versammelten Mannschaft der Verteidigung entgegen.

Hinterher schlenderten Clymo und Vlautin hinaus zu der wartenden Menge von Kameras, sprachen von einem verfehlten Verfahren, einem Wiederaufnahmeantrag der Jury, sogar von Freispruch.

John O'Mara war nirgends aufzufinden.

Statt zu stöhnen und nichts zu tun, stieg er in sein Auto und fuhr heim zu seiner Familie – etwas, das während der vergangenen Monate in seinem Leben völlig gefehlt hatte. Sein zwölfjähriger Sohn Conner war ärgerlich, daß sein Vater ›gewählt‹ hatte, an diesem Marathon-Prozeß außerhalb des Landes teilzunehmen. Seine siebzehnjährige Tochter war weniger betroffen. Dennoch führte seine Frau spitz an, daß der einzige Weg für seine Kinder, Beachtung zu finden, der sei, verhaftet zu werden.

O'Mara wußte, daß seine Besessenheit von der Arbeit ein Problem war, deshalb versuchte er, das zu ändern. Er teilte Prozesse, wie er Pfunde teilte und delegierte Prozesse an andere Anwälte.

Aber … eine Wiederaufnahme-Jury.

Er gab sich allein die Schuld. Er ging jeden Fehler noch einmal durch, jeden strategischen Mißgriff, jeden falsch gewählten Satz. Er überdachte noch einmal die Dinge, die er hervorgebracht hatte, und die, die er nicht ... »Gut, O'Mara«, schalt er sich selbst, »du hast all dieses Geld ausgegeben, eineinhalb Millionen Steuerzahler-Dollars, und du hast keine Verurteilung erreicht.«

Er wußte, wenn er verlor, dann nicht deshalb, weil Kevin Clymo so gut gewesen war, sondern weil es ihm nicht gelungen war, der Beweispflicht nachzukommen. Sie war schuldig. Er wußte es. Es war offensichtlich. Aber aus irgendeinem Grund hatte er nicht alle Geschworenen erreichen können. Er hatte sie ausgewählt, er mochte sie alle, aber irgendwie hatte er den Kontakt verpaßt.

Schlimmer noch, selbst wenn das Clymo den Vorteil gab, er konnte den Prozeß selber nicht noch einmal führen. Das konnte er seiner Familie einfach nicht antun. ›Es gibt andere Dorothea Puentes da draußen‹, dachte er, ›aber ich habe nur einen Sohn.‹

Er haßte es, das einem anderen Anwalt anzutun. Es war ein umfangreicher, belastender Prozeß, was ein Grund war, daß er ihn nach Williamsons Weggang übernommen hatte. Das war kein Fall, den er einfach irgend jemandem übergeben konnte.

Die Übernahme war im Grunde genommen eine Mühsal. Sie hatte ihn viele schlaflose Nächte gekostet und fast ein Jahr Abwesenheit von seiner Familie.

Und wofür? *Eine Jury, die in allen neun Fällen festsaß!*

Kapitel 48

Übertragungswagen summten draußen vor dem Gerichtsgebäude, Scheinwerfer und Kameras wurden auf der Treppe in die richtige Position gebracht, und Reporter füllten die Flure. Am 4. August gab jeder Blick auf die Geschworenen neue Nahrung für Mutmaßungen. Wie sahen sie aus? Was, wenn sie noch immer zu keiner Einigung gekommen wären? Würde der Richter sie abstimmen lassen oder sie zurück in den Beratungsraum schicken? Was, wenn er ein Scheitern des Prozesses bekanntgab? Bis sechzehn Uhr tickten die Fragen regelmäßig wie eine Uhr.

Die Anwälte trafen ein, und Reporter drängten in den Gerichtssaal. Dorothea Puente wurde hereingebracht, und sie sah genauso unbeteiligt aus wie immer. Das Verteidigungsteam nahm schweigend seine Plätze ein, und O'Mara stürmte herein und sah – resigniert aus?

Richter Virga erschien und machte einen höflichen Witz, um die Spannung zu mildern. Lächeln zitterten in den Mundwinkeln.

Dann bat der Richter, der seine Worte an den Jurysprecher Michael Esplin richtete: »Bitte sagen Sie mir nicht, wie die Spaltung der Jury aussieht«, dann fragte er: »Hat es seit gestern morgen irgendeinen Fortschritt gegeben?«

Alle hielten den Atem an.

Esplin antwortete: »Ja, Euer Ehren, es hat ein gutes Stück Fortschritt gegeben.«

Eine Woge stiller Beglückwünschungen wogte auf sie zu. Nicht nur Fortschritt, sondern *›ein gutes Stück Fortschritt‹*.

Der Richter trug ihnen auf, die Beratung am nächsten Morgen um neun Uhr dreißig fortzusetzen, und der Gerichtssaal leerte sich.

Trotz der Verschiebung der Strafverkündung blieb die Verteidigergruppe optimistisch. »Ich bin zuversichtlich, daß die Energie der Geschworenen zurückgekehrt ist«, sagte Clymo. »Ich glaube nicht, daß diese Jury nach Gründen sucht, wie sie Dorothea Puente verurteilen könnte.«

Ein deutlich erleichterter John O'Mara merkte an, daß *jedes* Urteil besser wäre als eine Neuaufnahme des Prozesses. Selbst wenn Mrs. Puente nur wegen Mordes des zweiten Grads schuldig gesprochen würde (was sie sicher außer Reichweite der Todesstrafe brächte), würde Richter Virga ihr ein ordentliches Urteil aufbürden und sie ›im nächsten Jahrhundert begraben‹.

Die Warterei ging weiter, und die Blüte des Fortschritts welkte angesichts der fortschreitenden Zeit dahin. Eine weitere Woche verging ohne einen Hinweis auf ein Urteil. Dann eine weitere.

Kein Wort, keine Forderung, kein Schlucken, das einen Wechsel angekündigt hätte, drang aus dem Juryraum.

Die Medienvertreter wurden unruhig und versuchten, die Forderungen ihrer Herausgeber nach Neuigkeiten zu erfüllen. Sie gingen zu der kargen Zelle, in der Mrs. Puente sich jeden Nachmittag aufhielt. Sie bedrängten den Gerichtsassistenten und interviewten die Pförtner. Sie brachten kurze, verzweifelte Geschichten, alberten herum und beklagten sich übereinander.

Aber immer noch kein Urteil. Keine Nachrichten.

Am 15. August, als ein ganzer Monat über die Beratungen der Jury vergangen war, war jeder mit den Nerven am Ende. Der Richter, die Anwälte und Mrs. Puentes inoffizielle Unterstützer markierten besorgt jeden Tag. Jeder fragte sich, ob die Jury verlängern würde, und das undurchschaubare Schweigen bedeutete, daß ihre nächste Mitteilung ›uneinig‹ lauten könnte.

»Was *können* sie da drinnen machen?« drängte O'Mara.

Ein Geschworener erkrankte an Grippe.

Ein weiterer bekam eine Lungenentzündung, weitere Verzögerungen.

»Streß«, stimmten die Beobachter überein.

Die Jury erreichte und überschritt dann die längste Beratungszeit, die es in Kaliforniens Geschichte je bei einem Mordprozeß gegeben hatte. Für keinen eine besonders glückliche Rekordmarke.

Am Nachmittag des 25. August sandte die Jury Richter Virga endlich eine zweizeilige Nachricht. Es war kein Urteil, aber es war immerhin etwas.

Die Notiz blieb geheim, als der Richter sich mit den Anwälten in sein Büro zurückzog, um eine angemessene Antwort zu geben.

Am nächsten Morgen beantwortete Richter Virga ihre Fragen darüber, ›was genau macht Gift aus‹, und wie die verschiedenen Fälle in Beziehung zueinander betrachtet werden könnten.

Ein Summen von Mutmaßungen füllte die Luft. Was das sonst auch meinte, es bedeutete Fortschritt.

Am Nachmittag kam ein weiterer Zettel, diesmal fragte er nach zusätzlichen Urteilsformen. Eindeutig Fortschritt.

In einer Nachmittagspause wirkte ein Teil der Geschworenen besorgt, sie sagten wenig, traten aber praktisch gegen den Ball zu ihren Füßen.

Endlich ein weiterer Zettel: *Urteile.*

Die Nachricht machte die Runde, und der enge Gerichtssaal füllte sich geräuschvoll bis auf die Stehplätze. Zuschauer gaben zu: »Ich denke, sie geht straffrei aus.« »Die Leute in Sacramentos Sozialhilfestation haben gedacht, sie wäre die Beste weit und breit.« »Der Kerl in der Kiste – das ist sicher ein Mordurteil.«

Die Anwälte nahmen Platz, ganz Geschäftigkeit. Die Angeklagte wurde hereingebracht und sah geisterhaft blaß aus. Von Clymo und Vlautin nahm sie kurze Ermunterungen entgegen.

Der Gerichtsdiener kündigte Richter Virga an, und der Gerichtssaal erstarrte vor Erwartung, als er seinen Platz einnahm. Virga wandte sich an den Jurysprecher Michael Esplin und sagte, er habe ihre Nachricht erhalten, die lautete: »Wir sind zu den Urteilen gekommen, die wir erreichen konnten.«

Dann fragte er: »Mr. Esplin, in wieviel Fällen?«

»Drei, Euer Ehren.«

Die Menge begann überrascht zu murmeln.

Mit einer Ruhe, die sicher niemand sonst empfand, fragte Richter Virga nach dem Verhältnis der Stimmen bei den anderen sechs.

Esplin sagte, daß es bei sechs Fällen elf zu eins stünde, die anderen beiden standen acht zu zwei und zwei und drei zu sechs zu drei.

Virga erklärte das Verfahren in den sechs Fällen für ungültig: Ruth Munroe, Everson Gillmouth, Bert Montoya, James Gallop, Vera Faye Martin und Betty Palmer.

Schock machte sich breit. Wie konnten sie es nicht schaffen, sie wegen des Mordes an Bert zu verurteilen? Oder Ruth Munroe? Oder Betty Palmer?

Die verbliebenen Urteilssprüche wurden Gerichtsassistentin Barbara Beddow übergeben, die sie mit klarer Stimme vorlas:

»Schuldig des Mordes zweiten Grades an Leona Carpenter.«

»Schuldig des Mordes ersten Grades an Dorothy Miller.«

»Schuldig des Mordes ersten Grades an Ben Fink.«

»Besondere Umstände legen nahe: Dorothea Montalvo Puente hat vielfachen Mord begangen.«

Dorothea Puente umklammerte kurz Peter Vlautins Hand, verriet aber wenig Gefühl, bis die Verhandlung aufgehoben wurde. Als sie aufstand, um zu gehen, legte Kevin Clymo den Arm um sie und flüsterte ihr etwas ins Ohr. Später sagte er, daß sie weinte.

Obwohl John O'Mara einfach erleichtert war, daß er Schuldsprüche bekommen hatte, und Bezirksanwalt Steve White sagte, er sei zufrieden, waren nur wenige Leute nicht schockiert über den Ausgang des Prozesses.

Wie konnte die Jury glauben, daß Mrs. Puente drei der Leute, die in ihrem Garten begraben lagen, ermordet hatte, aber nicht die anderen? Das machte überhaupt keinen Sinn!

Und warum diese drei? Ben Fink, na gut, es gab starke Beweise, daß sie Ben Fink ermordet hatte. Aber was war mit Dorothy Miller und Leona Carpenter? Niemand wußte etwas über diese beiden! Warum sprachen sie sie bei zweien, bei denen sich niemand an etwas erinnern konnte, schuldig, verurteilten sie aber nicht wegen Bert Montoya! Oder Betty Palmer, die Dame ohne Kopf! Oder Ruth Monroe, die gesagt hatte: »Ich bin so krank, ich fühle mich, als müßte ich sterben!«

Einige waren aufgebracht, andere erfreut, wieder andere seufzten einfach vor Erleichterung.

Als Judy Moise die Neuigkeiten hörte, war ihre erste Reaktion: »Ich halte es für absolut wundervoll. Schließlich ist sie verurteilt worden!« Sie hatte die Befürchtung gehabt, daß es zu keiner schweren Strafe kommen würde. Sie war schwer enttäuscht wegen Bert, weil sie geglaubt hatte, daß es der Schlüssel gewesen wäre, Mrs. Puente des Mordes an Bert schuldig zu sprechen.

John Sharp gab zu: »Ich kann nicht einsehen, warum sich bei Bert die Geister scheiden«, sagte er. »Der an ihm war am besten geplant!« Er erinnerte sich, daß Mrs. Puente gesagt hatte, sie werde Bert nach Mexiko schicken, und dann, ein paar Wochen später, hatte sie gesagt, er sei weggegangen. Sharp sagte noch immer: »Ich wünsche ihr nicht die Todesstrafe.«

Als die Nachrichten von dem Urteil Reba Nicklous in Oregon erreichten, war sie erst schockiert und ›voll Gefühl‹. Aber nach einigem Nachdenken sagte sie: »Es macht nichts, daß sie nicht wegen Eversons Tod verurteilt wurde. Ich weiß, daß sie es getan hat, und ich sehe in einem neuen Prozeß keinen Sinn, solange sie lebenslänglich ohne Bewährung erhält. Ein neuer Prozeß bringt keinen zurück und ist eine Verschwendung von Steuergeldern. Niemand von uns würde einen Nutzen davon haben, wenn alles noch einmal durchgekaut wird. Ich will das hinter mir lassen.«

Nicht jeder war so zuversichtlich.

Ruth Munroes Sohn, William Clausen, war schockiert, verletzt und wütend.

»Ich habe das Gefühl, die Jury wußte nicht genug über Mordprozesse. Sie haben nicht einmal zugehört. Wie nennen sie es – blinde Gerechtigkeit? – sie sind diejenigen, die Scheuklappen aufhatten! Sie haben nichts gesehen! Das ist so irritierend. (Bezirksanwalt) Steve White hat gestern abend in den Nachrichten gesagt, daß er zufrieden ist. Ich bin es nicht. Ich werde nicht zufrieden sein. Sie können die anderen sechs nicht einfach unentschieden lassen. *Unbestimmt*. Das ist Mist! Ich muß das abschließen. Darum muß man sich kümmern. Ich brauche es in meinem Herzen.«

Vera Faye Martins Sohn Jerrys Hobbs stimmte in den Chor der Unzufriedenen ein. Er wußte von O'Mara, daß seine Mutter am 2. Oktober 1987 bei Dorothea angekommen war und ihr Scheck drei Tage später, am 5. Oktober, gefälscht worden war. Hobbs war davon überzeugt, daß seine Mutter ermordet worden war. »Meine Mutter hätte niemals ihren Scheck jemand anderem übergeben. Niemals. Zu keiner Zeit. Sie war absolut fanatisch mit ihrem Scheck. Ihr Scheck war nie außerhalb ihrer Sichtweite. Ich kann mit Sicherheit sagen, daß sie ihren Scheck niemals einer völlig Fremden gegeben hätte.«

Hobbs glaubte, daß seine Mutter einen drogenversetzten Drink von Mrs. Puente bekommen hatte. »Sie ging da hinein wie das Lamm zum Schlachter.«

Die Aussicht, daß Mrs. Puente lebenslang im Gefängnis sitzen würde, tat nichts dazu, seinen Ärger zu besänftigen. »Sie wird sich anpassen. Diese Frau wird im Gefängnis ein gutes Leben haben«, sagte er verbittert. »Sie ist sehr populär.«

Da Hobbs das Justizsystem nicht ändern konnte, wollte er die bürgerliche Route einschlagen. Er entschied, daß er und sein Bruder ihre Klage gegen Dorotheas langen Freund Ricardo Ordorica aufrecht erhalten würden.* »Entweder ist er ein vollkommener Idiot oder so schmutzig wie die Hölle«, sagte er. »Man läßt sich nicht diese Art Schecks von jemandem geben, dessen Bericht man kennt. Ich kaufe ihm das nicht ab, daß ehrliche Leute das geschehen lassen. Sie hat an ihre Unehrenhaftigkeit gerührt.«

Aber keine Zivilklage würde das für Vera Faye Martins Familie lösen. Anders als die anderen Opfer war sie voll bekleidet begraben worden, was Jerry Hobbs mit der gräßlichen Frage zurück ließ: »Wurde sie lebendig begraben?«

* Vera Faye Martins Familie wurde dazu gebracht, ihre Klage gegen Peggy Nickerson fallen zu lassen.

Kapitel 49

Fast jeder dachte, daß Clymo und Vlautin eine schier unglaubliche Arbeit geleistet hatten. Obwohl jeder Narr in Sacramento wußte, daß ihre Klientin in neun Fällen schuldig war, trotz John O'Maras monatefüllender Zeugenaussagen und der Berge von Beweismaterial hatten sie es geschafft, Mrs. Puente aus sechs von neun Fällen herauszubekommen. Ein halbes Dutzend mal hatten sie den Begriff gehört: *ungültiges Verfahren.* Es war phänomenal. Wie ein erstaunter Beobachter es ausdrückte: »Sie haben etwas aus nichts gemacht.«

Aber Clymo und Vlautin waren am Boden zerstört. Sechs von neun war nicht gut genug. Wer auch immer dagegen gewesen war, er hatte sich den anderen bei Ben Fink, Dorothy Miller und Leona Carpenter gebeugt. Und für diese drei konnte Dorothea Puente die höchste Strafe bekommen. Sie war zur Serienmörderin erklärt worden, und der Staat würde versuchen, sie zu exekutieren.

Sooft sie auch erklärt hatten, daß es zu diesem Punkt nicht kommen werde, so sehr hatten sie sich genau darauf vorbereitet. Sie hatten jedes häßliche kleine Geheimnis eingebracht, jeden kleinen, großherzigen Akt auf dem Weg von Dorothea Montalvo Puente zurück zu Dorothea Helen Gray. »Der einzige Weg, eine Jury dazu zu bringen, jemandes Leben zu verschonen, ist der, sie dazu zu bringen, daß sie Verständnis und Mitgefühl hat«, erklärte Vlautin.

Clymo und Vlautin hatten schon früh Experten genommen, die die geheimnisvolle Entwicklung von Dorothea Puente verfolgen sollten. Sie war keine mehrfach gespaltene Persönlichkeit, und sie war viel zu überlegt und kontrolliert, um vor dem Gesetz als unzurechnungsfähig zu gelten. Aber die Experten würden die Linse hochhalten, durch die man sie betrachten mußte, und nun wurden die Widersprüchlichkeiten betrachtet, die Tragödien lagen bloß, und ihr Leben war der Mittelpunkt intensivsten Voyeurismus.

Sosehr ihr das Vorgehen auch widerstrebte, ein herzzerreißender Appell durch ihre Anwälte konnte ihr Leben retten.

Am 21. September 1993 richteten die Geschworenen ihre Augen auf Richter Virga und hörten zu, als er ihnen Anweisungen gab, daß sie nach diesem Teil des Prozesses entscheiden mußten, ob Dorothea Puente zu lebenslanger Haft ohne Bewährung oder zum Tode verurteilt würde. Damit verschob sich der Justizapparat von der Frage, ob sie die Morde begangen hatte, zu der, warum sie es getan hatte, von der Frage des Verbrechens zu der des Täters.

Wie immer fing der Staatsanwalt an, aber das Gesetz schrieb feste Grenzen für die erschwerenden Fakten vor, die ihm zu präsentieren erlaubt waren. So beschränkte sich O'Maras Sache auf ein Minimum: Ein Stützbalken – eine lange Liste von Verbrechen, Daten, Opfern und Orten – und eine Kopie von Malcolm McKenzies Aussage gegen Dorothea Puente von 1982. (Was konnte er mehr tun? Verwaiste Kinder in den Stand rufen, die aufrechte Bürger geworden waren? Dorotheas Verwandte anrufen und fragen: ›Ihr hattet dieselbe schreckliche Kindheit, aber ihr habt nie jemanden umgebracht, oder?‹)

Das Gesetz räumte der Verteidigung in diesem Teil des Prozesses große Freiräume ein, und sie hatten einige machtvolle mildernde Umstände auf Lager. Als ersten Zeugen riefen sie Linda Bloom auf.

Eine anmutige Frau in einem roten Kostüm trat ein. Sie hob ihre gut manikürte Hand, schwor, die Wahrheit zu sagen, und setzte sich.

»Woher kennen Sie Dorothea Puente?« fragte Vlautin.

»Sie ist meine Mutter.«

Der Raum war ganz Aufmerksamkeit.

Die Ähnlichkeit war unverkennbar. Weich frisiertes blondes Haar umrahmte ein Gesicht, das – mit blauen Augen, hohen Wangenknochen und schmaler Nase – eine jüngere, hübschere Version von Dorothea Puente war.

Linda Bloom beschrieb die Umstände ihrer Adoption, wie sie sie kannte, und als sie mit klarer, deutlicher Stimme sprach, holte ihre Mutter ein Taschentuch hervor und wischte sich die Augen. »Ich wurde mit einer Lungenentzündung geboren«, sagte Mrs. Bloom. »In dieser Zeit war Lungenentzündung bei Neugeborenen noch nicht so gewöhnlich. Es mußten Spritzen aus St. Louis eingeflogen werden.« Das war teuer, sagte Mrs. Bloom und fügte hinzu, man habe ihr erzählt, daß Dorothea ›Ärger wegen ein paar ungedeckter Schecks bekommen hatte, die sie ausgestellt hatte, um mich zu versorgen‹.*

Nach Mrs. Bloom hatte die achtzehnjährige Dorothea unter dem Druck der Familie ihr Baby widerstrebend an Eltern abgegeben, die besser mit den Arztrechnungen fertig wurden und ihm ein liebendes, sorgendes Heim boten. »Meine Mutter hat mir immer erzählt, daß meine (leibliche) Mutter eine liebe, umsorgende Frau war«, sagte Mrs. Bloom. »Sie hat betont, wie wichtig es war, daß ich eine College-Ausbildung erhielte. Das fand meine Mutter damals seltsam.« In jenen Tagen gingen Töchter nicht oft aufs College.

In der Befragung erklärte Mrs. Bloom, daß sie in der Tat aufs College gegangen sei und ihren Magister in Ökonomie gemacht habe.

Vlautin fragte, wie sie wieder mit ihrer leiblichen Mutter zusammengeführt wurde.

Ein Anruf von Dorotheas ältestem Bruder James Gray war wie aus blauem Himmel 1982 gekommen.

Danach hatte Mrs. Bloom mit verschiedenen Mitgliedern der Familie Gray korrespondiert, aber sie hatten behauptet, nicht zu wissen, wo Dorothea sein könnte. (Sie war von 1982 bis 1985 im Gefängnis.) Später, sagte Mrs. Bloom mit zitternder Stimme, hatte sie erkannt, daß ihr Onkel sie belogen hatte, er hatte die ganze Zeit über Kontakt zu Dorothea gehabt.

Dorothea zog ein weiteres Taschentuch heraus.

1987 hatte Dorothea angerufen. »Sie war voller Wärme«, erinnerte sich Mrs. Bloom.

Als aber ihre Mutter ihr erzählte, sie wäre Ärztin, wußte Mrs. Bloom, daß das nicht stimmen konnte, und ich fühlte, ›daß sie mich vielleicht beeindrucken wollte‹.

* Das war eine Verfälschung der Wahrheit. Mrs. Blooms Geburt (als Melody Jean McFaul) war am 4. August 1947 registriert, und drei Monate später wurde sie adoptiert. Mrs. Puente wurde fünf Monate danach, am 28. April 1948, des Scheckbetrugs für schuldig befunden.

Nach Monaten mit Anrufen, Briefen und Dorotheas charakteristischen Geschenken trafen sich die beiden schließlich 1988, als Mrs. Bloom mit ihrem Mann und dem kleinen Sohn vorbeikam. (Dorothea Puente, immer Schauspielerin, hatte sie in einem phantastischen rosa Chiffonkleid begrüßt und sie an einem Augusttag in ihrem Heim in der 1426 F Street willkommen geheißen, als das Wetter warm und ihr Garten voller Gräber war.)

Linda Bloom kannte ihre leibliche Mutter kaum, aber trotzdem war die sechsundvierzigjährige von L. A. hergeflogen, um für ihr Leben zu bitten. »Ich weiß, daß sie eine schreckliche Kindheit hatte, vernachlässigt wurde und in jeder Phase ihres Lebens im Stich gelassen wurde«, sagte sie und sah betroffen aus, »und ich bitte die Jury, lebenslänglich ohne Bewährung eher in Betracht zu ziehen als die Todesstrafe.«

Als Linda Bloom den Zeugenstand verließ, weinten sie und ihre Mutter – praktisch Fremde, durch Gene aneinander gebunden.

Es war ein gefühlvoller Auftakt zu dem Teil von Mrs. Puentes Verfahren, in dem am meisten Tränen vergossen wurden.

Die Verteidigung hatte den Verlauf der Zeugenaussagen sorgfältig geplant und wollte das Puzzle Dorothea Puente Stück für Stück vorführen – das verarmte Kind, der verwirrte Teenager, die schlecht ausgerüstete Mutter, die ruhelose Nutte, die zwanghafte Pflegerin, die mißhandelte Frau, die Liebhaberin der spanischen Sprache, die gestörte Erwachsene – um ihr Argument zu verstärken, daß ihr Leben verschont werden sollte.

Als nächste riefen sie Dr. Mindy Rosenberg auf, eine klinische Psychologin aus Sausalito in Kalifornien, eine ausgesuchte Expertin für Dorotheas Kindheit. Als Dr. Rosenberg in sanfter, ernster Weise zu den Geschworenen zu sprechen begann, schmolz die Mörderin vor ihren Augen dahin und wurde von der mageren, traurigen kleinen Dorothea Helen Gray* ersetzt, einem verstörten Kind in einem chaotischen Haushalt.

* Obwohl sie bei ihrer Geburt den Namen Dorothea Helen Gray erhielt, sprach Dr. Rosenberg von ihr als Dorothy, ihr legal geänderter Name.

Es war eine häßliche Szene, ein Leben, das von schlimm zu schlechter wurde, mit einem immer wieder kranken Vater und einer Mutter, die sich bis zur Besinnungslosigkeit betrank. Sie stritten ständig, schrien sich an wegen der Sauferei, wegen Geldes und wegen Männern. Außer, daß sie trank, war Mom eine Hure.

Mitte der dreißiger Jahre verfiel Jessie James Gray bei sich ständig verschlechternder TB in eine tiefe Depression. Eines Tages bestieg er einen Wasserturm und drohte, hinabzuspringen. Mehr als einmal richtete er ein Gewehr auf seinen Kopf, während die Kinder baten: »Tu es nicht, Daddy, tu es nicht!«

Bei seiner Mutter, die immer wieder ins Gefängnis kam, und einem Vater, der immer wieder ins Krankenhaus kam, versuchten die älteren Kinder mit wechselndem Erfolg, die Rolle der Eltern zu übernehmen. Die beiden kleinsten, Dorothy und ihr Bruder Ray, blieben häufig sich selbst überlassen und hungerten nach Beachtung.

1936 informierte schließlich eine Tante das Jugendamt, das kam und eingriff. Es holte Stellungnahmen von allen sieben Kindern ein, auch von Dorothy, die sagte: »Ich bin siebeneinhalb Jahre. Ich bin in der ersten Klasse und gehe zur San-Antonio-Schule. Ich will bei Daddy leben, und wenn das nicht geht, will ich bei meiner Schwester leben. Ich will nicht bei meiner Mutter leben, sie ist so oft betrunken.«

Die Behörden schrieben: ›Es sind besonders nette Kinder, die dringend mütterliche Hilfe brauchen‹. Das amerikanische Rote Kreuz nannte die Situation ›pathetisch‹.

Aber das war zu einer Zeit, als die Regierung sich scheute, Eltern die eigenen Kinder wegzunehmen, und sie kehrten immer wieder in die Obhut ihrer Mutter zurück.

Mittlerweile nahm die Familie bei jeder neuen Verschlechterung Jessie James Grays Abschied. Als es schließlich soweit war, geriet Trudie Grays Alkoholkonsum außer Kontrolle. Sie verschwand einfach und überließ ihre Kinder sich selbst. Die suchten nach Flaschen für Flaschenpfand, leerten die Schränke und lebten von Ketchup-Broten oder bettelten vor der Bäckerei.

Wenn Trudie Gray zu Hause war, war es noch schlimmer.

Wenn Dorothy irgend jemandem erzählte, daß ihre Mutter sie alleine gelassen hatte, wurde sie geschlagen.

Dann waren da die Männer, betrunkene Fremde, die zu allen Stunden des Tages im Haus ein und aus gingen. Kam ein Mann, wurden die Kinder ohne Rücksicht auf das Wetter hinausgeschickt, um Dreirad zu fahren. Oder sie lagen im Bett und lauschten auf die Geräusche von Krawall und Paarung, die aus dem Nebenzimmer drangen.

Die Kinder erinnerten sich daran, daß ihre Mutter Motorrad fuhr. Sie erinnerten sich, daß sie mit zwei blauen Augen nach Hause gekommen war. Sie erinnerten sich daran, daß sie ihr Erbrochenes aufgewischt hatten.

An einem Wochenende, als Dorothy neun war, wurden ihre Geschwister zu verschiedenen Verwandten geschickt, aber sie blieb irgendwie übrig. Vergessen.

Als am Montag endlich das einsame, schluchzende Kind entdeckt wurde, griff endlich jemand ein. Das Jugendamt nahm der unverantwortlichen Mutter die drei jüngsten Kinder weg und brachte Audrey, Dorothy und Ray im Februar 1938 in das Christuskirche-Haus in Ontario in Kalifornien. Bei der Aufnahme wurde Dorothy als sehr dünn beschrieben mit den Anfängen eines Hungerbauchs, Zeichen für Mangelernährung.

Obwohl die Gray-Kinder in einem Waisenhaus waren, waren sie keine *echten* Waisen, wie sie den anderen erzählten, denn ihre Mutter lebte noch. Vielleicht würde sie wieder nüchtern werden. Vielleicht würde sie wieder ein Zuhause haben und kommen, um sie zu holen.

Aber Monate später, 1938 kurz nach Weihnachten, kam ein Auto voller Verwandter, um die Kinder ›zu einem Gottesdienst‹ abzuholen. Sie fuhren ohne eine Erklärung davon. Als das Auto vor einem Beerdigungsunternehmen vorfuhr, erfuhren sie, daß ihre Mutter tot war. Die kleine Audrey schrie hysterisch. Die älteste Tochter Wilma wurde ohnmächtig (etwas mehr als ein Jahr später starb auch sie bei einem Motorradunfall).

Nach der Beerdigung wurden die drei jüngsten Kinder zurück ins Waisenhaus gebracht und dort abgesetzt, als wäre nichts passiert ... außer daß die Gray-Kinder jetzt gehänselt wurden, weil sie jetzt wirklich Waisen waren.

Das Leben als Waise war nicht schön. Die älteren Kinder nahmen die jüngeren gelegentlich mit in den Keller, wo sie sie sexuell mißbrauchten. Ray erinnerte sich an so einen Vorfall, er erinnerte sich auch, Dorothy dort unten gesehen zu haben, sie war nackt.

Mehr als einmal lief Dorothy davon. Schon früh wurde sie zur Diebin. Und immer, *immer* erzählte sie wilde Geschichten.

Eine Zeitlang wurden Aubrey und Dorothy zu ihrer Großmutter mütterlicherseits geschickt, einer gehässigen alten Frau, die ihrer Seele noch mehr Wunden beibrachte. Sie machte klar, daß sie unwillkommen seien. Der hübschen, blauäugigen Dorothy erzählte sie immer, sie sei unehelich und stamme von einem der Kunden ihrer Mutter ab. (Jessie Gray hatte dunkle Farben gehabt.)

Ihre ältere Schwester Aubrey, die bald adoptiert wurde, sagte, ihre Kindheit sei ›die Hölle gewesen‹ und fügte hinzu: »Ich habe immer gedacht, daß mit Dorothy etwas nicht stimmt.«

Dorothy und ihr jüngerer Bruder Ray lebten dann und wann bei ihrem ältesten Bruder James und dessen Frau Louise. Die Grays waren Adventisten des siebenten Tages mit wechselnder Überzeugung, was bedeutete, daß Dorothy und Ray heute für etwas bestraft wurden, was sie gestern falsch gemacht hatten. Später kam der Verdacht auf, daß James seine kleine Schwester sexuell belästigt hatte.

Dr. Rosenberg sprach von dem Schaden, der durch ständige Vernachlässigung, vielfache Verluste, überwältigende Umstände und seelische Mißhandlung entstanden sei. Sie erklärte auch, daß Dorothea Mühe gehabt habe, eine eigene Identität auszubilden, weil sie von so viel Chaos, sich ändernden Regeln und immer neuen Persönlichkeiten umgeben gewesen sei. Ihr fehlte die Rückmeldung, die nötig war, um eine gesunde Identität auszubilden.

Kleine Kinder durchleben oft eine Phase der Phantasie oder ›magischen Denkens‹, sagte Dr. Rosenberg. Extrem vernachlässigte Kinder phantasieren sich beispielsweise zusammen, sie wären adoptiert, ihre ›richtige‹ Familie wäre reich, liebend und voll Wärme. In der Sicht der Psychologin blieb Dorothy in dieser Phase stehen, weil sie schon früh den Verlust beider Eltern und den einer Schwester schockhaft erfahren mußte. Sie hatte einen tief verwurzelten Zwang zur Verzerrung der Wirklichkeit und das überwältigende Bedürfnis, andere zu beeindrucken. Die Wahrheit, so Dr. Rosenberg, war zu schmerzhaft.

Tatsache war, daß Dorothea Puente sogar in den Gesprächen mit Dr. Rosenberg gelogen hatte, was die Psychologin nur aussagte, um zu zeigen, daß sie fähig war, alles zu verfälschen.*

Während Dorothys Leben eine Kette von Diebstählen und Betrug war, war es auch mit Großzügigkeit und Altruismus durchzogen. Sie wurde, so Dr. Rosenberg, eine ›leidenschaftliche Pflegerin‹. Bald strömten Zeugen ins Gericht, die die warme, mitleidige Seite von Dorothea Puente bezeugten.

Eine junge Frau weinte ununterbrochen, als sie sich daran erinnerte, wie Dorothea Johansson sie und ihre Schwester unter ihre Fittiche genommen hatte. Sie erzählte eine anrührende Geschichte von vernachlässigten Kindern, die durch die freundlichen Gesten einer dicken, aber ›schönen‹ Nachbarin getröstet wurden. Dorothy sorgte dafür, daß Eßkörbe der Wohlfahrt und Kleider zu ihrer Familie gebracht wurden. Sie zeigte ihnen, wie sie sich anziehen sollten, nahm sie sogar mit in Restaurants und brachte ihnen Manieren bei. Mit elf hatte dieses kleine Mädchen seinen ersten Weihnachtsmann gesehen. »Wir kannten Weihnachten nicht, ehe wir nicht Dorothea kannten«, sagte sie schluchzend.

Dorothea Puente, die kaltblütige Mörderin, weinte auch. Mehrere jetzt erwachsene Frauen sprachen voller Zuneigung

* Familienmitglieder stimmten unter der Bedingung zu, mit Dr. Rosenberg zu sprechen, daß sie nicht aussagen müßten (was John O'Mara vor juristische Probleme stellte). Ihre Kindheit wäre zu schrecklich gewesen, um darüber zu sprechen, sagten sie, und sie legten keinen Wert darauf, öffentlich mit ihrer Schwester, der Serienmörderin, in Verbindung gebracht zu werden.

von einer netten, aber ›einsamen‹ Frau, die ihr Leben veränderte. Es war immer noch schwer, alle Identitäten Dorotheas zu vereinen. Eine gut gekleidete junge Frau beschrieb ihre eigene ungeordnete Kindheit, in die Dorothea Ruhe, Führung und ›Heiligkeit‹ gebracht hatte, und erklärte: »Ich hasse den Gedanken, wo ich heute wohl wäre, wenn es Dorothea Johansson nicht gegeben hätte.«

Andere sprachen genauso leidenschaftlich von ›*la doctora*‹ Dorothea Puente. Eine Abordnung der Mexiko-Amerikanischen Gemeinschaft aus Sacramento marschierte durch den Gerichtssaal, um die guten Werke von *la doctora* zu bezeugen – Tutorschaften, Sponsorentätigkeit, Schenkungen – und um ihre anhaltende Dankbarkeit für die Frau zu erklären, die sie als großherzig und warm kannten. Ricardo Ordoricas Schwager erinnerte sich daran, wie er auf ihrer vorderen Veranda gesessen hatte, während sie ihm Englisch beibrachte. Ein Radioansager, der seine erste Stelle Dorothea verdankte, gab zu, immer noch ein Bild von ihr an der Wand zu haben. Eine Fernsehjournalistin aus Sacramento, Rosie Gaytan, erinnerte sich an einen Wohltätigkeitsball, bei dem Gouverneur Jerry Brown durch den Saal gekommen war, um Dorothea auf die Wange zu küssen und dann mit jeder von ihnen zu tanzen.

Etwa um dieselbe Zeit hatte Mrs. Puente einen Termin mit Mr. Avila vom Anwaltsbüro gemacht, um ein großzügiges Testament aufzusetzen, in dem alle Arten von Dingen, die sie nicht besaß, vermacht wurden. Ihr Anwalt, Don Dorfman, erinnerte sich, daß sie junge Frauen hereinbrachte (gewöhnlich ›adoptierte Töchter‹), die juristische Dienste brauchten, und sie zahlte die Kosten.

Viele, die *la doctora* in dieser Zeit kannten, konnten nicht glauben, daß sie wegen vielfachen Mordes verurteilt worden war. Ein Mexiko-Amerikaner erklärte hitzig vor der Tür: »Wir kennen die wahre Geschichte. Wir kennen die echte Dorothea.«

Vielleicht. Aber wahrscheinlicher noch war, daß sie nur eine Seite kannten, eine öffentliche Person, die von Geheimnissen umgeben war.

Was war passiert? Was hatte diese Vollbringerin guter

Werke dazu gebracht, sich vom Licht dem Schatten zuzuwenden? Antworten kamen von einem Gerichtspsychologen mit gediegenen Beglaubigungsschreiben (ein Absolvent der Harvard-Jura-Schule und der Medizinischen Universität von Südkalifornien), Dr. William Vicary. Er hatte Mrs. Puentes umfangreiche Akte studiert, hatte psychologische Tests durchgeführt, sie auf Gehirnschäden untersucht und den Schluß gezogen, daß Dorothea Puente einen normalen IQ besaß, normale Hirnfunktionen und an ›unsozialer Persönlichkeitsverwirrung‹ litt.

Weniger höflich gesagt, sie war ein Soziopath.

Dr. Vicary sprach voll Mitleid von Mrs. Puentes Lage und sagte: »Sie ist hier in einer sehr schlechten Situation. Sie ist eine sehr kranke Frau. Sie hat einen Fuß auf einer Bananenschale und den anderen in der Gaskammer.«

Er zitierte einige ihrer exzentrischsten Geschichten – daß sie Doktor der Psychologie wäre, eine Villa in Mexiko besäße und in einem Komitee säße, das Gouverneur Brown zusammengestellt hätte – und sagte, ihre Lügen seien ›Symptome‹ für ›eine traurige Person, die sich innerlich in Schmerz verloren hat. Sie erfinden eine wundervolle, traumartige Welt, und andere sind fasziniert.«*

In Dr. Vicarys Sicht lagen Dorotheas Probleme in einer Kindheit begründet, die häßlich, roh und kurz gewesen war.

Ihre Sorge für kleine Mädchen begründete er als Versuch, nicht nur das Falsche in ihrer Kindheit richtigzustellen, sondern auch als Ausdruck der Reue, ihre eigenen Töchter aufgegeben zu haben. Außerdem, so sagte er, sei es kein Zufall, daß sie am Ende Alkoholiker aufgenommen habe, genauso wie sie für ihre eigenen Eltern gesorgt hatte. Das war die Art Leute, an die sie gewöhnt war, die Art, hinter denen sie hergeputzt, ja die sie sogar geheiratet hatte.

Jeder, der nur etwas vertraut mit Psychologie war, konnte

* Selbst der Rorschach- oder Tintentest, jetzt per Computer ausgeführt und für objektiv befunden, zeigte ›Impulsivität, Unordnung bei Belastung‹ und ›eine Selbsteinschätzung, die eher auf eingebildeten, denn auf realen Dingen basiert‹.

Dorothea Puentes wiederholte Versuche erkennen, die Probleme in ihrer eigenen Vergangenheit zu lösen. Aber sie war nicht einfach ein weiteres erwachsenes Kind von Alkoholikern, das ein Zwölf-Stunden-Programm brauchte. Der Psychiater beobachtete: »Mit der Zeit wurde sie schlimmer, nicht besser.«

Verteidiger Vlautin stellte die Kardinalfrage: »Wie kann jemand wie Dorothea Puente soviel Gutes tun und trotzdem als Angeklagte dieser Verbrechen hier stehen?«

»In gewisser Weise wurde ihre größte Stärke zu ihrer größten Schwäche«, antwortete Dr. Vicary. »Sie hatte einige gute Eigenschaften, einige positive Gefühle, (ein Talent) dafür, zerbrochene Existenzen aufzunehmen und zu versuchen, ihnen zu helfen. Sie hatte ein Bedürfnis zu helfen. Auf der anderen Seite sind da eine Menge Schmerz, Widerwillen, Feindseligkeit, sogar Haß.«

Laut Dr. Vicary bedeuteten die Mieter in 1426 F Street einen Rückschritt gegenüber denen in 2100 F Street. Die Beschäftigung mit diesen Alkoholikern von der Straße setzte sie einem solchen Streß aus, daß sie ›entwirrte‹. Wie er es ausdrückte: »Was sind das für Leute, die vermißt werden? Sehr schwierige, anstrengende Leute. In der Frau haben sich viel Wut und Schmerz gegen solche Leute angestaut – solche Leute haben sie mißbraucht und vernachlässigt.«

Er fuhr mit dramatisch gesenkter Stimme fort: »In ihr ist dieses Ding, das sie auffrißt. Es wird stärker und stärker, und schließlich bricht es aus. Irgendwie mußte es heraus. Es kam mit allen diesen vermißten Personen heraus. Das ist die Brücke zwischen ihrer traumatischen Vergangenheit und diesen schrecklichen Verbrechen.«

John O'Mara hatte bei den meisten der Zeugen auf die Möglichkeit des Kreuzverhörs verzichtet – es gab nichts zu gewinnen, wenn er über Mrs. Puentes Kindheit argumentieren oder ihre guten Taten verkleinern würde – aber Dr. Vicary hatte Meinungen zu ihrer kriminellen Natur zum Ausdruck gebracht, und das forderte in O'Maras Augen eine Antwort.

In einem Verfahren gelten Psychologen als die Spinner unter den Ärzten. In der Befragung durch O'Mara erfuhr die Jury jetzt eine etwas andere Spinnerei aus Mrs. Puentes Vergangenheit.

Während alle ihre Ehemänner beispielsweise als betrunkene Mißbraucher dargestellt worden waren, die die warmherzige Dorothea ausgenutzt hatten, erfuhr die Jury jetzt, daß Pedro Montalvo, ihr vierter Ehemann, zu ihr gehalten hatte, als sie 1978 wegen Betrugs verhaftet worden war. Zuerst hatte er eine Bürgschaft geboten, um seine Frau aus dem Gefängnis zu holen. Und ein großer Teil der über viertausend Dollar, die sie als Wiedergutmachung zu zahlen hatte, stammten von einem Eintausend- Dollar-Scheck aus seiner Sozialversicherung.

Dr. Vicary hatte angenommen, daß die Mieter in 1426 F Street so ungewöhnlich waren, daß sie irgendwie Mrs. Puentes glimmenden Haß angefacht hatten, aber O'Mara führte aus, daß dieses Muster nicht standhielt, wo es beispielsweise ihre Freundin und Geschäftspartnerin Ruth Munroe oder ihren Verlobten Everson Gillmouth betraf.

O'Mara befragte ihn nach seiner euphemistischen Umschreibung mit dem Begriff *vermißt,* und Dr. Vicary machte ein überraschendes Zugeständnis: »Ich denke, das ist eine Art zu sagen, daß Leute umgebracht wurden … Ich nehme an – bei allem nötigen Respekt für die Jury – daß alle Leute, die vermißt werden, ermordet wurden.«

(Die Verteidigung krümmte sich bei diesem Zuckerstückchen von ihrem Experten. »Ihre Gesichter fielen ein wie Kuchen in einem Ofen«, bemerkte ein Geschworener.)

Der Psychiater gab auch zu, daß sich Dorothea Puente ihrer Handlungen bewußt war und den Unterschied zwischen richtig und falsch kannte. Sie tötete nicht in blinder, mörderischer Wut, sie hörte keine Stimmen, sie hatte keine Psychose. Dorothea Puente handelte kontrolliert.

Schließlich hatte Dr. Vicary Mrs. Puente praktisch die Garantie für ein Sprachrohr vor Gericht gegeben, er hatte ihr gesagt, daß alles, was sie ihm erzähle, vor Gericht erscheine – es gab keine Vertraulichkeit, kein Arzt-Patienten-Privileg. Als sie über jedes der neun Opfer befragt worden war, hatte sie behauptet, das eine seit den siebziger Jahren zu kennen, das andere seit den Sechzigern … und sie wären alle alte Freunde gewesen.

Aber sie hatte nicht die geringste Ahnung, wie diese lieben alten Freunde, um die sie sich so sehr gekümmert hatte, begraben in ihrem Garten hatten enden können. Sie hatten natürlich jede Menge Gesundheitsprobleme gehabt, sagte sie ihm, die sie eins nach dem anderen aufzählte, auch Ruth Munroes ›fettige Leber‹. Ganz klar, sie hatte beim Prozeß gut aufgepaßt.

Dorothea beeilte sich auch, auszuführen, daß sie *immer* Schlafprobleme gehabt hatte. Sie schlief selten mehr als vier Stunden pro Nacht, selbst nach einer doppelten Dosis Dalmane. Das sind *zwei* Dreißig-Milligramm-Tabletten, bemerkte sie, falls der Arzt das nicht mitbekommen hätte.

Dr. Vicary testete sie pflichtbewußt auf jede durchsichtige Ausschmückung hin, jedes klassische Stück aus Mrs. Puentes Erzählung. Am Ende konnte sie einfach nicht verstehen, daß sie sich hier nicht herauslügen konnte, daß sie in dem Versuch, sich zu schützen, nur immer mehr verriet.

Es war unwahrscheinlich, daß Dorothea Puente die Todesstrafe erhielt. Nicht im Staat Kalifornien. Immerhin gab es keine Schmerzen: Ob mit Pillen oder Kissen, sie hatte sie sanft getötet.

Aber Staatsanwalt John O'Mara legte andere Kriterien für die Todesstrafe an. Nach seinen moralischen Grundsätzen hatte Mrs. Puente die höchstmögliche Strafe verdient. Deshalb stand er am 6. Oktober 1993 – jetzt mit Bart und wütend – voll Rechtschaffenheit da. Nach Robert Louis Stevenson sagte er: »Schließlich setzt sich jeder zu einem Bankett der Konsequenzen nieder«, dann schwieg er und ließ das Thema einsinken.

Jedes Urteil – entweder lebenslänglich ohne Bewährung oder die Todesstrafe – würde die Gesellschaft schützen, führte er aus, also war das ein ›Nichtthema‹. Aber, fragte er,

»ist das das Ende der Nachforschungen? Gibt es kein Mittel, Gerechtigkeit auszuüben? Steht den Opfern nicht ein Mittel zur Gerechtigkeit zu? Ist das nicht eine Frage der Verantwortlichkeit, der Verantwortlichkeit, die der Frau zu Füßen liegt?«

Mit erhobener Stimme fuhr er fort: »Darum geht es in diesem Prozeß. Sie hat drei Menschen getötet! Einige von Ihnen denken, sieben Leute, einige von Ihnen denken, alle neun! *Wie hoch muß die Zahl der Leichen sein?*«

Seine Frage schrillte durch den Raum. Die Jury wurde ernst.

O'Mara wischte Mrs. Puentes traumatische Vergangenheit beiseite. »Sie ist nicht zwanzig und leidet noch an den Verheerungen durch Mißbrauch in der Kindheit. Sie war kein Teenager mehr, sondern stand kurz vor der Vollendung ihres sechzigsten Jahrzehnts! Diese Frau war achtundfünfzig Jahre alt, als sie Leona Carpenter getötet hat. Sie war neunundfünfzig Jahre alt, als sie Mr. Fink umbrachte.«

Er kehrte zum Thema zurück und wollte wissen: »Wird irgend jemand jemals verantwortlich gemacht für sein Verhalten in der Welt? Sollen wir diese Person laufen lassen, weil sie eine verdorbene Kindheit hatte?« Dr. Vicary hatte gesagt: ›Kranke Leute treffen eine kranke Wahl.‹ Aber, fragte O'Mara: »Ist das nicht ein Weg, ihre Schuldfähigkeit zu vermindern?«

Er erachtete Dr. Vicarys Erklärung von Dorothea Puentes wachsendem Ärger und ihrer explodierenden Wut als schlicht albern. »Bringt sie symbolisch ihre Mutter um? Tötet sie symbolisch ihren Vater? Das ist doch die allgemeine Auffassung«, höhnte er.

»Wenn Sie einen Widerwillen gegen Trinker hatte, warum hat sie dann nicht John McCauley umgebracht? Er war der größte Trinker von allen! Wenn das unvermeidlich war, warum hat sie dann nicht Pat Kelley getötet? Konnte sie da ihre Wut beherrschen?«

Wenn sie tatsächlich gefühlsmäßig so spröde war, innerlich so ärgerlich, wie hatte sie es dann geschafft, über die Jahre so viele Freundschaften zu schließen? Warum waren dann so viele Leute gekommen, um für sie auszusagen? Warum hatten ihre Freunde nicht – oder gar ihr Psychiater Dr. Doody –

beobachtet, daß sie am Rande des Zusammenbruchs stand? Wie hatte sie ihre unkontrollierbaren Handlungen verhehlen können? »Wenn das ein Ausbruch war, der sich mit der Zeit entwickelt hatte, wie kam es dann, daß sie so glücklich war, drei, sieben, *neun* Morde zu begehen, *und niemand hatte etwas gesehen oder gehört?«*

In O'Maras Augen war Mrs. Puente nicht unentrinnbar dazu getrieben worden, sondern hatte vielmehr kaltblütig beschlossen, diese Leute zu töten. Sie hatte drei Jahre im Gefängnis verbracht, um über die Tatsache nachzusinnen, daß die, die lebten, 1982 Anklage gegen sie erhoben hatten, während Ruth Munroe schweigend in ihrem Grab lag.

Ganz klar, die Toten machten weniger Probleme.

»Unsoziale Persönlichkeitsstörung«, sagte er und schwenkte die *DSM-III**, die ›Bibel‹ der Psychologen, »wird definiert durch Lüge, Betrug und Diebstahl. Keine Gewissensbisse. Was ist der äußerste unsoziale Akt? *Mord.«*

O'Mara war wütend, und seine Stimme hob sich in zornige Höhen. »Das waren Menschen! Sie hatten ein Recht zu leben! Was hatten sie? Sie hatten keine Autos – sie hatten ihre kleinen Sozialversicherungsschecks und ihr Leben. *Sie nahm ihre Schecks, sie nahm ihr Leben, und damit hatten sie gar nichts mehr!«*

Er erinnerte sich daran, daß in einem Fragebogen bei der Geschworenensuche, der vor fast einem Jahr ausgefüllt worden war, einer von ihnen geschrieben hatte: ›Die Strafe sollte dem Verbrechen entsprechen‹. Jetzt war es für Dorothea Puente Zeit, erklärte er, »sich zum Bankett niederzusetzen.« Er verhöhnte den Apell der Verteidigung um Gnade und erklärte: »Sie sollte dieselbe Gnade erfahren, die sie bei Leona Carpenter, Dorothy Miller und Ben Fink hat walten lassen!«

Plötzlich senkte er die Stimme und sagte: »Ich habe Sie genug angeschrien. Ich entschuldige mich. Und wie Ihre Entscheidung auch ausfallen mag, die Bürger des Staates Kalifornien danken Ihnen.«

* Amerikanische Gesellschaft der Psychologen: Diagnostisches und Statistisches Handbuch der Geisteskrankheiten, dritte überarbeitete Auflage.

Nach dieser donnernden Ansprache zog sich die Jury blaß und erschöpft zurück.

Als nächstes stand Kevin Clymo da und erweckte das Kind Dorothea wieder zum Leben, Dorothea, die Pflegerin, wobei er Dinge aus ihrer Persönlichkeit offenlegte, die die Jury bei ihrer Entscheidung bedenken sollte. Mit im Gegensatz zu O'Mara so leiser Stimme, daß er fast flüsterte, sagte er: »Ich denke, in so einer Lage müssen wir uns wirklich selbst ins Gesicht sehen, unserer Moral, was wir für richtig halten, was wir denken, was das Richtige ist und was das Falsche. Ich wünsche, es gäbe einen besseren Weg, die Frage von Leben und Tod in unserem Rechtssystem zu lösen, weil ich mich krümme, wenn ich rufen und schreien höre, Appelle an Gefühle und Leidenschaften.«

Vlautin sprach freundlich über Mrs. Puentes Kindheit und berührte dabei die traumatischen Aspekte, die sie geprägt hatten, drängte sie, die Welt mit ihren Augen zu sehen. »Sie haben von der Verzweiflung gehört, die die Basis ihres Lebens war, von dem Ärger, dem Widerwillen ... Wenn jemand sagt, das, was Dorothea Puente durchgemacht habe, sei nicht so schlimm, fragen Sie ihn, ob er das selber durchmachen wollte? Ob er wollte, daß eines seiner Kinder das durchmachen müßte?«

Vlautin sprach in fast poetischer Weise von mildernden Umständen und von denen, die gekommen waren, um zu Dorotheas Gunsten auszusagen. »Ich wurde dazu angehalten zu glauben, daß, wenn es irgendeinen Grund für jeden von uns gibt, hier auf dieser Erde zu leben, es der ist, irgendwie die Menschlichkeit des anderen zu vergrößern, zu lieben, einander zu berühren, zu wissen, daß man nur ein lebendes Wesen leichter atmen läßt, weil man lebt. Ich sage Ihnen, das ist es, warum diese Leute gekommen sind, weil Dorothea Puente ihnen das Leben erleichtert hat.«

Er fuhr in leisen Tönen fort und sagte: »Ich glaube, Sie können nur dann wirklich verstehen, warum diese beispiellose Schar von Leuten nach Monterey gekommen ist, wenn Sie einmal in dieser Welt verlorengegangen sind. Wenn einer von Ihnen jemals runtergefallen und auf der Straße des Lebens gestrauchelt ist, und einer hätte Sie aufgehoben, Ihnen Trost gegeben, Liebe, Ihnen den rechten Weg gezeigt, dann werden Sie verstehen, warum diese Leute hierher gekommen sind und ausgesagt haben. Weil es das ist, was Dorothea Puente für sie getan hat. Das ist Linderung. Das ist eine menschliche Eigenschaft, die es verdient, erhalten zu werden. Es ist eine Flamme der Menschlichkeit, die seit ihrer Jugend in ihr gebrannt hat«, schloß er ruhig, »und das ist der Grund, Dorothea Puente lebenslänglich ohne Bewährung zu geben.«

Am 7. Oktober 1993 begann die Beratung der Jury, ob Dorothea Puente sich zu den anderen vier Frauen gesellen würde, die in Kaliforniens Todeszelle warteten.

Es war bewiesen worden, daß sie eine höchst ungewöhnliche Mörderin war. Beide Seiten konnten gute Argumente für ihre Sache finden, weil sie zwei Seiten ausgeprägt besaß. Keine Schizophrenie. Keine Krankheit. Sie war nie die, die sie schien. Sie war ein Rätsel für die Jury, die es zu lösen versuchte.

Jetzt, als ihr Gespinst aufgelöst war, ihre Schönheit verging, wartete sie darauf, ihr Urteil zu hören.

Am 13. Oktober 1993 wurde *Oprah* wegen der Neuigkeiten aus Monterey unterbrochen: Dorothea Puentes Jury hatte in der Frage der Todesstrafe den toten Punkt erreicht.

Richter Michael Virga erklärte die Verhandlung für ungültig, und das DA-Büro entschied, den Prozeß um die Todesstrafe nicht wieder aufzunehmen. Mrs. Puente erhielt ohne Prozeß lebenslänglich ohne Bewährung.

»Dorothea ist erleichtert, wir alle sind erleichtert«, sagte einer ihrer Anhänger zu Peter Vlautin. Kevin Clymo nickte und sagte: »Gott sei Dank, es ist vorüber.«

Den Satz nahm auch die Jury auf. Sie hatten sieben zu fünf für lebenslänglich ohne Bewährung festgehangen, aber in ihrer Erleichterung lag keine Animosität.

Es war ein langer, frustrierender Vorgang gewesen. Elf von

ihnen waren fest davon überzeugt, daß Mrs. Puente nicht nur drei, sondern sieben, acht oder alle neun der Opfer ermordet hatte. Ein einziger hatte sich widersetzt und fast in allen Fällen einen ungültigen Prozeß erreicht. Am Ende waren sie froh, sie wenigstens in drei Fällen verurteilt zu haben.

Als sie gefragt wurden, warum sie Mrs. Puente nicht für den Mord an Bert Montoya verurteilt hätten, schüttelte der Postbeamte Joseph Martin bedauernd den Kopf. »Für mich war Bert ein ganz offensichtlicher Mord«, sagte er und fügte ärgerlich hinzu: »Ich habe Stunden und Stunden dafür argumentiert.«

Befragt nach dem, der dagegen gestimmt hatte, zuckte Seargent Gary Frost, der XREMIST, die Schultern und sagte: »Ich kann nicht sehen, was in seinem Kopf vorgeht«, und fügte hinzu: »Ich kann nicht verstehen, wie ein vernünftiger Mensch ignorieren kann, was wir erfahren haben.«

Zeitweise war der Raum der Jury laut und heiß gewesen. Elf Geschworene hatten fieberhaft über die unentschiedenen Fälle – Ruth Munroe, Vera Faye Martin, James Gallop – diskutiert, aber nichts hatte diesen einzelnen Geschworenen überzeugen können. (Seltsamerweise hatte die Wahl bei Betty Palmer sie in drei für erstgradigen Mord, sechs für zweitgradigen Mord und drei für Freispruch gespalten. Bei Everson Gillmouth hatten acht für zweitgradigen Mord, zwei für Totschlag und zwei für Freispruch gestimmt.)

Während ihrer Rekordberatung hatten sie die Beweise von allen Seiten untersucht – die Folge der Ereignisse, die Glaubwürdigkeit der Zeugen, die toxikologischen Ergebnisse, die Spur des Geldes –, bis sie den Fall auswendig kannten. Jeder Geschworene hatte andere Fähigkeiten oder eine andere Art in die Beratung eingebracht, die gut zu den anderen paßten … bis auf den einsamen Einzelkämpfer.

Er hatte darauf bestanden, daß es nicht genügend Beweise gäbe. Auch hatte er die Idee verworfen, daß Medikamente wie Gift wirken könnten. Erst als Richter Virga sie gedrängt hatte, die Rollen anders zu verteilen, war er überzeugt worden, daß Ben Fink, Dorothy Miller und Leona Carpenter umgebracht wurden. Aber nur diese drei.

»Wir hatten elf frustrierte Geschworene«, sagte einer und fügte traurig hinzu, daß sie die Familien der Opfer ›nie vergessen hätten‹.

Die Geschworenen nannten Gründe für die drei Schuldsprüche und erinnerten sich, daß Dorothy Miller mit Gewalt von einem angestellten Aufpasser in ihrem Zimmer festgehalten wurde, der sagte, sie habe ein ›Phenobarbitalsabbern‹, obwohl Mrs. Puente ihm gesagt hatte, sie sei betrunken, daß, nachdem Mrs. Puente Ben Fink nach oben gebracht hatte, ›damit er sich besser fühlt‹, Arbeiter ›Müll‹-Säcke mit Maden darin dort vergraben hatten, wo später Fink begraben wurde, daß die Beweise O'Maras Argument stützten, daß ›Betty‹ eigentlich Leona Carpenter war, eine Frau, die zu krank war, um irgend etwas ohne Hilfe zu unternehmen. Ein paar Geschworene, die Mrs. Puente monatelang beobachtet hatten, gaben Kommentare zu ihrer unberührten Fassade und mangelnden Reue ab. Sosehr sie es auch versucht hätten, sagten sie, sie könnten für die Frau kein Mitleid empfinden.

Jurysprecher Michael Esplin las sogar ein kleines Gedicht vor, das er über den Fall verfaßt hatte:

Einer am Fluß,
Einer im Bett,
Sieben im Boden,
Eine ohne Kopf,
Alle tot.

Schließlich merkte ein katholisches Mitglied der Jury an, daß die religiöse Figur in dem Schrein über dem Grab der armen, geköpften Betty Palmer nicht der Heilige Franziskus sei, wie er oft genannt wurde, sondern der Heilige Antonius, der Schutzpatron vermißter Dinge. Die Heilige Dorothea, erinnerte er sich, sei die Schutzpatronin der Gärtnerei.

Epilog

Das blauweiße viktorianische Haus in 1426 F Street ist jetzt ein bißchen schäbig, wird aber nach wie vor von Ricardo Ordorica vermietet. Vor dem Prozeß waren Kamerateams bei dem Haus vorbeigekommen und hatten bei zwei verschiedenen Gelegenheiten die Mieter befragt. Beide Male hatten zwei verschiedene Mieter ausgesagt, daß es in Dorothea Puentes früherem Heim spuke. Sie waren durch seltsame Geräusche wie ein unerklärliches Stöhnen aufgewacht, hatten sich bekreuzigt und Rosenkränze an die Wand gehängt.

Nach Mrs. Puentes Verurteilung besuchte ein anderes Nachrichtenteam ihre frühere Pension, und neue Mieter erzählten ihnen, daß das Haus normal und ruhig sei.

Vielleicht können die Geister jetzt, wo der Gerechtigkeit genüge getan ist, ruhen.

Die Vagabunden von Sacramento gehen noch immer von Ort zu Ort, schlafen auf kaltem Beton, wachen im Schatten der Stadt, graben Gräben für ein lohnendes Entgelt. Diese verletzlichen Seelen, die oft unfähig sind, auf sich aufzupassen, sind leichte Opfer. Das werden sie immer sein.

Aber als ein Ergebnis dieses seltsamen Falls hat die Sozialversicherung die Kontrolle bei ihren gewöhnlichen Zahlungen verschärft. Es gibt immer noch Schlupflöcher und Budgetkürzungen. Das System ist von Perfektion noch weit entfernt.

Judy Moise arbeitet noch auf dem Gebiet der Betreuung geistig Kranker, hat aber ihre anstrengende Arbeit bei den Volunteers of America aufgegeben. Mittlerweile kann sie von Bert Montoya sprechen, ohne in Tränen auszubrechen, da sie die Schuldgefühle ›herausgelassen‹ habe, die sie empfand, weil sie Dorothea Puente vertraut hatte, und weil sie mit ihrer Rolle als Initiatorin der Untersuchung zufrieden war. Ihre hübsche Tochter studiert Schauspielkunst und tritt in Fernsehwerbungen auf. Ihr Sohn spricht dank der bahnbrechenden Wirkung von Closiril endlich auf die Schizophrenie-Behandlung an.

John O'Mara, der während des anstrengenden Puente-Prozesses rund dreißig Pfund abgenommen hatte, kehrte zu seiner Familie zurück, zu seinen fünf Hektar Land und seinem Büro im vierten Stock, wo er in der Art des typischen Arbeitsbesessenen weitermacht. Obwohl er immer noch der Chef der Mordabteilung ist, hat er seiner Familie versprochen, daß er keine Fälle mehr außerhalb des Landes verfolgen wird.

Peter Vlautin, der rund vier Monate an Überstunden angesammelt hatte, nahm bis Anfang 1994 Urlaub. Er hatte sich entschieden, eine Zeitlang keine Kapitalverbrechen mehr zu behandeln und sich anderen schweren Vergehen wie serienmäßigen Raubüberfällen zuzuwenden. Nach dem Puente-Prozeß sagte er: »Es wird so sein, als hätte man es mit Alkohol-am-Steuer-Fällen zu tun.«

Kevin Clymo war in seine Privatkanzlei in Sacramento zurückgekehrt, wo Anstecker und Knöpfe an der Wand erklärten: ›Trotze dem Tod‹ und ›TÖTE NICHT FÜR MICH, ich bin Gegner der Todesstrafe‹. Er freut sich auf ein ruhigeres Leben außerhalb des Rampenlichts. Ein bißchen Segeln wäre das richtige, sagte er.

Vielleicht erinnerte er sich nicht mehr daran, aber in einem Interview hatte er 1992 keinen kryptischen Kommentar zu Dorothea Puente abgegeben: »Sie hat ein Identitätsproblem«, hatte er gesagt, ohne zu wissen, daß Judy Moise genau denselben Kommentar schon lange vorher zu Bert Montoya abgegeben hatte.

In gewisser Weise waren Bert und Dorothea zwei Seiten derselben Münze: vernachlässigte Kinder, voll erwachsen, der eine vertrauensvoll, die eine nicht vertrauenswürdig. Wie Dorothea hatte Bert von seiner zerschlagenen Kindheit in Costa Rica mit einem gewalttätigen Vater bis zu seiner psychotischen Erwachsenenwelt in New Orleans mit seiner verwirrten Mutter ein trauriges Leben geführt bis hin zu einer entwurzelten Existenz, die ihn und seine Stimmen zufällig nach Sacramento brachte.

Es wäre für Bert ein leichtes gewesen, gemein zu werden.

Aber er war ein ehrenhafter, gutherziger Mann, der nie im Ärger gegen jemanden die Hand erhoben hatte. Es war etwas zutiefst Anrührendes an Bert Montoya, etwas Furchtsames und Unausgesprochenes, das dazu neigte, die besten Impulse in anderen zu wecken. Vielleicht mochten die Leute diesen einfachen Menschen dessentwegen, was sie durch ihn in sich selbst entdeckten.

Viele fragten sich, wie Dorothea Puente, diese anscheinend so anteilnehmende alte Dame, so kaltblütig hatte sein können … besonders in Berts Fall, für den sie doch echte Zuneigung zu empfinden schien. Aber Mrs. Puente ist ein Soziopath, und es ist vielleicht ein Fehler zu denken, daß sie irgendwelcher echter Gefühle für jemanden fähig wäre. Egozentrisch und nur motiviert durch Eigennutz können Soziopathen keine Beziehungen im üblichen Sinne aufbauen. Ihre Opfer waren für sie Mittel zum Zweck. Sie kamen ihr gelegen. Sie waren verfügbar. Ihre Gefühle für Bert waren eine List.

Mrs. Puente tötete anders als männliche Serienmörder, die häufig Fremde ermorden, diejenigen, die ihr vertrauten und an ihrem Tisch aßen. Höchstwahrscheinlich wurde jeder neue Mieter, den sie kennenlernte, als erstes als ein mögliches Geschenk an ihre Schatztruhe taxiert. Einige Opfer standen sicher dabei und sahen zu, als gegraben wurde, ohne zu ahnen, daß sie die Inhalte werden sollten.

Einige glauben, daß man dort noch weitere Leichen finden könnte. John O'Mara untersuchte den Fall zweier weiterer vermißter Personen, hatte aber zu wenig Beweismaterial in der Hand, um eine Anklage vorbringen zu können. Er sagte schulterzuckend: »Es gibt Dinge, die wir nie erfahren werden.«

Dorothea Puente lebt wahrscheinlich bis ans Ende ihrer Tage, ohne die neun Morde zu gestehen, die ihre Handschrift tragen. Während sie ihr ›Lebenslänglich‹ absitzt, behütet sie sicher ihre ›Nichten‹ innerhalb der Wände des Frauengefängnisses von Chowchilla und spielt die Heilige Jungfrau. Schließlich wird sie wohl kaum die Wachen durchbohren und durch die Luftschächte fliehen.

Man kann sich nur wundern, warum eine schreckliche

Kindheit sowohl freundliche Menschen als auch herzlose Killer erzeugt. Werden wir als ein unbeschriebenes Blatt geboren? Oder mit unterschiedlichen Charakteren, gut oder böse? Jahrzehnte mit Ärztetheorien, klinischen Studien oder philosophischen Studien haben uns einer Antwort nicht näher gebracht als wirkungsvolle Versuche, einen Hund nachts am Heulen zu hindern.

Wenn man Theorien zu Verhaltensmustern viel Gewicht verleiht, den unbewußten Einflüssen durch selbst die nachlässigsten Eltern, dann bleibt ein kleines Korn aus Dorotheas Vergangenheit, das vielleicht ein wenig Prägung verrät, an die auch sie sich nicht erinnern kann. Auf dem Totenschein ihrer Mutter ist ein verräterisches Detail angegeben, die letzte Lüge Trudie Grays: Ihre Beschäftigung, so hatte sie behauptet, wäre Krankenschwester.

Dorothea Puente ist äußerst berechnend, eine Meisterin im Manipulieren und eine begnadete Lügnerin. Sie hat viele Rollen gespielt. Aber mit all ihren Lügen und all ihren Geschichten hat sich die Frau, die als Dorothea Helen Gray geboren wurde, nie zu einer ganzen Person entwickelt.

Wer ist sie am Ende, außer einer traurigen, ungeheuren Lügnerin? Sie ist bar jeden Gefühls. Hohl. Leer wie ein offenes Grab.

Anhang 1

Toxikologische Berichte

Spuren von Drogen, die man in Gewebeproben der Leichen gefunden hat, in Milligramm pro Kilogramm. Jedes Sternchen bedeutet verschriebene Medikamente.

#88-3372: Leona Carpenter, 78, approx. 100 lbs., 5′2″

Medikamente	**Hirn**
Flurazepam*	0.04
Metabolite 1	0.13
Metabolite 2	0.84
Diazepam	0.74
Kodeine	0.50

#88-3374: Dorothy Miller, 65, 120 lbs., 5′7″

Medikamente	**Hirn**	**Leber**
Flurazepam	0.03	0.07
Metabolite 1	0.06	0.09
Metabolite 2	0.97	0.83
Carbamazepime	54.0	68.0

#88-3381: Bert Montoya, 52, 180 lbs, 5′5″

Medikamente	**Hirn**	**Leber**
Flurazepam*	0.95	0.88
Metabolite 1	0.09	0.06
Metabolite 2	0.41	0.35
Diphenhydramine	< 0.5	1.5
Loxapine	< 2.5	< 7.7
Amitriptyline	0.10	0.49
Carbamazepine	< 3.0	< 5.0

#88-3382: Benjamin Fink, 55, 155 lbs., 5'8"

Medikamente	Hirn	Leber
Flurazepam	0.0	0.04
Metabolite 1	0.2	1.30
Metabolite 2	1.8	0.66
Loxapine	5.3	15.5
Amitriptyline	3.8	21.6
Nortriptyline	7.7	22.0

#88-3384: James Gallop, 64, 132 lbs., 5'10"

Medikamente	Hirn	Leber
Flurazepam*	0.29	0.36
Metabolite 1	0.19	7.73
Metabolite 2	0.90	5.97
Phenytoin*	8.5	13.5
Amitriptyline	< 0.5	1.1
Nortriptyline	0.5	0.7

#88-3394: Vera Faye Martin, 65, 100 lbs., 5'2"

Medikamente	Hirn	Leber
Flurazepam	0.15	1.6
Metabolite 1	0.35	0.75
Metabolite 2	1.60	0.13

#88-3395: Betty Mae Palmer, 79, 100 lbs., 5'1/2"

Medikamente	Leber
Flurazepam	1.5
Metabolite 1	3.31
Metabolite 2	1.28
Haloperidol*	2.17
Doxylamine	< 1.0

Amitriptyline, ein Antidepressivum, wird gewöhnlich als Elavail verkauft.

Carbamazepine, ein Antikrampfmittel, wird gewöhnlich als Tegrotol verkauft.

Kodein, ein Narkotikum, wird oft mit anderen Medikamenten kombiniert.

Diazepam, ein Beruhigungsmittel, wird gewöhnlich als Valium verkauft.

Diphenhydramine, ein Antihistamin und unterdrückend, ist gewöhnlich Bestandteil von Medikamenten wie Benadryl und Sominex.

Doxylamine, ein Antihistamin und Hypnotikum, ist Bestandteil von Unisom und anderen Medikamenten.

Flurazepam, ein Beruhigungsmittel, wird gewöhnlich als Dalmane verkauft, seine zwei Metabolite sind das N1-hydroxethyl- Flurazepam und das N1-desalkyl-Flurazepam.

Haloperidol, ein Antipsychotikum, wird gewöhnlich als Haldol verkauft.

Loxapine, ein Antipsychotikum, wird gewöhnlich als Loxitane verkauft.

Nortriptyline, ein Antidepressivum, wird gewöhnlich als Aventyl verkauft.

Phenytoin, ein Antikrampfmittel, wird gewöhnlich als Dilantin verkauft.

Anhang 2

Rezepte für Dalmane (Flurazepam)
für Dorothea Montalvo Puente
(30 Tabletten, 30 mg, wenn nicht anders angegeben)

Datum	Apotheke	Arzt	Patient
10-29-85	McAnaw's	Herrera*	Dorothy Montalvo
12-16-85	McAnaw's	Herrera	Dorothy Montalvo
1-24-86	McAnaw's	Herrera	Dorothy Montalvo
2-20-86	McAnaw's		Leona Carpenter
4-11-86	McAnaw's	Herrera	Dorothy Montalvo
6-09-86	McAnaw's	Doody**	Dorothea Puente
7-02-86	Payless	Doody	Dorothea Puente
7-24-86	McAnaw's	Doody	Dorothea Puente
8-22-86	McAnaw's	Doody	Dorothea Puente
9-08-86	Payless	Doody	Dorothea Puente
9-19-86	McAnaw's	Herrera	Dorothea Puente
9-19-86	McAnaw's		Leona Carpenter
11-10-86	McAnaw's	Herrera	Dorothea Puente
11-28-86	Payless	Doody	Dorothea Puente
12-29-86	McAnaw's	Herrera	Dorothy Montalvo
1-24-87	Payless	Doody	Dorothea Puente
2-13-87	Payless	Doody	Dorothea Puente
2-19-87	McAnaw's	Herrera	Dorothy Montalvo
3-25-87	Payless	Doody	Dorothea Puente
4-20-87	McAnaw's	Herrera	Dorothy Montalvo
5-20-87	McAnaw's	Mesic	James Gallop (15mg)
6-15-87	McAnaw's	Doody	Dorothea Puente
7-15-87	Payless	Doody	Dorothea Puente
8-12-87	Payless	Doody	Dorothea Puente

* Dr. Jose Herrera praktiziert nicht mehr.

** Dr. Thomas Doodys Anwalt sagte, er sei zu krank, um in Dorothea Puentes Prozeß auszusagen.

9-01-87	McAnaw's	Doody	Dorothea Puente
9-25-87	Payless	Doody	Dorothea Puente
10-29-87	Payless	Doody	Dorothea Puente
12-01-87	Payless	Doody	Dorothea Puente
1-22-88	Payless	Doody	Dorothea Puente
3-15-88	Payless	Doody	Dorothea Puente
4-13-88	Payless	Doody	Dorothea Puente
5-24-88	McAnaw's	Doody	Dorothea Puente
6-28-88	McAnaw's	Doody	Dorothea Puente
7-11-88	McAnaw's	Doody	Dorothea Puente
7-27-88	McAnaw's	Doody	Dorothea Puente
8-24-88	Payless	Doody	Dorothea Puente
9-26-88	Payless	Doody	Dorothea Puente
11-01-88	Payless	Doody	Dorothea Puente

Band 13 719

Carlton Stowers

Die Sünden meines Sohnes

Deutsche Erstveröffentlichung

CARLTON STOWERS, der als Journalist bei kleinen Zeitungen begann, genießt in Dallas seinen Ruhm als ungewöhnlich erfolgreicher True-Crime-Autor: *Eine Demütigung zuviel* und *Offene Geheimnisse* haben ihm den Edgar-Award eingetragen. Da erhält er im November 1988 einen Anruf von der Polizeistation: Anson, der älteste seiner beiden Söhne, wurde soeben verhaftet. Er soll seine fünfundzwanzigjährige Frau umgebracht haben.
Während Stowers zur Polizeistation fährt, rekapituliert er die Geschichte seines Sohnes. Er versucht Klarheit zu erlangen, wann sein Sohn auf die schiefe Bahn geriet. Und er fragt sich, wie weit er selbst als Vater Schuld trägt an dieser Entwicklung. Er wüßte auch heute nicht, was er anders machen würde, aber er ahnt auch, wie sehr Anson unter den Scheidungsquerelen seiner Eltern gelitten hat.

So entstand eines der ungewöhnlichsten True-Crime-Bücher – der erschütternde Report eines Mannes, dessen Sohn au die Schiefe Bahn geriet.

BASTEI LÜBBE

Sie erhalten diesen Band im Buchhandel, bei Ihrem Zeitschriftenhändler sowie im Bahnhofsbuchhandel.

Band 13 665

Barry Bowe

Der Wilde

Deutsche Erstveröffentlichung

Nach einer Liebesenttäuschung gerät der neunzehnjährige Bobby Nauss aus Philadelphia auf die schiefe Bahn. Er schließt sich den ›Warlocks‹ an, einer legendären Motorrad-Gang, die Drogen, Gewalt und Frauenverachtung auf ihre Fahnen geschrieben hat. Schon der Ritus, der einer Aufnahme in die Gruppe vorausgeht, ist von beispielloser Brutalität.
Nach sechs Jahren voller Exzesse und Drogendeals wird Bobby Nauss des Mordes an seiner früheren Freundin angeklagt und kommt ins Gefängnis. Doch ihm gelingt die Flucht, und der inzwischen achtunddreißigjährige Bobby beginnt unter fremdem Namen ein bürgerlich-anständiges Leben. Ist es nur eine neue Fassade, oder hat sich der wilde Mann wirklich von Grund auf geändert?

BASTEI LÜBBE